# The Annotated
# Peter Pan

# 彼得·潘

诺顿注释本

[英]詹姆斯·巴里 著　　[美]玛丽亚·塔塔尔 编著

张海香 译

湖南文艺出版社

✦✦✦

献给五个孩子：
一如既往地有
劳伦和丹尼尔，
此外还有孙辈的三个男孩：
本、萨姆和格兰特

✦✦✦

# 目录
Contents

001　致大人
011　编著者的话
025　《彼得·潘》导读
063　作者传记：梦幻岛上的 J. M. 巴里

001　彼得和温迪

021　第一章　彼得闯了进来
040　第二章　影　子
054　第三章　来吧，来吧！
078　第四章　飞　行
093　第五章　那座岛成了真
112　第六章　小房子
126　第七章　地下之家
136　第八章　美人鱼潟湖
155　第九章　梦幻鸟
161　第十章　快乐之家

| | | |
|---|---|---|
| 171 | 第十一章 | 温迪的故事 |
| 184 | 第十二章 | 孩子们被带走了 |
| 190 | 第十三章 | 你们相信有仙子吗？ |
| 201 | 第十四章 | 海盗船 |
| 213 | 第十五章 | "这次我要和胡克拼个你死我活" |
| 228 | 第十六章 | 回　家 |
| 241 | 第十七章 | 温迪长大了 |

| | |
|---|---|
| 257 | 附录 |

| | |
|---|---|
| 259 | "献给五个孩子，一篇献词"：剧作《彼得·潘》引言 |
| 277 | 《彼得·潘》拟拍的电影脚本 |
| 337 | 银幕上的《彼得·潘》：一份电影综述 |
| 357 | 《彼得·潘》：改编、前传、续集和衍生作品 |
| 363 | 朋友、粉丝和仇敌齐聚：J. M. 巴里和彼得·潘在全世界 |
| 405 | J. M. 巴里的遗产：《彼得·潘》与大奥蒙德街儿童医院 |
| 411 | 亚瑟·拉克姆和《肯辛顿公园里的彼得·潘》：艺术家小传 |
| 435 | 亚瑟·拉克姆为《肯辛顿公园里的彼得·潘》所绘的插图 |

| | |
|---|---|
| 501 | 致　谢 |
| 505 | 参考文献 |

✥ ✧ ✥

爱丽丝·B.伍德沃德,《彼得·潘图画书》
1907年

## 致大人

"所有的孩子都长大,只有一个例外。"这是 J. M. 巴里的小说《彼得和温迪》中的著名开头告诉我们的事。小说出版于彼得·潘剧作在伦敦首演七年之后。时至今日,这个叛逆的孩子有了各式各样的版本。迪士尼的红头发彼得·潘是其中之一,这部动画片赋予了他生命。在百老汇的舞台上,很多身手敏捷的女性——玛丽·马丁、桑迪·邓肯及卡西·里格比——都曾饰演彼得·潘,在舞台上空飞舞穿行。[1] 还有一个迷人的彼得·潘在卢埃林·戴维斯兄弟们的母亲生病时,出现在他们的家中——这是马克·福斯特执导的电影《寻找梦幻岛》中的场景。[2] 我们与这个不想长大的男孩既在舞台与荧幕上相遇,也在无以计数的前传、续集、改编

---

1 百老汇音乐剧版《彼得·潘》于1954年首演,后复排多次,彼得·潘一般由女性饰演。玛丽·马丁(Mary Martin)曾在首演时饰演彼得·潘,并凭借该角色荣获托尼奖"最佳音乐剧女主角"。桑迪·邓肯(Sandy Duncan)曾在该剧1979年复排时饰演彼得·潘。卡西·里格比(Cathy Rigby)曾在1990、1991、1998、1999年复排时饰演彼得·潘。——译者注
2 即 Finding Neverland,该片曾在第77届奥斯卡金像奖上大放光彩,获得包括最佳影片在内的七项大奖提名,最终荣获最佳原创音乐奖。——译者注

版和修订版的小说中重逢。彼得·潘不想长大，也不会死去。

成年的我重新发现《彼得·潘》时，很快便了解到，早在彼得·潘与创造他的苏格兰作家分离，过起自己的人生前，就已存在于多个不同文本中。1902年，巴里的小说《小白鸟》首次让彼得·潘获得生命。这部作品古灵精怪、难以捉摸（巴里讨厌这些形容词，部分原因是它们如此精准地捕捉到了他的风格），讲述了一个单身汉与叫戴维的六岁男孩逐渐发展出的一段友谊。小说嵌入了七天大的彼得·潘和他在肯辛顿公园探险的故事（"所有婴儿车都前往肯辛顿公园"）。1906年，彼得·潘相关章节以"肯辛顿公园里的彼得·潘"之名，稍加改动后单独成册出版。该书由艺术家亚瑟·拉克姆绘制插图。拉克姆很可能是他那个时代最负盛名的童书插画家，他现在最为人熟知的作品是为格林童话、安徒生童话、《伊索寓言》和肯尼思·格雷厄姆《柳林风声》等一系列书籍创作的插画。

现在，我们最熟悉的彼得·潘是1904年剧作《彼得·潘，又名不想长大的男孩》中作为主演出现的他。该剧本直到1928年才成书出版，不过在1911年，巴里出版了小说《彼得和温迪》，人们称之为《彼得·潘》。综上所述，我们有：

《小白鸟》，1902年

《彼得·潘，又名不想长大的男孩》(舞台首演)，1904年

《肯辛顿公园里的彼得·潘》，由亚瑟·拉克姆绘插

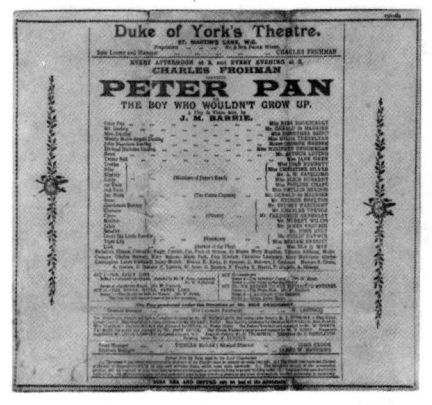

★ 伦敦剧作《彼得·潘》节目单
（耶鲁大学贝尼克珍本与手稿图书馆）

图，1906 年

《彼得和温迪》，1911 年（后更名为《彼得·潘》）

《彼得·潘，又名不想长大的男孩》（剧本），出版于 1928 年

剧作《彼得·潘》历经多次修改，曾仅以表演形式存在多年。巴里参加排练，不断删减、修改和增加内容，还与演员们合作打磨对话，提升演出效果。很多早期的剧本保存在位于康涅狄格州纽黑文的贝尼克珍本与手稿图书馆的 J. M. 巴里资料馆中，这是巴里大部分稿件的收藏地。例如，一个标有"1904/05"的小文件夹内的几页薄纸，是三幕剧剧本的最后一幕，里面写到温迪同意当彼得的母亲，与他一起住在肯辛顿公园。他们两人在公园的一些垃圾下面发现了一个婴儿，温迪很高兴，她觉得自己一旦长大，彼得就会需要人来照顾，所以收留了这个孩子。彼得、温

★《彼得·潘》中，塞西莉亚·洛夫特斯[1]和希尔达·特里维廉[2]的剧照明信片（耶鲁大学贝尼克珍本与手稿图书馆）

迪和那个孩子在肯辛顿公园的栖木上挥手时，大幕落下，剧终。谁又知道早期的表演中，有十几位漂亮妈妈相互竞争，想要收养迷失的男孩的剧情呢？在某个早期版本中，胡克在公海逃过了鳄鱼的攻击，却在肯辛顿公园爬下树时，不慎掉入鳄鱼的血盆大口中。

彼得·潘进入达林家的育婴室，通过教孩子飞翔诱拐他们，并伴着小叮当一道飞往梦幻岛这一传统故事，远非我们多数人以

---

1 塞西莉亚·洛夫特斯（Cecilia Loftus），英国演员，1905—1906年伦敦上演《彼得·潘》时饰演彼得·潘。——译者注
2 希尔达·特里维廉（Hilda Trevelyan），英国演员，曾多次在《彼得·潘》中饰演温迪。曾与1904年在英国约克公爵剧院首位饰演彼得·潘的演员尼娜·鲍西考尔特（Nina Boucicault）搭档，也曾与塞西莉亚·洛夫特斯搭档。——译者注

★《彼得·潘》首演中的一幕：漂亮妈妈和她们希望收养的男孩们
（大奥蒙德街儿童医院慈善基金会提供）

为的那样一成不变。当然，在所有的版本里，孩子们和迷失的男孩们仍会在梦幻岛上与海盗和印第安人起冲突，彼得也总得跟恶毒的胡克船长斗智斗勇。然而，回家后的生活却多有不同，并不总以温迪长大，她的女儿飞去梦幻岛帮彼得做春季扫除而告终。对巴里而言，彼得·潘存在于表演之中，各式各样的打印稿明白无误地表明巴里有多爱看到这个角色在舞台上生龙活虎，并随着每一次更动而不断蜕变和重生。

起初，巴里不愿意将其标志性角色固化在书中。"经常有人请求巴里先生为他这出关于永生孩子的剧作写个小故事或剧本，却总是遭拒。"《读书人》杂志在1907年如此报道。[1]

巴里迟迟没有动笔，但其他人却很快做出纪念册、字母书和图画书。丹尼尔·S.奥康纳写的《彼得·潘纪念册》适时出现，满足了那些想拥有彼得·潘故事书的年轻戏迷们的需求。同

---

[1]《读书人》杂志（*The Bookman*），1907年1月，第161页。——原注（后文若无特殊说明，将不再另行标示原注。）

★ 1909年，G. D. 德雷南出版的书保证会详述《彼得·潘》剧中内容，随着该剧越来越受欢迎，他因此获利
（耶鲁大学贝尼克珍本与手稿图书馆）

年，《彼得·潘图画书》紧随其后，作者也是奥康纳，配以爱丽丝·B. 伍德沃德所绘的插图。1909年，奥利弗·赫福德出版了一本好看的《彼得·潘字母书》，G. D. 德雷南出版了《彼得·潘：他的书、他的图画、他的事业和他的朋友》，让那个故事有血有肉起来。

最终，巴里向那些请求妥协，写了一个名为"彼得和温迪"的官方故事，该书于1911年出版，配以F. D. 贝德福德所绘的插图（本书中包含了这一系列插图）。正如彼得·潘这个角色一样，那本小说的读者定位始终在孩子与大人之间转换摇摆。如今的读者得知彼得·潘的故事在巴里那个时代不断被重构、改编和重

★ 彼得·潘儿童小剧场和彼得·潘彩包爆竹广告页（耶鲁大学贝尼克珍本与手稿图书馆）

写，应该不会惊讶，不过这些工作主要是由巴里授权其他作家完成，目标读者为"小大人们"或"男孩女孩们"。而《彼得与温迪》中则捕捉、凝聚和深化了巴里想要通过彼得·潘这个人物告诉我们的事；有鉴于此，我将这个文本作为此次注释的母本。考虑到这个故事后以"彼得·潘"之名出版，此注释本也将以此为名。不过，（必要时）我会通过将剧作称为"彼得·潘"，将小说称为"彼得和温迪"的形式，对二者予以区分。我所作的几乎全部评注也与现存多个出版版本的剧作有关联。彼得·霍林戴尔的著作《J. M. 巴里：彼得·潘和其他剧作》中，对剧作不同版本做了精彩介绍。

★ 乔治·詹姆斯·弗莱姆普顿爵士，《彼得·潘》，1912年。铜雕像，位于伦敦肯辛顿公园内
（布里奇曼艺术图书馆提供）

    本书的宗旨是让读者在对《彼得和温迪》及其作者有更深入的了解之后，依然能感受到这本书的魔力。有些读者会因他们对《彼得和温迪》的现实有了更多了解而感到欣喜，而有些读者可能更愿意抛开这些评注，而聚焦于故事和赏心悦目的插图。在与J. M. 巴里和彼得·潘相伴的岁月中，我对这部作品的欣赏和理解与日俱增。它不会变老，反而会随着每次重读，越发充满魔力。彼得·潘背后的故事与小说、剧作一样动人，本书中有两篇单独

的短文：一篇是介绍了这本被评注的小说，一篇介绍了作者。而评注中既然有文化背景介绍，也有评论界的反馈。在《朋友、粉丝和仇敌齐聚：J. M. 巴里和彼得·潘在全世界》这篇文章中，将展现一代代读者和观众对作者及彼得·潘的反应。祝这魔力永驻，它是如此耀眼，如此动人，带我们前往远方，让我们变得不一样，也让我们在成年后，仍能感受到梦幻岛的"无尽狂喜"。

## 编著者的话

  我对彼得·潘的最初记忆,可追溯至年幼时一簇色彩的突然涌入。一位同学邀请我在她祖母的全新彩色电视机上,观看音乐剧《彼得·潘》(由美国著名歌手、演员玛丽·马丁主演)。照今天的标准看,当时的设施笨拙至极,可我们都屏住呼吸观看演出,心情激动,有种大开眼界之感。我们丝毫不介意不时打断演出的静止画面,也不在乎微小的荧幕未能捕捉到戏剧布景的鲜活与纵深感。就像之前那些曾置身于伦敦约克公爵剧院或纽约帝国剧院(彼得·潘一举成名、载誉无数之地)的一代又一代孩子一样,我即刻倾心于这个不想长大的男孩。在那之后的好几个星期,我都做着仙尘和飞行的美梦。

  多年以后,我再次被彼得·潘打动。这次相遇发生在伦敦肯辛顿公园,那是一个凉爽的秋日,因预想到即将看见公园里著名的彼得·潘雕像,我发觉自己兴奋得飘飘然。我手头有张伦敦地图,但我没想过游览这座公共公园可能需要什么导览。毕竟我看过多幅雕像的照片,对于它的大致位置略有了解。这件雕像由青

★ 迈克尔·卢埃林·戴维斯扮成彼得·潘，1906年（大奥蒙德街儿童医院慈善基金会提供）

铜铸成，彼得被安放在一座稳固的小丘之上，手拿一支笛子，放在唇边，为兔子、松鼠、老鼠和仙子这样一群着迷的观众演奏一首曲子。我还曾经读到，雕像位于长水湖区西岸中部的"绿地"上（彼得·潘飞出育婴室后在此着陆）。

  我还研读过这座雕像的历史。其建造计划始于一个世纪之前的1906年，当时 J. M. 巴里为一个身穿彼得·潘服装的六岁男孩照相，他名叫迈克尔·卢埃林·戴维斯。六年后，巴里成了这个男孩和他的四个兄弟的养父。巴里委托英国著名雕塑家乔治·弗莱姆普顿爵士依照迈克尔的照片为彼得·潘造一座雕像。弗莱姆普顿爵士最终用另外两个男孩作为模特，那之后巴里便始终为雕像与迈克尔没有丝毫相像之处而忧烦——"它没有表现出彼得的调皮。"[1]

---

[1] 安德鲁·伯金，《J. M. 巴里和迷失的男孩们：彼得·潘背后的真实故事》（康涅狄格州纽黑文：耶鲁大学出版社，2003年），第202页。

★ 一枚印有肯辛顿公园彼得·潘雕像的新西兰邮票（耶鲁大学贝尼克珍本与手稿图书馆）

尽管巴里持保留意见，这件吹笛子的彼得·潘雕像作品还是在1912年5月1日上午"像变魔术一般"出现在肯辛顿公园。[1]当天，詹姆斯·巴里在《泰晤士报》上发表了如下声明：

> 今天早上去肯辛顿公园九曲湖喂鸭子的小朋友，有惊喜在等着你们。就在九曲湖末端的西南角小港湾边，小朋友们会发现J. M.巴里先生奉上的五朔节礼物，这是一个站在树桩上吹笛子的彼得·潘，身边簇拥着仙子、老鼠和松鼠。作品出自乔治·弗莱姆普顿爵士之手，这座永远不想长大的男孩的青铜雕像构思十分

---

[1] 依最初模型，共造有七座雕像，分别位于肯辛顿公园、利物浦塞夫顿公园、布鲁塞尔埃格蒙特公园、新泽西州罗格斯大学卡姆登分校、纽芬兰岛圣约翰斯市鲍林公园、多伦多格伦·古尔德公园和西澳大利亚珀斯皇后公园。

讨喜。[1]

我知道肯辛顿公园不大，且不愿太早看见雕像，好让那欣喜的期待持续得更长些。于是我漫步在公园中，想象着弗莱姆普顿如何在夜幕的掩护下竖起雕像，好奇当天晚上巴里是否在场。很快，我开始遇见好几拨目标明确、地图在手的游客。他们在公园里蜿蜒前行，大多数人兴高采烈，快步走到我前面，而后消失在一个拐弯处，只留下一组和谐的声响和动听的声音。而后我猛地听到一组不约而同的悄声合鸣以一种低低的、勉强克制住的兴奋，喃喃道出"彼得·潘"。尽管雕像还未出现在眼前，我已意识到我即将面对的是某件大型的，甚至是雄伟的作品。我们都来自地球的不同角落，却说来凑巧地齐聚在肯辛顿公园，还全体化身为连连赞叹的朝圣者，只因相信有仙子、喜爱彼得·潘而虔诚地集结。

这些屏息静气的游客让我意识到彼得·潘的国际影响力。毕竟，我们与他的邂逅不仅在 J. M. 巴里的舞台艺术和小说中，也在电影中，在那里他时而以华特·迪士尼动画工作室再创造的动画形象出场，时而以史蒂文·斯皮尔伯格的电影中专门受理公司收购的成年律师身份现身。彼得·潘从花生黄油罐子的标签上向我们招手，又在由波士顿开往纽约的公交车两侧车身上对我们眨

---

[1] 美术协会，《乔治·弗莱姆普顿爵士 & 阿尔弗雷德·吉尔伯特爵士：彼得·潘与爱神，不列颠公共与私人雕塑，1880—1940 年》（伦敦：美术协会，2002 年），第 3 页。

★ 一帧签名动画，出自华特·迪士尼的《彼得·潘》，1952年
（耶鲁大学贝尼克珍本与手稿图书馆）

眼。[1]当看向迈克尔·杰克逊和他的梦幻谷庄园时，我们发现了深色皮肤的彼得·潘，庄园里有潘、胡克和巴里创作的其他人物的神秘等身塑像。正是迈克尔·杰克逊在接受马丁·巴希尔的采访时，向世人宣称，在他的心里自己就是彼得·潘，他永远不想长大。

彼得·潘也许看上去已被公共文化所挪用，但他的形象和肖像权仍由大奥蒙德街儿童医院所有，J. M. 巴里将剧作版权和《彼

---

[1] 杰奎琳·罗斯在《以彼得·潘为例，又名儿童小说的不可能性》（伦敦：麦克米兰出版社，1984年）中写道：彼得·潘在英国已成为赚钱工具，变成"玩具、彩包爆竹、海报、高尔夫俱乐部、女士社团、帕丁顿区圣詹姆斯教堂的彩色玻璃窗，以及一辆5000吨级汉堡至斯堪的纳维亚的汽车渡船"（第103页）。消费者文化总是很善于挪用童书中为人喜爱的形象，但实际上大奥蒙德街儿童医院并未因这部迪士尼影片而获取任何版税，也未从汽车渡船或女士社团中受益。巴里在世时，他从彼得·潘彩包爆竹的销售和一家彼得·潘剧院的儿童舞台布景中确实得到了收益。

得和温迪》小说版权遗赠给了该机构。（1988年，上议院修改了《版权、设计和专利法案》，延长了版权期。）毋庸赘言，他同时也属于每一个人，无论年幼年长，只要你读过他的故事或在舞台上看过他。就像我在肯辛顿公园的经历所提醒我的那样，这样的人数不胜数。

彼得·潘多变、轻狂，他在我们每个人身上留下的印记也各不相同。因此，将我个人与彼得·潘的相遇史囊括进本书似乎显得很有必要，特别是我与 J. M. 巴里那段感觉像是亲密私交的经历更是重中之重。这故事既没有发生在 J. M. 巴里的出生地苏格兰基里缪尔，也没有发生在他求学的爱丁堡，也不是在他作为一位有才华的年轻记者而大展拳脚的伦敦；而是在美国。1914年，巴里冲动之下曾造访美国，希望为一战赢取支持。

康涅狄格州纽黑文似乎不像是与 J. M. 巴里相遇的地方，可就是在这儿我发现了他，在贝尼克图书馆"巴里手稿室"馆藏的浩如烟海的文献和大事记中，他活着，呼吸着，似幽灵般存在着。"19英尺[1]高的文献"，人们向我如此描述这些馆藏。尽管我迫切地想要一睹这些材料，可一想到等待我的是发霉的打印件、信件和笔记本，我还是心头一紧。我也知道，如果我不研究贝尼克的馆藏，就无法编著《彼得·潘诺顿注释本》，即便我在到访此处之前，已读遍所有我能找到的刊印出来的巴里作品以及研究巴里的作品。

---

1　1英尺约合 0.304 米。——译者注

贝尼克图书馆提供丰厚的经费，可供项目牵涉该地馆藏的学者驻馆一月。我得知他们对我的项目感兴趣的好消息时，便在心中将这19英尺均匀分在10月的每一天，而后很快意识到每英尺材料我大概仅有一天时间研究（图书馆周六、日闭馆）。如果我想阅览一切，就不得不快速而高效地工作。此外，还有卢埃林·戴维斯家族的文件，这五个男孩留下的一系列信件、日记和大事记——父母双亡后，J. M. 巴里收养了他们。

耶鲁大学贝尼克图书馆是座六层高的长方形建筑，墙壁由透光的大理石建造，这样既保护图书免遭阳光直射，也让一些光线透进有层层书架的高塔之中。凹陷的庭院里有三座雕塑，分别代表时间（一个锥体）、太阳（一个圆圈）和机遇（一个立方体）。第一次走进一楼阅览室时，我不禁感到这些几何图形与我内心对巴里文献的焦虑与期待遥相呼应。即便每日工作十小时，我怎么可能读得尽巴里档案馆里的一切，并进行反思与评价呢？阅览室虽有大玻璃窗，却给人阴森之感，除了庭院里光影斑驳的水泥地外，再无可观瞻。我不得不寄希望于机遇——很可能，贴近这些文献会让我生出一种亲密感，带来比阅读巴里的作品和关于巴里的书籍更深刻的理解。

巴里的手写笔记本在我最初打开的一个纸箱中，上面字迹潦草，难以辨认，令人沮丧。经过一番努力，我得以认出组成每句话或每个短语的大部分单词，可总有一个关键词无法解密，因此每个句子依然成谜（或者至少无法引用），这让我陷入了档案所带来的疏离感所形成的令人窒息的旋涡中。成功解锁的第一个

★ 彼得·司各特,《J. M. 巴里在书房》
(耶鲁大学贝尼克珍本与手稿图书馆)

整句是我已经烂熟于心的:"愿上帝诅咒每一个为我立传之人。"无意中,它也成了我从巴里笔记本中收集来的格言警句文档的标题。

接下来是巴里的书信,它们竟然常常装在原始信封之中。收信人无疑知晓信的价值,而将其珍藏。我在这里进展顺利,因为巴里自知笔迹难以辨认,因此致友人和熟人的书信写得格外努力,以便他人读懂。在贝尼克图书馆的第二天,我偶遇一只普通信封,是写给巴里私人秘书辛西娅·阿斯奎思的,没写地址。时间是1937年6月24日——巴里去世当天。信封内仅有一张小纸片,写着"病危"。此刻,这些档案头一次向我展露真颜,这两

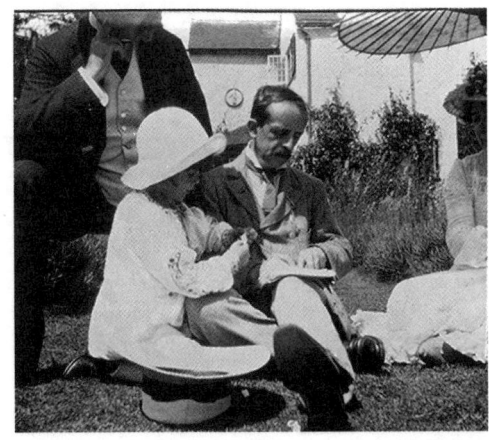

★ J.M.巴里与迈克尔
（耶鲁大学贝尼克珍本与手稿图书馆）

个字——让人痛彻心扉地意识到死亡——让我得以触到J.M.巴里的生命。这很可能是他的最后写下的字眼。我们对已沉寂的文字与活生生的灵魂自然有所区分，不过我是在那一天体会到手写的文字能多么强有力地唤醒生命，成为那间阅览室里幽灵般的存在。

我在档案室中度过了很多这样的时光，怀着敬畏、激动与崇敬之心，每天坐在一箱新资料前。我在一个纸箱中发现巴里写给他的继子乔治·卢埃林·戴维斯的信件。乔治曾求学于伊顿公学，在运动、学术和戏剧方面成绩斐然。第一次世界大战时，他自愿入伍，后在弗兰德斯战场上中流弹身亡，时年二十一岁。这些写给身处西线战场的乔治的信件辗转回到巴里的手中。我抚摸着它们，不忍心打开，因为我不仅想起了巴里对乔治的爱，还想起了乔治的生父亚瑟·卢埃林·戴维斯关于儿子的话语。亚瑟身患颌骨癌，在一次痛苦的手术过后，他无法说话，只能借助写便条来交流。弥留之际,他在病榻上匆匆写就以下关于五子的文字——他记忆中的他们,以及他们在他心中的形象。这是我能辨认出的——"迈克尔正去上学。波特格瓦拉和西(尔维娅)的蓝色连衣裙。波帕姆花园。穿过山谷的柯比风光。巴特米尔。杰克在洗澡。彼得应付着打趣。尼古拉斯在花园……永远的乔治。"[1] 然后,是他们的母亲西尔维娅在遗嘱中将离开儿子时的痛心悲鸣:"我深爱他们。"对我而言,这些信件很神圣。我不愿打开它们,却又感到一种强烈的使命感,得读遍手边的一切,尽力揭开长久围绕在 J. M. 巴里和彼得·潘身边的难解之谜。

跟多数学者一样,我是个富有激情的读者,不可避免地会与我的写作对象产生强烈的情感羁绊。可借由巴里相关文献而唤起的情感之深,仍让人称奇。起初,我竭力抵御被唤起的过度情感,可当我看到男孩们在苏格兰钓鱼的照片,打开信封发现迈克尔的几缕头发,阅读西尔维娅的遗嘱以及巴里的誊写稿,看着尼科的成绩单,我实在做不到让心绪不起波澜。我不时担心,观看阅览室内监控录像的众多安保人员中的某一位也许会报告有这样一位轻度神经错乱的读者,她时而欣喜若狂,时而心灰意懒。

传记作家不辞辛劳地想要解开传主的人生奥秘,探究 J.M. 巴里与西尔维娅·卢埃林·戴维斯及其五个孩子之间关系的相关叙述非常丰富。亚瑟与西尔维娅的三儿子彼得也曾尝试理解自己家的过去,弄清五兄弟和父母的人生是如何与 J. M. 巴里的交织在

---

[1] 卢埃林·戴维斯家族文献,谱系手稿 554 4/120。

一起的。他在整理一系列信件和文件,并撰写评注时,几乎把自己逼疯。后来他将这些资料命名为"停尸间"。他甚至给儿时的保姆寄去问题清单,请她作答,并不惜盘问家人、友人和熟人,以求真相。[1]

对于彼得·戴维斯来说,核心问题是巴里对西尔维娅和五兄弟怀有怎样的情感。他对西尔维娅的爱是浪漫的还是柏拉图式的?抑或她对巴里而言,仅是五兄弟的看门人,而他们才是巴里真正喜爱钟情的对象?又或者巴里很可能性冷淡,无法拥有亲密关系?他妻子玛丽·安塞尔就曾露骨地暗示过这一点。据彼得·戴维斯记载,一位传记作家曾说,巴里在一次晚宴上遇见西尔维娅,遂被她的美貌"征服",并"对她将各种各样被四处分发的糖果收在一边私藏起来的举动大为好奇"(糖果是留给彼得的)。一位友人在一封写给彼得·戴维斯的信中宣称,巴里在一次正式茶会上与西尔维娅坠入爱河:"他看见她的那刻,旋即迷恋上她,被她彻底征服。"不过,即便在亚瑟去世之后,也没有任何证据可以证明两人对彼此的情谊超出了深厚的友谊。

彼得·戴维斯不停探寻着他父亲就巴里对西尔维娅的爱意的反应。亚瑟的"灵魂不胜烦扰"吗?父母是否因为"这位令人惊叹的苏格兰小个天才'情人'的介入"而关系"紧张"呢?父亲的"愠怒"是否深入骨髓呢?面对巴里对他们一家人的种种善意之举,他是"心怀怨恨"还是"心存感激"?一方面,彼得本人

---

[1] 下文所有引文均出自"停尸间",见贝尼克图书馆,谱系手稿554/箱4。

似乎因为巴里富有而有名、父亲却始终处于劣势而懊恼；另一方面，似乎又因为巴里的利他主义精神和无私之举而真心感动。他写道："如果能给 J. M. 巴里自掏腰包帮助过的穷困的作家及其家庭列个详单，应该会有趣。"

读遍"停尸间"的材料，我得出这样的结论：巴里携带一些秘密进了坟墓，试图揭秘的种种举动徒劳无益。近日，皮尔斯·达吉恩撰写的一本传记就很有警示意义，它证明以猜测代替证据并不可取。达吉恩聚焦于梦幻岛的阴暗面，将巴里描摹成一个极具攻击性的恶魔，骗取西尔维娅的好感，只为接近她的五个儿子。在档案室里，我发现，此说法与事实南辕北辙（达吉恩著作的书评者们也同意我的判断）。

我的确在有些时候（在研究巴里生平和作品的多年时间里，曾有两次），担心过巴里的慷慨大方是别有用心的。阅读《小白鸟》这部彼得·潘最初登场的作品时，你会对名叫戴维的小男孩在邻居，也就是叙事者家夜宿的描述有些不安。巴里还将西尔维娅的遗嘱中的珍妮（Jenny）替换成自己的名字吉米（Jimmy），由此成为西尔维娅在遗嘱中指定的与受雇保姆玛丽·霍奇森共同抚养五兄弟之人。虽然巴里事实上被授予了监护权，且西尔维娅在遗嘱中将玛丽与她妹妹珍妮写在一起，是为了照顾孩子们的日常起居，但此举依然让人感觉不对劲。五兄弟的其他远亲支持巴里保有监护权，因为他们自身既无时间，也无能力抚养五个孩子。

在思考这些问题的时候，我想起巴里笔记本中所记录的

★ J. M. 巴里，1905 年
（耶鲁大学贝尼克珍本与手稿图书馆）

1910 年的一个想法。他写道，人一旦死去，面孔会变得"神秘莫测——难以理解"，此人将永远保守自己的秘密。"人人都有秘密，无人知晓的秘密，或好或坏的秘密。"无疑，巴里也有自己的秘密，好的秘密、坏的秘密。可他的大部分人生是本打开的书，里面既有爱意、钟情、慷慨和想象，也混杂了——正如他本人最先承认的那样——颇令人生畏的喜怒无常和苏格兰人的沉默寡言。此人年少时就爱上"工作"（晚年时于工作中得见救赎），很早就宣称文学是他的领域，也比大多数人都爱独处。可是，他欣然担起了现实世界的责任，因收养卢埃林·戴维斯五兄弟，也一度放弃文学。

据说，巴里在去世时，已累积大笔财富，其数目大于其他任何一位作家从他作品中获得的稿酬。然而，他一生的慈善之举同样引人注目。第一次世界大战期间，他捐助了一家医院，为法国儿童提供了庇护之所。他参与基金募集活动，为各项慈善事业撰

★ 伦敦帕丁顿区圣詹姆斯教堂有一套彩色玻璃窗,其中四扇表现教堂相关主题:交通(英国第一条大西部铁路线上建有帕丁顿火车站)、休闲("男童子军之父"巴登-鲍威尔勋爵在此教堂受洗)、艺术(肯辛顿公园内彼得·潘雕像位于附近)和科学(生物学家亚历山大·弗莱明曾在周围街区居住和工作)。这些玻璃窗在闪电战中被毁,20世纪50年代时重建。
(大奥蒙德街儿童医院慈善基金会提供)

写剧本和短文,允许为军人和战争相关的慈善活动免费演出他的作品。他甚至起草了一项声明,倡议多项小额日常节约举措,以便战事筹款。在巴里大部分的人生中,《彼得·潘》所获版税并未增加他的个人财富,而是被转让给伦敦大奥蒙德街儿童医院。巴里去世后,将这一作品所获的收益全部遗赠给该医院。时至今日,他不断增值的遗产仍在帮助这家机构和世界各地的孩子们。

## 《彼得·潘》导读

我们该如何解释彼得·潘对我们的想象所持续具有的影响力呢?我们为何年少时被其攫住(我是经过审慎思考后,选用的这一词语),成年后仍身处其魔力之中呢?J. M. 巴里曾经认为,哈克·芬是"小说中最伟大的男孩",他宁愿下地狱,也不愿受教化。可能就是他启发了彼得·潘身上反叛的个性。[1] 如同《绿野仙踪》中不愿回到堪萨斯的多萝西娅一样,哈克和彼得赢得了我们的喜爱,他们热爱冒险,充满诗意,满心好奇,机敏纯真,对生命的意义理解深刻。他们都不想长大,永葆好奇,对崭新的经历保持开放的心态。

很少有文学作品像《彼得·潘》那样,极为准确地抓住孩子对于灵活、轻盈和飞行的渴望。而在文学中如此公开、明晰地表达摆脱成人重担,永远做孩子的愿望也非常罕见。除了梦幻岛

---

[1] J. M. 巴里,出自马克·吐温著《谁是萨拉·芬德利?J. M. 巴里提议的解密之道》(伦敦:克莱门特·肖特,1917 年),第 10 页。

上，哪里还有无穷无尽的冒险呢？没错，天堂里也麻烦不断，在关注岛上那些让人不安、扰人心绪的瞬间之前，还是看看剧作《彼得·潘》的大幕拉开，小说《彼得和温迪》的书页翻动时，是什么让我们的心跳加速吧。

◆ ◆ ◆

## 仙尘、永恒的青春和玩耍：《彼得·潘》的魅力

我们可以从仙尘和飞行开始。哪个孩子不曾幻想在天空遨游的乐趣呢？又有谁能拒绝这种运动带来的"我活着"的感受？飞行让我们将安乐窝抛在身后，而后突然之间超越于一切之上（并做出改变）。我们可以飞向壮美之地——飞向湛蓝的天空那深层的奥秘，或者飞向蓬松的云朵那朦胧之美。飞行危险重重，希腊神话伊卡洛斯的故事很好地说明了此事。伊卡洛斯的父亲代达罗斯教育他不要飞得离太阳太近，他却一意孤行，结果羽毛翅膀上的封蜡融化了，令他一头扎进一片汪洋之中。即便如此，很少有孩子愿意错过将日常生活的重压抛于身后，去体验一番展翅飞翔的美妙眩晕的机会。书中的哪个孩子不曾想爬到有翼兽的背上或以别的什么方式飞上天呢？

在彼得·潘飞进达林家的育婴室前，直接能飞上天的孩子并不多见。虽然神奇飞毯出现在《一千零一夜》和一些民间故事（老妇人芭芭雅嘎给了傻瓜伊万和小精灵叶莲娜一块飞毯）之

中，但总体来看，孩子依然为大地所束缚，更偏爱路上或海上旅行。喜欢飞禽（鸭子、天鹅和麻雀）的汉斯·克里斯汀·安徒生是个例外，他深谙飞行的妙处，在他的作品《白雪皇后》中，小凯在与白雪皇后同乘一驾马车时，腾空而起。《彼得·潘》问世后，越来越多的故事里，孩子们有机会飞了：在"纳尼亚传奇"系列故事中，是坐在狮王阿斯兰背上；在塞尔玛·拉格洛夫的《尼尔斯骑鹅旅行记》中，是骑在鹅背上；在《绿野仙踪》中，是待在房子里；在"哈利·波特"系列中，是骑在扫帚上；在马德琳·英格的《逆转的地球》中，是骑在一头独角有翼兽身上。这些小飞人们应该会赞同 E. B. 怀特在《吹小号的天鹅》中所言："我从来不知道飞起来这么好玩儿。太棒了。太震撼了。太妙了。我太高兴了，也不感到晕眩。"[1]

在巴里生活的时代，人类终于飞上了蓝天。1900年秋天，威尔伯·莱特和奥维尔·莱特在基蒂霍克开着他们的第一架滑翔机飞离了地面。1901年，他们已经可以飞400英尺。很快，他们增加动力，将飞行距离延长至双倍，然而，大西洋彼岸的怀疑论者却坚信两人是在吹牛。对于兄弟俩和其他见证人的报道，欧洲报业持这种态度："他们要么是飞人，要么是骗子。飞起来很难。说'我们飞起来了'倒是容易。"[2] 在一个飞机还未飞出奇幻世界和科幻小说的时代，拥有飞行的能力更为震撼人心。

仙尘对于孩子来说至关重要，但仍难与彼得·潘所拥有的永

---

1　E. B. 怀特，《吹小号的天鹅》（纽约：哈珀·柯林斯出版社，2000年），第60页。
2　《纽约先驱报》，1906年2月10日。

恒青春这一似幻光景相匹敌。在奥维德的《变形记》中，永生男孩（拉丁语：puer aeternus）是个童神，名叫伊阿科斯，在不同时期与狄俄尼索斯（酒神与迷狂之神）和厄洛斯（爱与美之神）有密切的关系。永生男孩与死亡和重生的奥秘相连，是永葆青春的神祇。瑞士心理学家卡尔·古斯塔夫·荣格将永生男孩与老者（拉丁语：senex）的原型联系在一起。无疑，我们可以在《彼得·潘》中找到这对原型，胡克是彼得·潘的影子人物，就像老者是永生男孩的黑暗人格。彼得的故事既放任读者幻想永恒青春，又用死亡的幽灵——我们因童年结束而第一次死去，因生命结束而第二次死去——恐吓读者，并在二者之间维持完美的平衡。它的绝妙之处在于，构想出的这个男孩是永恒青春的化身，却让我们切实想到人终有一死。

到底是什么让永恒的青春如此迷人？纳塔莉·巴比特的《不老泉》无疑受到彼得·潘故事的启发，在这本书中，作者明确地指出，永生可以是诅咒："我想继续长大……变化。即便这意味着我将走向生命的终点，我还是希望如此。"[1]对此，J. M. 巴里会有不同答案，他会指出游戏、玩耍和冒险的魅力，而这种乐趣将永远持续。

19 世纪首创为儿童写作冒险故事。那时不仅有《金银岛》《珊瑚岛》《诱拐》，还有《爱丽丝漫游奇境》《木偶奇遇记》和《汤姆·索亚历险记》。这些作品以连载的形式出现，内容高潮迭

---

[1] 纳塔莉·巴比特，《不老泉》（纽约：法拉尔、斯特劳斯和吉鲁出版社，1988 年），第 64 页。

★ 弗兰克·吉勒特在1905—1906年间为《彼得·潘》创作的插图
(耶鲁大学贝尼克珍本与手稿图书馆)

起,危机、冲突出现又化险为夷的剧情反复上演,让人欣喜。在梦幻岛中,我们同样有这种永无止境的循环,印第安人、海盗、野兽和迷失的男孩们冲突不断。梦幻岛如同仙境,既是一种心理空间,也是一种社会空间,岛上的外部冲突常反映或者折射出内心活动。

巴里千变万化的冒险比早期儿童作品中出现的那些更具戏剧性。不同的阵营偶尔会放下敌意,单纯地进行环岛游行,他们身着盛装,如举行盛典一般。"迷失的男孩们出来寻找彼得,海盗们出来寻找迷失的男孩们,印第安人出来寻找海盗们,野兽出来寻找印第安人。他们环岛走了一圈又一圈,但从未相遇,因为是以同样的速度行进着。"男孩们组建了一支"勇敢的队伍",环岛而行时,跳着舞蹈,吹着口哨,"快活、自信"。"就让我们假装躺在这儿,躺在甘蔗中间,注视他们列队潜行。"叙事者写道,而后继续为我们历数即将出现在我们眼前的人物。《彼得和温迪》充满了诸如此类的戏剧性瞬间,创造了一个乔装、模仿、伪装、表演、角色扮演和面具大出风头的奇观。戏剧是巴里的游戏,小说也是如此。

每一个迷失的男孩、海盗、印第安人和野兽都参与了这场环岛游行盛典,著名的文化历史学家约翰·赫伊津哈广为人知地将他们的行为描绘为玩耍的精髓:"**创造一种**不同以往的**形象**,一种比通常的**自己**更美丽,或更高尚,或更危险的形象。"故事中的人物运用"想象力"的原初含义,在梦幻岛这个隐秘而神圣之地创造出新的身份。在他们的居住地,玩耍至高无上。他们从日常现实中抽离出来,拥有某种自由的同时,也受到我们玩的所有游戏和活动中都有的紧张气氛影响,并遵循其中的规则。那种玩耍远超成年人在现实世界中的文化活动,它能营造一种充满秩序和美感的空间。我们描述玩耍时,常会从美学中选用词汇,以捕捉玩耍时的动态美:姿势、和谐、专注、焦点、平衡、紧张、反差和坚毅。玩家们着了游戏的魔,观察者常因他们的表现入了迷或出了神。

梦幻岛是为想象力而设的剧院,让迷失的男孩们有机会去经历无穷尽的探险和"无尽的狂喜"。这是一个充满美感和想象的空间,只不过初看杂乱无章,而非美得秩序井然。下文是达林家的孩子们接近它时,对它所作的描述:

梦幻岛差不多一直是座岛的样子，那里处处流光溢彩，珊瑚礁随处可见，外观轻捷时髦的小艇就在远方，野人出没，空巢寂寂，地精大多是裁缝，小河从洞穴里流经，王子有六位哥哥，一间小屋摇摇欲坠，一个十分娇小的老太太长着鹰钩鼻。

这最初的历数带我们领略了梦幻岛上一切的精彩纷呈中所蕴含的神话感和神秘感。紧接着，作者详尽列举了各种日常用品，我们也逐渐明白梦幻岛并非乌托邦，不是地上的乐园——伊甸园，也非遍布恐怖的反乌托邦。实际上，它形成了一种异托邦（heterotopia），即便它遗世独立，却反映了现实世界，自有其新秩序。

如果那就是全部，画这地图倒也不难；可是，这里也有开学、宗教、父亲、圆形池塘、针线活、谋杀、绞刑、与格动词、巧克力布丁日、穿吊裤带、说"九十九"、[1]自己拔牙奖励三便士等等；这些要么是岛上的一部分，要么隐隐显露出别处的地图，而且一切都那么匪夷所思，没有什么是静止不动的。

此处呈现的梦幻岛绚丽多姿——它从成人建立秩序的专制努

---

[1] 当时医生听诊时，通过让患者说"九十九"（ninety nine）来感知肺部情况。——译者注

力（比如达林夫人所做之事，她每晚都让三个孩子的脑袋恢复"井然有序"）中摆脱出来。梦幻岛让我们拥有更高级别的秩序，里面看似杂乱无章的东西却显示出真正的想象力。在梦幻岛上，万物皆被美的魔杖碰触，焕然一新。梦幻岛忽略生命存在的"真实"法则，不对实用主义和唯利是图抱有兴趣，再加上玩耍的独特魅力，它向我们展示了一种象征真实之美的秩序。

历史学家坚称，18世纪围绕童年的严格的纪律文化，最终在玩耍和娱乐的机会面前屈服。游戏、玩具和书籍都是专为孩子设计的，严格的育儿方式让步于更加放任的模式，喜爱也得以表达。不过，维多利亚时代和爱德华时代的英国同时以对孩子残酷的经济剥削而闻名。孩子身体小巧，被派往煤矿和工厂，扫烟囱更是屡见不鲜。众所周知，查尔斯·狄更斯在十岁时不得不辍学，去沃伦鞋油厂工作，给鞋油瓶贴标签。

孩子很小就沦为劳动力，常常在极为恶劣的条件下每天工作十余小时。他们在伦敦的街道上游荡，成了乞丐、流浪儿和雏妓。然而，维多利亚女王统治时期不仅历经工业革命，见证城市中贫困的增多，也迎来了新一轮的教育投入，儿童入学率大幅增长，家庭及社会投入显著增多。这曾对孩子而言最坏的时代，正通过立法的关注，逐渐转好。特别是1860年后，巴里就在这时在基里缪尔长大，其父是手工艺人。

J. M.巴里的父亲一心培育子女，为他们提供第一流的教育，所以巴里从未从事过严酷的日常社会工作。巴里哀叹新型工业图景下田园的消失，痛心地写下它是怎样在他的少年时代悄然溜走的。然而，童年仍是一块圣地，保存了巴里和他的同代人失落的世界上的种种乐趣。孩子——"快乐、天真、没心没肺"，正如我们在《彼得和温迪》的结尾看到的——成了美好、纯真和快乐最后的庇护所。正如华兹华斯所言，他们"披祥云"，[1]是我们所有人得以救赎的源头。

◆ ◆ ◆

## 越界的彼得·潘

彼得·潘为孩子和大人创造了一块真正的接触区。事实上，正是剧作《彼得·潘》所呈现的和《彼得和温迪》所讲述的彼得·潘的故事，以文学的手法协助破除了大人和孩子间由来已久的壁垒。《爱丽丝漫游奇境》凭借谜一般的人物、丰富的典故、有趣的语言和闪光的智慧，在此方向已成效显著，它让孩子和大人同享阅读的乐趣。早期童书旨在教育和说教，不是为了吸引大人。虽然约翰·纽伯瑞的标志性作品《美丽的小书》（1744）意识到"运动"和"玩耍"在童书中的重要性，却仍旧不讨好大人。家长也许跟孩子一起读过詹姆斯·詹韦的阴郁之作《献给孩子》（1671）——这本书统治童书市场几十年之久——可临终的孩子就信仰所作的溢美之词做作别扭，很快便失去了影响力，很难想

---

[1] 即"trailing clouds of glory"，华兹华斯《颂诗：忆童年而悟不朽》。——译者注

象有人会反复阅读这部惨兮兮的作品。

童话和冒险故事在19世纪大量出现,二者将儿童文学重新定位为乐趣而非说教,这两种文学形式启发了《彼得·潘》的叙事魔法。它们将读者们引入异域奇境,预示着刺激和启发,而非旧日的说教和教导。《彼得和温迪》的巨大能量虽难以定义,却与其自身力量有关,它促使人们相信在充满想象力的玩耍中会有审美、认知和情感方面的收获。孩子寻求感官愉悦,喜欢小说中有趣的种种可能以及对独立意义的探索。故事中的人物离开育婴室,进入一个充满冲突、欲望、伤心和恐怖的世界。在梦幻岛上,小读者们先是经历一阵令人眩晕的迷惘,接着便探索起故事中的人物对此如何应对。大人们可能无法登岛,却得到了间接返回的机会,修复自己受损的好奇心。

巴里拒做成年权威(从他不愿忆起曾写过那部剧作,将其归功于其他孩子和一位保姆就可以看出),反而表明他誓要打破传统,写个看似出自某位童年拥护者之手的故事。在其研究彼得·潘的作品中,杰奎琳·罗斯广为人知地宣称儿童文学的"不可能性",声称"为"儿童创作的小说实则构筑了一个"大人永远优先"(作者、创造者、施予者)、"孩子位列其次"(读者、产品、接受者)的世界。[1] 罗斯的观点主要基于 J. M. 巴里的《彼得和温迪》,她的结论是,童书的作者们利用书中的孩子来哄骗、欺瞒和引诱书外的孩子。她尤其被《彼得和温迪》中的叙事者激

---

[1] 罗斯,《以彼得·潘为例》,第1—2页。

怒,这位叙事者不肯明确自己是孩子还是大人:"叙事者作为仆人、作者和孩子,在故事中跳进跳出。"[1] 巴里削弱了权威和作者的本质,敢于搅乱大人和孩子之间泾渭分明的观点。

诚然,罗斯的大部分观点似乎是成立的,当我们读到 J. M. 巴里与名叫波尔托斯的圣伯纳犬在肯辛顿公园哄孩子们开心的时候,不由得会心生疑窦,童书或许的确是"某种请求、追逐甚至引诱的媒介"。[2] 然而,同样真实的是,巴里对青春的迷恋——对其中游戏和乐趣的痴迷——让他得以写出首部真正**给**孩子的作品,甚至大人也被其吸引,深有感触。不仅如此,巴里将一个曾经是"不可能"的类型(对罗斯而言,儿童文学中除了大人的介入,无他)变成一种打开可能性的文学门类,它暗示大人和孩子可以同在一处,即便以不同方式,也能得到阅读同一个故事的乐趣。巴里虽然老套,相比同时代的作家却很后现代,他勇敢而戏谑地颠覆了等级,以诸多其前人鲜有实现的方式让大人和孩子共享阅读体验。

我们无法确切地知道在巴里的时代,孩子阅读何种书籍消遣,即便我们有很多自传详述了与《一千零一夜》(巴里发现那些夜晚只是一天的一个时间段时,很是失望)、玛丽·玛莎·舍伍德的《费尔柴尔德家族史》等大量图书的相遇过程。他们也许从德语作品《蓬蓬头彼得》(保利娜因为玩火柴,身体着起火来)的众多英译本中拿起一本,碰上像《两只好鞋》(女主人公总是展现

---

[1] 罗斯,《以彼得·潘为例》,第73页。
[2] 同上书,第2页。

出"理智"和"良心")这类无聊的正经书,或者沉浸在巴兰坦的《珊瑚岛》(巴里的一本心头好)中。而我们确切地知道,随着维多利亚时代的日渐式微,大人对于给孩子读书、写书的兴趣空前。罗伯特·路易斯·史蒂文森在与继子劳埃德·奥斯本创造出金银岛地图之后,发展出《金银岛》的写作思路。肯尼思·格雷厄姆以给儿子阿拉斯泰尔写信的形式,写作了一部分《柳林风声》。再后来,A. A. 米尔恩在《小熊维尼》中让儿子克里斯托弗·罗宾永垂不朽。

随着义务教育的普及,以及新近产生对培养有文化素养的公民的兴趣,家长和作家终于开始费心苦思怎样才能让孩子成为兴致勃勃的热心读者。不出所料,那些专注童年、喜爱孩子的作家最能创作出让孩子安静坐着聆听或阅读的美妙故事。

刘易斯·卡罗尔通过共同讲述的形式(**和**孩子们一起讲故事,而非**给**孩子们讲故事),发展并提高自己讲故事的技巧,巴里也是如此,他不只是坐在书桌前创作冒险故事。他花时间与小男孩们——尤其是他收养的五个小男孩——玩板球、钓鱼、玩海盗游戏和即兴创作故事,这最后一项尤为重要。在下文这段《小白鸟》中,叙事者讲述了他和戴维是如何一同讲故事的:

> 我在此得提到我们创作故事的方式:首先,我把故事讲给他听,然后他讲给我听,我理解到这成了一个截然不同的故事;然后我添上他增加的内容重新讲述,如此反复,直到没人能说清这个故事是出自他还是出自

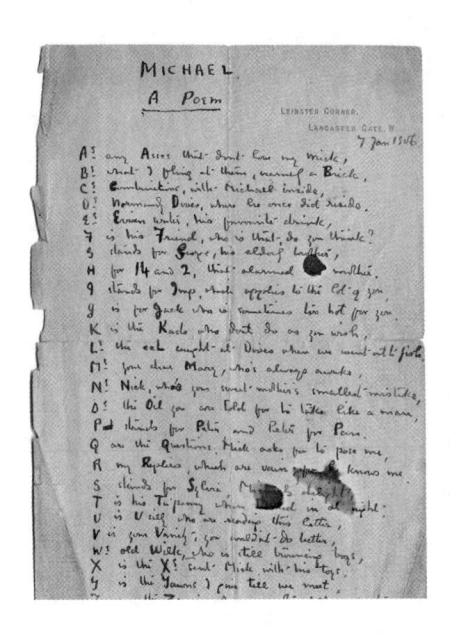

★ J. M. 巴里于1906年为迈克尔·卢埃林·戴维斯创作的字母离合诗
（耶鲁大学贝尼克珍本与手稿图书馆）

我。举例来说，在这个彼得·潘的故事中，那些单调的叙述以及大多数道德反思基本上是我想出来的，但也不全是，因为这个男孩可是个一本正经的卫道士。而对处于小鸟阶段的婴儿们有何种举止和习惯的有趣描述多出自戴维的回忆，他会把手按压在太阳穴上，拼命回想。[1]

在一次采访中，巴里就《彼得·潘》的写作，给出了一个略微不同的观点，既解释了他作为讲故事的人在孩子们心中的角色，又展现了孩子们是如何接受这些叙述并视为真理的：

---

1　J. M. 巴里，《小白鸟，又名肯辛顿公园里的冒险》（纽约：查尔斯·斯克里布纳之子出版社，1902年），第159页。

★ J. M. 巴里和迈克尔·卢埃林·戴维斯，约1912年（耶鲁大学贝尼克珍本与手稿图书馆）

有趣的是……真正的彼得·潘——我这样称呼他——如今上了战场。他对我给他讲的故事已经厌烦了，他的小弟弟却开始感兴趣。给这两个小家伙讲他们自己的故事有趣极了。我会说"接着你们俩出现了，杀死了海盗"，他们会将我讲的每个字视若真理。《彼得·潘》就是这样写成的。书里只是我给他们讲的几个故事而已。[1]

也许，共同讲述故事本就是幻想或虚构，巴里比任何一位童书作者都更想缩小大人和孩子之间的差异，破除创作者和消费者

---

[1] 伯金，《J. M. 巴里和迷失的男孩们》，第225页。

之间的对立（杰奎琳·罗斯发现这种等级关系在儿童文学中让人极为困扰）。他志在创作出一个既复杂又有趣的故事，一个大人喜欢孩子也喜欢的故事。终于，有了这个文化故事，它会弥补大人和孩子之间仍然存在的巨大的文学鸿沟。如同《爱丽丝漫游奇境》一样，《彼得和温迪》会成为一个共有的文学经历，让长期以来一直被划为不同群体的读者聚在一起。

"要是你们相信，"彼得大喊，"就拍手吧；别让叮当死。"彼得在催促大家搁置怀疑时，不仅在劝孩子和大人要相信有仙子（和虚构小说），也敦促他们在进入一个故事世界时，真心实意甚至活力满满地携起手来。不管是初登梦幻岛，还是重返梦幻岛，我们都为叮当鼓掌，并在不久之后读到描述这座岛的文字时，开始呼吸岛上的空气。

1938年，为了计划给《彼得·潘》拍摄电影版，华特·迪士尼动画工作室故事部的一位助理多萝西·安·布兰克受命，对原始素材进行述评和汇报。她惊讶地发现这本书并非如她想象的一般浅显易懂。"我试着拉出一条简洁明了的故事线，"她抱怨说，"可目前故事乱作一团。"对她来说，总结《肯辛顿公园里的彼得·潘》是一项大挑战，甚至《彼得和温迪》的情节也极难概括，让人不悦。"这是个很棒的故事，"布兰克说，"可巴里先生把故事打散，让它尽可能变得令人困惑。"[1]

为何会有这种迷失之感呢？不仅是梦幻岛上的恐怖和迷

---

[1] 唐纳德·克拉夫顿，《育婴室的最后一夜：华特·迪士尼版〈彼得·潘〉》，出自《丝绒遮光罩》第24期（1989），第33—52页。

人之处带来了那些令人目眩神迷的瞬间。J. M. 巴里故事中的叙述者——借由与读者频繁的直接对话（比如"如果你问你妈妈"）——让人觉得亲密，却始终不透露自己的身份，逗弄着读者。他在成年人和孩子之间自在地快速切换，时而像个成年人["我们也曾到过那儿（梦幻岛）；即便我们再也不能登岛，却仍能听见海浪的声音"]，时而像个孩子（"这么多冒险，我们选哪个好呢？最好的办法就是抛硬币决定"）。

巴里的叙事者使用大人的世故口吻，同时又有趣、善变，还会选边站，而第三人称叙事者鲜有这样的特色。我们不能无所不知，视角总有局限。"现在我明白一直以来困扰我的问题了。"他一会儿这样说道，就好像他写作的同时也在经历这一切。在别处，他宣告"有些人最爱彼得，有些人最爱温迪，可我最爱她（达林夫人）"，只为了之后将他最喜欢的人谴责成他嗤之以鼻的人。我们该如何看待如笔下人物一般善变的这个人呢？这种写法是为了提醒我们那位叙事者在多大程度上想成为那个长不大的男孩吗？J. M. 巴里在诸多方面，永远是那个越界之人——既活在现实世界里，又是活在故事中的叙事者。

◆◆◆

### 彼得·潘神话

借助不想长大的男孩彼得·潘，J. M. 巴里得以在人生和文学

★ J. M. 巴里
（耶鲁大学贝尼克珍本与手稿图书馆）

中都能做出一些宏大而神秘之事。他创造出一个新的神话，其背景既是巴里所处的时代和地点——20世纪之交的伦敦——也是虚构的梦幻岛这另一重世界。巴里从文学前辈们那里借鉴良多，创作的这个故事与其说是原创，不如说是融会贯通，他从自身经历和西方文化的经典故事中取材，将迥然不同、往往自相矛盾的片段串联起来。"黑暗物质三部曲"作者菲利普·普尔曼在被问及会为自己选择何种精灵（在他的宇宙中，人人都有一只动物灵魂伴侣）时，他的回答是："喜鹊或寒鸦……这类鸟会窃取闪亮的东西。"[1] 巴里的天才之处在于使用被人类学家称为拼贴的同种技艺，将手边的素材巧加利用，从而构建一个新的神话。

年幼的彼得·卢埃林·戴维斯是最触手可及的素材，不难想象彼得·潘是受亚瑟和西尔维娅夫妇五个儿子当中的三儿子的启

---

[1] 米莉森特·伦兹和卡罗勒·斯科特编，《被照亮的黑质：菲利普·普尔曼三部曲评论集》（底特律：韦恩州立大学出版社，2005年），第71页。

★ 彼得、乔治、杰克·卢埃林·戴维斯三兄弟
（耶鲁大学贝尼克珍本与手稿图书馆）

发，巴里在五个孩子的父母身患癌症双双去世之后——亚瑟死于1907年，西尔维娅死于1910年——收养了他们（五兄弟分别生于1893年、1894年、1897年、1900年和1903年）。毕竟，那位志向高远的戏剧家开始给彼得的哥哥乔治和杰克讲述一个婴儿逃离母亲，住在肯辛顿公园的故事时，彼得就是个婴儿。巴里曾为一部"神奇剧"匆忙记下笔记，这个故事讲一个普通男孩被仙子们欺骗："英雄可能是现如今一个穿着普通的可怜男孩——在第一幕中，难过等特征——他被带往仙界，身上还穿着平常的衣服，与仙界里人们的穿着形成奇妙对比——仿照汉斯·先（原文如此）·安徒生。"[1] 半人半鸟（巴里认为，所有的孩子一出生都是

---

[1] 贝尼克图书馆，巴里手稿室，A3。

鸟)形态的彼得·戴维斯，转化成一个叫彼得·潘的男孩，他借助飞行逃离育婴室，在肯辛顿公园与鸟和仙子们过着无忧无虑的生活。

然而，彼得·潘显然不仅仅是彼得·卢埃林·戴维斯和肯辛顿公园里的男孩。彼得之名奇妙地融合了基督教寓意和异教寓意。《圣经》中的西门彼得是有名的信仰最为热忱的门徒，他的故事与《彼得·潘》中信仰与理性的冲突相呼应。在《新约·马太福音》第16章中，耶稣为西门更名，称他为彼得，教会的创立者："你是彼得，我要把我的教会建造在这磐石上，阴间的权柄不能胜过他。"也是这位彼得，"鸡叫以先"，三次不认耶稣，因而成为一个既忠贞不渝又信仰不坚的人物。巴里不可能找到比这更好的办法，来对应彼得·潘一方面对梦幻岛忠贞不渝，一方面善变无常的天性了。

如果说因彼得之名确为基督教名，从而先为 J. M. 巴里的人物打下坚如磐石的基础，那么它的圣经寓意却即刻被异教姓氏"潘"调和了。彼得·潘一名蕴含丰富的神话渊源，与潘神、赫尔墨斯、狄俄尼索斯、伊卡洛斯、纳西索斯、阿多尼斯等诸位神话人物亲缘匪浅。潘神的名字源自希腊词语，意为"一切"，彼得·潘像他一样，是自然的生灵，与田园之乐有关。半羊半人的潘神既善良又具破坏性，让人又爱又怕。据说，潘神是骗子、窃贼赫尔墨斯之子，后者以有翼金足和喜怒无常闻名。潘神因怀有"无尽的狂喜"，还与狄俄尼索斯同宗，其所引发的恐怖也把他与狄俄尼索斯联系起来。同时，在儿童文学的黄金时期，他是

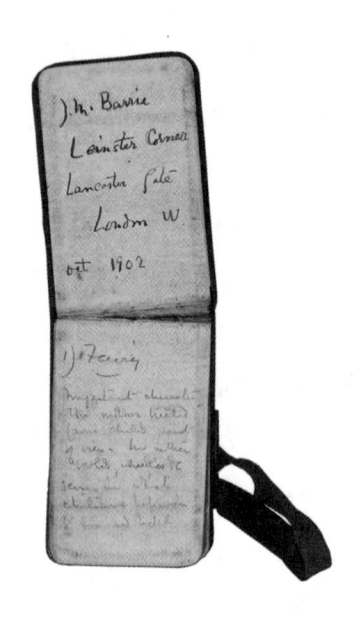

★ 巴里拥有的众多笔记本之一,匆忙记下了文学灵感和地址等一切信息。这上面记载了《彼得·潘》的灵感萌芽,该书最初名为"仙子"
(耶鲁大学贝尼克珍本与手稿图书馆)

被再度复活的希腊神——曾出现在鲁迪亚德·吉卜林的《山精灵普克》、罗伯特·路易斯·史蒂文森的《潘神的牧笛》以及肯尼思·格雷厄姆的《柳林风声》中。这个长不大的孩子已被赋予森林之神潘神的全部异教力量。[1]

巴里弱化了彼得·潘复杂厚重的神话渊源中的异教元素。在这部剧作早期的演出中,彼得·潘在舞台上公开亮相时,不仅吹着笛子,还骑着羊。这些特征毫不掩饰地指向"常纵情好色、远非童真的羊神",但很快就被移出演出,也未出现在小说中。[2]

---

[1] 琼·佩罗特,《潘和永生男孩:唯美主义和时代精神》,出自《今日诗学》第13期(1992),第35页。
[2] 安·约曼,《现在还是梦幻岛:彼得·潘与永恒的青春的神话》,出自《从心理学的角度分析一个文化符号》(多伦多:内城书局,1999年),第15页。

★ 身穿彼得·潘戏服的迈克尔·卢埃林·戴维斯
（耶鲁大学贝尼克珍本与手稿图书馆）

巴里的潘全然不像伟大的潘神，肯尼思·格雷厄姆在《柳林风声》中将潘神刻画成"拂晓时分神秘的吹笛人"。彼得·潘是个令人心动的淘气鬼，快乐迷人、神出鬼没，虽有自己的崇拜者，却无论如何激不起旁人的敬畏或惊恐之情。而在《柳林风声》中，鼹鼠和河鼠为寻找水獭的儿子"小胖子"溯流而上，应伟大的潘神"急迫的召唤"时，正怀有此两种心情。

胡克想要知道彼得·潘乃何许人时，男孩迅速地如此回答："我是青春，我是快乐……我是一只刚刚破壳而出的雏鸟。"身手敏捷、四处游荡的彼得·潘实为万物——对谁都不例外。而且如舞台提示所说，他从未被任何人"触碰过"。简言之，他独立自主，发誓隔绝一切，因而象征着叙事者所描述的"没心没肺"，这一点跟所有的孩子一样。他不单是潘神，还是阿多尼斯和纳西索斯——所有这些神话人物都以俊美闻名于世，不想长大、成熟，不愿生发出情感羁绊。而同样重要的是，他的永远年轻在残忍地提醒我们余下的人：我们都得长大，且终有一死。

◆ ◆ ◆

### 殊死战斗与儿童游戏

很少有评论家能不用弗洛伊德的术语，不将潘和胡克之间的战斗解读为戏剧性弑父之战，尤其鉴于胡克（坏父亲）和达林先生（好父亲）通常由同一演员饰演。他们指出，孩子们飞往梦幻岛，偶遇象征形式的父亲，进而与彼得·潘共谋，借他人之手杀死他。在梦幻岛上，大人和孩子之间的确有真正的斗争，但在所有的战役中，包括船长和海盗在内的所有人都表现得像个孩子。相比胡克与彼得之间的公开敌对以及孩子们可能暗地里对父亲的仇视，胡克对死亡的恐惧以及彼得对这一恐惧的免疫——对彼得而言，一切都是"一场十分壮丽的冒险"——似乎更有深意。胡克是作品中唯一害怕鳄鱼的人物，斯密预言鳄鱼肚子里的闹钟终有一天会停止时，胡克回答道："就是那种恐惧萦绕着我。"死亡对胡克来说如此惊人地真实，而对那些尚未长大的人们或永远长不大的男孩却无可奈何。

小时候，我们读巴里的剧作和小说可以屏息静气地期待说："这么多冒险，我们选哪个好呢？"我们相信自身有能力在书中的

★ J. M. 巴里，1911 年
（耶鲁大学贝尼克珍本与手稿图书馆）

世界畅游，并征服它，可以兴高采烈地接受搅扰叙述乐趣的偶发性波折——闹钟嘀嗒作响、温迪被箭射中、海盗遭滥杀、小叮当与死神擦肩以及温迪的轻浮举止。比如，评论家蒂莫西·莫里斯回忆，他还是个学前儿童时看《彼得·潘》："我并未读出剧作流露出的性暗示。如今令我震惊的那些意象，当时的我有幸一无所知……身穿睡袍的温迪，因两胸之间被一支巨大的橡胶头箭矢刺穿，而坠落在地。"[1] 长大后，在了解到叙事者仍然可以听见梦幻岛海岸边的声响，却知道自己"再也不能登岛"时，我们更容易心生悲戚。谁不会想到爱伦·坡的乌鸦，以及"永不复还"一词所捕捉到的伤感而无情的"谨记人终有一死"呢？

---

1 蒂莫西·莫里斯，《一辈子只年轻两回：儿童文学与电影》（厄巴纳和芝加哥：伊利诺伊大学出版社，2000 年），第 114 页。

《彼得和温迪》承载了很多成人内容，可孩子们在急切地跟随达林家的孩子们探险时，很容易视而不见。在一个讲述仙尘、海盗、狗保姆和美人鱼的激动人心的故事里，成人内容只让人有一丝不安。相比之下，成年读者更容易发现书中尸骨遍地，角色多次险些丧命，以及那个反复的警告——孩子们长大了，大人们就"完蛋了"。

在胡克和彼得的僵局中，有一场生死之战将大人与孩子分开，不过方式是有趣而好笑的。战斗精神激励了交战双方，他们在一场寻求尊重的比赛中，在彼此面前昂首阔步、精心打扮、夸夸其谈、拼命卖弄、游行表演。胡克和彼得争的不是土地、权力、军队和物资。他们费尽心思，是为了获得岛民的尊重；争取游戏或比赛的胜利，而非排兵布阵作战。在高度程式化的相遇中，他们在演绎少年时代的仪式——挑衅、对战、冒险。这些与很多将胆量和挑战视为最高价值的部落中的社会仪式相近。故事结尾处，胡克仍是一位可敬的敌手，彬彬有礼，"并非英雄气概全无"。胡克最后的"胜利"是让彼得"失礼"，他随后向鳄鱼投降并"赴死"。连彼得都在那晚的睡梦中落泪。

小读者们或许也会感动得落泪，但他们不会猜测彼得为什么而哭。胡克的独臂、战斗中闪光的剑、落水时的纵身一跳以及鳄鱼的血盆大口，他们会因这些分神。而成年读者会深入思考彼得的哭泣。是失去了一个可敬的敌手？是模模糊糊意识到，他打败的这个男人很疼爱他？还是在哀悼人类的脆弱和易逝？此处提到的泪水，对孩子而言无足轻重，常被忽视，但在成年读者看来，却以惊人的言简意赅，成为一个哲学和心理学上的谜题。巴里天才地将这个演绎故事出双重含义，且不让人察觉出他为同时吸引大人和孩子所做的努力。

◆◆◆

## 舞台上的《彼得·潘》

彼得·潘性情多变，这在J. M.巴里这部作品的很多改编作品、挪用作品、前传、续集和衍生作品中显而易见。彼得·潘爱模仿，擅长即兴演出和角色扮演。他属于舞台，因为在舞台上，他才能徜徉在玩耍和表演的世界中，始终带着股疯狂劲儿，飞来飞去，随季节变换，永不为纸页上的区区文字所束缚或被完全的定义所限制。

1905年，马克·吐温在纽约观看了《彼得·潘》的演出，饰演主角的是莫德·亚当斯[1]。吐温深爱此剧，甚至在《波士顿环球报》上写道："我坚信，《彼得·潘》对于这个无耻而拜金的时代，是一份伟大的馈赠，它净化、振奋人心；下一出能与《彼得·潘》比肩的剧作还需要很久才会到来。"[2]1903年11月23日，

---

1 莫德·亚当斯（Maude Adams），美国演员，因饰演彼得·潘而一举成名，1905年首度出演该剧。她当红之际，是最为成功、片酬最高的演员。——译者注
2 马克·吐温，《波士顿环球报》，1906年10月9日。吐温几次见到巴里，因对谈常被打断而沮丧不已，他如是抱怨："我跟他从来都说不上五分钟，就被打断。"

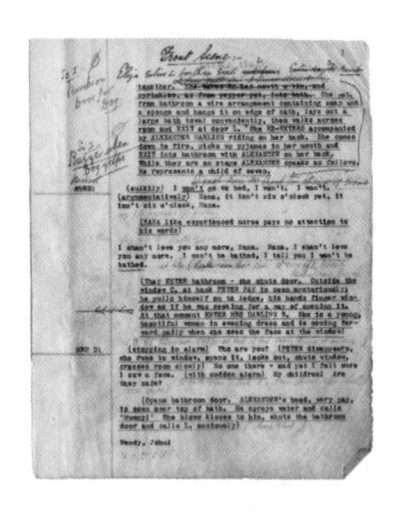

★ 1904年《彼得·潘》第一幕打印稿

（耶鲁大学贝尼克珍本与手稿图书馆）

巴里开始写下一个新剧本的最初几行。此前，他已拥有一系列令人瞩目的戏剧成就，尤其是新近上演《可敬佩的克赖顿》最负盛名。新剧最初名为"后来：一部剧作"，其手稿现收藏于印第安纳大学伯明顿分校。后一度更名为"了不起的白人父亲"，直到查尔斯·弗罗曼（人称"戏剧界的拿破仑"）看过剧本，敦促巴里写完，但要求他换个剧名。弗罗曼对巴里写下的一切都信心满满——竟甚于巴里本人。"这部作品不会取得商业上的成功，"当弗罗曼最初询问巴里的新作时，巴里写道，"但这是我梦寐以求的作品。"[1] 巴里急于看到该剧登上舞台，不惜主动提出为弗罗曼创作另一部剧作《炉火边的爱丽丝》，以补偿任何因《彼得·潘》造成的损失（《炉火边的爱丽丝》最终仅上演115场）。

---

1 罗杰·兰斯林·格林，《彼得·潘五十年》（伦敦：彼得·戴维斯出版社，1954年），第70页。

★ 尼娜·鲍西考尔特饰演彼得·潘
（耶鲁大学贝尼克珍本与手稿图书馆）

弗罗曼被《彼得·潘》迷住，丝毫不惧将奇幻故事搬上舞台会遇到的挑战，整部戏需五十位演员参演，饰演海盗、仙子、美人鱼和鸵鸟等一众角色。他情不自禁地向朋友们描述剧中场景，并在街头演绎出来。相比巴里，弗罗曼更为清楚地看到这出剧的魅力：剧中，孩子们可以飞起来，狼和鳄鱼登上舞台，一位父亲代替狗住在狗窝里。巴里有幸与约克公爵剧院的著名导演小戴恩·布西科合作。这个剧院可容纳900位观众，是上演该剧的理想场所。它的舞台宽敞，可实现计划好的特效；又非巨穴般空旷，从而破坏所有神奇的亲近感。演员们并没有完全为将到来的一切做好准备。饰演温迪的女演员收到了通知："排练——10:30练习飞行"。她惊讶地发现她不得不上人身险，以防不测。

巴里认为，飞行是舞台幻景中至关重要的一环，他雇了空中芭蕾舞团的乔治·柯比来改善其舞团用到的飞行背带性能，好让

★ 1904年,《彼得·潘》在约克公爵剧院上演时的缎面节目单
（耶鲁大学贝尼克珍本与手稿图书馆）

它更为隐蔽，更为灵巧。柯比为彼得和达林家的孩子们创造了一套全新的装置，不过它需要经过特殊训练才能掌握如何起飞和降落，这花掉了演员们两周宝贵的排练时间。舞台工作人员抗议起操作所有机械装置的困难来，巴里提到一个穿工装裤的沮丧男人不时跳出来宣告："楼座那些孩子们要受不了了！"巴里曾五次重写结局，剧作即将上演的前几天还在做删改和调整。

1904年12月27日星期二，J. M.巴里创作的《彼得·潘，又名不想长大的男孩：一出三幕剧》完成剧院首演。该剧被迷雾覆盖，演员们发誓要保守秘密。报纸上充斥着对演出内容不着边际的论断，甚至声称（巴里是消息来源）有一幕戏会有仙子诞生。剧作原定于1904年12月22日首演，却因为上演遭遇的重重挑战而延期四天——就在首演前夜，一台机械升降机塌了，毁掉了大部分舞台布景。首演之夜，没有人胸有成竹（巴里尤甚，他将圣诞节的大部分时间用来再次重写结局），演员中弥漫着紧张焦虑的气氛，担心这戏撑不过那个演出季。然而，当大幕初启不久，观众们被带入达林家的育婴室，来见证孩子们的晚间仪式时，魔咒生效了。正厅前排座位的观众们甚至没来得及照先前被提示的那样，带动鼓掌来挽救叮当的生命。当彼得问出："你们相信有仙子吗？"观众们——多数是大人，而非孩子——自发地鼓起掌来。

　　评论家们感觉有股力量在剧院里翻涌。《晨邮报》宣称："《彼得·潘》并非一出消遣剧。"《每日电讯报》则称它为一出"颇具创造性、颇为细腻、颇为大胆的剧作，当大幕最终降下，关于该剧是否大获成功的疑虑荡然无存……它如此真实、自然、动人"。[1]在《星期六评论》上，颇受欢迎的评论家麦克斯·比尔博姆透露，他深谙舞台上起作用的真正魔法："我们不能将巴里先生简单视为天才。他比天才更罕见——他是个孩子，因为他有种神的恩赐，能通过一种艺术手段来表达内心的孩子气。"[2]而同时代另一位杰出剧作家萧伯纳对此剧的赞扬稍有节制，称《彼得·潘》是"献给孩子的节日娱乐，实为一出大人戏"。[3]私下里，

---

[1] 简妮特·邓巴，《J. M. 巴里：意象背后之人》（德文郡牛顿阿伯特：读者联盟，1971年），第142页。

[2] 同上书，第88页。

[3] 萧伯纳，《书信集，1898—1910年》，丹·H. 劳伦斯编（伦敦：M. 莱因哈特，1965年），第907页。

★ 四位曾饰演彼得·潘的著名女演员肖像（左上，右上，左下，右下分别为）：莫德·亚当斯、保利娜·蔡斯、尼娜·鲍西考尔特、塞西莉亚·洛夫特斯
（耶鲁大学贝尼克珍本与手稿图书馆）

他称这部剧为一个强加给孩子的"人造怪胎"。为了回应《彼得·潘》，他创作了《安德罗克里斯与狮子》，该剧仅上演八周，如今鲜有复排。相比之下，《彼得·潘》在上演后的前五十年间，已在英国上演数千次，除两年——仅因为战争——之外，年年复排。

巴里赶上了好时机。维多利亚女王在十九世纪四五十年代间，大力扶持剧院，剧院老板们也在努力吸引中产和上层中产阶级观众，种种因素使得伦敦的剧院文化发生了转变。随着伦敦市内及周边地区交通系统的改善，剧院老板们无须为了上座率而不断更换节目，而是可以接连数周、数月甚至数年上演同一剧目。在西区节目单上，J. M. 巴里、萧伯纳、奥斯卡·王尔德和亨利克·易卜生，通过取代老戴恩·布西科（1904年版《彼得·潘》

★ 琼·亚瑟（饰演彼得·潘）和鲍里斯·卡洛夫（饰演胡克船长）这对不相配的搭档共同出演了一出百老汇音乐剧版《彼得·潘》，莱昂纳德·伯恩斯坦创作配乐（经图库 Photofest 许可）

舞台经理的父亲）、汤姆·泰勒和 H. J. 拜伦等剧作者，提升了戏剧的品质。此前那一批多产的受雇文人，用情节剧和讽刺滑稽剧统治了维多利亚时期舞台。

首次登台后的一个多世纪以来，彼得·潘在儿童文学世界中已具有标志性影响力，甚至有一项心理医学综合征以他命名。如今，《韦氏新世界医学词典》收录了"彼得·潘综合征"，用以描述"从未长大"的男人，该词由丹·基利发明，出现在其1983年出版的同名著作中。更重要的是，彼得·潘的生命在各种慈善机构和文化景点中得以延续。情理之中的还有，他是大奥蒙德街医院的守护神，是肯辛顿公园的主要景点。"男童子军之父"罗伯特·巴登-鲍威尔对该剧大为着迷，他曾一连数晚去看这出戏。彼得·潘在多部电影中担纲主角——无声的和有声的、动画的和真人的。

此外，随着彼得·潘的故事被改编、挪用和再创作，他也在文化之熵进程中，冒险地成了卡通人物。每一位新版的彼得·潘似乎都会失去一些本来的华彩，尤其是进入商业广告、漫画书籍和迪士尼动画片后。所幸，我们仍能重读经典，本书即提供此机会，重返最初被创制的梦幻岛，它出现在 J. M. 巴里讲述的好几个有关彼得·潘的故事里。这并非就意味着我们不该不断地推陈出新——彼得·潘汇聚了《灰姑娘》《漫游奇境的爱丽丝》或者《小熊维尼》这类故事书的核心力量。不过，复制品鲜有原作那般清楚、明晰、引人入胜，巴里的彼得·潘给我们某种其后来者中无人可尽数捕捉的东西。

威廉·华兹华斯在其自传性诗歌《序曲》的结尾处写道："我们爱过的 / 别人将爱，而我们会教他们如何去爱。"本书即专注于这一主张，坚信像巴里创作的此类故事仍有其魔力，即便我们更多地了解彼得·潘及其创造者，魅力依旧不会消退。《彼得和温迪》是个绝佳的出发点，可以由此一探巴里在一生中写下的多种不同版本的彼得·潘故事——从《流落黑湖岛的男孩们》到首部彼得·潘电影的剧本。这种展示也提供了思考很多其他事情的机会：J. M. 巴里的人生故事、剧作《彼得·潘》的命运、为彼得·潘的故事所绘的插图，以及这个不想长大的男孩对于杰出人物、文人学士和普罗大众的人生所产生的影响。《彼得和温迪》每一页上都奏着完整的和弦，这些旋律强有力地与巴里的人生、艺术和文化财富相和鸣。

★ 1969年，海利·米尔斯在伦敦舞台上饰演彼得·潘（经图库 Photofest 许可）

★ 1936年，埃尔莎·兰彻斯特在伦敦帕拉丁剧院饰演彼得·潘，她的丈夫查尔斯·劳顿饰演胡克（经图库 Photofest 许可）

◆◆◆

## 从后门进天堂

　　文化批评家劳拉·米勒在其动人的回忆录中，记述了如何与 C. S. 刘易斯的《纳尼亚传奇》相遇，告诉我们小时候的她多么疯狂地热爱阅读。长大后试图重读时，她却在某些方面深感失望，因小时候挚爱的书中存在诸多思想上的错误转向而感到幻梦

057

消散。然而，她并未简单地将那些故事弃之不顾，并指出其已过时，应被淘汰。她转而找到了一种对儿时阅读重燃热爱与欣赏的途径。"如果我决心更多地了解、更深入地研究《纳尼亚传奇》，比如该作品是如何写成的，过去曾有怎样的解读，如今都有哪些不同的解读方法以及还可能被怎样解读，结果会如何呢？我或许就此抵达'书后的某个地方'，找到一扇敞开之门。这扇门并非最初的那扇，并非魔衣橱本身，而是另一种门，门后是一番别样天堂。"[1]我们最好带着同样不敬的专注精神，走近《彼得·潘》，通过了解其诞生记、文化背景与影响，进一步深入挖掘 J. M. 巴里的这一作品的深意，从而领会其真谛。

J. M. 巴里和 C. S. 刘易斯一样，生长在大英帝国，不过，刘易斯忠于爱尔兰，巴里忠于故乡苏格兰。两人都未能摆脱所处时代的意识形态和偏见。尽管一些评论家曾力证，巴里通过在印第安人和皮卡尼尼人身上过多着墨，努力打破刻板的种族印象，很多大人仍会发现给孩子们读这个故事时，需要编辑加工。我们大人也许能够聪明地辨别出，某些夸张之处属于一种更为广义的讽刺策略，可我们肯定还会想知道，孩子们会如何理解"红皮肤的种族"的"狡猾"，以及皮卡尼尼人的陌生语言。

托妮·莫里森指出，我们认为的种族歧视在孩子们看来可能并非如此。她说，海伦·班纳曼的《小黑人桑波的故事》曾是她的童年挚爱："小黑人桑波是世界上最受父母宠爱和娇惯的孩子。

---

[1] 劳拉·米勒，《魔法师之书：一个怀疑论者在纳尼亚的历险记》(波士顿：利特尔、布朗出版社，2008 年)，第 175 页。

穆波、琼波、桑波，多美的名字——你可以对着一片叶子将它们喃喃道出，或在地窖里大声喊出，感觉就像说出了什么重要的事。"[1] 然而，读者一旦带着后殖民主义的眼光阅读让·德·布吕诺夫的《小象巴巴尔的故事》，观察老妇人是如何带着欧洲式的开化使命对待非洲大象的（让巴巴尔接受教育，将西方文明介绍给其家乡的动物们），就很难再宣称儿童故事在文化上的清白无辜。正因如此，我们需要故事背后的故事。

我们想就此失去彼得·潘吗？他该就此飞走，无人问津吗？我们是否该创造新人物和新故事，使其更符合我们所接受的文化价值观？彼得·潘呼喊的"来吧！来吧！"仍然那么铿锵有力，很难迅速地销声匿迹。他的故事仍是美与魔法的源泉，恐怖和恐惧的源泉，让我们情不自禁地被其攫住。我们仍然阅读它，并传给下一代，只是经常不去深究内容背后的意义。不过，我们也不再以一双天真之眼来看待《彼得·潘》，对于我们以及我们的孩子来说，成长的一部分意味着将那些刺激我们自身敏感神经的文本的某些方面历史化，并予以接受。我们理应给孩子们这样的书籍，它们不必在每个"我"之前做政治正确的检查，而应挑战、刺激和不时刺痛读者，使人不致麻木，并思及在我们之前的人。而孩子们也将学会如何搜寻和探索，就如同长大的劳拉·米勒。

作为一份宝贵的文化遗产，《彼得·潘》属于一类特别的书，它们是睡前读物中的典范之作。我们迅速跳入达林家育婴室的睡

---

[1] 吉姆·哈斯金斯，《托妮·莫里森》(密苏里州斯普林菲尔德：二十一世纪出版社，2002年)，第24页。

前仪式之中，孩子被带到一块土地，在那里岛民们——包括迷失的男孩们和海盗在内的每一个人——都渴求故事。这个登峰造极的睡前故事出现之时，英格兰的父母曾在很长一段时间的晚上用舒缓糖浆（通常含安眠药成分）让孩子们安静下来，他们需要有效的替代品。《彼得·潘》可能没让孩子入睡，却用与孩子共读这一观念叫醒了家长。在一切都"如死般寂静"，孩子思绪可能焦躁地变化之时，这本书带来了欢愉和慰藉。即便出版已有一个世纪之久，它仍不失联结的能量。

《彼得·潘诺顿注释本》既面向大人也面向孩子，巴里的本意也会是如此。本书创造了这样一个空间，孩子可以沉迷于故事之中，大人则可以读本"好书"，深入思考，也能反思 J. M. 巴里这一故事诞生的原因，以及其架构、文化内涵、意义在在岁月长河中的命运。如果你愿意，可略去注释，畅享文本和插图。评注就留待那些对海盗、潟湖，板球游戏和板球队，或对波尔托斯和卢埃林·戴维斯兄弟抑制不住地好奇的人们，正是怀着同样的心情，我花费人生数载，研究 J. M. 巴里和其文学创作。

巴里并非哲学家，却比任何一位作家都深谙让-雅克·卢梭关于童年和游戏的智慧。跟那位哲学家一样，巴里让玩耍和自由不受束缚。更为重要的是，那位法国哲学家和这位苏格兰剧作家皆懂得，无微不至的爱在与孩子们的交往中所起的作用。两百多年前，卢梭提出的建议可能对如今的我们来说不言自明，却曾让其同代人仇视不已。"人们会怎样大声疾呼来反对我！"他抱怨道。而他所倡导的在我们听来却没那么革命："热爱童年，沉浸

★ 在1976年的一部《彼得·潘》电视剧中,米娅·法罗飞经大本钟,指出通往梦幻岛的路(经美国全国广播公司、图库Photofest许可)

童年的运动、乐趣和快乐的本能之中吧。"[1] 巴里成了卢梭哲学思想的最大受益者,他奇迹般地创作出了这样一个故事,它既让孩子尽情玩耍,也抓住大人对人皆有一死,对童年消逝将不复返的伤感觉知。

---

1 让-雅克·卢梭,《爱弥儿,或论教育》(纽约:基础书局,1979年),第51页。

## 作者传记：梦幻岛上的 J. M. 巴里

借助《彼得·潘》，詹姆斯·马修·巴里将永远与青春、快乐和童年乐趣联系起来。这位苏格兰作家1860年5月9日生于基里缪尔镇，人到中年仍保有少年感。他清秀的容貌、小巧的身材、一生酷爱的超大外套，都让他比实际年龄更显年轻。在肯辛顿公园与圣伯纳犬波尔托斯散步时，比起成人，他更愿意跟孩子交往。巴里会停下脚步表演戏法、讲故事，在这段时间里，他会动耳朵、让眉毛一高一低，讨得大家的喜爱。借助波尔托斯，他结识了那些男孩——他们是彼得·潘的原型。

一个身穿宽大外套的男人、一条大型犬、一群小孩子、一座公园——这种组合有着阴暗的意味，而 J. M. 巴里和彼得·潘的相关文化绝不只有积极的一面。我们不必睁大眼睛使劲看，就会发现彼得·潘波频中的干扰波。迈克尔·杰克逊的梦幻谷庄园、大众心理学家丹·基利的《彼得·潘综合征》和杰奎琳·罗斯的《以彼得·潘为例，又名儿童小说的不可能性》都以其独到的方式指向梦幻岛的问题所在。为此，我们更有理由审视这位创造了

\* J. M. 巴里与卢阿斯，1904年，由威廉·尼克尔森在伦斯特角宅邸的花园里拍摄。《彼得·潘》首演时，娜娜的戏服是以卢阿斯的外形为原型制作的
（耶鲁大学贝尼克珍本与手稿图书馆）

彼得·潘的男人，以期理解他作品中的文化立足于何处，辨识出他的恐惧和欲望在多大程度上渗透进这个讲述童真和冒险的故事之中。[1]

　　巴里的很多善良和慷慨之举——他常用小说、戏剧上的成功所带来的巨额财富帮助身边的人——表明，他是一个心系家庭、友谊和社区的人。然而，他的熟人们一次又一次地说他"阴郁""寡言""孤僻"和"愁苦"。他时不时会紧闭心门，与A. E. 豪斯曼一次尴尬的相遇后，他给豪斯曼的一条留言就充分说明

---

[1] 艾莉森·B. 卡维在为其《朝右侧第二颗星星的方向：大众想象中的彼得·潘》（新泽西州新不伦瑞克：罗格斯大学出版社，2009年，第1—12页）撰写的引言中，讨论了某些负面关联。

★ 1905年,"天助巴里"板球队在黑湖岛。队员包括:(后排)莫里斯·休利特[1]、J. M. 巴里、亨利·格雷厄姆、E. V. 卢卡斯;(前排)H. J. 福特、A. E. W. 梅森、查尔斯·丁尼生和查尔斯·特利·史密斯
(大奥蒙德街儿童医院慈善基金会提供)

了这一点:"很抱歉,昨晚我坐在你身边却不发一语。你肯定觉得我十分粗鲁,其实我十分害羞。"[2](豪斯曼回以同样的文字,并在附言中毫不留情地指出巴里把他的姓氏拼错了,这让事情更糟。)巴里本人也坦承性格中阴暗和压抑的一面,担心遗传自母亲的"保守克制"使他与世隔绝。他还将此归咎于民族特质,声称他跟苏格兰民众一样,像"一座门窗紧闭的房子"。[3]他担心,即便他很想拉开百叶窗,打开门,"门窗还是会砰地关上"。他时而袒露心声、真情流露(比如在《玛格丽特·奥格尔维传,其子 J. M. 巴里著》这本他写母亲的传记中),时而闷闷不乐、孤僻寡

---

1 莫里斯·休利特(Maurice Hewlett),英国历史小说家、诗人、散文家,代表作有《森林情人》等。——译者注
2 格雷厄姆·钱尼,《剑桥文学史》(第二版)(马萨诸塞州剑桥:剑桥大学出版社,1995年),第225页。
3 J. M. 巴里,《玛格丽特·奥格尔维传,其子 J. M. 巴里著》(纽约:查尔斯·斯克里布纳之子出版社,1923年),第156页。

言（比如在婚姻中），即便我们就他的家庭、文学生涯和社会活动等方面掌握了海量信息，他本人却依然令人捉摸不透。

跟所有的孩子一样，童年时期的巴里因为终有一天会长大而提心吊胆。"我少年时期的恐惧，"他写道，"就是知道有一天，我也得放弃游戏，真不知道怎么能做到这一点……我觉得我得偷偷玩。"[1] 巴里对童年游戏——打板球、表演船只失事、建要塞——的描述妙趣横生，充满阳光，其反映出的饱满情感在大多数童年回忆中是缺失的。他一生都标榜自己是"男子汉"。他与亚瑟·柯南·道尔、A. A. 米尔恩及其他作家一道，找到了一种方法，借此恢复儿时运动中那种令人忘我的活力。巴里组织了一支运动队，后以"天助巴里"（Allahakbarries）之名为人所知〔一位从摩洛哥旅行回来的朋友告诉这支队伍，"Allah Akbar"（真主至大）是阿拉伯语"上帝助我"之意，后缀让这一词语有了曲解的空间〕。不过，直到1897年巴里第一次在肯辛顿公园遇见卢埃林·戴维斯兄弟们，才真正得偿所愿：让夏天充满海盗游戏和其他冒险带来的刺激，永无止境、肆无忌惮。"我们十二岁之后发生的一切都不值一提。"他伤感地写道，即便当时他已然是位成功的剧作家和作家。[2]

在其早期的一部虚构作品《汤米和格丽泽尔》中，巴里提醒读者，长大的焦虑既能惊人地真实，又仅是一种感触。汤米·桑

---

[1] J. M. 巴里，《玛格丽特·奥格尔维传，其子 J. M. 巴里著》（纽约：查尔斯·斯克里布纳之子出版社，1923年），第30页。

[2] 同上书，第42页。

兹——不同于彼得·潘——生理上成熟了，却"太痴迷于当个小孩"，而发现自己无法在情感上成熟起来，最终走向了悲惨的结局。在一个情绪紧张的情节中，汤米绞尽脑汁地想要重回儿时旧地："他夜复一夜地尝试新方法，即便始终知道有架金梯藏于某处，却遍寻不得。"[1]成年后的巴里总在担心，在他享受青春之乐——替代沉闷的成人义务的治疗性方法——时，可能被其他成人逮个正着。

巴里始终在寻找金梯，带自己重返童年。那是个还算闲适和快乐的童年，可如果进一步探究会发现事实并非如此。悲剧曾不止一次造访基里缪尔这户人家，由此不难理解巴里的孩子气的特征为何在后来轻而易举地变作一位批评家口中的"晚年的颓然悲伤"。[2]他饱受噩梦的折磨（"小时候，噩梦的源头是条床单，它总想在夜里勒死我"），深受缺陷的摧残（"要是我腿长，就可以跟他们说那些事了"），一生都在与创伤和失去所投射在儿时自我身上的阴影做斗争。在之后的人生中，死亡一直紧随他的挚友、家人，尽管他们都还远未及天年。"（巴里）与他挚爱之人的接触是致命的。他们死去。"D. H. 劳伦斯在致巴里的前妻玛丽·坎南时，不怀恶意地如此写道。[3]

---

[1] J. M. 巴里，《汤米和格丽泽尔》（纽约：查尔斯·斯克里布纳之子出版社，1911年），第88页。

[2] 安东尼·莱恩，《迷失的男孩们》，出自《纽约客》，2004年11月22日，第98—103页。

[3] 沃伦·罗伯茨、查尔斯·T. 博尔顿和伊丽莎白·曼斯菲尔德合编，《D. H. 劳伦斯书信集》（剑桥：剑桥大学出版社，2002年），第48页。

★ J. M. 巴里与母亲玛格丽特·奥格尔维，1892年（耶鲁大学贝尼克珍本与手稿图书馆）

手摇纺织机织工戴维·巴里和妻子玛格丽特·奥格尔维（根据一项古老的苏格兰传统，她保留了婚前姓氏）育有三子，巴里是小儿子；年幼时人们唤他杰米，他在一定程度上活在亚历山大和戴维两位哥哥的阴影之下。到19世纪中期，基里缪尔已发展成为一个有1500名织工的纺织中心。这里的识字率高得惊人，有重视教育的文化氛围。戴维·巴里长时间工作，力行勤俭，以此支撑他的大家庭，让孩子们受教育，从而步入比他更高的社会阶层。奇怪的是，巴里除了颂扬父亲是顶梁柱外，对他几乎只字未提，却为母亲写下诸多感激之言。

在《玛格丽特·奥格尔维传》中，巴里描述了一件令人心碎之事，这使得母亲堕入孤寂境地，并深远地影响了巴里的童年和成年。亚历山大是家中长子，他在阿伯丁大学获得学术成功后，在拉纳克郡开办了一家个人的私立学校。妹妹玛丽加入了他的这项新事业，辅助校内后勤和教学方面的工作。在被任命为格拉斯哥学院古典主义教师时，亚历山大鼓励父母送二弟戴维来该校就读。戴维长相英俊，学习勤勉，体格健壮，据说是母亲最心爱的儿子，命中注定要成为牧师。很少有人会拒绝这样的机会。杰米成了唯一待在家中的儿子。

有报道称，1867年的冬天分外寒冷，戴维刚刚收到一双哥哥亚历山大送的新滑冰鞋。一贯慷慨的戴维与一位朋友分享这份礼物。那位朋友在冰面上飞驰而过，又火速滑回，结果撞倒了戴维，他倒下后摔裂了头骨。"坏消息传来的时候，"巴里在《玛格丽特·奥格尔维传》中称，"别人跟我说，母亲的表情平静得吓人，她准备出发，从死神手里抢回儿子。"[1] 玛格丽特还未启程前往格拉斯哥，承载着噩耗的第二封电报就到了："他走了！"

玛格丽特·奥格尔维的人生从未顺遂，第五个孩子艾格尼斯出生后，她身体就总是"欠佳"。她那时很可能深受产褥热的折磨，还得承受新生儿的殒命带来的痛苦，并看着女儿伊丽莎白命丧于百日咳。在这段艰难的日子里，玛格丽特的父亲去世了，他是采石工，因常年吸入采石场粉尘，肺功能减弱。接连数月里，这座位于布里金路的家庭别墅成了苦难、悲剧和哀悼之地。不过在1853年，玛格丽特·奥格尔维恢复了健康，并在七年内再产下五子，三女两男。后来是戴维发生意外的消息。她无力承受失去他的痛苦，遁入卧室之中，身旁是戴维的受洗长袍。杰米想方设法转移她的注意力，从而练就了诸如模仿和童话剧表演等才艺。巴里描述自己是如何生发出一种"强烈的欲望……成为（戴维），直到母亲看不出分别"。他私下里一直苦练，最终能完美模

---

[1] 巴里，《玛格丽特·奥格尔维传》，第30页。

仿戴维的口哨和站姿（双腿分开，双手插进灯笼裤的口袋）。[1] 也许从他儿时的冒险游戏表演中，我们可以发现他对表演、演出和戏剧的最初热爱。

为了让母亲开口说话，改善心境，小巴里采取交换故事的方式——他的冒险故事换她的童年回忆。玛格丽特在自己的母亲去世后，就一直照顾弟弟，料理家事。巴里和母亲还一起如饥似渴地阅读。《鲁滨孙漂流记》和《天路历程》是他儿时的最爱。母亲与儿子的这种生动互动映射出彼得和温迪之间的关系（尽管代际有别）：迷恋冒险的男孩和尽职尽责的女儿，她缝缝补补、洗洗涮涮、讲述故事。讲故事和模仿首先是种补救之举，帮助小杰米成功地"用聪明的办法试图治疗"难过的母亲。不过，这些方法也逐渐发展为他长大后仍受益匪浅的才能。

玛格丽特·奥格尔维从未真正地从儿子戴维的死中恢复过来，不过她努力装出回归正常生活的样子。有一天，她提议儿子把他的一些故事写下来。巴里回忆说，"那个金点子"好像是他自己想出来的，却极有可能是母亲的想法，她那时希望赶快织好她的"炉边地毯"。[2] 巴里的一位同学这样回忆巴里超常的讲故事天赋：

> 我记得有个夏日午后，我和他一起放学……我们拐进巴克温德窄巷，听到锤子在铁砧上锤打的声响，跟所

---

1 巴里，《玛格丽特·奥格尔维传》，第16—17页。
2 同上书，第49页。

有男孩一样，我们停下脚步，看了会儿铁匠福赛思削尖凿子……从铁匠的门前离开后，杰米开始给我讲故事，直到我们走上莱姆波茨大街时，故事仍在继续……他两眼放光，讲述了一个"离奇曲折的历史故事"，他讲得事无巨细，我听得入神。故事讲的什么我早已记不得了，可还记得回家的路上思考这事儿，心想："杰米真是个怪家伙。他从哪儿知道的这个故事呢？这可不像个孩子会讲的故事。"[1]

杰米不仅早慧，还有先见之明。讲故事逐渐成为他化解孤独的灵丹妙药，后来，他讲述儿时的自己是如何藏在落满灰尘的阁楼一角写故事，为文字生涯做好准备：

> 我写了冒险故事（写探险时，最开心），人物决不许像我知道的人，场景是未知之地、荒岛、被施魔法的花园，还有骑士……骑着黑色战马，有位女士在第一个拐角处卖水田芥……自从在阁楼里第一次尝到甜头的那天起，我就打定主意：我不可能从事什么敲敲打打的可怕工作；文学才是我的领域。[2]

写作从小到大支撑和滋养着巴里，它成了童年游戏唯一可行

---

[1] J. A. 哈默顿，《一个天才的故事》（纽约：多德、米德出版公司，1929 年），第 36 页。
[2] 巴里，《玛格丽特·奥格尔维传》，第 50—51 页。

的成年替代品。他早期的小说尤其带着一种有意思的口述风格，好像叙事者并非坐在书桌前，而是在向一位知己详述桩桩事件。《汤米和格丽泽尔》与《小白鸟》这类作品趣味十足、洋洋洒洒，不拿腔拿调，让人回想起讲故事的小巴里，他的头脑中总是有观众，注重叙述中带有的表演元素。

十三岁时，巴里进入邓弗里斯学院学习，哥哥在此处任督学。1924年，长大后的巴里在邓弗里斯做演讲，他将《彼得·潘》的源头追溯至在那里的操场上玩过的游戏："夜幕初降，一些数学小天才们扔下三角尺，爬上墙头，爬下大树，成了奥德赛式的海盗，这在很久以后成了剧作《彼得·潘》。某座邓弗里斯的花园对我来说是块魔法之地，我们在那里的种种冒险无疑催生了那部无法无天的作品。"[1]

就在邓弗里斯，巴里读到了 R. M. 巴兰坦的《珊瑚岛》，这部作品激发他"在接连数月里的每个周六，都在一座荒废已久的花园里'船只失事'"。在同一个地方，他还发现了戏剧，镇上新建的剧院上演的剧目他几乎场场不落："上学时，我常出入于此，总是坐在乐池前排的边座上……那里让我抛开舞台的幻景，看见演员们在侧翼的活动。"[2] 邓弗里斯皇家剧院上演莎翁剧目，年轻的巴里欣赏到了《哈姆莱特》《奥瑟罗》和《麦克白》，以及其他情节剧和讽刺滑稽剧。这位少年学者浸润在这种戏剧文化中，写

---

[1] 巴里，《玛格丽特·奥格尔维传》，第 50—51 页。

[2] J. M. 巴里，《格林伍德帽：詹姆斯·阿农回忆录》（纽约：查尔斯·斯克里布纳之子出版社，1938 年），第 64 页。

出了自己的剧作《强盗班迪莱洛》(跟彼得一样，班迪莱洛是巴里"最喜欢的虚构人物"的大融合)。该剧公演后，招致一些骂名。有位看过一次戏的牧师谴责该剧"粗俗下流"。很多当地的大人物捍卫那些年轻演员，反对"那撮偏执的神职人员"的强烈谴责，继首个演出季后，邓弗里斯业余戏剧社迎来第二个成功的演出季。[1]在一出戏(改编自詹姆斯·费尼莫·库柏的戏剧)中，年轻的巴里饰演了六个不同角色。后来，他回望邓弗里斯的五年，觉得"那可能是人生中最快乐的日子"。

完成学院的教育后，巴里不情不愿地赴爱丁堡大学，做文学研究。那里的学术生活极为枯燥("学生偶尔会死于饥饿和刻苦交加")，而新闻业则要诱人得多。在爱丁堡获文学硕士学位之后，巴里自然找不到理由拒绝为《诺丁汉日报》撰写社论，每周能领到3镑薪水的工作机会。[2]他下定决心靠文字为生，不遗余力地寻找发表散文的机会。他在《圣詹姆斯公报》以"往昔荣光田园诗"为题，发表了一系列文章，该系列描写虚构小镇轻鸣镇(以他的家乡基里缪尔为原型)上的生活。这给了巴里勇气移居伦敦，开始以作家身份"艰苦卓绝地自我推广"。刚抵达伦敦，他就发现一个好兆头，一眼瞧见有块告示牌在宣传他在《圣詹姆斯公报》上发表的文章《白嘴鸦开始筑巢》。"我记得，"他以第三人称回忆道，"他如何坐在行李箱上，注视着这条关于白嘴鸦的好消息。"巴里回望那一刻时，将其视为他壮丽的人生传奇的开端。

---

[1] 邓巴，《J. M. 巴里：意象背后之人》，第35—36页。

[2] 同上，第41页。

★ 巴里于1887年出版的首本小说《死了更好》的书封，该作品属于"一先令惊悚小说"[1]
（耶鲁大学贝尼克珍本与手稿图书馆）

在伦敦，巴里是自由记者，他逐渐发展出一种朴实无华的风格，讲述一些都市读者从未在《英国周刊》《纪元周报》或《笨拙》上看到的主题。《论追帽子》《给些野花吧》《骄傲的贵族腰缠万贯的快乐》和《论折叠地图》都是他写过的题目。由于他的幽默感怪异有趣，文风多变迷人，最老到的读者也会被他吸引。然而，巴里本人意识到，他很少发出自己的声音，因为他有模仿他人的习惯："以医生、身前身后挂广告牌的人、国会议员、母亲、探险家、孩子……美容从业者、狗、猫的身份写作。他不知道自己为何这么做，但我看得出来，此举乃是为了避免表态。他打从

---

1 即"shilling shocker"，指在英国维多利亚后期尤为风行的犯罪或暴力小说，因最初购买只需一先令而得名，内容以轰动事件为主，写法颇为骇人听闻。——译者注

骨子里不愿影响别人，甚至不愿发表观点。"[1]巴里的行文一贯避免固定在同一人称上。无论是报纸上的文章还是小说，他都天衣无缝地从"我"转到"他"，或者从"我们"转到"你们"，从不允许自己锁定在一种身份或一种视角上。

巴里那些生动的新闻文章结集成册，以"往昔荣光田园诗"之名在1888年出版。该选集为更为持久的小说创作提供了跳板，两年后，《轻鸣镇的一扇窗》一经出版便赢得评论界好评，并取得不俗的销售业绩。这两部作品均致力于捕捉一个在工业化和城市化进程中迅速消亡的世界。轻鸣镇就是稍加乔装的基里缪尔，它能让读者陷入思乡的冥想，提醒读者即便身处贫穷而艰难的情况下，乡村集体生活中仍有种尊严存在。巴里对家乡的织工、手工艺者、农民的日常生活观察颇多，受此启发而勾勒出的人物肖像极为精准、客观，简直确有其人，以致母亲每每接待访客，就得把此书藏好。

巴里的下一部小说令他跻身文坛主力之列，他的名字一夜之间开始与哈代、吉卜林和乔治·梅瑞狄斯同时出现。《小牧师》讲述了加文·狄夏特和芭比之间的丑闻，前者是受委派到轻鸣镇上往昔荣光教会的牧师（他虔诚的母亲叫玛格丽特），后者是一位美丽而神秘的吉卜赛女郎，已许配给阴险的林图尔勋爵。一面是传统、虔敬和责任，一面是异域女郎和禁忌之恋的诱惑，狄夏特在此间摇摆不定，尽管他已屈从于这个似乎来自异域生灵——

---

[1] 巴里，《格林伍德帽》，第29页。

她如"天使般可爱"——的魅力，但仍竭力保持体面。

该小说在《好言好语》期刊上开始连载，1891年在伦敦出版，是最后一批三卷本小说之一。六年后，它被改编成戏剧，登陆剧院，还被先后五次制作成剧情片（最新的一部于1934年上映，是情节剧，主演为凯瑟琳·赫本）。巴里称《小牧师》描绘了"虚构作品中最矮的主角"。在序言中，他带有一丝自豪地补充道，狄夏特实际上是有史以来"唯一的矮个子男主人公"。"如果所有小说里的男主角在某块广阔的平原上相遇，你会马上认出他。这并非因为他在向其他人布道（即便他将如此行事），而仅仅是因为他身材矮小"。[1]

《小牧师》令巴里在英美文学界的声誉更为稳固。该剧在美国（这里流通着这部小说的大量盗版）弗罗曼帝国剧院上演时，打破了百老汇的纪录，莫德·亚当斯担当主角。即便巴里自称戏剧是条"文学小径，起初我走得十分迟疑"，[2] 很多剧目却迅速跟进，上演于1892年的《伦敦漫步者》是其中之一。巴里邀请年轻的女演员玛丽·安塞尔在该剧中出演女二号，接着两人开始在高级餐厅里一同用餐。这段受到伦敦八卦专栏撰写人密切关注的追求历经多次波折，后因巴里人生中另一悲剧事件而搁浅数月，当时巴里妹妹的未婚夫从马上摔了下来，当场身亡。那匹马是巴里本人送出的礼物，他因此在事发后的几个月里悲痛欲绝，愧疚不已。

---

[1] J. M. 巴里，《小牧师》（纽约：查尔斯·斯克里布纳之子出版社，1921年），第 vii 页。
[2] 巴里，《格林伍德帽》，第266页。

★《我的尼古丁小姐》第一章，开篇将吸烟与婚姻生活作比较
（耶鲁大学贝尼克珍本与手稿图书馆）

★ 玛丽·安塞尔，1896年
（耶鲁大学贝尼克珍本与手稿图书馆）

相恋之初，J. M. 巴里和玛丽·安塞尔都已年过三十。这段关系中没有求婚，没有规划，没有决定性转折，这令玛丽越来越茫然无措，而巴里却始终纠结于他和玛丽的未来可能会出现的问题。他一度退至朋友亚森·奎勒-库奇在康沃尔的庄园，围绕一个叫书虫的人物写故事。在那里，巴里一面享受三岁的比维

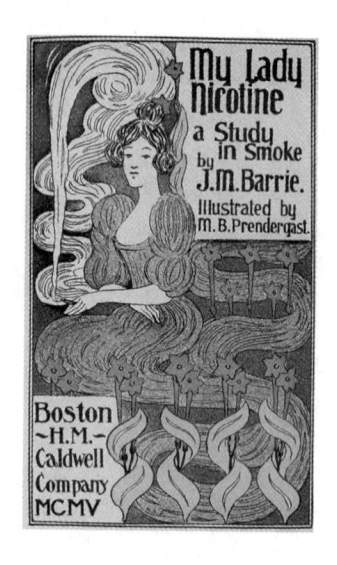

★《我的尼古丁小姐》内含一系列论吸烟的短文。巴里本人终生抽烟斗，深受顽固的震咳所扰
（耶鲁大学贝尼克珍本与手稿图书馆）

尔·奎勒-库奇的陪伴，一面勾勒出一个人物的主要特征，该人物出现的剧作后来被命名为"教授的爱情故事"。巴里在剧中就一位寻求一生独身的男士，表达了一些深层顾虑。书虫的医生坚称，婚姻会让他的人生转向，让他"重生"："他已深陷书海，将无法自拔，会变成一页羊皮纸、一具木乃伊。"[1]

1904年，巴里已与玛丽成婚十年，却仍愁苦于自身更为书卷气，而不接地气。在一篇为皇家文学基金会的演讲中，他追问着"我们是确实在此地，还是此时只是书中的一个章节；如果是后者，我想知道是由在座的哪一位执笔"。[2] 他常就一个分裂的自我进行反思，反思方式完美地连接了现代概念中有关分裂的自我意

---

1　伯金，《J. M. 巴里和迷失的男孩们》，第 25 页。
2　詹姆斯·马修·巴里，《麦康纳奇和 J. M. B.：J. M. 巴里演讲集》（伦敦：彼得·戴维斯出版社，1938 年），第 13 页。

识的部分,及超乎寻常的智性所带来的存在的焦虑。文学的的确确成了他的游戏,说剧本、角色、手势、面具和模仿占领了他的生活也不为过。巴里无疑觉得自己的独立罕有他人能及,哪怕是他的苏格兰同胞也不行,尽管他将他们描述为紧闭的窗。如果我们加上玛丽和巴里的婚姻极可能名不副实这一事实,那么他为何踌躇良久就不言而喻了。

几年前,巴里的顾虑不一样。在为《爱丁堡晚间邮报》撰写的一篇题为"我的噩梦"的文章中,他描述了一个反复出现的噩梦,那梦随着时间的推移而发生了改变,最终呈现为对婚姻生活的焦虑:

> 这恐怖的噩梦攫住我的时候,尽管我说不清它的手段,它却让我成了天底下最惨的人……上学时,噩梦是我的同床好友,我跟他夜夜搏斗,其他舍友却安枕无忧。那时,噩梦像这样:秋波款款,却充满致命诱惑;噩梦从不千篇一律,却总让我认得出来。我的梦的一个可怖之处便是我总对它的缘由和来路心知肚明……现如今,我的怪梦不再改变。我总看见自己结婚了,而后失魂落魄地尖叫着醒来……我恐怖的噩梦总是以同样的方式开始。我似乎知道我已经上床睡觉了,然后看见自己在一个雾蒙蒙的世界中慢慢苏醒。[1]

---

[1] J. M. 巴里,《我的噩梦》,出自《爱丁堡晚间邮报》,1887年。

巴里最终做出决定。他于1894年3月前往北方，将他与一位女演员订婚的消息告知母亲。途中，巴里得了肺炎，后又转为胸膜炎，他以前从未如此病重过。玛丽·安塞尔跑去床前照料，巴里病愈后，他们二人定了婚期。1894年7月9日，詹姆斯·马修·巴里和玛丽·安塞尔结为夫妇，并赴瑞士度蜜月。在那里，巴里买了一条圣伯纳德幼犬，送给妻子作结婚礼物。那条狗被海运至伦敦，取了乔治·杜穆里埃[1]的小说《彼得·伊博森》中那条圣伯纳犬的名字：波尔托斯（而非来自三个火枪手中的同名人物），它像是那对夫妻的孩子。他们在伦敦的新家位于格罗斯特路133号，附近就是肯辛顿公园。在那里，巴里和他的大狗（它可以站起来，跟主人玩拳击）成了一对受人瞩目的奇怪组合，吸引了正在玩耍的孩子们的注意力。

波尔托斯在巴里夫妇的生活中所发挥的作用超乎想象。玛丽在她的《狗与人》一书中，描写了家中痛苦"沉默的用餐时光"，此刻"你的丈夫心在别处"："就在沉默变得无法忍受之时，你的狗走进来，吸引你的注意……你往它嘴里塞点儿好吃的，它回报以爱慕的一瞥。你的心马上重新暖了起来。生活的全部平衡也恢复了。"[2] 玛丽没有孩子，演艺事业也已终结，只得求助于狗狗的陪伴以及重新装修这一居家之乐。她先是专注于伦敦的家庭和花

---

1 乔治·杜穆里埃（George du Maurier，1834—1896），法裔英国漫画家、作家，因其在《笨拙》杂志上的画作和小说《特里比》（*Trilby*）而闻名。《蝴蝶梦》的作者达芙妮·杜穆里埃是其孙女。——译者注

2 玛丽·安塞尔，《狗与人》(纽约：艾尔出版公司，1970年)，第42页。

园，为居住在格罗斯特路的几户人家改善了家居环境，后来又转向伦斯特角宅邸。她也打算重装位于萨里的一座临近黑湖的乡间小屋，她丈夫就是在黑湖跟卢埃林·戴维斯家的男孩们玩的海盗游戏。

为了庆祝一周年结婚纪念日，巴里夫妇于1895年夏重返瑞士，享受马洛亚酒店优雅宜人的居住环境，呼吸恩加丁山谷清新的空气。九月的第一天，巴里接到姐姐简[1]突然病逝的消息，她此前一直在照料母亲（她已静静忍受未被确诊的癌症的折磨一段时间了）。而就在巴里抵达基里缪尔的十二小时前，玛格丽特·奥格尔维也去世了。巴里回家后，将姐姐和母亲一起葬在了公墓山。就在母亲去世后，巴里撰写了《玛格丽特·奥格尔维传，其子J. M. 巴里著》。巴里因对母亲的依恋而为其立传，此举似乎十分独特，尤其是考虑到她并未做出任何社会贡献和文化成就，悲伤似乎是她生前最热衷的消遣。母子关系总是至关重要的，其他一切都只得退居其次。玛丽·安塞尔的名字在那部颂扬母亲的传记中，从未被提及。而《玛格丽特·奥格尔维传》大卖的消息更是让人着实震惊，尽管不乏评论家吹毛求疵（他们认为它展示了一种"胎儿情结"）。该书在英国几周内便印刷近四万册，在美国的销售情况也是一路走高，好评如潮。

1896年，《感性的汤米》出版，巴里的作品开始带有更强的自传色彩。起初，巴里写的是写一个男孩的成长故事，他从伦敦

---

[1] 即巴里的二姐（1847—1895）。——译者注

重回轻鸣镇定居,结果巴里发现自己被这男孩深深吸引,只得退后而非向前。"如果我们遇到一个感兴趣、可能如谜一般的人,我们会不禁好奇他有怎样的少年时光。"巴里在这部小说的引言中写道,"小说家也是如此,他们会对自己创造的人物满心好奇。"试图概括这一人物的童年时,他发现,身为作家的他"不愿离开他的人物,或者说很可能就是他自己不愿长大,对于等待他的未来心存疑虑"。在书中,巴里显示出对童年的一种特殊偏爱;鉴于他身为一位成功的剧作家,其写作主题是礼仪、道德和婚姻,这种痴迷就尤显非同一般。大多数成年作家会被成长故事或成人行事之谜所吸引,巴里却只将成年角色看成探索孩子的机会,假以时日,孩子会成为大人的父亲。

有了《玛格丽特·奥格尔维传》和《感性的汤米》,巴里计划赴美,他在那里享受了一段"热闹时光",会见了戏剧制作人查尔斯·弗罗曼,一个"洪流般的人"。弗罗曼对巴里的剧作《小牧师》饶有兴趣,该剧 1897 年在伦敦干草市剧院首演,备受称赞。此时,巴里无须忧虑经济前景,弗罗曼本人也坚信新的合作开展在望。名利正以迅雷不及掩耳之势来到巴里身边,让他终于有时间参加各种他所热衷的活动,既包括娱乐,也包括工作。

现在,巴里有大把时间去肯辛顿公园散步,就在那里,那位遛波尔托斯的剧作家遇见三个男孩:五岁的乔治、三岁的杰克和尚在婴儿车里的彼得。孩子们头戴苏格兰传统红色宽顶无檐软帽,喜欢那条跟主人一起表演戏法的圣伯纳德犬。他们很高兴有那位能用眉毛搞怪的男人作陪。"男孩子里,只有我能让一边眉毛升,一边眉毛降。"巴里吹嘘道,"一边眉毛爬上额头,一边就会爬下额头,就像井里一浮一沉的两只水桶。"他还能讲故事——他那些漫无边际的长故事会让男孩们融入冒险中,让他们直面并战胜邪恶的对手。

巴里很可能在1897年新年前夕的一次晚宴上见到西尔维娅·卢埃林·戴维斯和她身为出庭律师的丈夫亚瑟·卢埃林·戴维斯,此次晚宴由伦敦著名的事务律师乔治·刘易斯爵士举办。西尔维娅不仅是孩子们的母亲,还是演员杰拉德·杜穆里埃的妹妹,作家兼艺术家乔治·杜穆里埃的女儿。她是位大美人,人们总说她有不寻常的好样貌:"她并非严格意义上的美人,却有着我从未见过的最赏心悦目、最光彩照人的面庞……她长着一头乌黑而蓬松的秀发,不过,神态才是她的神韵所在,还有她低沉的话音。"一位同代人如此描述她的美。[1] 如前文所说,J. M. 巴里对她一见倾心。[2] 但我们发现那位作者早就在肯辛顿公园跟西尔维娅的孩子们见过面,巴里和波尔托斯在那里凭借滑稽表演总是吸引孩子们的注意。她的儿子们果真头戴苏格兰传统红色宽顶无檐软帽吗?没错,帽子是用孩子们曾祖父的律师袍做的。

巴里与卢埃林·戴维斯一家的关系始于爱——迷恋西尔维娅,钟爱她的孩子们,终于悲剧——孩子们父母双亡,他将"五

---

[1] 多莉·庞森比,《日记集》,1891年10月13日,莉莎·钱尼援引,《和天使捉迷藏:〈彼得·潘〉创作者J. M. 巴里的人生》,(纽约:圣马丁出版社,2005年),第151页。
[2] 邓巴,《J. M. 巴里》,第115—116页。

★ 亚瑟·卢埃林·戴维斯，1890年

（耶鲁大学贝尼克珍本与手稿图书馆）

兄弟"收养。这期间，巴里的作家兼剧作家身份让他找到了将他——一位已婚无子男士——所经历的一切进行加工的方法。在1902年首次出版的《小白鸟》中，他用文学化的语言表达了自己的情感生活，记录了他渴望当代理父亲这一欲望的病态面。而就在两年后上演的剧作《彼得·潘》中，他终于驱除了心魔（至少在作品中），这主要是通过成功地在卢埃林·戴维斯兄弟们面前树立起父亲的形象。他还创造了一个永远长不大的男孩，后者的作用同样不容小觑。

我们先来说《小白鸟》——一部在诸多方面表现为巴里最为私人化的作品。在写作过程中，巴里随身携带笔记本，匆匆胡乱地记下一些想法（"乔治让我给他系鞋，以及类似事件，带给我一种莫名的快乐"），还透露出自己最大的乐趣是被当作卢埃

★ 西尔维娅·卢埃林·戴维斯和乔治、杰克,1895 年(耶鲁大学贝尼克珍本与手稿图书馆)

林·戴维斯兄弟们的父亲——这快乐又因一种恐惧而蒙上阴影,他怕会真相大白。《小白鸟》的叙事者是个古怪的单身汉,即改头换面的 J. M. 巴里,他总是潜回童年世界,混淆幻想和现实的界限,玩味当父亲会有的诸多幻想。("我的白鸟是本书,"西尔维娅·卢埃林·戴维斯怀第四个孩子时,他写道,"她的则是个婴儿。")[1]

巴里书中的单身汉没有自己的孩子,却花大把时间跟一个叫戴维的男孩在一起,他促成了戴维的父母和解及婚姻。玛丽也许是戴维的母亲,但叙事者却通过自己的故事和游戏赋予她的孩子一种新的身份。在旁人的眼里,他对男孩的依恋近乎病态,且游走在恋童癖的边缘。下文部分地描述了戴维的一次整夜留宿:

我凭直觉知道他想让我给他脱靴子。我用单手熟练

---

[1] 贝尼克图书馆巴里手稿室,A3。

且冷静地脱下靴子,然后把他放在我膝盖上,脱他的上衣。这真是一次愉快的体验,但我觉得我始终镇定自若,直到我不知怎的突然碰到他的吊裤带,才大为激动。

我无法在公众场合给戴维脱衣服。不久,夜间育婴室陷入黑暗,唯有夜灯闪着微光,四周十分静谧,除了一个男人从门缝里窥视床上的小人时,门发出的吱嘎响声。

叙事者入睡后,戴维醒了,他从自己的床上下来,爬上他那个成年朋友的床。当然,我们是在虚构的王国里,可关于男孩与男人一起时的描述仍让人心有不安,即便巴里的同代人似乎并未因这段露骨的描述而震惊。男孩在晚上渴望从一个大人那里得到安慰,而这大人并非他的父母,还过于密切地关注他在夜间的一举一动:

那个小白家伙二话不说爬起身来,投向我的怀抱。在余下的夜里,他时而压在我身上,时而横在我身上,他的脚有时在床尾,有时在枕头上,但他总是抓着我的手指,还不时叫醒我,让我说他是跟我睡在一起。我睡得不好。躺着时,我在想……我是如何站在门缝边聆听他甜蜜的呼吸,站得太久,我甚至忘掉了他的姓名,并叫他蒂莫西。

蒂莫西这个名字属于是叙事者编造出来的儿子,他说儿子早夭,这样就能捐衣物给戴维的父母。《小白鸟》的终章充满了一系列令人头晕目眩的反转和镜像,叙事者写的小说本来是戴维母亲计划写的,后来"流产"了,还有戴维母亲坚称叙事者的书实际写的是蒂莫西,而非戴维。每个人都孕育了一个孩子,母亲拥有"实体",叙事者"拥有影子"。[1] 母亲身份和父亲身份与作者身份竞争,在戴维决定把母亲介绍给叙事者这位他称为"父亲"的男人时,为人父母者遭遇了滑铁卢。

《小白鸟》一书怪异地表达出给一个孩子当父亲这样的幻想,此举后来证明对巴里是有疗愈效果的。该书也让巴里孕育出了一个"迷失"的男孩,他为了不长大而离家出走:"父母发现他在树林里一个人愉快地唱着歌,因为他觉得他现在可以永远是个孩子了;他怕一旦他们抓住他,就会强迫他长大成人,于是他跑进树林里,离他们远远的,现在他还在跑,依旧给自己唱着歌,因为他将永远是个孩子。"[2]《小白鸟》中出现的那个想"永远是孩子"的"流浪男孩"叫彼得·潘。他还只有七天大时,就"从窗户逃出来",飞回肯辛顿公园。巴里跟乔治、杰克郊游时,会向他们描述这个男孩,他最终会从《小白鸟》中飞出,迁徙到《肯辛顿公园里的彼得·潘》之中。巴里将那本书献给西尔维娅和亚瑟·卢埃林·戴维斯,以及"他们的孩子们——我的孩子们"。

---

1 巴里,《小白鸟》,第206页。
2 巴里,《汤米和格丽泽尔》,第399页。

那个还是孩子的男人最终找到了一个成为父亲的方法。在《感性的汤米》续集《汤米和格丽泽尔》中,巴里哀叹这样一个事实:"尽管他还是个孩子,永远会是个孩子,现如今却也偶尔尝试着做个大人……他太喜欢当孩子了,他长不大了。"[1] 巴里的婚姻生活可能真的遇到了麻烦,以至于他笔下人物宣称道:"我好像跟其他男人都不一样;我似乎被施了诅咒。亲爱的,我想爱你,你是我唯一想去爱的女人,可显然我爱不了你。"[2] 玛丽不满《汤米和格丽泽尔》中的一些段落,甚至坚持删掉几段,比如"我认为,上帝之所以怎么都无法原谅他,是因为格丽泽尔从未有过孩子"。

玛丽很可能从未有过孩子,但詹姆斯·巴里却确信他的一生将会孩子绕膝,先是卢埃林·戴维斯兄弟们,而后是在彼得·潘众多的变体中创造出的梦之子。那具有疗愈性、创造性的种种手段,替代了《小白鸟》中所表露的反常病态。而为了弄清楚这是如何发生的,我们必须要转向那个故事和其诸多的源头。

1901 年,巴里夫妇决定去位于萨里的黑湖边的乡间小屋消夏。并非巧合的是,卢埃林·戴维斯一家租了蒂尔福德镇的一座农舍,这样孩子们就可以跟巴里在黑湖的海滩上一起玩耍。[3] 黑湖岛轻而易举地变成一座充斥着海盗、印第安人和野生动物的荒

---

[1] 巴里,《汤米和格丽泽尔》,第 117 页。
[2] 同上,第 179 页。
[3] 实际上,卢埃林·戴维斯一家租住萨里郡蒂尔福德镇的农舍是受巴里之邀,农舍与黑湖乡间小屋很近,两家可以每天见面。——译者注

★ 卢埃林·戴维斯三兄弟：乔治、杰克和彼得
（耶鲁大学贝尼克珍本与手稿图书馆）

岛。巴里用相机记录下了一切，后来有一天，他想到将其制作成书，包装成男孩们的冒险故事的模样。此书印了两册，现只有一册存世——亚瑟·卢埃林·戴维斯乘火车时把他那本弄丢了。（"这无疑是他本人评论整个神奇事件的方式"，儿子彼得后来如此评论道。）[1]《流落黑湖岛的男孩们：戴维斯兄弟于1901年夏季的骇人历险记，彼得·卢埃林·戴维斯忠实记录》一书"出版"于1901年，内无文本——只有十六个章节标题和三十六张带图注的照片。孩子们母亲的一条描述和"家长育儿建议"形成了书中历险的框架。图片展示了玩耍的孩子们，仅有一位大人在书中出现，就是表情阴险的J.M.巴里，又称"黝黑船长"。

《流落黑湖岛的男孩们》的红黑色封面以一张照片为背景，照片上三个男孩手里拿着临时武器——铁铲和其他园艺工具。"岛上"也会用到弓、箭及刀具。夏末，杰克的嘴唇被乔治射出

---

[1] 伯金，《J.M.巴里和迷失的男孩们》，第88页。

★ J. M. 巴里，摄于1901年（耶鲁大学贝尼克珍本与手稿图书馆）

的弓箭戳裂了，这让他们的母亲大为警觉，她坚持他们把武器换成没那么危险的工具。章节标题显示孩子们先是离开家（"我们那好笑的妈妈——她的种种轻率之举"），然后经历一场"可怕的飓风"，最终导致了"安娜·平克号"的失事。孩子们流落岛上，建造小屋，发现海盗，登上海盗船，制造一场海盗"大屠杀"，虎口脱险，享受"烟草的乐趣"，然后扬帆起航，返回英格兰。

巴里成了孩子们的吉米叔叔，这位名人长辈很滑稽，不仅为孩子们编排一出出黑湖岛上的夏季探险，还让他们的母亲见识了奢华生活的虚幻快乐。1902年，西尔维娅陪同巴里和他的妻子前往巴黎，"生活极尽奢华"，庆祝着亚瑟所说的"巴里新剧和新书带来的巨大成功"。[1] 与此同时，孩子们长大了，发现了巴里口中的"善恶树"："偶尔你们会荡回树林里，处在十字路口，让那不假思索带你们踏上一条不再指向家的相似道路；或者你们假装依

---

[1] 伯金，《J. M. 巴里和迷失的男孩们》，第96页。

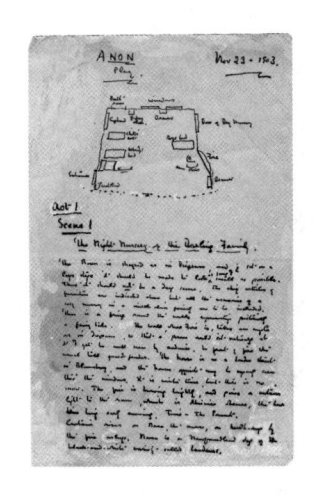

★ 计划中的剧作《后来》第一幕手稿，背景为达林家夜间育婴室，1903年（耶鲁大学贝尼克珍本与手稿图书馆）

然属于这里，招摇地栖在树枝上，让我高兴。"[1]

西尔维娅·戴维斯怀第五个孩子期间，巴里坐在书桌前，着手创作题为"后来"的剧作。他详细画出"达林家夜间育婴室"这一舞台场景，开始想象有个怪小孩，潜入育婴室，带领达林家的孩子们前往一座岛，该岛酷似《流落黑湖岛的男孩们》中描绘的世界。

尽管巴里声称不记得写下《彼得·潘》，但在某种程度上来说，他的一生都在写这部剧作，因为它将事实和幻想编织在了一起，无论来源是他童年的游戏，还是成年后的经历。小时候，他就喜欢读荒岛故事和海盗故事，最初与母亲一起阅读的《鲁滨孙漂流记》，成了他的一生至爱。史蒂文森的《金银岛》让他着迷，巴兰坦的《珊瑚岛》让他无法自拔，他总想"拦住街上的每位行

---

[1] J. M. 巴里，《彼得·潘》献词（纽约：牛津大学出版社，1995年），第 vii 页。

★ 西尔维娅·卢埃林·戴维斯与杰克、彼得和乔治，1901年
（耶鲁大学贝尼克珍本与手稿图书馆）

人，问他们是否读过《珊瑚岛》，并为没读过的人感到遗憾"。不过，相比文学上的影响，来自现实生活的启发同样不可小觑。我们在达林一家中，时不时看到对亚瑟、西尔维娅和他们的孩子的忠实呈现和戏仿。

巴里究竟如何密切地以卢埃林·戴维斯夫妇作为达林夫妇的原型，一看戴维斯夫妇之子彼得·戴维斯就其家庭经济状况所做的描述便知。他注意到"这个家庭生活简朴：很少小酌一杯……没有汽车，没有马车，不去饭店里吃吃喝喝，挥霍一番，当然也没有收音机、冰箱等家用电器，教育开支也不大。我想A. Ll. D.（亚瑟·卢埃林·戴维斯）总是大概花6便士在A.B.C.茶馆[1]吃午饭，而S.（西尔维娅）大部分漂亮的衣服都是亲手缝制的……看得出，他们的重心放在生活必需品上……靠着

---

1 即 Aerated Bread Company（充气面包公司），1862年成立于伦敦，因在面包制作过程中用二氧化碳代替酵母而得名。与餐馆、酒吧相比，A.B.C.茶馆连锁店的价格更为低廉，在公司职员中很受欢迎。——译者注

★《彼得·潘》首演时,尼娜·鲍西考尔特的戏服。彼得·潘并非总穿绿色,在迪士尼版的《彼得·潘》之前,戏服和插图中衣服的色彩多变,从红色、褐色到棕色,不一而足
(大奥蒙德街儿童医院慈善基金会提供)

微薄的收入,逐渐形成一种趋于理想的家庭生活方式"。1

舞台剧版《彼得·潘》的第一稿花了不到四个月写成。后来剧本总在变化,巴里一次次地重新构想多个场景,尤其是结尾,剧作就此历经无穷无尽的修改和演员变动。尽管现在我们看来觉得奇怪,可在当时人们视整个项目为一场疯狂的赌博。巴里为演员朋友比尔博姆·特里朗读剧本,后者反应冷淡。特里怀着一丝恐慌,给可能因制作该剧作而损失大笔钱财的查尔斯·弗罗曼报信,他的消息是这样说的:"巴里疯了……我很抱歉这样说,但你应该知道……他刚刚读了一个剧本给我……所以我得给你提个醒。在听完后,我测试了自己的脑子,很清醒;但巴里肯定疯了。"2

弗罗曼并未理会这一提醒。他完全被呈现在面前的"梦之

---

1 邓巴,《J. M. 巴里》,第128页。

2 菲莉斯·罗宾斯,《莫德·亚当斯:一幅细致的画像》(纽约:G. P. 普特南之子出版社,1956年),第90页。

子"迷住了，制作这出戏只有一个障碍：剧名不合适。《伟大的白人父亲》被更名为《彼得·潘》后，便在1904年10月的伦敦约克公爵剧院如火如荼地排练起来。

该剧因由著名女演员尼娜·鲍西考尔特（剧作家戴恩·鲍西考尔特之女）出演神秘难忘的彼得·潘，同样杰出的杰拉德·杜穆里埃出演暴躁阴险的胡克船长，而赢得了观众的心。首演之夜，看戏的主要是成年人。弗罗曼在纽约焦急地等在电话旁，最终收到如下消息："彼得·潘很好。似乎大获成功。"

这封电报很有预见性，随着《彼得·潘》的成功，J.M.巴里在戏剧界所受的赞誉登峰造极。他已建立起职业声誉，无论是作为小说家，还是剧作家。此时，各种奖项也以惊人的频率被授给他。由于他喜欢质朴，需求不多，钱多得超乎想象，简直花不完。（《彼得·潘》在纽约连演七月，为巴里和弗罗曼赚得五十多万美元，这在当时是个令人叹为观止的数目。）

《彼得·潘》排演期间，亚瑟和西尔维娅搬到伯克姆斯特德镇的住处，以适应不断扩大的家庭——此时他们有了五个儿子。巴里很想念跟孩子们天天在肯辛顿公园相遇的日子。正如他给彼得的信中所说："我跟卢阿斯（波尔托斯的继任）在肯辛顿公园里散步时，偶尔会产生幻觉，大喊'天哪，是彼得'，卢阿斯高兴得汪汪直叫，我们朝那人影跑去，结果发现不是彼得，是别的男孩，然后我就会哭成个泪人儿，卢阿斯会难过地耷拉尾巴。"[1] 距

---

[1] 菲莉斯·罗宾斯，《莫德·亚当斯：一幅细致的画像》（纽约：G. P. 普特南之子出版社，1956年），第143页。

★《彼得·潘》首演节目单（耶鲁大学贝尼克珍本与手稿图书馆）

离没有消减巴里对孩子们和乔斯林（他在给西尔维娅的信中，对她的昵称）的感情，1906年初，他恳请西尔维娅来巴黎找他和玛丽，西尔维娅以迈克尔和尼科生病为由拒绝了邀请。同年春天，巴里把《彼得·潘》带到伯克姆斯特德，哄迈克尔开心。迈克尔的病让他无法前往伦敦观看演出。

就那些日子里巴里如何分配情感，尼科·戴维斯给出了饶有兴味的洞见。1975年，他在文字中回忆道："乔治和迈克尔是'受宠之人'——乔治开启了这一切，而迈克尔……是我们中间最聪明的、最有创造力的，他有成为天才的潜质……我并不能回答巴里是否'爱'乔治和迈克尔这类相关问题。大体而言，没错——我同意：他爱他们俩，就像他爱我的母亲。对玛丽·安塞尔，那'情感'就不同了……而对我本人、彼得和杰克，在我们的不同年龄段也不太一样——比较像普通的情深意切。"[1]

---

1　伯金,《J. M. 巴里和迷失的男孩们》, 第130页。

《彼得·潘》演出大获成功后的岁月里，巴里经受的考验是他始料未及的。他对个体的悲剧从不陌生：哥哥意外亡故，姐姐癌症病逝，母亲离世——每一场悲剧都需要他爬上基里缪尔的公墓山，并在日后以不同方式显现出其创痛。然而，巴里的职业抱负从未动摇，并因他对努力工作的深爱和对文学成就的自豪而得以坚定。身为苏格兰人，他百折不挠，成功地熬过了定期出现的阵发性抑郁。这情绪发作时，那位平素和蔼的剧作家会沉浸在忧愁的沉默之中，让朋友们感到困惑。

《彼得·潘》在伯克姆斯特德为迈克尔上演时，谁也不曾想到随后的几年里亚瑟和西尔维娅会相继去世，而留下了还没成年的孩子们。1906年那会儿，他俩还是健健康康的。巴里本人在哀悼经纪人亚瑟·艾迪生·布莱特之死，此人是他多年的"挚友"。布莱特从多位他代理的人那里侵吞了数千英镑，事情败露后，自杀身亡。巴里对自己的收入从不留心——总是把支票往抽屉里一塞，一连几个月不管——要不是别人发现种种欺诈行为，巴里可能永远不会注意到丢失的钱款。他为人慷慨，比起钱款被侵吞的事实，他更担心高额收入的腐化作用。

1906年6月初，布莱特自杀不过数日，医生就发现亚瑟·戴维斯身患癌症。起初看起来不过是块脓肿的东西，竟是危及生命的肿瘤。外科医生摘除了亚瑟一半的上颌和上颚。即便恢复良好，亚瑟的语言能力也将永久受损，容貌被毁，出庭律师的职业生涯只得终结。巴里将自己的资产供亚瑟和西尔维娅随便使用。如果说亚瑟曾经觉得巴里对妻子的追求、孩子们的喜爱有点儿招

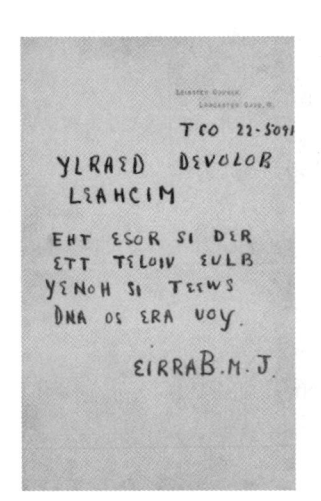

★ 1905年10月22日，J. M. 巴里致迈克尔·戴维斯的一封信，信中字母次序完全反过来了
（耶鲁大学贝尼克珍本与手稿图书馆）

烦，他此时对"吉米叔叔"只剩满心感激："巴里一直对我们照顾有加——我们把他视作兄长。"[1]

亚瑟勇敢地面对让其外貌受损的疾病，他忍受磨人的疼痛、周期性的严重出血，几次尝试安装人工装置。最终他接受了癌症已然扩散、无法治愈的消息。他依靠妻子饱含爱意的照顾，以及巴里"始终如一的善心和善行"，在手术之后仍活了数月。[2] 巴里曾多次守在亚瑟的病床边。在1907年4月19日，亚瑟去世前不久，曾写下一条感人的便条，说到他有多么想"仅是看见"巴里就好。

戴维斯一家卖掉伯克姆斯特德的房子，西尔维娅和孩子们搬回伦敦。新家位于卡姆登山广场，离巴里在伦斯特角的宅邸不

---

[1] 钱尼，《和天使捉迷藏》，第253页。

[2] 伯金，《J. M. 巴里和迷失的男孩们》，第145页。

★ J. M. 巴里和卢埃林·戴维斯四兄弟在斯考里乡间寓所，1911年。乔治和彼得站在后排，尼科和迈克尔在前排
（耶鲁大学贝尼克珍本与手稿图书馆）

远。一场难堪的丑闻再次上演，且远比侵吞钱款的事件严重，这次是巴里本人的家事。黑湖乡间小屋的园丁因巴里夫人对其工作抱怨不断而怀恨在心，他透露了巴里并不知晓的一桩出轨。面对丈夫的质问，玛丽承认与吉尔伯特·坎南有染。坎南是位充满魅力的年轻作家，比玛丽小好几岁，她要求跟巴里离婚。鉴于巴里对漂亮女人和她的孩子们的迷恋，谁能责备玛丽结束婚姻往前看呢？丈夫对别的女人的孩子比对自己更上心，若还与 H. G. 威尔斯口中这位"鲜有男子气概"的"天才"[1]维持婚姻，对她无疑是种挑战。巴里的社交圈散布的不仅有玛丽不忠的传言，还有无性婚姻的流言。

显然，巴里本人从未想在成年人的世界里纠缠下去。他对卢

---

[1] 威廉·梅瑞狄斯在致巴里出版商的一封信中使用了这一措辞。参见邓巴，《J. M. 巴里》，第180页。

★ 玛丽·安塞尔，1893年
（大奥蒙德街儿童医院慈善基金会提供）

埃林·戴维斯兄弟们的宠爱和对西尔维娅的奉献总够他撑下去。不过，他确实因玛丽的不忠而深受伤害，即便玛丽已申请合法分居，他还是徒劳地试图劝说她离开坎南。想到自己的名字会因离婚出现在报纸上，他就感到厌恶。亨利·詹姆斯、H.G.威尔斯和其他作家请求媒体，不要大幅报道巴里人生中的婚姻动荡："相关流程如若曝光，其带给巴里的不可避免的伤害势必大大加深。"他们希望媒体"出于对一位天才作家的尊敬和感激，团结起来，只字不提此次事件"。[1]

巴里最终于1909年离婚。两天后，西尔维娅·戴维斯病倒在家中。诊断结果为癌症，肿瘤距离心脏和肺部非常近，动不了手术。一年后，1910年8月27日，西尔维娅病逝，巴里就在她

---

[1] 邓巴，《J.M.巴里》，第181页。

★ 乔治、彼得和杰克·卢埃林·戴维斯，1899年（大奥蒙德街儿童医院慈善基金会提供）

身旁。她年仅四十四岁，留下了五个孤儿。彼得·戴维斯描述了母亲去世那天的孤苦气氛，当时孩子们刚结束一天的垂钓，回到家："那天天色灰暗、阴沉，下着细雨……不知怎的，或许是（拉上的百叶窗）向我无比震惊的理解力展现出某种可怕的重要意义。我怀着十分沉重的心情，双膝颤抖，走完了到前门那儿余下的三四十码路。巴里在那里等我：他心烦意乱，双臂耷拉着，头发蓬乱，眼神狂躁。"[1]

西尔维娅在农舍中曾立下遗嘱，巴里声称在她去世几个月后才发现这份遗嘱。他亲手抄下整封遗言，并称这是"西尔维娅遗嘱的准确副本"。就如何养育五个男孩，有个关键句，巴里的誊写如下："我希望吉米能愿意同玛丽（·霍奇森，尽责的保姆）一道共同照料孩子们，照管房子，相互扶持。"实际上，西尔维

---

1 邓巴，《J. M. 巴里》，第190页。

娅写下的是"珍妮"(玛丽·霍奇森的妹妹),而非吉米。"吉米"只用寥寥数笔,就得以与孩子们的保姆联系起来,最大限度地成为孩子们实际上的父亲。卡姆登山广场仍然是孩子们的家,玛丽·霍奇森仍然照管家务。巴里本人把时间分摊在自家公寓和孩子们的住所上,不过他将后者称为家。

对孩子们来说,何为"最好的安排"?孩子们能否从父母双方的血亲那里得到所需的经济支持,情况并不明朗。多数叔叔阿姨有自己的孩子,没人养得起全部五个男孩,而西尔维娅则希望要不惜一切代价让他们待在一起。除了杰克外,其他孩子读了伊顿公学。毫无疑问,没有巴里的支持,他们永远做不到这些。但也得承认,除了乔治外的其他人,都在伊顿公学度过了一些至暗时刻。

而巴里对孩子们的兴趣是否可能超出了父爱,彼得和尼科的陈述给予了明确回答,这种偶尔似乎被视为病态迷恋的感情,从未超出正常喜爱的界限。"我百分之两百地确定,他从未想要亲吻(亲脸颊除外!),即便他显然心有所想——往往能制造魔法——那些从未出现在我这类更为普通的心智之上的想法,"尼科后来写道,"我很有把握能说的就是,我……从未听到一个字,也从未看到一丝迹象,显示出巴里有同性恋或恋童癖倾向。如果他有任何此类倾向,不管多么细微,我都会有所察觉。他是无辜的——所以他才可以写出《彼得·潘》。"[1] 不管他有何种欲望,都

---

[1] 约曼,《现在还是梦幻岛》,第147页。

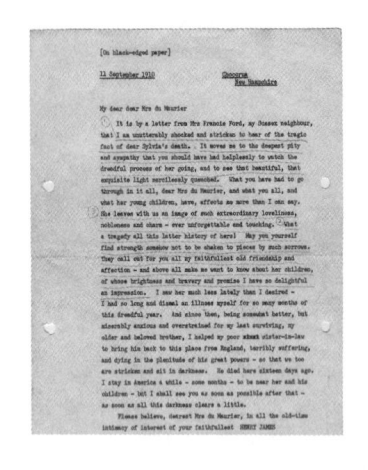

★ 亨利·詹姆斯就西尔维娅·卢埃林·戴维斯之死，致达芙妮·杜穆里埃的信件打印稿

（耶鲁大学贝尼克珍本与手稿图书馆）

通过他的写作或他对孩子们的慈爱，得到了升华与表达。

然而，谁能不感到困扰呢？巴里公然曲解西尔维娅的遗嘱，而且在有些人看来，他后来还故意切断了孩子们与其父母在世时密切往来的友人的联系。孩子们成了巴里的第一要务，很难想象，谁能比巴里对孩子们的幸福和健康更加专注。西尔维娅去世后的岁月里，他不再像过去的十年里那样高产。巴里越来越沉浸在孩子们的生活中，即便他确实写了"一点儿东西"，作品产量也大幅减少，尤其考虑到文学曾是他的游戏。"我现在不太关心文学和戏剧了，二者都已离我而去，"他向老朋友亚瑟·奎勒-库奇坦陈，"在某种意义上讲，现在我的家庭比你的大。有五个孩子，他们的父亲四年前去世了，母亲去年夏天也走了，我照顾他们，这是我继续活下去的主要原因：卢埃林·戴维斯兄弟们。"[1]

---

1 维奥拉·梅内尔编，《J. M. 巴里书信集》（伦敦：彼得·戴维斯出版社，1942年），第22页。

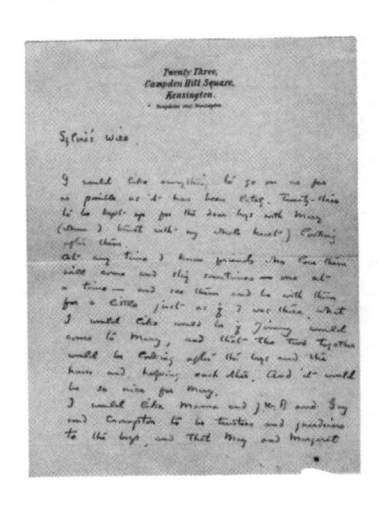

★ J. M. 巴里誊写的西尔维娅·卢埃林·戴维斯遗嘱副本
（耶鲁大学贝尼克珍本与手稿图书馆）

卢埃林·戴维斯兄弟此时真的成了"我的孩子们"。收养他们时，巴里是个五十岁的单身汉。五兄弟中，尼科和迈克尔还在家中。乔治在伊顿公学，打算上剑桥大学——"你们当中最勇敢的。"巴里在《彼得·潘》的题献中如此写道，孩子们对此应该没有异议。彼得也在伊顿，杰克准备参加海军。巴里很自豪，因为让孩子们接受了可能是最好的教育，他信奉英国的公学，即便并非完全赞同公学奉行的精英主义。"我在争论的，"在为侄女管理的一所学校演讲时，他说，"就是这个，如果（公学）如此备受推崇，就应该为上不了公学的孩子们提供入学的机会。"[1] 五兄弟得到了最好的一切——他们有夏日假期，有最好的穿戴，可以看戏，可以出入最讲究的饭店。而从巴里的信件中，如果得知他给

---

[1] 艾伦·赖特，《J. M. 巴里：迷人的黎明》（爱丁堡：拉姆齐、海德出版社，1976年），第20页。

★ J. M. 巴里站在艾德菲联排别墅的书房门口，1933年（耶鲁大学贝尼克珍本与手稿图书馆）

乔治寄去的很多有食物和衣物的包裹里具体都有什么，会尤其让人感动。时值第一次世界大战，那位年轻人正在西线战场面对血腥恐怖的战斗。

第一次世界大战终于爆发时，巴里和孩子们在地处偏远的阿盖尔郡寓所中钓鱼消夏，几天后才得知这一消息。到了9月初，乔治和彼得已成为陆军的下级军官，杰克成为英国海军的海军中尉。尽管巴里坚信参军的年轻人们会"安然无恙"，可随着死亡人数不断增加，迅速取得胜利的希望破灭了。"我不再如过去那样觉得战争光荣，"巴里在给乔治的信中写道，"现在它于我，只是无法言传的荒诞。"[1] 孩子们的舅舅盖伊·杜穆里埃在皇家步兵团服役，他的家信中对腐烂的尸体，身首异处的尸身，以及布满泥、血和恶臭的战壕做了恐怖生动的描述。"战争至少做了一件

---

[1] 伯金，《J. M. 巴里和迷失的男孩们》，第243页。

★ 彼得·卢埃林·戴维斯，1916年
（耶鲁大学贝尼克珍本与手稿图书馆）

大事，"巴里在圣安德鲁斯大学做的一篇题为"勇气"的演讲中写道，"它拿走了一年之中的春天。有鉴于此，我们前线的战士们惊讶地发现，其他季节也不似往常。那一年的春天被埋葬在法国的战场上。"[1]

乔治驻扎在比利时前线，对即将面对的情况，他参军时并未心存丝毫幻想。他意识到，他很可能会"中弹"。3月15日一早，他就奔赴战斗，带着会牺牲的预感。而在给吉姆叔叔的信中，他还是保持着轻松的语调。牺牲前一天，他恳请巴里"振作起来"，要牢记"这样的经历对于一个过去总是无所事事的小伙子来说，有多宝贵"。[2] 他保证会时常写信，恳求巴里要鼓起"勇气"。悲剧发生时，乔治正跟其他军官一道，坐着听一位上校训话，他

---

[1] 赖特，第27页。

[2] 赖特，第244页。

头部中弹，当场死亡。乔治"赢得了每个人的喜爱"，阿尔弗雷德·丁尼生勋爵之子在给彼得·戴维斯的信中说道，他和战友们都相信他们失去了"一位挚友"。[1]

1915年3月15日，乔治去世当天，卡姆登山广场的大门响起可怕的敲门声。玛丽·霍奇森和尼科在夜间育婴室睡觉。"我听见吉姆叔叔的声音，"玛丽后来说，"一阵怪异的报丧女妖式的痛哭——'啊啊啊！他们都会离开的，玛丽——杰克、彼得、迈克尔——甚至小尼科——这场可怕的战争到最后会要了他们所有人的命……我之前就知道，乔治死了。'"[2] 乔治的死给这个家庭带来了毁灭性的打击，多年以来形成的羁绊散了。"情况对巴里来说难以承受，他变得孤身一人，对我们也是如此，"彼得写道，"我们慢慢变成了……单独的个体，家庭和睦时的那种无价而紧密的力量所剩无几。"[3]

就在几周后，查尔斯·弗罗曼在纽约登船，前往不列颠。巴里曾请他帮忙排演剧作《美妙狂热》，为此，弗罗曼开始了此次旅程。1915年5月7日，载着弗罗曼的优雅的海洋邮船"卢西塔尼亚号"遭袭，沉入海底，这很可能是一战中对民用船舶最巨大与最恐怖的袭击。船上1959名乘客中，有1198名丧生，弗罗曼也是其中之一，他拒绝登上为数不多的救生船。

战争年月不可避免地见证了这一家发生的诸多巨变，先是玛

---

[1] 赖特，第244页。

[2] 赖特，第243页。

[3] 赖特，第245页。

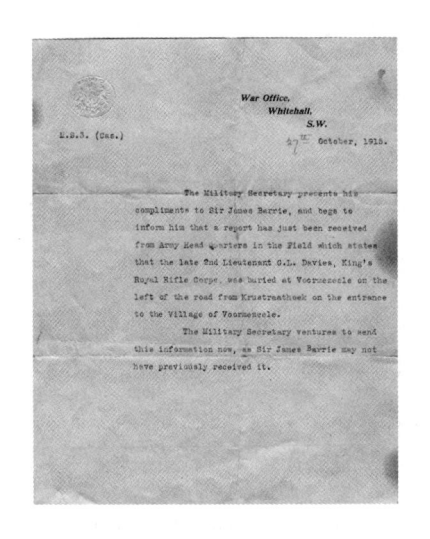

★ 陆军部通知詹姆斯·巴里爵士乔治·卢埃林·戴维斯的埋葬地

（耶鲁大学贝尼克珍本与手稿图书馆）

丽·霍奇森的离开，而后巴里雇用辛西娅·阿斯奎思为私人秘书。阿斯奎思要做的工作很多，因为巴里还保有很多旧习，比如把支票塞进书桌抽屉便抛在脑后。在接下来的二十年间，巴里最终钻回文学之中，写戏剧、电影脚本，也参与监制。他有近14部作品改编为影视作品，由派拉蒙影业拍摄的《感性的汤米》是其中之一。辛西娅不仅仅处理巴里的商业事务。她虽然已婚，有自己的家庭，却仍然跟"包裹在悲伤和专注这层无法穿透的壳内"的巴里建立起深厚的联系，并在他的余生中，提供精神上的私人支持。

可即便是辛西娅，面对1920年巴里听到的消息，也手足无措。深夜，巴里叫她来，对她说："我得知了一条恐怖至极的消息。迈克尔在剑桥溺亡了。"时值五月，巴里晚上离开寓所，去给迈克尔寄信。一位供职于伦敦报纸的记者拦住他，询问"溺水"细节。巴里全然不知他所指的是鲁伯特·巴克斯顿和迈克尔·卢埃林·戴维斯两名本科生死于桑德福德泳池之事。"现在，一切于我都不一样了，"巴里写信给一位老朋友时说道，"迈克尔简直是我的世界。"万事似乎都不再有意义，那"无与伦比的东西"逝去后，其余的便只让他觉得空虚和不值一提。

迈克尔死后，巴里再不复旧日的自己——他所受的打击简直如同戴维之死之于他母亲。他继续在笔记本上写东西，创作一些小作品，不过他的笔下再也没有产出有分量的大作。他精神疲惫、神经紧张，却仍是公众人物，得接受各种奖项，并出任了圣安德鲁斯大学的学校委员会主席。[1] 1922年任期结束时，他做了令人印象深刻的演讲。他回顾了早年间在伦敦的时光，回味了被那座城市接受时的"荣光"，"谁也不认识，无法维持生计，乐此不疲通宵达旦地工作"。[2] 巴里长达90分钟的演讲题为"勇气"，对巴里而言，勇气是"人类不朽的明证"。演讲赢得了雷鸣般的掌声，本科生们兴高采烈地扛着巴里，拥出会堂，向等候在外面的人群致意。

后来，巴里回忆起在圣安德鲁斯的演讲，焦心于这种迈克尔死而自己犹生的"荒诞"之感。巴里总做关于迈克尔的噩梦，后者似乎体现了《彼得·潘》的"真意"："拼命想长大，却长不

---

[1] 即rector，根据英国议会通过的《1858年苏格兰大学法案》而设立，由登记在册的学生投票选出，每三年选举一次。其职责包括主持大学委员会（即the University Court，是大学最高管理机构）会议，为学生权益发声等。如今，只有圣安德鲁斯大学、格拉斯哥大学、阿伯丁大学和爱丁堡大学这四所古老的苏格兰大学及邓迪大学仍保有这一职务。——译者注
[2] 钱尼，《和天使捉迷藏》，第349页。

大。"[1]在生命的最后两年,巴里全身心在写一部名为"男孩戴维"的剧作,它续写了《圣经》中年轻的大卫王的故事,也反射了巴里的生活(他死去的哥哥名叫戴维)与艺术(《小白鸟》中的男孩名叫戴维)。不过,该剧在爱丁堡的首演并未成功,伦敦评论家们北上看过此剧后,给出了言辞犀利的评论,仅七周,剧作就停演了。

巴里一面被朋友围绕,荣誉纷至沓来;一面又饱受情绪低落和健康不佳的折磨,对于余生将何以为继,他内心仍感矛盾,一时宣称命该独身,一时又称自己"茕茕孑立"。辛西娅·阿斯奎思依旧对巴里尽职尽责,安排他的生活,确保他有朋友的支持,并让他成为一个包括她丈夫和孩子在内的紧密社交圈中的一员。这期间,有很多高光时刻:1928年,巴里受邀成为作家协会主席;1930年,成为爱丁堡大学名誉校长;喜气洋洋地回到基里缪尔,与约克郡公爵、公爵夫人,以及他们的两个小女儿伊丽莎白和玛格丽特喝茶。巴里讲述,他对家乡有多么"深切的眷恋之情",那里的房子和小山"令他安心"。辛西娅·阿斯奎思称这段时期为"晦暗与荣耀"交错的日子,不过,由于巴里的身体每况愈下,晦暗远多于荣耀。巴里一生饱受失眠的困扰,他开始服用规定剂量的海洛因,而这并未产生预想的镇静作用,而是带来了可怕的情绪波动。在一次辛西娅和丈夫比布举办的宴会中,巴里跟H. G. 威尔斯共进晚餐,随后感到身体不适,被转入一家疗养

---

[1] 贝尼克图书馆,巴里手稿室,A2/40。

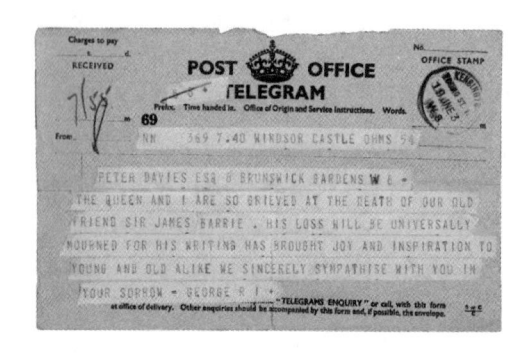

★ 1937年6月19日，乔治国王知悉J. M. 巴里去世后，以电报形式向彼得·戴维斯致哀

（耶鲁大学贝尼克珍本与手稿图书馆）

院，几天后离开了人世。

詹姆斯·马修·巴里爵士死于1937年6月19日，彼得和尼科在其身边。辛西娅·阿斯奎思从康沃尔赶来，玛丽·坎南从法国来到前夫的床边。葬礼上，举国哀悼，众多要人跟在棺材后面，前往基里缪尔公墓山。至逝世之时，巴里已成为当时最为著名的人物之一。1921年，卓别林前往伦敦，被问及想和谁会面时，J. M. 巴里位列榜首。

鉴于在写作和戏剧创作上的巨大成功，巴里身后留下巨额遗产不足为奇。1929年，巴里受邀为大奥蒙德街儿童医院募捐善款领头发声，他并未同意此举，但慷慨地将《彼得·潘》《小白鸟》《肯辛顿公园里的彼得·潘》和《彼得和温迪》的版权给了医院。巴里的主要遗产归辛西娅·阿斯奎思所有，其余部分赠给了玛丽·坎南、几位仆人和亲友。杰克·卢埃林·戴维斯收到6000英镑，尼科收到3000英镑。彼得和辛西娅·阿斯奎思共有巴里的家具、信件、手稿和文章。孩子们对于遗产的分配不禁心存不满。（尽管巴里早年间对孩子们以及他们的家庭慷慨大方，很可

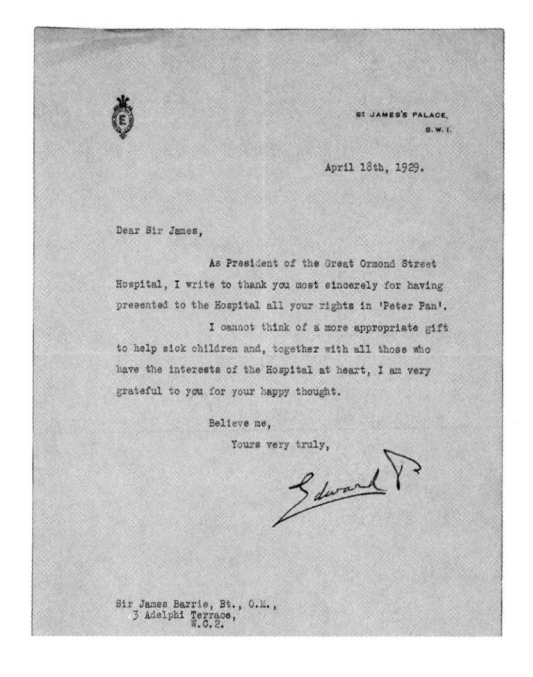

> ★ 1929年4月18日的一封信，感谢詹姆斯·巴里爵士将《彼得·潘》的版权赠予大奥蒙德街儿童医院
> （耶鲁大学贝尼克珍本与手稿图书馆）

能也恰恰是因为这一点影响了遗产分配。）多年以后，彼得之子表示，父亲对事实上被排除在遗嘱之外一事颇有恨意："对于彼得·潘这一整件事，我父亲心中五味杂陈。他接受巴里视其为彼得·潘的灵感来源，也因此感到由他来继承巴里的一切便最顺理成章。那是我父亲所期待的。此举将补偿他，自从跟彼得·潘相关联——他憎恨这种关联——以来，他就体会着声名狼藉的滋味。"

大奥蒙德街儿童医院成为《彼得·潘》的受益人，这让J. M. 巴里的故事以极为慷慨的寓意画上句号。巴里深知继承遗产可能会产生的种种危害，他无疑希望三位在世的孩子可以在自己的工作中发掘他所体验的那种激情和成功。如果这希望落空（不过彼得和尼科在出版业小有成就），巴里还可因《彼得·潘》惠及了成千上万名走进大奥蒙德街儿童医院的孩子，而获得满心慰藉。彼得·潘也许永远长不大，但这部关于他的剧作让很多孩子战胜了疾病，借助这个不愿长大的男孩，他们获得了长大的机会。

# 彼得和温迪

## PETER AND WENDY

### BY
### J.M.BARRIE

## 文本说明

1911年，巴里出版小说《彼得和温迪》，1915年以"彼得·潘和温迪"之名发行校园版。两版皆配上英国艺术家F. D.贝德福德所绘的钢笔画，他因为做查尔斯·狄更斯、乔治·麦克唐纳和E. V.卢卡斯作品的插画家而闻名于世。贝德福德曾接受建筑师培训，插画里将巴里的人物置于错综复杂、富于表现深度的风景之中。1921年，该书以"彼得和温迪"之名再版，配上梅布尔·露西·阿特韦尔所绘全彩插图，她的色粉笔画以儿童为主角，甜美迷人，风行一时。自此，该书通常以"彼得·潘"之名出版。本书文本基于1911年霍德与斯托顿出版社出版的《彼得和温迪》。插图来自1911年查尔斯·斯克里布纳之子出版社出版的《彼得和温迪》。

图一

达林一家位于画面中心，达林先生拒绝温迪让他吃药的请求，达林夫人对儿子们饱含爱意。

图二

**彼得飞了进来**

THE BIRDS WERE FLOWN

图三

鸟儿飞走了

THE NEVER NEVER LAND

图四

梦幻岛

图五

"谁有本事,谁就留下"

PETER ON GUARD

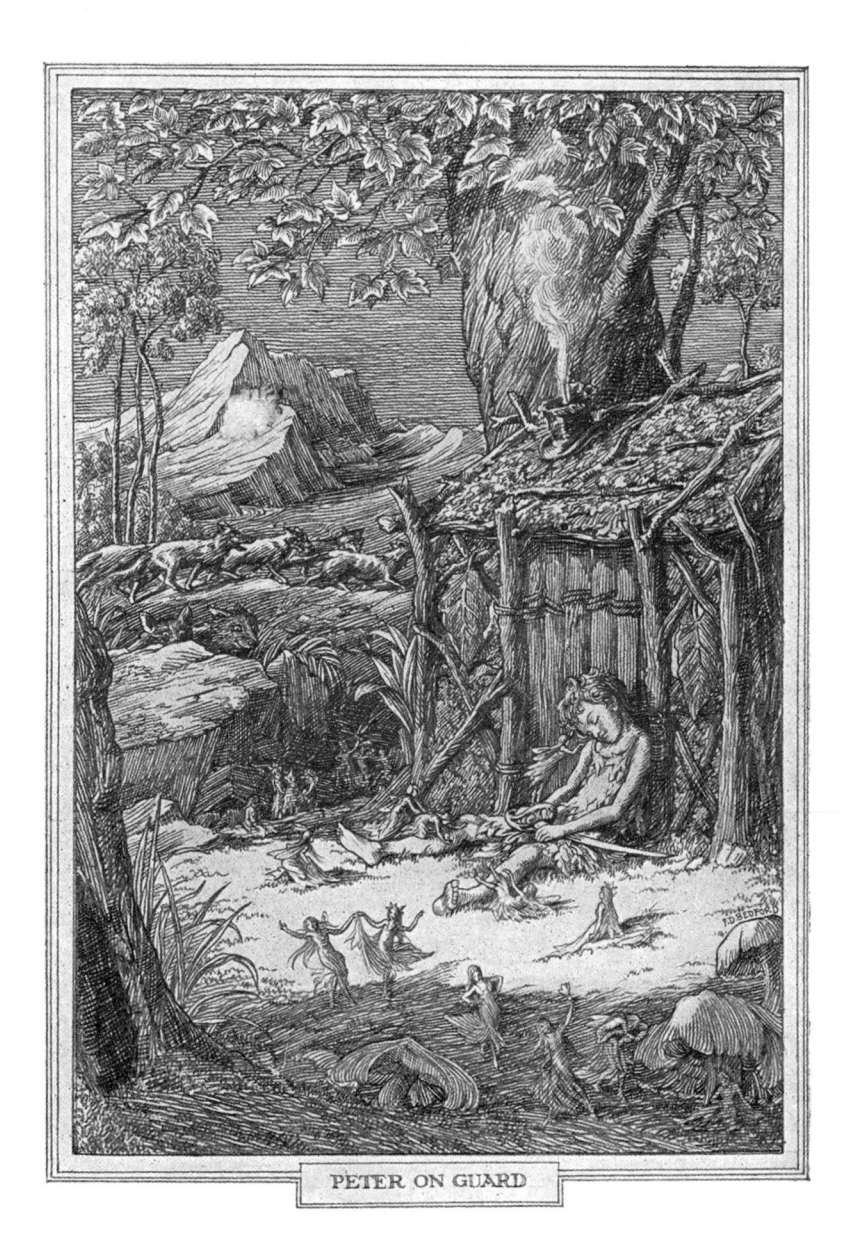

图六

站岗的彼得

SUMMER DAYS ON THE LAGOON

图七

潟湖夏日

"TO DIE WILL BE AN AWFULLY BIG ADVENTURE."

图八

"死亡会是一场十分壮丽的冒险吗?"

图九

温迪的故事

FLUNG LIKE BALES

图十
像扔捆东西那样脱手

图十一

这次我和胡克要拼个你死我活

图十二

"这人我来对付!"

图十三

彼得和简

图一　达林一家位于画面中心，达林先生拒绝温迪让他吃药的请求，达林夫人对儿子们饱含爱意。梦幻岛的胡克和虎百合身形巨大，震慑人心，二人皆手持利器（钩子和战斧），美人鱼伺机引诱孩子们去她们的水下王国。彼得带着调皮的善意，从高处俯瞰着一切。

图二　达林家的孩子们睡得正香，彼得在小叮当的光亮和天上的星光中跨过窗台。育婴室的墙上装饰着镶有画框的怪兽像和其他艺术作品。

图三　孩子们飞走了，达林先生和夫人为此哀伤不已，娜娜也难过得直哼哼。孩子们飞往梦幻岛的身影好似彗星一般，穿透了伦敦的黑夜。育婴室内一片狼藉，这提醒我们，孩子们放弃家庭生活，选择了无法无天。

图四　彼得·潘在一块大石头上吹笛子，身边围绕着凶猛的野兽和温驯的动物。成群的印第安人、海盗和美人鱼出现在中间，群山成了鳄鱼和胡克对峙的背景。

图五　达林家的孩子将鸟嘴里的食物取出，得以保存体力。孩子们在一片祥和的想象世界中，兴冲冲地、快活地混在鸟群中。

图六　彼得手中握剑，在用约翰的帽子当烟囱的屋前打盹，仙子们在他身边翩翩起舞。狼成群结队地藏在一块石头后面，危险迫近。屋边的落叶树与其他插图中的棕榈树形成反差。

图七　一道彩虹将水天相连，两界生物快活地混在一起。在这光芒四射的图景中，梦幻岛的浪漫传奇得以详细、全方位地集中呈现。

图八　彼得站在水中的小岛上，凝视着空中的月亮，在思考溺水而亡。贝德福德在句末加上问号，小说中是感叹号。

图九　彼得不再是焦点，温迪给迷失的男孩们讲故事的时候，他似乎陷入一种怅然若失的心绪中。地面上，印第安人从树洞那儿偷听温迪的故事。

图十　在一幕酷似《圣经》中"虐杀婴儿"的场景中，迷失的男孩们就这样被"粗暴地"抛来抛去。胡克在想怎么制服惊慌不已的温迪，她被眼前这一幕弄得手足无措了。

图十一　彼得在地上、水里或空中，都能怡然自得，他就是那种甚至意识不到场域发生转变的稀有生物。他正从岸边下水，预谋制服胡克。

图十二　彼得在与胡克打斗时,手握双剑,自我防卫。从胡克的一只胳膊中延伸出去的巨型钩子,让他斗勇斗狠的劲儿倍增。他的头发如美杜莎一般,巍峨的身躯盖过灵活的对手。迷失的男孩们惊恐而崇拜地观战;从侧面看,鳄鱼正在不断游向船身。

图十三　温迪注视着女儿简享受美妙的飞行,一个欢欣,一个焦虑。

## Peter Breaks Through

## 第一章

## 彼得闯了进来

所有的孩子都长大，只有一个例外。[1]他们很快知道自己会长大，而温迪[2]是这样知道这件事的。有一天，两岁大的她在花园里玩，摘了一朵花，拿着花向妈妈跑去。我猜她肯定看上去兴高采烈，因为达林[3]夫人把手放在心上，喊道："噢，你怎么就不能永远这样呢！"在这件事儿上，母女俩就说了这么多，可从此以后，温迪就知道自己肯定会长大。[4]两岁后，你往往就明白了。两岁是结束的开始。[5]

他们自然是住在14号，温迪降生之前，妈妈一直是家里的核心。她是位可爱的女士，心思浪漫，长着一张甜美而爱嘲弄人的嘴。她浪漫的心思就像小盒子，它们一个套一个，源自神秘的东方，[6]不管你发现多少个，总有下一个；她甜美而爱嘲弄人的嘴上有一个吻，[7]尽管它就在那儿，明明白白地出现在右侧嘴角，温迪却从来没能得到过。

达林先生是这样俘获她的芳心的：许多在她是姑娘时，曾一度是小伙子的绅士，同时发觉自己对她的爱，就都跑着去她家，

★ 梅布尔·露西·阿特韦尔,《彼得·潘和温迪》,1921年（梅布尔·阿特韦尔有限公司,维基·托马斯联合会提供）

向她求婚；唯独达林先生没有跑，他叫了辆出租车，第一个到了她家，就这样得到了她。他得到了她的全部，除了她内心深处的盒子和那一吻。他压根儿不知道盒子的事，也适时不再寻求那一吻。温迪以为拿破仑本可以得到这个吻，但我能想象出他尝试后，愤然摔门而去的画面。

达令先生常向温迪夸口说她的母亲有多么喜欢他、尊敬他。[8]他拥有高深莫测的学识，懂得股票交易的玄机——当然根本没人真懂，但他看起来真像那么回事。他总是高谈阔论股票上涨、股份贬值，似乎见过他这模样的女人，都该对他钦佩有加。

达林夫人身着一袭白衣，步入婚姻，起初她记账记得十分准确，心情也十分愉悦，好像记账是种游戏，连一颗小圆白菜也不放过；可逐渐地，整颗花椰菜都不记了，转而画起无脸婴儿画来。那些本应该算账的时间都被她用来画画了。那些就是达林夫人的猜想。

温迪先来到人世，接着是约翰，然后是迈克尔。

温迪降生后的一两个星期里，他们是否养得了她还属未知，毕竟又添了张吃饭的嘴。达林先生极其为她骄傲，可他也很在乎体面，他坐在达林夫人的床边，握着她的手，算起花销来，[9]而她恳求地望着他。不管发生什么，她都想冒险一试，但那不是他的行事风格；他拿起铅笔和纸算起账来，要是她用什么提议扰乱了他，他就得从头开始。

"请别打断我。"他会请求她，"我这里有一英镑十七先令，[10]办公室有两加六先令；在办公室我可以不喝咖啡，就省下十先令，总共是二镑九加六先令，加上你十八加三先令，就是三镑九加七先令，加上我支票簿上的整整五英镑，现在是八镑九加七先令——谁在动来动去的？——八九七，小数点进位，余七——别说话，我自己的——加上那个男人上门跟你借的一英镑——安静，宝贝——小数点进位，余个小孩——亲爱的，你干的好事！——我刚才是说九九七吗？没错，我说的九镑九加七先令；问题是，我们能靠这九九七对付一年吗？"

"当然了，我们可以的，乔治。"[11]她喊道。不过，她一心想着温迪，他才是两人中那个更为理智之人。

"别忘了腮腺炎。"他近乎威胁地提醒她，又算上了，"腮腺炎一英镑，我先这么记下，但我敢说很可能得三十先令——别说话——麻疹一英镑五先令，德国麻疹半畿尼，这就要两英镑十五先令六便士——你别晃手指——百日咳，算十五先令……"这样一路算下来，每次得数都不一样；不过温迪总算挺过来了，将腮腺炎减到只花十二先令六便士，并把两种麻疹合在一起治疗。

约翰的出生引发了同样的兴奋，迈克尔甚至险遭不测；好在

★ 约翰、温迪、迈克尔和娜娜

(《J. M. 巴里著〈彼得·潘和温迪〉,梅·拜伦为托儿所重述》。凯瑟琳·阿特金斯绘)

两人都活了下来,很快,你就可以看到他们三人排成一队,在保姆的陪伴下,前往富尔瑟姆小姐的幼儿园了。

达林夫人喜欢一切井然有序,达林先生热衷于跟邻居家一样;于是,他们自然有位保姆。因为孩子们要喝好多牛奶,他们并不富裕,就雇了只循规蹈矩的纽芬兰犬,名叫娜娜,[12] 在达林家雇她之前,她没有主人。然而,她总觉得孩子们很重要,达林一家是在肯辛顿公园[13] 与她熟识的,她曾在那里花大把的空闲时间向婴儿车里探头探脑,那些粗心大意的保姆恨死她了,她会跟着这些人回家,然后向女主人告状。事实证明,她是位十分称职的保姆。洗澡时,她那么细致;夜里不管何时,只要她照管的哪个孩子发出一丝声响,她都会起来。当然啦,她就在育婴室里安家。她天生就知道咳嗽何时耽搁不得,何时需要在脖子上系着袜子加以控制。她到死都相信大黄叶[14]这样的古方，对于一切关于细菌等的新式谈话都嗤之以鼻。看她护送孩子们上学简直是堂礼仪课，他们规规矩矩时，她就安心地走在旁边；他们掉队了，就顶他们归队。轮到约翰踢球[15]的日子，她一次都没忘记他的运动衫，她还常常叼着把雨伞，怕会下雨。富尔瑟姆小姐学校的地下室里有间屋子，那是保姆们的等候室。保姆们坐长凳，娜娜趴在地板上，区别仅此而已。她们装作对她视而不见，认为她低人一等，而她鄙视她们肤浅的聊天。她讨厌达林夫人的朋友们参观育婴室，但如果她们果真到访，她会先迅速扯掉迈克尔的围嘴，给他换上带蓝色穗带的那件衣服，然后让温迪乖乖的，再快速捋顺约翰的头发。

任何育婴室都不能管理得如此得当，达林先生对此心知肚明，不过，他偶尔也会惴惴不安，担心邻居们会说闲话。

他得考虑在城市里的地位。

娜娜还在另外一方面困扰着他。他有时觉得她并不崇拜他。[16]"我知道她对你万分崇拜，乔治。"达林夫人会如此让他放宽心，而后示意孩子们对爸爸再友些好。快活的舞会紧随其后，仅有的一位仆人莉莎有时会获准加入。她身穿长裙，头戴女仆帽，显得格外娇小，即便受雇之时，她曾发誓她可再也不是十岁小孩。那些打打闹闹多开心啊！最开心的当属达林夫人，她飞快地单足旋转时，你就只能看到那个吻，要是你飞奔向她，也许能得到这个吻。任何家庭都不曾这样简单快乐，[17]直到彼得·潘[18]的到来打破了这一切。

025

★《彼得·潘》中杰拉德·杜穆里埃饰演达林先生的明信片。娜娜由亚瑟·卢皮诺饰演
（耶鲁大学贝尼克珍本与手稿图书馆）

达林夫人第一次听说彼得·潘，是在整理孩子们的头脑[19]时。晚上，孩子入睡后，每位好妈妈都会这么做，她们在孩子的思想里翻找，让许多在白天四处游荡的物件回位，把东西摆放整齐，迎接第二天的早晨。如果你能醒着（但是当然啦，你做不到），你就会看见自己的妈妈这么做，而且看她做这一切会很有趣。这过程很像整理抽屉。我猜，你会看到她跪在地上，饶有兴致地看着你思想里的某些东西，好奇你到底是从哪儿捡来的它们，有些美妙以及不怎么美妙的发现，把这个贴在脸上，就好像它如同小猫咪一样可爱，又匆匆把那个收进看不见的地方。等你一早醒来，睡前的淘气和邪恶念头全被叠小，放在了头脑最深处；而最上层的那些通风好的，是展开的好想法，正等你穿戴上。

我不知道你是否曾看过一个人的头脑地图。[20]医生有时会为你身体的其他部位画图，自身的地图可能会非常有趣，可看看他们试图为孩子的头脑画图时的样子吧，那地图不仅混乱无序，还总在绕来绕去。图上线条蜿蜒，就像卡片上你的体温一样，这些线条很可能是岛上道路；因为梦幻岛[21]差不多一直是座岛的样子，那里处处流光溢彩，珊瑚礁随处可见，外观轻捷时髦的小艇就在远方，[22]野人出没，空巢寂寂，地精大多是裁缝，小河从洞穴里流经，王子有六位哥哥，一间小屋摇摇欲坠，一个十分娇小的老太太长着鹰钩鼻。如果那就是全部，画这地图倒也不难；可是，这里也有开学、宗教、父亲、圆形池塘、针线活儿、谋杀、绞刑、与格动词、巧克力布丁日、穿吊裤带、[23]说"九十九"、自己拔牙奖励三便士，等等；这些要么是岛上的一部分，要么隐隐显露出别处的地图，而且一切都那么匪夷所思，没有什么是静止不动的。

　　当然啦，梦幻岛千差万别。比如，约翰的梦幻岛有一汪潟湖，很多火烈鸟从上面飞过，约翰对准它们射击，而在小迈克尔的梦幻岛上，有一只火烈鸟，很多潟湖从鸟上飞过。约翰住在一条翻倒在沙滩上的船里，迈克尔住在印第安人式的小屋中，温迪住在一间妙手缝制的树叶屋里。约翰没有朋友，迈克尔晚上有朋友，温迪有只被父母抛弃的宠物狼；但总的来说，梦幻岛们长得就像一家人，如果它们静静排成一队，你可能说它们长着一样的鼻子之类的话。在这些充满魔力的海岸上，玩游戏的孩子们总在拖着自己的小圆舟[24]上岸。我们也曾到过那儿；[25]即便我们再也不能登岛，却仍能听见海浪的声音。

★ 彼得·潘从窗子飞进来（《J. M. 巴里著〈彼得·潘和温迪〉，梅·拜伦为托儿所重述》。凯瑟琳·阿特金斯绘）

在所有宜人的岛中，梦幻岛最舒服、最小巧；[26] 它不大、不乱，你知道吧，不是冒险与冒险间远得烦人的那种，而是紧凑得恰到好处。白天，你用椅子、桌布模拟它的时候，它一点儿不吓人，可就在你入睡前的两分钟里，它简直跟真的一样。这就是为什么那儿有夜灯。

达林夫人在孩子们的头脑中漫游时，不时发现一些理解不了的东西，其中最让人费解的当属彼得一词。她不认识任何叫彼得的人，可约翰和迈克尔的脑子里都有他，温迪的头脑中甚至开始涂满了他的名字。那名字比别的文字都突出，达林夫人盯着看的时候，感觉它显得怪骄傲的。

"对，他骄傲极了。"温迪后悔地承认道。她妈妈一直在盘问她呢。

"可他是谁呀，乖宝贝？"

"他是彼得·潘呀,妈妈,你知道的。"

起初,达林夫人还是毫无头绪,可后来回想起小时候,她碰巧记起一个彼得·潘,据说,他跟仙子们住在一起。关于他,有很多奇怪的故事;比如孩子死了,他会跟孩子一起走段路,这样孩子就不怕了。那时候,她信他,可现在她结婚了,是个有理智的人,她十分怀疑是否有这样一个人。

"而且,"她对温迪说,"这会儿他也该长大了呀。"

"啊,没有,他没长大。"温迪信誓旦旦地向她保证,"他就我这么大。"她的意思是,他跟她一样高,也有一样的心智;温迪不明白自己是怎么知道的,可她就是知道。

达林夫人跟达林先生讨主意,可他轻蔑地一笑。"记住我的话,"他说,"这就是些胡说八道,是娜娜放进他们脑子里的;狗才会有那类想法。别管它,这事儿会过去的。"

可事情并没有过去;很快,那个讨厌的男孩就让达林夫人大吃了一惊。

孩子们即便经历最奇特的冒险,也不会受其困扰。比如,事情都过去一周了,他们也许才记得提及在树林里,见到了死去的爸爸,还和他一起做了游戏。有天早上,温迪正是以这种漫不经心的方式,透露出一件令人不安的事。育婴室的地板上多了几片树叶,但孩子们上床睡觉那会儿,地板干干净净的。达林夫人对此很困惑,当时温迪宽容地微笑着说:

"我真觉得又是那个彼得!"

"你到底在说什么呀,温迪?"

"他都没擦,太淘气了。"温迪说道,叹了口气。她是个爱干净的孩子。

她心平气和地解释说,她觉得有时候彼得会在夜里来育婴室,然后坐在她的床尾,吹笛子给她听。[27] 很不走运的是,她从来没醒过,所以温迪也不明白自己是怎么知道的,但她就是知道。

"你在胡说什么呀,宝贝。谁也不能不敲门就进到家里来。"

"我觉得他是从窗户进来的。"她说。

"亲爱的,这可是三楼啊。"

"难道树叶不是在窗边发现的吗,妈妈?"

确实没错,发现树叶的地方就在窗边。

达林夫人不知该作何感想,因为一切对温迪来说再自然不过了,你不可能说她这是做梦来着。

"我的孩子,"妈妈喊道,"你之前怎么没告诉我呀?"

"我忘记了。"温迪轻描淡写地说。她急着去吃早餐。

啊,她肯定是做梦来着。

可话说回来,树叶在那儿呢。达林夫人仔细检查过了;那是些干叶,但她确定这不属于英格兰任何一种树。她在地板上爬来爬去,手里拿根蜡烛寻找奇怪的脚印。她拿着拨火棍朝上捅捅烟囱,还敲敲墙。她从窗边放下一卷带子,直抵人行道,足足三十英尺高,也没有管子一类的东西可以顺着爬上来。

温迪当然是做梦来着。

不过,温迪可不是做梦,第二天晚上的事情可以证明。据说,这些孩子的非凡冒险就是从那晚开始的。

★ 窗户啪地开了！

就在我们说的那个晚上，所有的孩子又上床睡觉了。当晚赶上娜娜不值班，达林夫人给他们洗了澡，并给他们唱歌，直到孩子们一个个松开她的手，潜入梦乡。

一切看上去那么安稳、惬意，她笑自己的恐惧，然后安详地坐在炉火边缝东西。[28]

这是为迈克尔缝的衣服，在他生日时，衬衫已经不合身了。然而炉火暖洋洋的，三盏夜灯下的育婴室里光线昏暗，[29]不一会儿，缝的衣服就落在达林夫人腿上。接着她打起瞌睡，啊，那么优雅。她睡着了。看看这四个人，温迪和迈克尔在那边，约翰在这边，达林夫人在炉火边。真该有第四盏夜灯。

睡着后，达林夫人做了个梦。她梦见梦幻岛已近在咫尺，一个奇怪的男孩从岛上闯了出来。他没有吓着她，因为她觉得之前在很多没有孩子的女人脸上见过他。也许有些妈妈的脸上也有他。可在她的梦里，他撕开让梦幻岛模糊不清的薄膜，她看见温迪、约翰和迈克尔正通过缝隙往里瞧呢。

这梦本身不值一提，可她梦着梦着，育婴室的窗户被吹开了，真有一个男孩落在地板上。随他进来的还有一道奇怪的光，那光比你的拳头大不了多少，它就像个生灵一样，在屋里窜来窜去；我想肯定是这道光把达林夫人弄醒了。

她猛地起身，喊了一声，看见了那个男孩。不知怎的，她立刻就明白他是彼得·潘。如果你，或者我，或者温迪在那儿的话，我们本可以看见他很像是达林夫人的吻。他是个可爱的男孩，身穿由树里渗出的汁液黏起来的干叶做成的衣服；[30] 不过，他最让人着迷的地方是，他满口都还是乳牙。等他看见她是个大人时，气得冲她咬了咬嘴里那些小珍珠。

---

1 J. M. 巴里可能用开篇第一句，指代他本人，1922 年笔记本中的一个条目使这一点显而易见。该条目显示，巴里在晚年发现彼得·潘与其自身人生故事的相关性："似乎'P. 潘'写作数年后，我才理解它的真意——拼命想长大，却长不大。"此处，他很可能指代自己失败的婚姻，或者自己对孩子和童年游戏的痴迷，抑或是二者兼而有之。巴里还可能暗指英年早逝的哥哥戴维。"我成年之时，他仍然是个十三岁的少年。"他在母亲的传记《玛格丽特·奥格尔维传》中如是写道。在《肯辛顿公园里的彼得·潘》中，巴里告诉我们："彼得年纪很大了，却永远是同一个年纪，因为这无关紧要。他的年龄是七天大，虽然早就出生了，却从未过过生日，也不曾有丝毫机会过生日。原来他七天大时，就从做人的义务中逃脱；从窗户逃出来，飞回肯辛顿公园。"

第一段从"所有的孩子"开始,然后从"他们"转换成"你"。巴里先以大人身份开口,用"他们"指代孩子。然后他变成孩子,宣称:"两岁后,你往往就明白了。"巴里的朋友、历史小说家莫里斯·休利特曾于 1898 年出版一部名为《潘和年轻的牧羊人》的剧作,该剧开头为:"孩子,孩子,你愿永远做个孩子吗?"(不过,此剧与巴里的《彼得·潘》几无相似之处。)

第一段三次重复"长大"(巴里作品的一大特征)使得"长大"这一主题的重要性得以凸显:"长大""会长大""肯定会长大"。

2 这一名字是 J. M. 巴里和维多利亚时期的诗人威廉·欧内斯特·亨利之女玛格丽特·亨利共同创造出来的。诗人亨利以《永不屈服》(*Invictus*)这一诗篇而闻名。他是巴里的密友、《苏格兰观察报》编辑,该报创刊于 1888 年爱丁堡。显然,玛格丽特将巴里称为她的"弗温迪"(fwendy),由此启发了"温迪"一名。自从巴里的剧作搬上舞台后,此名在英美文化中大受欢迎。"我从她那里,想到给我的一个角色取名为温迪;那是她能找到将我称为朋友(Friend)的最相近的发音。"巴里在随笔集《格林伍德帽》中写道(第 183 页)。玛格丽特·亨利六岁去世。"那个可爱的孩子去世时,差不多五岁,"巴里回忆,"人们可能称她的死是她玩耍时的一种突发奇想。"温迪也与格温德琳有关,是该名的昵称。更为重要的是,因温迪一角在梦幻岛上与彼得·潘成为伙伴,温迪之名便显示出一种独特的身份属性,如一种崭新的开始。

3 "亲爱的"(Darling)一词是巴里在与西尔维娅·卢埃林·戴维斯的通信中使用的,他也用其中间名乔斯林称呼她。"亲爱的 J."或是"亲爱的乔斯林",他会这样写道。在《玛格丽特·奥格尔维传》中,巴里称用这一表示亲昵的词语称呼任何其他人,哪怕是剧中人,都是挑战:"我希望自己不受困扰,因为今晚,我得让我的主角说出'亲爱的',这既需要隐秘,也得集中精力。"(126)

4 叙事者把我们带进孩子的头脑中。一开篇,他就说出这样一句,力求构建出一个文化真相("所有的孩子都长大,只有一个例外"),从而引出温迪突然意识到自己不可能永远两岁。温迪"在花园里玩"是重要的意象,这一田园图景象让人联想到亚当和夏娃被逐出伊甸园。该场景也让人想起另一对母女:德墨忒尔和珀耳塞福涅,因后者被冥王哈迪斯掳去死人之地冥界,母女俩分开。达林夫人的那句慨叹:"噢,你怎么就不能永远这样呢!"捕捉到因变化而失去的伤感,这情绪在神话中既是私人的,也是季节性的。

5 两岁也许是结束的开始,不过巴里曾将那意义非凡的时间后延,他宣称:"我们十二岁之后发生的一切都不值一提。"两岁似乎标记了自我意识的出现,因为此时孩子突然有了意识——"你往往就明白了。"

6 达林夫人通过与神秘的东方相关联,而被定位成神秘而异域的、不可知的,是"他者"。巴里赞同当时英国人认为生活在非西方文化中的人具有不可知性这一固化观点。

7 吻将是温迪与彼得谈话的关键,在其中,吻和顶针混为一谈。这不可获得的一吻将在那场谈话中再现。彼得还将在故事的结尾带走这一个吻,"那吻不曾给过别的什么人"。

8 正如计算家庭花销时显露的,达林先生有点儿滑稽,甚至在办公室也是如此。他需要跟温迪讲"她的母亲",还要将她对他的爱和崇拜告诉温迪,这让他变成一个喜剧人物,他所需要的注意力和宠爱比孩子们还多。在传统的维多利亚时期的家庭中,父亲享有对妻子和孩子的绝对权力,巴里拒绝以此为原型刻画达林夫妇,被视为针对亚瑟·戴维斯,后者作为一名出庭律师难以维持家计。在戏剧中,达林先生的首次出场伴随着细致的舞台提示,让他成了一个乏善可陈的职员,他指望着家人的肯定:"在养家糊口这方面,他真是个好人。他真倒霉,此时被推进屋里,如果我们让他早几分钟或晚几分钟出场,他可能还可以给人留下点儿好印象。他整天坐在凳子上,像张邮票似的坐定,他跟其他坐在凳子上的城市人没什么两样,你不是看脸,而是通过凳子认出他来,可在家里,要想让他高兴,只消说他有个性就好了。他很有责任感,在达林夫人不再准确记录家计簿,转而画画(他称其为她的猜想)的日子里,他替她计算全部花销,他边算能不能要温迪,边拉着夫人的手,并做出了正确决定。"

9 达林先生对经济状况满心忧虑,他总在担心孩子们的花销。如此强烈的焦虑暗示出,孩子们不止意味着经济负担。孩子们不仅要达林夫人的注意力,还会长大,取代老一辈人。

10 达林先生在算他有一英镑十七先令。"三九七"是三英镑九先令七便士,半畿尼为一英镑。(此处疑注释有误,此处 three nine seven 疑为口语中三英镑十六先令的一种表达,否则随后的换算将无法成立,而且一畿尼为二十一先令,半畿尼应为十先令六便士——编者注)达林先生并非贪得无厌、唯利是图,他只是很担心家里的经济状况。他指望拿彼得·潘的影子赚钱:"这影子值钱,我亲爱的。明天我就把它带到大英博物馆去,给它估个价。"塞西尔·伊比指出,达林先生有个"狄更斯笔下账房先生的灵魂",他"借助一根标记有英镑和先令的棍子"衡量世界(131)。

11 达林家男性成员的名字源自亚瑟·卢埃林·戴维斯和西尔维娅·卢埃林·戴维斯(父姓杜穆里埃)的家人。乔治取名自西尔维娅的父亲和卢埃林·戴维斯家的大儿子。(剧作的早期手稿中,他叫亚历山大。)迈克尔取名自亚瑟和西尔维娅的四儿子。约翰取名自小名是杰克的二儿子。

12 名叫娜娜的狗作为保姆，引出玩耍和乔装双主题，狗充当了人类的角色，反之亦然（达林先生在后来会与娜娜互换身份，并住进她的狗窝）。在孩子的世界中，人类和动物的界限是流动变化的。巴里本人有一只名叫波尔托斯的圣伯纳犬，在迪士尼版的《彼得·潘》中，娜娜就是只圣伯纳犬。波尔托斯死于1902年，而后巴里养了一只名叫卢阿斯的纽芬兰犬，舞台上的娜娜便是以它为原型。卢阿斯一点儿都不循规蹈矩，巴里的一位传记作家曾提到，它"酷爱飞奔"。卢阿斯的名字可能源自苏格兰作家詹姆斯·麦克弗森笔下的一首恶名远扬的伪史诗。在那部名为"裁相"的作品中，库丘林的狗叫卢阿斯。它也可能取名自罗伯特·彭斯的《两只狗》中的柯利牧羊犬。一位研究纽芬兰犬的专家称："纽芬兰犬除了是某种身份的象征之外，也是犬类保姆，还可做私人陪护，并作为猎犬广受欢迎。"（本杜勒，第70页）

　　在为剧作《彼得·潘》撰写的引言中，巴里指出："有一次下午场的演出中，我们甚至让他（卢阿斯）代替了一会儿出演娜娜的演员，我觉得观众席上不曾有人注意到这种变化，即便他搞出来点你们和我并不陌生的'事儿'，观众也会觉得新鲜。"

13 在巴里的时代，肯辛顿公园有种田园风，绵羊在草坪上吃草。海德公园和肯辛顿公园由长水湖和九曲湖隔开。巴里住在格罗斯特路133号，离肯辛顿公园不远。他每天带波尔托斯到肯辛顿公园散步，就这样与卢埃林·戴维斯兄弟们相遇，后者住在肯辛顿公园花园街31号。为表彰巴里为该公园带来荣誉，巴里获赠肯辛顿公园门钥匙一把。皇家办公室秘书伊舍子爵做出此项安排，一贯佯作严肃的巴里发誓绝不滥用特权。

14 大黄的根曾用于治疗婴儿消化道疾病，也是治疗便秘和腹泻的传统药物。1810年，大黄作为经济作物在英格兰首次被种植，而后风靡接下来的一个世纪。毫无疑问，巴里此处意指大黄的根而非叶片，因为大黄叶含草酸等有毒物质。

15 在英格兰，足球（soccer）叫football，有时也叫"footer"或"footie"。

16 达林先生的不安全感以及对尊敬的需求，被反复提及，甚至家中的狗也不例外。

17 这句话很可能暗指托尔斯泰所著《安娜·卡列尼娜》那著名的开篇第一句："幸福的家庭个个相似，不幸的家庭各不相同。"巴里在随笔中常提及托尔斯泰，很是赞同地引用他，例如在《邪恶的香烟》中，引用托尔斯泰所说的吸烟的危害。

18 当胡克船长问道："潘，你是谁，你是什么东西？"彼得兴高采烈地回答："我是青春，我是快乐……我是一只刚刚破壳而出的雏鸟。"当尼娜·鲍西考尔特（首位扮演彼得·潘的女演员）就人物性格向巴里寻求指点时，巴里不愿过多透露本

035

意："彼得是只鸟……他一天大。"（汉森，第36页）孵化这一典故可能意指英国演员约翰·里奇的滑稽表演，在演出开始时，他饰演的哈乐根在舞台上破壳而出。彼得像哈乐根一样，有点儿像骗子，有点儿像魔术师，在乔装与模仿艺术上极具天赋。"潘"姓可能不仅受希腊神话中潘神的启发，也受"童话剧"（panto）的影响，"panto"一词在维多利亚时期常用于描述为儿童表演的夸张、富有戏剧性的舞台童话剧。就如同那些童话剧，《彼得·潘》有一个男孩主演、一个女孩主演（温迪）、一个魔王（胡克）和一个好仙子（小叮当）。《彼得·潘》最初上演时，遵循了童话剧的传统，即坏人从舞台左侧入场，其他（好）人从右侧入场。伦敦的几场首演中，哈乐根和爱人科隆比纳还以一舞终场。（哈乐根和科隆比纳是英国喜剧中的一对相爱的男仆和女仆形象。——译者注）

在《肯辛顿公园里的彼得·潘》中，彼得·潘是个男婴，骑着羊，吹着排笛（希腊神话中潘神用七根芦苇做成的乐器）。他被描述成"小半人半鸟"。他既非"人"，也非"鸟"，从而得名"越界生物"（第17页）。年长一些的彼得偶尔被描述成手持打兔棒之人，该钩子形工具可用于捕获小型猎物，管理畜群（注意此处与胡克船长的关联）。

希腊神话中原本的潘神是半羊半神，集快乐与"惊惶"于一体，他常被刻画成手持排笛、笛子或打兔棒。作为赫尔墨斯和牧羊神德吕奥普斯之女德律奥佩的儿子，潘神性格多变，动有闪电之速。他也与田园生活所具有的乡村之乐有关。在苏格兰人类学家詹姆斯·弗雷泽爵士所著的《金枝》一书中，潘神被描述成羊形半神，与狄俄尼索斯、"萨蒂尔和西勒诺斯"交好（第538页）。潘神也与伊卡洛斯、法厄同、赫尔墨斯、纳西索斯和阿多尼斯沾亲。鉴于赫尔墨斯既是骗子、冥界向导（带领灵魂前往冥界），也是造梦人，其与彼得·潘的联系尤为紧密。神话中的潘神因放纵、嗜酒和好色，而让人心生恐惧。

巴里的主角部分地得益于爱德华时代文化上的潘神狂热。肯尼思·格雷厄姆在《柳林风声》（1908）中将潘神刻画成拂晓时分神秘的吹笛人，使其不朽。在一篇名为《潘神的笛子》（1881）的随笔中，罗伯特·路易斯·史蒂文森声称"潘神没有死"。潘神是吉卜林所著《山精灵普克》（1906）中的主角，而在弗朗西丝·霍奇森·伯内特所著《秘密花园》中，潘神式的角色是迪肯，他生性善良，是乡间救星，能与自然密语。在 E. M. 福斯特所著《惊惶的故事》（1904）中，人们哀悼潘神之死。

巴里最终以《彼得·潘》为题，却也曾考虑过其他题目，比如《后来》《仙子》《伟大的白人父亲》《憎恨妈妈的男孩》。

19 晚上，达林夫人忙于身为人母的首要工作，即整理孩子们的头脑，我们发现，那里面装满了白天收集来的乱七八糟的东西。此处将料理家务（整理抽屉）和抚养孩子（整理思想）并置，证实了二者皆为女性职责的观念。达林夫人跟支持让孩子的头脑保有别出心裁式杂乱的瓦尔特·本雅明不同，她内里是真正的维多利亚时代的人，通过将违背其天真和甜美规范的一切隐藏起来，调教和驯养子女。巴里应该并不了解弗洛伊德的作品，但他的许多想法似乎以诗意的语言抓住了压抑等弗洛伊德在《梦的解析》(1900) 中发展出来的概念。

20 就在几年前，弗洛伊德开始描画巴里在此处描述的头脑。巴里对"孩子头脑"的描述和对其中内容的罗列变成对梦幻岛外观的描述。梦幻岛是个集狂想与轮回（"总在绕来绕去"）、生机与无序于一体的地方。岛上梦幻与现实交织（关于日常生活的故事和残迹），既有地精、野人和王子，也有与格动词、父亲和圆形池塘。对大人来说，孩子头脑中的狂想与过盛情绪似乎变幻莫测，需格外注意。然而，历数梦幻岛的包罗万象也是在向孩子丰富的想象力和记忆力致敬。

21 "Never-Never" 一词在 19 世纪用于描述澳大利亚的无人居住区，如今仍用来描述该国的偏远地区。1904 年，英国演员、剧作家威尔森·巴雷特出版了《永无之地》。该书封面上有袋鼠装饰，开篇首句为："在伍尔古尔加溪谷，澳大利亚昆士兰这个永无之地，阴凉处的温度高达 120 华氏度。"

彼得·潘的岛在剧作初稿中被称作 "NeverNever Never Land"，但很快在表演版中简化为 "NeverNeverLand"。《彼得·潘》剧作首版时，岛名变成 "The Never Land"，而在《彼得和温迪》中，常被叫成 "Neverland"。有时，该词被看作一句命令——永不降落。作为迷失的男孩们睡觉的地方，此地也成了死亡之地，孩子们几乎直接从子宫（womb）走向坟墓（tomb）。

梦幻岛可能是以爱尔兰神话中最为重要的异世界提尔纳诺为原型，该岛属于地图外之境。肉体凡胎要想抵达这里，只能通过岛上居住的一位仙子发出邀请。此地是永恒的青春与美之地，是一个有音乐、快乐、幸福和永生的乌托邦。

萨拉·吉利德将梦幻岛中的"never"视为一种"彻底否认"，具有双关性："一方面，自我否认生命终点，另一方面，否认死亡这一铁的事实。"（第 286 页）她指出，梦幻岛是一个"掩盖在孩子气的快乐和冒险之下的死亡之国"。孩子们在地下居住的房子好似棺材，这进一步证明梦幻岛乃是冥界。

如同丹尼尔·笛福的《鲁滨孙漂流记》(1719)、约翰·怀斯的《海角一乐园》(1814 年被译成英文)、罗伯特·路易斯·史蒂文森的《金银岛》(1883)，《彼得和温迪》属于荒岛奇幻故事。在巴里的时代，除了《鲁滨孙漂流记》的戏仿作品、前传和续作之外，还有无以计数的《鲁滨孙漂流记》式（鲁滨孙全名克鲁索·鲁滨孙——编者注）的作品，比如 R. M. 巴兰坦的《狗狗克鲁索》

(1861)、W. 克拉克·罗素的《冻僵的海盗》(1887)，后者很可能是受出版于 1854 年的《北极克鲁索》的启发。

巴里常把剧作设定在岛上（《可敬佩的克赖顿》是绝佳的例子），在一次公开演讲中，他曾说："如果要写的作品中没有一座岛，我会觉得像赤身裸体。"（伯金，第 253 页）

22 巴里的梦幻岛极富文学性，既包括冒险故事的元素（岛、海盗、珊瑚礁和船），也有童话故事的特征（美人鱼和仙尘），还添几许诗意（"小河从洞穴里流经"让人想起柯勒律治在《忽必烈汗》中，于洞穴中蜿蜒而过的圣河）。奇怪地融合在一起的海盗和仙子曾在两部早期的作品——《逃生黑湖岛的男孩们》和《小白鸟》——中单独出现，而在《彼得和温迪》中均得以保留。海盗的故事满足了卢埃林·戴维斯家大孩子们的愿望，仙子的故事吸引家中小孩子们的注意。

23 此处（braces）并非美式英语中的牙套之意，而是英式英语中"吊裤带"之意。

24 小圆舟将防水材料覆在为藤条或木结构上，船体轻盈，呈椭圆形，通常能搭载一人，可用于垂钓或渡河。

25 叙事者在此提醒我们他的大人身份。身为大人，他再也看不见梦幻岛，也无法在岛上住。他唯一能通行的渠道是声音。

26 虚构的岛屿各有其独特的象征性地形，然而作为与世隔绝之地，它们都提供了一处思考身份或重塑自我之所。"出生就是为了流落荒岛。"巴里在 1913 年版《珊瑚岛》的引言中写道。这部为男孩而写的小说首版出版于 1853 年，作者为苏格兰人 R. M. 巴兰坦。巴里极爱巴兰坦的这部作品，此书讲述了三个男孩——拉尔夫·罗弗、杰克·马丁和彼得金·盖伊——流落波利尼西亚一座无人居住的岛上，他们在这里频频遇险，既遇上了海盗，也遭遇了会杀婴和食人的土著。巴里写道，巴兰坦是"我的又一个神，在我很久以后写的引言中……我坚持认为男人女人要早结婚，多生子，好让孩子们读《珊瑚岛》"。（《格林伍德帽》，第 81 页）《珊瑚岛》不仅启发了巴里，还启发了诺贝尔文学奖得主威廉·戈尔丁，早在写出小说《蝇王》之前，还是孩子的他就读过这本书。

27 彼得的笛子使他能化身为他的早期形态：小鸟。"仅一半是人"，我们被告知，他需要一件乐器，所以就做了根芦苇笛。在《肯辛顿公园里的彼得·潘》中，彼得的心情"太好了"，想一整天都歌唱。他用芦苇做了根笛子，坐在岸边，"练习吹奏风声习习，流水潺潺，捕捉月光几缕，将一切都放进笛声中，并优美地吹奏出来，连鸟儿都信以为真"。（第 46—47 页）

28 缝缝补补是女性的工作，与达林夫人、温迪和小叮当有关。小叮当（Tinker Bell，Tinker 为修补匠之意）之所以得名，"就是因为她修锅补壶"，达林夫人和温迪也缝缝补补。海盗中最女性化的斯密在战斗前，会"恬静地（给衣服）镶边"。缝缝补补与"整理"和很多其他主妇做的工作相关，旨在无序、杂乱和失修之处创建家庭秩序。这些工作让人联想起安静、内省和惬意，与冒险世界相对立。阿尔弗雷德·丁尼生勋爵的诗篇《公主》明确指出了《彼得·潘》中所展现的19世纪的性别分工：

> 男人田中忙，
>
> 女人炉火旁；
>
> 男人舞刀剑，
>
> 女人拿针线；
>
> 男人善动脑，
>
> 女人爱动情；
>
> 男人发命令，
>
> 女人要遵从；
>
> 唯此秩序清……

29 巴里在自传性的回忆录中，提到育婴室中长大的人和没在育婴室长大的其他社会阶层中的人之间的区别。他本人不曾有育婴室，"童年时最上流的朋友也没有"。"在我看来，"他补充道（此处对自己以第三人称相称），"回望过去，没有育婴室的他快乐得无拘无束，甚至没有保姆（但有更棒的人）去吻他被磕伤的地方。他遇上的六个孩子中，男孩会帮父亲往坑里贮藏土豆，女孩会是保姆（她们都不知道这个词），照看弟弟妹妹。他的父母没钱建育婴室，却通过不懈奋斗让女儿们上了寄宿学校，儿子们上了大学。"（《格林伍德帽》，第151页）巴里的父母视教育为重中之重，甘愿生活简朴，也要保证孩子们进入最好的学校。这份教育让巴里在成为作家初获成功后，轻松跨越了阶级界限。来自上流社会的朋友和熟人总会提到巴里矮小的身材、不离手的烟斗和忧郁的性格，却很少注意他卑微的社会出身。天赋、名声和个性古怪这三者在跨越阶级差别上起到了重要作用。

30 令人意外的是，彼得·潘穿的不是绿叶。他那身精致的干叶衣服既暗示出他那缥缈超凡、远离文明的特征，也说明他与季节变换和死亡有关。干叶标本可以通过将叶脉或叶片维管与组织内充盈的叶肉细胞分离而制成。过程如下：将叶子放入水中，直到叶肉组织分解而纤维组织尚未腐烂之时取出。彼得很可能是从森林的地面上采集的干叶标本。不管那些标本是何种颜色，他的穿衣方式将他与象征着大自然力量的绿人（Green Man）相联系，绿人是个与让人联想到魔鬼的阴险人物。把树叶黏在一起的流溢出的汁液将生命力与叶的"骨架"（"skeleton" leaves，即干叶）中暗含的死亡结合起来。

┼┼ The Shadow ┼┼

## 第二章

## 影 子

达林夫人尖叫一声，宛如门铃一响，门应声而开，娜娜进了屋子，她晚间出游回来了。她冲着那男孩狂吠，猛扑，男孩灵巧地纵身跳过窗户。达林夫人又尖叫了一声，这次她是为他难过，以为他会死。她跑下楼，到街上寻找他小巧的躯体，可他不在那儿；她又抬头往上看，在漆黑的夜里，除了她以为是流星[1]的东西之外，什么都看不见。

她回到育婴室，发现娜娜嘴里叼着什么，原来是那男孩的影子。[2]他跳向窗户时，娜娜迅速关窗，晚了一步，没能抓到他，可他的影子却没来得及出去；窗户啪地一关，就将影子扯下来了。

你肯定猜到达林夫人仔细检查了影子，不过那影子十分普通。[3]

娜娜无疑知道怎么处置影子最好。她把影子在窗边挂出来，意思是"他一定会回来取的；就让我们把影子放在他易得的地方，别惊扰孩子们"。

可不幸的是，达林夫人受不了这样；它太像没洗的脏衣服了，这会让这家显得掉价。她想让达林先生看看，可他正在算约翰和迈克尔冬天穿的长外套总共要花多少钱，为了保持头脑清醒，他还在头上裹了条湿毛巾，打扰他似乎太不应该了；而且，她清楚地知道他会说什么："这都是让一条狗当保姆闹的。"

她决定把影子卷起来，放进抽屉里小心收好，待时机合适，再告诉丈夫。唉！

一周后，机会来了，就在那个永不被遗忘的周五。当然啦，那是个周五。

"周五，我本该格外小心才是。"事后，她常对丈夫这么说，而娜娜很可能在她另一侧握着她的手。

"不，不，"达林先生总说，"这全是我的错。我，乔治·达林，干的。是我的错，我的错。"[4]他受过古典主义教育。

就这样，他们一晚接一晚地回忆那个要命的周五，[5]直到每一个细节都印在了脑海里，并从大脑的一侧透到了脸上，就像劣质钱币上的人脸一样。

"要是我没接受27号那户人家的晚宴邀请该多好。"达林夫人说。

"要是我没把我的药倒进娜娜的碗里该多好。"达林先生说。

"要是我假装喜欢那药该多好。"娜娜那泪汪汪的眼睛说。

"怪我太喜欢宴会了，乔治。"

"怪我要命的幽默天赋，最亲爱的。"

"怪我太小题大做了，亲爱的主人和夫人。"[6]

041

然后，他们三个中的一个或两三个的情绪就会失控；娜娜想："没错，没错，他们不该让一只狗当保姆。"很多时候，是达林先生在娜娜的泪眼上放条手绢。

"那个魔鬼！"达林先生会大喊一声，娜娜的叫唤成了回声，可达林夫人从未骂过彼得；她右侧嘴角上的什么东西希望她不要说彼得的坏话。

他们会坐在空荡荡的育婴室里，天真地事无巨细地忆起那个可怕的晚上。那晚降临得平淡无奇，跟一百个别的夜晚没什么两样，娜娜为迈克尔烧好洗澡水，驮着他去洗澡。

"我就不上床睡觉！"他大喊，[7]就像那些还自认为在这个话题上说了算的人一样，"我就不，我就不。娜娜，还不到六点呢。噢，亲爱的，噢，亲爱的，我再也不爱你了，娜娜。我告诉你我就不洗澡，我就不洗，我就不洗！"

接着，达林夫人就进来了，身上穿着白色睡袍。她早早穿上，因为温迪特别喜欢看她穿睡袍的样子。她还戴着乔治送的项链。在胳膊上，她戴着温迪的手镯；是向温迪借的。温迪特别爱把自己的手镯借给妈妈。

她发现，两个大孩子在演她和爸爸，[8]演的是温迪出生那会儿。约翰在说：

"我高兴地通知您，达林夫人，您现在是一位母亲了。"那语气就跟达林先生在真实场合下可能使用的一样。

温迪快乐地翩翩起舞，就像真正的达林夫人会做的那样。

之后是约翰出生，因为生了个男孩，场面格外隆重。迈克尔洗完澡了,也要求被生出来,可约翰残忍地说,他们不想再生了。

迈克尔都快哭了。"谁也不想要我。"他说。当然,那位身穿睡袍的女士可受不了这个场面。

"我想,"她说,"我特别想要第三个孩子。"

"想要男孩还是女孩?"迈克尔问,并没抱太大希望。

"男孩。"

他一听,就扎进了她怀里。如今,达林先生、夫人和娜娜回想起来,不过是件小事,可如果那曾被视为迈克尔在育婴室的最后一晚,就绝非不值一提了。

他们继续回忆。

"就是在那会儿,我像旋风一样冲进屋,对不对?"达林先生说,自责不已;的确,他就像旋风一样。

也许,他是情有可原的。为了出席宴会,他也在穿衣打扮,一切进行得好好的,直到开始打领带。不得不说,这事儿着实让人惊讶,尽管这个男人懂股票和股份,却打不好领带。领带偶尔也会乖乖听话,可就是有例外,在这些场合下,他若能放下尊严,用一条打好的假领带,对全家人都会好得多。

那天就是这样一个场合。他冲进育婴室,手里拿着那个皱巴巴的讨人厌的小东西。[9]

"哎,怎么回事儿,亲爱的孩子爸爸?"

"怎么回事儿!"他嚷嚷起来,他真在嚷嚷,"这条领带,它打不上。"他变得刻薄起来,很是吓人,"打不到脖子上!在床柱上没问题!噢,没错,我在床柱上都试二十回了,可一到我的脖子,就不行!噢,亲爱的,搞不定!请原谅!"

他觉得达林夫人没有足够重视,就严厉地说下去:"我提醒你,孩子妈妈,如果这条领带系不到我的脖子上,我们今晚别想赴宴了,要是我今晚赴不了宴,我就再也不去办公室了,要是我再也不去办公室了,你和我都得饿着,我们的孩子们会被赶到大街上。"

都到这时候了,达林夫人仍然镇定自若。"让我试试,亲爱的。"她说,而这正是他过来请她做的事儿;她那双从容的妙手帮他打好了领带,当时孩子们就在一旁等待命运的宣判。她做得那么轻巧,有些男人会因此恨她,可达林先生才没有这种小心眼儿;他草草道了谢,立刻将刚才的勃然大怒抛到脑后,下一刻就背起迈克尔在屋里四处跳起舞来。

"我们当时玩得多疯啊!"达林夫人如今回忆起那一幕时,说道。

"我们最后一次疯玩!"达林先生叹息道。

"啊,乔治,你还记得迈克尔突然问我:'妈妈,你是怎么慢慢了解我的呢?'"

"我记得!"

"他们真贴心,你觉不觉得,乔治?"

"他们是我们的,我们的,现在却不见了。"

后来娜娜出现,结束了那场嬉戏。真倒霉,达林先生跟她撞上了,她的狗毛粘得他裤子上到处都是。那可不仅仅是条新裤子,还是他第一条有穗带装饰的裤子,他不得不咬住嘴唇,免得眼泪流出来。当然啦,达林夫人摸摸他,可他再次说起让狗当保姆是个错误。

"乔治,娜娜是个宝。"

"没错,可我偶尔会心生不安,觉得她把孩子们当成小狗了。"

"啊,不是的,亲爱的,我敢肯定她知道他们有灵魂。"

"我表示怀疑。"达林先生若有所思地说,"我表示怀疑。"机会来了,[10]他妻子觉得是时候告诉他彼得·潘的事儿了。起初,他对那故事嗤之以鼻,可在她给他看过影子之后,便陷入了思索。

"这不是我认识的人,"他仔细查看过后说,"不过他看起来就不像好人。"

"你记得吧,我们一直在讨论这件事。"达林夫人说,"当娜娜带着迈克尔的药进来的时候。你再也不用叼着药瓶了,娜娜,都是我的错。"

乔治再强,在吃药这事儿上也无疑表现得蠢到家了。要说他有弱点,那就是他自以为一辈子都在勇敢吃药;于是,当迈克尔躲避娜娜嘴里的药匙时,他责怪地说:"做个男子汉,迈克尔。"

"就不,就不!"迈克尔淘气地喊道。达林夫人离开屋子,去给他拿巧克力,达林先生觉得此举欠缺力度。

"孩子妈妈,别惯着他。"他从她身后喊道,"迈克尔,我像你这么大的时候,喝起药来一声不吭。我说:'谢谢你们,好心

045

的爸妈,你们给我药是为我好。'"

他真以为有这么回事儿,这会儿换上睡袍的温迪也信以为真,为了鼓励迈克尔,她说:"爸爸,你有时喝的药比迈克尔的苦多了,对不对?"

"总是比这苦得多,"达林先生勇敢地说,"要不是我弄丢了药瓶,迈克尔,我马上就喝给你看。"

他并没有真的弄丢药瓶;而是趁夜深人静,爬到衣橱顶上,把它藏在那里。他并不知道尽职的莉莎发现后,给他放回了洗漱台上。

"我知道在哪儿,爸爸,"总是很乐意效劳的温迪喊道,"我去拿。"他还没来得及阻止她,她就跑了。真是怪事儿,他的情绪马上就低落了。

"约翰,"他颤抖着说,"药是最可怕的东西了。它恶心、黏糊,还甜。"

"很快就会喝完的,爸爸。"约翰兴高采烈地说,而后温迪就拿着一杯药水,跑了进来。

"我拿出了我最快的速度。"她大喘着气说。

"你跑得是真快,"她爸爸回了一句,淡淡的一句客气话里泄露了报复的心。"迈克尔先。"他固执地说。

"爸爸先。"生性多疑的迈克尔说。

"我会生病的,你知道的。"达林先生语带威胁地说道。

"喝呀,爸爸。"约翰说。

"闭嘴吧,约翰。"他爸爸厉声说。

温迪困惑极了。"我以为你喝药小菜一碟呢,爸爸。"

"不是这问题,"他回了句嘴,"问题是,我杯子里的药比迈克尔药匙里的多。"他那颗骄傲的心都快炸了。"这不公平;哪怕我只有一口气了,我也得说,这不公平。"

"爸爸,我等你。"迈克尔冷冷地说。

"你说你等我,没问题;我也等你呢。"

"爸爸是懦弱的胆小鬼。"[11]

"你也是懦弱的胆小鬼。"

"我不怕。"

"我也不怕。"

"那好,喝吧。"

"那好,你喝啊。"

温迪有个好主意:"为什么你们俩不一块儿喝呢?"

"就是,"达林先生说,"准备好了吗,迈克尔?"

温迪喊一、二、三,迈克尔喝完了,达林先生却把药藏到了身后。

迈克尔气得大喊大叫:"噢,爸爸!"温迪也嚷嚷起来。

"你说'噢,爸爸'什么意思?"达林先生质问道,"别嚷了,迈克尔。我想喝来着,可是我——我没喝到。"

三人齐刷刷地吓人地望着他,就好像他们不崇拜他了。"都看这儿,你们仨,"娜娜一进浴室,他就讨好地说,"我刚想到一个恶作剧,棒极了。我要把我的药倒进娜娜碗里,她会当成牛奶喝掉的。"

047

药是跟牛奶一样颜色；可孩子们并没有爸爸这份开玩笑的闲心，他把药倒进娜娜碗里时，他们责怪地看着他。"真好玩儿！"他将信将疑地说。达林夫人和娜娜回房间里来时，没人敢揭发他。

"娜娜，好狗，"他边说边拍拍她，"我往你的碗里倒了一点儿牛奶，娜娜。"

娜娜摇摇尾巴，跑到药碗前，开始舔起来。接着，她就那样看了达林先生一眼，眼里不是愤怒：她对着他流了一大滴红泪，那红泪让我们对高贵的犬类悔恨不已。之后她就爬进了窝里。

达林先生羞愧极了，但就是不肯服软。在一阵可怕的沉默中，达林夫人闻了闻狗碗。"啊，乔治，"她说，"里面是你的药！"

"就是个玩笑。"他吼的时候，她安慰儿子们，温迪搂着娜娜。"好极了，"他恶狠狠地说，"我拼了老命在这个家里耍宝。"

温迪依然搂着娜娜。"很好。"他大喊，"疼她吧！没人疼我。噢，天哪，不！我不就是个养家糊口的，哪里有人疼呢，唉，唉，唉！"

"乔治，"达林夫人恳求他，"别这么大声；仆人们会听见的。"不知怎的，他们已经习惯将莉莎称为仆人们了。

"让他们听吧！"他不管不顾地回答，"把全世界都找来。不过，我再也不许那只狗在我的育婴室里耍威风了，多待一小时都不行。"

孩子们哭了，娜娜跑到他身边苦苦哀求，可他挥挥手让她退下。他觉得自己又变回那个果决的人了。"没用了，没用了，"

他大喊,"最合适你的地方是院子,出去,我要立马把你拴到那儿去。"

"乔治,乔治,"达林夫人小声嘀咕说,"别忘了我告诉你的那个男孩的事儿。"

唉,他是听不进去的。他铁了心要让大家看看谁才是这家的主人,待命令无法让娜娜从窝里出来之后,他就开始拿甜言蜜语哄她出来,然后粗暴地抓住她,把她拖出育婴室。他虽然羞愧难当,可还是这么做了。这全怪他那缺爱的性格,让他渴求着别人的崇拜。把她拴在后院后,狠心的爸爸就一走了之,坐在过道里,抹起眼泪。

在此期间,达林夫人在一阵少有的沉默中,把孩子们安顿上床,点上夜灯。他们能听见娜娜在叫,约翰抽抽搭搭地说:"都怪他把她拴到院子里。"可温迪更理智一些。

"娜娜这叫声,不是难过。"她说,似乎有些猜出即将发生的事情,"她闻到危险才这么叫。"

危险![12]

"你确定,温迪?"

"噢,对。"

达林夫人浑身颤抖,走到窗边。窗户关得好好的。她往外看,星星点缀着夜空。它们聚集在房子四周,好像很想瞧瞧里面会发生什么,不过她没注意到这景象,也没看到一两颗小星星冲她眨眼睛。可还是有一股无以名状的恐惧攫住了她的心,使得她喊出声来:"啊,我多希望今晚不去赴宴啊!"

即便迈克尔半梦半醒的,也知道她心神不宁,他问:"妈妈,夜灯都点上了,还有什么能伤害我们吗?"

"没有,宝贝。"她说,"夜灯是妈妈留下来守护孩子们的眼睛。"

她从这张床走到那张床,对着孩子们唱起魔法咒语,接着小迈克尔搂住她。"妈妈,"他喊道,"我喜欢你。"这将是很长一段时间里,她听他说的最后一句话。

27号人家离这儿只有几码远,可天有点儿飘雪,达林爸爸和妈妈巧妙择路,免得弄脏鞋子。他们已经是街上仅有的行人了,满天星斗都在望着他俩。[13] 星星很美,却对什么事儿都没法儿积极参加,只能永远旁观。[14] 这是降临到它们头上的一种惩罚,很久很久以前它们做错了事,现如今已经没有星星知道它们到底犯了什么错。因此,大星星们变得眼神呆滞,很少说话(眨眼是

★ J. M. 巴里的肯辛顿公园钥匙。《小白鸟》出版后不久，巴里从皇家园林护卫官（剑桥郡公爵）那里获赠该钥匙
（耶鲁大学贝尼克珍本与手稿图书馆）

星星的语言），可小星星们还是满心好奇。它们对彼得并不是真的友善，毕竟他爱胡闹，会不知不觉来到它们身后，想把它们吹灭；可它们都太爱凑热闹，今晚就成了他的帮手，急着要帮他摆脱大人们。27号那家的房门在达林先生和太太的身后刚关上，天空中就发生了一场骚动，银河中最小的星星大叫起来：

"就是现在，彼得！"

---

1 巴里近二十年的私人秘书辛西娅·阿斯奎思女士说，她的雇主曾热烈地赞颂"'星星'一词的美"，他认为该词是"英语中最美的词语"。辛西娅觉得她有必要指出"star"倒过来就是"rats"（老鼠），只消这么一提，就能让巴里"嘴唇发白"地从那间屋子里出去。
2 影子常被视为灵魂的象征，在大量的文学作品中发挥着关键性作用，从阿德尔贝特·冯·沙米索的中篇小说《彼得·施勒米尔的奇妙故事》、埃德加·爱

伦·坡的故事《影子：一则寓言》，到奥斯卡·王尔德的童话《渔夫和他的灵魂》、胡戈·冯·霍夫曼斯塔尔的歌剧《没有影子的女人》，可见一斑。影子有时也代表着不死生物，靠活物续命。在沙米索的故事中，那个提出用影子交换灵魂的阴险男人拾起施勒米尔的影子，叠起来，装进口袋。在汉斯·克里斯汀·安徒生的童话《影子》中，学者"命丧于"他阴险的影子替身。

3　可分离的影子不过属"普通"一类，由这一反语可见 14 号住宅自有其怪诞之处。

4　"Mea culpa, mea culpa"，这一拉丁文短语，是罗马天主教堂《忏悔》这一弥撒曲中的一句传统祷词。叙事者语带讽刺地提到达林先生的古典主义教育，进一步证明他有点蔑视孩子们的父亲。注意，达林先生常孩子气地重复单词和短语。

5　达林先生和夫人的对话对情节有延迟作用，将我们带到后梦幻岛时期，此时两人回想孩子们被彼得·潘带走的那个"可怕的晚上"。他们以这种冗长而重复（一晚接一晚）的成年人作风，试图研究此事如何避免。

6　这是故事中唯一一次，娜娜似乎有了语言能力。她先是用"泪汪汪的眼睛"说话，但此句并未就她如何说话给出准确陈述，即便她很可能仍继续用眼神来交流。

7　在此，巴里抓住孩子们的心理，他们想要熬夜，抗拒晚上照例洗澡，洗澡意味着上床睡觉。剧作《彼得·潘》以迈克尔这些心意已决的话开场，并被建议以一种"无法无天"的口气来说出口。

8　就跟在梦幻岛上一样，孩子们爱演大人，这时，两个大孩子演起母亲和父亲来。巴里的剧作和小说充满了有关假意相信和角色扮演的陈述。

9　达林先生费劲打领带的这一情节再次提醒我们，他更像个孩子，不像大人。他将物体拟人化，还小题（领带打不成结）大做（"我们的孩子们会被赶到大街上"）。

10　达林夫人关于孩子们灵魂的言论不仅提供了一个讲述彼得·潘的机会，也提供了一个展示他的影子和灵魂的机会。

11　这一短语源自英国校园里嘲笑别人的一句俏皮话："懦弱的，懦弱的胆小鬼，/偷吃了妈妈的芥末酱。"在巴里为卢埃林·戴维斯兄弟们写的一出节庆剧（《贪心的小矮人》）中，巴里饰演"懦弱的胆小鬼"。

12　在此，叙事者开口了，对于即将到来的危险，他表达了自己的兴奋心情，还表示也将间接参与到孩子们的冒险之中。双引号的缺失表明是叙事者说了这个词。

13 14号房子和梦幻岛有一些共同特征，两处地点并非设定得极端对立。从达林家育婴室的好位置望出去，自然生机勃勃，充满魔力，星星对人类充满了好奇。孩子们上床睡觉时，达林夫人对着他们唱"魔法咒语"。

14 此处间接提到外星生物注定是目击者和旁观者，而非参与者，这与巴里本人的自我认知相契合，他认为自己注定永远是生活中的旁观者。在第十六章中，叙事者将抱怨自己在达林家孩子们的人生中所起的作用有限："我们能做的就那么多，当个旁观者而已。"

## ✠ Come Away, Come Away! ✠

## 第三章

## 来吧，来吧！[1]

达林先生和夫人离开家后，三个孩子床边的夜灯又稳定地亮了一会儿。它们是很乖巧的小夜灯，人们不禁希望它们能保持清醒，好照见彼得；可温迪的夜灯眨了眨眼，打了个大大的哈欠，其他两盏也不由得打了起来，它们的嘴还没来得及合拢，就全熄灭了。

这会儿，屋子里还有一盏灯，比夜灯要明亮一千倍，[2] 等我们终于说到它时，它已经到访过育婴室的每只抽屉。为了寻找彼得的影子，它在衣橱里到处翻，把每个口袋都翻了个底朝天。它并非一盏真灯；因为敏捷地飞来飞去，它形成了这道强光，只要消停一秒，你就看到它其实是个仙子，[3] 不比你的胳膊长，但还在生长。它是个名叫小叮当[4]的女孩，优雅地穿着由一片干叶做成的连衣裙，这是条抹胸裙，胸口开得低，很显身材。她略微圆润。[5]

仙子进来后不久，窗户就被小星星们的呼吸给吹开，彼得进来了。有段路，他带着小叮当来着，手上仍然因为仙尘而脏兮兮的。

"小叮当，"在确认孩子们都睡着了之后，他轻声喊，"叮当，你在哪儿？"此时她在一只大罐子里，并且很享受；以前她可从来没在罐子里待过呢。

"哎，请从罐子里出来吧，跟我说说，你知道他们把我的影子放哪儿了吗？"

像从金色铃铛发出的一声最妙的丁零，小叮当回答了他。这是仙子语。你们普通孩子是永远听不见的，可如果你听见了，你就会知道你此前就听过这个。

叮当说影子在大盒子里。她是指衣橱里。彼得跳向抽屉，双手并用，把里面的东西扔得地上到处都是，那架势就像国王向着人群撒小钱。[6] 他马上就找回了影子，高兴之中，竟忘了自己把小叮当关在抽屉里了。[7]

如果他稍加思考——不过我认为他不曾动过脑筋，他认为他和影子一靠近，就会像水滴一样聚合在一起；而当它们没有时，他大为震惊。他试着拿浴室里的香皂把它粘上,可于事无补。他浑身打了个冷战,坐在地上,哭了起来。

他的哭声吵醒了温迪,她从床上坐起身。看到一个陌生人在育婴室的地板上哭,她并没有惊惶;反倒饶有兴致。

"孩子,"她彬彬有礼地说,"你怎么哭了?"

彼得在仙子的许多典礼上学习过庄重的做派,所以也能极尽礼貌之能事,他站起身,向她优雅地鞠了一躬。她很开心,从床上也朝他优雅地回礼。

"你叫什么名字?"他问。

"温迪・莫伊拉・安吉拉・达林,"[8]她带着某种心满意足回答,"你叫什么名字?"

"彼得・潘。"

她已经知道他肯定是彼得,可这名字似乎有点儿短。

"是全名吗?"

"是。"他提高了嗓门说。他头一次意识到这是个短名字。

"很抱歉。"温迪・莫伊拉・安吉拉说。

"没关系。"彼得长舒了一口气。

她问他住在哪儿。

"朝右侧第二颗星星的方向,"[9]彼得说,"向前直飞到天亮。"

"多好笑的地址啊!"

彼得心一沉。他头一次觉得也许这是个好笑的地址。

"不,才不是呢。"他说。

"我是说,"温迪记起自己是女主人来,便友善地说,"这是人们写在信件上的地址吗?"

"没收到过信件。"他傲慢地说。

"但你妈妈总收到过吧?"

"没有妈妈。"他说。他不仅没有妈妈,而且压根儿不想有妈妈。他觉得她们被夸过头了。可温迪马上觉得自己见到了一出悲剧。

"噢,彼得,难怪你哭呢。"她边说边从床上下来,朝他跑去。

"我不是在哭妈妈的事。"他气鼓鼓地说,"我哭是因为我的影子粘不回去了。还有啊,我没哭。"

"它掉下来了?"

"嗯。"

这时温迪看到地上的影子,像被拽过似的,[10]十分同情彼得。"太糟糕了!"她说,可看到他一直想用香皂把它粘上时,又禁不住笑了。简直就是个孩子。

幸好她马上就知道该怎么做。"得缝上去才行。"她说,有那么点儿高人一等的劲儿。

"缝是什么意思?"他问。

"你真是无知啊。"

"不,才不是呢。"

不过他的无知让她欢欣鼓舞。"我帮你缝上吧,我的小绅士。"尽管他跟她一样高,她还是这样说,然后拿出针线包,[11]把影子缝到彼得脚上。

"我猜会有点儿疼。"她给他提了个醒。

"哦,我不哭。"彼得说,他已经觉得自己一辈子都没哭过了。他咬紧牙关,真的没哭;很快,他的影子就活动自如了,虽然还有点儿皱巴巴的。

"也许我该熨一下影子。"温迪若有所思地说;可男子汉彼得并不顾忌形象,这会儿正欣喜若狂地跳来跳去呢。唉,他已经忘了他的快乐是拜谁所赐了。他以为是自己把影子粘好的。"我太聪明了!"他得意忘形地咯咯直叫,[12] "啊,我多聪明啊!"

丢脸的是,得承认彼得的这种骄傲自大也是他十分迷人的个性之一。直接说了吧,世上就不曾有这么骄傲自大的孩子。

可当时温迪震惊极了。"你这个自大鬼!"她惊呼,话里带着十足的嘲讽,"就是啊,我什么都没做!"

"你做了一丁点。"彼得没心没肺地说,舞步没停。

"一丁点!"她傲慢[13]地回了一句,"既然我没有用处,还是退下为妙。"她极为庄重地跳上了床,用毯子把脸遮住。

为了引她往上看,他假装要走,但这招失败了,他就坐在床尾,用脚轻轻敲她。"温迪,"他说,"别退下。我忍不住就咯咯叫起来了,温迪,我自鸣得意了就这样。"她还是不往上看,虽然在注意听。"温迪,"他继续说,那语气还从来没女人抵挡得了呢,"温迪,一个女孩可比二十个男孩有用多了。"

现在温迪每一寸都是女孩了,即便总共没有多少寸高,她往毯子外偷看。

"你真这么觉得吗,彼得?"

"嗯，是的。"

"我觉得你嘴真甜，"她宣布，"我这就起来。"她和彼得坐在床边。她还说要是他不反对，她愿意给他一个吻，可彼得不明白她的意思，还充满期待地伸出手。

"你一定知道什么是吻吧？"她一脸惊讶地问。

"你给了，我就知道了。"他冷冷地回答。为了不伤害他的感情，她给了他一枚顶针。[14]

"现在，"他说，"我可以给你一个吻吗？"她有点儿拘谨地回答："请吧。"她有些轻浮地把脸朝他侧了过去，可他只是抛下一颗橡子饰扣到她手上。她又缓缓地把脸挪回先前的地方，友好地说，她会把他的吻穿在项链上。幸好她这么做，因为后来它救了她的命。

要是我们这些人被引荐给别人，按惯例，要询问彼此年龄，于是，总想正确行事的温迪就问彼得多大了。这样问他，可真是让人不开心；这就像考卷想考语法，而你想被问到的其实是英格兰历代国王。

"我不知道。"他不自在地回答，"不过我很小。"其实他对此一无所知；他只是猜测罢了，但他随口说了句："温迪，我出生当天就跑掉啦。"

温迪很是惊讶，不过很感兴趣；她以身处会客厅时那种迷人的方式碰了下睡袍，示意彼得可以坐近点儿。

"因为我听见爸爸妈妈，"他压低了声音解释道，"在谈论我长大后会成为什么样的人。"此时他情绪十分激动。"我就不想长大，我想永远当个孩子，快快乐乐的。所以我逃跑了，逃到了肯辛顿公园，跟一群仙子住了很久很久。"

她无比崇拜地看了他一眼，他以为是因为他逃跑了，实际上却是因为他认识仙子。温迪之前过的都是家庭生活，认识仙子让她觉得太幸福了。她一股脑儿地问了很多关于仙子的问题，这真让他惊讶不已，因为对他来说，仙子可是讨厌鬼，处处妨碍他，给他捣乱，实际上，有时候他甚至不得不动粗。不过，总的来说，他是喜欢仙子的，还把他们的来历告诉了她。

"你看啊，温迪，当世上第一个婴儿第一次笑出声，这笑声就碎成一千片，[15] 全都跳来跳去的，仙子就这样产生了。"

这谈话冗长乏味，可常年待在家的她爱听。

"于是，"他好脾气地继续讲，"每个男孩和女孩都应该有自己专属的仙子。"

"应该有？事实不是这样吗？"

"嗯。你看现在的孩子知道得太多了，他们很快就不相信有仙子了，[16] 只要有孩子说'我不相信有仙子'，就会有某个地方的仙子倒下死去。"

事实上，他觉得仙子的话题他们已经谈得够多了。他猛然意识到小叮当竟然一直一言不发。"我想不出来她去哪儿了。"他边说边站起身，喊起她的名字叮当来。温迪猛地一惊，心怦怦直跳。

"彼得，"她抓住他，大喊，"你不会说这间屋子里就有一个仙子吧！"[17]

"她刚才还在这儿呢,"他有点儿不耐烦地说,"你没听到她的声音,对吧?"他俩都竖起耳朵来。

"我只听到,"温迪说,"铃铛丁零丁零的声音。"

"噢,那就是叮当,那是仙子的语言。我觉得我也听见她的声音了。"

声音是从衣橱那儿传来的,彼得扮了个快活的鬼脸。世上还不曾有谁像彼得那样一脸快活呢,最美妙的咯咯声就是他的笑声。他让他的第一声笑长久停驻。

"温迪,"他欢乐地小声说,"我十分确定我把她关在抽屉里了!"

他把叮当从抽屉里放出来,她在育婴室里到处飞,气冲冲地尖叫着。"你不该说这种话,"彼得回嘴,"当然,我非常抱歉,但是我怎么能知道你在抽屉里呢?"

温迪没在听他说。"噢,彼得,"她喊道,"要是她能站着不动该多好,让我看看她!"

"他们几乎就没有站着不动过。"他说。可有那么一刻,温迪看见那个可爱的小人儿停在布谷鸟挂钟上。"噢,小可爱!"她喊道,即便叮当因满腔怒火,脸还扭曲着呢。

"叮当,"彼得亲切地说,"这位女士说她希望你是她的仙子。"

小叮当傲慢地回了话。

"她说了什么,彼得?"

他不得不翻译。"她不太礼貌。她说你是个奇丑无比的姑娘,

还说她是我的仙子。"

他试着跟叮当理论:"你知道的,你不可能是我的仙子,叮当,因为我是位绅士,而你是位淑女。"

听到这话,叮当回说:"你这个傻瓜。"然后她就从屋里消失,进了浴室。"她就是个普通的仙子,"彼得抱歉地解释,"她叫小叮当,因为她修锅补壶。"

这会儿,他们已经一起坐在扶手椅上,温迪问了他更多问题。

"要是你现在不住在肯辛顿公园——"

"我偶尔也住。"

"那你现在大部分时间住在哪儿呢?"

"跟迷失的男孩们[18]在一起。"

"他们是谁?"

"他们是保姆看向别处的时候,从婴儿车里掉出来的孩子。如果在七天之内,无人认领,他们就会被送往梦幻岛来抵债。我是队长。"

"这多有意思啊!"

"嗯,"狡猾的彼得说,"但我们很孤单。你看到了,我们没有女伴。"

"没有一个女孩吗?"

"唉,没有;你知道的,女孩太聪明了,是不会从婴儿车里掉出来的。"

这句话让温迪十分受用。"我觉得,"她说,"你这么说女孩,真是可爱;那边的约翰可瞧不起我们了。"

作为回应,彼得起身,一脚把约翰踢下了床,被子也掉了。在温迪看来,首次见面就有这种举动,似乎过于莽撞了,她激动地告诉他,他在她家可不是队长。不过,约翰在地上依然睡得很香,她就让他继续睡在那儿。"我知道你是好意,"她说,态度软下来,"这样吧,你可以给我一个吻。"

当时,她忘记他对吻一无所知了。"我就知道你会要回去。"他有点儿恶狠狠地说,把顶针还给了她。

"噢,天哪,"乖巧的温迪说,"我不是说一个吻,我是说一枚顶针。"

"那是什么?"

"就像这样。"她吻了他。

"有意思！"彼得严肃地说，"现在，我可以给你一枚顶针吗？"

"如果你想的话。"温迪说，这次没把头歪过去。

彼得给了她"一枚顶针"，她几乎立刻就尖叫起来。"怎么了，温迪？"

"特别像有人在拽我头发。"

"肯定是叮当搞的鬼。我以前可不知道她这么淘气。"

的确，叮当又猛地到处飞起来，还出言不逊。

"她说只要我给你顶针，她就会那么对你，温迪。"

"可是为什么呢？"

"为什么，叮当？"

叮当又回了句："你这个傻瓜。"彼得理解不了其中的原因，可温迪理解了；当彼得承认来育婴室并非为了看她，而是来听故事时，她有点儿失望。[19]

"你瞧，我什么故事都不知道。迷失的男孩们也是。"

"多糟糕啊。"温迪说。

"你知道，"彼得说，"燕子为什么把窝筑在房檐下吗？就是为了听故事。[20]啊，温迪，你妈妈给你讲的故事多动人啊。"

"哪个故事？"

"就是那个王子找不到穿水晶鞋的女士的故事。"

"彼得，"温迪激动地说，"那是灰姑娘[21]的故事，他找到了她，从此以后他们过着幸福的生活。"[22]

彼得兴奋地从地上站起来，急匆匆走到窗边，刚才他们一直坐在地上来着。"你要去哪儿?"她不安地大喊。

"去告诉其他男孩。"

"别走,彼得,"她央求,"我知道好多这样的故事呢。"

这是她的原话,因此没法抵赖,是她先诱惑他的。[23]

他回头,此时的目光中带有贪婪的神色,这本该让她警觉的,[24] 可是没有起效。

"噢,那种我可以讲给男孩们听的故事!"她喊,然后彼得就抓住她,开始把她往窗边拽。

"放开我!"她命令他。

"温迪,请跟我来吧,给其他男孩们讲故事。"

当然,她很乐意受邀,可她却说:"噢,天哪,我去不了。想想妈妈!况且,我也不会飞。"

"我教你。"

"啊,飞起来多美啊。"[25]

"我教你怎么跳到风的背上,然后飞走。"

"哇喔!"她兴高采烈地惊呼。

"温迪,温迪,你在那张可笑的床上睡觉的时间,本可以用来跟我到处飞的,边飞边讲笑话给星星听。"

"哇喔!"

"还有呢,温迪,还有美人鱼呢。"

"美人鱼!有尾巴的?"

"尾巴可长了。"

"哇,"温迪大喊,"去看美人鱼!"

他已经变得十分狡猾了。"温迪,"他说,"我们所有人该多敬重你呀。"

她难受地扭起身子,就好像她努力想留在育婴室的地板上。可他一点儿也不同情她。

"温迪,"狡诈的他说,"夜里,你可以给我们掖被角。"

"哇喔!"

"我们谁也没被掖过被角呢。"

"哇喔!"她朝他张开双臂。

"你还可以给我们补衣服,缝口袋。我们谁也没有口袋。"

她如何抗拒得了呢。"肯定好玩儿极了!"她喊,"彼得,你愿意也教约翰和迈克尔飞起来吗?"

"全听你的。"他满不在乎地说。她就跑到约翰和迈克尔身边,把他们摇醒。"醒醒,"她喊,"彼得·潘来了,他要教我们飞啦。"

约翰揉揉眼睛。"那我得起来。"他说。当然,他已经在地板上了。"嘿,"他说,"我起来啦!"

这时,迈克尔也起来了,眼神如带锯子和六把刀的折叠刀一般锐利,可彼得突然示意安静。他们脸上现出一副可怕的世故来,孩子们倾听大人世界的声音时就会这样。一切静如止水。万物如常。不对,停!全错了。娜娜,郁闷地狂吠了整晚的娜娜,这会儿竟然安静了。他们听到的正是她的沉默。

"跟那光一起出去!躲起来!快!"约翰喊道,整个冒险中他就发了这一次命令。于是,莉莎牵着娜娜进来的时候,育婴室似乎跟往常一样安静、昏暗；你都敢发誓听到了同住一室的三个坏家伙睡着时那天使般的呼吸声。[26] 实际上，他们耍了花招，正从窗帘后面这么干。

莉莎十分恼火，她正在厨房里搅拌圣诞布丁，就因为娜娜荒唐的疑神疑鬼，只得撂下那一摊活儿，她脸上还沾着一颗葡萄干呢。她觉得要想清净片刻，最好带娜娜去育婴室待一会儿，但是当然了，得跟着她。

"你看吧，你这个疑神疑鬼的畜生。"她说，并没有因为娜娜失宠而心生同情，"他们很安全，对吧？每个小天使都在床上睡得正香呢。听听他们轻柔的呼吸声。"

这时，迈克尔因为蒙混过关了而备受鼓舞，大声呼吸起来，差点儿被发现。娜娜熟悉这种呼吸，她试图挣脱莉莎的控制。

可莉莎生性愚蠢。"不许再这样了，娜娜。"她严厉地说，把她拽出了屋子，"我警告你，要是你再叫唤，我就立刻去找主人和夫人，把他们从宴会上召回家，接下来，哼，看看主人抽不抽你。"

她把那只闷闷不乐的狗又拴了起来，可你以为娜娜不叫了？把主人和夫人从宴会上召回家！嘿，她巴不得呢。你觉得只要她照顾的孩子们好好的，她会在乎挨鞭子吗？不幸的是，莉莎回厨房管她的布丁去了，娜娜明白她帮不上忙了，就使劲儿挣链子，终于挣断了。转瞬之间，她就闯进了27号人家的餐厅，把爪子举向天空，这是她最富表现力的交流方式。达林先生和夫人立刻明白育婴室里出大事了，他们都没向女主人辞别，就冲到了街上。

可此时距离三个小坏蛋在窗帘后面呼吸装睡,已经过去了十分钟;十分钟里,彼得·潘可是大有可为。

现在让我们回到育婴室。[27]

"没事儿了。"约翰宣布,从藏身之地出来,"我说,彼得,你真会飞?"

彼得都没费心回答他,绕着屋子就飞了起来,中间穿过了壁炉。

"太棒了!"约翰和迈克尔说。

"好极了!"温迪喊。

"对啊,我好极了,啊,我好极了!"彼得说,再一次忘乎所以了。

飞看上去容易极了,他们先是从地板上试,然后是从床上试,可他们总是掉下来而不是飞上去。

"我说,你是怎么做到的?"约翰揉揉膝盖问道。他是个十分务实的男孩。

"你就想着奇妙美好的事情就行,"[28]彼得解释,"它们会把你托举到空中。"

他又给他们示范了一遍。

"你飞得太快了,"约翰说,"就不能慢慢飞一次吗?"

彼得慢飞了一次,快飞了一次。"我现在会了,温迪!"约翰嚷嚷,但很快发现并没有。他们谁也不能飞上一英寸,即便迈克尔已经会说两个音节的单词,彼得却连字母表都不认识。

★ 彼得和孩子们飞走了（《J. M. 巴里著〈彼得·潘和温迪〉，梅·拜伦为托儿所重述》。凯瑟琳·阿特金斯绘）

当然啦，彼得一直在捉弄他们，除非沾了仙尘，否则谁也飞不了。幸好，正如我们此前提到的，彼得的一只手上沾满了仙尘，他朝每个人吹了一些，效果立竿见影。

"就像这样扭扭肩，"他说，"然后飞。"

他们都在自己的床上，勇敢的迈克尔率先飞了起来。他并非有意为之，可他做到了，转瞬之间，他就在屋里穿行了。

"我飞[29]起来咯！"他还在半空中的时候，就叫嚷着。

约翰飞起来了，在浴室附近遇上了温迪。

"噢，真美妙！"

"噢，太棒了！"

"看我！"

"看我！"

"看我！"

他们飞得没有彼得那么优雅,会不由得蹬蹬腿,结果头又撞到天花板,但简直没有什么抵得上这份美妙。起初,彼得帮了温迪一下,可很快只得作罢,因为叮当气愤极了。

他们飞上飞下,飞来飞去。"像天堂",这正是温迪的原话。

"我说,"约翰喊,"我们这些人为什么不飞出去呢?"

当然,这正是彼得一直想诱惑他们干的事。

迈克尔准备好了:他想看看飞十亿英里需要多长时间。可温迪犹豫了。

"美人鱼!"彼得又说了一遍。

"哇喔!"

"还有海盗!"[30]

"海盗,"约翰喊道,抓起去教堂时会戴的礼帽,"我们马上出发吧。"

就在这时,达林先生和夫人同娜娜一起急匆匆地从27号那户人家出来。他们跑到街中间,仰望育婴室的窗户;没错,窗户依然关着,可屋里灯火通明,而且最让人揪心的景象是,他们能从窗帘上的影子看出三个小人儿,他们穿着睡衣在盘旋,不是在地板上,而是在空中。

不是三个,是四个!

他们颤抖着打开临街那扇门。达林先生本想跑上楼去,可达林夫人示意他要轻手轻脚。她甚至试着让自己的心跳也慢些。

他们及时赶到育婴室了吗?[31]要是这样,他们得多高兴啊,我们也会长舒一口气,可那样就没故事了。话说回来,要是他们晚了一步，我也郑重承诺，最终会皆大欢喜的。

要不是小星星盯着他们，他们本可以及时赶到育婴室的。星星们再次把窗户吹开，最小的那颗还喊着：

"小心，[32] 彼得！"

就这样，彼得知道刻不容缓。"来。"他专横地喊，即刻飞进黑夜中，约翰、迈克尔和温迪紧随其后。

达林先生、夫人和娜娜冲进育婴室的时候太迟了。鸟儿飞走了。[33]

---

1 此章节标题模仿了 W. B. 叶芝 1889 年的诗作《失窃的孩子》："来吧，啊人类的孩子！/ 到水边和荒野里来 / 跟一个仙子，手拉着手。"跟达林家的孩子一样，叶芝诗作中的孩子也由仙子护送到远离人世的一座岛上，人世上"泪水太多，你无法理解"。

2 梦幻岛上灯火辉煌，小叮当是其中一种能够发出这种超自然光亮的生物，这光亮比指向通往梦幻岛之路的"一百万支金箭"暗一些。五光十色是儿童文学中许多奇幻世界的标志，奥兹国和纳尼亚王国是绝佳的例子。

3 跟卢埃林·戴维斯兄弟们一起在黑湖边时，巴里创作出小叮当这个生物："有天夜晚，我们带着（迈克尔）爬上树，想让他看看黄昏时分那条小径的样子。当我们的灯笼在树叶间闪烁时，他看见一道光停留了一会儿，快乐地朝它挥挥脚，小叮当就这样诞生了。"

在民间传说中，仙境常以平行宇宙的形式呈现出来，可以通过踩进一个仙圈或者闯入一场仙子舞会而进入其中。通过求助于仙子，引入小叮当作为梦幻岛民，巴里间接提及了两种不同形式的传统故事：一种是将仙子刻画成失势的诸神，他们在"幸福小岛"上打打杀杀、吃吃喝喝（很像迷失的男孩们）；另一种是讲述了被带往仙境的凡人，如何照顾迷失的孩子（很像温迪）。在凯尔特神话中，"幸福小岛"——也叫"福佑群岛"、"幸运小岛"、"富足小岛"或"青春之地"（是永恒的青春与春日之地）——也是死亡之地。在那里，永恒的青春活在永远的春天里。通常，凡人可以穿过仙民守护的坟茔进去。彼得·潘不长大，而且永远年轻，一部分可能因为他乃死去之人。

巴里所生活的时代热衷于相信有仙子和精灵——也相信有魔鬼，他们把孩子从人世诱拐进乌托邦王国，在那里，病痛和折磨一扫而空，美乃至高无上。他无疑很熟悉歌德的诗作《魔王》、布朗宁的诗作《哈默林的花衣吹笛人：一个孩童故事》和乔治·麦克唐纳的童话作品《北风的背后》，这些都表达了对拥有掌控孩童之力的仙子和魔鬼所怀有的深深忧虑。

维多利亚时代的文化乐于接受当时的艺术、文学和剧作中常出现的仙子和精灵的魔法。《仲夏夜之梦》和《暴风雨》常被搬上舞台，并引发了19世纪对仙子画作甚至为卧室和育婴室设计仙子壁纸这一狂热的风潮。仙子的传说风行一时，既表达了一种对工业文明兴起和崇拜物质财富的抗议，也表达了一种对田园生活与童年魔力的怀念。这既有复杂、神秘和感官刺激的一面，也容易流于拙劣和粗鄙。

4　小叮当原本是个补锅仙子，负责修理罐子和锅。在苏格兰语中，"补锅匠"用来描述从事磨刀和修理家庭用品等服务业的吉卜赛人。如同《彼得·潘》里的仙子一样，吉卜赛人在爱德华时代被视为轻浮的流浪人士，无法无天和孩子气的行为举止是他们的特征。《牛津英语大辞典》中将"补锅匠"与苏格兰语和爱尔兰语中的吉卜赛人用法相联系。在剧作的初稿中，小叮当被唤作摇摇（Tippy）或踮踮（Tippytoe）。

5　"圆润"（embonpoint）。在法语中，"en bon point"意为"状态良好"，在英语中则用来描述人的体态丰满、圆润或丰腴。

6　"小钱"（ha'pence）指一枚小硬币或半便士。如果说达林夫人整理了象征着孩子们思想的橱柜，那么彼得·潘则是将育婴室里真正的橱柜内的东西扔到了地上，弄得到处乱七八糟。

7　彼得的健忘是他身为"永生男孩"这个永远长不大的男孩的部分性格特征。他总是忘东忘西，当温迪回到伦敦14号房子，他就开始忘记迷失的男孩、胡克、小叮当，大概也包括温迪。

8　莫伊拉（Moira）一名有两段南辕北辙的历史：一种是与希腊语中的命运或命数相关，一种是与英国小岛有关，是玛丽的变体，直译为"苦涩的"。

9　罗伯特·路易斯·史蒂文森曾邀请巴里造访萨摩亚群岛之一的乌波卢岛，当时他提供了这样的路线指南："你乘船到旧金山，我就住在左手第二家。"史蒂文森曾多次写信给巴里，鼓励他到此旅行："我们会做些了不起的尝试！来吧，此行会拓宽你的视野，对我也大有裨益。"（钱宁，第 123 页）史蒂文森糟糕的身体状况（他饱受肺结核的折磨）使得他将自我放逐到这个位于南部海域的岛上，并在 1894 年病逝于此。史蒂文森庄园的所在地维利马对于巴里而言，是"地球上我唯一渴望的到访之地"（《玛格丽特·奥格尔维传》，第 148 页），然而，史蒂文森之死终止了他的"旅行计划"。巴里努力保全史蒂文森死后的文学声誉，并为了纪念他，力主竖一座纪念碑，即便当地有某种强烈的声音反对颂扬这位写出《化身博士》《巴伦特雷少爷》和《金银岛》的作家。在《玛格丽特·奥格尔维传》中，巴里讲述了史蒂文森何以成为"少年时代的化身，他拽住旧世界的裙角，迫使它重现，再次运转"。（第 146 页）

10 这状态就像在泥地里被拖拽过。

11 "sewing housewife""housewife sewing kit"，或只简单说"housewife"，皆指针线包，内含针、线、剪刀和其他缝补用具。到二战结束后，针线包一直是英国士兵的标准配置的一部分。

12 彼得的沾沾自喜不断表现为咯咯直叫。形容他的"骄傲自大"（cocky）源于 19 世纪中期，查尔斯·金斯利在其作品《水孩子》(1863) 中用到该词："在所有小人儿中，他看上去是最骄傲自大的那个。"咯咯叫和哭是彼得用来表达极端情绪的，这二者提醒我们不要忘了他半人半兽之神的出身。彼得回到梦幻岛要咯咯叫，战胜敌人要咯咯叫，甚至就像此处为了表示自鸣得意，也要咯咯叫。

13 温迪以一副高高在上的样子跟彼得说话，用傲慢（arrogance 或 hauteur）来对付彼得的自大，"hauteur"一词源于法语词"haut"，意为高。

14 在几场早期的演出中，小观众们的参与不仅体现在拍手救下小叮当，还包括把顶针扔上台给彼得。一个十二岁的小女孩描述了自己扔顶针的经历："我都快把嗓子喊哑了。我努力把顶针扔到台上。我不知道是不是扔上了台，因为大家都在扔。"（古巴，第 200 页）在接下来的故事中，彼得将混淆顶针和吻。

15 在《肯辛顿公园里的彼得·潘》中，叙事者宣称仙子们从来没做过"什么好事"。彼得以一种怀旧的语言描述了仙子的由来："当世上第一个婴儿第一次笑出声，这笑声就碎成一千片，全都跳来跳去的，仙子就这样产生了。他们看上去忙碌极了，你懂吧，就好像一刻也不得闲，可如果你问他们在做什么，他们什么也答不上来。"

16 巴里曾在好些场合，哀悼他少年时代在基里缪尔度过的恬静的田园牧歌式生活消失了，这曾经靠信念维系，人们不仅信奉宗教，也相信有仙子和妖精。而到 1922 年，两个女孩声称在西约克郡科廷利小镇自家屋后的林间空地上发现仙子,还拍了照片,亚瑟·柯南·道尔爵士为此欢欣鼓舞,人们却认为他古怪、神秘主义,并不值得被严肃对待。写出夏洛克·福尔摩斯系列故事的这位外科医生因为世界可能会再次借由"有理有据"的仙子存在事件被施以魔法,而赞不绝口:"想到他们,即便看不见他们,也为每一条小溪、每一座山谷平添一份魅力,让每一次乡间散步都烂漫传奇。承认仙子存在,会使得物质的20世纪思想不再囿于物欲泥淖的深深沟渠,会让它承认生活还是有魅力和神秘的。"(柯南·道尔,第32页)巴里的秘书辛西娅·阿斯奎思讲述柯南·道尔拜访巴里的夏日住所,那位伟大的作家没问巴里"你们相信有仙子吗?",这让她大大地松了口气(阿斯奎思,《肖像》,第172页)。柯南·道尔在生活中转向唯灵说,及对五个科廷利仙子的信念(据披露,照片原来是场恶作剧),都源自一场随他的妻子、儿子、一个弟弟和两个外甥相继离世而到来的重度抑郁。

17 在传统民间故事中,仙子是跟盗取人类的小孩相关的,彼得和小叮当可能因同时进入达林家,而被视为同党。

18 在某些方面,彼得·潘是抵偿了所有从婴儿车里掉出来的孩子的那个理想孩童。他曾是个死去的婴儿,也是个幻想出来的小孩,正如 J. M. 巴里在1908年第二版剧作草稿的结尾处亲笔加上的部分中所承认的那样:"我现在认为——彼得只是某类死去的婴儿——他是所有不曾有过小孩的人的孩子。"达林夫人从那些从没有过孩子的女人的容貌上也认出彼得来。在《小白鸟》中,彼得发现两个婴儿,他们都不被觉察地从婴儿车里掉了出来:一个叫菲比,一个叫沃尔特,两个都一岁左右。"迷失"一词常作为"死去"的委婉语,如"他失去了爸爸"或"她失去了一个孩子"。

19 彼得被吸引到达林家育婴室的窗边,是因为育婴室里的故事,而非想要带温迪去梦幻岛。梦幻岛上充满了冒险,可是没有记忆,因此也就缺乏故事。讽刺的是,彼得成了一个最负盛名的儿童文化故事中的主角,自己却永远被逐出读故事、讲故事的育婴室。

20 巴里很可能是受汉斯·克里斯汀·安徒生所著《拇指姑娘》的启发,该故事的结尾讲述了一只燕子如何从"温暖的国度"飞回丹麦,到一个男人的窗户上方筑巢,这个男人能"给你讲童话故事"。安徒生的名字出现在为1908年《彼得·潘》复排剧设计的窗帘上。据说,温迪缝制的这条窗帘,展示了她的刺绣能力,窗帘上除了有安徒生的名字之外,还有查尔斯·兰姆、罗伯特·路易斯·史蒂文森和刘易斯·卡罗尔的名字。尽管巴里关于安徒生并未多言,但他很可能通过好友安德鲁·兰知道了他的作品,兰编辑了几本大受欢迎的来自世界各地的童话集。巴里很可能认出安徒生是跟他志同道合的人,因为这位工人阶级出身的丹麦作家也是位高产的剧作家,热爱戏剧,同样以作品中的几许"鬼灵精怪"而著称。

21 1916年3月,巴里的剧作《献给灰姑娘的一吻》在伦敦首演,并于同年圣诞节在纽约上演。巴里曾经一度"写出大量短剧,天知道到底有多少,我觉得曾经在一周内写了六部"。这部灰姑娘的剧作就是此段时期少量的不为战争之故而写的作品之一。1926年,赫伯特·布勒农执导了默片版《献给灰姑娘的一吻》,贝蒂·布勒农是主演,她也曾在派拉蒙电影《彼得·潘》中饰演彼得·潘。巴里的灰姑娘是一位年轻的女圣人,她的善行并不能把她从死亡中拯救出来,这很像汉斯·克里斯汀·安徒生颇有殉道意味的卖火柴的小女孩之死。

22 斯坦利·格林和贝蒂·科姆登受雇为1954年版音乐剧《彼得·潘》写剧本时,增加了一些关于《哈姆莱特》的对话。在告诉男孩们灰姑娘和睡美人从此以后都过上了幸福的生活之后,小溜达问《哈姆莱特》的结局。温迪回答:"《哈姆莱特》!是这样,哈姆莱特王子死了,国王死了,王后死了,奥菲利娅死了,波洛涅斯死了,雷欧提斯也死了,还有……""还有?"男孩们问。"就这样,余下的人们从此以后过着幸福的生活!"温迪郑重地说。

23 在剧作《彼得·潘》中,温迪被视为男孩子世界的闯入者。舞台提示强调,她很可能"最终硬挤了进去,不管我们是否需要她"。巴里补充道,温迪坚持要去梦幻岛,彼得只得屈服:"事情可能是这样的,彼得并非出于自愿带她到梦幻岛,但只能这么做,因为她不肯罢手。"(第84页)《圣经》中亚当和夏娃的故事这一典故借此表现出来,即温迪是引诱者,彼得是"贪婪的"亚当。

24 彼得似乎了解故事所具有的抓住人心之力,以及其引诱迷失的男孩的能力。叙事者跟詹姆斯·巴里本人一样,是个用故事抓住孩子注意力的讲故事之人,他洞悉了彼得带温迪去梦幻岛的动机。

25 飞的欲望可以追溯到希腊神话中的代达罗斯和伊卡洛斯。代达罗斯是位有名的建筑师和能工巧匠,为了免受在克里特岛的囹圄之苦,他亲手为自己和儿子伊卡洛斯制作了翅膀。如本书引言中所指出的,他警告伊卡洛斯别飞得离太阳太近,可这个男孩被满心的好奇所征服,飞得高极了,以至于他那蜡做的翅膀融化,一头栽进了海里。在儿童文学中,孩子常飞在空中,飞行已经代表着远离成年权威的自由,以及冒险的可能。"哪里需求得不到满足,欲望就会在哪里起飞。"杰里·格里斯沃尔德如是说,他动情地回溯了从乔治·麦克唐纳的《轻飘飘的公主》(1864)、帕梅拉·特拉弗斯的《随风而来的玛丽·波平斯阿姨》(1934)到弗吉尼亚·汉密尔顿的《会飞的人们》(1985)等各种故事中的飞行桥段。

就在《彼得·潘》上演的两年前,即1902年,在伊迪丝·内斯比特所著作品《五个孩子和沙地精》中，孩子们广为人知的愿望是拥有翅膀并飞到教堂的尖塔上。"你们当然都知道飞行是什么滋味，"内斯比特写道，"因为每个人都梦见过飞行，飞似乎如此美妙而容易——只是，你永远也记不住你是如何做到的；通常，在梦里你得在没有翅膀的情况下飞行，此举更聪明，也更非比寻常，不过要记起这样的飞行规则可不容易。"（内斯比特，第99页）。内斯比特还强调，飞行是"何等美妙，比孩子们许过的任何一个愿望都更像真正的魔法"。

很多儿童故事中表现了人物或乘雪橇飞行（汉斯·克里斯汀·安徒生的《白雪皇后》），或骑着长翅膀的马在空中驰骋（马德琳·英格的《时间的折皱》），或坐在狮背上飞（C. S. 刘易斯的"纳尼亚传奇"系列）。

26 莉莎形容孩子们是"小天使"，在这段中，我们第一次得到如下暗示：孩子是如何既如天使一般又做坏事，如何"天真无邪"又"没心没肺"，这跟我们在故事的结尾处会了解到的一样。一方面，孩子们被刻画得高高兴兴、天真无邪，一方面脸上也会露出一副"可怕的世故"。一位批评家在一项英国童年研究中，直截了当地这样说："维多利亚时代的孩子是天真的象征，爱德华时代的孩子则是享乐主义的象征。"（乌尔施拉格，第109页）如果说刘易斯·卡罗尔的爱丽丝甜美可人、举止得体、天真无邪，那么相比之下，J. M.巴里的彼得·潘则以自我为中心、粗鲁无礼、快乐至上。从某种意义上来说，维多利亚时代理想化的小孩让大人有可能发现孩子内心的恶魔，因为当孩子没有百分百地满足人们对他们纯真美的期望时，在玩具、衣服、教育和关爱上的投入增加就容易事与愿违。

27 叙事者跟彼得一样，是个越界之人，他偶尔以大人的口吻说话（比如，他叫孩子"三个小坏蛋"），但也痴迷于学习飞行的乐趣。叙事者从不允许我们忘记他的存在。

28 巴里在为剧作出版写献词时，觉得有义务加一条对父母的警告："首演后，应家长请求，我不得不为剧作加点儿东西……我是说没人能飞，除非沾了仙尘；好多孩子回到家，就在床上尝试起飞，结果需要外科救治。"同样，C. S. 刘易斯也就进入衣橱以及关上身后房门的危险补了好几条警告，都是为了回应家长们对于在《狮子、女巫和魔衣橱》中，佩文西家的孩子们进入的纳尼亚王国方式所表达的担忧。辛西娅·阿斯奎思在其关于巴里的回忆录中写道："有个孩子摔死了，因为看完《彼得·潘》后，他'想着美好的事情'，相信这些想法能让他飞起来，跳出了育婴室的窗户。"（阿斯奎思，《肖像》，第20页）无史料佐证这件事确实发生过。

29 迈克尔创造的新词"flewed"结合了"fly"正确的过去式"flew"和多余的

"ed",他是在模仿大人的语言。这一单词提醒我们他还纯粹是个孩子,还有"相信"飞行的能力。然而,它也进一步向我们指出他想成为一个大人的愿望。

30 丹尼尔·笛福的《辛格尔顿船长》(1720)出版后,描写公海上横行的海盗的故事就流行起来,海盗小说这一文学类型在英美文化中盛行一时。"海盗"是一常见绰号,既涵盖英国的海上盗贼,也包括从北非扬帆起航的航海人,后者被本国政府纳入体系之中。自17世纪以来,讲述欧洲人在公海上被北非"巴巴里海盗"俘获并沦为其奴隶的故事方兴未艾;其中就有罗西尼的《阿尔及尔的意大利女郎》(1813)。汤姆·索亚捕捉到海盗种种行为的传奇色彩,当时他注意到海盗"就是欺负别人……杀光船上的每一个人——还把俘虏绑上,让他们走上伸向大海无所依傍的长条木板跳海而死"(第93页)。巴里的海盗在衣着、举止和语言方面,都是凭空虚构的,基于戏拟的人物(1880年在伦敦上演的吉尔伯特和萨利文《班战斯的海盗》)的程度不亚于基于其历史与小说中的原型。他们都有一种冒险精神,在《彼得·潘》的引言中,巴里将胡克与詹姆斯·库克船长联系在一起,库克船长于1778年死于夏威夷土著人之手。胡克显然也受到罗伯特·路易斯·史蒂文森笔下朗·约翰·西尔弗的启发,在《金银岛》(1883)中,这位一条真腿一条假腿的海盗俘虏了年轻的吉姆·霍金斯。

  达芙妮·杜穆里埃在一部回忆父亲杰拉德·杜穆里埃的回忆录中,关于胡克如是写道:"他是一个十分可怕的、得不到片刻安宁的悲剧人物,他的灵魂饱受折磨,他是个暗影,是个噩梦,是个让人害怕的鬼怪,永远住在每个小男孩脑海中那片隐秘的灰色地带。据巴里所知,所有的男孩都有自己的胡克;他是个入夜便会造访的幽灵,潜进他们的噩梦之中……而杰拉德因为怀有想象力和天赋,把他演活了。"(邓巴,第141页)

31 叙事者会时不时表现得像对着一群听众讲故事。通过这一问句,他营造了这样一种感觉:他在随着故事的展开叙述事件,事先并不知道故事会走向何方。然而,他仍然可以向读者保证,正如前文引述过的童话故事《灰姑娘》一样,一切将"皆大欢喜"。

32 "小心"(cave)源自拉丁语"cavere"。那颗星星让彼得要小心,谨防危险。

33 此处刻画的是孩子们恢复了早期的飞鸟形态。在《肯辛顿公园里的彼得·潘》中,巴里写道:"所有的孩子如果使劲用手按压太阳穴,就会有这样的记忆,因为在成为人类之前,他们是飞鸟,在出生后几周之内,他们天然有些野性,肩膀处会奇痒难耐,那里曾是长翅膀的地方。"(霍林戴尔,第13页)彼得变成了花衣吹笛人一般的人物,在此用飞行的愿景引诱孩子们,带他们飞出家园,飞进一处充满魔力的隐秘之所。

The Flight

## 第四章

## 飞　行

"朝右侧第二颗星星的方向，向前直飞到天亮。"[1]

彼得曾告诉温迪的地址即为去往梦幻岛的路线；可就算鸟儿带着地图，还在有风的角落查阅，也无法借助这些指示看到它。你懂的，彼得脑子里想到什么就说什么。

起初，他的同伴完全信任他，飞行的乐趣实在太大了，他们甚至围着教堂的尖顶或者路中其他吸引他们的高大物体盘旋，耽搁了时间。

约翰和迈克尔比着劲儿飞，迈克尔得到了先起飞的优势。

他们轻蔑地回忆起，就在前不久，他们因为能在屋里转圈飞就自以为了不起呢。

前不久？可多久以前呢？他们正飞过海面，这个念头就开始严重困扰温迪。约翰觉得这是他们遇到的第二片海，经历的第三个夜晚。

天色时暗时明，他们感觉一会儿冻得要死，一会儿又热得够呛。他们真的偶尔会觉得饿吗？还是仅仅在假装饥饿？毕竟彼得喂饱他们的方式是如此快乐新颖。他的办法就是追逐那些叼着适合人类食物的鸟儿，从它们嘴里夺食；接着，鸟儿就会跟过来，把食物抢回去；他们就这样快乐地互追个几英里，最后带上彼此的祝福分道扬镳。不过，温迪细心地注意到，彼得似乎并不知道这种获取食物的方式古怪极了，也不知道还有其他获取食物的方法。

当然啦，他们不是假装困了，而是真困了；这很危险，因为他们一困就会失去意识，迅速往下掉。可怕的是，彼得居然认为这很有趣。

"他又掉下去了！"迈克尔突然像块石头一样向下跌落时，他会兴高采烈地这样大喊。

"救救他，救救他！"温迪大喊，惊恐地看着远在身下的残忍的大海。最终，彼得会一头扎下去，就在迈克尔砸到海面之前及时抓住他。他的动作真漂亮；可他总是等到最后一刻，你感觉吸引他的是他自己的聪明，而非救人性命。他还喜欢变化，这一刻让他着迷的运动，下一刻会突然之间让他提不起精神，不再参与，所以总是有你下次掉下去，他会不管你的可能。[2]

他单单是平躺下来飘着，就能在空中睡觉，还不下落，不过这是因为，至少部分是因为，他身轻如燕，以至于你要是从他身后吹口气，他就会飞得更快。

"务必对他再礼貌点儿吧。"他们一起玩"跟着我的队长"[3]时，温迪对约翰小声说。

"那就告诉他别炫耀了。"约翰说。

玩"跟着我的队长"时,彼得会贴着水面飞,摸摸路过的每一条鲨鱼的尾巴,就好像在大街上,你让手指划过铁栏杆。他们可做不到像他这样,所以此举很可能就是炫耀,尤其他还总往后看,想知道他们错过了多少尾巴。

"你们得对他友好,"温迪跟弟弟们强调,"要是他离开我们,该怎么办啊!"

"我们可以回去。"迈克尔说。

"没有他,我们怎么可能找到回去的路?"

"也好,那我们就继续飞呗。"约翰说。

"那多可怕啊,约翰。我们只能继续飞,因为不知道怎么停。"

这是事实;彼得忘记给他们示范怎么停了。

约翰说,如果噩运接踵而至,他们能做的就只有一直往前飞,地球是圆的,他们早晚会回到自家窗边。

"那谁来给我们弄食物呢,约翰?"

"我很巧妙地从老鹰的嘴里抠出过一点儿吃的,温迪。"

"试了得有二十次。"温迪提醒他,"而且就算我们轻轻松松得到食物,看看要是他不在一旁帮我们一把,我们会怎么撞上云彩,碰着东西吧。"

他们的确总在东碰西撞。如今,他们可以飞得很稳,即便还得频繁蹬腿;可要是他们看见前方有片云彩,越想避开它,越会百分之百撞上它。要是娜娜跟着他们,这会儿准给迈克尔的额头缠上一圈绷带了。

此刻，彼得就没跟他们在一块儿，他们在天上孤孤单单的，觉得很寂寞。他可以比他们快很多。他会突然蹿没影儿了，去经历一场他们参与不上的冒险。他会因为跟星星说的什么特别好笑的事儿而大笑着飞下来，却已经忘了说的是什么。他还会粘着美人鱼的鳞片飞上来，当然也说不上发生了什么。对于从没见过美人鱼的孩子们来说，这真是太气人了。

"而且要是他这么快就把它们忘了，"温迪争论说，"我们怎么能指望他一直记得我们？"

有时他回来确实不记得他们了，[4]至少记不太清了。温迪很确信这一点。他正准备跟他们寒暄一番，继续前行，而后温迪从彼得的眼里看见他认出了他们；有一次，她甚至不得不把她的名字告诉他。

"我是温迪。"她激动地说。

他很抱歉。"听我说，温迪，"他悄悄对她说，"只要你发现我把你忘了，就一直说'我是温迪'，那样我就会记起来。"

当然，此举让人十分不悦。不过为了赔罪，他教他们如何在正好顺路的一阵强风上平躺下来，这一改变着实称心，他们试了好几次，发现自己也能安心睡觉了。他们本来确实要多睡一会儿的，可彼得很快就睡烦了，不久就用队长的腔调喊："我们得动身了。"就这样，他们虽然偶尔拌嘴，但总体上嬉戏玩闹，离梦幻岛越来越近了；过了许多月夜后，他们真的到了这儿，而且他们总在径直往前，可能与其说归功于彼得或叮当的带路，莫不如说梦幻岛出来找他们了。[5]唯有这样，人们才可能看见那些充满

081

魔力的海岸。

"到了。"彼得平静地说。

"哪儿呢,哪儿呢?"

"所有箭指向的地方。"

的确有一百万支金箭[6]为孩子们指出岛的位置,这些金箭是他们的朋友太阳射出的,在把他们留给黑夜以前,太阳想让他们明确自己的路。

为了先瞧上一眼梦幻岛,温迪、约翰和迈克尔踮着脚尖站在空中。说来奇怪,他们都立刻认出了它,直到恐惧降临前,他们都在向这岛打招呼,宛若一位他们回家过假期时来探望的老朋友,而不是一块梦寐以求而最终得见的地方。

"约翰,那儿是那汪潟湖。"

"温迪,看那些海龟正在把蛋埋进沙子里。"

"我说,约翰,我看见你那只腿受伤的火烈鸟了。"

"看啊,迈克尔,那是你的山洞!"

"约翰,干树枝里是什么?"

"是一只狼和她的小狼崽们。温迪,我敢肯定那就是你那只小狼崽。"

"那是我的船,约翰,船帮破了洞。"[7]

"不,不是。怎么会呢,我们把你的船烧了啊。"

"不管怎么说,那就是我的船。我说,约翰,我看到印第安人的营地[8]在冒烟!"

"在哪儿?指给我,看烟转圈的方式,我就能告诉你他们是不是在行军途中。"

"在那儿，就在神秘河对岸。"

"我也看见了。没错，他们正在行军呢。"

他们知道这么多，有点儿惹恼了彼得；可要是他想对着他们耍威风，机会唾手可得，刚才我是不是告诉你们，不久之后，恐惧就会降临到他们头上了？

就在金箭从岛上离开，岛上一片暗淡之时，恐惧来了。

过去在家的日子里，梦幻岛到了就寝时分，就总是显出有点儿黑暗、吓人的样子。接着，未探索过的片片区域在岛上升起、展开；黑影在其中四处游走；食肉猛兽此时的嘶吼不同往时，尤其你还没把握能赢过它们。你会特别高兴夜灯的介入。你甚至爱听娜娜说，在现实里这个东西只是壁炉而已，梦幻岛全是编出来的。

在那些日子里，那座梦幻岛自然是编出来的；可这会儿它是千真万确的，还没有夜灯，岛上无时无刻不在暗下去，娜娜在哪儿呢？

他们刚才一直是分开飞的，这会儿却都围拢在彼得身边。他那没心没肺的劲儿总算过去了，两眼闪闪放光，每次孩子们碰到他的身体就会感到一阵刺痛。这会儿，他们飞到了那座令人生畏的岛屿上方，飞得很低，偶尔会有树蹭到脚。空中并没有什么看得见的可怕的东西，可他们前进得十分缓慢、费劲，特别像在敌对势力中硬闯。[9]有时候，他们悬在空气中，彼得得双拳将空气锤打上一顿才能继续上路。

"他们不想让我们降落。"他解释说。

"他们是谁?"温迪小声问,浑身发抖。

可他答不上来,或者说是不愿意答。小叮当早在他的肩膀上睡着了,可这会儿他叫醒她,让她打头阵。

他偶尔停在半空,把手放在耳边谛听,然后再一次朝下面盯着看,他那炯炯有神的双眼[10]似乎要在地上凿出两个洞来。折腾一番之后,他继续前进。

他的勇气简直让人震惊。"你现在就想冒险,"他随口问约翰,"还是愿意先喝茶?"

温迪马上说:"先喝茶。"迈克尔感激地握了握她的手,可是更加勇敢的约翰犹豫了。

"什么样的冒险?"他小心翼翼地问。

"就在我们下方的大草原上,睡着一个海盗,"彼得告诉他,"如果你愿意,我们就飞下去杀了他。"

"我看不见他。"停顿了好一阵后,约翰说。

"我看得见。"

"万一——"约翰喉咙有些发干地说,"他醒了呢?"

彼得气愤地说:"你不会以为我会趁他睡觉的时候把他杀了吧!我会先把他叫醒,然后杀了他。那才是我的一贯做法。"

"嗬!你杀过很多?"

"多了去了。"

约翰说"真厉害",但还是决定先喝茶。他问岛上现在这会儿是不是有很多海盗,彼得回答多到他都从来不知道有这么多。

"现在谁是船长?"

"胡克。"彼得回答,在说出那个他恨之入骨的名字时,脸色变得十分严肃。

"詹姆斯·胡克?"[11]

"没错。"

接着,迈克尔真的开始哭起来,连约翰也只能哽咽着说话,他们可是知道胡克的名声的。

"他当过黑胡子的水手长。"[12]约翰沙哑地小声说,"他是水手里最凶残的。'烧烤'[13]就只怕他一个人。"

"就是他。"

"他长什么样?他是个大块头吗?"

"他没有以前那么大块头了。"

"你这话是什么意思?"

"我从他身上砍下来一块。"

"你?"

"对,是我。"彼得厉声说。

"我没有不敬的意思。"

"嗯,那就好。"

"不过,我说啊,是哪块呢?"

"他的右手。"

"那他现在打不了了?"

"啊,他怎么就不能呢!"

"一个只有左手的人?"

"他没了右手,但有个铁钩手,他用它来抓人。"

"抓!"

"我说,约翰。"彼得说。

"在。"

"要说:'遵命,遵命,队长。'"

"遵命,遵命,队长。"

"有件事,"彼得接着说,"每个在我手下干的男孩都得保证做到,你也一样。"

约翰脸色煞白。

"那就是,如果我们在火拼中遭遇胡克,你必须把他留给我。"

"我保证。"约翰忠心地说。

现在他们觉得没那么可怕了,因为叮当在跟他们一起飞,在叮当的光里,他们可以辨出彼此。不幸的是,她没法飞得像他们那样缓慢,只能围着他们转圈,他们就在那光圈中移动,犹如处在圣光中一般。温迪很喜欢这样,直到彼得指出这样的弊端。

"她告诉我,"他说,"海盗们在天黑前看到了我们,就把'长汤姆'[14]拿了出来。"

"大炮?"

"对。他们自然会看见她的光,要是他们猜我们离大炮近了,肯定会开炮。"

"温迪!"

"约翰!"

"迈克尔!"

"让她马上离开,彼得。"三个孩子异口同声地说,但他拒绝了。

"她以为我们迷路了,"他冷冷地回了一句,"她很害怕。你们不会以为我会在她害怕的时候,把她一个人赶走吧!"

光圈断开了片刻,有什么东西充满爱意地掐了彼得一小下。

"那就告诉她,"温迪乞求道,"让她别发光了。"

"她办不到。仙子们大概就这一件事办不到。睡着时,光才会自行熄灭,跟星星一样。"

"那让她马上睡觉。"约翰几乎命令道。

"她不困就睡不着。这是仙子办不到的第二件事。"

"我看啊,"约翰嚷嚷,"这是最该做的两件事。"

此时,他也被掐了一下,不过可不是充满爱意的一掐。

"要是我们谁有只口袋就好了。"彼得说,"我们就可以把她放在那里面了。"可是他们出发时匆匆忙忙的,四个人谁也没口袋。

他想到一个令人满意的主意。约翰的帽子!

叮当同意帽子拿在手上的话,就乘帽子前进。约翰拿着帽子,可她原本指望彼得拿的。不久后,温迪拿起帽子,因为约翰说他飞的时候,帽子会撞到膝盖;我们会看到,此举导致了一场恶作剧,因为小叮当讨厌欠温迪的人情。

在那顶黑色的礼帽里,光被完全遮住了,他们静悄悄地继续飞。这是他们见识过的最无声的静默。远处的一声喷喷打破这沉寂,彼得解释说,那是野兽在浅滩边喝水,又传来一种刺耳的树枝相互摩擦的响声,他却说那是印第安人在磨刀。

连这些噪声也停止了。那种孤寂对于迈克尔来说,太可怕了。"要是有什么东西闹出点儿动静来该多好!"他喊了一句。

像是应他的请求,天空被一声巨响撕裂,那是他一辈子听过的最震耳欲聋的撕裂之声。海盗向他们开炮了。

炮火的巨响在群山间回荡,回声似乎在野蛮地呐喊:"他们在哪儿,他们在哪儿,他们在哪儿?"[15]

就这样,三个受惊吓的孩子猛然间懂了一座编造出来的岛和这同一座变为现实的岛有何区别。

天空终于又稳定下来,约翰和迈克尔发现自己在黑暗中孤身一人。约翰在机械地踩着空气,迈克尔下意识地飘在空中。

"你被击中了吗?"约翰战战兢兢地小声问。

"我还没测试呢。"迈克尔小声回答。

现在,我们知道无人中弹。不过,彼得被大炮掠过的风刮到了很远的海边,而温迪被吹到了上面,身边只有小叮当。

温迪要是在那一刻把帽子扔掉,就万事大吉了。

我不知道叮当是突发奇想,还是一路上蓄谋已久,总之她立刻从帽子里跳出来,开始引诱温迪走向毁灭。

叮当并非坏透了,或者确切地说,她就这会儿坏透了,可话说回来,她有时候好极了。仙子不这样就那样,他们那么小,因此很不幸一时间仅能盛放一种情绪。不过,改变也是被允许的,只是这改变得彻头彻尾。此刻,她对温迪满心嫉妒。她用她那美妙的叮当语说着话,温迪自然不懂她在说什么,我相信有些是坏话,可听起来挺中听。她飞来飞去,摆明了在说"跟我来,一切都会没事的"。

可怜的温迪还能怎么做呢?她喊彼得,喊约翰,喊迈克尔,回应她的只有嘲弄的回声。她还不知道叮当以那种女人对情敌怀有的情感憎恨她。于是,满心疑惑、如今飞得跟跟跄跄的温迪跟上叮当,走向她的末日。

---

1 梦幻岛的地址是彼得临时编的,如今,那些为了到达一个目的地或达成一个目标而寻求创造性解决方案的人们将此地址作为导航工具反复提及。如前文所说,罗伯特·路易斯·史蒂文森就如何去他在萨摩亚群岛上的维利马庄园所说

的导引,可能启发了前往梦幻岛的路线指南:"你乘船到旧金山,我就住在左手第二家。"(《玛格丽特·奥格尔维传》,第 147 页)

2  彼得的反复无常既包括求变的需要,也包括建立情感羁绊的无力。他缺乏对死亡的感知力,不断将孩子们的生命置于危险之中,一切于他只是冒险,而非真实的危险。彼得喜爱活动的多样性这一点暴露了他无力信守诺言,他在人世间也是如此。他糟糕的记性使他成了一个靠不住且捉摸不定的主人。

3  美洲土著部落会玩"跟着我的队长",在游戏中,领队会临时编出步伐和动作,其他人会在大家一起唱起的歌声中纷纷效仿。"跟着我的队长,无论他去往何处;/接下来他要做啥,谁也说不清楚。"这些就是为玩此游戏的孩子所编写的歌曲中的歌词。

4  彼得没有记忆力,住在永恒的现在,这被视为居住在梦幻岛上的诅咒。可正因为梦幻岛让你忘记一切,也就开启了充满各种可能的万变世界,允许你尝试一切。从这点来说,梦幻岛开始像是种奇境(Wonderland),因为一切都是新的,会勾起那些漫游其中、兴冲冲的朝圣者们的好奇心。彼得尽全力活在当下,尽情享受当下提供的一切机遇,不在意过去发生的和将来未知的。他的身份总在变化,因为他可以随时随意地重塑自我,甚至变成自己的敌人。

5  唯有梦幻岛发出邀请,人们才能登岛,显然,有些人(特别是大人)是不许登上它"充满魔力的海岸"的。

6  梦幻岛以太阳辐射出的美丽柔光为特征。岛上折射的光辉具有吸引力和生命力。

7  "船帮破了洞"(with her sides stove in),"stove in"为"stave in"的过去分词形式,意为"砸一个洞"或"砸碎"。

8  在英美文化中,"redskin"(印第安人)一词自 18 世纪起,就被用来称呼美洲原住民,是一种贬义说法。在就华盛顿红皮队(橄榄球球队)所使用的商标发起的诉讼中,美洲原住民活动家苏珊·肖恩·哈尔约声称,该词源于"这样一个惯例,即呈上血淋淋的人皮和头盖骨,作为屠杀印第安人的证据,从而领取丰厚赏金"。史密森学会的语言学家艾夫斯·戈达德认为,该词最初确实并非侮辱性词语。他认为,最初用"红""白"颜色命名法的本是美洲土著人,旨在区别种族。戈达德援引 1769 年使用该词的最早实例,即三位皮安卡肖部落的酋长给一位军事司令送去的声明中使用了这一词语〔后来,在他们演讲的法语翻译版中,该词写作"peaux Rouges"(红皮肤)〕。首次有记载的公开使用该词则出现在 1812 年,麦迪逊总统在华盛顿接见一个印第安人代表团,其演讲中,通篇称他们为"红种人"(red people)、"红皮肤孩子们"(red children)、

"红色部落"(red tribes)和"红种兄弟们"(red brethren)。在该场合下,瓦佩库蒂部落的酋长弗伦奇·克罗自称"一个红皮肤的人"(a red-skin),同样这么做的还有小奥色治部落的一位助理酋长诺·厄斯。

巴里使用该词指代美洲印第安人,并奇怪地创造了一支名叫"皮卡尼尼"的部落。在《彼得·潘》剧本中,巴里建议舞台布景为"真正的印第安人战场,费尼莫尔·库柏的所有读者要一眼就能认出来"。

9 通往梦幻岛的旅程一直被视作前往无意识的路,也是在朝着发现想象、身份和脑海中所潜伏的一切行进。孩子们只能在熟睡时"闯入"其中,而且他们发现各种强有力的抵抗力量,暗示这一切与弗洛伊德的梦世界有关,但他们的旅程却在诸多方面更契合荣格式的发展轨迹,而非弗洛伊德式的。在梦幻岛上,正如荣格式的批评家们急于指出的那样,可以说他们通过与影子、原型和阿尼玛的正面交锋,发现了自己的个性。(阿尼玛与阿尼姆斯是荣格提出的两种重要原型。阿尼玛原型为男性心中的女性意象,阿尼姆斯则为女性心中的男性意象。——译者注)

10 彼得的双眼似乎像星星那样明亮。它们"闪闪放光",把他与指出梦幻岛方向的"一百万支金箭"所发出的光联系起来。

11 J. M. 巴里把自己的名字詹姆斯给了胡克。在早期的剧作手稿中,胡克被刻画成校长,在某种程度上体现了制度化生活中的严厉、残忍之处,但同时也体现出智性和杰出的方面。在修改过程中,胡克成了贵族和海盗的不稳定混合体,他如恶魔一般,却神秘地推崇礼节。巴里暗示,胡克(并非他的"本名")上过伊顿公学,在剧作中,胡克的临终遗言是"Floreat Etona"(愿伊顿辉煌),此乃伊顿校训。(卢埃林·戴维斯四兄弟曾就读于伊顿。)

在舞台演出中,常由同一位演员饰演达林先生和胡克,这大概是因为"所有大人都是海盗"。(最初,巴里想让饰演达林夫人的女演员多萝西娅·贝尔德饰演胡克,可在舞台上首次饰演胡克的杰拉德·杜穆里埃却说服剧作家让他一人分饰两角。)在伊顿公学的一次题为"胡克船长在伊顿"的演讲中,巴里宣称那位海盗是"我见过的最英俊的男人,即使也有点儿令人厌恶"。在与卢埃林·戴维斯兄弟玩游戏时,巴里创作出一位名叫"黝黑船长"的人物,他是个"黑人"海盗。该剧初稿中没有胡克,因为已经有了一个坏人:"一个恶魔小孩彼得(故事里的坏人)"。安德鲁·伯金写道,只是因为需要"绘景幕场"(为舞台布景人员有时间换场而设置的场次),才催生了海盗船长。绘景幕场展现了一组新场景:"海盗船"。

在为电影版《彼得·潘》写下的脚本中,巴里强调:"演员应十分严肃地饰演胡克,饰演时,不应意识到这一角色的滑稽,必须避免一切滑稽出演的诱惑。这种诱惑**的确存在**,在舞台剧里,饰演该角色的演员们偶尔屈从于它,结果造成灾难性后果。"

1920 年在写作《玛丽·罗斯》(一部讲述一位已故的母亲纠缠着其活着的儿子的剧作)时,巴里右手患上严重痉挛,自此以后,他就只用左手写作。他叙述说:"大约十五年前,我在书写用手上发生了重大变化。我被突然袭来的一场写作痉挛拯救了,我曾经对它讨厌至极,如今却毕恭毕敬,尽管要是我不加思考地用右手拿起笔来,它仍随时准备向我扑来。我不得不学习用左手写作,它对我而言并不像对大多数人那样讨厌,因为我天生是左撇子(至今仍用左脚踢球)。现在,我可以用这只手轻松写作,如同过去用右手一样,而且要是我不惜一切好好写,还能写得相当好看……不过,这与用右手写作的乐趣不同。人是顺着右手思考的,左手充其量就是个抄写员。"(梅内尔,第 vi 页)

在巴里的时代,假肢尚未问世,钩子手(hooks)在当时不像今天这么非同一般。一位批评家在一张汇集基里缪尔要人的照片中,发现一位邮递员兼石瓦匠有个钩子手。

12 水手长(bo'sun)是"boatswain"的简写形式,指在一条商船上未获执照而行使监管之职的船员。黑胡子本名叫爱德华·蒂奇(1680—1718),他袭击船只,以其恐怖行动统治了加勒比诸岛屿和西大西洋。他于 1718 年被俘,并被斩首,俘虏他的人把其头颅挂在自己的船首斜桅上示众,后放于弗吉尼亚的一支矛上,用以警示那些想以海盗为营生之人。

13 在罗伯特·路易斯·史蒂文森的《金银岛》中,朗·约翰·西尔弗有"烧烤"和"海上厨师"的绰号。

14 海盗们的大炮名为"长汤姆",在向彼得和达林家的孩子们开火后,它还出现了两次:一次是斯塔基用它做跳台,借以跳入汪洋大海;一次是彼得在它旁边睡着了。

15 巴里惯用三个一组的重复,这种写法在此章中频繁出现,先是三个孩子,他们的名字接连出现,还不约而同地讲话。"长汤姆"的三连问显露出誓要找到三个孩子的决心,也表现出巴里如何将复杂的措辞方式与以亲子间对话为特征的语言风格融合在一起。小孩(两到三岁)频繁使用重复,照顾他们的成年人也是如此。孩子使用重复,很可能是为了延续对话,因为重复只要经过最低限度的处理,也不失为一种专注的表达。照顾孩子的成年人目的则不同,他们使用重复旨在确认孩子所说的话,避免超过孩子的处理能力,并鼓励孩子

The Island Come True

## 第五章

# 那座岛成了真

觉察出彼得在回来的路上,梦幻岛再一次苏醒。[1]我们本该用"苏醒过来",可"苏醒"更好,彼得也总用。

他不在期间,岛上的一切通常是静悄悄的。[2]仙子早上要多花一小时准备,野兽们照顾着后代,印第安人在六天六夜里胡吃海塞,海盗和迷失的男孩如若相遇,也只是咬大拇指相向。[3]可因为痛恨死气沉沉的彼得要回来了,他们再次骚动起来:如果你此时把耳朵贴近地面,会听见整座岛上回荡着生机。

这天晚上,岛上的主要势力排布如下:迷失的男孩们出来寻找彼得,海盗们出来寻找迷失的男孩们,印第安人出来寻找海盗们,野兽出来寻找印第安人。他们环岛走了一圈又一圈,[4]但因为是以同样的速度行进,所以从未相遇。

人人想见血,但不包括男孩们,他们通常喜欢血,可他们今晚出来是为了迎接队长。当然啦,岛上男孩的数量总在变化,得看他们谁被杀了以及诸如此类的意外;要是他们看上去违反规矩地长大了,彼得就会缩减他们的人数;不过此时岛上有六个男孩，双胞胎算两个人。就让我们假装躺在这儿，[5] 躺在甘蔗中间，注视他们列队潜行，人人都把手放在了自己的匕首上。

彼得不许他们看上去有一丝一毫像他，于是他们身上穿着自己宰杀的熊的皮，圆滚滚、毛茸茸的，一旦跌倒就会滚起来。因此，他们把步子迈得稳极了。

第一个经过的是小溜达，[6] 他不是那支勇敢的队伍里最胆小的，而是最倒霉的。他参与冒险的次数最少，因为就算他只是走过转角，也会有大事接连发生；四周静悄悄的，他就趁着走开的当口，捡些木棍当柴火，而等他回来，别人正在清理血迹。这股倒霉劲儿让他看上去有种淡淡的忧郁，不过这没让他变得尖酸刻薄，反而随和可人，所以他是男孩当中最谦虚的。可怜啊，善良的小溜达，今晚空中有危险等着你呢。要小心，免得一桩怪事就在此刻找上门来，你一旦参与就将坠入痛苦的深渊。小溜达，今晚一心捣蛋的仙子叮当在找人替她效力呢，她觉得男孩里你最容易上钩。当心小叮当。

真希望他能听见我们说的，可我们并非真在岛上，[7] 他就那样走过去，咬着指关节。

接着是快活、自信的自大鬼，后面跟着一丢丢，[8] 他从树上折下树枝做哨子，跟着自己的曲子高兴地手舞足蹈。一丢丢是男孩当中最自负的。他自以为记得走丢前的日子，记得那时的礼仪和风俗，这让他的鼻子都令人反感地歪向一边了。走在第四位的是卷毛；他是个惹事精，[9] 每当彼得厉声问"这事儿谁干的，站出来"，他往往是那个上前一步的人，如今一听到站出来的指令，不管是不是他干的，他都下意识地往前一步走。殿后的是双胞胎，我们描述不了他俩，因为一描述准会出错。彼得压根儿没闹明白双胞胎是什么，还不许队伍里有谁知道得比他多，所以这对双胞胎总是对自己的身份含糊其词，有点儿抱歉地待在一块，尽全力让别人满意。

男孩们消失在昏暗之中，过了一会儿，也没多久，毕竟岛上的事情瞬息万变，海盗们追了上来。我们未见其人，先闻其声，总是同一首可怕的歌：

> 站住，停下，哟，嘿，别动，[10]
> 我们来打劫，
> 要是一发子弹要了兄弟命，
> 我们一准儿底下见。

行刑码头[11]上从未吊死过一排比这群人更面目狰狞的人。走来的这位稍稍领先，总是把头贴近地面听声，他的双臂赤裸壮硕，耳朵上戴着西班牙银币[12]配饰，他便是英俊的意大利人切科，[13]他曾把自己的名字血淋淋地刻在果阿[14]监狱长的背上。他身后那位黑巨人自从弃了本名后，已有很多别号，但瓜德霍-莫河[15]两岸的黑人母亲们依然用他的本名吓唬自家孩子。他是比尔·朱克斯，全身的每寸肌肤都纹了图案，就是这位比尔·朱克斯曾在不愿舍弃一袋葡萄牙金币后，在"沃尔勒斯号"上挨了弗林特一百二十鞭；[16]跟在他后面的库克森据说是黑墨菲的兄弟

（但从未得到证实）；然后是绅士斯塔基，他曾是一所公立学校的助教，杀起人来依旧优雅讲究；然后是斯凯莱特茨（摩根[17]手下的斯凯莱特茨）；然后是水手长爱尔兰人斯密，[18]他是个友善的怪人，可以说，他中伤人的话也不伤人，他是胡克这伙人当中唯一的非国教徒；然后是努德勒，他双手被绑在后面；还有罗伯特·马林斯、阿尔弗·梅森，[19]以及许多在西班牙美洲殖民地上声名赫赫、令人闻风丧胆的暴徒。

在这群海盗中间，躺卧着詹姆斯·胡克，那位在那种黑暗背景中肤色最黑、身形最大的要人，他本人常将名字写作詹斯·胡克，据说，"海上厨师"[20]独独怕他。他安逸地躺在一辆粗制滥造的双轮战车上，被他的人拉着走。胡克没有右臂，而有只铁钩手，他不时挥舞它，让他的人加快脚步。这个可怕的男人待他们如狗一般，叫他们狗奴才，而他们像狗一样听命于他。他面色枯槁，肤色黝黑，[21]头发打着大卷，稍离远看，就像一根根黑色蜡烛，这让他英俊的外表有种怪诞的恐吓意味。他的双眼是勿忘我蓝，有种深邃的忧郁，不过他拿钩子手猛扑向你的时候，双眼中现出两个红点，让它们亮得可怕。在为人方面，他身上仍明显有种大庄园主范儿，甚至能礼貌地把你撕碎，而且我听人说，他是出了名地能讲故事。[22]他最彬彬有礼之时，也就是他最阴险毒辣之时，可能这是他的出身最好的证明；他措辞文雅，即便赌咒发誓之时，行为举止也无可指摘，这表明他跟自己的船员并非同类。这个无比勇敢的男人据说只怕一件事，就是怕看到自己的血，他的血浓稠，颜色异于常人。在穿着上，他有点儿学查理二世[23]的着装风格，据说在他事业的早些时候，他跟命运多舛的斯图尔特王朝有种奇怪的相似；他嘴里叼着一支自己发明的烟嘴，能让他同时吸两根雪茄。不过毫无疑问，他身上最令人生畏的部分是他的铁钩手。

现在，让我们杀个海盗，来瞧瞧胡克的手段。倒霉的是斯凯莱特茨。他们行进途中，斯凯莱特茨跟跟跄跄、笨手笨脚地撞上他，弄皱了他的花边领；钩子手就飞射出去，紧接着就听到撕裂一声，惨叫一声，然后那身体被踢到一边，海盗们继续前进。胡克甚至连嘴里的雪茄都没拿出来。

彼得·潘要较量的就是这种狠角色。谁会赢呢？

在海盗走过的这条小径上，印第安人悄无声息地踏上征途，向前走来，人人眼观八方，保持机警，他们的行进路线道行不深的人可看不见。他们提着战斧和刀具，赤裸的身体上涂着油彩，油光铿亮。他们腰间绑着各式头皮，既有男孩们的，也有海盗们的，因为这是些皮卡尼尼人，[24]可别跟心软的特拉华人或休伦人混淆了。打头阵的，是匍匐在地的伟大的大小豹，这位勇士腰间绑着那么多头皮，都有点儿阻碍了他在目前位置上行进。殿后的是虎百合，[25]此位置最为凶险，她得意扬扬，身姿挺拔，生来就是位公主。在黑皮肤的狄安娜[26]中，她最为貌美，是皮卡尼尼人中的美人，她时而卖弄风情，时而冷若冰霜，时而含情脉脉；世上没有勇士不想娶这任性不羁之人为妻，她却手拿一把短柄斧逃离了圣坛。注意，他们走过掉落的树枝，没发出一丝声响。耳中听到的唯有他们略微沉重的呼吸。事实上，他们大吃大喝之后全都变胖了一些，但假以时日，他们会甩掉赘肉的。然而目前，这构成了对他们最主要的威胁。

印第安人来无影去无踪，他们的位置很快就被野兽取代了，这支队伍壮大、庞杂，有狮子、老虎、熊，[27]以及无以计数的、躲着它们走的小型猛兽。每种野兽，尤其是所有吃人的野兽，都在这座备受青睐的岛上比邻而居。它们的舌头耷拉在外，今晚它们饥肠辘辘。

它们经过后，压阵的角色来了，那是条巨型鳄鱼。不久我们就会明白她在找谁。[28]

鳄鱼经过，可很快男孩们再次现身，因为队伍必将无限期地行进下去，直到其中一方停下脚步或改变行进速度。然后，他们将迅速打作一团。[29]

他们全都密切注视着前方，却无人怀疑危险可能从后面悄然迫近。这说明了那座岛的真实程度。

率先从行进的环行队伍中掉队的是男孩们。他们猛地扑倒在草皮上，那儿离他们的地下之家很近。

"我真希望彼得回来。"他们每个人都这么紧张兮兮地说，即

★ 奥利弗·赫福德的《彼得·潘字母书》，出版于1907年
（耶鲁大学贝尼克珍本与手稿图书馆）

便他们全比他们的队长高，还壮得多。

"只有我不怕海盗。"一丢丢说，那口气就不可能让大家都喜欢他；不过，很可能某个远处的声响搅扰了他，因为他赶紧补了一句："可我还是希望他回来，跟我们说说他听没听到更多有关灰姑娘的事。"[30]

他们谈起灰姑娘，小溜达确信他妈妈一定很像她。

只有彼得不在，他们才能讲妈妈，彼得严禁讲这个话题，觉得它冒傻气。

"关于我妈妈，我只记得，"自大鬼告诉他们，"她常对爸爸说：'啊，我多想有本自己的支票簿！'[31]虽然我不知道支票簿是什么东西，但我应该乐意送妈妈一本。"

他们说着说着，就听到远处有声音。你我不是森林里的野兽[32]，什么也不会听见，可他们听见了，是那首恐怖的歌：

哟嘿，哟嘿，海盗人生，
骷髅白骨海盗旗，

快活一小时，一根大麻绳[33]，

就去见戴维·琼斯[34]。

迷失的男孩们立刻——不过他们在哪儿呢？他们不在那儿了。兔子都没他们跑得快。

我来告诉你他们去哪儿了。除了迅速跑开前去侦查情况的自大鬼之外，他们全都已经回到了他们的地下之家，那是个宜居之所，我们很快就会好好瞧瞧。可他们是怎么到家的呢？因为目之所及，没有入口，例如一堆树枝，如若移开，就会发现一处洞口。然而，如果仔细查看，你可能会注意到这儿有七棵大树，[35]每棵树的空心树干上都有一个男孩大小的树洞。这些洞口就是地下之家的七处入口，是许多月夜里胡克遍寻而不得的地方。今晚，他会发现吗？

海盗们行进途中，斯塔基的火眼金睛看见一丢丢消失在了树林里。他立刻亮出手枪，可一只铁爪攫住了他的肩膀。

"船长，松手！"他痛苦地大喊。

就这样，我们第一次听到了胡克的声音。这声音极为阴郁。"先把手枪收起来。"这声音威胁道。

"是你痛恨的一个男孩。我本可以毙了他的。"

"没错，那声音也会把虎百合的红皮肤族人招过来。你不想要头皮了吗？"

"我可否跟着他，船长？"可怜的斯密问，"用约翰尼螺丝锥挠他痒痒？"斯密给每样东西都起了好听的名字，他的短弯刀叫约翰尼螺丝锥,因为他在伤口里扭动弯刀。人们能说出斯密身上的许多讨喜之处,比如,杀戮过后,他擦的是眼镜而不是武器。

"约翰尼是个沉默的家伙。"他提醒胡克。

"现在不行,斯密,"他阴沉地说,"只是一个男孩而已,我想要把七个一网打尽。散开,去找他们。"

海盗消失在树林里,转眼之间,就只剩下他们的船长和斯密。胡克长叹一声;我不知道原因,也许是因为夜色温柔美丽,他心头涌起一种欲望,想要向他忠诚的水手长袒露自己的人生故事。他严肃地讲了很久,可十分愚蠢的斯密并不能感知一二。

不久后,斯密听到彼得这个词。

"最重要的是,"胡克激动地说,"我想抓住他们的队长,彼得·潘。是他把我的胳膊砍下来的。"他恶狠狠地挥舞着他的钩子手,"我等了这么久,就是要用它跟他握手。哼,我要撕了他!"

"可是,"斯密说,"我常听你说,这个钩子抵得上二十只手,它可以梳头,还可做其他日常用途。"

"话是没错,"船长回答,"要是我是位母亲,我要祈祷我的孩子一出生就长着钩子手,而不是普通的手。"说完,他朝自己的铁手投去自豪的一瞥,而向另一只投以轻蔑。接着,他再次眉头紧锁。

"彼得把我的手扔出去,"他龇牙咧嘴地说,"扔给一条碰巧路过的鳄鱼。"

"我常常,"斯密说,"注意到你对鳄鱼出奇地害怕。"

101

"不是所有鳄鱼，"胡克纠正他，"而是那条鳄鱼。"他放低声音，"它太喜欢我的胳膊了，斯密，自那以后，它就追着我，从海洋追到海洋，从陆地追到陆地。它舔着嘴唇，想把我整个生吞下去。"

"在某种角度上讲，"斯密说，"这算是种欣赏。"

"我可不想要这种欣赏，"胡克怒吼，"我要彼得·潘，是他先让那畜生尝了我的味儿。"

他在一颗大蘑菇上坐下，此时的声音里有一丝颤抖。"斯密，"他沙哑地说，"那条鳄鱼早就有可能把我吃了，侥幸，它吞下一只闹钟，那钟在它体内嘀嗒作响，所以它追上我之前，我就会听到嘀嗒声，然后迅速逃跑。"他大笑了一声，可笑声空洞。

"总有一天，"斯密说，"钟会停，那时他就会抓到你。"[36]

胡克润湿干干的嘴唇。"说得没错，"他说，"就是那种恐惧萦绕着我。"

自打坐下，他就感到一种莫名的燥热。"斯密，"他说，"这个位子真热。"他跳起来,"该死,天哪,[37]我身上像起了火。"

他们检查起那颗蘑菇,它的形状和稳固程度,岛上罕有;他们试着把它连根拔起,它立刻就到了他们手里,因为它就没有根。而且奇怪的是,烟随之升腾而起。这俩海盗面面相觑,惊呼道:"一根烟囱!"。

事实上,他们发现了地下之家的烟囱。要是有敌人在附近,按照惯例,男孩们会用一颗蘑菇堵上它。

不止烟冒了出来,还有孩子们的声音,因为男孩在自己的藏身之处感觉安全极了,快活地叽叽喳喳。俩海盗面无表情地听着,然后把蘑菇放回原处。他们四下张望,注意到了七棵树上的树洞。

"你听到他们说,彼得·潘不在家了吗?"斯密小声说,鼓捣着约翰尼螺丝锥。

胡克点点头。他站立良久,陷入沉思,最终一抹僵硬的笑容点亮了他黝黑的脸庞。斯密一直等的就是它。"说出[38]你的计划吧,船长。"他热切地喊。

"回到船上。"胡克咬牙切齿、慢条斯理地回答,"做上一块厚厚的、浓郁可口的大蛋糕,再铺上一层绿糖霜。底下肯定只有一间屋子,因为只有一根烟囱。这群蠢货太傻了,不知道根本不需要人人一扇门。这表示他们没妈妈。[39]我们要把蛋糕留在美人鱼潟湖岸边。这群男孩总在那里游来游去,跟美人鱼戏水。他们准会发现蛋糕,然后狼吞虎咽地吃下去,因为他们没妈妈,不知道吃下这块浓郁的湿蛋糕有多危险。"他不禁笑出了声,此时的笑声不再空洞,而是发自内心,"啊哈,他们必死无疑。"

斯密越听,对船长越敬佩。

"这是我听过的最恶毒、最巧妙的计划了!"他嚷嚷道。他们在得意扬扬中唱跳起来:

> 站住,停下,我一出现,
> 他们吓个半死;
> 你只要跟库克握手,[40]
> 准保片甲不留。

他们才唱了个开头,但没能唱完,因为一个声音入耳,让他们闭上了嘴巴。起初,那声音极为细小,一片叶子掉落都能盖过它,可随着声音越来越近,逐渐变得清晰可辨。

嘀嗒,嘀嗒,嘀嗒,嘀嗒。

胡克站着直打哆嗦,一只脚已经拔起来了。

"那条鳄鱼。"他喘着气说,然后一跃而起,后面跟着他的水手长。

确实是那条鳄鱼。它超过印第安人,此时他们走在其他海盗们走过的小径上。它追着胡克,稳步向前。

孩子们再次出现在户外;不过,夜晚的危险尚未结束,因为很快自大鬼就气喘吁吁地跑到他们中间,狼群在后面追他。它们的舌头耷拉在外;嚎叫声让人毛骨悚然。

"救救我,救救我!"自大鬼跌坐在地,哭喊道。

"可我们能做什么呢，我们能做什么呢？"

在这千钧一发之际，他们想到了彼得，这是他们对彼得最高的赞美。

"彼得会怎么做呢？"他们不约而同地喊。

他们几乎异口同声地喊了句："彼得会弯下腰从两腿间看着它们。"

接着："那我们就照着彼得做吧。"

这是抵抗狼群最有效的办法了，他们就如同一个人，弯下腰，从腿间看向狼群。下一刻十分漫长，可很快就取得了胜利，男孩们以这种可怕的姿态逼近狼群，后者就夹拉尾巴逃了。

这会儿，自大鬼直起身，其他男孩以为他瞪大眼睛还在看狼群。不过，他看的不是狼群。

"我看见个绝妙的东西，"他们热切地朝他围拢来时，他喊道，"一只白色大鸟。它朝这边飞过来了。"

"什么样的鸟，你觉得？"

"我不知道，"自大鬼心生敬畏地说，"不过，它看起来很疲惫，它边飞边哼哼'可怜的温迪'。"

"可怜的温迪？"

"我记得，"一丢丢马上说，"有种叫温迪斯的鸟。"

"看啊，它飞过来了。"卷毛喊，指着空中的温迪。

这会儿，温迪几乎就在他们头顶上方，他们能听到她痛苦的呼喊。不过，传得更为清楚的是小叮当刺耳的声音。这个嫉妒的仙子此刻卸下所有友善的伪装，正从各种角度冲向她的受害者，一碰到她,就残忍地掐上一把。

"你好,叮当。"好奇的男孩们喊。

叮当的回答响亮而清晰:"彼得想让你们朝温迪射箭。"

彼得发号施令时,以他们的性格是不会质疑的。"那我们照彼得的心意动手吧!"头脑简单的男孩们大喊,"快,弓箭准备。"

所有人都急匆匆地从自己的树洞下去,小溜达没有。他随身带着一张弓、一支箭,叮当注意到了,揉搓着小手。

"快,小溜达,快啊。"她尖叫,"彼得会非常满意的。"

小溜达兴奋地调好弓箭。"躲开,叮当。"他嚷嚷;然后就把箭射出去了。温迪胸部中箭,扑腾着掉到了地上。[41]

---

1 叙事者坦陈,通过使用贴近孩子而非大人的语体,从而与彼得、孩子达成共识。尽管他意识到复杂的语法规则[因他提到"过去完成式"(waken,苏醒过来)而显得明显],却选用彼得·潘爱用的一般过去式(woke)。在此,我们总结出叙事者的两难处境:他想重返童年,却注定采用成年的思考方式,呈现成年的自觉状态。在小说《感性的汤米》的一版初稿中,巴里就重拾童年这一尝试,如是写道:"让头脑回到最初的岁月,穿过它,你会看到孩子那难以捕捉的形象隐约掠过。一旦你能抓住他,他就是你本人。可上前一步,他就不见了。在婴儿期的团团迷雾中,他跟你玩起捉迷藏,直到有一天,他摔了一跤,跌进白日的阳光中。你总算抓到了他;轻轻一碰,你俩即合为一体。这便是自我意识的诞生。"(贝尼克图书馆,巴里手稿室,S45)

2 刻画岛上生命时,使用叙事现在时(也称历史现在时,即以一般现在时代替过去时,叙述过去的事情——译者注),以强调所发生之事的循环往复。即便偶有奇遇,也未曾改变什么,因为一切都是编造的。"在永生的神话之地,时间必然是循环、古老的。"玛利亚·尼克拉耶娃在一项根据儿童文学深层时间结构——线性时间结构、循环性时间结构和狂欢性时间结构——对其予以划分的研究中如是指出（第90页）。在许多童年乌托邦故事里，人物居住在自给自足的田园环境中，《彼得·潘》跟这些故事一样，不可避免地面临着该拿不想长大的孩子怎么办的挑战。

3 《牛津英语词典》将"咬大拇指相向"这一短语定义为一种藐视之态。将大拇指指甲放入口中，撞击门牙从而发出声响。

4 彼得离开梦幻岛后，岛上居民不再探险，代之以一种疗愈性活动，通过环形移动的方式避免冲突。他们在一种永恒的现在中行进，不对抗，不消耗能量。

5 叙事者再次提请我们注意，他所做的一切都是假装事情是真的，这甚至包括他允许我们跟他一道"注视"男孩们。

6 迷失的男孩们没有真名，只有绰号：小溜达、卷毛、自大鬼、一丢丢和双胞胎。教名和姓氏的缺失使他们沦为一种集体化的刻板印象，在戏剧演出中，他们只有合唱，没有独白。彼得是他们当中唯一有名字的人。

7 叙事者再一次打破幻觉，提请我们注意其活动的虚构性，这一次，尽管他正目睹着岛上发生的冒险，却指出自己不在岛上，从而形成了自相矛盾之处。

8 在剧作《彼得·潘》中，一丢丢解释了何以得名："……走丢时，妈妈把我的名字写在了围嘴上。'弄脏一丢丢'；那就是我的姓名。"

9 英式口语中，"pickle"指总惹麻烦的男孩或调皮捣蛋的孩子。

10 海盗、印第安人、男孩和家长全都操着不同语体，一方面是为了加以区分，一方面是为了营造戏剧效果。印第安人的语言在今天的我们看来，粗俗、刻板，废话连篇："剥头盖骨，嗯，哦吼，快啊"，胡克使用旧时语言和倒装语，并因夸夸其谈而扬扬得意。连彼得似乎也会出其不意地用此来表达情感："邪恶而阴险的大人，看剑。"

11 行刑码头位于沃平段泰晤士河岸，是伦敦东部码头区的一部分，此地曾于四百余年间，用于处决海事法庭判处施以绞刑的犯人。刑场上，低潮线处竖有一副木质绞刑架。海盗、叛兵和走私犯在码头上被公开处刑之前，要经过伦敦桥，至伦敦塔，进行游街。海事法规定，他们的尸体常常一连数日示众，经受三次潮水冲洗，以儆效尤。必要时，尸体还会被涂以沥青，缚以锁链，放入铁笼中，在最佳曝光点悬挂于示众架上。18世纪早期，全体船员一并送上绞刑架。基德船长因海盗罪和谋杀罪，于1701年被施以绞刑，其腐烂的尸体在行刑后仍在数年内示众，海鸥啄去了他的双眼，唯有尸骨残存在笼中，以"恫吓所有与汝等同罪之人"（康斯塔姆和基恩，第181页）。

12 "pieces of eight"指西班牙银币，即八里亚尔，一枚银币价值八里亚尔，乃18世纪晚期一种世界通行货币。该银币铸造于1497年西班牙货币改革后，在欧洲、美洲和远东地区广泛使用，在美利坚合众国作为法定货币沿用至1857年。

13 在准备《彼得·潘》剧本时，巴里大量阅读海盗文学，寻找人名和精彩细节。他重读《金银岛》，研究了查尔斯·约翰逊所著《海盗史》(1724)等大量书籍。切科并非以海盗为原型，很可能取名自小说家莫里斯·休利特之子切科·休利特。库克森很可能取材自约翰·考克森船长，他洗劫了西班牙美洲殖民地上的一个城镇。黑墨菲和斯凯莱茨取材自历史上的海盗。

14 在近代出版版本中，"Gao"有时被修订为"Goa"。果阿曾是葡萄牙在印度南部的一块殖民地，于16世纪初期被占领，1961年获解放。《金银岛》中提到，朗·约翰·西尔弗的鹦鹉目睹"印度群岛总督在果阿（Goa）界外登陆"；并且下文中提到莫艾多——葡萄牙金币，由此可见该地拼写由"Gao"改为"Goa"言之成理。

15 这一虚构名称指代一条热带河流。巴里根据历史事件和虚构小说，构思出自己的岛上奇幻，他很少创造地名。

16 在罗伯特·路易斯·史蒂文森所著《金银岛》中，朱克斯在弗林特船长的"沃尔勒斯号"船上，挨了一百二十鞭。

17 即亨利·摩根（1635—1688），威尔士海盗、17世纪侵掠西属加勒比海殖民地最著名的海贼之一，晚年成为总督、富豪。——译者注

18 巴里希望区分斯密和斯塔基，便问首位扮演斯密的演员乔治·谢尔顿如何赋予两位海盗更为鲜明的人物形象，斯密由此成了爱尔兰人。谢尔顿提议："把我的角色变成爱尔兰人。"巴里回答："谢尔顿，他**就是**爱尔兰人。"奇怪的是，他被刻画成一位非国教徒，即一位来自英格兰和威尔士的新教教徒，拒绝遵从英国国教教义和仪式。

19 此处，巴里向他同时代的小说家阿尔弗莱德·爱德华·伍德利·梅森（1865—1948）致敬，该作家的成名作品为以法国侦探阿诺巡官为主角的侦探小说及探险小说《四根羽毛》。

20 如前文所注，"海上厨师"是《金银岛》中朗·约翰·西尔弗的绰号，史蒂文森最初称《金银岛》为《海上厨师》。

21 "肤色黝黑"（blackavized），该词常写作"black-a-vised"，19世纪时用于描述人的肤色黑。在《简·爱》中，夏洛蒂·勃朗特写道："我奉劝她那位黑脸追求者要当心。"

22 胡克不像彼得，他擅长讲故事。此处用法语词"raconteur"描述他［他还有

"大庄园主"（grandseigneur）之称］，旨在突出他另类和深谙世故的个性。

23 查理二世（查理·斯图尔特）生于1630年，卒于1685年，在复辟时期统治英格兰、苏格兰和爱尔兰。他于1661年加冕为英格兰和爱尔兰国王，1649年被宣告为苏格兰国王。作为众所周知的"快活王"，他是位寻欢作乐的君主，被拥护回国，人们认为他将民众从奥利弗·克伦威尔和清教徒长达十年的统治中解脱出来。

24 "皮卡尼尼"一词源于葡萄牙语"pequenino"（男孩、孩子），这一名词基于形容词"微小或细小"。该词隶属于基于葡萄牙语的皮钦语，这种皮钦语与17世纪大西洋沿岸的奴隶贸易有关。"皮卡尼尼"最初在写作中用于描述巴巴多斯女人的子女，如今既可指代非洲裔黑皮肤儿童，也可指代美洲印第安儿童。这一用法被视为种族歧视，巴里在《彼得·潘》中使用这种刻板化的种族形象便导致一些不适情绪。巴里借鉴年轻时所阅读的詹姆斯·费尼莫尔·库柏等人创作的冒险故事，进行一番添枝加叶，造成过度修辞，用于描述梦幻岛上的土著人——正如一些评论家认为的那样——他最终消解了刻板的种族形象。然而，鉴于"皮卡尼尼"一词沿用至20世纪，且局限于种族差异和民族差异的范畴，使用方式无疑显得屈尊附就和轻侮，特别对儿童读者而言尤其是，因此很难为巴里辩解。皮卡尼尼人是梦幻岛上的土著人，常作为"野人"被不断提起。刻画他们时，使用的是刻板的种族形象，即视土著人为赤裸、残暴、鬼祟和狡猾之人。

25 虎百合是位土著人公主，名字混合了一种猛兽和一种美丽的花。她被刻画为"另一个女人"，含"另一个"和"女人"两种含义，即她是异域版的温迪，后者是"忠诚的主妇"。在为默片版《彼得·潘》写下的剧本中，巴里想象了下面这样一场求爱场景："虎百合出现。接着，我们看到有个印第安人显然在向那位美丽的印第安公主求婚。她猛地拿出她的短柄斧，把他打倒。"

26 在罗马神话中，狄安娜是狩猎女神。人们将她与野兽和森林联系在一起，常称她为月亮女神。她是位童贞女神，据说，她将阿克特翁变成牡鹿，让他自己那群愤怒的猎犬追他。她在森林里洗澡时，那位底比斯的英雄观看了她的裸体，使得她勃然大怒。

27 L.弗兰克·鲍姆的小说《绿野仙踪》中，写有那行名句："狮子和老虎和熊！噢，天哪！"鲍姆的作品出版于1900年，先于《彼得和温迪》，不过，没有证据证明巴里知道这部作品。

28 这是文中首次点出鳄鱼性别，有些人会惊讶地了解到胡克被一只雌性鳄鱼追杀。鳄鱼作为队伍中"压阵的角色"，具有象征意义，代表着"从后面悄然追

109

近"的灭绝和死亡。鳄鱼是水陆两栖生物,因而与原始力量有关。在古埃及,鳄鱼被敬为强有力的神祇,具有阴阳两重性,即雌雄同体。

29 在此,巴里指出,一旦其中一方(印第安人、迷失的男孩们、仙子、野兽或海盗)决定脱离梦幻岛上单一、固定的步速,冲突和暴力将一触即发。在达林一家中,可以发现类似危险的关系链,一旦有人固执己见,就会鸡犬不宁。

30 《灰姑娘》是彼得·潘在达林家听到的故事,也是温迪讲给迷失的男孩们听的故事。这个童话故事由夏尔·佩罗写于17世纪晚期的法国,于之后的一个多世纪由格林兄弟再写下,它以家庭环境为背景,讲述了迫害、浪漫爱情和婚姻。它关乎典礼和习俗,而这些在温迪到来之前,通常是岛上所没有的——可能正因此,故事吸引了迷失的男孩们。

31 自大鬼想要一本支票簿的诙谐之处孩子们不解其意,大人们心领神会。有位评论家颇为精彩地指出:"巴里让大人的口中说出稚气话,从而为孩子创作一出社会喜剧,又让孩子的口中说出天真的大人术语,从而为大人创作一出社会喜剧。"(霍林戴尔,2008年,第314页)

32 莫里斯·桑达克在写作《野兽出没的地方》时,是否受到这个词语的启发?不太可能,然而巴里在《彼得·潘》中使用"野兽"是个奇妙的巧合。

33 常用麻绳将海盗吊死。这首歌在描述短暂而快活的海盗人生。——译者注

34 戴维·琼斯是海精灵或水手恶魔的昵称,从某些方面来讲,是男版美人鱼,他引诱水手潜入大海深处,也提醒他们即将到来的命运。"Davy Jones' locker"(戴维·琼斯的储物柜)一短语指溺水而亡的水手的安息地。这一短语首先出现在托拜厄斯·斯摩莱特的《佩里格林·皮克尔历险记》(1751)中,来源不详:"据水手们称,就是这位戴维·琼斯,他是掌管深海里所有恶魔的魔鬼,常以不同形状示人,飓风、海难或其他海上航行可能招致的灾难来临前,他蛰伏在索具之间,警告投身大海的可怜人注意死亡和痛苦。"(斯摩莱特第Ⅳ卷,第221—22页)

35 1873年,巴里离家去位于苏格兰西南部的邓弗里斯学院(他的哥哥在此任督学一职)求学。在学院学习期间,巴里不仅创作了首部剧作《强盗班迪莱洛》,也与邓弗里斯司法长官书记员之子玩海盗游戏。有很多树干洞口的地下之家可能受到司法长官的家"蒙特布雷"中花园里一些地点的启发。巴里后来写道,在那里玩的游戏创造了"一种奥德赛之旅,这在很久以后成了剧作《彼得·潘》。某座邓弗里斯的花园对我来说是块魔法之地,我们在那里的种种冒险无疑催生了那部无法无天的作品"。(《演讲集》,第86页)

36 注意,那条鳄鱼换了性别。海盗将它描述为雄性鳄鱼。

37 该表达法出自弗雷德里克·马里亚特的小说《斯纳利尤,又名淘气狗》(1837)中的一首航海歌谣:"该死,天哪,自打我下海,/就力排万难——大获全胜。"巴里熟读马里亚特为男孩创作的许多冒险故事书。

38 说出(unrip)这一动词,现在不再使用,意为透露或公布。

39 胡克两次强调,没有妈妈,孩子会被置于危险境地。他的计划,看上去是个像孩子(而非成人)一样思考的坏蛋想出来的。他那做一个铺绿糖霜的蛋糕计谋很可能是巴里和卢埃林·戴维斯兄弟在黑湖岛上玩某些海盗游戏时发明出来的。

40 在多数《彼得和温迪》的重印版中,"库克"换成了"胡克"(Hook,意为钩子)。

41 在为剧作《彼得·潘》撰写的前言中,巴里描摹了如何用弓箭"将彼得带到地面上",并掉进肯辛顿公园里。他补充道:"我模模糊糊记得,我们以为我们杀了他……在为射箭技术高超得意了一阵之后,我们当中心软的人哭了,我们全想起警察来。"(霍林戴尔,2008年,第75页)毫无疑问,巴里意识到射中却不致死的箭与丘比特相关,这位神使用自己的武器,在人们心中唤起爱意。

## 第六章

# 小房子

别的男孩武装好后,从树洞里蹿出来,而在此时,愚蠢的小溜达像个征服者似的,站在温迪身边。

"你们来晚了,"他得意地喊道,"我射中了温迪。彼得会对我十分满意的。"

在他们头顶上方,小叮当喊了一声"蠢驴!"就火速躲了起来。别人都没听见她的话。他们已围在温迪身边,看着看着,一阵可怕的寂静突降林中。要是温迪的心脏还在跳动,他们都能听到。

一丢丢第一个开了口。"这不是鸟。"他说,声音里满是恐惧,"我觉得这肯定是位女士。"

"一位女士?"小溜达说,浑身颤抖起来。

"而我们杀了她。"自大鬼嘶哑地说。

所有人都扯下帽子。

"现在我明白了,"卷毛说,"彼得将她带来与我们做伴。"他伤心地扑倒在地上。

"终于有一位女士来照顾我们了。"双胞胎之一说,"你却杀了她。"

他们替小溜达难过,更替自己难过,他朝着他们上前一步,他们却转身背对他。

小溜达脸色惨白,不过此刻,一股尊严在他心中涌起,此前可从未有过。

"是我干的,"他反省说,"曾经有女士常在梦里来找我,我会说:'漂亮妈妈,漂亮妈妈。'可等她最终真的来了,我却朝她射箭。"

他缓缓走开。

"别走!"他们同情地呼喊。

"我必须得走。"他答道,浑身颤抖着,"我太怕彼得了。"

就在这个悲伤的时刻,他们听到一个声响,这让每个人的心脏都跳到了嗓子眼里。他们听见了彼得的咯咯叫。

"彼得!"他们大喊,因为彼得总以这种方式告诉他们他回来了。

"把她藏起来。"他们小声说,急忙把温迪围上。不过,小溜达没凑过来。

响亮的咯咯叫再次响起,彼得降落在他们面前。"你们好啊,孩子们。"他喊了一声,他们机械地打了个招呼,接着再次陷入沉默。

彼得皱起了眉头。

"我回来了。"他愤怒地说,"你们为什么不欢呼?"

他们张开嘴,可欢呼声没出来。他急于讲出好消息,没注意到这点。

"重大新闻,孩子们,"他喊道,"我终于给大家带来一位妈妈。"

还是鸦雀无声,只听见小溜达啪地轻声跪在地上。

"你们没看到她吗?"彼得问,心生疑惑,"她朝这边飞过来了。"

"天哪!"一个声音说。另一个声音紧接着说:"唉,难过的一天。"

小溜达站起身。"彼得,"他平静地说,"我让你看看她。"其他人本来还想把她藏起来,他说:"退后,双胞胎,让彼得看看。"

于是,他们全都退后让彼得看,他看了一会儿,不知道接下来干什么。

"她死了。"他难受地说,"很可能她被死吓坏了。"

他本想以一种滑稽的方式赶紧离开,[1]直到看不见她,而后再也不靠近那儿。要是他这么做的话,所有人都会乐意照做的。

可她心口中箭。他拔掉箭,面向他这伙人。

"谁的箭?"他厉声质问。

"我的,彼得。"小溜达跪着说道。

"哼,卑鄙的家伙。"[2]彼得说着,把箭举起,当成匕首来用。

小溜达毫不退缩。他露出胸膛。"扎吧,彼得。"他坚定地说,"扎准了。"

彼得两次举箭,两次放下。"我扎不了,"他心怀敬畏地说,"有什么东西让我下不了手。"

所有人都惊奇地看着他,自大鬼却没有,他正好在看温迪。

"是她。"他大叫,"那位温迪女士;看,她的胳膊!"

说来神奇,温迪举着胳膊。自大鬼俯下身,毕恭毕敬地听着。"我觉得她说的是'可怜的小溜达'。"他小声说。

"她活着。"[3]彼得简洁地说。

一丢丢马上大喊:"那位温迪女士活着。"

接着,彼得跪在她身边,发现了他的纽扣。你们记得吧,她把那枚纽扣放在了随身佩戴的项链上。

"看,"他说,"箭扎在了这个上面,扎在了我给她的吻上。它救了她的命。"

"我记得吻呢。"一丢丢迅速插了一嘴,"让我看看,没错,那是一个吻。"

彼得没听见他的话。他在恳请温迪快点儿好起来,他好带她去看美人鱼。她自然还回答不了,毕竟身体还虚弱得很;不过,头上传来一声哀号。

"听,是叮当。"卷毛说,"她在哭,因为那位温迪活着。"

然后,他们不得不把叮当的罪行告诉彼得,他们几乎从未见过他的面色如此凝重。

"听着,小叮当,"他喊道,"我不再是你的朋友。从我眼前永远消失吧。"

她飞到他的肩上求他,可他把她掸掉。直到温迪再次举起胳膊,他才真的缓和下来,说:"那好,不是永远,那就一整个星期。"

你们以为因为温迪举起胳膊,小叮当就心存感激吗?天哪,并没有,她从未那么想掐她。仙子的确很怪,彼得最了解他们,而他常常拍打他们。

不过,该拿目前这么虚弱的温迪怎么办?

"我们把她抬下去,抬进屋。"卷毛提议。

"没错,"一丢丢说,"人们就是这样对待女士的。"

"不行,不行,"彼得说,"你们不能动她。那样不够尊重。"

"那,"一丢丢说,"正是我刚才想的。"

"可要是她躺在那儿,"小溜达说,"她会死的。"

"没错,她会死的。"一丢丢承认,"可是没有别的办法。"

"错,有办法。"彼得喊,"我们就围着她造一座小房子吧。[4]"

他们都很高兴。"快,"他命令他们,"你们每个人都给我把最好的东西拿出来。把我们的房子搬空。机灵点儿。"

转瞬之间,他们忙得就像婚礼前夜的裁缝了。他们急匆匆地跑来跑去,跑下去拿被褥,跑上来找柴火。他们在一顿忙碌时,约翰和迈克尔竟然出现了。他们在地上拖着步子走来,站着睡着了;停下时,醒过来;再挪动一步,又睡着了。

"约翰,约翰,"迈克尔喊起来,"醒醒!娜娜在哪儿,约翰,妈妈呢?"

然后,约翰揉揉眼睛,嘟囔一句:"没错,我们真飞了。"

你们准会觉得,他们找到彼得大大地松了口气。

"你好，彼得。"他们说。

"你们好。"彼得和气地回答，尽管他已把他们忘得一干二净了。这会儿，他正忙着用脚给温迪量身高，看看她需要多大的房子。他自然算上了几把椅子和一张桌子的地儿。约翰和迈克尔望着他。

"温迪睡着了？"他们问。

"嗯。"

"约翰，"迈克尔提议，"我们把她叫醒，让她给我们做晚饭吧。"他正说着，其他几个男孩匆忙走来，手中拿着造房子的树枝。"看看他们！"他大喊。

"卷毛。"彼得用他那队长气势十足的声音说，"务必让这俩男孩帮忙造房子。"

"遵命，遵命，队长。"

"造房子？"约翰惊呼。

"给温迪。"卷毛说。

"给温迪？"约翰说，惊得目瞪口呆，"哎呀，她不就是个女孩嘛！"

"正因为此，"卷毛说，"我们才做了她的仆人。"

"你们？温迪的仆人！"

"对，"彼得说，"你们也是。跟他们走。"

大吃一惊的两兄弟被拽走，他们砍啊，劈啊，拿啊。"先做椅子和壁炉栅，"[5]彼得命令道，"然后我们围着这些造房子。"

"没错，"一丢丢说，"房子就是这么造的；我全想起来了。"

彼得通盘考虑一番。"一丢丢，"他喊道，"叫个医生来。"[6]

"遵命，遵命。"一丢丢马上说，挠着头就消失了。可他知道必须遵从彼得的命令，很快他再次出现，头戴约翰的帽子，神情肃穆。

"请问，先生，"彼得走上前，问道，"您是位医生吗？"

在这样一种时刻，他和其他男孩的区别就在于，他们知道这是假装的，而他却觉得假装和真实别无二致。[7]这想法偶尔让他们困扰，比如他们得假装吃了晚餐。

要是他们装不下去，他就训斥他们一通。

"是的，我的小绅士。"一丢丢紧张地回答道，他的手指都开裂了。

"先生，请，"彼得解释说，"一位女士病得很重。"

她躺在他们脚下，但一丢丢知道不该看见她。

"咳，咳，咳，"他说，"她躺在哪儿？"

"在那边空地上。"

"我会在她口中放块玻璃物体。"一丢丢说着假装这么做起来，彼得在一旁候着。玻璃物体取出来的时候，真是紧张的一刻。

"她怎么样？"彼得询问。

"咳，咳，咳，"一丢丢说，"这个把她治好了。"

"我很高兴！"彼得喊了一句。

"我晚上再来。"一丢丢说，"用带壶嘴的茶杯，给她一杯牛肉汁[8]喝。"他把帽子还给约翰后，深呼吸了好几回，每逃过一劫，他就习惯这么干。

与此同时,森林里充斥着斧子声;建造一处舒适的住所所需的一切几乎都已在温迪脚边了。

"要是我们知道,"有人说,"她最爱什么样的房子该多好。"

"彼得,"又有个人大叫一声,"她睡着了还在动呢。"

"她的嘴张开了。"第三个人说,充满敬意地观察着温迪的嘴,"啊,真美!"

"也许,她睡着了还要唱起来。"彼得说,"温迪,唱唱你想要什么样的房子吧。"

温迪眼都没睁,立刻就唱了起来:

> 我想有座漂亮的房子,[9]
> 谁也没见过那么小的,
> 它有滑稽的小红墙壁,
> 屋顶有着碧绿的青苔。

听到这里,他们高兴得咯咯直笑,因为他们无比幸运,拿来的树枝黏着红色的汁液,而地上长了厚厚一层青苔。他们叮叮当当地造着小房子,突然唱起了歌:

> 我们搭了小墙、屋顶,
> 做了一扇漂亮的门,
> 说说看,温迪妈妈,
> 你一直还想要什么?

对此,她贪心地回答:

啊,我真想要
四面是明亮的窗,
玫瑰花探进窗来,
孩子们探出窗外。

他们一顿挥拳,砸出了窗户,黄色的大树叶是百叶窗。可是玫瑰——?

"玫瑰!"彼得厉声喊。

很快,他们假装种上美丽的玫瑰花,它们沿着墙壁蜿蜒而上。

孩子呢?

为了不让彼得要孩子,他们赶忙再次唱起歌:

我们让玫瑰探出头,
孩子们待在门口,
我们没法把自己造,
因为我们已被造好。

彼得觉得这是个好主意,马上假装主意出自他本人。房子漂亮极了,毫无疑问,温迪在里面十分惬意,不过他们自然再也看不见她。彼得跑前跑后，指挥着最后的收尾工作。什么都逃不过他锐利的目光。就在房子眼看着彻底完工之时——

"门上没门环。"他说。

他们很难为情，可自大鬼拿出自己的鞋底，它成了完美的门环。

总算彻底造好了，他们心想。

正相反。"没有烟囱，"彼得说，"我们得有根烟囱。"

"当然需要根烟囱。"约翰自命不凡地说。这让彼得有了想法。他一把扯下约翰头上的帽子，敲掉帽底放到屋顶上。[10]那座小房子有了这样一根好烟囱，十分满意，似乎为了表达谢意，烟立刻就从帽子里冒出来。

现在，一切真的竣工了。万事俱备，只等敲门。

"都打起精神来，"彼得提醒大家，"第一印象至关重要。"

他很高兴没人问他第一印象是什么；大家都忙着打起精神呢。

他彬彬有礼地敲了敲门；此时的森林跟孩子一样寂静无声，但小叮当是个例外，她从一根树枝上望着，公然地笑话他们。

孩子们在想，会有人来应门吗？如果是位女士，她会长什么样啊？

门开了，一位女士走了出来。是温迪。他们全都赶忙摘下帽子。

她看上去惊讶得恰到好处，他们正希望她有这样的表情。

"我在哪儿？"她说。

一丢丢自然第一个发言。"温迪女士,"他飞快地说,"我们为你造了这座房子。"

"啊,说你对此感到高兴吧。"自大鬼嚷嚷。

"可爱而亲切的房子。"[11]温迪说,他们正希望她如此说。

"还有,我们是你的孩子。"双胞胎说。

他们集体屈膝跪地,伸出胳膊,大喊:"啊,温迪女士,做我们的妈妈吧。"

"我可以吗?"温迪神采奕奕地说,"这自然是诱人极了,可你们看啊,我只是个小女孩。我没有实际经验。"[12]

"没关系,"彼得说,就好像在场的人里,只有他知道得最多,尽管事实上正相反,"我们只是需要一位漂亮、充满母爱的人。"

"天哪!"温迪说,"你们看,我感觉自己正是这种人。"

"就是,就是,"他们全在喊,"我们早就看出来了。"

"太好了。"她说,"我会尽全力的。快进来,你们这群淘气的孩子;[13]我敢肯定你们的脚都湿了。在把你们哄睡前,我正好有时间讲完灰姑娘的故事。"

他们进屋;我不知道他们怎么会都有地方待,可梦幻岛上总能挤得下。这是他们跟温迪一起度过的第一个晚上,后面还有许许多多这样快乐的晚上。她把他们一个个安顿在树下之家的大床上,不过那晚,她本人睡在小屋里,而彼得拔出剑,在外面站岗,在那儿能听见海盗在远处狂欢作乐,狼群踅来踅去。那座小房子在黑暗中显得十分惬意、安稳,百叶窗里射出一缕亮光,烟

★ 梅布尔·露西·阿特韦尔,《彼得和温迪》,1921年(梅布尔·阿特韦尔有限公司,维基·托马斯联合会提供)

囱里烟雾袅袅,彼得站岗放哨。不一会儿,他就睡着了,几个从狂欢派对上回来的仙子喝得站都站不稳,只得从他身上爬过去,才能回家。要是别的哪个男孩夜里挡了他们的路,他们肯定不会放过他,[14] 可他们只是拧了下彼得的鼻子,继续赶路。

---

1 彼得的反应揭示出他对死亡并不比对爱慕更为了解,他对温迪表面上的死亡所做出的反应提醒我们,巴里始终将天真无邪和没心没肺相提并论。我们又一次

看到,彼得无法被周围人打动(在动情这个含义上)。
2. 有时候,彼得和男孩们显得装腔作势,而非做出打打闹闹的荒唐之举。这种夸张的修辞提醒我们,幼时巴里热爱剧院和剧院文化的哪一部分。很有可能,舞台极强的表现力和戏剧性让他作为一位儿童演员,得以表露情绪,而这些情绪,他无他法表达。
3. 这个重获新生的场景预示着小叮当喝了胡克染指的药后大难不死。梦幻岛作为虚幻之地,允许复活的发生,这既可以通过对仙子的信念(在小叮当的例子中),也可以通过奇迹般的巧合(比如因为彼得给温迪的纽扣,箭被挡开了)。
4. 在《肯辛顿公园里的彼得·潘》中,仙子围着梅米·曼纳林造了一座小房子,"那座房子跟梅米的身形分毫不差,漂亮极了。她伸着一条胳膊,这困扰了他们一小会儿,然而他们沿着它造了条通往大门的走廊。窗户是彩色绘本大小,门很小,不过,她拿掉屋顶进出自如。按照惯例,仙子们为自己的聪明才智快乐地鼓掌,并疯狂爱上了那座小房子,一想到它完工了,他们简直受不了。于是,他们又为它增加了许许多多额外的小设计,完工后还不罢手,继续装点"。那座"小房子"是以基里缪尔镇上巴里家旁边的小洗衣房为原型。那间洗衣房是七岁的巴里演戏的地方。
5. 壁炉栅是一种金属架,装在炉火前,不让煤或木柴出来。
6. 剧作首演中没有这个桥段。此幕很可能是受西摩·希克斯所著儿童剧《仙境中的风铃草》其中一幕的启发。
7. 彼得区分不了游戏和真实,这让他和其他男孩有了本质的区别。毕竟彼得是长不大的男孩,而知晓想象和真实二者间的差别是成长过程中极为关键的里程碑。
8. 这味药剂是浓缩的牛肉汁液,常用来给生病之人或受伤之人服用。如今,牛肉汁仍用于抵御风寒,以"保卫尔"之名进行商业销售。
9. 巴里放这首歌是为了填补为温迪造房子的时间。歌词全文收录于约翰·克鲁克为该剧制作的音乐中,在 1905 年由 W. 帕克森有限公司出版。"我想有座迷人的房子"是歌曲首行的初版,但在彩排时,巴里删掉"迷人的",换成"漂亮的"。《彼得·潘》首演之时,作曲家克鲁克在约克公爵剧院担任管弦乐队指挥。
10. 假装这一招为房子打下了地基,提供了砌墙砖。玫瑰和孩子是想象出来的,造房子权当即兴发挥的训练,鞋成了门环,帽子成了烟囱。在梦幻岛,正如叙事者所评论,假装成了真实,而通过游戏,想象有了具体形态。
11. 温迪"darling"(亲切的;达林)这一双关语(这在对话中重现)让人想起她

自己的家,提醒我们,她的存在使得孩子们在梦幻岛构建出一个快乐的家庭图景。她很快就成了迷失的男孩们想要的妈妈。

12 温迪年纪轻轻就被认作母亲。正如我们在《玛格丽特·奥格尔维传》中了解到的,巴里的母亲也年纪轻轻担负起母亲的职责:"她八岁时,母亲去世,这让她成了家里的女主人、小弟弟们的妈妈,从那开始,她洗洗擦擦,缝缝补补,修理烘焙,跟肉贩们就四分之一磅的牛肉和便宜的肉骨头讨价还价……她从水泵那儿提水,有洗衣日,得熨衣服,栅栏上总有双长筒袜等待零散的时间去补。"(《玛格丽特·奥格尔维传》,第28—29页)书中贯穿着对缝缝补补和家庭事务的关注,这显然是向玛格丽特·奥格尔维致敬,巴里坦陈,他母亲出现在他创作的每部作品中。温迪也可被视为一位白雪公主,照顾着七个迷失的男孩。

13 温迪一旦进入母亲的角色,就变得既会责备人,又会给人讲故事,她一面劝孩子们进门,一面许诺给他们讲童话。她轻轻松松地进入了达林夫人的母亲角色,家庭秩序在本章结尾处确立起来。

14 "mischief"(恶作剧)在此处用作动词,意为造成身体伤害或攻击。仙子在剧中拧了彼得的鼻子后,我们发现:"你看,仙子能碰他。"

✠ The Home under the Ground ✠

第七章

# 地下之家

　　第二天，彼得先是量了温迪、约翰和迈克尔的身形，好造树洞。胡克，你记得吧，就因为男孩们觉得人人需要一棵树，还嘲笑他们，但这是无知，如果你的树不合身就很难上上下下，而没有哪两个男孩的身形是一模一样的。一旦合身，你在地上深呼吸，就能以正确的速度滑下去，而如果需要上升，只要交替吸气、呼气，就能往上扭。当然了，一旦掌握，你就能不假思索地做到，没什么能比这更优雅。

　　不过，你只能合身，[1] 彼得就像做一身衣服那样，认真地量你的身形做树洞：唯一的区别就是，做衣服是量体裁衣，而他则是把你造得适应树洞。通常，这事儿做起来不费吹灰之力，不过是使劲儿多穿或少穿些衣服的事儿；但要是你在奇怪的地方长疙瘩，或是唯一能用的树奇形怪状，那彼得就给你做些调整，之后你就合身了。一旦合身，你就得格外小心保持身形，正如温迪高兴地发现，整个家庭因此健健康康的。

　　温迪和迈克尔第一次试，树洞就合身，可约翰得做些微调。

经过几天练习，他们就能快活地上上下下了，就像水桶在水井里一样自如。他们对地下之家的感情日渐深厚，尤其是温迪。它跟所有房子一样，有间宽敞的房间，要是你想钓鱼，从地面往下挖就可以，这地上长着色彩迷人、形状粗壮的蘑菇，[2]可以用来当凳子。屋子中央，一棵梦幻树在拼命生长，[3]可他们每天早上都把树干锯掉，使它与地面齐平。到茶歇时，它总是长到两英尺左右，他们就在树冠上放一扇门，这样就有了一张桌子；他们一旦把桌子收拾好，就又把树干锯掉，这样就有更大的空间玩游戏。屋里有一个大型壁炉，屋子各处几乎都能用，只要你愿意点火；温迪沿着壁炉拉上纤维绳，用来晾晒衣物。白天，床斜靠墙放，6点30分放下，床近乎占半间屋子；除迈克尔外，所有男孩都睡在这上面，躺得就像罐头里的沙丁鱼。根据一项严格规定，得有人给出信号你才能翻身，而且是全体立刻翻。迈克尔本应该也遵守此项规定；可温迪想有一个婴儿，他是最小的，你知道女人的脾性，结果就是他被装在一只筐里，挂了起来。

生活艰苦而朴素，就像在同样情况下，住在地下之家的熊宝宝们以为的一样。不过，墙上有间凹室，比鸟笼大不了多少，这是小叮当的私人寝室。一道小帘子就能将这间凹室与房子其他部分隔开，吹毛求疵的叮当总是在穿衣或者脱衣时拉下帘子。不管多大的女人都不曾有这样一间精致的、更衣室和卧室合一的住所。那张沙发，她总是这么叫，是有腿的、货真价实的"麦布女王"牌；[4]她会根据应季的鲜花更换沙发罩。镜子是"穿靴子的猫"牌，据仙子商人称，如今世间只有三面完好无损；脸盆架是

"派皮"牌，可翻转，梳妆台是地道的"白马王子六世"牌，挂毯和地毯是鼎盛时期（即早期）的"马热丽和罗宾"牌。吊灯是"挑圆片"牌，只是摆设，自然是她自己点亮卧室。[5]对于屋里别的地方，叮当都嗤之以鼻，这可能也是在所难免；尽管她的房间很美，却看上去十分傲慢，总是一副鼻孔朝天的模样。

我猜，温迪对这一切尤为着迷，因为她那些淘气的[6]孩子让她有的忙了。事实上，可能除了晚上会穿长筒袜上去会儿，她一整个星期又一整个星期地不到地面上去。我可以告诉你，烹饪让她围着锅转。他们的主要食物是烤面包果、甘薯、椰子、烤猪、曼密苹果、砂纸树树皮布卷和香蕉，喝的是芋泥葫芦汁；[7]不过，你从来都无法确切地知道他们是真的进了餐，还是仅仅在假装，这完全有赖于彼得的一念之间。如果真吃是游戏的一部分，他可以真吃，不过仅仅为了有饱腹感，他做不到胡吃海塞，[8]而那是多数孩子最喜欢的；仅次于胡吃海塞的就是谈论胡吃海塞了。假装对他而言十分真实，[9]一顿饭的工夫，你就能看见他越来越圆。（不能胡吃海塞）让人难以忍受，可也只能听从他的指挥，如果你能向他证明你变瘦了，树洞不合身了，他会让你饱餐一顿。

温迪最爱的缝补时间是在他们全都上床后。到那时，她如此表述，她总算能为自己喘口气了；她利用这个时间给他们做新衣服，缝双层护膝，因为他们对自己的膝盖总是毫不客气。

她在一篮筐的长筒袜前坐下，发现所有脚后跟处都有个洞时，会高举双臂感叹："天哪，我确定，我偶尔觉得老处女招人

★ 地下之家

The Home under the ground.

嫉妒！"[10]

发这通感慨的时候，她满脸放光。

你还记得她的宠物狼吧。没错，它很快就发现她来了岛上，还找到了她，他们就这样冲进对方的怀里。自此以后，它就到处跟着她了。

随着时间的流逝，她想念她丢下的亲爱的爸爸妈妈吗？这是个难题，因为完全不可能说出梦幻岛上时间是如何流逝的，这里的时间是按月亮和太阳计算的，而岛上的月亮和太阳要比大陆上多得多。不过，我恐怕温迪实际上并不担心她的爸爸妈妈；她笃信，他们总是敞着窗户，等着她从那里飞回去，这让她无忧无虑。偶尔困扰她的，是约翰仅模糊地记得爸爸妈妈和其他熟人，而迈克尔则十分愿意相信她就是他妈妈。这些事情让她有点儿害怕,她尽职尽责地做着分内之事,努力把过去的生活固定在他们的头脑里,方法就是把那些出成考卷,出得尽可能跟她过去常在学校考的一模一样。别的男孩觉得这十分有趣,坚持要参加,他们给自己做了石板,围坐在桌边,就她写在另外一块石板上的问题写写画画,拼命思考。问题被传来传去,都很稀松平常:"妈妈的眼睛是什么颜色的?爸爸妈妈谁更高?妈妈是金发还是深褐色头发?尽量三道题全答。""(A)写一篇不少于四十词的文章,描述自己如何度过上一个节日,或者比较爸爸妈妈的性格。二者选其一。"或者:"(1)描述妈妈的笑;(2)描述爸爸的笑;(3)描述妈妈的宴会礼服;(4)描述狗窝和窝里的居民。"

都是这类平常的问题,要是答不上来,你得按要求画十字;看看约翰画了多少个十字啊,真是让人震惊。当然,题题都答的只有一丢丢,谁也没有指望像他答得那么快,可他的答案荒谬极了,事实上,他最后显得可怜巴巴的。

彼得不参与竞争。一方面,除了温迪之外,他瞧不起所有妈妈;[11]另一方面,岛上只有他不会写文章、不会拼写,[12]最小的词也不行。他不屑于那种事。

顺便说一句,问题全是用过去时写下的,妈妈的眼睛过去是什么颜色的,等等。你看,温迪也在遗忘。

自然,冒险正如我们将看到的那样,是每天的日常;但这会儿,在温迪的帮助下,彼得发明了个新游戏,这让他十分着迷,直到突然间,他兴趣全无,先前你听说了,游戏对于他而言总是如此。这个新游戏的关键是假装不去冒险，而是做约翰和迈克尔一辈子都在做的那类事：坐在凳子上往空中抛球，彼此间推推搡搡，外出散散步，回来的时候没像个灰熊似的杀人无数。看看彼得坐在凳子上无所事事，真是奇观；在这种时候，他不由得神情肃穆，对他来说，坐着不动似乎是件做起来十分可笑的事。他自诩说，为了身体健康，他去散步了。在好几个太阳日里，这些是所有冒险当中他觉得最新鲜的；约翰和迈克尔只得也装出一副乐在其中的样子；否则，他就会对他们不客气。

他常常独自外出，等他回来，你毫无把握他是否经历了一场冒险。他可能将冒险忘得一干二净，只字不提，而你出去发现了尸体；另一方面，他可能说得天花乱坠，你却一无所获。有时他回到家，头缠了纱布，温迪就柔声细语地安慰他，用温水给他洗头，其间他则讲上一个精彩的故事。但你知道，她从来没什么把握。可是，她知道很多冒险是确有其事，因为她也曾参与其中，还有更多至少部分是真实的，因为别的男孩们参与其中，并声称冒险千真万确。要想把冒险全讲出来，得需要一本如英拉、拉英字典一样的大书，而我们充其量就是给大家选取一个样本，讲讲岛上普通的一小时。难就难在选哪个小时。我们该不该选和印第安人在斯莱特里峡谷发生冲突的那次？这是场血战，还能表明彼得的一个怪癖，尤显有趣。他在战斗中，竟会突然改变立场。在峡谷战中，胜负尚未见分晓，有时这边强，有时那边强，他就嚷嚷起来："今天我是印第安人；你呢，小溜达？"小溜达回答："印第安人；你呢，自大鬼？"自大鬼说："印第安人；你们呢，双胞胎？"就这样一直问下去；他们全成了印第安人；此举自然会结束战斗，可真印第安人为彼得的做法着迷，竟同意做一次迷失的男孩，他们又打了起来，场面前所未有地激烈。

这次冒险的非凡结局是——可是我们还没决定好[13]这就是我们将要讲的冒险。或许，印第安人夜袭地下之家那次更好，他们中有好几个人卡在了空树干里，只得像软木塞那样被拔出来。或者，可以讲讲彼得是如何在美人鱼潟湖救了虎百合，从而让她成了他的同盟。

或者，我们可以讲讲海盗做的蛋糕，孩子们可能吃了就毙命；海盗们又是如何狡猾地来回换地方放它；但温迪总是把它从她的孩子们手里夺过来，时间一长，蛋糕不再松软美味，硬得像块石头，可以当投射物来用，胡克在黑暗中还被它绊倒了。

或者试想，我们讲讲彼得的朋友——鸟，尤其是那只梦幻鸟，她在悬于潟湖上的一棵树上筑巢，后来巢掉进水里，而鸟仍然坐在蛋上，彼得下命令，不许打扰她。那是个美丽的故事，故事的结尾表明一只鸟能有多感恩；可如果我们讲这个故事，就也得讲潟湖的整个冒险，自然，我们就要讲两次冒险，而非一次了。一次短点儿的冒险同样十分精彩，那次小叮当在一群街边仙子的协助下，把熟睡中的温迪用一片漂浮的大树叶运到大陆上。所幸，叶子撑不住了，温迪醒了，以为是洗澡时间，游了回去。或者我们可以再选个彼得藐视狮子的事迹，那次他用一支箭在他周围的地上画了个圈，[14]挑衅狮子跨过去；尽管他等了好几个小时，别的男孩和温迪从树洞里屏住呼吸观望，就是没有一头狮子胆敢接受他的挑战。

这么多冒险，我们选哪个好呢？最好的办法就是抛硬币决定。

我抛了，潟湖的故事赢了。这有点儿让人恨不得峡谷故事，或者蛋糕故事，或者叮当的树叶故事赢。自然，我可以再抛一次，在三者中选最佳；然而可能公平起见，还是坚持讲潟湖的故事吧。

---

1 叙事者使用这种称呼，暗指小说源自口述故事的形式。在准确阐述如何让一棵树合身时，对话中的"你"——此处以及文中其他处——可以让我们想象一个大人对一个小孩或者对一群小孩说话的画面。
2 在维多利亚时期的英格兰，人们常把仙子跟普通蘑菇、毒蘑菇联系在一起。亚瑟·拉克姆和理查德·达德等英国插画家就将二者放在一起，仙子常围着毒蘑菇站成一圈跳舞，或以一圈蘑菇作舞台。
3 在此，树与个体相联系（每个孩子都有自己的树），树是岛上风景的一部分，也蕴含一种宇宙意义。在很多神话体系中，树扎根于世界的肚脐（omphalos）——在世界的"中央"——世界的轴心。在北欧神话中，尤克特拉希尔是世界之树，这棵高大的白蜡树连接不同的世界，创造生命。
4 麦布女王是欧洲民间故事中仙界的主宰者，让人类做梦。她也是出了名地爱搞恶作剧，有时会在婴儿出生时，把他们调包。在《罗密欧与朱丽叶》中，茂丘西奥把她描述成"'仙子'的助产士，她出现时，/不比玛瑙大多少"。余下家具的名字同样奇思妙想，这一部分是为了讽刺巴里时代，伦敦古董商们的自命不凡。
5 小叮当的家具暗含了不少典故及背后之意："麦布女王"除注释4外，也指代安妮女王时代风格的家具;"穿靴子的猫"是欧洲童话,法国文学家夏尔·佩罗在 1697 年以《精明的猫》一名收入其《鹅妈妈童谣》中;"派皮"可能指脸盆架的边缘像褶皱的派皮,可翻转可能指架子两面的材质不同;"白马王子六世"除了暗含童话中常出现的白马王子外,还可能指路易十四时代风格的家具;"马热丽和罗宾"是英国儿童文学作家玛利亚·埃奇沃思所著剧作《蠢安迪》中的一对夫妻;"挑圆片"是种游戏,维多利亚时期即已存在,也可指有华美彩色玻璃灯罩的蒂凡尼灯。——译者注

6  即"rampagious",通常写作"rampageous",意为"不守规矩的""吵闹的"或"搞破坏的"。

7  曼密苹果产自南美洲热带地区曼密苹果树,酷似山竹。砂纸树树皮布卷是由产自波利尼西亚的砂纸树制成的无纺布卷。这种布卷是无法食用的。芋泥葫芦汁含有夏威夷食物芋泥,将芋头捣烂可得芋泥。这些异域菜肴无法定位梦幻岛的位置,但可以确定彼得住在一座热带岛屿上。

8  "stodge"意为胡吃海塞、饱餐一顿,"有饱腹感"(to feel stodgy)意为已经吃饱喝足。

9  辛西娅·阿斯奎思在巴里家中履行秘书之责,跟巴里共度的时光几乎超过任何人,据她说,她的雇主"在幻想和事实之间的某处令人着迷的边界上徘徊。这两重王国的界限对他而言,从未泾渭分明。有一次,他刚告诉我某件乍看上去是自传性的逸事,脸上就现出十分迷惑甚至担忧的表情。'现在我记不住了,那件真事是否真的发生过。'他怅然若失地说"。(阿斯奎思《肖像》,第 76 页)

10  温迪似乎在照本宣科,引用亲耳听到的她本人的妈妈的只言片语,还模仿她的行为。

11  叙事者以惊人的频率将"瞧不起"和"妈妈"置于同一句中。稍后,他会说母亲总是很乐意当缓冲器(或者调停者),因而孩子们恨她们。小说接近尾声时,叙事者出乎意料地谴责达林夫人,说她"心术不正"。

12  彼得完全没有受过教育,不仅是长不大的男孩,还是永远不会阅读的男孩。可以将他的不识字跟缺失记忆,无力思虑过去、将来,只顾眼下这两者联系起来。巴里出生于深谙教育价值的家庭和文化中,将教育置于一旁,很容易明确表明彼得有多远离文化,又有多贴近自然。当然,学校也是梦幻岛的对立面。

13  叙事者制造了一个虚构的空间,其中可能发生多种结果,一切都只是暂时的、可能发生的。叙事者跟彼得一样,不可预测、反复无常,拒绝被固定。

14  用一种武器画一个排外圈的举动,胡克反复在做,他用他的"铁爪"画"一汪

死水围绕着他,他们像惊惶的鱼一般从水边逃开"。彼得·潘和胡克的终极一战发生时,男孩们在他们身边围成"一圈"。我们再次看到该作品中的情节是如何受到男孩们游戏的启发,应用戏剧性动作(挥舞一种武器)和编排(跟围观者打斗),来增加舞台表演效果。

The Mermaids' Lagoon

第八章

# 美人鱼潟湖

如果你闭上眼，[1]而且是个幸运儿的话，你也许会时不时看见一汪无形的池塘，这汪漂亮的浅色池塘悬在黑暗中；接着，如果你使劲儿挤眼睛，池塘便开始有了形状，颜色变得显眼极了，要是再使劲儿，肯定会着起火来。可就在那颜色起火之前，你会看见那汪潟湖。这是在大陆上，你与潟湖最接近的时刻，就这一个神圣的时刻；要是能有两个这种时刻，你可能会看见浪花飞溅，听见美人鱼唱歌。

孩子们经常在这汪潟湖上度过漫漫的夏日时光，大部分时间在游泳、漂浮，还会在水中玩美人鱼游戏及其他活动。你可别因为这样，就认为美人鱼和他们相处愉快；正相反，温迪在岛上的全部时光里，就没听到哪条美人鱼说过一句好话，这成了温迪永远的遗憾之一。她悄悄潜到潟湖边缘，可能会看见它们在岸边，特别是在海盗岩上，它们喜欢在那儿晒太阳，懒洋洋地梳理头发，那懒劲儿让她气愤不已；或者她甚至游到离它们不到一码的地方，仅用脚尖，悄无声息，但它们一看到她便扎进水里，很可能还用尾巴打水，溅她一身，这并非意外，而是故意的。

它们对待所有男孩也是如此，当然彼得除外，他跟它们一小时一小时地在海盗岩上聊天，要是它们放肆，他就坐到它们的尾巴上。他给了温迪一把它们的梳子。

最难以忘怀的、观看美人鱼的时刻就是月亮初升之时，它们叫声怪异而凄厉；但此时的潟湖对凡人来说，十分危险。直到我们现在要说的那个夜晚前，温迪从未在月光下看过潟湖，倒不是因为害怕，因为彼得肯定会陪着她，而是因为她严格规定所有人都要在七点上床睡觉。不过，她常在雨后晴朗的日子里去潟湖，此时美人鱼多得惊人，它们出来跟泡泡玩耍嬉戏。那些五光十色的泡泡是用彩虹水做的，[2] 它们把泡泡当成球，用尾巴朝彼此快活地抛来抛去，还努力让泡泡待在彩虹里，直到破碎。球门位于彩虹尾端，只有守门员能用手。有时，数百条美人鱼同时在潟湖里玩球，真是奇观。

可一旦孩子们试图加入，美人鱼会马上消失，他们就只能自己跟自己玩。[3] 然而，我们有证据证明，它们在暗中观察这些闯入者，并不耻于偷师；比如，约翰引入一种击球的新方法，即用头而非手，美人鱼守门员就采用了。这是约翰留在梦幻岛上的一处印记。

同样，观看孩子们吃完午饭后，在岩石上休息的那半小时也十分惬意。温迪坚持让孩子们这么做，即便是假装吃的一餐，休息却得是真休息。于是，他们就躺在那儿晒太阳，身体在阳光下泛着光，她就坐在他们身边，显得煞有介事。

就在这样的一个日子里,他们全体在海盗岩上。那岩石不比他们的大床大多少,但他们自然都知道怎么不占过多的空间。他们昏昏欲睡,或者说至少躺在那儿闭目养神,觉得温迪走神的时候偶尔掐她一下。她可忙了,在缝东西。

她缝着缝着,潟湖就起了变化。一阵阵细小的战栗划过水面,太阳离去,暗影袭遍湖面,湖水变冷。温迪看不清,没法穿针,抬头一看,就发现之前一直是欢声笑语之地的潟湖此时看上去可怕、冰冷。

她知道,这并不是夜晚降临,而是如夜般黑暗的什么来了。不对,比那还糟。它还没来,而是派那阵战栗穿过大海,预告它要来了。是什么呢?

她所听过的那些海盗岩的故事一股脑涌上心头,海盗岩其名源于邪恶的船长把水手放在这上面,让他们等着被淹死。一涨潮，海盗岩被淹，水手们就会被淹死。

当然，她本该立即把孩子们叫醒；这不仅仅是因为不可名状的东西正悄悄地向他们靠近，还因为岩石逐渐冷却，他们再待在上面没什么好处。可她是个年轻妈妈，并不懂得这个道理；她以为你只能遵循规定，午餐后就得休息半小时。因此，尽管恐惧袭上心头，也渴望听见男性的声音，她还是不愿意叫醒他们。即便听见划桨声若隐若现，心都提到了嗓子眼了，她还是没叫醒他们。她密切注视着他们，让他们继续睡。温迪是不是很勇敢？

有个男孩甚至在睡觉的时候也能闻见危险，这对所有男孩来说真是万幸。彼得跳起身，如同狗一样立刻清醒了。他警告性地叫了一声，把其他人唤醒。

他一动不动地站着，一只手放在耳边。

"海盗！"他大喊。其他人都聚在他身边，一抹怪笑浮上他的脸颊，温迪看见了，打了个哆嗦。那笑在脸上挥之不去，无人敢命令他；他们能做的唯有做好准备，听从命令。那命令清晰而有力。

"跳！"

只见一条条腿一闪而过，潟湖立时显得空无一人。海盗岩孤零零地待在这片吓人的水域之中，就像受困一般。

船越来越近，是条海盗小艇，上面有三个人，斯密、斯塔基和一个俘虏，正是虎百合。她的手脚都被捆着，她知道她接下来的命运。她将被留在岩石上等死，这对于她的民族来说，是比用火烧死或被折磨致死更恐怖的结局，因为部落的书上没有记载，水中是否有路通往幸福的狩猎之地。[4]然而，她面无表情，她是部落首领的女儿，得死得像个部落首领的女儿，这就够了。

她是登陆海盗船的时候被抓的，当时她嘴里叼着一把刀。船上没有瞭望员，胡克夸口，他的大名如烈风凛凛，在方圆一英里内守卫着船。如今，她的命运也会协助守船了。到晚上，又将有一声哀号在那威风中传播开去。

他们带来一股阴郁之气，在这气氛中，两名海盗直到快撞上岩石才看见它的存在。

"转舵向风，你这笨蛋。"[5]这个爱尔兰声音喊道，是斯密，"看石头。现在，我们就只能把那印第安人举到石头上，让她在那儿等着被淹死了。"

将那美丽的女孩举到岩石上的时刻，真是残忍；她太骄傲了，没做无谓的抵抗。

离岩石很近但不被发现的地方，有两个脑袋浮上浮下，是彼得和温迪。温迪在哭，因为这是她目睹的第一场悲剧。彼得见的悲剧多了，可全忘了。他没像温迪那么为虎百合难过：是二对一让他生气，他想救她。简单的办法是等，一直到海盗离去，但他从来就不是会选简单办法的人。

他简直无所不能，此时就模仿起胡克的声音。[6]

"嘿，你们这些笨蛋！"他喊道。模仿得像极了。

"船长！"海盗们说，惊讶地盯着对方。

"他肯定向我们游过来了。"斯塔基说，他们白找了一番。

"我们正在把那个印第安人放到岩石上。"斯密大喊。

"放了她。"这惊人的回答传来。

"放了！"

"对，剪断她的绳子，让她走。"

"可是，船长——"

"立刻，汝等听见了吗？"彼得喊，"要不然，我就用我的钩子手撕了你们。"

"这真奇怪！"斯密倒吸了口气说。

"最好照船长说的做。"斯塔基紧张地说。

"好，好。"斯密说完，就剪断了虎百合的绳子。她立刻像一条鳗鱼一般，从斯塔基的腿间滑进水里。

温迪自然因为彼得的聪明而喜出望外；但她知道他也会喜出望外，进而极有可能咯咯直叫，暴露自己，于是她立刻伸出手去，捂住他的嘴。可手刚伸出去，还没来得及完成使命，就有一声"嘿，注意！"以胡克的声音响彻潟湖，这次说话的可不是彼得。

彼得可能就要咯咯叫了，可脸一皱发出一个吃惊的哨音。

"嘿，注意！"那个喊声再次传来。

现在温迪明白了。真正的胡克也在水里。

他正朝那艘小艇游去，他的人点上一盏灯，为他引路，他就很快找到了他们。在灯光下，温迪看见他的钩子手扒住船帮；他从水里滴着水爬上来的时候，她看见了他那张邪恶而黝黑的脸，浑身颤抖起来，恨不得游走，但彼得一动也不动。他整个人激

141

动万分，还自负得头重脚轻。"我是不是个奇迹，啊，我是个奇迹！"他对她小声说。尽管她也这么觉得，可为他的名声考虑，她真高兴除她本人外，没人听见他的话。

他示意她仔细听。

那两个海盗十分好奇，想知道他们的船长为何而来，但他坐下来，头抵在钩子手上，姿势十分忧郁。

"船长，一切可好？"他们畏首畏尾地问，他却发出一声空叹，算作回答。

"他叹了口气。"斯密说。

"他又叹了口气。"斯塔基说。

"他第三次叹气了。"斯密说。

"出什么事了，船长？"

接着，他终于激动地开了口。

"游戏结束了，"他嚷嚷着说，"这群男孩找到了一位妈妈。"

尽管温迪受了惊吓，还是满心自豪。

"唉，可怕的一天。"斯塔基喊道。

"妈妈是什么？"无知的斯密问。

温迪惊讶至极，竟喊出了口："他居然不知道！"她在这之后总禁不住想，要是能有个宠物海盗，斯密会是她的那个。

彼得把她拉下水，因为胡克一惊，大喊："是谁？"

"我什么也没听到。"斯塔基说，举起灯来，照亮湖面。海盗们四处张望之际，看见了奇怪的一幕：那只我跟你讲过的鸟巢漂在潟湖上，上面坐着梦幻鸟。

"看,"胡克说,回答斯密的问题,"那就是位妈妈。多生动的一课。鸟巢肯定是掉进了水里,可妈妈会抛下自己的蛋吗?不会。"

他的音调有一丝变化,就好像有那么一刻,他回忆起天真年代,那时——可他挥动钩子手,赶走了软弱。

斯密大为触动,鸟巢漂过去时,他盯着那只鸟,但生性更为多疑的斯塔基说:"如果她是位妈妈,她也许闲逛到这儿,来帮彼得。"

胡克的脸抽动了一下。"没错,"他说,"那正是我心头的恐惧。"

他活跃起来,因为斯密急切的声音中流露出了沮丧。

"船长,"斯密说,"我们就不能绑架这群男孩的妈妈,让她给我们当妈妈吗?"

"真是一项伟大的计划。"胡克嚷嚷,这计划立刻在他那伟大的头脑中具象化了。"我们要抓住那群孩子,把他们带到船上:我们让男孩走上伸向大海的长条木板,让温迪给我们当妈妈。"

温迪又一次忘乎所以。

"休想!"她喊道,浮了上来。

"是谁?"

可他们什么也看不见。他们以为那肯定是风中的一片树叶。"你们同意吗,我的坏蛋们?"胡克问。

"算我的手一个。"他俩齐声说。

"算上我的钩子手。发誓。"

他们全都发了誓。此时他们都在岩石上,胡克猛然间想起虎百合。

"那个印第安人在哪儿?"他突然发问。

他不时开些玩笑,他们以为这次也是如此。

"办妥了,船长。"斯密自鸣得意地回答,"我们放了她。"

"放了她!"胡克大喊。

"是你本人下的命令。"水手长支支吾吾地说。

"你从水那边朝我们喊话,让我们放了她。"斯塔基说。

"见鬼!"[7]胡克大吼一声,"这演的什么把戏!"[8]他气得脸色铁青,可看着他们不像说谎就吃了一惊。"伙计们,"他说,有些颤抖,"我没发过这种命令。"

"真是太奇怪了。"斯密说,他们全都烦躁不安起来。胡克提高嗓门,可声音有一丝颤抖。

"今晚出没于这片黑暗的潟湖的神灵啊,"他喊道,"可听见我说话?"

彼得当然该保持安静,可他当然没有。他立刻以胡克的声音回答:

"该死,天哪,我听见你说话了。"

在那紧要关头,胡克并没有脸色煞白,而是面不改色,但斯密和斯塔基在恐惧中抱紧彼此。

"你是谁,陌生人,说!"胡克质问道。

"我是詹姆斯·胡克,"[9]那声音回答,"海盗船的船长。"

"你不是;你不是。"胡克沙哑地喊道。

"见鬼。"那声音反驳道,"再说一遍,我就撕了你。"

胡克以一副更为讨好的语气再次发问。"如果你是胡克,"他说得几近卑微,"那么告诉我,我是谁?"

"一条鳕鱼,"那个声音回答,"只是条鳕鱼。"

"一条鳕鱼!"胡克呆呆地重复道。就在那时,也直到那时,他那神气劲儿瓦解了。他看见他的人从他身边走开。

"难道我们的船长一直是条鳕鱼吗!"他们喃喃自语,"这有损我们的尊严。"

他们成了反咬他的狗,可即便成了可悲之人,他也不怎么在意他们。对付如此可怕的迹象,他需要的并非他们对他的信念,而是他本人对自己的信念。他感觉自尊心在离他远去。"别抛下我,坏蛋。"他对着自己嘶哑地低吼。

在他阴郁的性格中,有一丝女性气质,[10] 所有伟大的海盗都是如此,这气质有时给他直觉。突然间,他玩起猜谜游戏。

"胡克,"他喊,"你是否有另一副嗓音?"

此刻,彼得可拒绝不了游戏的诱惑,[11] 用自己的声音无忧无虑地回答:"我有。"

"有别名吗?"

"嗯,嗯。"

"蔬菜?"胡克问。

"不是。"

"矿石?"

"不是。"

"动物?"

"不是。"

"男人?"

"不是!"这回答轻蔑地响起。

"男孩?"

"是。"

"普通男孩?"

"不是!"

"神奇男孩?"

令温迪痛心的是,这回响起的答案是"是"。

"你是在英格兰吗?"

"不是。"

"你在这儿吗?"

"是。"

胡克彻底糊涂了。"你们问他些问题。"他边擦了下汗涔涔的额头,边对其他人说。

斯密想了一下。"我脑子一片空白。"他悔恨地说。

"你们不能猜一下吗?你们不能猜一下吗?"彼得咯咯直叫,"你们放弃了吗?"

显然,自负的他玩过头了,坏人们逮到了机会。

"是的,是的。"他们急忙回答。

"好吧,告诉你们吧,"他喊,"我是彼得·潘。"

潘!

刹那间,胡克恢复了自我,斯密和斯塔基又成了他忠诚的追随者。

"我们总算找到他了。"胡克喊道,"下水,斯密。斯塔基,好好开船。不管死活,都给我抓住他。"

他边说边跳,与此同时,传来了彼得快活的声音。

"准备好了吗,孩子们?"

"准备好了,准备好了。"声音从潟湖的四面八方传过来。

"那就狠狠地把海盗揍一顿[12]吧。"

战斗短暂而激烈。率先让敌人流血的是约翰,他英勇地爬上小艇,抱住斯塔基。经历一番激烈的搏斗,海盗手中的短弯刀被夺走。他扭着身子,跌落水中,约翰紧随其后。小艇漂走了。

一个个脑袋从这里那里露出水面,铁光闪烁间传出一声大叫或呼喊。混乱之中,有些人打起了自己人。斯密的螺丝锥扎中了小溜达的第四根肋骨,他本人却反被卷毛刺中。[13]在远处的岩石那里,斯塔基正在狠狠压住一丢丢和双胞胎。

一直以来彼得在哪儿呢?他在寻觅更大的猎物。

其他人都是勇敢的男孩,不该责备他们面对海盗船长节节败退。他用铁爪画一汪死水围绕着他,他们像惊惶的鱼一般从水边逃开。

可有个人不怕他:此人正准备进入死水圈。

奇怪的是,他们并非在水中相遇。胡克游到岩石那儿喘气,彼得同时从另一侧攀登。岩石滑得像球一样,他们登不上去,只得爬。谁也不知道对方来了。两人摸索着抓手,却碰到了对方的胳膊;惊讶之中,他们抬起头来;两人的脸几乎碰在了一起;他们就这样相遇了。

有些最伟大的英雄坦陈,在战斗开始前,他们也会心里一沉。如果在那一刻彼得也是如此,我会承认的。[14]毕竟,海上厨师只怕他。可彼得没有恐惧,他只感到一种情绪,就是高兴;他高兴地直咬漂亮的牙齿。他迅速从胡克的腰间夺过一把刀,准备一击毙命,却发现自己站的位置比敌人高,这样战斗就不公平了。他帮了那海盗一把,拉他上来。

就在此时,胡克咬了他。

并非这一咬带来的疼痛,而是不公让彼得茫然无措。这让他无助极了。他只能瞪大眼睛,满脸惊恐。每个孩子第一次遭遇不公,都会大为触动。他一来到你身边,成为你的孩子,满脑子想的就是他有权得到公平。你对他不公后,他会再爱你,事后却再也不是过去那个男孩。第一次不公会让所有人心有余悸;所有人,除了彼得。他常遭遇不公,可总是忘记。我猜,这就是他跟剩下所有人的真正区别。

于是,他如今这次遭遇不公就如第一次;他只能瞪大眼睛,手足无措。那只铁手抓了他两次。

过了一会儿,别的男孩瞧见胡克在水中拼命击水,游向大船;那张恶狠狠的脸上此时已不再得意扬扬,而是吓得面色惨白,因为那鳄鱼对他穷追不舍。通常,男孩们会游在一旁,起哄欢呼;可这会儿,他们心神不安,因找不到彼得和温迪,男孩们正寻遍潟湖喊他们的名字,找他俩呢。他们发现了小艇,坐上去

★ 梅布尔·露西·阿特韦尔,《彼得和温迪》,1921年(梅布尔·阿特韦尔有限公司,维基·托马斯联合会提供)

回家,边行船边喊着"彼得、温迪",可哪儿都没有回应,只听见美人鱼嘲弄的笑声。男孩们得出结论:"他们肯定是游回去或飞回去了。"他们太信任彼得了,就没怎么着急。他们孩子气地轻笑,因为赶不上就寝时间;而且这都是温迪妈妈的错!

待他们的声音逐渐消失,一阵冷酷的寂静笼罩潟湖,接着传来一声微弱的喊声。

"救命啊,救命啊!"

两个小人儿躺在岩石上;女孩已经失去意识,躺在男孩的胳膊上。彼得用尽最后一丝力气,把她拉上岩石,然后在她身边躺下。即便他不再清醒,也还是看到水在上涨。他知道,他们很快就要被淹死了,他却无能为力。

就在他们并排躺着之时,一条美人鱼抓住温迪的脚,开始慢慢拉她下水。彼得感到她从他身旁滑走,便猛然惊醒,及时拉她回来。他不得不告诉她真相。

"我们在岩石上,温迪,"他说,"可石头变得越来越小。不久，水就会没过石头。"

都到这时候了，她还是没弄清情况。

"我们得离开。"她说，语气近乎轻快。

"对。"他虚弱地回答。

"我们是游泳，还是飞呢，彼得？"

他只能告诉她。

"你觉得没有我的帮助，你能游那么远或飞那么远，回到岛上吗，温迪？"

她只得承认，她太累了。

他哼哼起来。

"怎么了？"她问，立刻担心起他来。

"我帮不了你了，温迪。胡克伤了我。我飞不了，也游不动了。"

"你是说我们俩要被淹死了？"

"看啊，水涨得多快。"

他们用手蒙住眼睛，不再看这一幕。他们以为再也活不成了。两人就那么坐着，什么东西蹭了一下彼得，轻得如同一个吻，那东西停在那儿，就好像在怯生生地说："我能帮上什么忙吗？"

原来是一只风筝的尾巴，迈克尔前几天做的那风筝。它从他手中挣脱，飘走了。

"迈克尔的风筝，"彼得兴味索然地说，可下一秒却抓住风筝尾巴，把它拉向自己。

★ "几分钟后,她就飞出了他的视线。"

"它既然把迈克尔带离了地面,"他喊,"为什么不能带上你呢?"

"我们俩!"

"它带不动两个人;迈克尔和卷毛试过了。"

"我们抓阄吧。"温迪勇敢地说。

"你是位女士;这可不行。"他已经把尾巴绑到了她身上。她抓住他;她不愿意丢下他自己走;但他道了一声"再见,温迪",就把她推离了岩石;几分钟后,她就飞出了他的视线。彼得独自在潟湖上了。

现在,石头已经很小了;很快就要被淹没了。一缕缕苍白的光线蹑手蹑脚地掠过湖面;马上就要听见一个世上最悦耳、最忧郁的声音了：是美人鱼在召唤月亮。

彼得可不像别的男孩；但最后他还是怕了。一阵颤抖传遍全身，就像一阵颤动经过大海；可海上的颤动一阵接着一阵，直到成百上千，而彼得就感到一阵颤抖。下一刻，他再次挺拔地站在岩石上，面带微笑，内心鼓声阵阵。鼓声说着："死亡将是一场十分壮丽的冒险。"[15]

---

1 潟湖似乎是个视觉幻象，存在于心灵之眼。每一个肉体凡胎似乎都有可能创作出潟湖的颜色和形状。更为难得的是那种看见浪花、听见美人鱼的歌声、在潟湖中游泳的天赋，孩子们就能如此。在默片版《彼得·潘》的脚本中，巴里谈到仙子的起源时，暗示伊甸园和梦幻岛之间有关联："接下来的一幕，原始森林场景。亚当和夏娃把他们的孩子放在地上，走了。那孩子快乐地笑啊，踢啊。接着画面上遍布小光斑，它们就像落叶一样打着转，等它们不动了，就成了快活的小仙子。"

2 巴里天生就准确地知道什么最能吸引住孩子的想象，他发明的泡泡可以作为球玩，可以（在戏剧版本中）作为飞行工具，这一发明赋予童年之物以诗意。孩子容易被亮光、火花、彩虹、烟火和万花筒吸引，总之是容易被色彩和光的跃动吸引。彩虹之下，彩虹水做成的泡泡大战打造了一个难得一见的美丽世界。

3 尽管叙事者暗指，美人鱼是因为太傲慢才不跟凡人玩，还避开他们，它们消失不见的事实却提醒我们它们是编造出来的。巴里的美人鱼潟湖可能是受汉斯·克里斯汀·安徒生所著《小美人鱼》的启发，该故事中的水下王国更为精致。回想一下，安徒生的名字缝在了《彼得·潘》的舞台帘幕上。

4 美洲土著人死后被描述为去往天堂，那里猎物丰富，狩猎不受限制。

5 "to luff"是指将船头对准风向。"a lubber"意指笨手笨脚的水手。

6 彼得能"惟妙惟肖地模仿船长的声音"，我们在《彼得·潘》的舞台提示里读到，"甚至作者都搞不清楚，有时他是否就是胡克"。戏剧结尾，彼得出现"在船尾甲板上,戴着胡克的帽子,抽着他的雪茄,还有一只小铁爪"。而在小说里,彼得坐在胡克的舱室中,嘴叼着雪茄烟嘴,一只手握紧,"像钩子手那样气势汹汹地举着"。他们两人以一对敌手的形式呈现出来,共享一个秘密内核。

7 "见鬼"(brimstone and gall)。"Brimstone"曾是硫黄的通用名,如今很少使用,只出现在《圣经》短语"fire and brimstone"(火与硫黄指代上帝的愤怒。——译者注)中。胡克把硫黄和胆汁合在一起,创造出自己非同一般的咒骂语。

8 "cozen"意为"欺骗"或"骗取"。

9 此处,如同好几处其他场合一样,彼得成了胡克的替身。作为出没于潟湖的神灵,他被召唤出来,不仅回答起胡克的问题,也让胡克听见自己的声音回荡起来。

10 胡克的卷发、着装和言谈举止全都营造出一种此处描述的女性气质,这提醒我们——尽管存在性别分工——梦幻岛上也常有性别混乱,这里有缝补的海盗和勇敢的勇士公主。

11 对于彼得来说,一切皆是游戏:吃东西、过家家,甚至打打杀杀。战斗中,他"会改变立场",着迷的印第安人于是同意当迷失的男孩。

12 "lam into"是男学生使用的俚语,主要指把某人狠狠揍一顿,或抽一顿。

13 "to pink"意为用利器扎或刺。

14 在好些情况下,那位冒冒失失的叙事者透露,他享有特权,可获知彼得的想法和感情。"我会承认的"是种奇怪的措辞,因为这暗示出他会公平地呈现他那位主人公的思想。

15 此刻,对死亡的恐惧或否认会转化成求死之心,这在剧作中变得显而易见。

乔治·卢埃林·戴维斯最先喃喃道出第八章这句著名的结束语,当时巴里在给他讲述彼得·潘如何带领死去的孩子前往梦幻岛。(巴里在作品中使用卢埃林·戴维斯兄弟的措辞时,偶尔跟他们签署逗趣的合同,并付给他们小额版税。)在剧作最后一条舞台提示中,彼得不愿去爱,拒绝融入家庭生活,配有如下说明:"如果他能弄清那件事情的含义,他的呼喊可能变成'活着将是一场十分壮丽的冒险'。"

"哈利·波特"系列的读者会忆起邓布利多那句宣言:"对于条理清晰的头脑而言,死亡不过是下一场壮丽的冒险。"(J.K. 罗琳,《哈利·波特与魔法石》,第 297 页)此句很可能受到彼得·潘言语的启发,表明面对死亡时的无所畏惧,以及将每个经历化为冒险的能力。

前文提到,曾资助《彼得·潘》首演的著名剧院商人查尔斯·弗罗曼于

1915年5月7日乘坐"卢西塔尼亚号"赴英。一位幸存者称,即便在船只遭受撞击后,他仍继续抽着雪茄,跟同行的乘客聊天。而乘客们紧抓栏杆、冷水上升之际,弗罗曼依然面不改色,并对其他人宣称:"为何惧怕死亡?那是人生中最壮丽的冒险。"(海特-孟席斯,第78页)弗罗曼的言论促使人们探讨死亡、冒险、第一次世界大战与剧作《彼得·潘》之间构成的令人不安的关联。历史学家迈克尔·C.C.亚当斯指出,男子气概在战争年代被表述为远离婚姻和家庭生活,面对死亡时甘愿跟随无畏的塞壬之歌,践行爱国职责,乃至牺牲。1918年,西奥多·罗斯福之子驾驶的战斗机被击落,不幸殒命,罗斯福将生与死描述成"同一场壮丽的冒险"的一部分。"因此,不愿赴死的男人和不愿送她的男人赴死的女人,"他补充说,"在一场为伟大的理由而打的战争中,不配活下去。"(卡维,第67页)

✠ The Never Bird ✠

## 第九章

# 梦幻鸟

彼得完全独自一人前,最后听到的声音来自美人鱼,它们一个接一个地回到海底的寝宫就寝。他离得太远,听不到它们关门的声音;可在它们居住的珊瑚礁石洞中,每扇门开关时,都有一只小铃铛叮当作响(大陆上所有最舒适的家中皆是如此),他听见了铃声。

水在逐渐上涨,已经在咬他的脚;为了打发水一口就把他吞下之前的时间,他望向潟湖上仅有的物体。他以为那是片漂浮的纸,可能是片风筝纸,还闲来无事地想,它得花多长时间才能漂上岸。

他立刻就注意到这是件怪事,那纸来到潟湖之上,毫无疑问带着某种明确的目的,因为它在跟潮水抗争,偶尔还会胜利;待它胜利了,总是同情弱者的彼得不由得鼓起掌来;这真是一片勇敢的纸。[1]

实际上,那不是纸片,而是梦幻鸟。[2]它坐在窝上,正拼尽全力靠近彼得。自从鸟巢掉进水里,她学会了一种用翅膀划水的方法，这勉强能助她指挥这艘奇怪的小船，不过等到彼得认出她来，她已经筋疲力尽了。她是来救他的，要把自己的窝给他，即便窝中有蛋。这只鸟令我大为惊奇，因为尽管他对她总是友好相待，却偶尔也会折磨她。我只能猜测，她就像达林夫人和其他夫人一样，被还长着满口乳牙的彼得融化了内心。

她对他喊出她的来意，他却对她喊她在那儿干什么；不过，他们自然是不懂对方的语言。在幻想故事中，人们可以自由自在地跟鸟类说话，我多希望暂时可以装作这也是那样的故事，说彼得聪明地回应了梦幻鸟；但还是说出事实为妙，我只想讲讲真正发生了什么。唉，他们不仅听不懂对方，还连礼貌都顾不上了。

"我——想——让——你——来——窝——里，"那鸟大喊，尽量缓慢而清晰地说，"那——样——你——就——可——以——漂——上——岸，可——我——太——累——了没——法——把——窝——带——近——些——你——只——能——努——力——朝——它——游——过——来。"

"你在嘎嘎叫些什么？"彼得回答，"你怎么不让鸟窝继续漂了？"

"我——想——让——你——"那鸟又重复了一遍。

接着，彼得也努力缓慢而清晰地说了一遍。

"你——在——嘎——嘎——叫——些——什——么——？"

梦幻鸟就生起气来；他们都是火暴脾气。

"你这愚蠢的小傻瓜，"她尖叫，"你怎么就不照我说的做呢？"

彼得觉出她在嘲笑他，就火急火燎地胡乱回嘴说：

"你也是！"

接着，无比诡异的事情发生了，他们俩都厉声喊出同一句话。

"闭嘴！"

"闭嘴！"

可是，那只鸟铁了心要竭尽全力救他，她最后奋力一搏，把窝推到岩石那儿。然后她飞上天空；她抛下了自己的蛋，好展现自己的意图。

接着，他终于懂了，就抓住鸟窝，挥手向那只正在头顶上拍动翅膀的鸟表达谢意。然而，她盘旋在此，并非为了接受他的感谢；甚至不是为了眼见他进到鸟窝里去；而是要看他拿她的蛋怎么办。

总共有两枚大白蛋，彼得把蛋举起来，陷入了沉思。那只鸟用一对翅膀掩面，省得亲眼看见蛋的下场；可她又禁不住从羽毛间的缝隙里偷看。

我不记得是否告诉过你，[3]岩石上有块窄板，是很久以前的一些海盗拖过来的，以示埋藏财宝的位置。孩子们发现了那堆金光闪闪的宝藏，一时兴起之下，就把那些莫艾多（葡萄牙金币）、钻石、珍珠和西班牙银币抛向海鸥，海鸥们以为是食物，猛扑向这阵财宝雨，接着飞走，因孩子们开的卑鄙玩笑而大发雷霆。窄板还在那儿，斯塔基把帽子挂在了上面，那是顶防水的深帆布帽，帽檐很宽。彼得把蛋放进这顶帽子里，[4]又把帽子放在潟湖

★ 梅布尔·露西·阿特韦尔,《彼得·潘和温迪》, 1921 年
(梅布尔·阿特韦尔有限公司,维基·托马斯联合会提供)

上。它就顺利地漂起来了。

梦幻鸟马上就看出他的意图,尖叫着表达对他的崇拜;哎呀,彼得又咯咯直叫,以示赞同。然后,他进入鸟巢,在巢中竖起窄板当作桅杆,把衬衫挂上当帆。与此同时,那只鸟飞下来,飞到帽子上,再一次安安稳稳地坐到蛋上。她朝一边漂,他向另一头,他们俩都挺高兴。

彼得自然把帆船停靠在一个那只鸟很容易找到的地方;可那顶帽子大获成功,她竟抛弃了鸟巢。鸟巢四处漂泊,直至散架,而斯塔基常常来到潟湖岸边,内心十分酸楚地望着那只鸟坐在他的帽子上。既然我们将不再见她,就有必要在此处提一下,此后所有的梦幻鸟都以那顶帽子的形状筑巢,宽大的鸟巢边缘可以让

★ 爱丽丝·B. 伍德沃德，《彼得·潘图画书》，1907年

小鸟们站上去透透气。

彼得几乎和被风筝带着飘来飘去的温迪同时抵达地下之家，庆祝的呼声很是高涨。男孩个个都有冒险要讲；不过，最大的冒险可能是上床睡觉的时间已过了好几个小时。这让他们得意极了，都在想方设法耍赖熬得再晚一些，比如要些绷带什么的；虽然温迪因为他们又平安回家了而感到骄傲，可还是震惊于时间之晚，她大喊："上床，上床。"那口气可不容违抗。不过，到了第二天，她温柔极了，给每个人都分发了绷带，他们就一瘸一拐，手臂吊着绷带，一直玩到了睡觉时间。

1 如前人汉斯·克里斯汀·安徒生一样,巴里通过赋予无生命的物体以生命,从而创造出吸引孩子注意力的奇思妙想和幽默风趣。在这里,虽然纸片到头来其实是活生生的生命,效果却有了。
2 剧作首演时,梦幻鸟是只鹈鹕,被彼得赶出了鸟巢,袭击他后又遭驱逐。评论家们认为这一设定不甚妥当,巴里就做了修改,将那只鸟变为盟友,不再是敌人。"梦幻鸟"一词跟"梦幻树"一样,表明梦幻岛有其独特的动植物群。
3 叙事者展现了登陆梦幻岛的孩子所感受到的短期记忆丧失的症状。他再一次保证,读者不会迷失在幻觉之中,办法就是提醒他们伦敦和梦幻岛是由一位为"现场"观众即兴编故事的叙事者创作出来的。
4 用海盗的帽子代替鸟巢是由巴里添加的内容,当时,观众们抗议彼得随意对待鸟巢,没有同情那位母亲和她的蛋。

✠ The Happy Home ✠

## 第十章

## 快乐之家

潟湖一战的一个重要结果就是印第安人成了他们的朋友。彼得把虎百合从噩运下救出,如今她和她的勇士们愿意为他赴汤蹈火。他们整夜坐在地上守护着地下之家,等待着海盗们的大举进攻,显然那进攻不会耽搁太久。即便在白天,他们也四处闲逛,抽着和平烟斗,[1]看上去简直就像想要点儿东西吃上两口。

他们管彼得叫伟大的白人父亲,[2]拜倒在他面前;他爱极了这种做法,其实这对他并无益处。

"伟大的白人父亲,"他们拜倒在他脚下时,他会以一种君临天下的仪态对他们说,"很高兴看到他的皮卡尼尼勇士们在保护他的小屋,免遭海盗的袭击。"

"我是虎百合,"那个美丽的生物会答道,"彼得·潘救了我的命,我就是他要好的朋友。我决不让海盗们伤害他。"

她如此美丽,不该这样卑躬屈膝,但彼得觉得他当之无愧,他会屈尊附就地回答:"很好。彼得·潘发话了。"

他一说"彼得·潘发话了",就意味着印第安人们得闭嘴,

161

★ 温迪的小房子
(《J. M. 巴里著〈彼得·潘和温迪〉,梅·拜伦为托儿所重述》。凯瑟琳·阿特金斯绘)

对此他们谦卑地照做了;不过,他们对别的男孩可没那么毕恭毕敬,只当他们是普通勇士而已。他们对男孩们说"你们好啊",等等;而让男孩们气愤的是,彼得似乎觉得这没问题。

温迪暗地里有些同情他们,可她是位十分忠诚的主妇,听不得任何抱怨孩子父亲的话。"爸爸知道什么最好。"她总说,不管她本人是怎么想的。她本人在想印第安人不应该管她叫婆娘。[3]

现在,我们到了他们口中的那个"夜中夜",这个名字得于那晚的冒险和结局。那个白天好像默默在积蓄力量似的,简直风平浪静,印第安人此时裹在毯子里,守在地面岗位上,而孩子们在地下吃晚饭;彼得除外,他出去打探时间了。你在岛上打探时间的方法就是找到那条鳄鱼,然后待在他附近,等着闹钟响。

那顿饭碰巧是一顿假装的茶点,孩子们围坐在木板边,贪心地狼吞虎咽着;实际上,他们又吵又闹,相互揭短,拿温迪的话说,那噪声简直震耳欲聋。她当然不介意这噪声,但她不愿意让他们抓东西,然后以小溜达推了他们的胳膊肘作为借口。按照既定规矩,吃饭时不准反击,而应彬彬有礼地举起右手,将纠纷报给温迪,说"我举报……";可通常发生的是,他们要么忘记这么做,要不做得太多。

"安静!"温迪大喊,这是她第二十次告诉他们不要全体一起说话了,"你的瓢里空了吗,亲爱的一丢丢?"

"不是的,妈咪。"一丢丢往想象出来的大杯子里看了一眼后,说道。

"他都还没开始喝牛奶呢。"自大鬼插嘴说。

这是揭短,一丢丢抓住机会。

"我举报自大鬼。"他马上叫喊。

可是,约翰率先举了手。

"好的,约翰?"

"既然彼得不在,我可以坐他的椅子吗?"

"坐爸爸的椅子,约翰!"温迪十分震惊,"当然不行。"

"他不是我们的亲爸爸,"约翰回答,"他都不知道爸爸是怎么回事儿,还是我告诉他的。"

这是牢骚。"我们举报约翰。"双胞胎嚷嚷。

小溜达举手了。他是他们当中最谦虚的,实际上只有他谦虚,因此温迪对他格外温柔。

"我猜,"小溜达怯生生地说,"我当不了爸爸。"

"是的,小溜达。"

小溜达一旦开口,就自有一套愚蠢的方式继续。不过,他不常这么干。

"既然我当不了爸爸,"他心情沉重地说,"我猜,迈克尔,你也不愿意让我当宝宝?"

"对,我不愿意。"迈克尔大声说。他已经中了圈套。

"既然我当不了宝宝,"小溜达心情越来越沉重地说,"你们觉得我能当双胞胎吗?"

"确实当不了。"双胞胎回答,"当双胞胎很难的。"

"既然我当不了任何要人,"小溜达说,"你们当中有谁想看我耍花招吗?"

"不想。"他们一起回答。

接着,他终于停下来,说:"我真是没什么希望了。"

讨厌的揭短再次爆发。[4]

"一丢丢在餐桌上咳嗽。"

"双胞胎先吃的曼密苹果。"

"卷毛既吃了砂纸树树皮布卷,也吃了甘薯。"

"自大鬼嘴里满着,还说话。"

"我举报双胞胎。"

"我举报卷毛。"

"我举报自大鬼。"

"天哪,天哪,"温迪大喊,"我确定,我偶尔觉得孩子们不值得这么麻烦。"

她告诉他们收拾桌子,自己则坐到针线篮旁:一大堆长筒袜等着缝呢,而且像往常一样,每条的膝盖处都有一个洞。

"温迪,"迈克尔抗议,"我太大了,摇篮搁不下了。"

"我需要摇篮里有人。"那语气简直刻薄,"而你是最小的。一座房子里有个摇篮是多么美妙而温馨的事。"

她缝缝补补时,他们围在她身边玩耍;[5]在那团浪漫的火焰的映衬下,这群孩子的笑脸容光焕发,舞动的四肢被全部点亮。这一幕在地下之家极为常见,可我们却是最后一次见证此景了。

地上传来一声脚步声,你尽可以觉得是温迪最先听到。

"孩子们,我听到你们爸爸的脚步声了。他喜欢你们到门口迎他。"

地上,印第安人拜倒在彼得脚下。

"看仔细了,勇士们。我发话了。"

接着,就像往常一样,快乐的孩子们把他从他的树洞中拽出来。像往常一样,但之后再也不会发生。

他给男孩们带回了坚果,给温迪带来了准确的时间。

"彼得,你把他们都惯坏了,你知道的。"温迪傻笑着。

"哈,老太婆。"彼得边说话边挂上枪。

"是我告诉他,妈妈们人称老太婆呢。"迈克尔小声对卷毛说。

"我举报迈克尔。"卷毛立刻说。

双胞胎哥哥来到彼得身边。"爸爸,我们想跳舞。"

"一边跳去吧,我的小绅士。"彼得说,心情很好。

"可我们想让你也跳。"

实际上,彼得是众人中跳得最好的,可他佯装震惊。

"我!我的老骨头得咯咯响!"

"妈咪也来。"

"什么,"温迪喊起来,"这么小胳膊小腿的妈妈,跳舞!"

"可这是周六晚上啊。"一丢丢在一旁敲边鼓。

实际上这并不是周六晚上,最多只是有可能是,他们早就不数日子了;可要是他们想做什么特别的事情,总说这是周六晚上,然后就能如愿。

"确实是周六晚上啊,彼得。"温迪温柔地说。

"我们这种身材的人,温迪!"

"只在自家孩子面前嘛。"

"也是,也是。"

于是,他们就跟孩子们说可以跳舞了,不过得先穿上睡衣。

"啊,老太婆,"彼得在一旁对温迪说,他在火边暖和身子,她坐在那儿转着一只脚后跟,他低头看向她,"结束了一天的劳动,在火边休息休息,孩子们就在身边,晚上对于你我来说,再也没有比这更惬意的了。"

"很舒服,彼得,是不是?"温迪说,满足极了,"彼得,我觉得卷毛的鼻子长得真像你。"

"迈克尔长得像你。"

她走到他身边,把胳膊搭在他的肩上。

"亲爱的彼得,"她说,"有了这么大一个家,我自然是过了好时候了,可你不想换掉我,对吧?"

"不想,温迪。"

他当然不想改变,可他不安地看着她;你知道的,他就那样眨着眼,像个想要确认自己是睡还是醒的人。

"彼得,怎么了?"

"我只是在想,"他有点儿害怕地说,"这都是假的,对不对,我不是他们的爸爸?"

"啊,不是的。"温迪一本正经地说。

"你看,"他抱歉地继续说道,"要是真当他们的爸爸,我看上去就更显老了。"

"可他们是我们的孩子,彼得,你的和我的。"

"但不是真的,温迪?"他焦急地问。

"要是你希望不是真的,就不是。"她回答,她清清楚楚地听见他松了一口气。"彼得,"她试着以一种果断的语气发问,"你对我到底有着怎样的感情?"

"一个忠诚的儿子所怀有的那种,温迪。"[6]

"我想也是。"她说,独自一人坐到了屋子大那头。

"你真奇怪,"他说,坦白说出了自己的困惑,"虎百合也是一样。她想当我的什么,[7]但却不是当我妈妈。"

"对,确实不是。"温迪回答,特意强调。现在我们知道她为什么对印第安人有偏见了。

"那么,是当什么?"

"这不该由一位女士来说。"

"哼,很好,"彼得说,有点儿生气了,"可能小叮当会告诉我。"

"嗯,没错,小叮当会告诉你。"温迪嘲笑地回嘴,"她是个被抛弃了的小东西。"

此时,待在闺房里偷听的叮当尖叫出了什么无礼的话。

"她说,她以被抛弃为荣。"彼得翻译。

他灵机一动。"也许叮当想做我妈妈?"

"你这蠢驴!"小叮当气愤地喊道。

因为她总说,温迪都不需要翻译了。

"我简直同意她。"温迪厉声说。想象一下,美好的温迪竟厉声说话。但她已经累了,而且对夜幕尚未拉开之时将有何事发生毫不知情。要是她知道,她肯定不会厉声说话。

他们谁都不知道。也许不知道最好。他们的无知又给了他们快乐的一小时;既然这是他们在岛上的最后一小时,就让我们为了一小时有六十个快乐的分钟而欢庆吧。他们穿着睡袍又唱又跳。真是一首十足怪异的歌,唱着唱着,他们还假装被自己的影子吓坏了;丝毫不知道影子会迅速朝他们逼近,这可真要吓得他们连连退缩。舞会那么热热闹闹、快快乐乐,他们在床上床下打来打去!这更像一场枕头大战,而非舞会。结束时,枕头们要求再来一轮,就像那些知道可能再也不会相见的伙伴一样。这天还讲了那么多故事，在温迪讲睡前故事之前！那晚，连一丢丢都试图讲个故事，[8]可故事开头太无趣了，不仅孩子们大失所望，他本人也是，闷闷不乐地说：

"没错，真是个无趣的开头。我说，让我们装作故事在此结束了吧。"

接着，他们终于全都上床等着听温迪的故事了，那故事是他们最喜欢听的，彼得讨厌听的。[9]通常，她一开始讲这故事，他要么离开房间，要么用手捂住耳朵；要是这次他也这么做了，他们可能还全都在岛上。但今晚他待在凳子上没动；我们这就看看接下来会发生什么。

---

1 即"pipe of peace"，北美印第安人与敌人和解时会抽的烟斗。——译者注
2 "伟大的白人父亲"这一短语是被征服的美洲印第安人对美利坚合众国总统的称呼。使用时，既有敬畏之意，又有嘲弄之意，偶尔二者兼有。巴里可能还想到了形容维多利亚女王的"伟大的白人母亲"这一说法，她有"欧洲的祖母""多民族的母亲"（1901年，她下葬时身披白纱，头盖婚礼面纱）之称。该说法也让人想起巴里的小说《小白鸟》，想象力丰富的评论家甚至将其与麦尔维尔那了不起的白鲸联系在一起。
3 即"squaw"，指印第安女人或妻子，含贬义。——译者注
4 迷失的男孩热衷彼此"揭短"。他们说话的方式就像他们是合唱团的一员，让人无法判断谁在揭谁的短。
5 温迪就像巴里的母亲玛格丽特·奥格尔维，不过是个孩子的她成了一个"小妈妈"，满怀激情地打理家务，如缝纫、修理和清扫。如前文所述，1909年该剧复排时，帷幕是根据一块刺绣样而作，该样品被认为出自温迪之手，最下面

还有落款:"温迪·莫伊拉·安吉拉·达林/她的刺绣样,九岁。"这既(通过《彼得·潘》中的人物和场景)展示出她的讲故事能力,也展示出她的缝纫技巧。在刺绣样中,缝纫、讲故事和写作是相互关联的技艺。

6  彼得可能学会了怎么扮演"父亲",也可能从温迪和孩子们那儿获得了一些小建议,可他对温迪的情感——就像对虎百合和小叮当一样——依旧是柏拉图式的。

7  在一份早期手稿中,虎百合设计了一个向彼得·潘表露爱意的场景:

虎百合:试想,虎百合跑进树林里——白人彼得打了她——接下来会怎样?

彼得:(困惑地)白人永远追不上印第安女孩,她们跑得太快了。

虎百合:如果白人彼得追虎百合——她跑得不太快——她跌倒在地,接下来会怎样?(彼得十分困惑。她向印第安人发问。)接下来会怎样?

全体印第安人:她成了他的婆娘。

8  一丢丢是个名副其实住在梦幻岛上的迷失男孩,将自己的故事开头和结尾压缩成了一个。他活在当下,无法靠记忆编织成故事,或是回想曾经讲过的故事。

9  彼得不喜欢这个故事,一部分是因为他跟达林夫人敌对,一部分是因为窗户闩上了,他本人回不了家。

## 第十一章

## 温迪的故事

"那听着啊,"温迪说,开始讲故事,迈克尔在她脚边,七个男孩在床上。"从前有位绅士——"

"我倒希望他是位女士。"卷毛说。

"我希望他是只白老鼠。"自大鬼说。

"安静。"他们的妈妈责备他俩,"也曾有位女士,而且——"

"噢,妈咪,"双胞胎哥哥喊,"你是说也有位女士,对吧?她没死,对吧?"[1]

"啊,没有。"

"我真高兴,她没死。"小溜达说,"你高兴吗,约翰?"

"我当然高兴。"

"你高兴吗,自大鬼?"

"很高兴。"

"你们高兴吗,双胞胎?"

"我们也一样高兴。"

"天哪!"温迪叹了口气。

"那边别吵。"彼得喊,他决心让她得到尊重,不管他觉得故事多不讨喜。

"绅士的名字,"温迪继续讲,"是达林先生,而女士名叫达林夫人。"

"我认识他们。"约翰为了惹恼别人,说。

"我觉得我认识他们。"迈克尔满心怀疑地说。

"他们结婚了,你们知道的。"温迪解释,"你们觉得他们有什么?"

"白老鼠。"自大鬼受了鼓励,这样喊道。

"不对。"

"真奇怪。"对故事了然于心的小溜达说。

"安静,小溜达。他们有三个后代。"

"什么是后代?"

"这个呀,你就是,双胞胎。"

"你听到了吗,约翰?我是个后代。"

"后代就是孩子。"约翰说。

"天哪,天哪!"温迪叹了口气说,"现在这三个孩子有一位忠心的保姆,名叫娜娜;可达林先生生她的气了,把她拴到了院子里;就这样,三个孩子全飞走了。"

"真是个好故事。"自大鬼说。

"他们飞走了,"温迪讲下去,"飞去了梦幻岛,迷失的孩子们都在那儿。"

"我正觉得他们就是这样呢,"卷毛兴冲冲地插了一句,"我

★ 温迪

(《J. M. 巴里著〈彼得·潘和温迪〉，梅·拜伦为托儿所重述》。凯瑟琳·阿特金斯绘)

也不知道怎么回事儿，可我就是知道！"

"哎，温迪，"小溜达说，"其中一个迷失的孩子是不是叫小溜达？"

"没错，就是。"

"我在故事里。万岁，我在故事里，自大鬼。"

"嘘。现在我想让你们考虑一下，孩子们都飞走了，父母该多难过。"

"唉唉！"他们全都呜咽起来，尽管实际上丝毫没考虑那对难过的父母的心情。

"想想空荡荡的床！"

"唉唉！"

"真伤心。"双胞胎哥哥兴冲冲地说。

173

"我真不知道这故事怎么能有个幸福的结局。"双胞胎弟弟说,"你呢,自大鬼?"

"我紧张极了。"

"要是你们知道一个妈妈的爱有多伟大,"温迪得意扬扬地告诉他们,"你们就会无所畏惧。"现在,她讲到彼得不爱听的那部分了。

"我真喜欢妈妈的爱,"小溜达边说,边拿枕头打了一下自大鬼,"你喜欢妈妈的爱吗,自大鬼?"

"我也一样喜欢。"自大鬼边说边还击。

"你们看,"温迪心满意足地说,"我们的女主人公知道,妈妈会永远为她的孩子们敞开窗户,等他们从那里飞回去;于是,他们就在外多年,过着快乐的生活。"

"他们回去过吗?"

"现在让我们,"温迪说,竭力打起精神,"偷看一眼将来。"他们全都扭动身子,这样可以更容易偷看将来。"许多年过去了;这位从伦敦火车站下车,优雅而年龄不详的女士是谁呢?"

"哎,温迪,她是谁?"自大鬼喊,就像对故事毫不知情一样兴高采烈。

"难道是——没错——不会吧——是——美丽的温迪!"

"噢!"

"那两位陪在她身边,高贵且健壮的人物是谁呢?他们都已经长大成人了。难道他们是约翰和迈克尔?没错!"

"噢!"

"'看哪，亲爱的弟弟们，'温迪指着上面说道，'那扇窗户还开着。啊，我们那么深信妈妈的爱，现在得到回报了。'就这样，他们飞上去，找妈咪爹地去了，任何文字都无法描述这个快乐的场景，我们就略过不谈了。"

故事就是这样，他们跟美丽的讲述者本人一样对它心满意足。你看，一切都是它该是的模样。我们偷偷溜走，就像世界上最没心没肺的事物一样，[2]孩子天性如此，却又那么迷人；我们就此拥有一段完全私人的时光，然后等需要特别关注时，就得意地回来，确信我们会被拥抱，而不会挨打。

他们那么笃信妈妈的爱，以为没心没肺的时间再长一点儿也没关系。

可那儿有个人不会上当；温迪一讲完，他就发出一声空洞的呻吟。

"怎么了，彼得？"她跑到他身边喊道，以为他病了。她关切地摸摸他胸膛的下面。"哪里不舒服，彼得？"

"不是那种痛。"彼得愁眉苦脸地回答。

"那么是哪种痛？"

"温迪，妈妈不是你以为的那样。"

他们全都惊恐地聚拢在他身边，他的激动不容小觑；他十分坦诚地告诉他们一直以来他隐瞒的事情。

"很久以前，"他说，"我跟你一样，以为我妈妈会总为我敞开窗户；所以我就在外待着，度过了一个又一个月，后来我飞了回去；可窗户被闩上了，[3]妈妈把我忘得一干二净，另外有个小

★ 地下的房间

(《J. M. 巴里著〈彼得·潘和温迪〉，梅·拜伦为托儿所重述》。凯瑟琳·阿特金斯绘)

男孩睡在我床上。"

我说不好这是不是真的，可彼得认为是；这把其他人吓坏了。

"你确定妈妈是那样的？"

"对。"

那妈妈就是这样的。讨厌鬼！

还是小心为上；没有人能比孩子更为迅速地知道什么时候该举手投降。"温迪，我们回家吧。"约翰和迈克尔异口同声地嚷嚷道。

"好。"她边说边抓住他们的手。

"不是今晚吧？"迷失的男孩们问，他们糊涂了。他们知道在他们叫作心的地方[4]有种感觉,没有妈妈,人们一样过得很好,只有妈妈以为你没法过得好。

"马上。"温迪斩钉截铁地回答,因为可怕的想法又涌上心头,"也许,妈妈这会儿在半哀悼[5]了。"

这恐惧使她忘了顾及彼得的情绪,她言辞十分激烈地对他说:"彼得,你愿意做些必要的安排吗?"

"如果你希望如此的话。"他回答,冷静得就如同她在请他把坚果递过去。

两人之间甚至没有一句"我不愿失去你"!如果温迪不在乎离别,他就要向她表明,他是彼得,他也不在乎。

可他当然在乎极了;他对大人满腔仇恨,他们像以往一样,又毁了一切,他一进到自己的树洞,就开始故意以每秒钟约五次的频率短促快速地呼吸起来。他之所以这么做,是因为在梦幻岛有这样一种说法:你每呼吸一次,就会有个大人离世;彼得心怀报复之情,想尽可能快地干掉他们。[6]

接着,他给印第安人下达了必要的指示,而后回到家里,他不在期间,那里发生了不光彩的一幕。一想到失去温迪,迷失的男孩们就慌了神,恶狠狠地朝她逼近。

"未来会比她来之前更糟。"他们嚷嚷。

"我们不让她走。"

"我们把她关起来。"

"对,拴上她。"

情急之下,本能告诉她向谁求助。

"小溜达,"她喊他,"我恳求你。"

难道不奇怪吗?她竟然恳求小溜达,那个最蠢的人。

然而,小溜达郑重其事地予以回应。就在那一刻,他抛下愚蠢,庄严地开了口。

"我是小溜达,"他说,"没人看重我。可有谁胆敢先对温迪动粗,失去英国绅士的风度,我就让他血流[7]成河。"

他拔出自己的水手刀;[8]此时此刻,他处于巅峰状态。其他人不安地后退。接着彼得回来了,他们立马看出从彼得那里得不到丝毫支持。他不会违背一个女孩的意愿,强行把她留在梦幻岛上。

"温迪,"他边说边大步来回走,"我已经命令印第安人,一旦你飞累了,就带你们穿过树林。"

"谢谢你,彼得。"

"还有,"他继续说,声音短促刺耳,一向不容违抗,"小叮当会带你飞越大海。叫醒她,自大鬼。"

为了得到一个回答,自大鬼不得不敲了两次门,虽然事实上小叮当已经在床上坐起身,听了一会儿。

"你是谁?好大的胆子!走开!"她喊道。

"你得起床了,叮当。"自大鬼喊,"带温迪上路。"

听到温迪要走,叮当自然高兴;可她也铁了心不给她带路,还用更不堪入耳的话这么说了。接着,她又假装睡着了。

"她说她不干。"自大鬼惊呼,惊骇于她竟如此不听话,这时彼得严肃地走向那位年轻女士的闺房。

"叮当,"他严厉地说,"你要不立刻起床穿衣服,我就拉开帘子,让大家看看你穿睡衣的样子。"

这让她一下跳到地上。"谁说我还没起呢?"她喊。

这期间,男孩们惆怅地盯着温迪,现在她已经和约翰、迈克尔准备好上路了。此刻他们垂头丧气,不仅是因为要失去她,还因为感到她要奔向美好的事情,但自己却并未受邀。新奇像以往一样在向他们招手。

温迪以为他们心怀更为崇高的情感,心都化了。

"亲爱的大家,"她说,"如果你们全跟我来,我几乎可以确定,我能说服爸妈收养你们。"

邀请主要是向彼得发出的;可人人觉得邀请的独独是自己,随即全都快乐地跳起来。

"可难道他们不会觉得我们很麻烦吗?"自大鬼蹦蹦跳跳时,问道。

"噢,不会的。"温迪快速地想了一下,说,"这不过意味着在客厅里加几张床;每月第一个星期四,[9]可以把床藏在帘幕后。"

"彼得,我们能去吗?"他们一起哀求他。他们想当然地认为如果他们去,他也会去,但他们并不真在乎。孩子们总是这样,一旦新奇来敲门,就准备好抛弃挚爱之人。[10]

"没问题。"彼得回答,脸上带着一丝苦笑,他们立刻急忙收拾起东西来。

"现在,彼得,"温迪说,自以为让一切回到了正轨,"在你离开前,我要给你药。"她很爱给他们药,毫无疑问都给得过量了。当然,那只是水,可那是从葫芦里来的水,她总会摇晃瓶身,数着药滴,此举赋予它某种药效。可是在这种场合下,她没给彼得他的那份,因为就在备药时,她看见他的神情,心一沉。

"拿你的东西去,彼得。"她喊道,整个人在抖。

"不。"他回答,装作毫不在意,"我不和你走,温迪。"

"走吧,彼得。"

"不走。"

他为了显得不为她的离去所动,在屋里蹦来蹦去,快活地吹着他那没心没肺的笛子。她不得不跟在他身后到处跑,虽然这么做不像样。

"去找你妈妈。"她哄他。

即便彼得曾经有个妈妈,他现在也不再想念她了。没有妈妈,他过得好极了。他仔细想过她们,只记得她们的坏处。

"不,不。"他决绝地对温迪说,"也许她会说我年纪大了,我就想永远当个孩子,快快乐乐的。"

"但是,彼得——"

"不走。"

于是她就告诉其他人。

"彼得不走。"

彼得不走!他们呆呆地盯着他,背上扛着棍子,每根棍子上挑着一只包裹。他们首先想到的是,如果彼得不走了,他很可能会改变主意,也不让他们走。

可他为人骄傲,不屑于这么做。"要是你们找到了妈妈,"[11]他恨恨地说,"我希望你们喜欢她。"

这话里可怕的嘲讽令人惴惴不安,半数以上的男孩开始面露迟疑之色。毕竟,他们的表情在说,他们想离开是不是一种傻瓜行为?

"好了,"彼得喊道,"别吵吵闹闹,别哭哭啼啼;再见吧,温迪。"他兴冲冲地伸出手,就好像他们必须马上走,因为他有要事在身。

她只得握住他的手,他完全没有流露出想要一枚顶针的打算。

"你会记得换法兰绒裤子吧,彼得?"她说着,舍不得他。她总是跟他们的法兰绒裤子较真。

"会。"

"你会喝药吧?"

"会。"

似乎这就是一切;随后陷入一阵尴尬的沉默。然而,彼得不是那种在别人面前崩溃的人。"你准备好了吗,小叮当?"他喊了一句。

"好了,好了。"

"那就带路吧。"

叮当冲上最近的一棵树;但没人跟上,因为就在这时海盗对印第安人发起了可怕的袭击。本来一直安静的地上,此时爆发出

181

尖叫和钢铁的碰撞声。地下陷入死寂。嘴巴张开，合不拢了。温迪跪在地上，胳膊却伸向彼得。所有的胳膊都伸向他，[12] 就好像被风吹向他一般；他们在无声地乞求他，不要抛弃他们。而至于彼得，他抓住宝剑，那把他回想是手刃过"烧烤"的宝剑；战斗的欲望在他的眼中升腾。

---

1 这句话看似天真，实则道出了讲故事和叙事的一个重点。叙事有赖于把过去变成现在的理念，使用过去时（从前有……），从而引发一种现在感。因此，"也曾有位女士"这句话并不意味着那位女士（现在）死了。这对双胞胎没怎么听过故事，还没习惯过去时的用法。不过，双胞胎的问题含有深意，它提醒我们所有故事是如何弥漫死亡的气息，又有多少故事如何直接或间接地以死亡为主题。

2 叙事者在故事的结束，谈论了孩子们是如何快乐、天真和没心没肺。此处，孩子们被刻画成跑开玩耍的生物（忘记爱他们的大人），而一旦有了些只有大人才能满足的需求，孩子们就会回来。叙事者使用第一人称复数形式，与孩子们发生认同（"我们偷偷溜走""我们就此拥有一段完全私人的时光"），同时又对孩子做出大人的评判（"迷人""自私""得意"）。叙事者从一种人称代词滑向另一种人称代词，而后刹住他那孩子般的"自信和笃定"，转而开始"显然是大人的评断"（罗斯，第71页）。巴里一针见血地指出孩子跟大人之间的分界，以及他拿孩子再没"办法"这一顿悟："比起大多数事情，我清清楚楚地记得我最先知道它消失的那天。打击是一位小女孩带来的，我跟她几乎不认识，可我使出浑身解数逗她开心，突然我看见她脸上的神情在说，'你跟这一切都没关系了，我的朋友。'那是一个孩子脸上现出的最残酷、最坦率的表情。我只得接受这一裁决，即便我发誓曾经很擅长和他们相处。那是我人生中最沮丧的日子之一。"（《格林伍德帽》，第151—152页）

3 巴里在战时创作的剧本《亲爱的布鲁特斯》中，一个角色对另一个角色说：

"犯过重大错误的我们，要是有第二次机会，会表现得多么不同啊。可是……没有第二次机会，大部分人都没有。当我们来到窗下，已经是'闭户时间'。那金属栅栏永无再开之日。"

4　叙事者对"没心没肺的"孩子又补了一番难以忽视的挖苦。

5　维多利亚时代以其一套复杂的哀悼仪式而闻名。在维多利亚女王本人的葬礼上，鉴于女王讨厌黑色葬礼，伦敦被饰以紫、白两色。对于维多利亚时期的女人而言，哀悼分为三个阶段：深切哀悼，也叫完整哀悼（一年零一天）；第二期哀悼（九个月）；半哀悼（三到六个月）。第一阶段要求暗黑色着装，不戴配饰及哀悼的面纱。在接下来的两个阶段中，允许佩戴首饰及其他饰物。在提到达林夫人的哀悼时，我们再次被提醒这个讲述童年冒险和游戏中的故事中，如何充斥着死亡、哀悼和悲伤。然而，在《彼得·潘》的电影脚本中，温迪这番"妈妈这会儿处在半哀悼中"的评论之后，紧接着这样一幕，家中的达林先生和夫人"在欢快地和着留声机，练一支新舞，而不是在哀悼"。

6　彼得毫不介意杀死大人，就像他"削减"迷失男孩的数量，却感觉不到丝毫悔意。和故事中的别处一样，充满魔力的想法至高无上，结果普通行为——如鼓掌、大笑或短促的呼吸——竟可以操纵生死。

7　"to blood"意为引发流血，或浸湿、染上血渍。

8　通常，水手刀挂在腰带上。

9　达林夫人的"会客日"，在每月第一个星期四这个固定的日子里，她接待未正式受邀的客人。

10　孩子并非天真、治愈的，或能传递希望，而被看成自我中心的，无法维系长久的关系。华兹华斯认为孩子是具有"远望的想法"，因而是能带来"希望"的人，巴里不赞同此观点。

11　在《彼得·潘》早期的几场演出中，有一场戏名为"漂亮妈妈"。在这一场中，温迪设计了一系列测试，以面试前来应征迷失的男孩妈妈一职的应聘者们。最初，舞台上有二十位应聘者，后来只剩下十二位，她们被从剧作中剔除，很可能是因为现实原因——这戏很短，这样将会大幅增加演员人数。

12　本章以这一幕戏剧性的场景结束，这正是舞台剧《彼得和温迪》的开头：宝剑高举，彼得被迷失的男孩和达林家的孩子围住。因为海盗和印第安人之间交战在即，他恢复了权威，就在人人准备抛弃他时，他再一次获胜。

✠ The Children Are Carried Off ✠

## 第十二章

## 孩子们被带走了

海盗的袭击纯属意外：这是卑鄙的胡克做出不端之举的明证，因为白人万万不能如此突袭印第安人。

据野蛮人战争中所有不成文的规定，[1]通常是由印第安人发动攻击，这一种族诡计多端，总是在拂晓前动手，他们知道此时白人的士气最为低迷。与此同时，白人在那边起伏不平的山顶处，竖起一道简单的防御栅栏，山脚下有溪流经过；因为离水太远是大忌。他们在那里等待猛攻，未经世事的新手紧握左轮手枪，脚踩细枝，而经验丰富的老手则平静地睡觉，直到天将破晓。漆黑的漫漫长夜里，野蛮人侦查员像蛇一样在草间蠕动，不曾惊扰一片草叶。枯枝在他们身后合拢，悄无声息得就像沙子落进鼹鼠钻开的洞里。周遭寂静无声，只有他们惟妙惟肖地模仿郊狼孤独的叫声。这叫声会得到其他勇士的回应；有些勇士甚至比郊狼叫得更好，郊狼反而并不擅长发出此类声音。就这样，时间在寒冷中流逝。长时间的焦灼对于初经此事的白人来说，十分恼人；可对于训练有素之人而言，这些恐怖的叫声以及更为恐怖的沉默不过表明暗夜行军。

胡克熟知这一常规程序,他忽视这些,也就不能以无知为托词而获宽恕了。

皮卡尼尼人这边完全信任他的为人,夜间的整个活动与他形成了鲜明对比。他们的行为无一不契合部落的声誉。凭借令文明人既惊叹又绝望的机警感官,他们从海盗踩上一根干树枝那刻起,就知晓他们已然登岛;在极为短暂的时间里,郊狼的嚎叫之声响起。胡克队伍的驻扎之地与树下之家之间的每寸土地都经过勇士们的悄然检查,他们脚穿鹿皮鞋,鞋跟朝前。他们发现只有一座小山头,山脚下有溪水流经,因此胡克别无选择;只能在此安顿下来,等待天将破晓。一切就这样被近乎魔鬼般地筹划着,井井有条,印第安人的大部队浑身裹着毯子,冷静地蹲坐在孩子们地下之家的上面,等待该应对生死的冷峻时刻,那种气定神闲对他们而言,是男子气概的集中体现。

这些野蛮人尽管头脑清醒,却在这儿梦想着破晓时分把胡克往死里折磨,轻信的他们被背信弃义的胡克找到了。从大屠杀中死里逃生的侦查员们事后提供的叙述中可知,尽管借着灰白的光,胡克肯定看见了那个山头,他似乎从未在山上稍事停留:他那敏锐的头脑从始至终就没想过束手遭袭;甚至都没拖到夜晚将尽;他毫无原则地发动猛攻。困惑不解的侦查员们能做什么呢?尽管他们一直是洞悉种种战争诡计的大师,这次却是个例外,他们不知所措地小跑着跟在他身后,就在他们发出郊狼的哀嚎时,也致命地暴露了自己。

在骁勇善战的虎百合身边，围着十二位最勇敢的勇士，他们突然看见背信弃义的海盗们向他们逼近。接着，薄雾从他们眼前退去，他们原本应该透过这层雾瞧见胜利。在这紧要关头，他们谁也折磨不了了。对敌人而言，现在是快乐的狩猎场。他们明白了眼前的局势；可作为父辈的儿子，他们照规矩行事。即便到了那会儿，要是他们迅速起身，他们还是有时间集结成难以被攻破的方阵，可民族的传统严禁他们这么做。明文规定，高贵的野蛮人在白人面前绝不能面露惊讶之色。因此，即便海盗的突然出现对他们而言无疑是大难临头，他们还是暂时待在原地，按兵不动；就像敌人乃是受邀前来。而后，传统得以英勇地遵循，他们拿起武器，空气中充斥着战斗之声；可为时已晚。

讲述什么是屠杀，什么是战斗，并非我们的分内之事。就这样，皮卡尼尼部落的许多壮士殒命于此。他们并非全死得不明不白，无人报仇，阿尔弗·梅森和利恩·沃尔夫一同倒下，从此再无法侵扰西班牙的美洲殖民地；倒地而亡的还有海盗乔·斯考里、查斯·特利和阿尔萨斯人福杰蒂。[2] 特利倒在可怕的印第安勇士大小豹的战斧之下，大小豹、虎百合和一小撮部落残余终从海盗中杀出一条路来。

此时，该在多大程度上谴责胡克的战术，就留待史学家判定吧。要是他等在山头，待时机成熟，他和他的人可能就会遭到屠杀；要评判他，唯有把这一点考虑在内才算公平。也许，他该做的就是让他的敌人知悉，他打算采用一种新打法。可换言之，此举就会破坏突袭，使得他的战略派不上用场。因此，评判整件事是困难重重的。对孕育出如此大胆计划的才智和将计划付诸实践的可怕才能，人们无论如何也得由衷地敬佩。

在那个胜利的时刻，他本人是怎样看待自己的呢？他的爪牙们肯定很乐意知道，他们呼吸沉重，擦着短弯刀，聚在一起，慎微地与他的钩子手保持距离，还透过爱窥探的眼睛觑着这位了不起的男人。他的心中势必得意扬扬，可他的表情并未泄露，还是一如既往地阴郁、孤僻、难以捉摸。他既在精神上又在身体上，远离他的追随者们。

夜间任务仍未结束，因为他出动并非为了毁灭印第安人；他们只是他想熏出蜂窝里的蜜蜂，如此便可得到蜂蜜。他想要的是潘，潘、温迪和他们那一伙人，但主要是潘。

彼得不过就是个小男孩，人们不禁惊讶于那个男人对他的仇恨。没错，他把胡克的胳膊扔给了鳄鱼，可即便这点以及愈演愈烈的不安全感也该怪鳄鱼的固执，因此很难解释如此冷酷和恶毒的报复之心。实情是，彼得的某一点惹得那位海盗船长发狂。不是他的勇气，不是他迷人的外表，不是……没必要兜圈子了，因为我们心知肚明，只能据实以告，是彼得的骄傲自大。[3]

这扰得胡克心烦意乱；让他的铁爪蠢蠢欲动，在晚上就像一只虫子一样折磨着他。只要彼得活着，那个饱受煎熬的男人就觉得他是笼中的狮子，而一只麻雀已在笼内。

现在的问题是怎么爬下树洞，或者怎么让他的爪牙们下去。他那贪婪的眼睛扫视着他们，想要找出最瘦削的那些人。他们不安地扭来扭去，心里知道他会毫不犹豫地拿棍子把他们戳进去。

这期间，孩子们怎么样了？我们已经看见武器的打斗之声响起时，他们如石化一般，大张着嘴，全都伸着胳膊哀求彼得；我们再说回他们时，他们的嘴合上了，胳膊也收回去了。地上的喧哗简直如爆发时一样戛然而止，如一阵凛冽的狂风一般席卷而过；可他们知道，它已然决定了他们的命运。

哪边赢了？

海盗们急切地守在树洞口偷听，听到了每一个男孩提出的问题，唉，也听到了彼得的回答。

"要是印第安人赢了，"他说，"他们会敲响手鼓；手鼓响起，就意味着胜利了。"

这时，斯密找到手鼓，他当时就坐在上面。"你们休想听见手鼓声。"他嘟囔了一句，当然别人听不着，船长已经下令必须鸦雀无声。让他惊讶的是，胡克示意他敲响手鼓；渐渐地，斯密明白了这个命令的可怕恶毒之处。也许，这个心思单纯的人从不曾如此崇拜胡克。

斯密敲了两次，然后兴冲冲地停下来听。

"手鼓声，"坏蛋们听到彼得喊，"印第安人赢了！"

在劫难逃的孩子们答以一阵欢呼，这在地上黑心肠的人听来美妙极了，孩子们几乎立刻又跟彼得道别。这让海盗摸不着头脑，可他们一切别的情绪都被主要的欣喜之情淹没，敌人就要从树洞里上来了。他们朝彼此得意地笑，还搓着手。胡克悄无声息地迅速下达了命令：一人一棵树，其余人两码之外排成一队。

1 此处，巴里忽略了他那个时代中，关于"野蛮人"战争有很多成文的叙述，它们记载于这与美洲印第安人交战的多个世纪。许多欧洲、英国和美国的观察家认为，美洲印第安人的战争通常局限于突袭和埋伏，而非重大战役和征服。伤亡率低，实战有仪式感、局限性，并非以杀戮为目的。"诡计多端的野蛮人"这一刻板印象在白人殖民者中是作为一种防御心态发展起来的，以对抗美洲印第安勇士在身体上的强壮、对地形的熟悉和对衣物的战略性使用——鹿皮鞋要比军靴噪声小得多。要想抵御欧洲和英国的武器和军火库，美洲印第安人唯有"充分利用地形和掩护，使用突袭、战略、良好部署和出众才智"（德洛里亚和索尔兹伯里，第164页）。

2 乔·斯考里是以斯考里乡间寓所的旅馆老板之子乔治·罗斯命名，斯考里乡间寓所位于苏格兰西北岸，1911年夏天，卢埃林·戴维斯兄弟在此度假时，与乔治·罗斯成了朋友。查斯·特利是查尔斯·特利·史密斯，他为男孩撰写校园故事。

3 彼得胜利时的咯咯叫，更加印证了胡克对那个男孩自恋虚荣的判断。胡克遇上睡着的彼得·潘时，正是他的"骄傲自大"再一次逼得胡克燃起杀人的狂热。胡克被彼得如此奇怪地困扰，深深植根于神话中父子的敌对关系，但此处的奇怪转折暗示这里有比家庭关系更深的东西。

✣ Do You Believe in Fairies? ✣

## 第十三章

## 你们相信有仙子吗？

这种恐怖事件还是趁早了结为妙。第一个从树洞中冒头的是卷毛。他从树洞中出来，跌进了切科的怀抱，切科把他扔给斯密，斯密扔给斯塔基，斯塔基扔给比尔·朱克斯，比尔·朱克斯扔给努德勒，他就这样被人们抛来抛去，最终摔到黝黑船长的脚下。所有男孩都是以这种粗暴的方式从树洞里被拔出来；有那么一会儿，好几个男孩被抛在空中，就像捆货一样几易其手。

温迪的待遇全然不同，她最后一个出来。胡克以一副虚情假意的彬彬有礼，向她脱帽致意，还伸出手，护送她到其他人被堵住嘴的地方。他的行为如此优雅，品性如此高尚，她竟被迷住了，没有喊出声。她还是个小女孩。

也许可以透露一下，有那么一刻胡克迷住了她，[1] 而我们之所以这么说她，不过是因为她的失误引起了意想不到的后果。她要是倨傲地不拉他的手（我们本来是乐意这么写她的），就会像其他人那样在空中被抛来抛去，那么胡克在孩子被绑时可能就不在场；他要是绑人时不在场，就不会发现一丢丢的秘密，而他不知道这个秘密，就不会在不久后向彼得下毒手。

绑上是以防他们飞走，绑的时候，他们弯着腰，膝盖贴近耳朵；为了把他们绑上，那位黝黑船长将一根绳子分成九等份。一切进展顺利，直到轮到一丢丢，他们发现他就像那种气人的包裹一样，捆上一圈就用光了整条绳子，没剩一点绳头打结。海盗们气得直踢他，就跟你踢包裹一样（不过，公平起见，该踢绳子才对）；说来奇怪，竟是胡克让他们罢手的。他撇着嘴，带着股恶狠狠的得意劲儿。他的爪牙们大汗淋漓，因为每次使劲儿把那个郁闷的小伙子在这一处捆紧了，他在那一处又挣开了，胡克那聪明绝顶的头脑却早已看透一丢丢的表象。他探究的不是结果，而是原因；他那得意扬扬的劲儿表明他已找到原因。一丢丢知道胡克撞见了他的秘密，吓得脸色煞白，没有哪个圆滚滚的男孩能用树洞，正常人得用棍子戳进去才行。可怜的一丢丢，如今所有的孩子当中数他最凄惨，他为彼得感到惊惶，对自己过去的所作所为懊悔不已。他一热，就老喝水，结果腰围变粗，他没有让自己瘦下来适应树洞，而是背着其他人削薄树皮适应自己。

胡克猜到的这点足以让他确信彼得终于落到了他的手上；可此时他头脑那秘密的洞穴中酝酿成型的恶毒计划并未从唇间吐露；他只是示意把俘虏带到船上，他要独处。[2]

如何运送他们？被绳子捆得蜷起身子的他们确实能像桶一样滚下山去，但路上多半是沼泽。胡克的聪明才智再一次克服了困难。他指示，那所小房子肯定能用作运输工具。孩子们被抛了进去，四位强壮的海盗把房子扛在肩上，其他海盗集结其后，这支奇怪的队伍高唱着可恨的海盗大合唱，动身穿过树林。我不知道是否有哪个孩子哭了；即便有，哭声也被歌声淹没了；不过，小房子刚一消失在树林里，一缕细小却勇敢的烟就从烟囱中冒了出来，好像在藐视胡克。

胡克看见了，这可对彼得不利。胡克满腔怒火，即便在心中对他还残存一丝同情，这缕烟也把它耗尽了。

独自一人后，胡克在迅速降临的夜幕中，最先做的就是蹑手蹑脚地走到一丢丢的树洞边，确认树洞中有通道可为他所用。接着，他陷入漫长的沉思；他那顶带有不祥之兆的帽子盖在草皮上，这样随意泛起的一阵微风就可以在他的发丝间流连，让人神清气爽。他的思想恶毒，蓝眼睛却如蔓长春花[3]一般温柔。他仔细聆听着，不放过地下世界的一丝声响，可地下和地上一样万籁俱寂；地下的房子似乎只是真空中的一座空房子。那个男孩睡着了，还是手中握着匕首，站在一丢丢的树洞底下等待？

欲知实情，除了下去，别无他法。胡克让斗篷轻轻滑落在地，然后咬紧嘴唇，直到一股邪恶的血流出，而后踏进树洞。他是个勇敢的人；可有一瞬他不得不停下来，抹着前额，那里的汗水滴落得如同燃烧的蜡烛。接着，他悄悄潜入未知世界。

他毫发无伤地抵达树洞底，再次站定，猛吸一口气，刚才简直要断气了。他的眼睛逐渐适应微弱的光线后，树下之家的各色物品现出形状来；可他那贪婪的眼睛独独盯在一样东西上，那样东西他找了很久，总算发现了，就是那张大床。床上，彼得睡得正香。

彼得没有察觉地上上演的悲剧,孩子们走了后,他又快活地吹了会儿笛子:此举无疑是在拼命地向自己证明,他不在乎。接着,他决定不吃药了,好让温迪难过。接着,他躺在床罩上,好让她更恼火;她一向是把他们安顿在床罩里,掖好被子的,因为你永远说不清夜晚将尽时会不会染上感冒。接着,他快哭出来了;可他突然想到要是大笑,她得多气愤;于是他傲慢地大笑一声,在笑的中途睡着了。

有时,不过不经常,他会做梦,比其他男孩的梦痛苦得多的梦。[4]即便在梦中可怜巴巴地哭过了,也会好几个小时都无法从梦中抽离。我觉得,那些梦肯定跟他的身世之谜有关。此时,温迪习惯把他抱下床,然后自己坐下,让他坐在她腿上,用自己独创的温柔的方式安慰他,等他平静点儿了,就趁他还没彻底睡醒,把他放回床上,这样,他就不会知道她曾让他遭受的屈辱。但这次,他立刻就睡着了,没做一个梦。他的一只胳膊耷拉在床边,一只腿弓着,未笑完的大笑搁浅在嘴上。那嘴张着,露出小颗珍珠般的乳牙。

胡克发现他的时候,他就是这样毫无防备。[5]胡克默默站在树洞底下,眼神穿过卧室,看着敌人。难道没有一丝同情搅扰他那黑暗的心?那个男人没有坏透;他爱鲜花(别人告诉我的)和美妙的音乐(他本人是出色的大键琴演奏家);还有,让我们坦率地承认吧,眼前这恬静的一幕让他大为触动。要是受了本性中好的一面的支配,他就会不情不愿地从树洞爬回去,可有个东西让他留了下来。

让他留下的是彼得那无礼的睡姿。张开的嘴巴，耷拉的胳膊，弓着的腿：[6]这些姿势彰显着骄傲自大，综合来看，没有一个人会希望把这副睡姿再一次呈现给那双很容易被它冒犯的双眼。这姿势让胡克硬起心肠。要是愤怒把他撕成了一百片，每一片都会对这撕裂置之不理，而是径直冲向那睡觉的人。

尽管一盏灯的光昏暗地照在床上，胡克本人却站在黑暗里，他刚鬼鬼祟祟地往前迈了一步，就发现一个障碍——丢丢的树洞门。那扇门没有整个堵上洞口，他一直从门上观望来着。他找着门的挂钩，生气地发现门闩太矮了，他够不着。在他那乱糟糟的头脑中，彼得脸上的表情和肢体动作中现出的令人气恼的劲儿似乎越发显而易见，他使劲儿拽门，拿身体撞门。他的敌人终究还是能逃开吗？

可那是什么？他眼里的怒火发现了彼得的药，它就在窗台上，很容易够着。他马上想到那是什么，知道那睡着之人已是他的囊中之物。

胡克怕自己被生擒，总是随身携带一种致命的药物，这药是他亲手调制的，混合了他缴获的所有致命戒指。[7]他将这些戒指熬煮成一种黄色药剂，科学对此都一无所知，很可能这是现有的毒性最强的毒药。

此时，他往彼得的杯子里加了五滴这毒药。他的手抖了，不过是出于狂喜而非羞愧。他操作的时候，不看向睡着的人，倒不是怕怜悯之心使他下不了手；仅仅是怕药洒了。接着，他向他的受害者投去长长的心满意足的一瞥，然后转身，艰难地爬上树洞。等他从树洞顶端露出头，那样子就像真正的恶灵挣脱出洞。他潇洒地戴上帽子，把斗篷围好，斗篷的一端举在前面，好像为了躲避夜晚，夜在此时最为漆黑，他口中奇怪地念念有词，就这样潜入树林。

彼得睡啊睡啊。灯光忽明忽暗，而后熄灭，屋里漆黑一片；可他还在睡。可能按照鳄鱼的时间，起码得有十点了，他突然在床上坐起身，被不知道的什么东西唤醒。原来是他树洞的门上响起一声轻柔而谨慎的敲击声。

尽管敲门声轻柔而谨慎，在那寂静之中却显得凶险。彼得摸索着匕首，直到将它握在手中。然后，他开了口。

"是谁？"

门外久久没有回应；接着敲门声再次响起。

"你是谁？"

没有回应。

他激动起来，他喜欢激动的感觉。两大步一迈，他就到了门口。他的门不像一丢丢的，整个将洞口堵上了，这样他就没法儿从门上往外看，敲门人也看不见他。

"你不说话，我就不开门。"彼得喊道。

接着，来访者终于开口了，声音美妙，如铃铛一般。

"让我进去，彼得。"

是叮当，他立刻为她开门。她兴奋地飞进去，脸颊红扑扑的，裙子满是泥污。

"怎么了？"

"啊,你怎么也猜不到!"她喊道,允许他猜三次。"说啊!"他吼道。她说了一句不合语法的句子,那句子长得就像变戏法之人从口中拽出的丝带,如此她就将温迪和其他男孩被抓的事儿讲了出来。

彼得听她说的时候,心里七上八下的。温迪被绑了,在海盗船上;她啊,那么喜欢一切井然有序!

"我要去救她!"他喊道,冲向武器。冲的时候,他在想能做点儿什么让她高兴。他可以把药喝了。[8]

他的手靠近那杯致命的药。

"别喝!"小叮当尖叫,她听见了胡克快步穿过树林时嘟囔自己做的好事。

"为什么不能喝?"

"有人下毒了。"

"下毒了?谁会下毒呢?"

"胡克。"

"别犯傻了。胡克怎么能下到这儿来?"

唉,小叮当解释不了,连她也不知道一丢丢树洞里那不为人知的秘密。然而,胡克的话不容置疑。杯中的药被下了毒。

"况且,"彼得信心满满地说,"我从不真的睡着。"

他举起杯子。现在没时间废话,唯有行动。叮当以迅雷不及掩耳之速飞到彼得的嘴唇和药之间,将药一饮而尽。

"什么情况,叮当,你怎么胆敢喝我的药?"

可她没回答。她已经在空中东倒西歪了。

"你怎么了?"彼得大喊,突然害怕了。

"有人下毒了,彼得。"她轻声告诉他,"现在我要死了。"

"噢,叮当,你喝它是为了救我?"

"对。"

"可是为什么,叮当?"

现在她的翅膀几乎支撑不了身体的重量,可作为回答,她落到他肩膀上,朝他的鼻子爱意满满地咬了一口。她对着他的耳朵喃喃低语:"你这蠢驴。"接着,她就跌跌撞撞地进了闺房,躺倒在床上。

他痛苦地跪在她身边,头简直填满了她小房间的第四堵墙。[9]她的光每时每刻都在变弱;他知道要是等那光熄灭了,她就不复存在了。她太爱他的眼泪了,甚至伸出漂亮的手指,让眼泪滑过。

她的声音小极了,起初他没听清她说的什么。接着他懂了。她在说,她觉得要是孩子们相信有仙子的话,她能再度好起来。

彼得伸出双臂。那里没有孩子,又是晚上;可他对着所有可能就在此刻梦见梦幻岛的孩子说起话来,所以他们比你以为的要离他近:穿睡衣的男孩、女孩和挂在树上篮子里的赤身裸体的婴儿。

"你们相信吗?"他大喊。[10]

叮当几乎迅速从床上坐起身,聆听自己的命运。

她想象听到了肯定的回答,接着又不确定了。

"你觉得呢?"她问彼得。

"要是你们相信，"他对着他们大叫，"就拍手吧；别让叮当死。"

很多人拍了。

一些人没拍。

几个讨厌的小家伙不屑地嘶嘶叫。

拍手戛然而止；就好像无以计数的妈妈们冲进育婴室，查看到底发生了什么；可叮当已经获救了。她先是声音越来越洪亮，接着从床上突然跳起来；而后在屋里窜来窜去，比以往更加快乐、放肆。她压根儿没想到谢谢那些相信的孩子，却很想指责那些嘶嘶叫的小家伙。

"现在救温迪去。"

月亮在飘着云朵的天空中穿行，彼得从树洞里爬上去，系上武器，轻装上阵，就此踏上了危险的寻找之旅。那并不是一个他愿意选的夜晚。他本想飞，飞得离地面近些，一切异常可以就此尽收眼底；可在那种若隐若现的光下，要是飞得低，就意味着影子会在树林里留下踪迹，既打扰鸟休息，也告诉机警的敌人他在活动。

他现在后悔给岛上的鸟起了如此奇怪的名字，使得它们那么狂野，不易亲近。

除了按印第安人的方式贴地前行，别无他法，所幸他是位行家。可该往哪个方向呢？他并不确定孩子们被带到了船上。一层薄薄的落雪消灭了所有足迹；死一般的寂静在岛上弥漫着，好像刚刚的大屠杀吓得大自然在片刻间静止不动。他跟虎百合、小叮当学过森林里的学问，也教了孩子们一些，他知道在危急时刻他们应该不会忘。比如，要是有机会，一丢丢会在树上做标记，卷毛会丢些种子，温迪会在某个重要场所留下手绢。要搜寻此类指引需要晨光，他等不及了。上天召唤了他，却只会袖手旁观。

鳄鱼从他身边经过，除此之外，没有别的生物，没有别的声响，没有别的活动；可是他知道，突发的死亡可能就在下一棵树边，也可能正从身后悄悄逼近。

他这样可怕地诅咒发誓："这次我要和胡克拼个你死我活。"

此时，他像蛇一样爬向前方；又直起身子飞跑过一段月光照亮的地方：一根手指放在嘴唇上，匕首紧握随时准备出击。他高兴坏了。[11]

---

1　胡克是位举止优雅的绅士，即便实行突袭之时。温迪被他吸引，这并不稀奇，考虑到他事实上跟彼得互为影子，彼得可以惟妙惟肖地模仿胡克。在这个场景中，胡克成了斯文加利式的人物，斯文加利是西尔维娅·戴维斯之父乔治·杜穆里埃所撰写的、大获成功的小说《特里比》(1894)中一位虚构的恶人。温迪在胡克面前暴露的弱点，成了胡克"对彼得下毒手"的直接原因。

2　这个短语表示"他想要一个人待着"。

3　蔓长春花为常绿植物，拉丁文名为"vincamajor"，花呈紫蓝色。在剧作中，胡克的眼睛被描述成"蓝得如勿忘我"。

4　1900年，弗洛伊德的《梦的解析》出版，该书对梦和无意识的重要性赋予了新意义。彼得刚刚的英雄壮举是为了显示即便刚被抛下，却能不为所动，也感受不到孤立无援。他的防御措施包括吹笛子，通过不吃药和躺在床罩上反抗温迪，以及更为重要的大笑。然而，那些梦重现和唤回家中窗户门上的场景，暗示出这第二次抛弃深深地伤害了他。在梦里，他屈服于眼泪，不再用"傲慢的大笑"忍住不哭。

5 这一场景暴露出胡克对彼得·潘的整个情感维度和全部心理活动。那脆弱的、熟睡中的孩子所具有的令人心动之美让胡克卸下防备，暂时屈从于"自己本性中好的一面"。

6 彼得睡着的画面显然有种美感，可能还有些许情色，画面中，睡着之人被一盏灯笼罩，周遭笼罩在黑暗之下。通常，睡着的孩子所具有的美感唤起的是怜悯和同情，而非胡克所怀有的冷酷和暴怒。

7 这种戒指中有毒素。

8 在这一场景中，彼得十分愿意喝掉被胡克染指的药，这让人想起达林先生喝药时，和迈克尔的斗智斗勇（"做个男子汉，迈克尔……我像你这么大的时候，喝起药来一声不吭"）。达林先生（在喝药这事儿上，是个懦弱的撒谎之人）和胡克（机会来临时，是个懦弱的下毒之人）之间的差异和相似被频繁提起。

9 "第四堵墙"这一说法常用于指代将观众与演员、舞台情节隔开的那堵想象出来的墙。该说法也用来定义将读者和虚构背景隔开的临界线。作为戏剧家，巴里肯定熟悉这一说法，因而无疑在此处故意这样写。不过，他仅将它运用于小叮当的闺房，而非叙事（或剧作）本身，即通过呼吁观众救小叮当，来打破第四堵墙。

10 在舞台上喊出这些字时，借由对观众说话，彼得揭示出舞台上的事件只是表演和幻象而已。然而讽刺的是，就在戏剧道具一览无遗，呈现为幻象时，彼得请求观众清楚表明对仙子的信念，从而要求观众树立对舞台上这一场景的信念。对我们所处的境界，塞缪尔·泰勒·柯勒律治称其为怀疑的自愿搁置。巴里本人对观众将作何反应并无把握，首演之夜自发爆发的掌声令他十分震惊，心头大喜。在一版早期的剧作初稿中，彼得让孩子们挥舞手绢来表达对仙子的信念。莫琳·达菲认为彼得这一请求，是巴里本人在行使控制之举，"在这一刻，通过展示自己的戏剧魔法多么引人入胜，巴里不知羞耻地激起年轻观众的情绪，以提升个人自信"（达菲，第 308 页）。

11 巴里的语言别出心裁，捕捉到了那孩子的心理状态。"高兴坏了"传达出在（虚构的）危机之下，孩子所感到的兴奋和欣喜。我们发现刺激和危险出现时，彼得也最高兴。

† The Pirate Ship †

第十四章

## 海盗船

一道绿光乜斜着横贯海盗河河口附近的基德[1]湾，标记出海盗旗号的位置，那是艘船身浅浅没在水中的方帆双桅船；这艘外观轻捷时髦的小艇[2]臭名昭著，射出的每道光都令人嫌恶，就像遍布残缺羽毛的地面。她是海上的食人族，简直无须岗哨，因她恶名赫赫，可横行无阻。

她被围裹在暗夜之中，船上的任何声响都无法到达岸边。船上几无声响，除了织机的嗡嗡声外，没有一丝令人愉悦的声音，始终勤劳而热心的斯密坐在这织机旁，他本性平庸，惹人怜悯。我不知道他为何如此惹人怜悯，可能就是因为他对一切都那么可怜兮兮地无知无觉；连壮汉都不得不匆匆别过头去不看他，夏夜里他不止一次触及胡克的泪水之泉，让泪水从中汩汩流出。而这件事，以及几乎其他所有的一切，斯密几乎都察觉不到。

几个海盗倚靠在舷墙上，在夜的浊气中喝酒；其他海盗们瘫倒在酒桶边，玩着骰子和纸牌游戏；抬小屋的那四个精疲力竭的海盗卧倒在甲板上，即便在睡梦之中，他们还是巧妙地滚到甲板边缘，不让胡克够着，免得他路过时，下意识地用钩子抓他们。

胡克在甲板上踱步、思考。啊，深不可测的男人。这是他的胜利时刻。彼得永久地从他的道路上被清除了，其他所有男孩都在船上，即将走上伸向大海的长条木板跳海而死。这是自从他让"烧烤"屈服之后，干过最残忍的妙事；要是他此刻在甲板上踉踉跄跄地来回踱步，被胜利的风吹得头昏脑涨，像我们这样的人，知悉人类是多么空虚地暂居躯壳中，又怎么会对此感到惊讶？

可他的步态并未现出得意，这正契合了他那忧郁的心境。胡克十分沮丧。

在静谧的夜里，他常这样在甲板上与自我密谈。那是因为他孤单极了。这个神秘莫测的男人[3]被自己的爪牙们围着时，感到前所未有的孤单。他们都低他一等。

胡克并非他的本名。[4]要是揭露他的真实身份，即便在当今时代，也会将国家付之一炬；但正如读懂字里行间之意的读者们肯定已经猜到的那样，他曾就读于一所著名的公学；[5]公学的种种传统仍像衣服一样附着于他，它们也确实主要涉及着装。所以于他而言，即便时至今日，要是抓温迪和登船所穿的为同一身衣服，就是失礼；走路时他还恪守着母校那气度不凡的懒散。不过首要的，当数他对彬彬有礼的热爱[6]不曾消退。

彬彬有礼！不论他可能堕落到何种地步，他都始终知道此事至关重要。

从他的内心深处，他听到生锈的门吱嘎作响，一声"哒—

哒—哒"穿过道道铁门厉声传来，就像无法入眠的夜里响起的锤打声。"今天你是否表现得彬彬有礼？"那声音总在发问。

"名声，名声，那金光闪闪、华而不实的东西，它是我的！"他大喊。

"在一切事务上表现得卓尔不凡，是十分彬彬有礼吗？"那学校里的哒哒声回应。

"我是'烧烤'唯一惧怕的人。"他申辩，"而弗林特本人惧怕'烧烤'。"

"'烧烤'、弗林特——哪个宿舍楼的？"[7]那尖酸刻薄的声音反驳。

而最令人不安的想法是，去思考彬彬有礼难道不是失礼吗？

这个难题折磨着他的内心。它是他心里的爪子，比他的铁爪手更锋利；它搅扰他时，汗水会顺着他油光的脸滴下，流得背心上一道一道的。他常用袖子擦脸，可就是管不住那股汗。

啊，别嫉妒胡克。

一种早逝的预感[8]袭上他的心头。就好像彼得那毒誓登上了船。胡克悲观地觉得，得赶快发表遗言，免得不久以后没有时间来做这件事了。

"要是胡克没那么野心勃勃，"他喊道，"对他会更好。"只有在人生的至暗时刻，他才对自己以第三人称相称。

"小孩子都不爱我。"[9]

奇怪，他竟想到这一点，此前这可从未困扰过他；也许是织机让他想起来的。他盯着在恬静地镶着边的斯密，喃喃自语了许

203

久,坚信着所有的孩子都怕他。

怕他!怕斯密?那晚在小艇上的所有孩子没有不爱斯密的。他曾对他们恶言恶语,还用手掌打了他们,因为他不能用拳头打;但他们却只是更黏他。迈克尔还试戴了他的眼镜。

告诉可怜的斯密,他们觉得他可爱!胡克急不可耐地想这么做,可这样似乎太残忍了。相反,他仔细思考这个奥秘:他们为何觉得斯密可爱?他就像警犬一般探寻着这个问题。如果斯密可爱,是什么让他可爱?一个可怕的答案猛地跳了出来——"彬彬有礼?"

水手长彬彬有礼而不自知吗?这可是最高境界。

他记起来,在有资格加入"酒馆"[10]前,你得证明你并不知道自己彬彬有礼。

他一声怒吼,在斯密的头顶上举起铁手;可没撕扯他。攫住他的是这样一种想法:

"因为一个人彬彬有礼就不放过他,此举意味着什么呢?"

"失礼!"

闷闷不乐的胡克大汗淋漓,无能为力,他就像一株被剪断的花一样,往前一倒。

他的爪牙们觉得他暂时不找碴了,立刻散漫下来;他们突然跳起醉醺醺的舞,[11]这让他立刻站稳脚跟,找回自我;所有人性的弱点踪迹全无,就如同一桶水从他身上流走。

"安静,你们这些输家,"[12]他喊道,"否则我就撕了你们。"

嘈杂声立即停止了。"所有的孩子都绑上了吗?飞不起来了吧!"

"对，对。"

"那就把他们吊上来。"

那群可怜的囚徒被从货舱中拽上来，在他面前排成一队，温迪除外。有那么一会儿，他似乎没有意识到他们的存在。他懒洋洋地站着，曲调优美地哼着一首粗俗曲子的片段，手里玩着一副纸牌。雪茄的微光不时为他的脸添些色彩。

"好了，坏蛋们，"他轻快地说，"今晚，你们当中有六个人要走上伸向大海的长条木板，[13]但我还有两个舱室侍者的缺。谁要当这个差？"

"别无谓地惹他生气。"温迪曾在货舱里这样告诫他们；于是小溜达彬彬有礼地走上前。小溜达痛恨听命于这种人，可直觉告诉他，将职责推给一个不在场之人会是明智之举；尽管他有点蠢，可他知道只有妈妈们总愿意当调停人。所有的孩子都知道妈妈们的这个特点，还因此瞧不起她们，却经常加以利用。

于是小溜达谨慎地说："你看啊，先生，我认为我妈妈不愿意我成为一个海盗。你妈妈愿意你成为一个海盗吗，一丢丢？"

他朝一丢丢眨眨眼，后者悲伤地说："我认为不愿意。"就好像他希望事情并非如此，"你妈妈愿意你成为一个海盗吗，双胞胎？"

"我认为不愿意，"跟大家一样聪明的双胞胎哥哥说，"自大鬼，你——"

"别胡扯了，"胡克大吼一句，其他准备发言的人被拽了回去，"你，小子，"他对约翰说，"你看上去还有点儿小胆儿。你就没想过当个海盗,我的伙计?"

由于约翰曾经在做数学[14]家庭作业的时候偶尔萌生过这种渴望;况且胡克单独挑了他,这让他深受触动。

"我曾经想过管自己叫'红手杰克'。"[15]他怯生生地说。

"也是个好名字。小坏蛋,要是你入伙,我们在这儿就这么叫你。"

"你觉得呢,迈克尔?"约翰问。

"要是我入伙,你们管我叫什么?"迈克尔问道。

"黑胡子乔。"

迈克尔自然很喜欢。"你觉得呢,约翰?"他想让约翰决定,而约翰想让他决定。

"我们还是国王治下受人尊敬的子民吗?"约翰打听。

胡克从牙缝里挤出回答:"你得诅咒发誓,'打倒国王'。"

也许迄今为止,约翰的表现没什么可圈可点的,可此刻他发着光。

"那么我拒绝。"他喊道,使劲儿踢了胡克面前的水桶。

"我也拒绝。"迈克尔喊道。

"统治吧,不列颠尼亚!"[16]卷毛尖叫了一句。

怒气冲冲的海盗们抽他们嘴巴;[17]胡克怒吼:"那你们命数已定。把他们的妈妈带上来。备好木板。"

他们不过是孩子,看到朱克斯和切科准备那致命的长条木板,脸色都煞白了。不过,温迪被带上来时,他们还是努力表现出一副勇敢的样子。

我的任何言语都无法描述温迪对那些海盗有多嗤之以鼻。对孩子们来说，海盗的名头至少还有些魅力；但在她眼里，就只是艘多年没有打扫的海盗船。没有一扇舷窗，你不想用手指在那脏兮兮的玻璃上写下"脏猪"；她已经在好几扇上写过了。当然，随着孩子们在她身边围拢来，她除了他们之外，什么也不想。

"好了，我的美人儿，"胡克说，语调如抹了蜜一般，"你要眼睁睁看着你的孩子走上伸向大海的长条木板了。"

尽管他是位讲究的绅士，可如此密集的交谈弄脏了他的拉夫领，[18]他突然意识到她在盯着看。匆忙间，他试图遮住领子，可太迟了。

"他们即将赴死吗？"温迪问，眼神十分轻蔑，令他几近晕厥。

"是的。"他厉声嚷道。"所有人安静，"他幸灾乐祸地宣布，"一位妈妈要给她的孩子们说上几句临别赠言。"

此刻，温迪仪态威严。"这是我的临别赠言，亲爱的孩子们，"她坚定地说，"我感觉到你们的亲妈妈有句话要我转达，即'我希望我们的儿子死得像位英国绅士'。"

连海盗们都心生敬畏；小溜达歇斯底里地喊出来："我要按我妈妈希望的那样做。你会怎么做，自大鬼？"

"按我妈妈希望的那样。你会怎么做，双胞胎？"

"按我妈妈希望的那样。约翰，你——？"

可胡克再次开了口。

"把她绑上！"他大喊。

斯密把她绑到桅杆上。"看这里,亲爱的,"他小声说,"要是你许诺当我妈妈,我就救你。"

可即便是斯密,她也不肯做出这样的许诺。"我宁愿没有孩子。"她轻蔑地说。

斯密把她绑到桅杆上时,没有一个男孩在看她,这真让人伤心;所有人的目光都在长条木板上:他们即将走过那最后一小段路。他们再也没有能力指望充满英雄气概地走在上面,因为思考能力已离他们而去;他们只能瞪大眼睛,浑身颤抖。

胡克紧闭牙关,朝他们笑笑,又朝温迪走近一步。他本想让她转过脸,好看着孩子们一个接一个走上长条木板。可他就没碰着她,也从未听到他渴望从她身上榨取的痛苦的叫声。他听到别的什么声音。

是鳄鱼那可怕的嘀嗒——嘀嗒。

他们全都听到了——海盗、孩子们、温迪;每一颗脑袋随即被吹向一个方向;不是声音行进的水域,而是胡克。所有人都知道即将发生的仅事关他一人,转瞬间,他们就从戏中人成了看客。

看见他发生的变化,吓人极了。就好像他的每一个关节都遭到了痛打。他蜷缩成一团。

声音逐渐靠近;它还没来到身边,一个可怕的念头就冒了出来:"那鳄鱼要登船!"

甚至他的铁爪都举着不动;好像知道它并非那攻击的力量要的身体部分。被如此彻底地孤立出来,换谁也只会在胡克刚才倒下的地方双眼紧闭;可胡克那伟大的头脑仍在运转,在这头脑的

★ 是彼得

指引下,他双膝跪地,沿着甲板往前爬,竭尽所能远离那个声音。海盗们毕恭毕敬地为他让出一条路,他只有在倚靠着舷墙站起身来时,才开了口。

"挡住我。"他沙哑地喊道。

他们围过来,所有目光都从即将登陆的东西身上移开。他们没想过抵抗。那就是命运。

只有胡克被挡上后,好奇心才让孩子们的手脚松了绑,他们快跑到船帮那里,看鳄鱼上船。接着,他们就有了夜里最奇妙的惊喜:来帮他们的不是鳄鱼,是彼得。

他示意他们别发出钦佩的呼喊,以免引起怀疑。而后,他继续发出嘀嗒之声。

1  1701年5月23日,威廉·基德(1645—1701)在行刑码头被施以绞刑。作为最为声名赫赫的海盗之一,他被公认积聚起巨额财产。在埃德加·爱伦·坡和罗伯特·路易斯·史蒂文森的作品中,他得以不朽,海盗们以他之名命名自己的船停泊的海湾。

2  对海盗旗号和海盗日常生活的描述读来很像对《金银岛》某些部分的戏仿。只是在《彼得·潘》中,海盗头子缺条胳膊,而非像《金银岛》中的朗·约翰·西尔弗那样缺条腿。

3  尽管看似奇怪,但胡克船长的特征可能受赫尔曼·麦尔维尔对亚哈伯船长所做描述的启发。戴维·帕克·威廉斯指出,两位作者对各自的船长都使用了"阴郁""神秘莫测"和"阴险"这些词语,两位船长都戴"垂边软帽",前额黝黑,眼里冒火。我们知道巴里对麦尔维尔早期的作品(他指的是《泰比》和《奥穆》)很是称许,因而他不太可能没读过《白鲸》。(威廉斯,第483—488页)

4  1927年,巴里做了一篇题为"胡克船长在伊顿"的演讲,在演讲中,他证实"胡克曾为一位优秀的伊顿校友,即便不是伟大的校友"。他声称,胡克曾以"雅各布斯·胡克"之名就读于那所英格兰最负盛名的学校。在那篇反响热烈的演讲稿中,巴里还透露了其他大量事实,比如胡克会从牛津大学贝利奥尔学院借阅诗歌书籍("主要为湖畔派诗歌")。在其小说《感性的汤米》中,巴里引入斯特洛克船长,他迫使敌人走上伸向大海的长条木板跳海而死。在为电影版《彼得·潘》写下的脚本中,巴里说胡克的舱室装修得如同伊顿公学里的男生宿舍:"屋内有张藤椅、一张桌子,桌上像伊顿公学里的男生宿舍一样,摆放着一排书。在几面墙上,除了武器之外,有他在学校赢得的彩色徽章、绶带等,它们是以一种奇怪的伊顿式样摆放的,还有旧日校友名录、选手帽,以及两张照片,特写镜头显示,它们分别为(1)伊顿公学,(2)一支11人的足球队;胡克位于中间,学生时代的他已经卓尔不凡,手上拿着足球,膝盖中间放着奖杯。"

5  就在首演之夜,巴里想象胡克最后会成为一位校长,他将"穿得像位校长,手持桦树条"。一次独白中,胡克对自己的角色描述如下:"我是一位校长——要向男学生复仇。我就这样抓住他们,然后如此教育一番。"他谴责温迪犯了法,因为她没将彼得送进学校,他还建议抓住孩子们,"然后我就狠狠把他们揍一顿,揍一顿"(格林,第39页)。学校自然是童年时代的首要敌人,在很多方面需要你认真和努力,而玩乐并不作如此要求。

6　直到故事结尾，胡克一直忠诚地遵守上层社会男孩所就读学校的准则、传统和价值观。

7　想象罗伯特·路易斯·史蒂文森笔下的海盗们也去了伊顿公学，甚至比想象胡克在那儿上学更为滑稽。

8　此处的例子尤其明显地表明巴里戏仿情节剧的风格，面对小读者也没有丝毫让步。

9　1906 年至 1913 年间，在纽约饰演彼得·潘的美国女演员保利娜·蔡斯讲述了孩子们对这句话的反应："前排传来义正词严的声音，呼喊着回答：'活该！'但并非人人都那么铁石心肠。我记得有两个小孩被带到后台，因为他们想跟胡克船长说话，可当他（用钩子手）握住他们的手时，害怕涌上心头，他们就只能盯着他，说不出一个字。可他走开后，他们显得很伤心，不停重复说'我们想告诉他，我们想告诉他'，他们跟我说想告诉胡克，他们爱他。"（哈默顿，第 379—380 页）

10　"酒馆"（Pop）是伊顿一个精英辩论社团的名字。"Pop"一词有很多富有想象力的渊源，但最为可信的是来源于拉丁语"酒馆"一词。在《期许之众敌》一书中，著名评论家西里尔·康诺利将"酒馆"描述成"一个由二十四位男孩组成的寡头政治集团……酒馆是伊顿的统治者，享受着来自老师和无助的预科学生的巴结"（康诺利，第 178 页）。

11　"酒神节"（bacchanalia）与罗马神话中的酒与狂喜之神巴克斯膜拜有关。最初，酒神节秘密举行，参加者为女性，而后扩展到男性。在巴里的时代，该词泛指各种醉醺醺的节日。希腊神话中的潘神也与音乐和跳舞有关，但不那么纵欲狂欢。

12　"scug"（如今不再使用）用于指那些在任何体育比赛中都毫无斩获的伊顿男孩，因而他们被视为输家。

13　"走上伸向大海的长条木板"是与海盗和其他海上无赖有关的一个常规做法，他们让受害者——双手被缚或弓着身子——走到延伸出船帮之外的一根长条木板末端。1785 年，该说法有了首次记载，并于 19 世纪的很多叙述中有迹可循。尽管"走上伸向大海的长条木板"无须借助工具，也因为受害者并非真的被推下去、开枪射杀或是用刀扎死，可以减轻有些人的良心负担，但是大多数海盗和暴徒很可能还是更喜欢简单粗暴地处置俘虏。

14　在讲英语的北美地区，"Mathematics"常被简写成"math"，而在其他地区简写成"maths"。

15　有此名的海盗出现在一本美国杂志内的《红手杰克：峡谷恐怖》的故事中。

(巴恩斯，第208页）尽管该故事没有出版日期，雷蒙德·P.巴恩斯却于1890年在《罗阿诺克历史》一书中发表了一篇关于该故事和其对青少年恶劣影响的报告。(弗吉尼亚州拉德福：联邦出版社，1968年，第208页）

16 这首脍炙人口的英国歌曲可追溯至一出假面剧《阿尔弗雷德》，该剧首演于1740年，以庆祝乔治一世登上王位。歌曲第三节的一句歌词与梦幻岛有关："不列颠人永远、永远、永远不做奴隶。"（梦幻岛的英文为 Neverland。——译者注）罗马人用"不列颠尼亚"一词指代大不列颠（北部地区名为加勒多尼亚），该地区名逐渐演化成一位女神。如今，那位女神的雕像象征着英国的爱国主义精神。

17 "to buffet"意为用手打或击、掌掴或痛打。

18 胡克的拉夫领是以平纹细布或亚麻布制成的领饰，常见于伊丽莎白时代和詹姆斯一世统治时期。

✠ "Hook or Me This Time" ✠

第十五章

"这次我要和胡克拼个你死我活"

在我们所有人的人生旅途中，有那么一段时间，怪事不知不觉就发生了。比如说吧，我们猛然发现一只耳朵失聪了，我们不知道失聪有多久了，但大概半个小时吧。那晚，彼得就亲身经历了类似的事。我们最后一次看见彼得时，他正偷偷穿过岛屿，一根手指放在唇上，匕首就绪。他先前看到鳄鱼经过时，并未注意有何异常，可渐渐地，他记起鳄鱼体内不响了。起初他觉得可怕，但很快就得出正确结论，那只钟不走了。

彼得完全没想就这么突然被剥夺了最亲密的同伴的相似生物会作何感想，而是开始思考如何化灾难为己用；他决定发出嘀嗒声，这样野兽们应该会相信他是鳄鱼，从而让他毫发无损地通行。他发出的嘀嗒声完美极了，可就是有一个结果没有预见到。鳄鱼也会听到这声音，它就跟着他，尽管我们永远无法得知它出于何种目的，也许是想夺回逝去的东西，也许仅仅是作为一个朋友，以为钟又走了，就像所有被一个固定想法支配的生物一样，它是个愚蠢的野兽。

彼得平安无恙地抵达了岸边，然后径直向前；他的双腿进到水里，似乎全然没有意识到进入了新的领域。很多动物就像这样从陆地游进水里，可我不知道有哪个人类可以。他游的时候，只有一个念头："这次我要和胡克拼个你死我活。"他就那么长时间地嘀嗒作响，此刻的嘀嗒竟成了下意识之举。要是他意识到了自己仍在发声，他会停下的，以嘀嗒之声相助而登船虽然别出心裁，可并非他的本意。

相反，他以为自己就像老鼠一样悄无声息地爬上了船帮；发现海盗们对他退避三舍，而胡克就像听到鳄鱼一样可怜巴巴地躲在他们中间时，他大为惊讶。

鳄鱼！一听到嘀嗒声，彼得就想起鳄鱼来了。起初，他以为

★ 鳄鱼逮到了胡克
（《J. M. 巴里著〈彼得·潘和温迪〉，梅·拜伦为托儿所重述》。凯瑟琳·阿特金斯绘）

声音确实来自鳄鱼，还飞快地往身后看了看。接着，他意识到声音出自他本人，瞬间明白了局势。"我多聪明啊！"他马上想到，还示意孩子们别鼓掌。

就在这时，舵手埃德·泰恩特从船首楼里出来，在甲板上现身。现在，读者，请拿表给发生的事情计个时。彼得扎得又准又狠。约翰双手捂住那个倒霉的海盗的嘴，堵住垂死挣扎的呻吟。他往前一倒。四个男孩抓住他，免得发出咚的一声。彼得发出信号，尸体被抛过船舷。水花四溅，然后归于平静。这用了多久？

"一个！"（一丢丢开始计数。）

过了好一会儿，彼得把全身重量集中在脚尖上，蹑手蹑脚地消失进舱室里；毕竟不止一个海盗鼓起勇气四下张望。他们现在听到了彼此痛苦的呼吸,这表明最可怕的声音过去了。

"它走了,船长。"斯密边说,边擦了擦眼镜,"一切又都安静了。"

胡克慢慢把头从拉夫领里露出来,听得专注极了,甚至能听到嘀嗒之声的回音。四下无声,他昂首挺胸地站起身。

"该轮到约翰尼的长板了。"他厚颜无耻地喊,前所未有地憎恨孩子们,因为他们眼见他怂了。他突然唱起恶毒的小曲:

哟嘿,哟嘿,欢腾的长板,
你就这样沿着它走上前,
直到它往下,你也往下,
去和戴维·琼斯水下见!

为了让他的囚犯们更害怕,即便有失体面,他还是沿着一块想象中的长条木板跳了起来,一边唱一边朝他们做鬼脸;唱跳结束后,他嚷嚷说:"在走上伸向大海的长条木板前,你们想不想领教一下九尾鞭的厉害?"[1]

听到这里,他们跪倒在地。"不要,不要!"他们喊得楚楚可怜,惹得每个海盗发笑。

"拿九尾鞭来,朱克斯,"胡克说,"在舱室里。"

舱室!彼得在舱室里!孩子们面面相觑。

"遵命,遵命。"朱克斯快活地答应,而后大步流星地走进舱室。他们用目光追随着他;几乎没有注意到胡克重新唱起歌来,

他的爪牙们跟他一起:

> 哟嘿,哟嘿,挠人痒痒的九尾鞭,
> 
> 你们知道,它有九条尾,
> 
> 而当那尾巴印上你的背——

最后一句将永远不得而知,因为舱室里传出一声可怕的尖叫让这歌声戛然而止。那叫声凄厉地响彻整艘船,而后消失殆尽。接着,传来一声咯咯叫,孩子们再熟悉不过了,可海盗们听来却觉得那简直比尖叫更叫人毛骨悚然。

"什么声音?"胡克喊道。

"两个。"一丢丢严肃地说。

意大利人切科犹豫片刻,而后跑进舱室。他踉踉跄跄地走出来,面色枯槁。

"比尔·朱克斯怎么了,你这狗东西?"胡克愤怒地嘶吼,他比切科高得多。

"他死了,被扎死了。"切科声音空洞地回答。

"比尔·朱克斯死了!"受了惊吓的海盗们呼喊。

"舱室黑得像个无底洞。"切科说,简直是喃喃自语,"可那里有什么可怕的东西:那个你们听到的,会咯咯叫的东西。"

孩子们的得意扬扬,海盗们的愁眉苦脸,胡克都看在眼里。

"切科,"他用十分冰冷的语气说,"回去,给我把咯咯叫[2]带出来。"

切科,这个勇者之王,在船长面前连连退缩,他在喊"不,不";可胡克对着自己的铁爪发出喉音。

"你是说你会去,切科?"他若有所思地说。

切科去了,先是绝望地甩了甩胳膊。再也没了歌声,此刻所有人都屏息静气;死亡之声再度响起,咯咯直叫又一次传了出来。

谁也没有说话,一丢丢除外。"三个。"他说。

胡克示意他的爪牙集合。"天杀的,[3]该死的,"[4]他怒吼,"谁去把咯咯叫给我带过来?"

"等切科出来吧。"斯塔基低声说,其他人喊了起来。

"我觉得我听见你自告奋勇了,斯塔基。"胡克说,又发出喉音。

"没有,见鬼!"斯塔基大喊。

"我的钩子手以为你说了。"胡克边说边走到他面前,"我想知道捉弄钩子手是不是不明智啊,斯塔基?"

"要让我进去,还不如吊死我。"[5]斯塔基铁了心地回答,并再次得到那伙海盗的支持。

"这是造反吗?"胡克问,语气前所未有地愉快,"斯塔基带的头!"

"船长,行行好吧。"斯塔基抽抽搭搭地说,此刻他浑身颤抖。

"握握手吧,斯塔基。"胡克说,伸出铁爪。

斯塔基四下张望,寻求帮助,可大家都抛下了他。他连连后退,胡克不断上前,眼里正闪着红色的火花。那海盗发出一声绝望的尖叫，跳上大炮，纵身跃入大海。

"四个。"一丢丢说。

"现在，"胡克彬彬有礼地说，"还有哪位绅士要造反吗？"他抓起一盏灯，恶狠狠地举起钩子手，"我亲自去把咯咯叫带出来。"他说着，火速进了舱室。

"五个。"一丢丢多想这么说。他舔湿嘴唇，做好准备，可胡克跟跟跄跄地出来，手里没了灯。

"什么东西把灯熄灭了。"他声音有点儿发颤地说。

"什么东西！"马林斯重复道。

"切科呢？"努德勒询问。

"他跟朱克斯一样，死了。"胡克冷冷地说。

他不愿意回到舱室，这让所有人都深感不安，造反的声音又一次爆发出来。所有海盗都在疑神疑鬼，库克森喊："人们说，一条船被诅咒的最明显特征就是船上多了一个不可理喻的人。"

"我听说，"马林斯咕哝着，"他总是最后一个登船。他有尾巴吗，船长？"

"人们说，"另一个海盗说，恶狠狠地看着胡克，"他一来，就长得像船上最恶毒的人。"

"他有钩子手吗，船长？"库克森粗鲁无礼地问。海盗们一个接一个地喊起来："这艘船在劫难逃了。"听到这里，孩子们抑制不住地欢呼起来。胡克差点儿忘了自己的囚犯了，就在他突然转身面向他们的那一刻，他的脸上再现高兴的神色。

"小伙子们，"他对着船员喊道，"现在我有个想法。把舱室门打开,把他们赶进去。让他们为了性命,对付咯咯叫去。如果他们把他杀了,我们就得了便宜;如果他把他们杀了,我们也损失不了什么。"

他的爪牙们最后一次佩服起胡克来,忠心耿耿地执行起他的命令。孩子们假装反抗,被推搡进舱室,门在他们身后关上。

"现在,听着!"胡克喊道,全体海盗竖起耳朵,可无人敢面对舱室门站着。不对,有一个,温迪,她一直以来都被绑在桅杆上。她看到的既非尖叫,也非咯咯叫,而是彼得的再次现身。

她没等多久。在舱室里,他发现了一进来就一直寻找的东西:可以把孩子们从桎梏里解救出来的钥匙;此时,他们全体偷偷前进,拿着能找到的一切武器。彼得先是示意所有人隐蔽,然后割断温迪的绳索,接着全员一飞了之,就再容易不过了;可有一事挡路,一句誓言——"这次我要和胡克拼个你死我活"。于是,他放了温迪之后,对她耳语,让她跟其他人一起藏好,他则取代她的位置,站到桅杆那里,[6]他还披上她的斗篷,这样就应该会被认成她了。接着,他深吸一口气,咯咯叫起来。[7]

那声音在海盗听来,意味着所有的孩子已死在舱室之中;他们惊慌失措。胡克试图振奋他们的士气;可就像他把他们变成走狗一样,他们向他露出尖牙,他知道,一旦他把视线从他们身上移开,他们就会立刻跳到他身上。

"小伙子们,"他说,准备视情况或是哄骗或是打击,但从未有一秒想要退缩,"我想过了,船上有个约拿。"[8]

"没错。"他们咆哮道,"一个有钩子手的男人。"

"不对,小伙子们,是个女孩。有个女人在船上,海盗船就倒了霉。[9]她不在了,船就稳了。"

一些海盗想起这是弗林特的一句名言。"值得一试。"他们将信将疑地说。

"把那女孩抛出船去。"胡克喊;他们急忙跑向那个身披斗篷的人。

"现在谁也救不了你了,小姐。"马林斯嘲弄地嚷嚷道。

"有一位。"那个人回答。

"谁?"

"复仇者彼得·潘!"传来的是这恐怖的回答;彼得边说边猛地脱下斗篷。这样,他们就全知道是谁在舱室里干掉了自己人了,胡克两次想开口,两次失败。在那可怕的一刻,我觉得他那凶狠的心崩溃了。

最终他大喊:"照着他的胸口砍。"[10]可毫无说服力。

"下来,孩子们,打他们。"彼得的声音响起来;转眼间,武器的碰撞声响彻整艘船。海盗们要是团结一心,准能赢;可进攻开始时,他们仍是一盘散沙,四处疯跑,胡乱出击,人人以为自己是一伙海盗里最后一个幸存者。单打独斗,他们更胜一筹,可他们只知全面防守,让孩子们得以自选目标,结对追击。有几个恶棍跳进海里;其他几个藏在隐秘的暗处,被一丢丢发现,他不进攻,而是提着灯笼到处跑,用灯笼晃他们眼睛,他们就这样快被晃至半瞎,很轻易就丧命于其他孩子那冒血的剑下。空气中几近无声,只听闻武器的铿锵、偶尔的一声尖叫或扑通,还有一丢丢语调平淡无奇的数数声:五个——六个——七个——八个——九个——十个——十一个。

我以为,这群野蛮的孩子围着似乎总能化险为夷的胡克时,一切就该结束了,毕竟他处于孩子们火力的中心。他们干掉了他的爪牙,可这个男人似乎能以一敌众。他们一再向他逼近,他一再辟出一方天地。他用钩子手举起一个男孩,把他当成盾牌,[11]来对付刚刚把剑插入马林斯的身体、紧接着与胡克战斗的男孩。

"收起剑,孩子们,"来人说,"这人我来对付。"

两位敌手久久地注视彼此;胡克身体微微颤抖,彼得脸上露出怪笑。

"这么说来,潘,"胡克终于开口,"这一切都是你所为?"

"没错,詹姆斯·胡克,"传来这厉声回答,"全是我干的。"

"骄傲而侮慢的年轻人,"[12]胡克说,"准备受死吧。"

"邪恶而阴险的大人,"彼得回答,"看剑。"

话不多说,他们交战了,一时间难分胜负。彼得是位出色的剑客,闪躲速度快得惊人;他几次佯攻过去,紧跟着刺向敌人,并成功地突破敌人防线,可他短小的身材使他处于劣势,他无法将剑直插心脏。胡克,几乎不比他逊色多少,可在剑术战中不够灵活,他利用进攻优势,逼得彼得连连后退,希冀着以一招拿手的刺攻了结战斗,很久以前,"烧烤"在里约将这招传授给他;可他惊讶地发现刺攻被一次又一次避开。接着,他想用铁钩手了结战斗,给对方致命一击,[13]那铁钩手一直在空中挥舞;可彼得在铁钩手下一猫腰,继而狠狠扑过去,刺中他的肋骨。看到自己的鲜血,胡克十分不快,那血色异于常人,你记得吧,剑从胡克手中掉落,他任凭彼得摆布了。

"就是现在!"所有的孩子齐声喊,但彼得以慷慨之姿,请对手拾起剑来。胡克马上照做,但由于彼得表现得彬彬有礼,他的心情极为悲怆。

一直以来,他都以为在跟某个魔鬼交战,但此刻更为阴郁的猜忌折磨着他。

"潘,你是谁,你是什么东西?"他嘶哑地问。

"我是青春,我是快乐。"彼得随口回答,"我是一只刚刚破壳而出的雏鸟。"[14]

这自然是无稽之谈,却向难过的胡克证明,彼得对自己是谁以及是什么毫不知情,此乃彬彬有礼的极致。

"再来。"他绝望地大喊。

此刻,他像人形的连枷一样战斗,那把可怕的剑挥出的每一次横扫势必将任何一个碍事的男人或男孩一劈为二;但彼得围着他到处跳动,就好像恰是那剑舞动带来的风把他刮出危险区。他一次又一次移动到他身前,将他刺伤。

胡克此时在无望地战斗。那副满怀激情的胸膛不再求生;而只渴求一事:在它彻底冷却之前,亲见彼得的失礼。

他弃战后,跑到火药库,放了把火。

"不出两分钟,"他喊道,"船将被炸成碎片。"

现在,现在,他想,真面目马上揭晓。

可彼得从火药库里出来,手里拿着炮弹,镇静地将它抛进大海。

　　胡克本人现出了何种面目？即便他是误入歧途，我们也许还是毫无怜悯地感到高兴，到头来他忠于了本族传统。现在，其他孩子围着他飞，轻蔑地嘲笑他；当他在甲板上踉踉跄跄地走来走去，对着他们徒劳地出击时，他的思绪不再与他们有关；它在多年前的运动场上闲荡，或被派去寻求奖励，[15] 或从一堵有名的墙上观看墙球比赛。[16] 他的鞋子得体，马甲得体，领结得体，短袜得体。

　　詹姆斯·库克，你并非英雄气概全无，永别了。

　　因为我们即将见证他的最后一刻。

　　看到彼得在空中缓缓朝他逼近，匕首处于备战状态，他就跳上舷墙，预备投海。他不知道鳄鱼在等他；因为我们故意让钟停下，没让他知情：最终总算为他留了点颜面。

　　他获得了最后一次胜利，我觉得没必要因此苛责他。他站在舷墙上，扭头看见彼得从空中滑过来，就示意他动脚。此举让彼得动脚踢他，而非动手刺他。

　　胡克终于得偿所愿。

　　"失礼。"他嘲弄地喊了句，就心满意足地跳向鳄鱼。

　　就这样，詹姆斯·胡克丧了命。

　　"十七个。"一丢丢大声喊；不过他的数目并不准确。当晚，十五名海盗自食恶果；可两名抵达了岸边：斯塔基被印第安人俘获，他们让他给所有的印第安婴儿当保姆，这对一名海盗来说，真是悲哀的下场；斯密自此戴着眼镜浪迹世界，靠着说他是詹姆斯·胡克唯一怕的人，[17] 马马虎虎地过日子。

温迪自然是一直站着，没有参与战斗，尽管她两眼放光，注视着彼得；但此刻一切落幕，她又成了主要人物。她不偏不倚地表扬了他们，迈克尔向她展示他杀死一名海盗的地方时，她还高兴地发抖来着；而后，她把他们带进胡克的舱室，指了指挂在钉子上的表。上面显示"一点半"！

时间这么晚了，这简直是天大的事。你大可相信，她迅速把他们安顿到海盗的窄床上；所有人，除了彼得，他大摇大摆地在甲板上走上走下，最终在大炮旁入睡。那晚他做了个梦，在睡梦中还哭了[18]很久，温迪紧紧地搂着他。

---

1 九尾鞭指代一根带有九个结的鞭子，它被用于水手身上，以强化海上纪律。直到1881年，九尾鞭一直是英国陆军和海军官方许可使用的处罚工具。
2 在《彼得·潘字母书》中，字母D代表"Doodledoo"（咯咯叫）："D是令人害怕而畏惧的咯咯叫／彼得用这招，吓坏了海盗一伙／彻底驳斥了一句愚蠢的常言道／还没出树林，就哼起喔喔喔。"
3 "Sdeath"是咒骂语"God's death"（天杀的）的简写形式。
4 在《彼得·潘字母书》中，字幕O代表"Odds-fish"（该死的），释义如下："O是该死的——海盗骂骂咧咧的词。／印这一句，优雅的读者，非我本意。／要是你竟口出如此粗俗不堪的言语，／相信你懂，我只得不以'懂礼数'形容你。"
5 "I'll swing"意为"我甘愿被吊死"。
6 这是彼得在剧作中多次使用模仿和伪装假冒别人的情形之一。他变幻莫测，对角色扮演驾轻就熟，能卸下本来的身份，模仿美人鱼、女孩和坏蛋。
7 彼得像公鸡一样叫，这就如同吹笛子一样，把他跟潘神和狄俄尼索斯联系起来。在莫里斯·桑达克创作的《厨房之夜狂想曲》中，米奇在夜里"公鸡一样咯咯叫"很可能是受到彼得咯咯叫的启发。

8 在约拿那卷书中，上帝命令约拿就尼尼微城中的居民所犯的"大恶"斥责他们。约拿听闻这一使命，变得惊慌失措，就逃离上帝，乘船前往他施。路上遭遇风暴，水手们责备约拿，决定把他扔出船去，指望着就此船能靠岸。一条鱼吞了约拿，他奇迹般地获救。历经三天三夜祈祷，约拿从水下监狱中获释。

9 尽管海员们始终有种女人在船上是不祥之兆的迷信想法，可在很多情况下，（甚至是海盗的）妻子们会随夫（通常是船长）出海航行。虽然船上的女人可能被视为不祥之兆，但放置在船首、面向大海的女人像却被认为可以保护水手免受伤害。使用此类人像的做法可追溯至古代，那时，老普林尼声称裸露胸部的女人能够平息水上的波涛汹涌。在英联邦国家和欧洲大陆上，直到19世纪，女人像才不再被广泛使用。

10 在剧本中，胡克喊出这句话，舞台提示为："但他觉得这个男孩没有胸肌。""brisket bone"指胸骨，"cleaving to the brisket"（照着胸口砍）最先出现在沃尔特·司各特的小说《罗布·罗伊》（1817）中："父亲大人在上！谁要第一个动手，我就照着他的胸口砍。"

11 "buckler"指一种小型盾牌。

12 《彼得·潘》中，将骄傲而侮慢的孩子和邪恶而阴险的大人并置，意在强调代际冲突。1920 年，巴里就第一次世界大战余波中的代沟写道："年老和年轻成为劲敌……年老（智慧）败北——现在让我们看看年轻（大胆）能有何为……简而言之，一种新的道德体系兴起，该体系寻求我行我素，对抗旧道德体系强烈的反对（或绝望）。如不承认这一点，将无法进行任何讨论。现有的论战中，未予以承认——老的冲新的大喊大叫……认为其邪恶缘于未按旧方法行事——而新的藐视旧的，认为其过时，是一种虚假的感伤。待双方承认对方有话要说，那时……他们方可辩论——此前行不通。"（约曼，第24—25 页）

13 "give the quietus"意为发出致命一击。

14 彼得的自我定义既暗示脆弱，又暗示力量，将新生儿的不堪一击与"破壳而出"的力量融在一起。他拒绝自我归类，避免被其他人定义。就像我们从《肯辛顿公园里的彼得·潘》中了解到的，他就像所有婴儿一样，在成为一个孩子之前就是只小鸟。在为1908年巴黎上演的《彼得·潘》撰写的一条演出提示中，巴里这样建议观众："对于彼得，你完全可以自行定义——也许他是个早夭的孩子，这也是作者理解他随后冒险的方式。或者，也许他是个从未出生的孩子。"（怀特和塔尔，第204 页）在《小白鸟》中，巴里将从未有过妈妈的孩子

（或他也称之为理想的小孩）描述成小白鸟。

15 在伊顿公学，一个被"派去寻求奖励"的男孩被送往校长那里，因他的优良工作而受嘉奖。这项传统延续至今，男孩把工作成果带给校长，校长在上面签名，并予以奖励。

16 在伊顿墙球比赛中，对阵双方分别为奖学金生（"Collegers"，也被称为"King's Scholars"）和普通生（"Oppidans"，即学校其余的学生）。最佳观看位置是一堵十英尺高的墙头。

17 在史蒂文森的《金银岛》中，朗·约翰·西尔弗是"弗林特唯一怕的人"，这一说法成了巴里这部剧作中的一个主题。

18 彼得为何在夜里哭了，这一直是个谜。他想妈妈了，渴望回家？还是被死亡的幽灵（在杀死了全体海盗后）困扰着，即便他是个永远长不大的男孩？还是被胡克之死搅扰得心神不宁？尽管他没有记忆力，他还是明白有什么不在了，并为此哀悼。

☩ The Return Home ☩

## 第十六章

# 回　家

　　早上的钟响过两声之后，他们全员火速行动；因为海上涌起大浪；水手长小溜达在众人中间，手中握着一截绳头，[1]嘴里嚼着烟草。他们全都穿上海盗的衣服，在膝盖处剪掉，潇洒地刮了胡子，匆匆忙忙往上跑，裤腿像真正的水手那样卷起，裤子提溜着。

　　船长是谁，自不必说。自大鬼和约翰分任大副、二副。船上有位女人。其余是桅杆前的水手，[2]住在船首楼里。彼得已经站在舵轮前；[3]但他吹哨召集全体水手，对着他们发表了一通简短的讲话；彼得说他希望他们会像勇士一样各司其职，但他知道他们是里约和黄金海岸的无耻之徒，要是他们对他恶语相向，他就撕了他们。那直率豪爽、声嘶力竭的话语让水手们心领神会，他们激动地为他喝彩。接着，他清楚地下达了几条命令，他们就掉转船头，朝着大陆驶去。

　　船长潘在查看了船上的航海地图后，照这种天气推算出6月21日前后他们就将抵达亚速尔群岛，之后飞行会节省时间。

他们当中一些人想有艘堂堂正正的船,而其他人更想希望它还是艘海盗船;可船长视他们为爪牙,他们哪敢以圆形签名请愿信[4]的方式表达自己的意愿。立即服从最为保险。一丢丢就因为被命令去探测水深[5]时满脸疑惑,而挨了十二鞭子。[6]大家普遍认为,彼得的诚实只是为了消除温迪的怀疑,一旦新的套装到位,他可能就会改变态度,她正不情不愿地从胡克邪恶至极的衣服里,为他改做一身套装。后来,他们中间流传着这样的窃窃私语:穿上那身衣服[7]的第一晚,他就久久地坐在舱室里,嘴里叼着胡克的雪茄烟嘴,一只拳头紧握,独独弯着食指,像钩子那样气势汹汹地举着。

然而,我们不再看船,而是该回去看看那个冷冷清清的家,很久以前,我们的三个主人公从那里狠心飞走了。一直忽略14号人家似乎是件令人羞愧的事;可我们敢肯定达林夫人没有责怪我们。要是我们早早就悲戚、充满同情地回来看她,她肯定会喊:"别傻了;我有什么重要的?快回去,看好孩子们。"只要妈妈们还这样,孩子们就势必利用她们;他们会将赌注压在那一点上。[8]

而如今我们冒险进入那间熟悉的育婴室,[9]无非是因为它的合法居民们踏上了回家的路;我们不过是在他们之前,匆匆赶回来,看看他们的床铺是否得到妥善通风,达林先生和夫人是否没有外出参加晚宴。我们只不过是仆人。想到他们不知感恩地匆匆离开,他们的床铺究竟凭什么该得到妥善通风?他们要是回来发现父母在乡下过周末,难道不是活该吗?自打我们遇上他们,这本就是他们一直需要上的道德课;不过,我们要是像这么胡诌一通，达林夫人就再也不会原谅我们了。

有一事我特别想做，就是按照作者们的方式，[10]告诉她孩子们要回来了，事实上，他们下周四就到家。此举会彻底破坏温迪、约翰和迈克尔心心念念的惊喜。他们在船上一直筹划呢：妈妈狂喜，爸爸欢呼，娜娜一跃而起，率先扎进他们怀里，而他们本该准备好结结实实挨顿打。要是提前泄露消息，毁了惊喜，该是多么诱人啊；这样，他们兴冲冲地进门时，达林夫人可能连个吻都不给温迪，达林先生也许还不耐烦地喊："糟糕，孩子们又回来了。"然而，我们这么做，一句感谢都得不到。到了这会儿，我们开始了解达林夫人了，她肯定会因为我们剥夺了孩子们的小小乐趣而怪罪我们。

"可是，我亲爱的夫人，离下周四还有十天呢；我们先告诉你实情，能免去你十天的凄苦啊。"

"没错，可要付出什么代价！这会剥夺孩子们十分钟的快乐。"

"啊，要是你那么看的话。"

"还能怎么看？"

你看，那个女人心术不正。我本想好好赞美她一番；可我瞧不起她，[11]赞美的话我这会儿一句也不愿意说了。其实没必要提醒她做好准备，因为一切就绪。所有的床铺都通好风了，她从未离开过屋子，请注意，窗户开着。既然我们在她这儿派不上用场，不如回到船上。不过，我们都到了这儿，最好就待着，静观其变好了。我们能做的就那么多，当个旁观者而已。[12]事实上，谁也不要我们。就让我们在一旁看着，说些刺耳的话，[13]希望故事里的谁会受伤害吧。

在夜间育婴室里，唯一可见的变化就是，早上九点到晚上六点期间，狗窝不在那儿了。孩子们飞走后，达林先生坚信这都怪他把娜娜拴起来，觉得娜娜从始至终比他聪明。当然，就像我们看到的，他是个十分单纯的人；要是能摆脱秃顶，他的确可以被当成孩子；但他也有一种崇高的正义感，有一种雄狮般的勇气，去做他认为对的事情；在孩子们飞行离家后，他忧心忡忡地把事情通盘考虑一番，四肢着地，爬进了狗窝。对于达林夫人请他出来的所有亲切的话语，他都予以悲伤但坚定的回答：

"不，那是我的错，这才是我该待的地方。"

他在苦涩的追悔中发誓，在孩子们回来前，他绝不离开狗窝。这自然是个遗憾；可达林先生不管做什么，都得做过头；否则他很快就会放弃。当他坐在狗窝里，在夜晚与妻子谈论自家孩子以及他们的全部优点时，世上再没有比曾经骄傲一时的乔治·达林更谦卑的人了。

他对娜娜的敬重动人极了。他不许她进狗窝，但在其他一切事宜上，都默默地让她得愿所偿。

每天早上，狗窝被达林先生带到出租车上，而他就坐在狗窝里，坐出租车上班，六点时再以相同方式回家。要是我们还记得这个男人对邻居的看法有多在意，我们就会见识到他的勇气可嘉：如今，这个男人的一举一动都惹来意外关注。他的内心一定饱受折磨；可他就算在年轻人嘲笑他的小房子时，仍看上去镇静自若，并总是向每一位朝里面投来目光的女士彬彬有礼地脱帽致意。

此举可能显得颇有堂吉诃德风范，[14] 却为人称颂。很快此番做法的缘由就泄露了出去，公众的善心大为触动。人群跟着出租车激动地欢呼；迷人的女郎们上车去索要他的签名；一篇篇采访出现在主流报纸上，上流社会的人们邀请他奔赴晚宴，并补上一句，"务必与狗窝同来"。

在那个颇不平静的周四，达林夫人在夜间育婴室里等乔治回家：她成了一个眼神充满悲伤的妇人。我们仔细观察她一番，就记起以往的日子里她有多快乐，如今一切不复存在，就因为她失去了她的宝贝们，我发现，我终究没办法说她的坏话。要是她太喜欢自己那些愚蠢的孩子们，也是情不自禁。看看坐在椅子上睡着的她吧。她的嘴角几乎布满了皱纹，人们一眼看到的就是她的嘴角。她的手不安地在胸前移动，就好像那里疼。有些人最爱彼得，有些人最爱温迪，可我最爱她。[15] 为了让她高兴，我们在她的睡梦中说悄悄话吧，告诉她捣蛋鬼们要回来了。事实上，他们正奋力飞着呢，现在距窗户不过两英里了，不过我们只要悄悄说他们在路上就好了。来吧。[16]

真遗憾我们这么做了，因为她突然惊醒，喊出他们的名字；屋里没有别人，只有娜娜。

"啊，娜娜，我梦见我亲爱的孩子们回来了。"

娜娜眼神迷离，可她唯一能做的就是把爪子轻轻放在女主人的腿上；狗窝被带回来前，她们就这样坐在一起。等达林先生探出头来，亲吻妻子时，我们看见他的脸比以往更饱经风霜，不过神情却柔和了。

他把帽子递给莉莎，她轻蔑地接过来；她没什么想象力，完全理解不了这样一个人的动机。屋外，跟着出租车回家的人们仍在欢呼，他自然做不到不为所动。

"听听他们呐，"他说，"真让人满意。"

"很多小孩子。"莉莎冷笑着说。

"今天有好些大人呢。"他向她保证，微微红了脸；可当她猛地扭头，他却并未说一句责备的话。社会上的成功没把他毁了；却让他变温和了。有那么一会儿，他半个身子露在狗窝外，跟达林夫人谈论着那成功，在她说她希望他别被冲昏头脑时，他用力握了握她的手，让她别担心。

"可要是我曾是个软弱之人，"他说，"天哪，要是我曾是个软弱之人！"

"乔治，"她羞怯地问，"你还是像以往一样追悔莫及，对吗？"

"像以往一样追悔莫及，最亲爱的！看看我受的惩罚：住在狗窝里。"

"但这是惩罚，对吧，乔治？你确定你不是乐在其中？"

"亲爱的！"

你想的没错，她求他原谅；接着，他感觉困意来袭，就在狗窝里蜷作一团。

"你可否为我演奏一曲，伴我入眠？"他问，"就弹育婴室的钢琴。"他穿到日间育婴室时,不假思索地补了一句,"把那扇窗户关上。我觉得风大。"

"啊,乔治,千万别让我那么干。窗户得总开着,等他们回来,永远,永远。"

现在,轮到他求她原谅了;她走进日间育婴室,弹奏起钢琴,很快他就睡着了;就在他睡觉期间,温迪、约翰和迈克尔飞进了房间。

啊,不对。我们之所以那么写,是因为我们离开船之前,他们是那么巧妙安排的;可自此之后,肯定发生了什么事,因为飞进来的不是他们,而是彼得和小叮当。

彼得一开口,事情就明了了。

"快,叮当,"他低声说,"关窗;闩上。对。现在你我只能从门那儿离开;这样,温迪回来时,就会以为她妈妈把她关在外面了,她就只能跟我回去了。"

现在我明白一直以来困扰我的问题了,[17] 即消灭海盗一伙后,他为何没回到岛上,并让叮当护送孩子们回大陆。原来他脑子里想的是这一招。

他并未觉得自己行事龌龊,而是高兴地翩翩起舞;接着,他往日间育婴室偷看,想知道是谁在弹钢琴。他对叮当窃窃私语:"那是温迪的妈妈。她是位漂亮的女士,不过没有我妈妈漂亮。她的嘴上全是顶针,不过没有我妈妈嘴上的顶针多。"

当然,他对妈妈一无所知;可他偶尔会吹嘘她一番。

他不知道这首《家,甜蜜的家》[18] 的曲子,可他知道它在说

"回来吧，温迪，温迪，温迪"；他雀跃地呼喊："你再也看不见温迪了，女士，窗户闩上了。"

他又一次往里偷看，想知道音乐为何停了；此刻，他看见达林夫人把头枕在琴盖上，眼里正泛着两滴泪。

"她想让我把窗户打开，"彼得想，"可我就不，我不。"

他又偷看，眼泪还在那儿，也可能是两滴新泛起的眼泪。

"她太喜欢温迪了。"他自言自语。他现在很生她的气，因为她不明白自己为何不该拥有温迪。

道理很简单："我也喜欢她。我们无法同时拥有她，女士。"

可她没有坦然接受，这让他闷闷不乐。彼得不再看她，但即便这样，她还是不放过他。他跳来跳去，做可笑的鬼脸，可一旦停下，她就好像在他体内敲打着什么。

"啊，你赢了，"他最终说，还吞咽了一下。接着，他打开窗户。[19] "走吧，叮当，"他喊道，对自然法则狠狠嘲笑了一番，"我们不想要什么蠢妈妈。"而后他就飞走了。

就这样，温迪、约翰和迈克尔到底发现窗户为他们敞开着，当然他们配不上这一切。他们飞落在地板上，对自己毫不羞愧；最小的孩子已经把家忘了。

"约翰，"他说，满脸疑惑地四周望望，"我觉得我以前来过这儿。"

"你当然来过，你这个小傻瓜。这里有你过去的床。"

"这样啊。"迈克尔说，但没有信服。

"我说，"约翰大喊，"狗窝！"他飞跑过去，往里瞧。

235

"很可能娜娜在里面。"温迪说。

可约翰吹了声口哨。"你好,"他说,"里面有个男人。"

"是爸爸!"温迪惊呼。

"让我看看爸爸,"迈克尔急忙恳求道,他仔细看了一眼,"他都没有我杀死的海盗个头大。"他说,语气中将失望表露得如此明白,以至于我真高兴达林先生睡着了;要是这些是他最先听到的他的小迈克尔说的话,他该多难过啊。

温迪和约翰发现爸爸在狗窝里,有点惊讶。

"好家伙,"约翰说,就像一个对自己的记忆失去信心的人,"他过去并不睡在狗窝里,对吧?"

"约翰,"温迪支支吾吾地说,"也许我们并不像我们以为的那样,清楚地记得过去的生活。"

一阵寒意袭上他们的心头;他们活该。

"妈妈真是太粗心了,"那个小坏蛋约翰说,"我们回来了,她居然不在。"

就是这时,达林夫人再次弹奏起来。

"是妈妈!"温迪喊道,偷看着。

"没错!"约翰说。

"那你不是我们的亲妈妈,温迪?"迈克尔问,肯定困得不行了。

"天哪!"温迪喊,第一次真正感到一阵懊悔,"我们回来得真是时候。"

"我们偷偷进去,"约翰提议,"用手蒙上她的眼睛吧。"

★ 而后就飞走了

可温迪觉得他们得慢慢宣布这个令人高兴的消息,她有一个更好的计划。

"我们偷偷上床吧,等她一进来我们就在那儿了,就好像我们压根儿没离开过。"

于是,等达林夫人回到夜间育婴室看看丈夫是否睡着时,所有床上都有人了。孩子们等她快乐地叫出声来,可她没有。她看见了他们,可她不信他们躺在那儿。你懂的,她实在是经常在梦里看见他们躺在床上,就以为这次也不过是那个梦抓着她不放。[20]

她在炉火边的椅子上坐下,过去她曾在这儿给他们喂奶。

他们对此无法理解,一阵冰冷的恐惧降临到三个人身上。

"妈妈!"温迪喊。

"是温迪。"她说,可仍然坚信她在梦里。

237

"妈妈!"

"是约翰。"她说。

"妈妈!"迈克尔喊。他现在认识她了。

"是迈克尔。"她说,就伸出胳膊,为了拥抱这三个自私的小东西,她以为她再也抱不到他们。不对,抱到了,她的胳膊搂住温迪、约翰、迈克尔。他们溜下床,朝她跑过来了。

"乔治,乔治。"等她能说出话来,就喊叫道。达林先生醒过来,分享她的快乐,娜娜也冲了进来。这一幕温馨极了;除了有个奇怪的男孩在窗外往里盯着看之外,没有别的旁观者。他感到无尽的狂喜,[21]而别的孩子永远不会懂;不过,他是透过窗户望到这份快乐的,这份他注定永远被排除在外的快乐。

---

1 水手长的职责是拿一截绳头鞭打不守规矩或犯了错误的水手,以维持船上秩序。小溜达这个纪律执行者的身份让人无法信服,很难想象他拿着绳子,嚼着烟草。
2 "Jack Tar"是水手的标准称谓。"桅杆前"指水手们宿营地的位置——此处桅杆前,指船中部。
3 此时,彼得兼任船长和舵手,他以一副特有的、夸大的虚张声势,在舵轮前就位,就好像准备应对那可能把他掀翻的暴风雨。
4 "round robin"这一短语用于航海的投诉文件,指水手们将名字签成圆形,借此隐去签名顺序。
5 "take soundings"是指通过在绳子末端放重物的方式,探测水深。
6 "got a dozen"即挨了十二次鞭打。
7 彼得通过穿上胡克的衣服,假装自己有个钩子手,而将胡克的精神附在自己身上，这一系列举动表明男孩"试着扮演"大人的角色，提醒我们男孩和男人之间存在的深层联系。

8 "lay to that"意为将赌注压在那一点。

9 我们见识了叙事者是如何在不同角色之间进进出出的。在这一段中，他得以——像"仆人"那样——进入房子，查看被褥的晾晒情况。他以大人的评判视角，责备孩子们"不知感恩"，叫他们"捣蛋鬼"。这一章既表露出对孩子的憎恶，也显示出对大人的仇视。

10 事实上，巴里在此处称自己为一系列事件的创作者，由此削弱了孩子们回家这事儿上，他一直以来营造的紧张感。下文中杜撰的他和达林夫人间的对话，不过是为了表明他被孩子们的母亲边缘化之后的感触有多深。

11 批判达林夫人的长篇大论并非纯属意外（之前，母亲们被"瞧不起"两次了），但考虑到小说对家庭生活和母亲们在初期怀有的感伤情绪，此番言论就刻薄得令人震惊了。而且，这明显与叙事者坚称自己最喜欢达林夫人有矛盾。

12 在此处，叙事者透露，他是停留在故事之外的，只能观看，永远无法真正进入故事中（尽管他时而是大人、孩子或仆人，千方百计试图进来）。他笔下养育子女的家庭生活，跟梦幻岛一样，是永远禁止他入内的。巴里在此处可能反省了自己之于卢埃林·戴维斯一家的外人角色。

13 "jaggy things"意为多刺之物或钩刺。

14 借助"颇有堂吉诃德风范"这一说法，达林先生被比作塞万提斯史诗般的著作《堂吉诃德》中那位充满智慧却误入歧途的主人公。经过与那位受了骗的理想主义者堂吉诃德对比，达林先生的做法显得微不足道。

15 叙事者显得像彼得·潘一样举止轻浮，反复无常，现在他突然心性大变，从"我瞧不起她"变成"我最爱她"。

16 在这个单音节的句子（Let's）中，巴里的叙事者与一个表群体的"我们"相认同，变成了育婴室里幽灵般的存在，他在屋内没有旁人的情况下，对着达林夫人可怕地耳语。

17 故事的即兴属性在小说的最后几章中越发明显，叙述突出了人物各有各的人生，他们的动机并不总被叙事者看穿。

18 那首著名的曲子改编自约翰·霍华德·佩恩于1823年发表的歌剧《米兰姑娘克拉里》，由亨利·毕肖普爵士谱曲，佩恩作词。歌曲的开头为："我们纵然会在欢乐和宫殿之中漫步，/却哪儿也不如家，不管它多简朴。"这首歌与《统治吧，不列颠尼亚》一起，出现在亨利·伍德爵士的《不列颠海上幻想曲》中。"哪儿也不如家"是多萝西娅在《绿野仙踪》中说的话，该书早于《彼得和温

239

迪》十余年出版。巴里曾注意到，"苏格兰文学"（巴里语）常"受到家中炉火的激发，并带着热诚的见解去探讨它"（《玛格丽特·奥格尔维传》，第158页）。

19 彼得这一举动显示出他战胜了自己的天性和"没心没肺"。达林夫人的眼泪让他深受触动，他不仅感到同情，还做出了同情之举。

20 达林夫人本人难以分辨梦境和现实，二者的界限就像14号和梦幻岛一样流动多变。

21 这一短语成了彼得·潘的标志，表明童年经历狂喜的特质。父母、子女的快乐团圆与彼得在梦幻岛上感到的狂喜形成鲜明对比。奇怪的是，叙事者刻意隐去自己，宣称彼得·潘是这个场景的唯一见证人，这可能暗示出他与潘同在。英国散文家、评论家沃尔特·佩特对巴里的美学观念影响深远，他大力颂扬活在当下的力量，很可能激发了巴里使用"狂喜"一词："始终与这刺目的、宝石般的火焰一起燃烧，保持这狂喜，就是生活中的成功……既然一切都将在脚下消失，我们最好抓住每一次激情澎湃。"（佩特，第152页）

## When Wendy Grew Up

第十七章

# 温迪长大了[1]

我希望你想知道别的男孩们怎么样了。他们在楼下等着,让温迪有时间解释他们的情况;等数到五百,就上楼。他们从楼梯走上去,以为这样可以留下个好印象。他们摘下帽子,在达林夫人面前站成一排,并希望他们不是穿着海盗服。他们一言不发,可眼神却让她收留他们。他们本该也看向达林先生,可他们把他忘了。

达林夫人当然马上就说她会收留他们;可达林先生十分沮丧,他们看出来了,他觉得六个孩子太多了。

"我得说,"他对温迪说,"你做事还真是一不做二不休。"双胞胎觉得这句怨恨的话是冲着他俩来的。

双胞胎哥哥为人骄傲,他红着脸问:"您是否认为我们俩是大麻烦呢,先生?如果是这样的话,我们可以走。"

"爸爸!"温迪震惊地喊道;可他脸上的乌云还是没有散开。他知道他不该这么做,可他不由自主。

"我们可以共用一张床。"自大鬼说。

"我会一直亲手给他们剪头发。"温迪说。

"乔治!"达林夫人惊呼,看到爱人让他自己陷入如此窘境很是痛心。

接着,他突然泪如雨下,事情明朗了。他跟她一样愿意收留他们,可他觉得他们应该像问她一样,寻求他的同意,而不是把他当成他自己家的废物。[2]

"我没觉得他是废物,"小溜达立刻喊道,"你觉得他是废物吗,卷毛?"

"不,我不觉得。你觉得他是废物吗,一丢丢?"

"当然不是。双胞胎,你觉得呢?"

结果证明没人觉得他是个废物;他出奇地高兴,还说要是他们身形合适的话,他会为他们所有人在客厅找个好地方。

"我们身形合适,先生。"他们请他放心。

"那就跟上吧。"他快活地大喊,"请注意,我并不确定我们有客厅,但我们假装我们有,反正是一回事儿。套圈儿啦!"

他跳着舞穿过屋子,他们全喊着"套圈儿啦!",在他身后跳着舞,寻找着客厅;我忘记他们找到客厅了没有,可不管怎么说,他们找到了各种角落,全都有了落脚的地儿。

至于彼得,他飞走前,又看了眼温迪。实际上,他没来到窗边,而是随意地轻敲了一下,这样如果她愿意,就可以开窗叫他。她正是这么做的。

"你好,温迪,再见了。"他说。

"天哪,你要走了吗?"

"嗯。"

"彼得，你不觉得，"她支支吾吾地说，"你想对我的父母说点儿有关甜蜜的事情的话吗？"

"不想。"

"关于我的，彼得？"

"不想。"

达林夫人走到窗边，此刻在死死盯着温迪。她告诉彼得，她收养了其他所有男孩，也愿意收养他。

"你会送我上学吗？"他狡猾地问。

"会。"

"然后去上班？"

"我猜是这样。"

"不久我就成了大人？"

"很快。"

"我不想上学，不想学严肃的东西。"他激动地告诉她，"我不想成为一个大人。啊，温迪妈妈，要是我醒来，感觉自己长出了胡子，这该多可怕！"

"彼得，"会安慰人的温迪说，"你长了胡子，我也会爱你的。"达林夫人向他张开怀抱，可他拒绝了她。

"留步，夫人，没有人能抓住我，让我成为大人。"

"可你要住到哪儿去？"

"和叮当住在我们给温迪造的房子里。仙子会把它放到她们夜晚睡觉的树冠中间。"

"真好。"温迪无限憧憬地喊道，达林夫人不由得提高了警惕。

"我以为所有仙子都死了呢。"达林夫人说。

"总会有许多小仙子。"温迪解释说,她现在也算权威了,"因为你看,新生儿第一次笑,一个新的仙子就诞生了,既然总有新生儿,就总有新仙子。他们住在树冠上的鸟巢里;淡紫色的是男孩,白色的是女孩,蓝色的只是些不确定自己性别的小傻瓜。[3]"

"我就将享有这些乐趣。"彼得边说,边朝温迪眨了眨眼。

"晚上你会很孤单的,"她说,"就那么坐在炉火边。"

"我有叮当呢。"

"叮当搂不到你身体的二十分之一。"她有点儿刻薄地提醒他。

"阴险的告密鬼!"叮当从附近的什么地方大喊。

"没关系。"彼得说道。

"啊,彼得,你知道有关系。"

"好吧,那就跟我来住小房子吧。"

"我可以吗,妈妈?"

"当然不行。我好不容易让你回家了,我肯定要留住你。"

"可他真的需要一个妈妈。"

"你也需要啊,我亲爱的。"

"嗨,没事儿。"彼得说,就好像他邀请她不过是出于礼貌罢了;可达林夫人看见他的嘴角抽动了一下,于是慷慨地提出:让温迪每年跟他去一星期,帮他做春季扫除。[4]温迪本想多待些时日；而且在她看来，春天还远着呢；可这承诺又一次把彼得十分快活地打发了。他没有时间概念，人生里又充满了冒险，我所讲给你听的那些他的故事不过是九牛一毛。我猜正是因为温迪知道这一点，才如此伤感地与他话别。

"在春季扫除来临前，你不会忘了我的，彼得，对吗？"

彼得当然保证不会；然后就飞走了。他带上了达林夫人的吻。那吻不曾给过别人，而彼得轻轻松松就把它带走了。真是怪事儿。她还显得很满意。

当然，全体男孩都入了学；多数人进了三班，可一丢丢却被放进了四班，后来又转进五班。一班是尖子班。入学还不到一周，他们就明白了没留在岛上有多蠢；可事到如今太迟了，他们很快就适应了，变成了跟你、我、小詹金斯[5]一样的普通人。不得不提的是，飞行能力逐渐离开了他们，真是说来难过。起初，娜娜把他们的脚绑在床柱上，这样他们夜里就不会飞走了；而白天，他们的一大消遣就是假装从公交车上掉下来；可逐渐地，他们不再猛拉绑在床柱上的绳子，还发现跳下公交车时会伤着自己。慢慢地，他们连跟着帽子飞行都无法做到了。疏于练习，他们如此解释；但这其实意味着他们不再相信了。

就算别的男孩笑话他，迈克尔还是比他们相信得久；于是，彼得年末来接温迪时，他是跟她一起的。走的时候，她身上穿着在梦幻岛上用树叶和浆果编织的连衣裙，她有个担心，怕他注意到连衣裙变得有多短；可他压根儿没发现，他有的是关于自己的事情要说呢。

她本来期待着跟他激动地谈谈过去的时光，可新冒险把旧冒险从他脑子里挤走了。

"胡克船长是谁？"她说起那个坏蛋敌人时，他饶有兴趣地问。

"你难道不记得，"她大为惊讶地问，"你怎么杀了他，救了我们所有人的命了？"

"我杀完他们，就把他们忘了。"他漫不经心地回答。[6]

而当她对小叮当是否会乐意见到她，表现得心存怀疑时，他说："小叮当是谁？"

"啊，彼得！"她说，震惊极了；可即便她解释了，他还是想不起来。

"有的是仙子，"他说，"我想她不在了。"

我猜他说得对，因为仙子们的寿命不长，不过他们那么小，以至于短暂的时间在他们看来也显得漫长。

温迪痛苦地发现对彼得来说，去年就像昨天；而对她来说，一年的等待太漫长了。不过，他还像过去一样迷人，他们在树冠上的小房子里度过了一个愉快的春天扫除季。

第二年，他没来接她。她穿上新连衣裙等他，旧的怎么都穿不上了；可他压根儿没出现。

"也许他病了。"迈克尔说。

"你知道的，他从不生病。"

迈克尔凑到她身边，颤抖地耳语道："也许根本就没有这个人，温迪！"接着，要是迈克尔没在哭的话，温迪就会哭出来了。

★ 树冠里的房子

(《J. M. 巴里著〈彼得·潘和温迪〉，梅·拜伦为托儿所重述》。凯瑟琳·阿特金斯绘)

下一年的春季扫除季，彼得来了；奇怪的是，他压根儿不知道自己落了一年。

那是女孩温迪最后一次看见他。为了他，她又坚持了一段时间，不让自己有成长的烦恼；而得了常识比赛的奖之后，她觉得自己对不起他。不过，年岁来了又去，那个粗心大意的男孩[7]再没来过；等到他们再度相见，温迪已经是位已婚的妇人，彼得对于她来说，不过是她那个存放玩具的盒子里的一粒微尘。温迪长大了。你无须为她难过。她是那种愿意长大的人。最终，她还自愿比别的女孩早一天长大。

全体男孩都长大了，这会儿已经定型；所以关于他们也就多说无益了。你可能看见双胞胎、自大鬼和卷毛每天都去上班，每人手里拎着一只小包和一把伞。迈克尔是火车司机。一丢丢娶了一位有头衔的女士，成了爵爷。[8] 你看见那位从铁门出来、头戴假发的法官了吗？那是小溜达。那个不知道给自家孩子讲故事、长了胡子的男人是曾经的约翰。

温迪结婚了，当时她身穿白色婚纱，系着粉色腰带。想来奇怪，彼得竟没有落在教堂里，阻止结婚预告[9]的发布。

岁月再度流逝，温迪生了一个女儿。这可不应该只用黑墨水轻描淡写，而得用金色笔迹[10]大书特书。

她叫简，总是带着一副奇特的爱寻根究底的表情，[11]就好像自从降临到大陆上的那一刻起就想问问题。等她大一些能自己问了，多数问题都是关于彼得·潘的。她爱听彼得的故事，温迪在育婴室里给她讲自己记住的一切，那趟著名的飞行就是在那间育婴室开始的。如今那是简的育婴室，她爸爸以百分之三[12]的抵押税率从温迪爸爸手里买下了它，温迪爸爸受不了楼梯了。达林夫人如今死了，被人遗忘了。[13]

现在，育婴室里只有两张床，是简和保姆的；没有狗窝了，因为娜娜也去世了。她是老死的，晚年时变得十分难处；她坚信除了自己，没人知道怎么照看孩子。

简的保姆每周有一晚休息；届时就轮到温迪哄简入睡。那是讲故事的时间。简有个发明，就是把床单盖在妈妈和自己头上，做个帐篷，在漆黑一片中窃窃私语。

"我们现在看见什么了？"[14]

"我觉得我今晚什么也没看见。"温迪说，心想如果娜娜在场会反对往下聊。

"不，你看见了，"简说，"你看见你的小时候。"

"那是很久以前了，亲爱的。"温迪说，"天哪，时光过得多么快呀！"

"时光现在是怎么飞的呀。"那个狡猾的孩子问，"跟你小时候飞得一样吗？"

"我小时候飞的？你知道吗，简，我有时怀疑我是否真飞起来过。"

"没错，你飞了。"

"我能飞的那些亲爱的旧时光啊！"

"你现在怎么飞不了了，妈妈？"

"因为我长大了，最亲爱的。人们一旦长大，就忘了怎么飞。"

"他们怎么会忘了呢？"

"因为他们不再快乐、天真、没心没肺了。只有那些快乐、天真、没心没肺的人才能飞。"

"什么是快乐、天真、没心没肺呀？我真希望我是快乐、天真、没心没肺的。"

或者，温迪可能承认看见了什么。"我肯定，"她说，"就是这间育婴室。"

"我肯定是。"简说，"继续。"

她们此时开始讲述那次伟大的夜间冒险了，当时彼得飞进来找影子。

"那个愚蠢的家伙，"温迪说，"试着拿香皂把它粘上，失败后他哭了起来，哭声把我弄醒了，我就给他把影子缝上了。"

"你少讲了一点儿。"简打断她，现在那故事她比妈妈知道得清楚，"你看见他坐在地上哭的时候，你说了什么？"

"我从床上坐起身，说：'孩子，你怎么哭了？'"[15]

"对，就是这句。"简说，大大地松了口气。

"接着，他就带我们飞到了梦幻岛，见到了仙子、海盗、印第安人和美人鱼潟湖，还有地下之家和小房子。"

"对！你最喜欢的是什么？"

"我觉得我最喜欢地下之家。"

"对，我也是。彼得对你说的最后一句话是什么？"

"他对我说的最后一句话是：'就一直等我吧，某天晚上你会听见我的咯咯叫。'"

"对。"

"可是，唉，他把我彻底忘了。"温迪笑着说。她已经长大，能坦然面对这些了。

"他的咯咯叫听起来什么样？"有天晚上，简问。

"像这样。"温迪说，试着模仿起彼得的叫声。

"不对，不是这样的，"简严肃地说，"像这样才对。"她发得比她妈妈像多了。

温迪有点儿吃惊。"我亲爱的，你怎么知道的？"

"我睡着的时候，常会听见这声音。"简说。

"啊，对，许多女孩睡着的时候会听见，可只有我听的时候是醒着的。"

"你真幸运。"简说。

接着有天晚上,悲剧发生了。时值春天,睡前故事已经讲完,此时简在床上睡着了。温迪坐在地上,挨着炉火,好借着亮光缝补,因为育婴室里没有别的光源;她坐着干活的时候,听见了一声咯咯叫。接着,窗户像过去一样给吹开了,彼得落在地上。

他一点儿没变,温迪随即看到他的满口乳牙。

他是个小孩,而她长大了。她缩在炉火边,不敢挪动,这个成熟、无助而愧疚的女人。

"你好,温迪。"他说,没发现有什么异样,因为他只想着自己;在昏暗的灯光下,她身上的白裙可能就像他第一次看见她的时候她穿的睡袍。

"你好,彼得。"她弱弱地回答,拼命把自己缩小。她心里的什么东西在呐喊:"女人,女人,放开我。"

"你好,约翰在哪儿?"他问,突然怀念起第三张床来。

"约翰现在不在这儿。"她喘了口气说。

"迈克尔睡着了吗?"他问,漫不经心地瞥了一眼简。

"嗯。"她回答,此时觉得既对不起简,也对不起彼得。

"那不是迈克尔。"她飞快地说,免得惹祸上身。

彼得看了看。"嘿,是个新来的?"

"嗯。"

"男孩女孩?"

"女孩。"

他现在总该明白了吧;可一点儿没有。

"彼得,"她支支吾吾地说,"你在想让我跟你一起飞走吗?"

"当然,我就是为这来的。"他有点儿严肃地补充道,"你忘了现在是春天扫除季了?"

她知道,跟他说他错过了很多次春季扫除是没用的。

"我去不了。"她充满歉意地说,"我忘了怎么飞了。"

"我很快就能再把你教会。"

"啊,彼得,别在我身上浪费仙尘。"

她站起身来;现在终于有种恐惧将他击中。"怎么了?"他喊道,吓得直后退。

"我这就开灯。"她说,"那样你自己就会明白了。"

据我所知,这几乎是他人生中唯一一次感到害怕。"别开灯。"他喊。

她捋着那个可怜的男孩的头发。她不是那个为他心碎的小女孩了;她是个长大的女人了,能笑对这一切,只是笑中带泪。

接着,她打开灯,彼得明白了。他痛苦地叫了一声;当那位高挑、美丽的生物蹲下身,想张开双臂抱起他时,他猛地往后一退。

"怎么了?"他又喊了一句。

她只得告诉他。

"我老了,彼得。我早就不是二十岁了。很久以前,我就长大了。"

"你答应不长大的!"

"我也没办法。我结婚了,彼得。"

"不，你没有。"

"结了，床上的小女孩是我的孩子。"

"不，她不是。"

可他猜她是；他举起匕首，朝睡着的孩子走近一步。他当然没动手，却坐在地上哭了；温迪不知道怎么安慰他，尽管她曾经可以轻松做到。如今她不过是个女人，只得跑出屋子，去想办法。

彼得继续哭，很快他的抽抽搭搭把简吵醒了。她从床上坐起身，马上来了兴趣。

"孩子，"她说，"你怎么哭了？"

彼得站起身，朝她鞠了一躬，她从床上同样回了礼。

"你好。"他说。

"你好。"简说。

"我的名字叫彼得·潘。"他告诉她。

"嗯，我知道。"

"我回来是找我妈妈的。"他解释说，"带她去梦幻岛。"

"嗯，我知道。"简说，"我一直在等你。"

温迪怯生生地回屋时，发现彼得正坐在床柱上，快乐地咯咯直叫，而简穿着睡衣，正一本正经地、喜滋滋地在屋里到处飞。

"她是我妈妈。"彼得解释；简落下来，站在他身边，脸上的神情是女士们盯着他看时他爱看见的。

"他多需要一个妈妈。"简说。

"嗯，我知道。"温迪无比惆怅地承认道，"谁也不如我了解。"

★ 尾声

"再见。"彼得对温迪说着飞到了空中,厚脸皮的简跟他一起飞。飞已经成了她最容易的行动方式。

温迪冲到窗边。

"别,别。"她喊道。

"只是春季扫除。"简说,"他想让我每到春季就去做扫除。"

"要是我能跟你们去,该多好。"温迪叹了口气。

"你看,你飞不了了。"简说。

当然,温迪最终让他们一起飞走了。我们最后一眼瞥见她时,她在窗边,看着他们消失在天际,直到小得跟星星一样。

看着温迪时,你可能发现她头发变白了,身形变小了,这一切都是很久以前发生的了。简如今是个普通的大人,有个女儿叫玛格丽特;[16]除非忘了,彼得每次春季扫除都会来接玛格丽特,带她去梦幻岛,她在岛上给他讲他自己的故事,他听得津津有味。等玛格丽特长大,她也会有个女儿,又轮到她女儿当彼得的妈妈了;事情就这样继续着,只要孩子们还是那么快乐、天真、没心没肺。[17]

1 接下来的这一章捕捉到了巴里为这出戏所增加的收尾的精髓。那幕戏名为"一点补充",只在1908年2月22日约克公爵剧院上演过一晚。该幕以美人鱼婴儿开场,她宣布:"我们将首次,也是唯一一次在舞台上上演新的一幕,讲讲温迪长大后彼得怎么样了……此幕将不再上演。"彼得·潘回到育婴室,困惑不解地发现温迪长大了,有了一个自己的女儿。彼得很快从不知所措中回过神儿来,还把小简拐走,带到梦幻岛上。演出结束后,巴里走上前来(绝无仅有的亮相于舞台),这一幕博得了一轮长达十五分钟的掌声。

2 "cypher"(废物)在英国是"零"的意思。达林先生又一次认为自己经受着被忽视的折磨,无法获得妻子、孩子的关注和敬重。

3 这一文本通篇隐含着性别错乱,而此处明确道出了仙子世界的这一现象。

4 正如已经提到的,温迪可看作珀耳塞福涅式的人物,一个与死亡相关的男性神话性的存在诱使珀耳塞福涅离开自己的母亲。在这个对神话的绝妙反转中,温迪跟妈妈待在一起,只是短暂地回到梦幻岛,参与春季扫除(在神话中,珀耳塞福涅春天时回家)。温迪不像珀耳塞福涅,始终没成为彼得的妻子,而是自己做了母亲,跟达林夫人相处融洽,成了母女代际传递中的一部分。

5 在英格兰公学中,两个姓氏相同的男孩里年龄小或个子矮的那个被叫作"minor"(小)。

6 彼得的健忘症在此处得以戏剧性地凸显出来。这一幕强调了彼得的自恋("他有的是关于自己的事情要说呢")、反复无常("新冒险把旧冒险从他脑子里挤走了")和没心没肺("小叮当是谁?")。

7 这一短语捕捉到了小男孩彼得既对别人漠不关心,又无忧无虑。巴里在此向读者指出了长不大的后果。

8 巴里讽刺了英国的贵族礼仪:女人嫁给贵族,会成为夫人,可迎娶贵族小姐,却不会随之荣升为爵爷。1913年,巴里成为男爵,自此后,世人称他为詹姆斯·巴里爵士,该头衔常简称为"The Bart"(Baronet的简写形式)或变成"小男爵"。迈克尔和尼科亲切地称他为"爵士乐队巴里爵士"或"爵士乐爵士"。1909年,巴里拒绝了被授予骑士勋章,却无法拒绝这项世袭的贵族头衔的诱惑。

9 结婚预告是在基督教教区的教堂里发布的公告,宣告两人即将成婚。

10 "一百万支金箭"指出通往梦幻岛的路,金色对巴里来说,是象征美和神秘的颜色。

11 就像刘易斯·卡罗尔的爱丽丝一样，简生性好奇，既奇特（有好奇心），又爱寻根究底（有求知欲）。刘易斯·卡罗尔天才地发现，孩子们天生的好奇心是该得到鼓励和培养的，而非如过去童书里讲的那样需要被压制。

12 书中再一次把父亲和数字、账单与财务联系起来。

13 记忆不仅在梦幻岛上失效。即便在伦敦，在14号，关于先人的记忆消退得也出乎意料地快。叙事者还突出了人们面对失去——"死"和"被遗忘"——时，恢复的速度有多快。请比较"死""被遗忘"两词与（下一段）中用在娜娜身上的"去世"一词。

14 早慧的简被刻画成"狡猾的孩子"，她意识到"漆黑一片"让她和妈妈得以发展出一种洞察力。乔纳森·斯威夫特在《对不同主题的思索》（1711）中说道："洞察力是看见隐形事物的艺术。"夜晚和黑暗变得与想象力和讲故事有关，因为现实让位于一个神圣而精彩的内心世界，让位于下文中的"伟大的夜间冒险"。

15 《彼得和温迪》的结尾——通过准确重复温迪的问题——将我们带回故事之初，暗示出支配14号的可能是梦幻岛上流行的环行时间，而非线性时间。简被彼得的抽泣唤醒时，问了一模一样的问题。

16 这一连串女孩中的最后一个以巴里的母亲玛格丽特·奥格尔维命名。在母亲的传记中，巴里在结尾处十分动人地描绘了母亲的死，还想象在他死的时候，母亲迎接他的情景："要是我也活到人老了，脑子不清楚了，过去就像在当下那光秃秃的路上所投下的夜的暗影一般席卷而来时，我相信，我看到的不会是我的少年时代，不是一个小男孩拽着妈妈的裙子，大喊'等我长成男子汉，你就能睡上羽绒床了'，而是一个身穿洋红色连衣裙、系着白色围裙的小女孩，她穿过长长的公园，向我走来，口中还哼着歌，手里拎着盛放她父亲晚餐的大罐子。"（第207页）

17 通过增加"没心没肺"一词，巴里抓住了童年在文化理解上的转变。维多利亚时期崇尚孩子的天真，将孩子理想化，把他们困在宁静之中，拒不承认他们生气勃勃的活力、爱玩的天性和惊人的好奇心，这危害着实不小。在19、20世纪之交，弗洛伊德强调了童年的重要性，将童年时的创伤视为成年时病症的起因。相反，巴里带入轻盈、不严肃的观念，处处释放孩子的活力。他笔下的孩子可以飞，他们虽然可能被刻画得反复无常、关心不了他人、许不下承诺，可他们最终却从神坛上被解救出来，人们一度要求他们安静、顺从地坐于其上。

# 附录

Appendix

## №.001

## "献给五个孩子,一篇献词":
## 剧作《彼得·潘》引言

"To the Five, a Dedication":
J. M. Barrie's Introduction to the Play Peter Pan

在剧作《彼得·潘》最终付梓之际,有些令人颇为不安的事情我得坦白交代:其一,我完全不记得写过此书。然而,至于作者是谁,无从知晓。首先,我想把彼得献给五兄弟,没有他们,就没有彼得。我亲爱的先生们,我希望在念及我们对彼此意味着什么时,请笑纳这篇献词,它饱含你们的朋友的爱意。这部关于彼得的剧作仍有你们的踪迹,即便除了我们自己,也许没人会发现。有二十个情节不得不删,而你们在所有这些情节里。我们先是在肯辛顿公园里,用一支钝头箭把彼得射下来的,对吧?我模模糊糊记得,我们以为我们杀了他,尽管他只是没喘上气来,在因为射箭技术高超得意了一阵之后,我们当中心软的人哭了,我们全想起警察来。你们都发誓是此事件的目击者;毫无疑问是我在教唆,但你们习惯了提供我压根儿没教过的证词。至于我本人,我想我一直都知道,我把你们五个粗暴地揉在一起,从而创造了彼得,就像野人钻木取火一样。那就是他的全部,即我从你们身上获取的火花。

我们先是好好取笑了他一番，之后把他剪小，让他适合舞台。故事开始时，你们当中有人尚未出生；可在我们意识到游戏结束前，有人已变得身材魁梧。你们记得伯法姆的一座公园吗？在那里，六个星期大的老四（迈克尔）首次入伙，你们三个对于让这年幼的他加入还抱怨来着。老三（彼得），你还记得西多会大修道院中的白色紫罗兰吗？我们在那里，给我们的首批仙子（都是伊灵区圣本笃学校的小朋友）穿戴好，你还冲着众神喊："我从始至终就杀了一个海盗吗？"你们记得位于威弗莱闹鬼树丛里的海盗小屋吗？还有戴着老虎面具的圣伯纳犬，它总是袭击你们，还有关于那个夏天的文学记录——《流落黑湖岛的男孩们》，那是这位作者所有作品当中最好和最不寻常的。是什么让我们最终以薄剧本的形式将它献给公众的呢？那原本是我们专门为自己构思的啊。唉，我知道是为什么，我逐渐控制不了局势了。你们一个接一个像猴子似的在虚构的树林里从这根枝条荡到那根枝条，这样就来到了智慧树上。偶尔你们会荡回树林里，当时可能处在十字路口，一不留神就踏上一条不回家的老路；或者你们假装依然属于这里，招摇地栖在树枝上，让我高兴；很快你们就记得它不过是会消失的树林，因为一旦人们需要寻找它，它就消失了。那一刻终于来了，我发现你们当中最勇敢的老大（乔治）不再相信他在开垦一块红色的树林。他在嘲笑老二（杰克）残存的信念时，还充满歉意地看着我；甚至老三都悲观地问我，他是否真的没在床上过夜。两个小的尚懵懵懂懂，可那一刻也不远了。我觉得，就是在这些情况下，我开始写关于彼得的这部剧作。那是二十五年前了，我徒劳地揪住眉毛，想回忆起写剧是不是我的孤注一掷，好让你们五个多留一会儿，或者不过是个冷冰冰的决定，好把你们变成面包和黄油，谋取生计。

这让我们又想起我心神不安地承认完全不记得写过剧作《彼得·潘》，它如今首次出版，距离彼得在舞台上鞠躬谢幕已过多年。你们一直玩这个游戏，后来厌倦了，就把它往空中一扔，还戳它，留它在泥里不理不睬，最后继续赶路，唱别的歌去了；而后，我偷偷折返，用笔尖将一些血肉模糊的残片连缀起来。事情肯定是这样的，可我记不得这么做过。剧作上演多年以后，我记得写了故事《彼得和温迪》，可那也许是从某本印刷品上抄来的。我可以努力回想起几乎所有作品的写作过程，厉害的公众却把那些作品忘了；然而这部关于彼得的剧作，情况正相反。就连我那部作为业余剧作家的起点作品，那部壮丽而简短的作品《强盗班迪莱洛》，我都清楚地记得在邓弗里斯上学时构思它的每个细节。首部短剧我也同样记得清清楚楚，该剧由图尔先生制作。它名为"易卜生的鬼魂"，是对那位巨匠的戏仿，也是首度为这位领先我们的剧作家写下的剧。为了给制作人节约录入成本，我在了解了什么是"台词"之后，自己誊写了台词，我仍能回忆起开头的几句话从一位如今已成名的女演员口中哀伤地说出来："离开第二任丈夫就像离开第一任丈夫一样，这感觉像极了旧日时光。"首演之夜，一个站在剧院后排的男人觉得《易卜生的鬼魂》有趣极了，歇斯底里的他只得被请了出去。自此以后，似乎完全没人想起这事儿。可是，一个人竟被另一个抬了出去呀！而且够怪的是，这些鸡毛蒜皮竟然在脑海中挥之不去，而写下彼得的故事这样的大工程竟然被忘得一干二净。这看上去简直可疑，尤其是我还没有《彼得·潘》的最初手稿（只有些散页），它本来可以证明我的清白。不久前，我确实有了另一份手稿，可这"证明不了什么"。我不知道最初手稿是被我弄丢了，还是毁了，还是高高兴兴地送人了。我说把剧作献给你们，可我如何能证明它出自我之手？要是有别人也做了一份手稿，认为有必要来竞争一下这冷冰冰的版权，我该如何回应？如今，我对版权已无动于衷，就像你们的笑声已然冷却，彼得在被抓住和被写下之前，早就先在你们的笑声里诞生了。彼得还在，可对我来说，他已经沉在快乐的黑湖湖底了。

你们当中任何一个都比大多数人更有权声称是该作品的作者，我也不会为此与你们争夺，可你们本该很早以前就提起诉讼，那是剧作上演的第一年，你们最崇拜我的时候，因为你们听到有传闻称，我每晚的收益是一英镑六便士。该传闻不实，却的确让我在你们心中有了名望。你们瞪大眼睛观看我的下一部剧，此举并非为了娱乐，而是唯恐剧中含有你们灵光一闪的巧言妙语，可以因此被质疑为合作作品；而我的确相信还有一份法律文件，上面规定前文所述和后文提及的统称为合著者，我需受制于上面的某条此类条款，在剧作上演期间，每日支付老二（杰克）半便士。

在《彼得·潘》排演期间（这是对我有利的证据，证明我获准观看这些排演），一个身穿工装裤的郁闷男人常端着一杯茶或拎着一个油漆桶，出现在身处暗影幢幢的正厅前排的我的旁边，并对我说:"楼座那些孩子们要受不了了!"接着,他就像剧院鬼魂一样,神秘地消失。他的这种无望,据说所有剧作家在这样的时刻都会感同身受,所以也许他才是作者。此外,我看见很多孩子在家里演彼得,漫不经心地就能驾驭这个角色,他们不断地加入更棒的台词,可以轻轻松松地即兴完成这部剧。首演之后,正是为了他们这样的人,我不得不为剧作增加些内容,好回应家长的请求(他们觉得我该对这些事情负责),说明除非身上被吹了仙尘,否则谁也飞不了;许许多多孩子回到家中,就从床上试着起飞,结果需要外科治疗。

尽管存在其他可能性,我还是觉得是我写下了《彼得·潘》,如果真是如此的话,那一定是以平常的写作方式创作出来的。我倾向于认为,剧本的某些文字是在我的故乡完成的,那里是世上对我而言最亲切的地方,即便我最后的心跳应该会在心爱的、偏远冷清的、难以触到的伦敦停驻。我一定是坐在桌边,而大狗在等我停笔,它从不抱怨,因为它知道我们以写作谋生,却在发现自己被改换性别出现在剧本中时,看我一眼。在后来的岁月中,饰演娜娜的演员不得不奔赴战场,他先教会了妻子如何取而代之,饰演那只狗,一直到他回来,我很高兴我不认为这很可笑;在我看来,这是契合剧本的。我将我的这份愚钝视为第一份证明,证明我是作者。

有些人说,在我们生命的不同阶段,我们是不同的人,每次改变并非出自勇敢的主观意愿的努力,而是每过约十年的顺其自然。我觉得这种理论也许解释了我现阶段的困扰,但我却并不认同；我认为人一辈子是不变的，好像只是随着时间的流逝，从一个房间走到另一个房间，但自始至终处在同一座房子里。我们如果把很久以前的一个个房间打开，就可以偷偷往里张望，看一开始自己是如何忙碌着成为今日的你我。因此，如果我是那位存疑的作者，那他的成长方式应该已经从住在第一个隔间的我身上显现出来。如今，我擅自偷看起这位房客来。他就在那儿，约莫七岁，跟伙伴罗布待在一起，两人都戴着苏格兰传统便帽。他们正在一间狭小的、如今还在的老洗衣房里表演。入场费为几枚饰针、一颗玻璃弹球或一个陀螺（我教了你们好多苏格兰语，所以你们很可能听得懂），很明显，我们努力把彼此推进锅炉里是表演中的高潮之一，即便有些人说我对着入迷的观众说话也算。这家洗衣房不仅是我第一部戏上演的剧院，也跟彼得有着更为密切的关联。那是迷失的男孩们在梦幻岛上为温迪建造的小房子的雏形，二者的主要区别是前者没有约翰的礼帽当烟囱。要是罗布有顶大礼帽，我毫不怀疑它会被放到洗衣房上去。

又是那个男孩，长大了四岁，他如饥似渴、津津有味地阅读着的是荒岛故事；他称它们为遇难岛。他偷偷花好多便士购买这些有关打打杀杀的故事。我看出他身上发生了一种变化；在一流杂志《话匣子》上读到一篇批评此类文学的文章时，他脸色煞白，明白只要自己对荒岛故事的贪求不止息，就将永远觅不到正途。黄昏时分，他溜出家门，藏书在他那悖动的背心下鼓了出来。我如影子一般跟上——我本就是影子——看着他在帕特海德农场的一块地里挖了一个洞，把座座岛屿埋进去；那是很多年前了，可我依然能径直走到那块地里的那个洞旁边，翻找出残迹来。我往隔壁隔间里偷瞄。他又在那儿，长大了十岁，此时是个本科生，一心想成为真正的探险家，成为一个真正参与而非道听途说的人，但其他方面没变；他可能被刻画在船帆之上的桅杆上，二十来岁的模样，手里举着单筒望远镜，扫视着海平线，寻找一片若隐若现的海滩。我在房间之间游走，如今他是个大人了，放弃了真正的探险（尽管仅仅是因为没人要带上他）。很快，他甚至在编造其他剧本了，他有点儿紧张，怕某个粗鄙之人细数里面有多少座岛。我注意到，岛屿逐年变得凶险，但这不过是因为此时右手出了问题，他只能用左手书写；显然，人们左臂之下的想法更加阴暗。到我跟他合体的隔间钥匙孔那里，你可以看见我俩在好奇自己是否愿意再容忍一座岛。房间里的旅程也许并不能说服任何人相信我写了《彼得·潘》，却的的确确把我提为候选人。我停下来问自己，我是否再次阅读了《话匣子》杂志，忍受着昔日的痛苦，并将那部剧作的手稿埋在地里的一个洞中。

当然，这太多愁善感了。也许我们的确变了；除了内心的一点小东西还在，那东西比眼里的一粒尘埃大不了多少，像尘埃一样始终在我们眼前舞动，吸引我们。我无法剪断那根赖以维系它的发丝。

我觉得，最有力地证明我就是作者的证据可以在这本如今读来心生悲伤的书中找到，即前文提到的《流落黑湖岛的男孩们》；因此，你们得原谅我在此展示那部作品。法官大人，传《流落黑湖岛的男孩们》。该证人走上前来，原来是一本即便你们多年来不曾翻看却仍牢记于心的书。就在此时，我吃力地从书架上把它抽出来，因为最近它的作用是支撑上层的书架。我猜，虽然不确定，应该是我而不是你们把它塞进那里，作此用途。书有点儿散架、皱巴，那样子就像背重物的人，理当（让我们羞愧）让我们想到那些偶尔从牢房里出来一个小时、来到法官大人面前的做证之人。我说过，这本书是我所有的出版作品中最不寻常的，它肯定如此，因为该书只印了两册，而其中之一（凡事只要扯上彼得，就总有什么诡异的地方）随即被丢在了一节火车车厢里。这是幸存的那本。法庭上那些游手好闲之人可能以为这是本手写的长文，并对其体量印象深刻。该书由康斯特布尔印刷（亲爱的布莱基，你为我们印刷得多么精美），含35幅图片，布面精装，封面上印着三个大孩子"奔赴海难"。这份记录假定是经三人当中最小的那位编辑而成，我准是许给他杜撰的殊荣，因为他常常被保姆抱出我们的冒险，她总是闯入其中，残忍地想让他午睡。老四此时总在休息，只是队伍里的一名荣誉会员，你们带着弓箭出发、为他猎取晚餐时，他就挥挥脚，祝你们好运；人们可能翻遍全书，徒劳地寻找老五（尼科）的踪迹。这是扉页，只是你们被编了号，而非叫名字。

流落

黑湖岛的

男孩们：

戴维斯三兄弟

于1901年夏季的

骇人历险记

老三

忠实记录

伦敦

由格罗斯特路

J. M. 巴里出版

1901 年

就这首次远行,老三写了一篇长序,我们从中了解到你们的年龄。"老大八岁零一个月,老二马上要七岁了,我四岁多一点。"关于两位哥哥,主编一方面表扬他们的英勇无畏,一方面也抱怨他们想独享射箭,把整套弓箭装备揣进衬衫里的行为。关于自己,他十分谦逊,"关于老三,我更愿意缄默不语,希望故事一步步展开,会表明他是个行动胜于言语的男孩"。他暗示说,这一品质在老大和老二的额头上并没有过分彰显。序言结得语调高昂:"我得说这部作品最初不过是一份汇编记录,我们借此可以激发回忆,而如今出版是为老四之故。如本书能以实例教会他刚毅和男子汉的坚忍,我们会自觉没有白白遭遇海难。"

出版是为了激发回忆。这本书激发起回忆了吗?你们有再一次听到仍回荡在某些章节标题中的那些并不致命的击打声吗?那就像窗外被久久遗忘的一声哨音(黎明时分,罗布叫我去钓鱼!)——第二章,老大好好给威尔金森(他的老师)上了一课——我们逃到海边。第三章,一场可怕的飓风——"安娜·平克号"遇难——我们因食物匮乏,快发疯了——提议吃掉老三——发现陆地!这些是十六章当中的两章。你们的几支长枪又一次在松林的蓝色薄雾中奏乐了吗?你们爬上可怕的滚石山谷时,流汗了吗?在地球母亲身上随意搓洗双手,你们洗净手上的海盗鲜血了吗?你们还会摩擦木棍生火吗?(你们曾经会的,西顿-汤普森先生在改革俱乐部——无疑是个奇怪的地方——教会了我们。)是建造小屋的辛苦劳动在后来给了彼得找个"地下之家"的建议?在"岛上的最后一夜"这张色彩斑斓的照片上,瓶子和缸子似乎暗示出你们从迷失的男孩摇身一变,成了海盗,彼得可能也有这种倾向。再次聆听我们被人偷走的锯木机的声音吧,那是人类最引以为豪的发明;人类造锯木机时,搅动树林里的鸟儿制造出了音乐。

《流落黑湖岛的男孩们》中的图片(满版)全是我拍摄的照片;事实上,一些照片是事后创造的奇迹,因为我按下快门时,你们总做错事。我看出我们寓教于乐;或者也许我们给出了类似气质的图注。否则,如何解释这些照片下的行文风格:"毫无疑问,"老大在一棵结(刚系上去的)罕见果实的冷杉树上说,"这是椰子树(拉丁文名为 cocos nucifera),看那纤细的枝干支撑着多叶的树冠,树叶优雅地飘落,任何艺术都模仿不来。""没错,"老大在另一片树林里的同样一棵树下,倚着自己称手的枪,继续说道,"这些意外带来的种种危险不容小觑,可我仍乐意经受更大的艰难，以便因而被回报以如此惊人的自然研究成果。"然而，他很快回归实践，"通过这棵树的柳叶刀形树叶，黄瓜状果实……认出它是杧果树（拉丁文名为 Mangifera Indica）"。要是发生海难，老大当然是与之同落难的最佳航海家，不过如果我没记错，老二偶尔会抗议，因为没有一条观察记录归功于他，而这些却都是对着他炫耀的。作为作者，老三在照片里极少出现，令人惊讶，但你们可能记得，这是因为那位被隐晦提及的女士常在12点把他从我们中间抱走去午睡，而此时是拍照的黄金时段。摄影师凭借那压根儿无人赞美的摄影技术，有时将老三在名义上收进一张野外照片中，而实际上他在一幢单调的房子里踢沙发。就这样，在一幕表现老大老二怒气冲冲地坐在屋外的场景中，文字失实地写道，他们怒气冲冲是因为"他们的兄弟在屋里唱歌，还弹奏着一件野蛮人的乐器。那音乐"，看不见的老三显得在说（显然，抢在老大前），"很原始，在文明人听来，难听极了；可那些歌如同阿拉伯歌曲一样，充满了诗意的意象"。很可能，他只被允许在沙发上闷闷不乐地说这句话。

尽管《流落黑湖岛的男孩们》有十六个章标题，却没有正文；潜在的购买者可能会因此抱怨，即便准有比这更烂的写书方式。这些标题虽然预示了剧作《彼得·潘》中的不少情节，可我们在肯辛顿公园里的很多事件却从未在书中出现，比如南极探险，当时我们先于我们的朋友司各特船长到达极点，并在那儿刻下我们姓名的首字母方便他发现，这以奇怪的方式预示了后来真正发生的事。在《流落黑湖岛的男孩们》中，胡克船长出现了，不过名叫黝黑船长，从照片上来看，他似乎是个黑人。知情人士认为这一人物带有自传性，这无须别人告诉你们。你们和他多次厮打（虽然我觉得你们从未砍下他的右臂），之后就来到那可怕的一章（剧作中可能被拿掉了），该章名为"黎明时分，我们登上海盗的单桅帆船——轻捷时髦的小艇——砍倒众人的乔治与红斧手杰克——海盗大屠杀——彼得获救"。（喂，彼得获救而非救人吗？我知道那意味着什么，你们也一样，不过我们没打算把所有秘密和盘托出。）大屠杀一幕发生在黑湖（后来，我们让女士介入，就变成了美人鱼潟湖）。海盗船长的下场并非落入鳄鱼嘴里，虽然我们让鳄鱼出现在事发地点［"杰克把鳄鱼从溪流那里赶走，乔治射中了几只鹦鹉（拉丁文名为 Psittacidae）当午餐"］。我觉得船长死法多样，是因为你们都想单枪匹马把他杀了，你们之间就存在不当竞争。在一些特殊情形下，比如老三亲自拔牙，你们就让他干，而一旦他休息，你们就从他那儿把活儿抢走。在书中，黝黑船长的命运以唯一的图片形式，分两处予以呈现。第一处，简短地称为"我们绞死了他"，严肃如阿多斯[1]的老大、老二用一根绳子将他吊上树，他的面部扭作一团，像个咧嘴笑的面具（事实的确如此），身上穿的很像我本人的衣服，里面塞满了欧洲蕨。另一处出现在第二天的同一场景，名为"秃鹫把他吃了个精光"，情况不言而喻。

《流落黑湖岛的男孩们》中的狗似乎压根儿不叫娜娜，但明

---

[1] 大仲马的小说《三个火枪手》中的火枪手之一。——译者注

显为那个岗位受过训练。它本是黝黑船长的（或是马里亚特船长的？），在首次亮相中，它身体瘦弱、鬼鬼祟祟，弓着身子（我是怎么拍到这个效果的？），为了那个恶人的利益"在岛上巡逻"，丝毫看不出未来有成为忠家之犬的迹象。我们把它拐走，去过更好的生活，后来便有了那张感人的、名为"我们训练那只狗在我们睡觉期间，保护我们"的图片，这明明白白地预示了达林家育婴室里的情景。图片显示它也在睡觉，睡姿仔细模仿了受它照顾的孩子们；事实上，它让我们伤脑筋的点在于，一旦它知道它在故事里，就觉得最保险的策略是模仿你们的一切行为。它多急于表现出它懂得游戏规则啊，还比你们大方，从不假装是它杀了黝黑船长。我绝非在暗指它一点不主动，因为就在十二点差一两分的时候，是它自己想警告性地汪汪叫，以提醒老三保姆很可能在来接他的路上（老三的消失）；它对假装的世界变得极为习惯，以至于有天早上我们到小屋时，它像往常一样在那儿等我们，样子的确很蠢，可它却发明了一种新的叫声，这让我们困惑不解，直到我们判定它在要口令。它总是很愿意承担额外的工作，比如戴上面具扮老虎，而在一场激烈的战斗后，你们拿着面具凯旋时，它自豪地加入队伍，从不泄露战利品曾是它的一部分。很久之后，它在剧院的包厢里观看了演出，随着熟悉的场景在它眼前展开，我从未见过哪只狗如此困惑不解。在一次下午场中，我们甚至让它代替饰演娜娜的演员，上台表演了一会儿，我不知道观众席上可曾有谁注意到这一变化，即便它搞了某件观众陌生、你我却熟悉的"事情"。唉，我怀疑在这段回忆里，我把它和它的继任搞混了，因为这样的一条狗只能是忠诚的纽芬兰犬，可以说或许就是在第二年，它就把刺猬叼到小屋里，作为礼物为我们的晚宴献礼，以此申请这一角色。剧中娜娜的头套和皮毛就是仿照它的。

剧中小人儿确实显得出自我们的岛，不是吗？所有人，除了狡猾的那个，那位主角，我们越是走近他，他越是走向树林深处。对于被追踪，他讨厌极了，就好像他身上有什么怪异之处，一旦死去，他就想站起身，吹走那些即将成为他骨灰的颗粒。

温迪还没有出现，但自打忠诚的保姆将女人那滑稽的影子投进戏里，并让我们觉得加入一个令人不安的因素也许是有趣的，她就已经在试图出现了。或许，不管我们想不想要她，她最终都会挤进来。也许连彼得都不是真正出于自愿把她带到梦幻岛上，他不过假装如此，因为她不肯离开。甚至小叮当在我们离岛前，都到过这里。有天晚上，我们带着老四爬进树林，向他展示黄昏时分的小径是什么样子。就在我们的灯笼于树叶间闪烁时，老四看见一个亮光顿了一下，他高兴地朝它挥挥脚，叮当就这样诞生了。不过，别以为老四和叮当之间还有其他柔情的关系；实际上，随着他对她了解的加深，他怀疑她频频造访小屋，看我们晚餐吃什么，并同样吃喝，他还恶意满满地追逐过她。

一个安全但偶尔显得冷漠的回忆过去的办法，就是强行打开一个塞得满满当当的抽屉。如果你特意在找什么却没找到，那么从抽屉最里面掉出来的东西常常更为有趣。正是通过这种方式，我找到了那些零零散散的文件，其中就有彼得最初手稿的那几张散页，我说过我真的有，即便它们被放回抽屉后又不翼而飞了，就像恶作剧之手仍潜伏其中。它们表明我早期曾对这剧本增增减减。在抽屉里，我发现了几段悦耳的克鲁克先生的音乐片段，还有其他一些与彼得相关的半成品。里面有一条来自一个小男孩的反馈，我为他在我的包厢里留了座，剧后，我欠考虑地问他最喜欢哪个部分。"我觉得我最喜欢，"他说，"把节目单撕碎，然后撒在人们的头上。"我常常这样被弄得情绪低落。我最爱的该剧的一版节目单依然在抽屉里。彼得上演的第一年还是第二年里，老四因病无法现场观看，于是我们就把剧搬到他远在乡下的育婴室里，车队简直像巡回马戏团一样气派；主角由伦敦的剧团中年龄最小的演员们出演，五岁的老四坐在床上表情严肃地观看了演出，从头到尾没笑一次。那是我第一次也是唯一一次出现在真正的舞台上，这份节目单表明，作为演员的我被认为是多么微不足道，以至于他们把我的名字印得比其他演员的小。

我在此关于老四和老五说的不多，该收笔了。他们度过一个漫漫夏日，我两次转身后，他们已是如今离家去上学的模样。就好像星期一时，我送老五去参加一个同学聚会，在接待室给他刷头发；而到了星期四，他就让我在一个地铁站里靠墙待着，还说："现在我去买票；别动，我会回来找你，要不你就丢了。"老四原来骑在我脖子上，我驮着他去钓鱼，溪水没到我膝盖，后来还是学生的他一跃成为我最严厉的文学评论者。一切他摇头的东西，我一律抛弃，可以想见，杰作就是如此从世界上消失了。比如，有一个我喜欢的不幸的小悲剧，可当我傻乎乎地告诉老四这出悲剧的主题，他就皱皱眉头说他最好看一下。阅毕，他拍拍我的背——只有他和老大可以碰我——说道："你知道的，你不能写这种东西。"一位悲剧作家就此陨落。不过有时候，老四会欣赏我的努力，那天天气晴朗，我散步的时候，他把《亲爱的布鲁特斯》还给我，并评论说"还不赖"。早些年间，老四十岁时，我把《玛格丽特·奥格尔维传》的手稿送给他。"啊，谢谢。"他几乎马上就说，还加了一句，"当然我的书桌太满了。"我提请他注意，他可以挑出里头较为滑稽的内容。他说："我已经读过书了。"这点我不知道，不禁暗喜，但我说人们有时候喜欢把这类东西当作古董来保管。他又发出了一声"啊"。我尖刻地说，要是他不想要，没人会逼他。他说："我当然想要，可我的书桌——"接着他溜出房间，几分钟后拉着老五回来了，还得意扬扬地宣称"老五想要"。

我被你们五个断然拒绝过多少回啊！早些年里，打击尤显严重，你们一个接一个地不信有仙子，把我轻看成一个骗子。我最大的成功，即《彼得·潘》这出戏最妙的地方（虽然不在剧里），就是在老四早就不信了之后，我让他至少有两分钟重拾信念。我们乘船去外赫布里底群岛（在此我们遇上"玛丽·罗斯号"）钓鱼，尽管这趟旅程为期数日，他却始终把鱼篓背在身上，好能随时开始。他有一事不悦，就是约翰尼·麦凯的缺席，因为约翰尼是个讨喜的男仆，去年夏天，他把一切该懂的渔猎知识（是关于钓饵用的苍蝇的问题）都教给老四，可这回却无法与我们同行，因为要想到我们这儿来，他得来回穿过苏格兰。就在我们的船渐渐驶入洛哈尔什教区凯尔码头时，我跟老四、老五说，这里是著名的许愿码头，现在他们该许愿才对。老五立刻就信了，许愿说想遇见自己（事后，我发现他在码头上信心满满地辨认一张张面孔），可老四认为这不过是我不合时宜的胡说八道而已，固执地拒不迁就我。"你最想见谁，老四？""我当然是最想见约翰尼·麦凯了。""那好，那就许愿吧。""啊，胡说。""许愿又坏不了事。"他就不屑地许了愿，而就在绳缆被抛上码头时，他看见约翰尼在等他，身后背着钓鱼用的随身物品。我不知道还有谁比约翰尼·麦凯更不像仙子，但在那两分钟里，老四在异世界里浑身颤抖。等回过神来，他给了我一个微笑，意思是我们懂彼此，之后就冷落我长达一个月，而总跟约翰尼在一起。正如我说过的，这段插曲不在剧中；所以虽然我把《彼得·潘》献给你们，我却会保留那抹微笑，以及其他降临于我身上的不朽瞬间，尽管那已然残损。

J. M. 巴里

## 《彼得·潘》拟拍的电影脚本

J. M. Barrie's Scenario for a Proposed Film of *Peter Pan*

### 《彼得·潘》电影脚本介绍

巴里痴迷于电影这一媒介，1915年，他戏仿《麦克白》，创作了《该来的总算来了》。电影时长30分钟，演员包括一众出演了彼得·潘舞台剧的老面孔。1918年，有人出价两万英镑购买《彼得·潘》的电影版权。尽管巴里拒绝了这项报价，却决定亲自试手，创作该剧默片版。历经多次沟通，巴里最终与派拉蒙影业签署合同，并为他们寄去电影剧本，附字幕、大量全新的画面细节以及描述性视效文字。从脚本可以看出，巴里显然希冀电影能捕捉到梦幻岛的种种奇观。下面是美人鱼潟湖的描述："美人鱼相关场景应是一系列时长可观的华美画面。"这段描写了彼得参加一场仙子婚礼："这应是一幕精致而华美的、有一定时长的场景，是整部影片中最美的场景之一。"而最后一个场景，巴里称，应是"最美的"："此时只有月光、星光，彼得吹着笛子，形单影只，以侧影示人。"

★ 派拉蒙《彼得·潘》首映电影票

## 《彼得·潘》拟拍的电影脚本[1]

注意。——专为舞台剧《彼得·潘》创作的音乐，应出现在电影中。如此，总有一段音乐始终宣告彼得的出现——小叮当音乐——海盗音乐——印第安人音乐——鳄鱼音乐，等等，所有音乐既具有戏剧意义，也有助于故事讲述。其他特别音乐也应专门创作，以便舞台剧的全部配乐真正成为电影的一部分。字幕，即荧幕上闪现的字，附于此（以斜体显示）。字幕宗旨为少而精。在电影最后半小时或多数电影时长里，鲜有字幕，还有一段 15 分钟的潟湖场景完全无字幕。很多主要场景，尤其是那些需要新的电影技术处理的场景，自然没有出现在舞台剧中，而对于舞台剧已有场景，则应以同样方式演绎，此时戏剧应作为电影的指南。这份脚本十分精简：我们在此给出的只是故事的骨架。至于如何传达幽默等

---

[1] 出自《彼得·潘五十年》，罗杰·兰斯林·格林著（伦敦：彼得·戴维斯出版社，1954 年）。

方面的细节，需之后补充。技术问题显然是重点、难点，电影艺术的专业人士能否解决，这有待于观察。

一开场，彼得快活地吹着笛子，骑在羊背上，穿过树林（再现我那幅私人油画的场景）。突然，他像鸟一样随意自在地飞上一棵树。从这棵树，他又飞过一条动人的河，还像海鸥一样，潇洒漂亮地在河上盘旋一圈。突然，他重又落回羊背上，双腿骄傲地往外伸，吹着笛子骑远了。为了飞得优美，真正像鸟一样，需要大量练习，多次排演。飞行要比舞台剧中的好得多，精致得多，而且空间自然应该更广阔。这一场景应即刻表明电影《彼得·潘》能做到的，普通舞台做不到。电影从一开场，就应显示出神奇，吊起观众对奇迹的胃口。

从前，有位可怜的伦敦职员和他的妻子，人称达林先生和夫人；可你猜猜他们有什么？

达林先生和夫人应十分高大，此衬托孩子们十分矮小，他们俩分坐在壁炉两侧，所处的伦敦式起居室虽简陋但温馨。家具应十分简朴。无论是在这间起居室，还是在剧中其他房间，都不应有任何厚重的、带有螺旋腿的大件橡木雕花家具，这里不要电影中常出现的那种家具。这是两位品位十分高雅的人士，可手头十分拮据。达林先生不过是位办公室职员，应始终凸显他们社会地位卑微。她在缝制一件孩子的衣服。过了一会儿，他们的三个孩子出现，依次跑向他们。

温迪、约翰和迈克尔。

这是一幅欢乐的家庭图景，饱含浓浓爱意。孩子们一边玩去了，家长们还在那儿。他们一直吵吵闹闹的，达林夫人疲惫不堪，劳累过度。达林先生善意地想要拿走她手中的针线活儿，可她摇了摇头。莉莎，他们的小女仆，拿着晚报进来，递给达林先生。这应是一份伦敦报纸，而非美国报纸。莉莎应由八岁左右的孩子扮演，但应该挽起发髻，身穿长裙。她一本正经地离开了。达林先生将报纸上的一则广告指给达林夫人。此处特写："应聘保姆、育婴室女仆，S夫人，格林大街22号。"显然，这正是他们需要的，可比较了价钱之后，他们表示自己太穷了。接着，他向她展示另一则广告，此处特写："便宜出售纽芬兰犬。<u>十分喜欢孩子</u>。狗狗之家。"他特意指了指下划线部分。显然她很担心，可他自有打算。

接下一场景，达林先生牵着一只纽芬兰犬，穿过一条伦敦街道。那只狗走得心甘情愿。

下一场景显示为之前场景的结果。我们看见夜间育婴室有三张床，就如同舞台剧的开场。这应是一间英式育婴室。纽芬兰犬娜娜应显得十分胜任地做着保姆工作。我们看见娜娜在浴室里准备洗澡水，十分逼真地为迈克尔洗澡，把三个孩子赶上床，掖好被子，等等。此处应是依据舞台剧再现的一幕长长的、引人发笑的连续场景，但尽量更全面。

等娜娜觉得孩子们都睡着了，就回到同在育婴室的窝中，我们看见她去那里睡觉，头恰好在窝之外。调皮的孩子并不是真的睡着了。他们跳起来。温迪确认娜娜睡了，然后示意其他人，他们爬上她的床。她开始给他们讲故事,他们津津有味地坐着听。屋里一片漆黑。

(关于娜娜的注释。——她通常应由人类扮演,戏服应酷似某只可参加拍摄的真正的纽芬兰犬的皮毛,这样在某些场景——比如街景中——这只狗可以代替演员。)

接着,我们看见灰姑娘拿着笤帚在厨房的炉火边睡着了,以表现这是温迪在讲的故事。

你们知道燕子为什么把窝筑在房檐下吗?就是为了听
故事。

我们看见温迪正给弟弟们讲到这儿。迈克尔踮着脚尖走到窗边,发嘘声赶燕子走。接窗外场景,几只燕子坐在窗台上聆听。迈克尔突然出现在窗边,拉开窗帘,发嘘声赶它们走。他回到温迪的床上,咧嘴笑着,自以为是个绝顶聪明的小伙子。

温迪不知道的是,偶尔还会有另一位听众听她的故事。

我们从外面看见彼得在窗边听着。接着,镜头在讲故事的温迪和仔细聆听的彼得之间切换。(我们尚未得见彼得飞到这儿来。)

有天夜里,娜娜差点抓到他,他丢下影子才得以逃脱。

彼得为了更好地听故事,就偷偷从窗户进来。他边爬过地板,边高兴地听着。娜娜醒了,跑向他。他纵身跃出窗户,可她迅速拉下窗框,拦住了他的影子。孩子们欢呼雀跃,坐起身。达林夫人冲进来,身后跟着达林先生。娜娜叼着影子。达林先生展开影子,仔细查看。显然,他认为这是个十分调皮的影子。达林夫人把影子卷起,放进抽屉收好。他们看向窗外,但空无一人。此处的画面向我们显示出育婴室在一幢房子的顶层,位于伦敦一条贫穷但体面的街区。这不解之谜令他们不安。接着,达林夫人显然认为迈克尔看上去兴奋过头。她看看他的舌头,往他嘴里放了一支体温计,又做了一瓶东西,通过特写,我们看见瓶子上写着"蓖麻油"。她往勺子上倒了一些,把勺柄放进娜娜嘴里。

迈克尔在自己床上,其他人围在床边。娜娜叼着药勺,穿过其他人来到他身边。他很调皮,不肯吃药,就像舞台剧中一样,此处为了幽默效果,应比照舞台剧。

"做个男子汉,我的儿子。我要不是弄丢了药瓶,现在
　　　就喝给你看。"

达林先生高高在上地说道。

"我知道你放哪儿了,爸爸。"

温迪这样说道,以为在讨他欢心。她跑开。达林先生痛苦极了,温迪拿着药瓶回来,痛苦增加了,在另一幅画面中,我们已经看见她从他卧室的橱柜顶上取下药瓶,毫无疑问,他故意把药瓶藏在那儿的。那应是间十分简陋的卧室。她往玻璃杯里倒了一些药,递给他。他怒目而视。约翰看到爸爸的窘态,暗自发笑。温迪给出信号:一、二、三,好让他们同时喝下。这时如舞台剧一样,展现迈克尔和爸爸的种种可笑之处。

迈克尔喝下自己的药,可达林先生不光彩地把自己的玻璃杯藏到身后。迈克尔看到了,哭了起来。一家人往他身后偷看,瞥见了玻璃杯,他们都为达林先生感到惭愧。娜娜竖起尾巴,目空

一切、大摇大摆地走出屋子。他被她激怒了。接着,他表示他有个好玩的主意。他拿起一个牛奶瓶(特写镜头下,我们看见是牛奶),往他的药里倒了点儿牛奶,然后把那白色的混合液体倒进娜娜的水碗中。

大家都反对他这么做,但等娜娜回来,他指了指碗。她满心感激,开始舔牛奶,接着用责备的眼神看着他,灰溜溜地回了窝。孩子们哭了,他的恶作剧没成功,就气急败坏起来。他命令娜娜出来,但她吓得直后退。接着,如同舞台剧中一样,他甜言蜜语,把她哄了出来,然后猛地抓住她,把她拽出窝,拖到门口,孩子们难过极了。

> 他愚蠢地把娜娜拴在院子里,而不是让她留在育婴室守护他的孩子们。

下一场景,我们看到他把娜娜拴到底下院子里。

> 当晚,达林夫人得随丈夫赴一场晚宴。

我们先是看到她在卧室为丈夫系领带,接着看到他在涂黑外套上的接缝和他褪色的大礼帽,这表明了他们有多穷。接着,我们看见她身穿宴会长裙,从这床走到那床,挨个亲吻孩子。然后点亮每人床边的夜灯。最后,她充满怜爱地在门口看了他们一眼,一切就跟舞台剧中的如出一辙,并配乐。接着,我们看见达林先生和夫人走出去,经过院子,达林先生拒不让达林夫人爱抚娜娜。娜娜哭了。天下着雪,两人撑一把伞走上街道。他们要去赴宴的人家离得不远。就在同一条街上,不过在街对面。他们走路前往。(这部戏里没有汽车,也没有电话。)

下一场景，我们看见窗外的窗台上有两三只燕子。

此刻，娜娜在院子里看上去一副发愁的样子，似乎嗅到了危险。再接育婴室。孩子们睡着了。夜灯闪烁，而后诡异地伴着舞台剧中的音乐依次熄灭，这暗示要有怪事发生。此处应有一种毛骨悚然之感，配乐能极大地发挥辅助作用。

*仙子小叮当。*

现在我们来到窗外，燕子还在。仙子音乐此时响起。仙子叮当飞上来，落在窗台上。燕子没动。她的身高约五英寸，如果效果能实现，此处一位真正仙子的出现应是电影中最离奇的画面之一。她这个虚荣的小东西整理起衣服来，直到满意为止。她还对燕子推推搡搡，好为自己赢得一个最佳位置。无论对叮当，还是其他仙子，永远都不应切特写镜头；他们看上去应该始终不高于五英寸。最后她把燕子挤下窗台。接着，她跳进窗里。我们看见她在育婴室里飞来飞去，在每张床上落了一会儿。下一场景，我们看见娜娜在底下仰天吠叫。接着，我们看见彼得朝我们飞来。起初，他不过是远处的一个点。接着，他越来越近，抵达窗边。现在，育婴室内，孩子们仍然睡着。屋里此刻漆黑一片。叮当不见了。彼得从窗户进来。他是来拿影子的。他确认他们睡着了。此处应十分戏剧化——就像一场早有预谋的入室盗窃，配乐予以烘托。他为了找影子，翻遍抽屉，找到之后，就坐在地板上，试图用他从浴室找来的香皂把它黏在脚上。影子黏不上。他抽抽搭搭。温迪听见他哭，就从床上坐起身。

"孩子，你怎么哭了？"

她这样问道。他起身站到她的床尾，彬彬有礼地朝她鞠了一躬。她很满意，依照舞台剧中那种古老的方式，从床上向他回礼，这是备受欢迎的一幕。

"姑娘，你叫什么名字？"

"温迪。你叫什么名字？"

"彼得·潘。"

"你妈妈在哪儿，彼得？"

"没有妈妈，温迪。"

"噢！"

因为这场对话，温迪从床上跳下来，跑向他，搂住他，像妈妈一样照顾他。她应该立刻表现出妈妈的样子来。他拿起影子，表示这就是困扰他的问题。她拿起香皂，在特写镜头中，我们看到上面写着"香皂"。她震惊于他的无知，把他放到椅子上，依照舞台剧中那种老式的、母亲般的方式，开始把影子缝到他脚上，他感到疼痛难忍，却表现得十分英勇。等他发现万事大吉之后，就大摇大摆地走起路来，炫耀着影子。他对着影子快活地舞蹈，还把她挤到一边，就好像她毫无贡献似的，这可惹恼了温迪。

"既然我没有一点儿用处，还是退下为妙。"

我们看见温迪这样说道。接着，她高傲地跳上床，用毯子遮住身体和脸，全部动作一气呵成，这是剧中备受欢迎的另外一幕。

彼得此时愧疚起来。最初，他假装要走，其实是躲起来了。

接着,他跳上床尾的栏杆,在那儿坐下,用脚讨好地戳戳她。

"温迪,别走。一个女孩可比二十个男孩有用得多。"

他这样说道。她笑吟吟地偷看他,然后跳出来,算是原谅了他,她坐在床边,并示意他坐到她身过来。他照做了。他们成了一对十分友好的伙伴。

*温迪说,她愿意给他一个吻,他就伸出手来接。他不知道吻是什么;为了不伤害他的感情,她给了他一枚顶针。*

我们在舞台剧中看过这一幕。

"现在,我可以给你一个吻吗?"

彼得这样对温迪说道。她点了点头。他严肃地从他衣服上扯下一枚纽扣,送给她。特写镜头下,我们看见这是一枚纽扣。她假装高兴,暗地里却做了个鬼脸。

*"我出生没多久,就离家出走了,温迪。我听见爸爸说我很快就会长成男子汉,可我想永远当个孩子,快快乐乐的。"*

他这样跟她讲。接着,我们看见彼得的妈妈躺在床上,爸爸走进来。她骄傲地抱着那个婴儿(此处应是恰好会爬的真婴儿)。爸爸坐在一把椅子上,对妈妈说话。接另一幕实景。我们看见爸爸对妈妈说了什么,即婴儿将如何快快长大。背景不变,我们看见婴儿长成小男孩,再长成大男孩,然后历经各种变化,长成一个年轻人,然后是留胡子的成年人,一副职员模样坐在办公桌边的凳子上。随着长大,他的衣服啊,袜子啊,在一段时间里应看上去变短、变小,后来被别的衣服取代,我们应目睹他的腿越来越长以及此类变化。为达到预期效果,值得在这一场景上投入很多精力。此处的想法是应用电影处理技术,展现一个孩子从婴儿到大人的成长过程,有时,开花过程或植物生长过程也会采用此类技术,予以说明。真正的婴儿被充满画面感的、对他未来的这一切预测吓坏了。父母谈话间,他悄悄从床上爬下来,爬到床底下,没让他们察觉;然后从床下出来,爬过地板,爬出门去。我们看见他爬过前厅,保姆在那里睡觉。接着爬下楼。接着,或许可以拍他爬过街上的车水马龙。他爬进肯辛顿公园。在那里,两只大鸟前来帮忙,把他夹在中间,支撑他,跟他一起飞走。他的睡袍这会儿已经被扯烂了。

彼得为温迪介绍他的仙子朋友。"当世上第一个婴儿第一次笑出声,这笑声就碎成一千片,全都跳来跳去的,仙子就这样产生了。"

他这样告诉她。接下一幕,原始森林场景。亚当和夏娃把他们的孩子放在地上,走了。那孩子快乐地笑啊,踢啊。接着画面上遍布小光斑,它们就像落叶一样打着转,等它们不动了,就成了快活的小仙子。此处应有铃铛的叮当声,来表明它们的喋喋不休,并配上仙子音乐。

"只要有孩子说,'我不相信有仙子',就会有某个地方的仙子倒下死去。"

彼得这样告诉着迷的温迪。接着,我们看见另一间育婴室,有个讨厌的男孩正在对保姆这么说。

接着场景切换到一棵树,好几位仙子坐在一根树枝上,正快活地叽叽喳喳聊着天。他们都像叮当那么小。突然,他们当中有位仙子用手拍了下心脏，摇晃起身体，然后掉到地上。其他仙子飞下树，难过地抬走她的尸体。

*温迪有生以来第一次看见仙子。*

我们看见彼得和温迪追得叮当到处跑。叮当落在挂钟上。温迪欣喜若狂地崇拜她。

*可叮当爱彼得，当她看见温迪给他真正的吻（现在叫顶针）时，就使坏。*

彼得和温迪此刻一起坐在一把扶手椅上。她给了他真正一吻，他喜欢这吻，开心地笑了，郑重其事地也给了她一吻。接着，叮当冲向她，扯她的头发。温迪尖叫。彼得威胁她。代表仙子语的看不见的铃铛激动地叮叮当当。

"她说只要我给你顶针，她就会那么对你。可是为什么，叮当？"

彼得问道。一种不同的叮当声响起，以示回答，这声音应该留在观众的记忆里。

*她说："你这蠢驴！"*

彼得这样告诉温迪。他把叮当赶走，赶到窗外。

"我和迷失的男孩们一起住在梦幻岛。跟我来吧，温迪，我会教你飞，你可以做我们的妈妈。我们特别需要一个妈妈。"

画面上，彼得催促她照做。他们此刻趴在地上。彼得贴着地板朝她爬去——舞台剧里又一处滑稽的地方。接着，我们看见迷失的男孩们都栖息在一根树枝上睡着了，他们聚在一起一字排开,坐得跟睡着的鸟一模一样。他们衣衫褴褛,看上去十分矮小。彼得本人是其中之一。

"肯定好玩儿极了!"

温迪对彼得这样说,她说着说着,已被内心的狂喜搅得心神不宁。

下一场景,小莉莎坐在厨房的椅子上睡着了,手里还拿着一只洗到一半的盘子。

接着,院子里的娜娜被叮当激怒,后者对她举止无礼,还取笑她,从她碗里喝水,等等。娜娜猛地冲向她,可狡猾的叮当始终飞到娜娜够不到的地方。

"约翰、迈克尔,醒醒。这儿有个男孩要教我们飞,带我们去梦幻岛。他说岛上有海盗、美人鱼和印第安人。"

"要我说,我们现在就走。"

温迪正在叫醒迈克尔,彼得已经用脚把约翰踢下床。温迪宣布这个重磅消息,约翰听了兴致勃勃。他戴上大礼帽。约翰穿着睡衣,迈克尔穿着连体的长袖长裤,温迪穿着白色的棉睡袍。

一堂飞行课

此时,我们应该有一组精致的、没有字幕的电影镜头。我们先看见彼得在育婴室里向其他人展示怎么飞,他们就在床上聚精会神地看。接着,娜娜一边在院子里拼命扯断链子,一边仰视育婴室的窗户,只有那里亮着。

接着,小莉莎变换了坐姿,依旧睡在厨房的椅子上。

接着,是透过窗户的场景,展现了彼得和其他孩子,叮当就坐在窗台上。

接着,达林先生、达林夫人和其他人在晚宴上。

接着,再次切换到育婴室。孩子们蹦来蹦去,跳上跳下,努力学飞行。

"就想奇妙的美事儿就行,它们会把你托举到空中。"

彼得对他们这样说道,并为他们表演怎么飞,可他们还是不会。接着,我们看见娜娜挣断链子,冲到街上。此时,她应是一只真狗。

"等我把仙尘吹到你们身上。"

彼得把仙尘吹到孩子们身上。他们沾沾自喜,因为一沾上仙尘,他们即刻就能飞上一两码了,不过飞得还是不好。

下一镜头,我们看见娜娜闯入一扇门,冲上一段楼梯,冲进举办晚宴的房间。她汪汪道出家里发生的事情。赴宴的人们赶到窗边,稍稍拉开窗帘。他们没有把窗帘全部拉开。18英寸左右就够了,那仅仅是窗帘中部,不是整幅。透过一道约18英寸宽的缝隙,可以看见大约80码开外的育婴室的整扇窗户。只有那里亮着,我们在窗户上看见孩子们的影子令人担忧地在育婴室的窗帘上移动。达林先生和夫人大为震惊,他们和娜娜冲出宴会厅,跑下楼梯。

接着,我们看见孩子们在育婴室里飞。跟彼得相比,他们飞得十分笨拙,可此时已经可以得意扬扬地在育婴室内飞上一圈。他们高兴坏了。接着,达林先生和夫人跟娜娜一起匆匆忙忙走上落雪的街道。他们忧心忡忡地指着窗户,孩子们的影子飞了一圈又一圈，正投到窗户上。

这一恐怖场景切特写镜头。

接育婴室内。大家都在一种精神错乱般的狂喜下四处飞；然后，彼得和他的伙伴们从窗户飞过。

家长和娜娜冲进育婴室，恰好眼见着他们消失。

他们从窗边看见孩子们从屋顶上方飞走。

去往梦幻岛的飞行此刻开启。我们看见离家出走的孩子们飞过泰晤士河和议会大厦。接着，一次下议院例会在此得到忠实还原。一位警察冲进富丽堂皇的议院厅，用空中正在发生的惊人消息打断了会议议程。所有人都跑出去看，头戴假发因而容易辨认的议长第一个冲了出去。他们抵达议院厅露台，兴致勃勃地看着飞行团不见踪影。

接着，孩子们飞越大西洋。月亮出来了。温迪累了，彼得支撑着她。

接着，他们离纽约近了。自由女神像赫然出现。他们筋疲力尽，全员降落在雕像上。那儿滑溜溜的，他们找不到一处休息之所。开始，这应该是座真雕像。接着，我们应该看到雕塑复活、在照顾他们的效果，她把他们搂在臂弯里，好舒舒服服过夜。

这应该是最动人的画面之一。

接下来，我们看见他们重新上路。他们穿越美国，其间出现尼亚加拉瀑布。

接着，他们飞到太平洋上空，梦幻岛就在那里。

梦幻岛。

我们看见那座岛在暖阳下,流光溢彩、安静祥和。我们在一幅地图上看见岛的全貌,那不是一幅现代地图,而是带插图的老式地图,上面有种种怪异夸张的细节。我有一幅梦幻岛的地图,需以此风格将它再现。

接着,我们看见太阳落下,岛上变黑,危机四伏。

狼群出现,在追赶一个迷失的男孩。

接着,野兽在月光下的浅滩边喝水。

接着,印第安人依照费尼莫尔·库柏故事里的方式,正在折磨一个绑在树上的犯人。那是位海盗。

*虎百合:"每位勇士都想娶她为妻,可她却拒他们于千里之外。"*

虎百合最先出现。接着,我们看到有个印第安人显然在向那位美丽的印第安公主求婚。她猛地拿出她的短柄斧,把他打倒。她和全体印第安人的身材都应十分高大,以便与孩子形成对比。

接着,彼得出现在空中,他给温迪指出远处的海盗船。接着,一艘可怕的船进入视线,船上飘扬着海盗旗。这应该是一艘精致、邪恶的海盗船,是袭击西班牙无敌舰队时的那种——可以重现某艘臭名昭著、恐怖凶险的船,不久之后彼得要爬上去的船体如此庞大。我们将逐渐看到船上的各种局部细节。船刚刚抛锚停泊,因而看不见船帆。等到剧的后半段,在彼得一声令下,我们才得以一见船帆。

*海盗船长詹斯·胡克(伊顿公学和牛津大学贝利奥尔学院)。*

我们在此处所见到的胡克穿着应与舞台剧中一样，他没有右手，而有只铁钩手——嘴里叼着一根双筒雪茄，以及别的相应特征。他的身材应十分高大。

（注意。——关于这一角色的演绎。演员应十分严肃地饰演胡克，饰演时，不应意识到这一角色的滑稽，必须避免一切滑稽出演的诱惑。这种诱惑的确存在，在舞台剧里，饰演该角色的演员们偶尔屈从于它，结果出现灾难性后果。他是个嗜血的坏蛋，作为受过教育的人士，更是如此。其他海盗是鲁莽的恶棍，而他在邪恶至极的同时，却最能表现得彬彬有礼。他应有种花花公子的派头。但首先，演员要绝对严肃地饰演这一角色，避免滑稽倾向。这点应始终坚守，尤其是后来海盗船上的场景。这条提示同样适用于所有海盗。）

可怜的斯密，非国教徒。

斯密戴着眼镜，是剧中不称职的、长相可爱的恶棍。他坐在船上一隅的地板上。身边是茶壶、茶杯、茶托等。他从茶托上端起茶杯喝茶。

他们每一个都在西班牙美洲殖民地上声名赫赫，令人闻风丧胆。

我们看见一伙吓人的海盗——共20人左右。斯塔基、切科等。一些人应按舞台剧中着装。其他人应仿效各种书上描述的海盗着装。

一名海盗指向飞行中的孩子。

接着，彼得在空中向温迪和其他人发出警告。

293

接着,我们看见巨炮,那非凡的武器,已在甲板上准备就绪。全体海盗都应十分高大。开炮了,是胡克的命令。

我们看见彼得和他的伙伴们被吹向四面八方,但显然没有受伤。他们在空中翻滚,接着继续飞。此时,他们失散了。

*迷失的男孩们在等彼得回来。*

布景是舞台剧中的树林,大树参天,树干中空。所有树应十分高大,以衬托孩子们的矮小。炊烟从一根地里的烟囱中,袅袅升起。

我们看见孩子们跟舞台剧中一样,从各自的树洞里爬出地面。首先是一丢丢。

*弄脏了一丢丢。他之所以这么叫,是因为走丢时他穿的*
　　　　*衣服上这么写。*

一丢丢上场,他是迷失的男孩当中好笑的那个。

*小溜达——自大鬼——卷毛——双胞胎。*

他们悉数上场,并依照舞台剧中的设定,个性鲜明。所有人仰头看天,寻找彼得。

"哟嘿,哟嘿,海盗人生,
　　骷髅白骨海盗旗,
　快活一辈子,一根大麻绳,
　　就去见戴维·琼斯。"

此时响起这支海盗曲子,歌词听不清。迷失的男孩们打着哆嗦,因为他们知道这意味着有海盗出没。

孩子们全都迅速滑下各自的树洞,不见了踪影,可自大鬼没有,他偷溜出去侦查。是他最先把一颗蘑菇放在烟囱上,把会露馅的炊烟堵住。海盗们正在一条传奇的河上用篙撑竹筏。

在一条有靠垫的竹筏上,胡克帝王般坐着,被高高抬起。接下来,是好几个在河上的竹筏镜头。接着,胡克下来。他们全都在找男孩们。他示意他们四处搜查。他们鬼鬼祟祟地走开。有两三个海盗是身材高大的黑人。显然,这伙坏蛋来自五湖四海。

"是彼得·潘把我的胳膊砍下来,扔给一条碰巧路过的鳄鱼。那条鳄鱼太喜欢我的胳膊了,斯密,自那以后,它就追着我,从海洋追到海洋,从陆地追到陆地,舔着嘴唇,想把我整个生吞下去。"

"在某种角度上讲,船长,这算种欣赏。"

胡克胆战心惊地对斯密这样说道,两人就在他们尚不知晓的地下之家附近。一个孩子的脑袋从树洞里露出来偷听。他吓得缩了回去。此时整个场景切换成彼得大战胡克,他砍下他的胳膊,扔给鳄鱼。

胳膊被砍下的打斗场面应十分精彩,我们发现胡克"看见星星",其实不然;而是他四周的树在几秒内都在移动。同类特效曾出现在我没有公映的电影《麦克白》中,人们可以在那部戏里看见树木在追赶麦克白。

这一幕应发生在离奇可怕的风景中,它跟岛上风景迥然有别。接着,我们看见胡克被鳄鱼在全球范围内穷追不舍。我们看见一个真实的地球图。不管船去往何方,鳄鱼都游在其后。如果胡克上岸,它依旧如影随形。就这样,他们走遍全球,为了便于观看，球体应缓慢转动，人物很小，但清晰可辨，并比实际身形大得多。

"有一天，斯密，那条鳄鱼吞了一只闹钟，钟在它体内嘀嗒作响，所以它还没追上我，我听到嘀嗒声，就迅速逃跑。"

他得意扬扬地如此讲道。他此时坐在一颗大蘑菇上，就是藏烟囱的那颗。接着，我们看见事件发生的景象。胡克在河边另一处林地出现，但此处风景仍然不同。所有这些风景都应该区别开来，处处风景如画。他在斗篷下面藏了什么。他十分狡猾，做事不光明磊落。原来是只他上了发条的闹钟。现在它嘀嗒作响，我们听见嘀嗒之声。他把闹钟放在地上，躲了起来。鳄鱼来了，好奇地把闹钟推来推去，最终吞进肚子。钟还在嘀嗒作响，不过是种闷响。鳄鱼转动脑袋，试图看看自己身体，接着困惑不解地走开。他得意扬扬地出现，阴险地从相反方向离开。

接着，我们再次看见胡克和斯密。胡克起身，显然感觉到热。他们抬起他刚才一直坐的那颗大蘑菇，发现它藏着一根正在冒烟的烟囱。他们指指树洞，得意扬扬地表示他们发现了孩子们的秘密之家。他们拔出手枪和短弯刀，准备下到树洞里。

一个男孩又在全程观察。他下去告诉别的男孩。我们现在看见了地下之家，稍后会加以描述。那里的男孩全都惊慌不已，可还是抄起武器。

接着，再回到地上，胡克和斯密正准备下到树洞里，就听到一声警报，我们也听见了。原来是鳄鱼的嘀嗒之声。他们匆匆跑开。鳄鱼配乐。鳄鱼出现,迟缓地跟在他们身后。他简直是复仇女神涅墨西斯,一直缓慢地跟在胡克身后。鳄鱼的身躯最好有时如真正的鳄鱼,但更大些,有时不过是戏台上的道具大小。

现在,孩子们把头伸出树洞,往外偷看。一看见印第安人排成一列纵队,准备跟海盗开火,他们又从树洞下去,消失了。这一幕应配印第安人音乐,缓慢,令人不寒而栗。印第安人如同舞台剧中一样,充满戏剧性地离开。他们一走,孩子们出现。自大鬼朝他们跑过去,兴高采烈地往上指了指。此时,我们看见温迪艰难地独自飞着。我们先是看见她在树林上方,随后到了男孩们头顶上方。叮当也在空中,在四下乱飞。

*嫉妒的叮当大喊:"射死温迪鸟!"*

铃儿叮当响。小溜达拿来弓箭,射向温迪。我们看见温迪中箭。铃铛发出"你这蠢驴"之声,温迪掉落到地上。孩子们聚拢在她身边。

"这不是鸟。我觉得这肯定是位女士。让我看看,
*我记得女士。没错,这是位女士。*"

一丢丢狂妄自大地把别人挤到一边,做出了此番令人不安的声明。所有人摘下帽子。小溜达吓坏了;突然,所有人往上看。他们看见彼得独自飞着。他们先是很高兴。接着,所有人围在温迪身边,把她藏起来。彼得飞下来。

"孩子们,重大新闻!我终于给大家带来一位妈妈!"

他们全都苦着脸。小溜达敢做敢当,他让他们站到一边,让

彼得看见温迪。

彼得大惊。他跪在她身边，把箭拔出来。小溜达裸露胸膛，示意他是罪魁祸首。彼得举箭，准备像用匕首一样刺向小溜达。温迪抬起一只胳膊，双胞胎中的一位向彼得指出这一现象，彼得又仔细查看了一下温迪。孩子们都屏住呼吸。

"她活着！这是我给她的吻。箭射到吻上了。

这吻救了她的命。"

彼得从她的胸前拿起那枚纽扣。

纽扣特写。

"我记得吻。让我看看。没错，那确实是吻。"

纽扣被拿给一丢丢看，他自信地给出了意见。接着，镜头转向在树上的叮当，彼得严厉地命她离开。她一边飞走，一边在喊："你这蠢驴！"

此时，我们看见约翰和迈克尔先是飞着，而后晃晃悠悠地掉下来。他们筋疲力尽，立刻倚在一棵树上睡着了。

接着，孩子们试着把温迪抬下树洞。他们做不到。彼得向他们透露了一个伟大的想法，他们马上付诸行动。原来是围着她造一座房子。

我们此时看见他们按照舞台剧中的讲究劲儿，围着温迪造起房子，大小几乎跟她本人的身形分毫不差，约翰和迈克尔被叫起来干活。那不应只是一座画布上的假房子，舞台剧中是不得已而为之。此处应是一座真正的房子，即便滑稽好笑。我们看见男孩们砍树、做木工，等等，他们真的在以令人叹为观止的速度造房子,大体如《肯辛顿公园里的彼得·潘》中所述。我们看见他们以闪电般的速度立柱子、做门窗等行为,全程配乐。完工后,应是座漂亮的、用木头和苔藓搭建而成的小房子,它歪歪斜斜,差三错四,却令人着迷。

他们检查竣工的房子。彼得显然发现还缺一个东西。他示意少了烟囱。他把约翰的大礼帽(约翰自打离家,就一直戴着它)的顶敲掉,然后放到屋顶上当烟囱。炊烟立刻从帽子里袅袅升起。

*温迪同意做他们的妈妈。*

他们满怀期待地围拢在小房子周围。彼得敲了敲门。温迪一脸茫然地出来。接着,上演舞台剧中的同样场景。他们跪在地上,伸出胳膊,请她做他们的妈妈。她同意了。开心。温迪立刻表现出一副妈妈样儿。他们围着房子跳舞。大家都在屋里嬉戏,彼得没有,他拔出宝剑,留在外面站岗。天黑了。小房子里亮起灯。野兽的影子在背景中经过。彼得赶走狼群。走在最后的是个狼崽,它个头小,年纪轻,还不知道怎么逃跑。他把它抱起来,给它妈妈送去,后者充满感激地离开。接着,彼得倚在小房子的门上睡着了。

叮当小心翼翼地出来。她跳上他的膝盖,再跳上肩膀,吻了他。她待在那儿。彼得继续睡。

*温迪到后没多久的一天,彼得带她去潟湖看美人鱼。*

我们看见一支快乐的队伍在浪漫的风景中出发。走在前面的是小溜达、自大鬼、一丢丢、双胞胎和卷毛,他们愉快地玩耍,做跳山羊等游戏。此时,他们的衣服都经过了仔细缝补,也能看出其他温迪妈妈带来的变化。接着是温迪,她坐在一架手工制造的、简陋的小雪橇上,雪橇被一根风筝线拉着,风筝在空中飞得老高。接着是约翰和迈克尔,他们轻快地迈着步子。最后是彼得,他骑着山羊。此处应尝试一种特效,或许可以借助早期场景中,彼得砍掉胡克胳膊时,树木移动的那种技术来实现。此处想要的效果是:彼得在路上走着时,花儿排成一列长队,跟在他身后移动。

"看啊,那些讨厌的花儿又跟着我!"

彼得看看身后,义愤填膺地这样说道。他一副权威派头,示意它们停下,它们当即站定。他继续赶路,一消失,花儿又开始跟上。他只得藏起来,在拐角处突然冒出来,把它们抓个正着。它们再次停下——他挥手,让它们回去,接着,我们看见它们都往回走,直到空无一人。它们表现得跟一只跟着主人,而后被命令回家的狗别无二致。彼得现在继续往前骑着走了。

(注意。——我们从现在开始,将有一段时长约 20 分钟的无字幕场景。)

下一场景,风筝线断了,就因为约翰试着坐上雪橇——由此看出风筝拉不动两个人。温迪滚下雪橇,风筝不见了踪影。雪橇被弃。彼得英勇地下来,让温迪骑他的坐骑,他们继续前行。接着,彼得示意当心,温迪下来,他们踮着脚尖蹑手蹑脚地前进,为了不惊扰美人鱼。他们藏在高草间,窥视着此时进入视野的、美丽的美人鱼潟湖。这应是位于珊瑚岛上的潟湖,唯美而浪漫;

湖里有珊瑚礁和太平洋植被。现在还没有美人鱼。彼得指给温迪几处景观，首先是水中的一块岩石，名叫海盗岩，之后我们将多次看到。

接着，他们因为随后发生的一件事而兴致勃勃。一根上有大鸟窝的树枝断了，掉进了水里。鸟窝从树枝掉进潟湖漂走时，鸟妈妈就待在窝里，坐着没动。温迪赞赏它的这种充满母爱之举，朝它飞了一吻。

接下来，我们看见了美人鱼。孩子们从藏身之处观赏着。美人鱼相关场景应是一系列时长可观的华美画面。起先，美人鱼离得很远，有几十条慵懒地待在潟湖岸边，有几条待在水中，有几条游出水面。它们通常都该离得稍远一些，因为这样，幻景效果最好。要是尾巴处理得自然，我们或许可以看见有条离得近些，正在岩石上梳头。温迪很兴奋，彼得示意她当心。所有的孩子悄悄潜入水中，彼得带队，他们想抓住一条美人鱼。镜头在美人鱼和巧妙地朝它们游去的孩子之间切换。他们跳起来，想抓住那条梳头的美人鱼，它却从他们的指间溜走。彼得从空中一跃，飞落在它背上。他欣喜若狂。没有人像彼得这么高兴，也没有人像他这么严肃，这么英勇，这么骄傲。

接着，在潟湖另一处，我们看见虎百合姿势潇洒地站在岸边，手持一张弓，瞄准斯密，后者坐在一条船上过来了。斯塔基从树后跳向她，斯密蹚水上岸帮忙。斯塔基正准备手刃她时，斯密提出一个更可怕的提议。提议以画面形式呈现出来。我们在画面上看见海盗岩，虎百合被绑着，躺在上面。潮水上涌，没过岩石，她被淹死。斯塔基喜欢这个画面，下一镜头，他们已经把她绑了，撂在岩石上。此刻，他们坐在岩石边的船上，我们看见两个场景：一个是胡克游向他们，一个是彼得偷偷游到岩石那里救虎百合。彼得避开海盗视线，割断她的绳索，她滑进水里。胡克到了，上了船。他们得意地指指岩石，结果惊讶地发现虎百合不见了踪影。胡克大发雷霆，他们跪地求饶。他四处查看，看看敌人在哪儿，彼得忍不住游出水面，嘲笑他一番。胡克以为，他终于逮到彼得了。他和斯密跳入水中，斯塔基守船。

水中大战开始了。我们看见美人鱼和鱼群吓得匆匆游开。约翰和斯塔基在船上开战，扭打作一团。最精彩的当数胡克和彼得的岩石大战，这应与舞台剧中的大同小异。此战以彼得被胡克卑鄙砍伤、从岩石上滚落水中，而胡克得意扬扬跳进水里告终。接着，我们看见胡克游向岸边，偷偷溜走。接着，在胡克消失后，我们看见鳄鱼上岸，在追赶他。胡克在此类情形下，并不知道鳄鱼跟在身后。

接着，别的男孩围拢在浮船边，上了船。他们大喊，到处找彼得和温迪。船漂远了，直到离开视线。潟湖上此刻空无一人，看上去寒冷、残酷。

接着，我们看到美人鱼在自己美妙的洞穴中。温迪成了它们的犯人。它们满心好奇地仔细检查她一番。它们嘲弄地笑话她的脚，她就只得跪坐在地。它们用手指扒着她的眼睛，用尾巴抽打她，这显然是它们的打人方式。接着，它们睡着了。她坐在那儿，惊恐地瞪大了眼睛。彼得来了，他蹑手蹑脚地从美人鱼身上迈过去，把她救出来，然后离开。他显然受伤了，她也一样。一条美人鱼醒了，表情邪恶地跟着他们。

接下来，彼得把温迪拽到海盗岩上，两人全都昏倒在那儿。残忍的美人鱼游到岩石这儿来，把温迪一寸一寸拉下水，正好彼得坐起身来，救了她。这一幕应戏剧性十足。美人鱼不见了。我们看见两个孩子坐在那儿，场景配乐营造出这一对的感人之处。彼得指指上涨的水势，可他们太累了，什么也做不了。

我们看见岩石被淹没了。

接着，风筝再次进入视野，它在空中飘浮。我们先是看到它飘在潟湖的另一处上空。接着，离岩石越来越近。彼得想到一个主意；他抓住风筝的尾巴，把风筝拉过来。

彼得令人敬佩地把风筝的尾巴绑在温迪身上，并示意它带不动两个人。他们拥抱。接着，她被风筝拉起，升到潟湖上空。彼得一直朝她挥手，直到看不见她。等明白自身处境时，他哆嗦了一下。接下来，我们看见他独自一人。接着，我们看见温迪被风筝带到岛的上空。

"死亡将是一场十分壮丽的冒险。"

这时，彼得骄傲地站着，身姿挺拔。岩石在下沉。月光皎洁。接着，我们看见鸟妈妈依旧坐在窝里，漂在潟湖的另一处。

下一镜头，彼得在岩石上。此时，水漫到了他的膝盖，可他仍然英勇无惧。接着，鸟巢朝他漂来。他发现了它。鸟嘎嘎叫了几声，飞走了。彼得灵机一动。他把鸟巢拉到身边，取出两枚大鸟蛋。起初，他不知道该拿它们怎么办。接着，他拿起斯塔基的帽子。海盗岩上有根柱子，斯塔基把帽子挂在上面了。彼得把蛋放进帽子，而后把帽子放进水里。帽子就漂走了。接着，他迈进鸟巢，往同一个方向漂去。他把自己的衬衫做成帆，这样就驶向了另一个方向。他两眼放光，无比激动、庄重。

彼得在鸟巢中应有几组镜头。接下来，我们看见帽子孤零零漂在潟湖上。那只鸟飞回来，重又坐进去。

接着，我们看着鸟巢靠近岸边。温迪下到水里，去迎它，他们胜利了。彼得忍着痛，又骄傲起来。最后，我们看见帽子停在水中的芦苇丛间。鸟妈妈从帽子里出来，摇摇摆摆上了岸。不一会儿，她身后就跟来两只鸟宝宝。

*在树下的房子里，他们的活法跟熊宝宝像极了。*

我们先是看见熊宝宝在洞里围在妈妈身边玩耍。她照顾他们，也惩罚他们。她带来食物，他们贪婪地围上去。他们跟在她身后，一溜小跑着。他们依偎在她身旁，在地上蜷作一团睡觉。

接着，我们看到孩子们与温迪妈妈在一起时，表现得跟熊宝宝一模一样。吃饭也与熊如出一辙。他们也跟在温迪后面一溜小跑。他们依偎在她身旁，在地上蜷作一团睡觉。

*要是一个孩子想上床睡觉，温迪就会抬手示意，*

*大家就同时睡觉。*

温迪给卷毛在盆里好好洗澡。他浑身在滴水。迈克尔当宝宝，在屋顶来回摇晃的摇篮是他的住处。所有别的孩子从墙上拽下舞台剧中的同款大床。彼得是其中的一员。他们穿着睡袍。卷毛融入大家，一块儿上床睡觉，他们像沙丁鱼一样挤作一团，有些人的脑袋在床头,有些人的脑袋在床尾。

一顿打打闹闹之后,他们安静地躺好。接着,有人举手。在炉火边坐下来缝补的温迪举手示意,大家就同时翻身。

在梦幻岛,季节不停流转,比家里变换得要快。

在这幅图景中,我们看见全新的一幕。这是一小块富于传奇色彩的林间空地,映入眼帘的是一棵果树和一条小溪。小溪在一头潺潺流动,彼得携一只自制的木桶过来,他把桶放在这涓涓细流之下,坐着等待木桶慢慢被填满。正值夏天,树上成熟的果实累累。逐渐,场景变换为冬天。果子不见了,树叶掉光了,树上光秃秃的。地上一片雪白。溪流结冰了,溪水流进木桶的地方挂着一根冰柱。彼得弄断冰柱。他感觉冷,把衣服裹得更紧些。接着,以同样方式,场景变换为一个明媚的春日。树上开满了花,长满了绿叶,变美了。地上绿油油的。彼得身上暖和极了,不得不脱掉外套。溪水再次畅快地流动起来。桶这时满了,他提着水桶离开,丝毫没有意识到有什么不寻常的事情发生了。这一场景的核心是变换的缓慢发生——不能从一个季节突然跳到另一个季节——即,应看到真实过程。

自然,叮当有自己的闺房。

我们看见叮当精致的小卧室,她在梳头发。这里与大房间相通,布置得应尽可能比舞台剧中的华丽。

起初,新成员们不得不像软木塞一样被拔出自己的树洞,

不过彼得改了他们的身形尺寸,他们很快就合身了。

我们看见约翰和温迪丢脸地被扯着头发往外拔。他们卡在树

洞里了。接着,约翰被按住,彼得用一根擀面杖把他擀平。他被擀得太平了。他整个人摊在地上,占了很大面积——就好像有一百只桶从他身上滚过似的。温迪气坏了。接着,彼得和男孩们把他像块地毯一样卷起来,彼得在他身上一顿鼓捣,直到他身形合适,体格正好。他这会儿能快活地跑上跑下了。接着,温迪要接受改变了。他们的目标是把她变矮,于是她被放倒,彼得推她的脚,一丢丢推她的头,结果她就叠成一段。这幕发生在水边。温迪跑过去看水里的影子。我们也看。她现在又短又粗。她很难过。男孩们不知道该怎么办才好。她再次躺下,彼得用擀面杖给她手术——成功了。她再次看水里的影子。她这下高兴了。她快活地跑上跑下。皆大欢喜。

要是你想知道时间,就等在鳄鱼身边,直到闹钟响。

彼得坐等在鳄鱼身边。闹钟响了四下。我们也应该听得到。彼得蹦蹦跳跳地跑开。

下一场景,温迪成了校长。此时在地下,她手拿藤条。在一块木板上,她用粉笔写下孩子气的笔迹:

"关于可爱的父母,把所有你能记住的全写下来吧。"

除了双胞胎哥哥之外的所有的孩子排成一队,坐在毒蘑菇上,他们手里拿着石板,想写,却满脸困惑。实际上,彼得睡着了,脚边有块碎了的石板。双胞胎哥哥坐在角落里的一把高凳上,头上很不讨喜地戴着一顶小丑的帽子。接着,特写镜头为我们显示三个人的石板。小溜达的石板上写着"0"。自大鬼的石板上写着:"我只记得妈妈过去常说:'啊,我多想有本自己的支票簿。'"迈克尔的石板上写着:"你不就是我们的妈妈吗,温迪?"这让她很苦恼。他们忘了那么多,让她痛苦。

*温迪这种妈妈喜欢在睡觉前,让自家孩子好好玩一场。*

首先,包括彼得在内的所有的孩子身穿日常衣物,在树冠上方飞来飞去,在一起踢足球。他们自己做了一个足球,还分好了队,成功让球飞在空中。他们的球门柱很滑稽,门柱被绑在了树上,并且高出树冠。时值一个有月光的夜晚。

*许多夜晚,他们都在快乐的狂欢中度过。*

地下,我们看见他们穿着睡袍,就跟舞台剧中一样,在跳枕头舞,例外的是主舞为彼得,而非双胞胎哥哥。温迪坐在一只凳子上,给他们补长筒袜,还不时充满慈爱地朝他们微笑。舞会以枕头大战告终。

*叮当和她的朋友们有时就是讨厌鬼;哪儿都有他们。*

我们看见彼得在地下房间里正在穿长靴。显然,有个本不该在的东西出现在一只靴子里。他把那只靴子倒过来,叮当掉了出来。彼得对这种事情太习以为常,也就见怪不怪了。他只管继续穿靴子。

接着,还是这间屋子里,温迪像理发师一样,在给一丢丢剪头发。火上有口锅——在剧烈地晃动着。她把锅从火上移开,取下锅盖。叮当从锅里跳出来,湿答答、气鼓鼓的。

接着,在这同一间屋子里,晚上睡觉的床已经铺好。彼得在磨一件武器。床上有只枕头诡异地摇晃。温迪看见了,指给彼得看。他抓住枕头,从上面打开,然后翻个儿。一百位仙子从枕头里掉到地上。彼得用笤帚把他们赶走。接着,我们看见他们出了树洞,来到地面上,飞走了。

*彼得像儿子一样爱着温迪,可她想让他以别的方式爱她。他想不出来是什么方式。*

在地下之家,她充满爱意地对他如此说道,可他困惑不解,她就跺了跺脚,一个人干坐着去了。

"该是什么方式呢,叮当?"

他去地上问叮当,后者用铃铛语回答:"你这蠢驴!"

"该是什么方式呢,虎百合?"

他向虎百合问出同样的问题。她爱慕地拜倒在他身前,可他理解不了。她难过地走了。他还是完全摸不着头脑。接着,他满不在乎地跳开。

*很长的时间里,胡克总在筹划复仇。*

我们看见他坐在船里的桅杆瞭望台上,这是个危险但浪漫的地方。他手中有一幅岛上地图,特写镜头下,我们看见部分老式的手写地标,比如"地下之家"。它像作战图一样,上面插着小旗子,他正忙着用这些旗子。我们先是看见一弯月牙,接着是半轮月,逐渐到满月,而后过程颠倒过来,又是半轮月、月牙,以此表明时间的流逝。他还借助一架望远镜,暗中监视着那座岛。

接着,我们看见彼得的侧影,他一动不动地侧身站在一个岬角处,望着远处的海盗船。他看起来傲气十足。

*最让胡克抓狂受不了的就是彼得的骄傲。*

*晚上,它就像虫子一样搅得他不得安宁。*

我们先是看到胡克的舱室里空无一人。这间舱室基本装修得像伊顿公学里的男生宿舍。屋内有张藤椅、一张桌子，桌上像伊顿公学里的男生宿舍一样，摆放着一排书。在几面墙上，除了武器之外，有他在学校赢得的彩色徽章、绶带等，它们是以一种奇怪的伊顿式样摆放的，还有旧日校友名录、选手帽以及两张照片，特写镜头显示，它们分别为（1）伊顿公学，（2）一支11人的足球队——胡克位于中间，学生时代的他已经卓尔不凡，两手拿着足球，膝盖中间放着奖杯。他和其他男孩想必是穿着得体的队服。九尾鞭也显眼地挂着。

胡克进来，开始脱衣服。此前，或许从未好好注意一名海盗是如何脱衣就寝的。我们努力填补这一空白。他给表上好发条，把它挂起来，等等。很快，我们看见他穿上了睡袍。他上床，发现床单冰凉。他躺在床上抽烟，在读《伊顿编年史》(此处得用真书)。他放下烟嘴，吹熄蜡烛。接着，我们看见他做了一个关于彼得的噩梦，他挥舞着钩子手，像被只虫子折磨一样地挠着。在一幅想象场景里，我们看见彼得在嘲笑他。

*几个月过去了，胡克终于暴露了他的阴谋。*

这时，我们有几个连续场景。

首先，我们看见滑稽而恐怖的海盗，他们爬下大船，上了两艘划艇。他们全副武装。我们看到那艘恶船的船帮，丑陋、老旧、肮脏。

接下来，我们看见印第安人，他们在户外的火边，围坐一圈。有支烟斗在他们中间传递。可以看见他们的小屋就在附近。

然后，两只船被拉过潟湖——胡克在一艘船上笔挺地站着——斯密在另一艘上。

接着，是除了彼得之外的所有孩子在地下之家。他们穿着日常衣物，愉快地度过夜晚，在玩跳山羊等游戏。温迪坐在炉火边，朝他们微笑，像往常一样缝缝补补。长筒袜和其他衣服搭在火边的一根绳子上晾干。接着，我们看见海盗登陆，潜进森林里。

*那晚，彼得不在家，参加一场仙子婚礼去了。*

我们看见彼得在仙子婚礼上。这应是一幕精致而华美的、有一定时长的场景，是整部影片中最美的场景之一。彼得倚靠在一棵树上，坐着吹笛子，仙子们从宽大的树叶下出来，进入一个仙圈，去参加一场仙子婚礼；这一场景可以从我的作品《肯辛顿公园里的彼得·潘》中获得灵感。这一仙界的配乐（得是新曲）应由铃铛奏出。

接着，我们看见鳄鱼，它在溪边的一块人迹罕至的林间空地上睡着了。

*所有野生生物的听觉都异常灵敏，斯密踩上一根干枝的*
*声音将整座岛唤醒。*

我们看见海盗小心翼翼地在林中行进。通过一个特写镜头，我们看见斯密踩上一根细枝。显然，其他人都听见了这个声音。配乐戛然而止，我们也应该听见。他们大吃一惊，目瞪口呆地盯着他，然后拼命跑到高草丛中隐蔽起来。斯密心怀愧疚。接下来的一系列场景应在短时间内突然而快速地切换，以实现最佳效果。这组镜头表现出岛上各处听到细枝断裂时的反应。

首先听到的是正在玩跳山羊游戏的孩子们。他们玩到一半，突然停下来，因为害怕而围拢在温迪身边。接着，印第安人听见了，他们一跃而起，抄起武器，立刻准备就绪，成了可怕的头皮狩猎者。接着，彼得听见了，他站起身来，仙子婚礼随之中断。仙子们突然不见了。有些仙子在他膝盖上，有些在肩膀上。他像掸掉面包碎屑一样，把他们拂下身体。他激动地悄然离去，叮当随行。

接着，鳄鱼听见了，从睡梦中惊醒，接着重重地穿过森林，不屈不挠地奔赴他那永不停息的追寻之路。

这些场景应十分简洁，以呈现斯密的这一不小心所带来的后果，在每一场景前，我们应用一两秒时间迅速回放斯密踩细枝这一场景。

虎百合和她的勇士们守卫着伟大的白人父亲的家。

我们看见她和同胞们守在孩子们的家的上面，身上裹着毯子躺着。接着，彼得穿过树林朝他们走来，他们在他面前跪倒。他以一副理所应当的派头，接受他们的膜拜。谁都不会这么骄傲。他就像一位国王，面对着自己的子民。他从他的树洞下去。

接着，我们看见一个树冠上有位海盗，他把观察到的情况，通过打手势，传递给树下的海盗。他们鬼鬼祟祟地行进。

彼得发现温迪在给孩子们讲故事。

我们看见孩子们穿着睡袍聚在床上，津津有味地听温迪讲故

311

事,她坐在他们旁边,迈克尔在她的膝盖中间。彼得坐在底下房间另一端的一颗毒蘑菇上,在削尖一根棍子,显然他不喜欢这个故事,用手捂住了耳朵。地上,跟在舞台剧中一样,我们不时看看印第安人。这时,我们看见一系列想象场景(再现育婴室中的场景),以表现温迪的故事,她实际上在讲她、约翰和迈克尔如何被偷偷带往梦幻岛。首先,我们看见他们仨在育婴室里,被娜娜哄上床。接着,妈妈跟他们道晚安,然后和爸爸离开去赴晚宴。接着,彼得从窗户进来。然后,他教他们怎么飞。再后来,他们飞出窗户,父母和娜娜恰巧没赶得及抓住他们。这些再现场景,都很简洁。

在这些各式各样的场景中,穿插这样两幕:一是温迪给孩子们讲故事,二是孩子们调皮捣蛋,就像在舞台剧里一样,使劲儿互相打。彼得越来越难受。

"但他们那位迷人的妈妈永远会为他们敞开窗户,一旦他们最终飞回去找她,笔墨也无法描述出那个幸福的画面。"

温迪就像在舞台剧中一样如此说道,在想象的场景中,我们看见达林先生和夫人愉快地欢迎孩子们回家。(这不应是剧结束时的那幕。)彼得哭起来,大家都看向他。

"温迪,妈妈不是你以为的那样。很久以前,我飞了回去,可窗户被闩上了,另一个小男孩睡在我床上。"

我们看见彼得这样说道。接着,在想象的场景中,我们看见彼得透过窗户,注视着他过去的育婴室,有个婴儿在摇篮里。窗户上了铁栏杆。他徒劳地敲着窗户,气坏了。

接着，我们看见约翰和迈克尔惊慌地走到温迪身边。

"也许，妈妈这会儿在半哀悼了。"

温迪慌了神儿，这样说道：在想象的场景中，我们看见达林先生和夫人在家中欢快地和着留声机，在练一支新舞，并不在哀悼。

"我们得马上回去。你们大家可以跟我一起上路。

我保证爸妈会收养你们。"

"难道他们不会觉得我们很麻烦吗，温迪？"

"噢，不会的，这不过意味着在客厅里加几张床；

每月第一个星期四，可以把床藏在帘幕后。"

温迪这样说道。接着，在想象的场景中，我们先是看见那间小客厅，它普普通通、十分简陋。接着，这个房间里多了很多小床，迷失的男孩们各占一张。接着，我们看见孩子们高兴地拿上自己的包裹，准备陪温迪上路，此时所有人穿得和舞台剧中一样。大家都很高兴，彼得却没有，他抱着胳膊站着。温迪求他像其他人一样做好准备。

"谁都没有办法把我变成男子汉：我就想永远当个孩子，

快快乐乐的。"

他这样说道。他跳来跳去，假装无忧无虑，还吹起笛子。温迪很难过。她徒劳无功地恳求他。

"你会记得换法兰绒裤子吧，彼得？你会记得喝药吗？

我给你倒上。"

他闷闷不乐地点点头。我们看见她给他倒上药，并把盛药的玻璃杯放在后面窗台上。

"你对我到底有着怎样的感情,彼得?"

"一个可爱的儿子所怀有的那种,温迪。"

她充满爱意地问他,可他的问答让她直跺脚。他们准备爬上树洞,这时上面突然一阵骚动,吓了他们一跳。镜头只在地下——地上的一切皆不可见。

现在,镜头转到地上。海盗配乐响起。印第安人开始进入战斗状态,海盗在同一时刻向他们发动进攻。此时就发生了海盗和印第安人的那场大战,这应比舞台剧中真实、残酷得多。舞台剧里是不得以做样子,可此处,我们应见识到真实的印第安人战斗,费尼莫尔·库柏的读者们都能认出来的那种。其间,应穿插孩子们在地下煎熬地等着听战果的场景。彼得抓起一把剑,想冲上去加入战斗,可温迪拦住他,吓坏了的迈克尔抱住他的腿。有些海盗被杀了,但印第安人死得更多,余下的印第安人,包括虎百合在内,只得逃走。尸体被移走。接着,海盗们聚在一起,听树里的动静。

"要是印第安人赢了,他们会敲响手鼓,手鼓声一直是他们胜利的信号。"

彼得这样说道。所有的孩子仔细聆听。我们同时看见地上场景。胡克听着树里的动静,听到了彼得的这句评论。他想到怎么欺骗孩子们了。他抓起手鼓,恶毒地敲响了它。

"印第安人赢了!你们现在很安全了,温迪。再见。

叮当,带路。"

彼得这样说道。大家都高兴起来。彼得拉开叮当房间的帘子。叮当猛地飞起——然后飞上一棵树,看不见了。彼得和温迪的诀别十分动人。彼得情绪失控了,其他孩子好事地旁观着。他跺跺脚,他们吓得扭过头去。等他确认没人在看的时候,他拥抱了温迪,不过是像孩子那样,而非恋人那样。接着,除了彼得之外,所有人进了树洞,看不见了。

在地上,我们看见海盗恶毒地等在树洞口,等孩子们一上来就抓住他们。叮当猛地冲上去,逃脱了。她四处乱飞,不见了踪影。接着,倒霉的孩子们一个接一个爬上树洞,还没等叫上一声,就立刻被海盗擒住。他们就像棉花捆一样,从一个海盗手中被抛到另一个海盗手中,如果操作得当,这一幕应该有种怪异而有趣的效果。为了做好,可能应该用电线把他们缠上,但这幕严禁滑稽搞笑。一切都该显得自然。最后一个是温迪,胡克礼貌得吓人,他向她伸出一只胳膊。她晕晕乎乎地扶住。他示意所有人离开,留下他一人。他身披斗篷立在那儿,可怕极了。

接下来简短地表现一下幸存下来的印第安人,他们惊慌失措,拆掉帐篷。印第安婆娘则按自己的方式带上孩子。

接着,我们再次看向地下之家。彼得以为大家都安全离开。我们看见他闩好树洞门。

*彼得·潘是谁?没人真的清楚。也许他不过是某人从未*
　　　　　　*出生的孩子。*

我们看见彼得孤单、难过地坐在床的一侧。接着是地上,我们看见胡克在听。他从口袋里拿出一个瓶子,特写镜头显示上面写着"毒药"。他怒气冲冲地开始下树洞。

接着是地下,这时我们看见彼得躺在床上。他已经可怜巴巴地睡着了。胡克的脑袋邪恶地在树洞门的上方出现。他够不着门闩,进不去。他的计划受阻了。接着,他看到药,这他够得着。他往药里倒了些毒药。接着,奸计得逞的他原路返回。我们看见他重新出现在地上,这时,他被叮当突袭,后者飞到他脸上。显然,她狠狠撞了他,可他把她赶走,围上斗篷,而后恶狠狠地离开。

我们又一次看向彼得,他在床上。叮当飞了进来,把他叫醒。

她激动得叮当响,响了好一会儿。他明白了她告知他的这一可怕消息,就抄起匕首。他誓要报仇。他在磨石上磨剑。

"我的药里有毒?胡说。我答应温迪会喝药的,
　　　　我就得喝。"

他对叮当这样说道,后者激动地围着玻璃杯直跳。他拿起药杯。

她勇敢地喝下。

当他看到她喝了药时,震惊极了。

她开始四下乱飞,叮当作响。

"什么?药被下了毒,你喝药,是为了救我?"

叮当虚弱地扑腾着。彼得难过极了。

"叮当,你为什么这么做?"

他绝望地这样问。她叮当作响地回了一句:"你这蠢驴!"她

飞进自己的卧室,飞到床上。彼得焦急地从她卧室外面往里看。特写镜头下,叮当在床上扭动身子。彼得的脑袋探进屋里,几乎跟屋子一样大。

"她说,她觉得要是孩子们相信有仙子的话,她还可以好起来。啊,说你们相信:挥挥你们的手绢吧!

别让叮当死。"

彼得这样对观众说。彼得简直是从这幕中出来这么做的。我们希望像舞台剧中一样,观众们表态。小房间里刚刚一直在晃动的光渐渐不晃了。彼得胜利了:他感谢观众。

现在,该去救温迪了。

特写镜头下,我们看见叮当快活地在床上跳舞。

(自此以后的很长一段时间里,荧幕上将不再蹦出字幕。)

现在,我们看见彼得在追海盗。

他先从树洞里出来。他寻找蛛丝马迹,好判断他们去了哪个方向。特写镜头下,我们看见脚印。他跟着这些脚印。接着,我们看见海盗野蛮地拉着被绑的犯人穿过树林。

接着,一个简短场景,印第安人乘着自己的独木舟仓皇离开,去寻找新的猎场。

接着,胡克得意扬扬地独自在树林里行进。

接着,鳄鱼独自(胡克没有察觉)在他身后穷追不舍地笨重行进。

接着,彼得仍旧循着足迹。

空气中应该有种危险的气息。正值黄昏。我们看见野生动物们悄悄移动，暗影幢幢。我们看不见它们，只看见影子，这应该使得场面更加毛骨悚然。

接着，是两艘划艇。孩子们又像棉花捆似的，被扔上去。

胡克上船。船离岸。我们看见他们离海盗船越来越近。胡克第一个登上大船。他用钩子手把孩子们拖上去。

我们看见彼得抵达岸边。配乐戛然而止，他听见（我们也听见）鳄鱼的闹钟响了两下，这说明此时是夜里的某个半点。他四下里张望。他找来找去，想找到鳄鱼，闹钟响时，鳄鱼并不在场。因为闹钟响了，彼得才知道鳄鱼肯定就在附近。我们看见彼得和鳄鱼一起待在岸边。彼得解释了一下他的想法，鳄鱼表示赞同。接着，他们一同入水。

接着，我们看见海盗船的货舱，孩子们躺在那里，身体被绑着。

接着，胡克坐在舱室里的床上，暗自发笑。他高兴极了。我们看看这个暴徒在笑什么。想象的场景中，地下的彼得喝了药，然后痛不欲生地躺在地上直打滚。接着，船的甲板上，海盗们和着小提琴声，手舞足蹈。斯密坐在缝纫机旁劳作。胡克吓人地出现在舱室门口，那里通向甲板，所有人都吓得停下舞蹈。他们直后退。他，这个阴郁之人，面色阴沉地踱上甲板。他就像念出"生存还是毁灭"这一独白时的哈姆莱特。斯密仍旧待在缝纫机旁。

一种怪异的沮丧情绪袭上胡克心头，就好像他害怕即将来临的毁灭似的。那些天真无邪的日子浮现在他眼前。他再次看见自己在伊顿点名时答到，在足球场上，在"酒馆"里——一幕幕想象的场景（稍后会详细呈现）。接着，我们再次看见他在甲板上沉思。斯密像在舞台剧中一样，扯下一块布，胡克以为是从他裤子上扯下来的。他叫斯塔基私下帮他检查。接着，斯密再次无心地扯布。这回胡克弄明白了，他威胁斯密。此处，全按舞台剧中进行。

胡克坐在一只桶边，桶上有扑克牌。

他下了一道命令，海盗们下到货舱中，把被绑的孩子拽上来。我们先看到他们在货舱里，然后被粗暴地拽上去。斯密把温迪绑在桅杆上；他巴结她，可她蔑视他。所有人都盯着胡克，而胡克却继续玩牌，根本没注意他们。接下来，我们看见彼得和鳄鱼在水中齐头并进。接着再次是甲板场景。胡克突然虎视眈眈地转向孩子们。他们吓坏了。他扬了下帽子，向温迪恶魔般彬彬有礼地鞠上一躬，后者回以鄙视的一瞥。他的铁钩手在他们面前一一挥舞，然后他下了道命令，海盗们听命，他们准备好长条木板，并把木板伸到水上。特写镜头下，吓坏了的孩子们被生动地展示了"走上伸向大海的长条木板"意味着什么。和着海盗配乐，胡克走上一条幻想中的长条木板，向他们展示他们接下来的命运。

> 哟嘿，哟嘿，欢腾的长板，
> 你就这样沿着它走上前，
> 直到它往下，你也往下，
> 去和戴维·琼斯水下见！

我们听不见这些歌词，但他的行为说明了一切，而且我们听见了配乐。与此同时，长条木板旁的海盗们展示了木板的功用。这一切都应比舞台剧中更为形象、逼真。

接下来，我们看见彼得和鳄鱼抵达船帮处。彼得示意鳄鱼不断绕船游。彼得本人则开始英勇的登船壮举，把匕首叼在嘴里。他十分出色，不仅爬上庞大的船身，还爬到索具之间。

接下来，我们看见鳄鱼在船周边的水里，听见闹钟开始给十二点报时。响到第三下时，镜头转到甲板上，而闹钟仍在持续响着。它总共响了十二下。胡克听见就蔫了。他缩在甲板一侧，几名海盗围在他身边掩护他，其他海盗往船帮看去，在寻找鳄鱼。与此同时，彼得来到甲板上，这让孩子们高兴。他并非如舞台剧中简简单单上来，而是从绳子间纵身一跃，顺着危险的桅杆攀爬，并以超凡的勇气和敏捷的身手从索具上滑下。他不像舞台剧中带着一只钟表，因为此时并不需要。他示意当心。有名海盗从后面出来，被干脆利索地干掉，而后被越过船舷扔到水里。只要有人被扔到水里，我们就应该配上水花四溅的效果。彼得潜入胡克的舱室。窥视船外的海盗们示意胡克，危险已过。胡克重又趾高气扬。他看见一丢丢在嘲笑他，就抓住他，打算立刻让他走上伸向大海的长条木板，这时却心生一计。我们看到他的计划。想象画面中出现的是挂在他舱室里的九尾鞭。我们看到九尾鞭的特写镜头。

"去拿九尾鞭来，朱克斯；在舱室里。"

接着，我们看见他命令海盗朱克斯进入舱室，显然是去拿九尾鞭。朱克斯遵命。接着，海盗配乐响起。从动作可以明显看出，胡克和海盗们又唱起一段关于九尾鞭的歌，可他们还没唱完，就停了下来，配乐也骤停。这突如其来的静寂应该是船上场景中令人印象极为深刻的时刻之一。这一停顿是因为一声可怕的、长长的叫声从舱室里传出，这叫声我们无须听到。显然，海盗们听出了什么可怕的东西。这突如其来的静寂应该戏剧性十足。一阵停顿后，切科小心翼翼地走到舱室门口，往里张望。在半明半暗间，我们看不见彼得，却看见他的影子如同命运的化身一样，靠墙沉默地站着。朱克斯躺在地上，已经死了。胡克看出孩子们脸上的高兴，就威胁切科，命他进入舱室。切科向他求饶，接着战战兢兢地进去，就像舞台剧中一样充满戏剧性。所有人都聚精会神地听着。

舞蹈不再继续。接着，他们再次被一声可怕的叫喊惊住。孩子们快活地知道彼得一定是在大开杀戒。接着，每当胡克发威，他们就掩饰起内心的情绪。斯塔基浑身颤抖地在舱室门口往里看，我们这时看见切科的尸体压在朱克斯的尸体之上。我们再一次看见彼得的影子一动不动。接着，舱室另一镜头，此时五具尸体叠躺在一起，最上面的是个黑人。我们依然看见彼得恐怖的影子。

接下来，胡克命斯塔基进入舱室，就像在舞台剧中一样，可斯塔基没有遵命，而是纵身跳入大海。这一幕应十分紧凑。胡克想挑选下一个倒霉的，但疑神疑鬼的海盗们反叛地围拢起来。他表示他要亲自进去。他举起一杆滑膛枪，接着又扔下，而后挥舞着钩子手（他最好的武器），走进舱室。

一阵短暂而可怕的沉默出现，接着，他茫然地踉踉跄跄地出来。从他抓额头的举动，可以很明显地看出有人给了他的头部致命一击。海盗们反叛地在一起商讨，与此同时，彼得神不知鬼不觉地从舱室里出来。他手拿短弯刀，分给孩子们，他们动手砍断自己的绳索。

接着，下一镜头，所有人都跟先前一样的姿势。彼得出来，可我们看见此时孩子们的绳索已被砍断。温迪似乎还像先前一样倚靠桅杆站着，不过尽管观众们（或者没看过戏的人们）会以为那是温迪，而其实是彼得，他披上她的斗篷，遮住了脸。真温迪看不见了。叛变的船员们此时虎视眈眈地朝胡克走去。

"有个女人在船上，海盗船就倒了霉。把她扔到水里去，坏蛋们。"

他暗指温迪是约拿，应该被扔下水。海盗们觉得这是个好主意。所有人都朝所谓的温迪走去，这时，突然斗篷被扬起，那人原来是复仇者彼得·潘。这一幕应该同时让观众和海盗们大吃一惊，海盗们吓得立时从那个可怕的男孩身前后退。温迪此时从桶里露出头来，这样我们就看到她刚才的藏身之处。

大战开始，打斗不按舞台剧中展示的那样发生在甲板上且不值一提，而应在海盗船各处展开，严酷而真实。在几场单打独斗中，海盗们或是被自大鬼，或是被小溜达，或是被约翰杀死。有几名海盗纵身一跃，跳入大海——孩子们偶尔显得处于劣势，其实不过是负了伤。我们这会儿既看不见彼得，也看不见胡克。接着，我们看见有两个男孩被胡克追到舱口。他们被他穷追不舍。

突然，彼得出现，加入战斗。他和胡克面对面站着，盯紧对方。他们的剑在空中划出一道弧线，然后剑尖抵地。彼得此时就像命运的化身。他对孩子们说："收起剑，孩子们；这人我来对付。"

"骄傲而傲慢的年轻人，准备受死吧。"

"邪恶而阴险的大人，看剑。"

胡克和彼得的交手应十分真实，双方肯定是用剑高手。先是一人被打得跪倒在地，接着是另一人。温迪一度想救彼得。他把她扛到肩上，就这样与她一起战斗。他打掉胡克手中的剑。胡克任由他摆布，但彼得颇有风度地把剑给他。温迪已不在彼得的肩头。这时，彼得似乎有些恍惚。他放松了剑。突然，他爬上一根从天而降的绳子（就像舞台剧中一样，这是双胞胎哥哥所为）。接着，他又突然让自己扑通一下砸到胡克身上，把他砸扁。

"是什么魔鬼在与我交战。

潘，你是谁，你是什么东西？"

"我是青春，我是快乐。

我是一只刚刚破壳而出的雏鸟。"

战斗再起。彼得逼胡克往后退，爬上梯子，去船尾的甲板，长条木板就放在那儿。他们在此处扭打作一团，彼得似乎要吃败仗。突然，彼得使用一招柔术，把胡克摔过头顶，胡克重重着地。这时，他没救了。彼得狠狠指出，他必须走上伸向大海的长条木板。

"詹姆斯·胡克，你个这并非英雄气概全无的人物，

323

*永别了。"*

胡克往后退,不愿从命。他逞凶耍威风。彼得命令一个男孩,后者匆匆跑下去,跑进舱室,给彼得拿来九尾鞭。彼得表示,要是胡克不立刻走上长条木板,就别怪他用九尾鞭。受到如此恐吓的胡克打起精神,在生命的最后一刻,表现得如同断头台上的西德尼·卡顿[1]一般英勇。

无疑,什么东西在这可怕的一刻前来相助,据说它是伊顿教育的一部分,也只能是来自伊顿。他眼前浮现出"墙球比赛"的画面,我们也看到了,这是伊顿公学最具特色的比赛项目,然后他沿着长条木板颇有尊严地走了一段让人印象深刻却没几步的路。就在长条木板还没掉下去之时,鳄鱼已经从水下扬起头,张开血盆大口,胡克直接跳了进去,被鳄鱼回味无穷地一口吞下。鳄鱼晃晃脑袋,好把腿吞下去。腿就也从视线中消失了。

**愿伊顿辉煌。**

我们看见鳄鱼爬上岸。他把已故船长那带钩子手的木胳膊从嘴里摇出来,并把它留在岸上,然后缓慢爬开,就像是已经尽享人世荣光,余生可悠然度日。

接着,我们再次回到甲板上,看见孩子们(和温迪)多少有些受伤,并打上了绷带,他们满怀敬畏地盯着彼得,他被骄傲冲昏头脑,正趾高气扬地上蹿下跳。他拿出一副拿破仑的派头,不过没穿拿破仑的行头。

---

[1] 即 Sydney Carton,狄更斯所著《双城记》中的人物,该人物为了单相思的女子,而甘愿替该女子的丈夫受绞刑。——译者注

接下来，我们看见温迪、自大鬼和小溜达，他们在货舱中，打开一名水手的箱子，从里面拿出海盗衣物。显然，男孩们都想穿上这些衣服。我们看见温迪拿剪刀剪短一条海盗裤子，好让一个孩子穿上。接着，我们看着一丢丢，他出现在海盗船厨师的食品储藏室里，贪心地看着里面令人垂涎的东西。他发现一个写着"李子"的大瓶子，开始贪婪地大快朵颐。接着，我们看见迈克尔，他在货舱里试着拿海盗的刮胡刀刮脸，满脸泡沫。镜头再次转到一丢丢，他此时肚子都疼了，还在吃李子。温迪找到他，把李子丢弃。接着，她找到迈克尔，把他脸上的泡沫洗掉。

接着，我们看到所有的孩子（除了彼得）都穿着海盗服，出现在甲板上，他们看上去就像海盗，并且享受其中。衣服并不合身，只是粗略改小了。接着，彼得从船长舱室里出来，走得大摇大摆。他穿着一身胡克的衣服，虽然改小了，可还是太大，他尽全力表现得像他。他骄傲得飘飘然，大家都怕他。他右手握着一只钩子，用它吓唬一丢丢。他在抽胡克的双筒雪茄烟嘴，并发号施令。孩子们十分知趣地遵命，他们不是爬上，而是飞上索具。都到这会儿了，船还从来没扬帆起航过。这时，孩子们备好帆，待帆涨满，彼得就掌舵，让海盗大船调转航向，这应是一幕激动人心的场景。

然而，可怜的彼得因为抽了烟，而感觉恶心。他收起雪茄，抓着脑袋。别的男孩们都围在他旁边，想看看这一错误的冒险会有怎样的不妙后果，这让他生气。温迪（身上还穿着被带上船时的衣服）出现，看看这事儿会带来何种灾难。她命令其他男孩离

325

开，然后引导彼得走到船帮，他俯身在船帮上，偷偷吐了，不过我们只是猜测。温迪极为关切地站在他附近，又没有太近，她知道在英雄的生命中，有些时刻他们宁愿孤身一人。他现在好一些了，她试着劝他去胡克的舱室，他如今在那里住下了，可他不肯抛下舵轮，凛然坚守在岗位上。温迪崇拜地凝望着他，而后离开。如果可能，船应该像在一片巨浪滔天的海上一样，颠簸不已。这时，船驶入一道位于石头间的狭窄海峡，这道海峡将船和公海隔开。天色已晚。

接下来，我们又看见在食品储藏室里的一丢丢。这时，他还在狼吞虎咽地吃沙丁鱼，尽管他显然已经痛苦不堪了。接着，镜头又回到彼得掌舵。温迪带了什么东西出现，她把它包在一块布里，藏在身后。她不想彼得看见。我们好奇那是什么。她拿着它溜进彼得的舱室，现在我们看见了。是热水瓶，她小心地放在床上。她和我们都注意到舱室里一幕让人颇为触动的景象，地上有一小堆彼得脱下的衣服，就那么孩子气地留在那儿。她认真地叠好，放在椅子上，然后出去了。她一走，叮当就从一个大罐子蹦出来，然后跳来跳去。

接着，我们看到船首楼中的景象，这显然是一伙海盗睡觉的地方，因为这里有他们的铺位。这里看上去黑暗、邪恶，可怕的海盗武器挂在褪了色的墙上。铺位上躺着除了彼得之外的所有孩子，大家都睡着了，可一丢丢做了噩梦，谁叫他那么贪心呢。温迪挨着燃油炉子，坐在一只凳子上，跟往常一样缝补着。新环境难不倒她；她依旧是位母亲。

镜头来回切换，我们再次看到彼得仍握紧舵轮，海浪打在他身上，船驶出海峡，驶入公海，那里波浪滔天。天色可以漆黑一片，如果这有助于船的摇晃感；可要是甲板上摇摇晃晃，船首楼上也得有类似效果。

许多天后，那群快乐、天真、没心没肺的小东西们到家了。

我们再次看到威斯敏斯特大教堂和泰晤士河，这表明海盗船途经此地。

接着，我们又一次看见达林家外面。娜娜从门口进去，嘴里叼着一只篮子。接着在室内，我们看见达林夫人悲伤地坐在育婴室敞开的窗边。她把胳膊伸出窗外。娜娜进来，同情地跟她坐在一起。她借用达林夫人的手绢，不过此幕应该很温馨，而非滑稽。达林先生闷闷不乐地坐在育婴室的炉火旁。他从壁炉架上取下一幅画像。特写镜头下，我们看见是三个孩子的画像。他很难过。显然，他感到冷，打着哆嗦，起身关上窗户，可达林夫人马上打开，温柔地示意窗户得总为他们敞开。她难过地走入另一间房间。

娜娜可怜巴巴地走向她在育婴室的狗窝，可达林先生表示，他的扶手椅才是她该待的地方；作为惩罚，他本人才该去狗窝。娜娜在椅子上蜷起身子。达林先生去狗窝里睡觉。

接着，我们看见达林夫人，她待在另一间房间里，那是日间育婴室。屋里有张温迪的照片，她正难过地俯在照片上看。

接着，我们看见彼得从育婴室窗户那儿飞进来。娜娜这会儿不在那儿。彼得又穿上了他往常的衣服。他很激动,飞快地闩上窗户,好把温迪关在外面。此处回放这样的景象:彼得回到自己的育婴室窗边,发现窗户闩上了,别的小孩睡在他的床上。

接着,我们从育婴室里看到温迪到了窗边,惊恐地发现窗户闩上了。彼得躲了起来,正因为温迪的狼狈而幸灾乐祸。她不见了。彼得咧嘴一笑,志得意满地准备从门走出去,这时,我们听见日间育婴室里的钢琴奏出《家,甜蜜的家》。他偷偷来到达林夫人刚走出去的那道门边,往里偷看。充当日间育婴室的房间装得很像样。我们看见达林夫人在钢琴边悲伤地弹奏着。我们看见彼得在门口望着她,但她看不见他。他知道她为什么难过,可他一时间冥顽不化。很快,她情绪崩溃了。她将温迪的照片拿在手里吻着。她在哭。他想顽抗到底。她此时在琴凳上抽泣。他也开始哭,就在夜间育婴室里,倚靠着约翰的床。最终,他令人肃然起敬地打开窗户,以一种"我才不在乎"的态度离开。

我们再一次看见达林夫人,她倚靠在钢琴上,哭得肩膀一耸一耸的。

这时,我们看见温迪飞进来,然后是约翰驮着迈克尔。他们穿着平常的衣服。他们兴冲冲地指认着床等旧物。迈克尔往狗窝里偷瞧,赶紧叫来其他人。他们全都偷偷看着睡在里面的爸爸。他们只是咧嘴一笑。接着,琴声再次响起。

他们快活地从门口偷看达林夫人。看到她这么难过,他们羞愧难当。

接着,温迪有个好主意,她演示给他们看。

他们高兴地上床，躺进毯子里，把头也盖上。

达林夫人来到门边。她什么都没有听见。

达林夫人从这床看向那床，却不相信自己的亲眼所见。

"我在梦里如此频繁地听到他们用银铃般的声音喊我，以至于醒来时，我似乎还能听见他们的声音，我的宝贝们，我再也看不到你们了。"

这句话她是坐在椅子上说完的。她伸出胳膊，以为他们会再次从她身边消失，可那三个爬到她身边，钻进她的臂弯里。等她明白过来，不禁一阵狂喜。

达林先生从狗窝里出来，娜娜、莉莎急忙跑进门。这是个引起骚动的幸福场面，而彼得就从窗边看着，孤单一人。

温迪表示，她有个惊喜给父母。她打开门，其他男孩就一个接一个乖乖进来。他们身上的海盗服此时已经又脏又破，真是衣衫褴褛、面色凄苦、浑身脏兮兮的一群人。他们担心接下来的命运，达林夫妇先是大吃一惊，可接着就拥抱了他们。皆大欢喜。彼得再次出现在窗边。温迪跑到他身前，抱住他。

"手拿开，女士。谁也别想抓住我，教我正经事。我就想永远当个孩子，快快乐乐的。"

他这样说道，这时，达林夫人朝他走去。

接着，他飞走了。

接着，有天晚上，我们看见彼得在街上仰望育婴室的窗户。温迪打开窗，亲切地招呼他上去。他没心没肺地对她的邀请置若罔闻，蹦蹦跳跳，还吹着笛子。她扔给他一封信。他冲上伦敦的一根高高的路灯柱，读信。温迪的字迹在荧幕上出现。

"亲爱的彼得，妈妈说，她允许你每年接我去梦幻岛一回，待上一周，帮你做春季扫除。你可爱的温迪。"

在信纸最下方该是十字的位置，画着好几枚顶针。彼得跟她朝彼此挥手，而后他飞走。

接下来，我们看见温迪、约翰和迈克尔背着书包，上了一所伦敦的学校。旧日单调的生活又一次开启。

接着，我看见彼得和温迪一起飞在空中，不过没什么风景。温迪这次穿得暖暖和和的。显然，他们是要去做春季扫除，因为彼得拿着笤帚，温迪拿着铁铲。

*很快，他们都长大了，只有一个例外。*

镜头投向城市里的一条商业街。特写镜头下，我们看见门口印上去的铭牌。


**四楼**

双胞胎和小溜达先生，邱水泥有限公司


**三楼**

卷毛、自大鬼先生有限公司，宣誓公证人


**二楼**

S. 一丢丢先生，金融家

# 一楼
## 达林兄弟，事务律师

接着，我们快速窥视每个房间。

首先，我们看见小溜达和双胞胎，他们都坐在高凳上，于各自的书桌前写分类账目。

接着，是卷毛和自大鬼，他们在办公室里，也坐在凳子上，在忙法律文件。

接着，是一丢丢，他所在的办公室更为讲究。他站在炉火边，伸着腿，在抽一支粗雪茄，还从玻璃杯里喝东西。特写镜头下，我们看见玻璃杯上写着"白兰地和苏打水"。显然，一丢丢为能喝上这杯东西而骄傲。

接着，是约翰和迈克尔。迈克尔在向一位打字员女士口授什么内容。约翰正穿上大衣，戴上缎面礼帽，职业派头十足地拿上一卷报纸出门。他一走，迈克尔就不说了，转而柔情蜜意地看着打字员。她不打字了，害羞地转过脸去与他对视。仅此而已，不过我们猜这故事没什么新看头。他们现在都长成了年轻人，有几位身材还相当魁梧，留着胡子，或戴着眼镜，但所有人都应该很好认。他们自然留着短发。为了实现身高效果，家具可以做小。所有人都穿着黑色外套等得体的职业装，一丢丢还有点儿花花公子的派头。

彼得还跟过去一样，我们看见他透过每间办公室的窗户往里张望，并冷嘲热讽地笑话他们，显然以为在长大这事儿上他们大错特错了。不过，他们全都一心扑在自己的事务上，没发现他。

接着，我们看见温迪，她如今已是一位年轻美丽的女士，身上穿着婚纱，望向自己的挚爱。不久以后，她走到打开的窗户跟前，伸出胳膊望向窗外。一波关于梦幻岛的回忆涌上她的心头，我们看见了这些想象的场景。它们于我们而言并不陌生——地下之家、潟湖、森林，以及所有那些依然历历在目的场景。但那些人却不过是些鬼影，电影可以实现这种特效，即我们看见的是彼得、温迪、其他男孩、胡克和虎百合苍白的鬼影——他们中有些人穿着睡袍在快活地跳舞，有些人在林中穿行。最后一个场景是胡克的一条胳膊在草丛间。而在钩子手砸出的洞里，一只小鸟筑了巢，里面有蛋。这一幕以特写表现。

接着，镜头回到温迪身上，她跟先前我们看到的一样，身穿婚纱站在窗边。她哭了一会儿，然后勇敢地拉下窗户，以示不切实际的日子已经结束，她朝自己微笑。

接着，我们看到一间新育婴室，里面有张小床。这床的位置跟旧育婴室里温迪的床的位置几乎一样，床上睡着温迪的女儿简。我们只是看见有个小孩睡在床上，却看不见她的脸。屋里还有一张大床，显然是保姆的，不过床上没睡人。温迪站在床尾，慈爱地看着简，还拍拍她。她身穿一件设计简约的半正式晚礼服。她走到壁炉栅前，重新摆弄一下上面挂着的几件孩子衣服。这时，彼得从窗帘缝里偷偷看她，见她长这么大了，他疑惑、难过。等把壁炉栅上的衣服摆放好，她就踮着脚尖悄然离开，临走前还充满爱意地看了孩子一眼。

她丝毫没有察觉彼得在场。她应该尽量高挑，但这时却不能通过将家具做小来实现，因为这样一来，彼得和孩子也会显大。得借助高跟鞋、修长的连衣裙等人为手段。她往外走时，彼得跟在她身后，向她张开双臂，可她没看见他。她一走，他就成了一个孤单的、悲剧性十足的人物。他躺在地板上哭了，跟他回来拿影子那次一模一样。接着，往事重现。简被他的抽泣唤醒，在床上坐起身。此处，观众应该感到惊讶，因为尽管画面显得连贯，简却是由饰演温迪的演员饰演的。她需要通过一种不同设计或改变发色的方式，让自己跟温迪略有区别，而且还穿着一身彩色羊毛睡袍，而非温迪那身白色棉质睡袍。不过，当然了，她俩应该十分相像。

"孩子，你怎么哭了？"

彼得一听，起身来到床尾，像对温迪那样鞠了一躬。简也像温迪那样回礼。

"姑娘，你叫什么名字？"

"简·温迪。你叫什么名字？"

"彼得·潘。"

"你妈妈在哪儿，彼得？"

"没有妈妈，简。"

"噢！"

这场对话一结束，简跟温迪当年做得一模一样。她跳下床，跑到他身边，抱住他。显然，她充当了妈妈的角色。

接着，我们看见彼得和简拿着笤帚和铁铲在空中飞来飞去，就像我们看见彼得和温迪做的一样。他们快活极了，简穿的是羊毛睡袍，所以我们清楚地知道那是简而非温迪。

接着，镜头又回到梦幻岛，这是一块美丽的林地，靠近一汪池塘和一片瀑布。正值一个阳光明媚的夏日，我们先是看到简在地上的一个盆里给彼得洗衣服，然后拎着衣服飞到一根高挂在树枝间的绳子那里。她把衣服晾在绳子上。她此时穿的是我们熟悉的温迪的衣服，不过干练地或是掖起来或有别的改变。叮当出现，扯她的头发。简继续洗衣服，与此同时彼得在羊背上现身。花儿跟在他身后，就跟他们那次去潟湖一样，他以相同方式命它们回去。接着，他心软了，允许它们跟来。他把羊拴好，坐在长满青苔的河岸，吹起笛子。我们看见彼得和简暂时就这样各干各的。有个模糊的人影出现，这人影从一棵树后神不知鬼不觉地注视着他们。那是成年的温迪的鬼影，她身穿长裙，想了什么办法来到这儿，看看她的孩子是否安全。她只是个影子。她温柔地看着他俩，可长大的她却无法融入。然而，叮当发现了她，扯了她的头发。温迪伤心地离开。鳄鱼来了，想要和着彼得的笛声跳舞——还有熊和其他友善的动物。很快，池塘和瀑布也因美人鱼而焕发了生机，他们玩游戏，互相溅水。彼得继续吹笛子，简继续给他洗衣服。

接着，我们看到最后一幕，也理应是最美的一幕。它是舞台剧的最后一刻，可是那些剧中无法实现的地方，电影却大有可为。此时到了日落时分。我们看到很多小房子高悬在树冠之间。四处是小小的仙子屋（不是舞台剧中的鸟巢，而是用茅草和苔藓搭建的滑稽小屋，每座小屋都有一扇窗户和一根烟囱）。这些仙子屋的准确特征留待将来考虑。月光洒下，这些小屋亮起光来，在门口以及树林、树冠间飞来飞去的是数不清的仙子，他们在闲聊，在争吵，在嬉戏。此处的配乐应该跟舞台剧中的精彩配乐一样，而且还应混进铃铛声，以示仙子们之间聊得热火朝天。

随着灯光等元素的变化，场景继续。小屋灯亮之后，一会儿在这儿，一会儿在那儿，一会儿近，一会儿远——还曾经漂在潟湖上，美人鱼打趣地把它拉来拉去——然后仙子们抓住它，把它带回树冠。我们看见彼得和简在门口朝我们挥动手绢。最后，女孩不见了，他独自一人。动物不见了。仙子们回家了；他们的灯（不是齐刷刷地，而是断断续续地）熄灭了。此时只有月光、星光，彼得吹着笛子，形单影只，以侧影示人。

J. M. 巴里

## No.003

# 银幕上的《彼得·潘》：
# 一份电影综述

*Peter Pan* On-Screen: A Cinematic Survey

  1921年，查理·卓别林在与巴里的一次会面上，告诉这位作者，《彼得·潘》的"电影比戏剧有更大的可行性"。巴里相信，"电影可以为《彼得·潘》实现那些在普通舞台上实现不了的东西"，他希望电影可以"展现神奇之处……吊起观众对奇迹的胃口"（格林，第169页）。他为电影版撰写了剧本（本书已收录），剧情里有一场树林高空足球赛，然而该剧本从未被采用。结果，根据合同获得《彼得·潘》电影改编权的派拉蒙影业雇赫伯特·布勒农来基于剧作执导影片。布勒农决定不用巴里的剧本，而是雇威利斯·戈德贝克为编剧。

  在给辛西娅·阿斯奎思的信中，巴里写到他本人着迷于电影版《彼得·潘》及其无穷无尽的可能性。在创作剧本时，他想象"人们可以这样工作到世界末日，然后迎接末日到来"。巴里详尽的剧本不仅有字幕，有对每个片段所做的大量的视效描述，还有许多在当时来说，拍摄难度极高的神奇动作。比如，在第一个片段中，巴里想展现彼得骑着羊在林间穿行，而后飞上一棵树，又飞越一条"动人的河",最后落回羊背上。巴里对这一新兴媒介的热切要求可能促使了派拉蒙决定拍摄,将它搬上荧屏。

接下来,我将谈到一系列彼得·潘故事的电影版,还包括史蒂文·斯皮尔伯格的《铁钩船长》和马克·福斯特的《寻找梦幻岛》。这些电影的改编,是巴里作品被接受的路径上的重要里程碑,一代又一代的人们通过创造出自己的彼得·潘,反复提醒我们这个故事如何从文学变成神话。

布鲁斯·K.汉森撰写的《彼得·潘编年史:不想长大的男孩的近百年史》记录了《彼得·潘》的戏剧演出史,书中一些章节是讲许多饰演过彼得·潘的女演员:伦敦演出时的扮演者尼娜·鲍西考尔特、塞西莉亚·洛夫特斯和保利娜·蔡斯,以及纽约演出时的扮演者莫德·亚当斯、伊娃·列·高丽安、琼·亚瑟和玛丽·马丁。他列出了在两个城市上演时的演员名单,并提供了海量的《彼得·潘》剧场版信息。汉森这一著作的新修订版《舞台和荧幕上的彼得·潘,1904—2009》[1]计划于2011年出版。

## 《彼得·潘》,导演:赫伯特·布勒农,1924年

好莱坞用了将近二十年时间说服 J. M. 巴里签署《彼得·潘》的电影授权书。派拉蒙受情节和高空动作戏可行性的双重吸引,

---

[1] 该书已于2011年以"舞台和荧幕上的彼得·潘,1904—2010"为名出版。——译者注

★贝蒂·布朗森饰演彼得·潘,玛丽·布莱恩饰演温迪·达林。在派拉蒙版的《彼得·潘》(1924)育婴室里,一位迷人的温迪为一位活泼的彼得把影子从脚上缝回去
(经派拉蒙影业许可,来自图库Photofest)

最终胜出,其所签署的合同赋予巴里选角的最终决定权。看到贝蒂·布朗森试镜时,那位作者——而非电影公司——立刻发电报通知她,她将会是下一个彼得·潘。因黄宗霑(《瘦子》的摄影指导)令人惊叹的摄影艺术,以及贝蒂·布朗森饰演彼得·潘、欧内斯特·托伦斯饰演胡克船长时颇具表现力的演技,布勒农执导的这部电影——唯一一版默片《彼得·潘》——即便在其制作的一个世纪以后,仍具有一种清新、明快的气质。电影中有一系列令人印象深刻的特效,尤其值得一提的是小叮当的特写镜头、飞行的场景,以及迷失的男孩们奇迹般围拢在温迪身边的片段。影片以J. M. 巴里的这段文字作为开场:

> 神奇剧和现实剧之间的区别在于,前者的所有角色都是真正的孩子,并带有孩子的人生观。这一点同样适用于故事中所谓的大人和年轻人。扯掉童话国王的胡子,你会发现一张孩子的脸。

★ 在这间以《彼得和温迪》F. D. 贝德福德版插图为原型的育婴室里，达林家的孩子准备飞出背景中的窗户（经派拉蒙影业许可，来自图库 Photofest）

这即是神奇剧的精神。你们大家——不管每个人实际年龄多大——都得是孩子。《彼得·潘》将笑着把仙尘吹进你的眼睛，然后嗖的一下，你们都将回到育婴室里，而一旦你再次相信仙子的存在，好戏就开场了。

布勒农的默片经由原版硝酸盐拷贝修复和上色后，视效令人惊叹。这版故事中，彼得·潘十分真实，在影片开头，达林先生和夫人一起察看了他留下的影子。该影片突出温迪未能说服彼得成为不只做她的"儿子"，以达林夫人同意彼得每年回来一次，接温迪去做春季房屋扫除为结局。虽然年轻的浪漫爱情受挫，可达林一家的表现却堪称乐观、宽容，他们接受了迷失的男孩们。

该影片也许设定在梦幻岛，可达林一家住的却是美国而非英格兰，影片中爱国狂热和激情渲染的时刻数不胜数。桅杆上升起的不是骷髅旗，而是星条旗。迈克尔提醒迷失的男孩，要让自己像"美国绅士"一样对待温迪。温迪告诉迷失的男孩们和她的兄弟，他们的妈妈希望他们"死得像位美国绅士"，这时所有的孩

★ 在赫伯特·布勒农执导的《彼得·潘》中，黄柳霜饰演虎百合。当时并没有人认为由一位亚裔美国人饰演美洲土著人以及"印第安人"杀死一头森林之王有何诡异之处。该部落扬扬得意地在空中挥舞着武器——弓、箭、战斧和刀——而死狮就躺在他们脚下
（经派拉蒙影业许可，来自图库 Photofest）

子齐声唱出"我的祖国，你即如此，美丽的自由之地"。而且，彼得本人决定重返梦幻岛，拒绝当美利坚合众国的总统。而达林夫人唱《家，甜蜜的家》恰好在孩子们回来前，她边弹边唱时，我们在荧幕上看见乐谱。很可能，战后一代的民族自豪感促使孩子们的国籍从英国转变为美国。

  影片尽管多次提及美国国旗、美国绅士和美国家庭的神圣，结局却是彼得效忠梦幻岛，而非美利坚合众国；选择小叮当，而非温迪；选择冒险，而非家庭幸福。显然达林一家、娜娜和迷失的男孩们人数占优，他却决意独自回到美人鱼和印第安人中去（海盗已被打败）。

  该影片最后一份存世拷贝由詹姆斯·卡德找到，第二次世界大战后，他为位于纽约州罗切斯特市的伊士曼柯达公司工作，其间得知拷贝的存在。现如今，他被视为影片保存领域的伟大英雄之一，当时他了解到那间著名的地下室里有《彼得·潘》《化身

★ 彼得和小叮当带队前往梦幻岛，达林家的孩子们飞过伦敦的屋顶（经雷电华电影有限公司[1]许可，来自图库Photofest）

博士》和其他珍品的拷贝。他说服现代艺术博物馆的影片保护者艾里斯·巴里，帮助他从原版硝酸盐拷贝中修复该影片，该拷贝此前在柯达地下室里日趋损坏。在其著作《迷人的电影：默片艺术》中，詹姆斯·卡德讲述了此事的来龙去脉。

《彼得·潘》，迪士尼工作室，导演：克莱德·杰洛尼米、威尔弗雷德·杰克逊和汉密尔顿·卢斯科，1953年

经人说服，华特·迪士尼认为电影是呈现《彼得·潘》的最佳媒介："我觉得詹姆斯·M.巴里的真实意图从未在舞台上得以呈现。如果你认真读那个剧本，顺着作者写下的演出提示和舞台提示，我相信你会同意我的观点。这简直是完美的动画片题材。实际上，人们很可能认为巴里写作剧本时，脑海里就有这些动画

---

[1] 该版《彼得·潘》唯一发行方。——译者注

★ 彼得戴着一顶头饰，抽着和平烟斗，赶在印第安人要开口唱歌前问道："是什么让印第安人皮肤红？"迷失的男孩和印第安人尽情享受着音乐和舞蹈，温迪却被命令去捡些柴火来，气呼呼地走开了
（经雷电华电影有限公司许可，来自图库 Photofest）

★ 迪士尼版的约翰和迈克尔可能没有真正的武器，不过迷失的男孩们却以一种自以为有攻击性、骄傲又怪异的方式，稳步向前，准备战斗
（经雷电华电影有限公司许可，来自图库 Photofest）

画面。我认为他从未满意舞台版。活生生的演员是有局限的，可是通过动画片，我们却可以放飞想象力。"

1935年，迪士尼开始洽谈《彼得·潘》的电影版权，最终在四年后与大奥蒙德街医院达成协议。该项目在战争年月遭搁置，故事情节和人物发展的设计直到战后才取得进展。迪士尼版紧扣剧本（原计划是娜娜跟孩子们一道去梦幻岛），主要借助加工和修饰而与其他版本有区分。多平面摄影机等科学技术的革新为孩子们飞过伦敦的屋顶，围着大本钟翱翔这组连续的飞行镜头平添了活力。

《彼得·潘》这部电影开创了具有辨识度的迪士尼风格。《纽约时报》的一位批评家这样指出："温文尔雅的温迪实际上就是

★ 温迪穿针引线，准备把彼得的影子从脚上缝回去。彼得的影子靠墙站着，他与彼得分离，显得无动于衷，彼得则沉浸在自己的笛声里（经雷电华电影有限公司许可，来自图库Photofest）

古板的白雪公主；斯密跟小矮人开心果一样；婴儿迈克尔是说话的糊涂蛋。可怕的反派胡克船长是戴了羽毛帽子的《木偶奇遇记》里的约翰·华盛顿·福尔费洛，彼得本人则让人联想起那里面的有些男孩。至于著名的巴里仙子，那个纯洁发光的小叮当，她跟《幻想曲》中那些性感妩媚的半人半马女孩一样。"（克劳瑟）

影片一开场，画外音响起，指出所描述事件的循环性："这一切之前发生过，之后还会重演。"它把孩子从他们在布鲁姆斯伯里的家中带往居住着印第安人和海盗的梦幻岛。有首歌饱受争议，它为了回答"是什么让印第安人皮肤红？"，而将肤色追溯至一位"印第安王子"第一次吻"姑娘"时的脸红。歌曲一开始，一个男孩注意到要是这么解释，这首歌该多有"启发性"。印第安人的语言沦为一系列单音节词语（"咋？"和"唷！"），并穿插着支离破碎的英语短语，这与迷失的男孩和达林家的孩子所讲的复杂语言形成鲜明对比。不过这部剧也表现了孩子们竭力模仿"野蛮"而"狡猾"的印第安人。即便温迪反抗那些成为"印第安婆娘"带来的限制。

迪士尼的电影既聚焦于彼得，也聚焦于温迪，聚焦于她如何长大，抛弃了青春梦想。在电影结尾处，她宣称自己准备好长大，那艘将孩子们送回家的船只逐渐消失。令人惊讶的是，这部迪士尼影片强调梦幻岛只存在于想象中，从未邀请观众通过鼓掌来坚定对仙子的信念。

续集《重返梦幻岛》(2002)开始于温迪长大了，而后跟随她女儿简的脚步展开梦幻岛冒险。该影片以二战时遭遇闪电战的伦敦为背景，表现了简在穿越梦幻岛找寻回家之路时，重新恢复对"忠诚、信任和仙尘"的信念。2008年，迪士尼仙子品牌发布了一部名为《奇妙仙子》的前传，为观众交代了小叮当的背景。

《彼得·潘》，导演：杰罗姆·罗宾斯，1954年

在1954年美国音乐剧版《彼得·潘》中，玛丽·马丁（在《南妮，拿起你的枪》和《南太平洋》中令美国观众着迷的百老汇巨星）饰演彼得·潘，西里尔·里查德饰演胡克船长。该剧在纽约冬季花园剧场演出152场后，由美国全国广播公司（NBC）在"制作人展示"节目上，进行了彩色实况转播。"请我们再加一场的邮件源源不断。"玛丽·马丁称。1956年，音乐剧原班人马齐聚，在电视上重演了一场。那场演出吸引的观众人数众多，创造了纪录。1979年，百老汇复排该剧，桑迪·邓肯担纲主角，1990年，再次复排，卡西·里格比饰演彼得。剧中配乐和歌词由穆

斯·查莱普和卡罗琳·利创作，有《我在飞》《海盗之歌》《胡克的探戈》《梦幻岛》《我要咯咯叫》以及最负盛名的《我不想长大》。

玛丽·马丁称，她"衷心希望"出演"一部像英国童话剧一样经久不衰的剧作，这样它就能年复一年地上演，在全国巡演，并有很多人饰演彼得·潘，因为一代又一代人都要重新遇见彼得·潘"（汉森，第173页）。伦纳德·伯恩斯坦曾短暂地参与该剧创作，不过，他想参加一个更早的音乐剧创作，还在其他项目上任务繁重，因此没能成功合作。

这部音乐剧在一片令人惊叹的热切期待中开场，收获的剧评洋洋洒洒，不吝赞美。"马丁小姐是位了不起的彼得·潘，男孩子气，热情、感人……她不时在空中荡来荡去，兴冲冲地咧嘴微笑……无论在何种情况下论，她都可以作为一位真正伟大的彼得·潘而被载入戏剧史册。"《晨间电讯报》如此报道。（汉森，第211页）《纽约时报》称该场演出"丰富""欢快"。（汉森，第213页）该剧尽管出过一次飞行事故（"我险些丧了命。"玛丽·马丁称），仍然在1954年10月20日首演之夜后，接连上演了152场。

百老汇演出及相关演员列表，参见 www.broadwaymusicalhome.com/shows/ peterpan.htm。

《迷失的男孩们》，导演：罗德尼·本尼特，1978年

这部获奖的纪实影片由撰写《J. M. 巴里和迷失的男孩们》的

★ 玛丽·马丁饰演的彼得·潘在教达林家的孩子们怎么飞
（经NBC许可，来自图库Photofest）

★ 在1990年百老汇复排的《彼得·潘》中，卡西·里格比与胡克船长交战。海盗、印第安人和孩子们屏住呼吸，静止不动，见证这场男孩与男人之间的较量
（经图库Photofest许可）

★ 在1979年百老汇复排版中，桑迪·邓肯饰演彼得·潘
（经图库Photofest许可）

作者安德鲁·伯金创作脚本，是英国广播公司（BBC）制作的一部迷你剧。该传记影片运用画外音，既引入了巴里的通信选段，也对谈话和书信进行了充满想象力的再创作，即便在它展现巴里生活的外部环境时，也不忘将我们带入巴里的内心世界。该脚本精彩地表现出巴里人生中的事件和人际交往如何激发出那些他写于书页上的文字。

在下文的链接中，制作人路易斯·马克斯生动地描述了该纪实影片的诞生过程。"安德鲁的麻烦，"他称，"在于挖到了一座金矿。那年冬天，他经合作研究员莎伦·古德引荐，结识了最后一位在世的卢埃林·戴维斯，即时年七十岁的尼科。起初，尼科对任何可能想利用不幸的家事获利，或以任何方式歪曲'吉姆叔叔'的人都心存疑虑，可不久后，他变得热心于这个项目，并提供了丰富的资料库：日记、数百封书信、照片和已故哥哥彼得未出版的回忆录，以及同样珍贵的个人回忆。有些资料曾经在巴里的传记中被使用过，但大部分没有。而且，安德鲁很快发现大部分已被使用的资料通常被误解了，甚至是被错误抄录了。"

在《迷失的男孩们》中，伊安·霍姆完美地演绎了 J. M. 巴里，该影片在 1978 年一经上映，便得到高度赞扬。巴里的传记作家简妮特·邓巴盛赞这部作品，表示说它"用戏剧的语言颇具权威地再现了 J. M. 巴里"。《笨拙》杂志的描述十分精准，称它是一部"由平庸到杰出，再到感人至深及大师级手法，这部不断演进的剧作，凭借饱满的人物塑造和简练的写作风格，成了一部电视语言的杰作"。精彩、难忘、悦目和搅扰心绪：这些都是在描述这部电视杰作时，被反复使用的说法。

影片的开场设定在肯辛顿公园，J. M. 巴里在那里遇见了卢埃林·戴维斯家的老大和老二，并借助他的狗和游戏逗他们开心。我们看见荧屏上有位气球女士，她出自亚瑟·拉克姆为《肯辛顿公园里的彼得·潘》创作的一幅插图。该影片敏锐、老练，推动着我们经历数载春秋，其间孩子们的父母去世，巴里痛苦离婚，乔治在一战中死亡，迈克尔被认定在剑桥自杀。《迷失的男孩们》是对伯金那部巴里传记的补充；在刻画作者，以及作者与其收养的五兄弟之间的关系方面，做了细致的校准。脚本参见网上资源：http://www.jmbarrie.co.uk/abpage/TLB%20SCRIPTS/TLB.htm。

《铁钩船长》，导演：史蒂文·斯皮尔伯格，1991年

在《彼得·潘》于伦敦约克公爵剧院上演的数年之后，巴里有过写《长不大的男人，又名彼得·潘的老年时代》的不成熟想法。巴里未曾真的实现它，而史蒂文·斯皮尔伯格在他的电影《铁钩船长》中略为不同地实现了，该影片将彼得·潘坠入情网、离开梦幻岛后所发生的一切才华横溢地改编为剧本。彼得·潘摇身一变，成了彼得·班宁，是位成功的企业律师，还有孩子——他加入黑暗阵营，成了一名海盗。彼得·班宁携妻子莫伊拉、孩子杰克和玛吉（这些名字是为了向温迪、杰克·卢埃林·戴维斯和巴里的母亲玛格丽特致敬）重返伦敦，参加一场慈善活动，该

★ 史蒂文·斯皮尔伯格执导的《铁钩船长》宣传海报，罗宾·威廉姆斯饰演成年彼得·潘，他得找回童年的魔法，从达斯汀·霍夫曼饰演的胡克船长手中救出自己的孩子

（经三星影业许可，来自图库 Photofest）

活动是为了纪念莫伊拉的祖母温迪·达林，是她安排了彼得的收养事宜。胡克怂恿杰克和玛吉离开，前往梦幻岛，彼得必须重拾年少时的活力、失去的身份和童真，方能救出孩子们，成为一位真正的父亲，守卫他向孩子们许下的诺言。

斯皮尔伯格曾经宣称："我总觉得自己像彼得·潘。"他的电影总是提到飞行（《猫鼠游戏》）和彼得·潘的故事（《E.T. 外星人》）。他原本打算和迈克尔·杰克逊联手做一版《彼得·潘》音乐剧，结果却把注意力转向真人电影。影片结局模仿了迪士尼的《彼得·潘》，展现了班宁一家在阳台上看着小溜达带上珍贵的玻璃弹球飞过伦敦，这些弹球在他小时候被弄丢了，最终失而复得。这个家庭经过重组，变得更加稳固，因此彼得·班宁兴高采烈地宣称："活着将是一场十分壮丽的冒险。"

尽管该影片因其主题公园世界一般的布景，以及深入探讨亲子关系上的失败，而遭受了一些舆论炮火，然而很多场景脱颖而出，具有让20世纪的观众重新想象这个故事的力量。尤为有辨识度的一幕——彼得·班宁回忆自己曾经的身份——提醒观众如何才能与孩子产生共鸣。班宁跪下，让自己与孩子处于同一视线，摘掉眼镜，收腹，突然大笑，展现出一种神奇的、通常在成人世界里缺失的生活乐趣。这是一版"当彼得长大时"的故事，呈现了养育与保护子女，成为父亲而非当个孩子的补偿性乐趣。

《彼得·潘》，导演：P. J. 霍根，2003年

这版《彼得·潘》的剧本由迈克尔·戈登堡和P. J. 霍根共同撰写，紧扣巴里的剧作和小说，从这两者中借鉴了大量的表达方法。影片经大奥蒙德街儿童医院授权，他们认为这部电影"在尊重原著的同时，与怀有现代情感的观众做了交流"。P. J. 霍根突出彼得的高尚品质："这才是J. M. 巴里原本设想的彼得·潘——一个具有英雄主义和魔法的真实男孩，他跟海盗作战，救孩子脱险，从未长大。"这版《彼得·潘》还是个爱情故事、成长故事，开场是禁止温迪进入育婴室的计划，结局是温迪给彼得浪漫的一吻，把彼得救活。彼得盘旋在温迪床的上方时，熟睡的她与他初次邂逅（课上画下那一幕给她惹了麻烦），后来彼得受到胡克致命一击而昏睡不起，她用"顶针"将他唤醒。可是，彼得还是选

★ 温迪被小溜达一箭射中，而坠落在地，她看上去像死了一般，彼得忧心忡忡，担忧她的生命安全
（经环球影业许可，来自图库Photofest）

★ 迷失的男孩们与热带背景完美融合。为展现出极致的美感，他们的皮毛衣服经过了精心设计
（经环球影业许可，来自图库Photofest）

择了不长大，温迪和弟弟、迷失的男孩们一起回家。

彼得·潘由一个男孩饰演，不那么仙气，却是位少年甜心，他与温迪在卧室里调情，还在胡克的注视下，和她共跳一曲浪漫的"仙子舞"。影片在诸多方面突出温迪对彼得的迷恋以及彼得的性感迷人，这在电影、音乐剧和舞台剧改编中实属罕见，多数改编并不停留在迷人的面部特征，而是将之一带而过。在出演彼得·潘时，杰里米·桑普特十三岁，因为他——跟其他演员一样——在拍摄过程中长高好几英寸，因此育婴室的窗户不得不两度加高。在影片中，他和温迪都是即将成年的孩子，皆因发现陌生的欲望而着迷，并犹疑却急切地想探探情况。

罗杰·埃伯特的影评一针见血地指出该影片并非"明晃晃地表现性"，而是强调"爱欲本就存在，其他版本视而不见罢了"。育婴室的场景引入了一个新角色姨妈米莉森特，她是一切麻烦的源头，是她坚持温迪必须长大，有自己的房间。温迪的主要任务是让彼得长大，步入成年，可以谈情说爱。在一支漫长的仙子舞中，他们两人双手紧握，凝望彼此，很有种月下舞会夜的感觉。"生活绝不止这些。"温迪在劝彼得回家和长大之后，这样跟他说道。

霍根原计划在伦敦、大溪地和新西兰拍摄《彼得·潘》，结果却只能在澳大利亚的摄影棚里。影片中大量的特效旨在营造出视效总监斯科特·法勒口中的那种"油画版的景象，就像故事书里的事物，带着美轮美奂的色彩饱和度"。孩子们在空中不费吹灰之力地翱翔，像舞蹈一样精彩地打斗，被看上去如同从窗户洒进来的阳光一样有生气的仙尘颗粒碰触。

## 《寻找梦幻岛》，导演：马克·福斯特，2004年

《寻找梦幻岛》基于艾伦·尼的剧作《那个曾是彼得·潘的男人》，改编了巴里与西尔维娅·卢埃林·戴维斯及其儿子的关系。尽管巴里遇见孩子们时，西尔维娅的丈夫亚瑟还在世，可影片的开场设定却是他去世了，这样他就不会横亘在巴里和西尔维

★ 在《寻找梦幻岛》中，乔治、迈克尔、杰克和彼得与 J. M. 巴里玩海盗游戏。孩子们的母亲西尔维娅·卢埃林·戴维斯身着素朴的乳白色长裙，她与这群花里胡哨、衣着鲜艳而怪异的家伙形成对比
（经米拉麦克斯影业公司、影群公司许可，来自图库 Photofest）

娅之间，妨碍他们发展一段无可指摘的恋情。影片中，五个孩子减成四个，并在巴里的人生和《彼得·潘》的舞台演绎历史方面，擅自做了其他很多改动。《彼得·潘》这出戏在卢埃林·戴维斯家中上演，实际上是因为五岁的迈克尔的病（疾病使他无法前往约克公爵剧院看戏），而非西尔维娅，她是好几年后才身体有恙的。

《寻找梦幻岛》聚焦于西尔维娅和她的孩子们如何激发巴里的文学创作：在与孩子们的冒险经历之间，穿插着灵感闪现和创作的场景，并传达出巴里本人想抓住青春和想象力的这一欲望。我们开始钦佩巴里，他跟狗在公园里跳舞，在鼻子上平衡汤匙；我们为彼得·潘叫好，他催我们鼓掌，表明我们对仙子的信念；我们和彼得·卢埃林·戴维斯一同哭泣，他在努力应对父母的去世。福斯特把彼得·潘视为一种幽灵般的存在，置于巴里和孩子们居住的伦敦，从而表现了真正的别出心裁。晚上，孩子们在床

★ 杰里米·桑普特在发光的小叮当面前,饰演了一位性感俊美的彼得·潘。这个彼得·潘不再由女人扮演,他尽管还是个孩子,却已经有了青少年的面部毛发。P. J. 霍根的《彼得·潘》比多数改编都更偏重爱情

(经工业光魔特效制作公司和图库 Photofest 许可)

★ 卢埃林·戴维斯家的男孩们跟他们的母亲一样,穿着白色的衣服,红色作为点缀,他们护送她前往梦幻岛,前往在他们家中上演的《彼得·潘》,前往死者之地。朱莉·克里斯蒂饰演西尔维娅的母亲爱玛·杜穆里埃,约翰尼·德普饰演戏剧事业处于巅峰期、私人生活处于低谷期的詹姆斯·巴里

(经米拉麦克斯影业公司、影群公司许可,来自图库 Photofest)

★ 约翰尼·德普饰演的詹姆斯·巴里与波尔托斯在肯辛顿公园里共舞（经米拉麦克斯影业公司、影群公司许可，来自图库Photofest）

上一通玩闹之后，疲惫的他们被人透过卧室的窗户栏杆之间从外观察。镜头为我们展现了准备"闯进来"的彼得·潘的视角。在后来的一幕中，孩子们放风筝，镜头就被高置在空中，和风筝在一处，并伴随有通常表明小叮当在场的相同光线和铃铛声。

## No.004

## 《彼得·潘》：
## 改编、前传、续集和衍生作品

*Peter Pan*: Adaptations, Prequels,
Sequels, and Spin-Offs

G. 阿代尔：《彼得·潘与独生子女》，伦敦和贝辛斯托克：麦克米兰童书局，1987年

戴夫·巴里、里德利·皮尔逊：

《彼得与追星者》，纽约：海鹦书业，1994年

《逃离"嘉年华号"》，纽约：迪士尼出版部/亥伯龙书业，2006年

《黑风洞》，纽约：迪士尼出版部/亥伯龙书业，2007年

《彼得与伦顿岛的秘密》，纽约：迪士尼出版部/亥伯龙书业，2007年

《彼得与偷影子的人》，纽约：迪士尼出版部/亥伯龙书业，2007年

《血色潮水》，纽约：迪士尼出版部/亥伯龙书业，2008年

《彼得与慈悲之剑》，纽约：迪士尼出版部/亥伯龙书业，2009年

琼·布雷迪：《死神来取彼得·潘性命》，伦敦：塞克&沃伯

格出版社，1996年

特里·布鲁克斯：《胡克》，纽约：巴兰坦书业，1991年

梅·拜伦：

《J. M. 巴里的〈彼得和温迪〉，梅·拜伦为男孩、女孩们重新讲述，经作者许可》，梅布尔·露西·阿特韦尔绘，伦敦：霍德与斯托顿出版社，1926年

《J. M. 巴里的〈彼得和温迪〉，梅·拜伦为小朋友们重新讲述，经作者许可》，梅布尔·露西·阿特韦尔绘，伦敦：霍德与斯托顿出版社，1926年

《J. M. 巴里的〈彼得和温迪〉，梅·拜伦为小朋友们重新讲述，经作者许可》，亚瑟·拉克姆绘，伦敦：霍德与斯托顿出版社，1929年

彼得·戴维：《老虎之心》，纽约：德尔·雷伊书业，2009年

G. D. 德雷南：《彼得·潘：他的书、他的图画、他的事业和他的朋友》，伦敦：米尔斯和布恩出版社，1909年

卡西·伊斯特·杜博夫斯基改编：《彼得·潘》，纽约：兰登书屋，1994年

凯特·伊根：《欢迎来到梦幻岛》，纽约：哈珀节庆出版社，2003年

劳瑞·福克斯：《迷失的女孩们》，纽约：西蒙与舒斯特出版社，2004年

罗德里戈·弗雷桑：《肯辛顿公园：一部小说》，娜塔莎·维默尔译，纽约：法拉尔、斯特劳斯和吉鲁出版社，2006年

查尔斯·弗莱：《彼得·潘编年史》，夏洛茨维尔：弗吉尼亚大学出版社，1989年

奥利弗·赫福德：《彼得·潘字母书》，纽约：查尔斯·斯克里布纳之子出版社，1907年

杰拉尔丁·麦考伊恩：《穿红衣的彼得·潘》，纽约：西蒙与舒斯特出版社，2006年

鲍勃·摩尔改编：《华特·迪士尼的彼得·潘和海盗》，纽约：西蒙与舒斯特出版社，1952年

D. S. 奥康纳编：

《彼得·潘纪念册，由巴里先生的戏剧奇想重述彼得·潘的故事》，伦敦：查图&温达斯出版社，1907年

《彼得·潘的故事》，伦敦：贝尔出版社，1912年

D. S. 奥康纳、爱丽丝·B. 伍德沃德：《彼得·潘图画书》，伦敦：G. 贝尔出版社，1907年

乔斯林·奥罗克：《是谁让彼得·潘摔下来?》，纽约：企鹅出版社，1996年

弗雷德里克·奥维尔·珀金斯：《永远不想长成大人的彼得·潘》，波士顿：西尔弗、伯德特出版社，1916年

珍妮·普雷斯：《彼得·潘：一本讲故事之人的书》，纽约：史密斯马克出版社，1995年

菲利斯·沙兰特：《当海盗来到布鲁克林》，纽约：达顿出版社，2002年

埃米莉·索马：《雨后：彼得·潘的一次新冒险》，安大略省

西哈密尔顿：黛西出版社，2004年

简·约兰：《迷失的女孩们》，选自《埃米莉修女的灯塔船及其他故事》，纽约：山峰书业，2000年

## 电影

《彼得·潘》，导演：克莱德·杰洛尼米、威尔弗雷德·杰克逊和汉密尔顿·卢斯科，迪士尼工作室，1953年

《迷失的男孩们》，导演：乔尔·舒马克，华纳兄弟娱乐公司，1987年

《铁钩船长》，导演：史蒂文·斯皮尔伯格，哥伦比亚/三星影业，1991年

《重返梦幻岛》，导演：多诺文·库克和罗宾·巴德，华特·迪士尼公司，2002年

《彼得·潘》，导演：P. J. 霍根，环球影业，2003年

《迷失的苏丹男孩》，导演：乔恩·申克和梅根·迈兰，新视频集团，2004年

《寻找梦幻岛》，导演：马克·福斯特，米拉麦克斯影业公司，2004年

《奇妙仙子》，华特·迪士尼工作室，2008年

## 电视节目

《彼得·潘》，美国全国广播公司（NBC），玛丽·马丁主演，1955年

《彼得·潘》，美国全国广播公司（NBC），米娅·法罗主演，1976年

《彼得·潘》，美国艺术与娱乐广播公司（A&E），卡西·里格比主演，2000年

## 视频游戏

《迪士尼小游戏：彼得·潘梦幻岛寻宝》，个人电脑，迪士尼互动工作室，加利福尼亚州圣马特奥：索尼，2002年

《福克斯的彼得·潘和海盗》，红白机（NES），THQ游戏公司，华盛顿州雷德蒙德：美国任天堂，1991年

《王国之心：记忆之链》，GBA游戏机，史克威尔·艾尼克斯制作，洛杉矶：史克威尔·艾尼克斯，2002年

《彼得·潘》，GBA游戏机，雅达利制作，纽约：雅达利，2003年

《彼得·潘：重返梦幻岛》，GBA游戏机，迪士尼互动工作室制作，加利福尼亚州伯班克：迪士尼互动工作室，2002年

✜ No.005 ✜

# 朋友、粉丝和仇敌齐聚：
# J. M. 巴里和彼得·潘在全世界

A Montage of Friends, Fans, and Foes:
J. M. Barrie and Peter Pan in the World

不想长大的男孩和男人打动了很多读者、观众和旁观者。写这本书期间，我遇到了各种各样既关于剧作和小说，也关于彼得·潘和其作者的积极反馈和有力回应。与其重述这些观点，或将之融入注释（有些情况下，我还是禁不住这样做了），我决定让狂热者和怀疑者们自己发声。他们的声音势必在那些迷失于《彼得·潘》书页或演出之中的人心里引起共鸣。这部分以查理·卓别林回想与这位杰出的剧作家在伦敦的相见为开头，以戏剧家同行萧伯纳对他那位同住在阿德尔菲联排别墅街的邻居詹姆斯·巴里的回忆来收尾。这其中既有如亚历山大·伍尔科特等知名剧评人的声音，也有小朋友的话语；我们既能听到饰演过彼得·潘的女演员们的心声，也能听到那些年幼时渴望飞翔之人的心曲。这些回应之后，是成年人（很多是作家）追述他们与彼得·潘的相遇。即便在当今这个冷嘲热讽之风盛行的时代，可说到彼得·潘，却难以找到唱反调之人，不过，我还是发现了为数不多的一些人，我也给他们机会，让他们在这些书页上发声。

查理·卓别林,《我遇见不朽》,出自《我的国外之旅》,纽约:哈珀兄弟出版社,1922年,第85—89页

巴里在场。有人把我指给他,几乎同时我自己也认出他来。这就是我赴宴的首要原因:来见巴里。他是个小个子男人,留着一撇黑胡子,脸上纹路很深,神情忧郁,眼窝深陷。可我觉察出他的嘴角潜伏着幽默的踪迹。玩世不恭吗?不尽然。

我捕捉到他的眼神,就示意让我们坐到一起,然后发现宴会上不知何故恰巧是如此安排的……

不过人人看上去都很开心,只有巴里例外。他的眼神显得忧郁、倦怠。可他又高兴起来,就好像面具之后始终隐藏着那抹笑意。我想知道那笑是不是完全因为我,抑或只是当下对我感兴趣……

我该对巴里说什么?我怎么就没事先想一想?……

巴里对我说,他在找人饰演彼得·潘,还说想让我演。他着实让我大吃一惊。想想我竟然躲着不见、怕见这样一个人!可我害怕就这事与他深入探讨,我充满戒备,因为他可能认定我对此一无所知,而改变主意。

单纯地想象一下吧,巴里竟然让我饰演彼得·潘。这邀约如此紧要、盛大,以至于不过脑子的三言两句就有毁了它的风险,

于是我换了话题,结果让这样一个天赐良机溜走了。在与巴里的第一次交锋中,我彻底败北……

巴里再次讲到电影。我得认真听懂。我召唤起我所有散落的能力,来理解他的话。他的头型多奇特啊。

他谈到《寻子遇仙记》,我以为他企图恭维我。可他是怎么做的呢!他在批评这部影片。

他很严厉。他称,"天堂"一幕纯属多余,我为何让它有那么重的戏份?……他头头是道、观点深刻地在谈的这一切东西,我听得越多,越觉得我那不安的自我意识在速速离我而去……

我为他的兴趣和欣赏而激动,我意识到通过与我讨论戏剧架构,他在十分优雅、巧妙地夸奖我。他真好。他让我的羞赧之情荡然无存。

"可是,詹姆斯爵士,"我说,"我无法赞同您——"想象一下这质的变化。我们继续轻松而愉快地讨论着。他说话时,我意识到他的岁数,也越发感受到他天马行空的精神……我想知道巴里是否憎恨岁数渐长,毕竟他心态这么年轻。

巴里悄声说:"去我的公寓喝一杯,好好聊聊吧。"我开始觉得一切都是值得的。克诺布洛赫和我跟他一起走到阿德菲亚(原文如此,应为阿德尔菲)联排别墅街,他的公寓就坐落在那儿,俯瞰着泰晤士河堤岸。

不知何故,这公寓看上去就跟他一样,可我无法用语言描述出这相似之处。最先映入眼帘的是一张书桌,它在一间宽敞的装修精美的房间里,这里的护墙板是深色木质的。屋内处处流露出简约与舒适。房间右侧有一架荷兰式大壁炉,不过最惹眼的家具却是角落里的一台小型煤气炉。它被擦得锃亮,更像装饰而非有实际用途。他解释说,仆人们不在的时候,他在这台炉子上煮茶。这样一种行为,就是这种行为显露出巴里的为人。

我们的话题无意间转向电影,巴里告诉我拍摄《彼得·潘》的计划。我们十分友好地探讨,我发现自己在给巴里关于戏剧的点子,而他在给我关于电影的建议,其中的很多点我都可以运用到喜剧上。这是一场很棒的漫谈。

有人敲门。杰拉德·杜穆里埃来访。他是英国最伟大的演员之一,父亲是写作《特里比》的作者。我们的聚会持续到深夜,最终大概到了凌晨三点。我注意到巴里看起来十分疲惫、憔悴,于是我们告辞,与杜穆里埃走上河岸街。他告诉我们,自从他外甥溺水身亡,巴里就变得反常,老得很快。

亚历山大·伍尔科特,《呐喊与低吟:一千零一夜的回响》,纽约:世纪出版公司,1922年,第190—191页

"巴里疯了,弗罗曼,"特里说,"我很抱歉这样说,但你应该知道。他刚刚读了一个剧本给我。他即将读给你听,所以我得给你提个醒。我知道我脑子没糊涂,在听完后,我测试了自己的脑子,很清醒;但巴里肯定疯了。他写了四幕全是关于仙子、孩子和印第安人的戏,他们跑着穿过这个你听过的最不合逻辑的故

事；你怎么想？最后一幕竟发生在树冠上。"

鲁珀特·布鲁克，《朋友与传道者：鲁珀特·布鲁克和詹姆斯·斯特雷奇通信集，1905—1914 年》，基思·黑尔编，康涅狄格州纽黑文：耶鲁大学出版社，1998 年，第 25 页

  我猜你知道有出戏叫《彼得·潘》？我去年看的，立刻就喜欢上了，过些日子还要再去看复排。我觉得这出戏让人着迷，讨人喜欢，十分赏心悦目。实际上，毫无疑问这太荒谬了。我这么大年纪，对儿童剧的这种狂热标志着我提前进入了老年。
  我像个梦游者一样，四处游荡，自言自语地说出所有我能记得的《彼得·潘》的华丽片段。当我在剑桥上漫步时，三一街逐渐消失，我发觉自己走在美人鱼潟湖的岸边，国王学院礼拜堂在我眼前逐渐缩小，又崛起，而后突然变成了树冠之家。

《致巴里先生的一封信》，《彼得·潘》评论，出自《国王》，1905 年 1 月 14 日

  我给所有为人父母之人的建议是立即带自家孩子去约克公爵剧院。而那些没孩子的，我建议下午马上去借一些。他们会发现，看着那些小家伙沉浸在你别出心裁的邀请中，自己也能获得

一种罕有的乐趣，而要是他们本人不享受其中，他们肯定是哪儿出了问题。

**奥斯卡·帕克，《伦敦戏剧舞台》，出自《英国插图杂志》第40期（1906），第40页**

正如我所写，《彼得·潘》在属于它的第三个"世纪"里，口碑飙升。我曾经好奇，对这部原创、大胆的实验剧的初步印象在第二次观看时，是否会保持不变，于是，我刚刚与彼得、温迪和"梦幻岛"上迷失的男孩们共度了三小时。我变得更加好奇，因为最近我看到一位美国批评家对今年冬天在纽约上演的此剧的观点，那位美国批评家的评论尖酸刻薄。他觉得该剧"匪夷所思地令人不满"，是"那种把钥匙变得形同虚设的仙子故事"，而且"牵强附会，复杂难懂"，而且在他看来，彼得·潘无法"唤醒大多数成年人心中潜藏的少年"。我为那位批评家感到难过；难过于人生竟在他头脑中存入这种由多层铁律形成的坚固岩层，以至于他那本性乃反复无常的童年想象力毫无机会从记忆里回返……为何这里和纽约的剧场中——该剧在两个城市都获得了成功——每天都挤满了成年观众？巴里奏响了一个近乎普世性的共鸣和弦，其实意在唤醒的并非实实在在的童年景象，而是孩子的整个精神生活，彼时现实与梦想相互交织。

路易丝·博因顿,《世纪杂志》,1906年12月

纽约需要《彼得·潘》。恰逢又一次让人灰心丧气的时刻,公众的思想被巨大而恼人的难题和反常的时局占据到几近病态的地步,该剧适时出现。在商界和政界,恶事合法而猖獗,揭露欺诈的行为成了未采取此举之人的第一要务。犬儒主义成了文学和戏剧艺术中主宰的腔调,这虽是一种乐观聪明的20世纪犬儒主义,却带有一种痛苦而令人沮丧的影响。在这样一种时刻,《彼得·潘》出现,该剧由一位温文尔雅且具洞察力的男性创作,由一位美丽而深邃的女性呈现,带有艺术家的灵魂和赤子之心……

饰演彼得·潘并非扮演一个角色,这是在表现一种活生生的思想,是借助教会我们用孩童的视角看待生活,从而以一种最简单、最美好的方式展现生命的力量……看似可怕的现实却被发现并不真实,而所有美丽的幻想却是可能会成真的梦想。

弗吉尼亚·伍尔夫,《一位满怀激情的学徒:弗吉尼亚·伍尔夫在1897—1909年间的早期日记集》,米歇尔·A.利斯卡编,圣地亚哥:哈考特、布雷斯、乔万诺维奇出版社,1990年,第227—228页

我们和杰拉德去看了《彼得·潘》,巴里这出戏——跟他所有的作品一样充满想象和智慧,不过就是太情绪化——然而,这

仍然是一场盛宴。

麦克斯·比尔博姆,《重访〈彼得·潘〉》,出自《最后的戏剧:1904—1910年》,纽约:塔普林格出版公司,1970年,第336页

当然这些书的读者不是孩子,或者说孩子从中得不到乐趣:其实是大人在如饥似渴地读,而孩子们则用大众媒体上刊载的零星趣闻满足自己浪漫的想象,一想到要是把每天在方圆四英里之内掉落于街头的所有大头针接起来,可以从伦敦到米兰,他们就目瞪口呆、兴奋不已。

佚名,《生命和书信》,出自《诗人宝库杂志》第17期(1906年春季),第121页

当下红极一时的成功之作是J. W.(原文如此)巴里的《彼得·潘》,不过,那些在众人一片叫好之声中,还能够保证独立评判能力的人们会觉得,该剧作在总体上来说没有像舆论所引导他们认为的那样尽如人意、鼓舞人心。剧中的迷人之处和无聊之处怪异地混在了一起……

如果我们想象该剧出自一个孩子之手,剧中那些世故之处

却不可能进入孩子的头脑。如果我们想象它出自一位成年人之手，剧中却有那些孩子气的天真烂漫，要是剧作始终坚持这种孩童视角，那么这天真烂漫就会货真价实，可在种种情况之下，这却成了暗讽，没有突出一种完全纯粹的视角。相比剧作本身的价值观缺陷，这两种视角的混合问题更大，是出在艺术架构上的瑕疵。

一位性情暴躁的傻瓜父亲，一个和蔼可亲的傻瓜母亲，加上育婴室里粗糙而祥和的场景，从开场就让人极度不适，以至于后面孩子跟彼得·潘学习如何飞行的迷人一幕都难以消除这种印象。

亚历山大·伍尔科特，《呐喊与低吟：一千零一夜的回响》，纽约：世纪出版公司，1922年，第198—200页、第186—189页

孩子们爱这出戏。得有一章讲讲《彼得·潘》的观众，如果你没看过下午场，你就不算真的看过这出戏。你得看看那些小戏迷们在座位上扭来扭去，拼命挣脱保姆的束缚，情不自禁地涌下过道。你还得看看包厢里的他们一脸相信，就好像随时可能要飞出包厢，穿过剧场。你得听听他们为了捍卫小叮当，而常常令人尴尬地早早齐声呼喊，听听时不时爆发的险些打断演出的大喊大叫，当时的情况可能是有位在舞台脚光外侧的兴奋好心的迈克尔

大喊一声，友好地提醒说："当心，彼得，当心！老鹦鹉[1]在你的药里下了毒。"

历史学家们得讲讲小朋友们为了要顶针而严肃地等在后台入口，也许他会看到写给彼得的数不清的信件，信里沉甸甸的，有孩子们为了买上一撮仙尘，而出于信任寄来的许多便士，要是你忘了怎么飞，仙尘可少不了。

不过，《彼得·潘》的挚友在活着的那些最老的居民当中。严肃的法学家、憔悴的巡视人、著名的编辑和著名的剧作家、精神有点错乱的诗人和外表令人生畏的公司总裁，统统在剧迷之列。你无法一眼就认出一个泛彼得主义者，可一旦你发现他场场戏都不落下，就能开始猜出他的真心实意了。

假装人人都爱这出部戏没什么意义，可戏本身的受众群体十分庞大，而且他们不知羞耻地沉迷于此，以至于去看个十几场都不值一提。我们当中有些人一听见开场配乐，一看见尽职尽责的莉莎过于一本正经的首次登场，就不禁荒唐地既想笑又想哭；有些人一看见彼得默默守在孩子们为温迪造的屋子的外面，就不禁感到一种暖心的幸福，它把我们情绪高昂地送回家。

《彼得·潘》的纽约首演是在1905年11月6日晚上。此前一年，该剧在伦敦成功上演，人们怀着殷殷期待，等它到美国来。该剧那写着"你们相信有仙子吗？"的惹眼海报登上曼哈顿

---

[1] "pirate"和"parrot"发音相近。——译者注

的广告牌，昏昏欲睡的送信小男孩们整晚蜷缩在帝国剧院门厅的角落里，等待售票处开始售票。可从巡演传来的消息让人灰心。华盛顿显然不相信有仙子，布法罗对《彼得·潘》不感冒。在纽约的首演之夜，一群彬彬有礼又心存困惑的观众尽职尽责地大笑和鼓掌——不过却令人尴尬地选错了时间。

"《彼得·潘》神话"的缔造者——不管神色羞赧还是恶意满满——都不可避免地得专为纽约评论家们的失败写上一章。那里虽然有些评论家对该剧的魅力报以兴冲冲的回应，有些人却根本没有回应。请听这则神评：

> 巴里先生太滑稽了，竟再一次认为该迷惑他的观众，要是《彼得·潘》未能在这里取得持久的成功，得完全归咎于他本人。这剧不仅故弄玄虚，还让人大失所望……混合了胡言乱语、廉价的情节剧和三流的娱乐表演。从第二幕开始，该剧势必激起人们把它与《绿野仙踪》和《玩具国历险记》作比较，它无法展现童年的有趣，《绿野仙踪》和《玩具国历险记》正是因为这种有趣，才让所有年龄段的孩子们快乐……对于一位有莫德·亚当斯这样名望的艺术家来说，这出戏似乎是在浪费时间。顺便一提，如果《彼得·潘》算戏，那无疑是出糟糕透顶的戏。

不过，最猛烈的炮火却直指剧作家，这指责出现在"一份晨报"上，含有以下毒舌观点：

> 《彼得·潘》是个无解的谜语；昨晚，它让莫德·亚当斯庞大而忠实的观众群困惑不解……他（巴里）关于孩子的简单质朴的观点是荒谬的。这些想法似乎是一个胃部功能紊乱之人的幻想……真遗憾看见亚当斯小姐在这样的胡说八道上自我消耗，她的才华原本令人愉悦。

好吧，三流的演出表演已庆贺十周年纪念日了，并且没有寿数已尽的迹象；一个胃部功能紊乱之人的幻想也已让上千批美国观众欢欣鼓舞了。斯密、朱克斯和胡克船长都是不信之人，他们已被逼得投了海；在这出戏的第十个周年纪念日里，风从帝国剧院送来的声音竟是彼得胜利的咯咯叫，这是否让人意想不到？

尼娜·鲍西考尔特，出自布鲁斯·K. 汉森，《彼得·潘编年史：不想长大的男孩的近百年史》，纽约：桦树街出版社，1993 年，第 31 页

在我看来，《彼得·潘》从来就不仅仅是一出给孩子看的神奇剧。那些童话的外衣不过是一个严肃观点的发生地。那个故事从始至终是对人性的一种伤感注解，它把男人的极度自私和女人

的大公无私当作主题。

《彼得·潘的邮包：致保利娜·蔡斯书信集》，伦敦：威廉·海涅曼出版社，1909年，第13页、第22—23页、第32—33页

**我亲爱的彼得·潘：**

　　我太爱你了，妈妈说我竟然睡着了都在为你哭。我多希望你来这儿，我会带你看看我的狗狗们和别的玩意儿。要是你到贝克斯希尔，请务必来看我们。我们住在离那儿四英里的乡下。我们大家都想再次见你。你可以教我和小宝贝飞。随信寄上我的六便士。照片中个头最小的小女孩是我——

爱你，抱你，<br/>玛乔丽

**我亲爱的彼得·潘：**

　　我希望你一切都好。

　　昨天（8号）我在剧院。我觉得飞一定特别美妙，你可以来格罗夫公园，教我怎么飞，要是你没时间，你可以让温迪过来。

　　我觉得你们所有人下午和晚上都要在剧院演出，一定特别辛苦。

　　我有一个哥哥和一个姐姐，我们的姐姐上寄宿学校了，不过

她每周都回家。

如果你有时间,请给我写信。

无比爱你的,<br>
查尔斯·威廉·艾瑞克

又及——我八岁了。

我亲爱的彼得&温迪:

我**太**爱周三那出戏了,你们记得我吗?我坐在靠近舞台的包厢里,当演出树冠上那最后一幕时,我还朝你和温迪挥手了。

我**恨**胡克船长,因为他想杀了你,他看上去实在**太**恐怖了,当时你睡着了,一束绿光打在他脸上。他拿他那恐怖的手捂住可怜的温迪的嘴,好让她说不了话……

我多希望你能教**我**飞呀。

温迪来做春季扫除的时候,代我向她问好……

你最真诚的,<br>
芭芭拉

佚名,《星期六评论》,1905 年 1 月 7 日

《彼得·潘》,如巴里先生所加,《又名,不想长大的男孩》。他本人就是那个男孩。更准确地说,是那个孩子;巴里比大多数

永远没成熟的男人停下的还早,而那个男孩早在士兵和蒸汽机开始主宰灵魂之前,就停下了。像吉卜林先生一样永远当个男孩并不鲜见。可我不知道还有谁像巴里先生这样永远当个幼童。这是一项无与伦比的成就,巴里先生许多后来的作品也依循这一主题,这也让它独树一帜。也正是这一点,使得巴里先生成为同时代里最流行的剧作家。

**赫斯基思·皮尔逊,《萧伯纳:他的人生和为人》,伦敦:梅休因出版社,1961 年,第 282 页**

麦克斯·比尔博姆认为,《彼得·潘》是一个人为创作出来的怪胎,彻底偏离了目标,是大人强加给孩子的东西,萧伯纳对此表示赞同,他坦陈,"我之所以写《安德鲁克里斯与狮子》,一部分原因是想向巴里表明该怎么写一出儿童剧"。毫无疑问,孩子们肯定非常喜欢,可不幸的是,大人们……认为该剧亵渎神明,不但不鼓励孩子看,反而严禁他们看。

**佚名,《纽约时报》,1911 年 12 月 3 日**

巴里先生怕一出戏无法把彼得久久留住,就把他放进一本书里,此举并非多余。只有居心叵测之人才不能因此祝福巴里先生。

**艾萨克·弗雷德里克·马科森、丹尼尔·弗罗曼,《查尔斯·弗罗曼:经理与人》,纽约:哈珀兄弟出版社,1916年,第169、257页**

弗罗曼第一次读到《彼得·潘》时,无比着迷,逢友便讲。他会在街上把他们叫住,然后演出里面的情节。然而,要上演这样一出戏,需要惊人的勇气和信心。从手稿来看,这出戏听上去像是马戏和娱乐表演的结合体;在戏里,孩子们从屋子飞进飞出,鳄鱼吞了闹钟,一个男人跟一只狗换地方,住进狗窝,还有其他各种显得荒唐滑稽的事情发生。

如若得知与《彼得·潘》有关的一件事是弗罗曼一生当中最慷慨仁慈的举动之一,谁也不会惊讶。剧作在伦敦上演时,彼得的原型病了,躺在家里的病床上。那个小家伙无法前来看戏,难过极了。弗罗曼来伦敦的时候,巴里将此事告知于他。

"要是那个孩子无法前来看戏,我们就把戏带到那孩子家里。"他说。

弗罗曼把他的剧团派到男孩家中,带了尽可能多的"道具",塞满了病房。当那个高兴、激动的孩子倚靠着,在病床上坐起身,那出神奇剧中的一幕幕奇迹就在他眼前展开。很可能仅此一回,一整部戏在一个孩子的家里上演。

查尔斯·弗罗曼,《哈珀周刊》,1906 年 4 月

  生活在大城市里,高楼大厦阻断了孩子对辽阔天空的所有凝望与冥想,沉闷灰色的街道代替了绿色的田野,一天的功课是"如何在世上出人头地",而非怎么当个孩子,享受有海盗、仙子和印第安人出没的美梦——人们把这一切都指出来,认为它们导致自我意识的提早出现与想象力的停滞……根据我以往的全部经验来看,创作出契合美国舞台的作品已成为巴里的责任——也就是说,一种纯粹基于幻想的娱乐活动,它居于在城市长大的孩子心中,从而唤醒小大人的想象力,他们原来的仙境已被我们大人占领。这是一种夜色下的奇观,同来的父亲或母亲和孩子在这时找到可以共享的无穷乐趣,体会到成为亲密无间的朋友所带来的新快乐。

达芙妮·杜穆里埃,《杰拉德:一幅画像》,纽约州加登城:道布尔迪、多兰出版公司,1935 年,第 104—105 页

  当 1904 年胡克首次在船尾甲板上踱步时,孩子们尖叫着被从前排座位抱走,甚至人们还听说十二岁的大男孩即便在包厢亲切的庇护之下,还去抓妈妈的手。胡克那张牙舞爪的样子、装腔作势的劲头、吓人的恶魔般的笑,多招人恨哪!那张苍白的脸,那两片血红的嘴唇,那一头长长的、湿漉漉的、油乎乎的发

卷；那讥讽的大笑，那发狂的尖叫，那举手投足间骇人听闻的彬彬有礼；最可怕的就是那次，他顺阶而下，带着缓慢而无情的奸诈之态，往彼得的玻璃杯里投毒。那时，恶魔不除，永无太平，海盗船上的一战乃殊死一搏。杰拉德就是胡克；他可不是什么身穿 B.J. 西蒙斯戏装公司戏服、头戴威利·卡拉克森假发公司假发的傀儡，只会在舞台上背台词、大喊大叫，他也不是个怪人，只能让今天的孩子们觉得有点儿滑稽；而是一个十分可怕的、得不到片刻安宁的悲剧人物，他的灵魂饱受折磨，他是个暗影，是个噩梦，是个让人害怕的鬼怪，永远住在每个小男孩脑海中那片隐秘的灰色地带。据巴里所知，所有的男孩都有自己的胡克；他是个夜间便会造访的幽灵，潜进他们的噩梦之中。他是史蒂文森和大仲马笔下的魂灵，是不施恩宠的上帝；是个集恐惧和鼓励于一体的孤独的灵魂。而杰拉德因为怀有想象力和天赋，把他演活了。

**保利娜·蔡斯，《脚光之下：我忆〈彼得·潘〉》，出自《河岸街杂志》，1913 年 2 月，第 73—74 页**

关于这出长盛不衰、青春永驻的年度大戏，请允许我来讲述一些我的幕后回忆。首先，我想指出《彼得·潘》中发生的一切在其他剧中都不曾发生。因此，每年十二月里有场可怕的仪式，是为出演的孩子们量身高。有人给他们每个人量一遍，为的是看看有没有长太高,他们都能做到比真实身高缩上个两英寸的效果;可这招骗不了剧团经理,他们对内情了如指掌,偶尔他们会恐怖地朝你皱眉头,严厉地说:"今年我们就放过你,不过注意,女士,注意!"有时你会听到:"这不行,我的小家伙;你已经不是第一次了。我们对你表示同情,可是——再见吧!"没错,量身高日是《彼得·潘》的悲惨日之一。

莫德·亚当斯,出自菲莉斯·罗宾斯《莫德·亚当斯:一幅细致的画像》,纽约:G. P. 普特南之子出版社,1956年,第94页

在所有信任我而让我主演的戏中,我最爱《雄鸡先生尚特克莱尔》[1],其次是《彼得·潘》。选择《彼得·潘》不仅是因为它在所有戏中最令人愉快,还因为它为我开启了一个新的世界,一个美妙的孩子的世界。我的童年和少女时代是与长辈们一起度过的,因此孩子总是让我感到十分害怕。当我迎上这些小东西的目光时,就像是面对审判日的来临。此后,孩子对于我而言一直是个谜,直到我长成大人,彼得给了我"芝麻开门"的咒语;因为不管我理解孩子们与否,他们都理解彼得。

---

[1] 法国诗人、戏剧家埃德蒙·罗斯丹(Edmond Rostand, 1868—1918)的代表作之一,该作家的其他代表作包括《大鼻子情圣》《西哈诺·德·贝热拉克》等。——译者注

《心情大好的J. M. 巴里——与文本完美契合的莫德·亚当斯》，《纽约时报》，1905年11月12日

在巴里所有招人喜欢的幻想故事中，没有一部如《彼得·潘》这样显得令人如此真心实意地满足，如此彻头彻尾地绝妙，如此温柔动人。他知晓人类的内心，深谙如何打动人心，从而深挖人物的心理。一个自身就欠缺把童心变成美妙无比之物的能力的人，是写不出《彼得·潘》的。

马克·吐温，《致莫德·亚当斯的一封信》，出自菲莉斯·罗宾斯，《莫德·亚当斯：一幅细致的画像》，纽约：G. P. 普特南之子出版社，1956年，第92页

我坚信，《彼得·潘》对于这个无耻而拜金的时代，是一份伟大、净化、振奋人心的馈赠；如果你不饰演彼得，下一部如此好的戏剧需要过上很久才能出现。

马克·吐温，《塞缪尔·克莱门斯采访著名的幽默作家马克·吐温》，出自《西雅图星报》，1905年11月30日

(《彼得·潘》)打破了所有现实题材戏剧的规则，却完整保留了所有仙境的规则，结果令人心满意足。

乔治·奥威尔，《趣味多多……》，出自《散文集》，纽约：霍顿、米夫林、哈考特出版社，1970年，第33页

我猜，世界史上从未有过哪段时期像1914年以前的数年，此时财富膨胀，赤裸而庸俗，令人不忍直视，没有哪种优雅的贵族气可将其消弭。那是……《风流的寡妇》[1]、萨基[2]的小说、《彼得·潘》和《彩虹的尽头》[3]诞生的时代，是人们谈论巧克力、雪茄、美好、一流和极乐的时代……1914年前的整个十年间，空气似乎呼出一种奢侈的、种种庸俗与幼稚之物散发的味道，一种男士润发油、薄荷甜酒和流心巧克力混合的味道——一种氛围，让人和着《伊顿船歌》的曲子，坐在绿草坪上没玩完了地吃草莓冰激凌。

小马修·怀特，《后台入口对莫德·亚当斯的崇拜》，出自《剪贴簿杂志》，1907年3月第3卷，第473页

几天前，我听说有位纽约的女裁缝，这出戏她已经看了

---

1 即 *The Merry Widow*，是奥地利—匈牙利作曲家弗朗茨·莱哈尔创作的一出轻歌剧，于1905年在维也纳首演，大获成功，后被多次复排。——译者注

2 即 Saki，是英国作家赫克托·休·芒罗的笔名，擅长写短篇小说，代表作有《黄昏》《敞开的窗户》等。

3 即 *Where the Rainbow Ends*，是英国作家克利福德·米尔斯和约翰·拉姆齐在1911年为圣诞节创作的一出儿童剧。——译者注

四十七场了，晚上十点半，不管上城区有什么事儿需要处理，她都会丢下不管，前往南部的帝国剧院，就为了看亚当斯小姐穿过人行横道，走向马车。有一次，在一个幸运的时刻，那位女演员朝着热情的崇拜者们扔了些鲜花……女裁缝接到了花。高兴之下，她挤向马车的车窗边。在马车离开前那短暂的时间里，她借机表达了感谢，并告诉亚当斯小姐她看了多少场《彼得·潘》，且留下了地址。

一两天后，女裁缝收到一张偶像寄来的亲笔签名照片。自那以后，她只要得空儿，不是去亚当斯小姐的住宅附近徘徊，就是加入后台入口的崇拜者队伍。在后台入口处，她与一位厨师的小女儿熟识起来。那个小孩看过一场《彼得·潘》，自此便永生难忘，她正在一便士一便士地攒钱，好再去看。

第二天，女裁缝做了一个十分精美的针垫，然后一天下午，她瞅准机会，赶在亚当斯小姐进门前，一个箭步冲上去，把针垫送给了她。女演员记得她，就邀请她进门。在接下来的谈话中，女演员得知了厨师之女的故事。在造访者离开前，亚当斯小姐给了她两张戏票，这样她就可以带小女孩一起去看戏。可在回家的路上，女裁缝自言自语："还有小孩的厨师妈妈呢。她从来没看过《彼得·潘》，而我看了快五十场了。我要把另一张票送给她！"

这就是女裁缝所做的事。

罗伯特·路易斯·史蒂文森，出自《J. M. 巴里：迷人的黎明》，爱丁堡：拉姆齐、海德出版社，1976年，第9页

致亨利·詹姆斯的信："巴里让人惊艳。《小牧师》和《轻鸣镇的一扇窗》，对吧？那个年轻人有一手；不过他得注意，不要太滑稽。他有天赋，但那记者就在他手边——这是种风险。"[1]

致J. M. 巴里的信："我的笔端没有如此迷人的黎明。我是个称职的艺术家；不过看情形，你是个天才。"

帕梅拉·莫德，《远方的世界》，伦敦：约翰·贝克，1964年，第137、144页

他是个小个子男人，有张苍白的脸、一双大眼睛，深陷的眼窝……我们的父母叫他"吉米"。他不像我们遇到过或在未来会遇到的任何人。他看上去柔弱，可与他的圣伯纳犬波尔托斯摔跤时却很强壮……晚上，当奇怪的晨光开始变换，巴里先生就默默地朝我们每个人伸出一只手，我们悄悄伸出手，与他相握，然后就这样悄无声息地走进山毛榉树林。我们脚下蹚着树叶，跟巴里先生一起聆听鸟和兔子突然发出的声响。有天晚上，我们看见在

---

[1] 史蒂文森担心，巴里曾经在新闻业当过学徒，因而在写作中可能为了幽默，轻易抛弃现实主义。去世于1894年的史蒂文森没能见证巴里从小说家向剧作家的成功转变，他的评论是基于巴里早期的作品。——译者注

一棵粗壮的空心树干里有个豌豆荚，我们把它拿给巴里先生……豆荚里有封叠起来的小信，那是一位仙子写来的。巴里先生说，他能读懂仙子的文字，于是把信读给我们听。在逗留期间，我们又在好几个豆荚里收到了几封来信。

E. V. 卢卡斯，《阅读、写作与铭记：一份文学记录》，纽约：哈珀兄弟出版社，1932 年，第 185 页

巴里十分了解孩子；事实上，他本人变成了孩子，这为那个人物赋予了无穷尽的幻想、创新和趣味。他写给孩子的信让人高兴，要是得以保留的话——那是我所愿，可要是他果真认为所有书信应尽数销毁（我强烈反对这一观点），那可不妙——一本让人着迷的书就不复存在了。

佚名，《泰晤士报文学副刊》，1937 年 6 月 26 日，第 469—470 页

这意味着，相比引人注目的连续几代人所具有的讲故事的力量而言，巴里的力量更为强大，他可以创作全新的故事，用人们听得懂的字眼讲给他们听——也就是说，巴里不仅能够引导和愉悦观众的集体意识，还能加以影响。如果他果真拥有这种力量，

这种显然为伟大的童话故事所拥有的力量,那批评者最好搁笔,因为这样的话,他就是被选中万古流芳之人,无须多言。

杰克·古尔德,《电视梦幻岛》,出自《纽约时报》,1955年3月8日

今早,从东海岸到西海岸肯定有仙尘的踪迹。昨晚,电视上播出玛丽·马丁主演的《彼得·潘》实乃乐事。谁还能分辨电视首映比百老汇首演哪种更加美妙?这不重要……因为在数以百万计的家中,一个个家庭都在最幸福的状态下被带到了梦幻岛。

玛丽·马丁,《我心之所系》,纽约:羽毛笔出版社,1984年,第11、202页

如今看来似乎漫长的一生中,在所有激动人心的表演、让人惊叹的瞬间和幸福的记忆里,彼得和梦幻岛赫然出现在脑际。这部分归因于我如此爱彼得,部分归因于世上人人如此爱彼得。而我觉得最主要的原因是,梦幻岛是我所期待的现实生活的样子:永恒、自由、淘气,满是快乐、温柔和魔法……

我甚至不记得有哪天我是不想当彼得的。小时候,我就确信

自己可以飞。在梦里，我经常飞，情形总是这样：我跑起来，像大鸟一样抬起双臂，快速升空，就起飞了。

J. R. R. 托尔金，《谈童话故事》，出自《读者托尔金》，纽约：巴兰坦书业，1966年，第44—45页

  变老的过程并不一定意味着变坏，尽管二者常相伴发生。孩子注定要长大，而不是成为彼得·潘。这并非失去天真和好奇，而是在既定的道路上继续前行：在这一路上，满怀希望地前进肯定不比抵达目的地好，尽管想要抵达终点，就得满怀希望地前进。不过，这就是童话的教益之一（要是我们可以谈论万物之教益的话，这些教益并非训斥），即就青涩、蠢笨而自私的青春而言，死亡的危险、悲伤和阴影可以带来尊严，有时甚至是智慧。

苏珊·K. 兰格，《感受和形式：一种艺术理论》，纽约：查尔斯·斯克里布纳之子出版社，1952年，第318页

  时至今日，我仍清楚地记得被唤回现实的那可怕一击，那是在年幼时，观看莫德·亚当斯饰演的《彼得·潘》。当时我是第一次去剧院，幻觉真实确凿，无法抗拒，就像什么超自然的东

西。在那出戏的最高潮（小叮当为了不让彼得喝毒药而自饮毒药，结果生命垂危），彼得转向观众，请他们证明对仙子的信念。幻觉即刻消失了；好几百个孩子排排坐，他们拍手，甚至叫嚷，而穿成彼得·潘样子的亚当斯小姐，在这部她出演剧名人物的戏里，却像老师一样给我们训话。我自然不懂发生了什么；但一种深深的痛苦抹去了这一场的其余内容，甚至幕布升起，新一场开启，这痛苦还未彻底消散。

**帕特里克·布雷布鲁克，《J. M. 巴里：仙子和凡人研究》，纽约：哈斯克尔书屋，1971年，第122页**

我认为多数孩子没有真正理解《彼得·潘》的本意，他们将它视为一个让人高兴的童话故事，讲一个男孩不愿长大，而后经历快乐的冒险和九死一生。年长之人却该发现其背后的象征和哲学，看见彼得的悲怆与梦幻岛的极致悲伤……因此每年圣诞节，孩子们在伦敦市中心一座西区剧院里鼓掌，表明对仙子的信念。或许有些家长也下意识地鼓了掌。这揭示了《彼得·潘》的魅力之谜，它是孩子的美丽的童话世界，最大限度地与冷酷、恶毒的商业化世界剥离开，后者早已失却孩童般的天真，也就早已失却仙境。

丹·基利，《彼得·潘综合征：从未长大的男人》，纽约：多德、米德出版公司，1983年，第22—24页

  我们都记得那个扣人心弦的、关于无忧无虑的彼得·潘的故事，对吧？……一旦我们允许彼得·潘触动内心，灵魂就随之被青春的泉水滋养。

  可有多少人意识到J. M. 巴里创作的这个经典人物有另外一面呢？……经过认真阅读、深入思考巴里的剧本原著，我看到了一个冷峻的事实。彼得·潘是个十分悲伤的年轻人，虽然我很愿意相信事情并非如此……尽管他很快乐，他却是个饱受困扰的男孩，生活在一个更加恼人的时间里。他陷入深渊，深渊的一边是不想成为的大人，一边是不再能维持的小孩状态……知名的潘那鲜为人知的一面越来越经常地攫住好多孩子的内心与灵魂。只要他们得不到解放，就将忍受无休无止的情感骚乱与社交动荡。我敢肯定，彼得不会介意我用他的故事去帮助别人。事实上，我敢肯定他甚至不会在乎。


贝丽尔·班布里奇，《一场十分壮丽的冒险》，伦敦：达克沃思出版社，1989年，第99页

  "在这出特别的剧作之后，有数不胜数的释义著作。"梅瑞狄斯说，"大部分我都读过，我认为它们对作者不利。我无力判断

巴里的母亲因儿子之死而感到的悲痛是否对巴里先生的情感发展产生了恶劣影响，也不关心事实到底如何。我们人人都有需要背负的十字架。这足以表明我认为该剧纯属虚构。我完全不想扯上什么象征层面的释义。"


丹·西蒙斯，《海伯利安的陨落》，纽约：兰登书屋，1991年，第205页

  布劳恩·拉米亚小时候，父亲在做议员，他们一家曾十分短暂地从卢瑟斯迁至鲸遨中心行政住宅小区，她曾看到古老的平面电影华特·迪士尼动画片《彼得·潘》。看完电影后，她又读了书，二者都令她着迷。

  连月来，那个普通的五岁女孩一直在等哪天晚上彼得·潘前来，把她带走。她留了好几张便条，上面指示了怎么前往她位于木瓦天窗下的卧室。父母睡着了，她就离开家，躺在鹿苑软软的草地上……梦想着梦幻岛的那个男孩很快会在某天晚上把她带走，然后朝右侧第二颗星星飞，一直飞到天亮。她会成为他的伙伴，给迷失的男孩们当妈妈，一起去找歹毒的胡克复仇，最重要的是成为彼得的新温迪……成为那个不愿长大的孩子的新同伴。

凯·雷德菲尔德·贾米森,《心绪不宁: 情绪与疯狂回忆录》,纽约: 经典书业, 1997年, 第95页

  在极少数情况下, 锂会导致视觉调节出现问题, 进而可能引发视觉模糊。锂还会使注意力不集中、持续时间缩短, 影响记忆力。阅读曾是我智力和情感存在的核心, 却突然变得无法企及……我发现, 童书除了比成人书更短之外, 开本也更大, 因而相对适合我, 于是我反复阅读童年时读过的经典作品——《彼得·潘》《随风而来的玛丽·波平斯阿姨》《夏洛的网》《哈克贝利·费恩历险记》、"奥兹国系列"、《怪医杜立德》——它们曾为我打开那样难以忘怀的世界。如今它们给了我第二次机会, 让我再一次感受快乐和美妙。

范妮·豪,《仙子》, 出自《魔镜啊, 魔镜: 女作家探究心爱的童话故事》, 凯特·伯恩海默编, 纽约: 兰登书屋/锚书业, 1998年, 第184页

  《彼得·潘》这出戏的中间, 人们为小叮当疯狂地鼓掌, 此举像再现了冬宫风暴的盛况。这是在保护孩子们相信压抑的理性所不允许相信的东西的权利。那就是迷惘。一个保护仙子的社会将真正成为一个保护迷惘的社会。

玛丽·盖茨基尔,《胖女孩和瘦女孩》,纽约:西蒙与舒斯特出版社,1998年,第81页

  周日晚上,她给我读《我爸爸的小飞龙》[1]《小女巫》[2]《彼得·潘》此类书籍。当她读《彼得·潘》时,我不再画天堂,转而画梦幻岛。梦幻岛是粉色的、蓝色的、绿色的,上面有住人的树、方形洞和藏身处,有身穿薄纱衣物的小巧女士,有飞着的孩子,他们文雅的手上拿着西洋剑。仅是它的书名就让我感到一阵伤心,那就像一条宽大的、漂亮的、我可以用来把自己裹上的毯子。我试着相信,彼得·潘可能早晚有一天真的会来,然后带我一起飞走;我大了,不该相信这种东西,这我也知道,可我强行将这信念那鲜艳的波点华盖罩在我悲伤的认知上。我还试着将周边的郊区世界转换成书中所描绘的维多利亚时期的伦敦——这就导致每次在我不得不看向真实的周边环境时,都会感到不悦。

罗斯玛丽·斯凯恩,《古巴家庭:艰难时势下的习俗和变革》,北卡罗来纳州杰斐逊:麦克法兰出版社,2003年,第102页

  当迈阿密的亲人们养不了十五岁的佩德罗·梅嫩德斯时,

---

[1] 美国作家鲁思·斯泰尔斯·甘尼特(Ruth Stiles Gannett, 1923— )代表作。——译者注
[2] 美国作家安娜·伊丽莎白·班尼特(Anna Elizabeth Bennett, 1915—2002)代表作。——译者注

"佩德罗[1]·潘行动"应运而生。一位善人将佩德罗带到天主教福利院（CWB），此地后更名为天主教慈善会……詹姆斯·巴克先生和驻哈瓦那美国商会的会员们……想为那些在美国没有亲友的孩子们提供庇护所和教育……20世纪60年代初，逾14000名古巴儿童移民美国，这隶属于"佩德罗·潘行动"。有些孩子再也没见过家人。

L. T. 斯坦利,《童话剧的精髓》,出自《女王杂志》,1956年11月13日

如果今年圣诞节，你前去观看《彼得·潘》，对"你们相信有仙子吗？"这一问题的一致肯定的回答，将会向你表明孩子们如何进入了娱乐表演的内核……在大概一小时的时间里，去捕捉我们那受损的好奇心是令人神清气爽的。在所有自然提供的慰藉中，孩子们的放声大笑是最美好、最抚慰人心的慰藉之一。

《亡命天涯》,导演：安德鲁·戴维斯,1993年

科斯莫·伦弗罗：发生了什么？他去哪儿了？
法警萨缪尔·杰拉德：那家伙就在大坝这儿，就在这儿，做

---

[1] 佩德罗是西班牙语形式的彼得。——译者注

了回彼得·潘。

科斯莫·伦弗罗：什么？

法警萨缪尔·杰拉德：没错。嗖的一下不见了！

**苏珊·帕尔维克，《找对地方飞行》，纽约：山峰书业，2005年，第71页**

"听起来好可怕。"金妮说，"我不记得那个故事了。妈妈没给我读过可怕的故事。"

"你在开玩笑吧！《彼得·潘》不可怕吗？书里有胡克、鳄鱼，还有想把温迪像只鸟一样射下来的讨厌的小叮当。"

金妮又摇了摇头。"不可怕。我始终知道最后都不会有事。妈妈第一次给我读故事的时候，就告诉我了。"

"她从来没告诉我。就那么让我全程提心吊胆。"

**道格拉斯·E. 温特，《克莱夫·巴克：奇妙的黑暗》，纽约：哈珀柯林斯出版社，2001年，第15—16页**

虽然克莱夫爱听琼讲的河岸故事，可在所有她读给他听的书里，他的初恋和真爱却是《彼得·潘》。（"那是我想带进坟墓的书。"他曾经对我说。）

虽然其他童书经典也让他快乐,却似乎没有一本让他产生共鸣……"彼得无与伦比。因为他就是我想实现的一切。他能飞。他不属于任何人。他自己做主。我觉得小时候就想那样。所有的孩子都想自己做主,对吧?……我想打开育婴室的窗户出走。彼得为那份自由所付出的代价,在八岁的我看来似乎没什么大不了。但我总在书的结尾哭了。我强烈地意识到这本书多伤感。我却压根儿没有真正搞清楚为什么。"

安妮·麦卡弗里,"引言",《彼得·潘》,纽约:现代图书馆,2004年,第xiii—xv页

七十多年前,我的母亲给我和两兄弟大声朗读《彼得·潘》。在这第一次阅读中,我至今还记得两件事:永远让我没法儿到达的去梦幻岛的路线("朝右侧第二颗星星的方向,向前直飞到天亮",我当时觉得这是一种奇特的指路方式),以及复活一名仙子的奇迹般的可能性(活过来,小叮当!)……去梦幻岛的路线伴随了我的一生……甚至在我还未正式成为科幻作家以前,我就怀疑这样模棱两可的指令是否实用。然而,经过仔细测验,如果身处伦敦面朝北的话,右侧即是东。向前直飞到天亮……取决于你何时出发——我猜想达林家的孩子大约七点钟被抱上床睡觉——到天亮,你会路过印度或密克罗尼西亚海域,那里始终有很多无人涉足的美丽岛屿,海盗可能还在此处停锚,这里还有小海湾、

潟湖和热带植被，F. D. 贝德福德在他的插图作品里令人无比心醉神迷地捕捉到了这一切。所以，即便这指令可能看上去古怪，"向前直飞到天亮"却是可行的。巴里从未暗示说，梦幻岛不在地球的某处。使用仙尘作为早期的反重力喷剂，并唤起快乐的想法，在好日子里，确实能让人加速前进。

**罗德里戈·弗雷桑，《肯辛顿公园：一部小说》，纽约：法拉尔、斯特劳斯和吉鲁出版社，2006年，第192页**

得从房子里逃出去。也许永远不回来。我记得这样以为，还想或许我会爬上哀歌森林里的一棵树，再也不下来。我双手插在口袋里走着，后来到了凉亭，维多利亚时代偶尔在此处再现，我走进去——谜中之谜——地上有本书，叫《彼得·潘》。

我打开书。

我走进去。

我读到：

所有的孩子都长大，只有一个例外。

所有的书都长大，只有一本例外。《彼得·潘》——跟所有其他我们童年时读过、长大后再读的书不同——跟《彼得·潘》的作者、《彼得·潘》的读者一样——没有长大，永远也不会长大。《彼得·潘》就像彼得·潘。

我走进《彼得·潘》，再也没出来。

人物即作者。

儿童文学的作者。

亚当·高普尼克,《穿过儿童之门》,纽约:兰登书屋,2007年,第97—98页

在美国中部上方的一架飞机上,我坐下来阅读《彼得·潘》,曾经我们都看过这本书,我却从没好好读。我想,也许我可以发现埋藏于原始文本中的某种飞行方法。读的时候,如果不说深受启发的话,我也得到了快乐。《彼得·潘》,我明白,是关于逃离,关于向外的运动,关于飞越梦幻岛的。对J. M. 巴里而言,联排别墅像极了我们在万圣节欣羡的人们,它代表着飞离的东西,代表着中产阶级就寝时的小囚室。这并不是说巴里不喜欢他所熟知的那些房子;他试图为启发此故事的现实中的孩子们建造一座书中的那种房子。这意味着他认为六楼的窗户就该在那儿,觉得这是中产阶级权利的一部分……

可对于我们而言,《彼得·潘》里的房子看上去就像一曲无法实现的关于家庭幸福的田园牧歌,是一个飞往的地方,就像樱树街是你想让自家孩子们居住的地方,而不是你需要神奇的保姆带他们出来的地方。爱德华-乔治时代的伦敦恰巧处于自由主义那充满预警性的重大灾难——第一次世界大战——前后,[1]然而它

---

[1] 爱德华时代指爱德华七世在位的1901—1910年间,此处的乔治应指1910年后即位的乔治五世。——译者注

却为自身施了法,成了一段盛产童书的时期。

在养育孩子这个问题的核心,有个死结:我们既想要一个安全之所,带花园和育婴室,又想要外面的世界,那里有星星、印第安人,甚至还有一根长条木板能让人(毫发无伤地)走上一走……

《史蒂文·斯皮尔伯格谈彼得·潘》,出自安德鲁·M. 戈登《梦想大厦:史蒂文·斯皮尔伯格的科幻电影和奇幻电影》,马里兰州拉纳姆:罗曼 & 利特菲尔德出版社,2008 年,第 189、191—192 页

我总觉得跟彼得·潘相像。现在也这么觉得。对我来说,长大一直十分艰难……我是彼得·潘综合征的一名受害者。

我最初关于人类飞行的记忆就是来自《彼得·潘》……我彻底被飞行迷住,也被吓坏了。飞行在我的电影中十分重要。我所有的电影中都有飞机……于我,飞行就等同于自由和无限的想象,不过有趣的是,我害怕飞行。

帕蒂·史密斯,《只是孩子》,纽约:哈珀柯林斯出版社,2010 年,第 10 页

"帕特里夏,"我母亲骂道,"穿上件衬衫!"

"太热了，"我抱怨说，"其他人也都没穿。"

"管他热不热呢，你该开始穿衬衫了。你即将成为年轻的女士。"我强烈抗议，宣称我永远也不会成为别的什么，除了我自己，我跟彼得·潘是一伙的，我们不长大。

戴维·塞达里斯，《当你被火焰吞噬》，波士顿：利特尔、布朗公司，2008年，第237页

巴黎过后是伦敦，是六楼的一间卧室，那里的窗户俯瞰着一排排整齐的爱德华式建筑的烟囱顶。一位朋友将之称为"彼得·潘风景"，如今我已经无法用任何别的方式来看待它了。我醒着躺在床上，在想一个用钩子手代替手的人，接着不可避免地又想到青春，以及我是否虚度了它。

布罗姆，《偷窃的孩子：一部小说》，纽约：哈珀柯林斯出版社，2009年，第477—78页

如同过去的很多人一样，我被彼得·潘的故事迷住了，被在一座神奇的梦幻岛游乐场上度过无穷无尽的童年时光这样一个浪漫的想法吸引了。可如同很多人一样，我脑中的彼得·潘形象总是那副惹人怜爱、调皮捣蛋的淘气鬼模样，有太多的迪士尼电影

和花生酱广告造成的不良影响。

直到我阅读原始版本的《彼得·潘》,不是人们在如今的童书书店中找到的那种走了样的版本,而是詹姆斯·巴里的原版——政治不正确的版本——我才开始看见其中涌动的黑色暗流,开始欣赏彼得·潘这个人物的本来面目,他那么嗜血成性,那么危险,有时甚至是残忍的。

首先,想到一个永生男孩徘徊在育婴室的窗边,引诱孩子们因为他的缘故离开家,去与他的敌人作战,就不只是让人们的心绪稍稍不宁而已了。

A. S. 拜厄特,《儿童之书》,纽约:兰登书屋,2009年,第669页

倒数第二幕是温迪面试漂亮妈妈们。育婴室里站了一群衣着时髦的女人,如果她们机敏地应对脸红、手腕受伤,或是温柔地、轻轻地亲吻迷失已久的孩子们,她们将获许认领迷失的男孩们。温迪一副女王派头,打发了好几位时髦女郎……斯泰宁掩着嘴对奥利弗说:"这个不能留。"奥利弗会心一笑,点了点头。斯泰宁说:"这出戏部分属于童话剧,部分属于戏剧。它原本是戏剧,不是童话剧。""嘘。"他前面的时髦女郎说,她在专心看那群漂亮妈妈们。

热烈的鼓掌与嗡嗡的讨论过后,奥利弗问汤姆:"你喜欢刚

才的表演吗？"

"不喜欢。"汤姆说，他看上去很难受。

"为什么不喜欢呢？"

汤姆嘟囔了点儿什么，只有"纸板"一词听得清。接着他说："他既对男孩一无所知，也不会编故事。"

奥古斯特·斯泰宁说："你是说，这是一出给不想长大的大人看的戏？"

"我说了吗？"汤姆问。他说："都是假的、假的、假的。谁都看得出来，所有那些男孩都是女孩演的。"

他的身体在体面的西装下扭动着。汤姆说："这不像《爱丽丝漫游奇境》。那是一个真实的别样世界。而这不过是电线、绳子和伪装。"

"你心里住着个清教徒，"斯泰宁说，"我觉得你会发现尽管你说的一切都没错，可这出戏将会经久不衰，人们会高兴地把自己的怀疑搁置起来。"

**乔治·萧伯纳，出自赫斯基思·皮尔逊，《萧伯纳：他的人生和为人》，伦敦：梅休因出版社，1961 年，第 307 页**

我和巴里的关系一向友好，就跟认识他的其他人一样；不过，尽管我跟他在阿德尔菲住对街多年，人们会认为我应该几乎天天遇见他，可事实上我们在这条街住的五年间，见面不超过三次。如果不让他大抽特抽（如果只有香烟的话，他又会极不满足），拜访就不可能让他高兴；鉴于此举会使得我们的公寓连续几周都不宜居，是否拜访就取决于我们这边，因此频率不高。

我料想巴里清醒地意识到这样一个事实，即作家并非行动派，因此没有经历，也就没有传记。

他妻子私奔，收养的孩子里有几位在战争中去世，关于他的人生，我就知道这些事件。尽管他看上去属于最寡言之人，可要是他放飞自我，说起话来也可以口若悬河。有一天，他与格兰维尔和我在维尔特郡散步时就是如此，当时他跟我们讲述了自己的少年时代。他说，他一年吃两次培根，在这种享受之外，就只得让自己喝粥也心满意足。他让我觉得他父亲是位牧师；但这可能只是我自己的胡思乱想。我相信他父亲是位织工。

他内心十分阴郁，不幸的是，他不能在其剧作中一吐为快。唯有在儿童剧里，他才能让别人高兴。

要想为他写一部内容全面的传记，你得下点儿功夫；但我敢说，如果有人可以做到，那个人就是你。我对他真的是知之甚少；而且我怀疑我所知道的一切都可以从官方渠道获得。但无论如何，我是喜欢他的。

╬ No.006 ╬

# J. M. 巴里的遗产：
# 《彼得·潘》与大奥蒙德街儿童医院

J. M. Barrie's Legacy:
*Peter Pan* and Great Ormond Street Hospital for Children

位于大奥蒙德街的儿童医院在1852年情人节开业，当初只有十张床位。该医院是大不列颠第一家儿童医院，很快获得维多利亚女王的资助，引发大众普遍关注。在查尔斯·韦斯特博士建院之时，儿童的死亡率高得惊人，很多医院认为儿童携带传染病，而拒绝接收。韦斯特博士是个锲而不舍的先驱人物，竭尽全力将他对儿童医院的愿景，在伦敦转变成现实。

医院开业之初，第一位获准入院的患儿是三岁半的伊丽莎·阿姆斯特朗。她身患肺痨，当时该病是常见病，且经常致人死亡。跟此时选择医院的所有患者一样，伊丽莎家境贫寒，付不起治疗费用。医院本身的出资来自慈善捐款，维持医院运营从开始就一直是个挑战。就在此时，查尔斯·狄更斯介入，宣传该医院。就在医院开业仅六周后，他就在自己很受欢迎的期刊《家常话》上发表了文章《凋零的花蕾》。这篇文章不仅为该医院热切呼吁，还宣称该医院对于儿童不可或缺。他提出有力论据，以解决伦敦儿童的高死亡率。在狄更斯的文章发表短短几周后，维多

★ 1929年，育婴室一幕为患儿和工作人员上演，同年，巴里捐赠《彼得·潘》版权
（大奥蒙德街儿童医院慈善基金会提供）

★ 1950年，玛格丽特·洛特伍德在该院演出时饰演彼得·潘
（大奥蒙德街儿童医院慈善基金会提供）

利亚女王为医院捐款，成为该医院的官方资助人，此举很可能直接因为那篇文章。获得皇家支持后，儿童医院此时可以自信满满地践行自己的建院格言了，即"坚持儿童优先，始终服务儿童"。

大奥蒙德街医院与文学巨匠的联系始于查尔斯·狄更斯，自此不曾中断。毕竟，该医院位于布鲁姆斯伯里，多年来那里一直是伦敦文学界的中心。奥斯卡·王尔德、A. A. 米尔恩、刘易斯·卡罗尔、J. B. 普里斯特利和莫妮卡·狄更斯仅是其中几位，

★ 1955年，佩吉·卡明斯在该院演出时饰演彼得·潘（大奥蒙德街儿童医院慈善基金会提供）

他们以各种方式支持过该医院。

很多人施以援手，却鲜有人如 J. M. 巴里这般慷慨大方。人们不禁要问，J. M. 巴里为何把《彼得·潘》的版权给医院？1948 年，大奥蒙德街医院纳入英国国家医疗服务体系（NHS），在此之前，该医院始终倚仗私人捐款和公众支持。J. M. 巴里是出了名的慷慨大方，他和该医院有些交情，到伦敦的最初几年里，他的住所离该医院很近。他的名字首次出现在该医院的记录中是在 1901 年新年前夕，当时他参加了一场募捐宴会，他的首次捐款记录是在 1908 年。1922 年，一座彼得·潘游乐场在伦敦东南部的卡特福德开业，巴里要求其所得收益直接捐给医院。鉴于巴里的私人秘书辛西娅·阿斯奎思女士是时任该医院董事会主席的威姆斯伯爵之女，巴里对此医院的工作想必十分熟悉。

★ 大奥蒙德街医院入口处的彼得·潘雕像，出自迪尔米德·拜伦-奥康纳之手（大奥蒙德街儿童医院慈善基金会提供）

1929年2月，该医院欲购置弃儿医院空出的场地，该地位于医院附近的科拉姆场，董事们纷纷邀请巴里协助医院举办募捐活动。他拒绝了，不过这样回答："在将来的什么时机，我也许有办法出力……医院的事情我通盘考虑过多次，祝愿该项目大获成功。"两个月后，他宣布他计划将《彼得·潘》的版权捐给医院，此举震惊了董事会——也震惊了全世界。用该医院秘书詹姆斯·麦凯的话来说，此举实乃"慷慨馈赠"，而院长威尔士亲王（后成为国王陛下的爱德华八世）曾亲自致信表示感谢。

同年12月，经巴里提议，《彼得·潘》育婴室一幕在医院的一间病房里上演，演员阵容包括杰拉德·杜穆里埃爵士和琼·福布斯-罗伯逊。一群患儿、护士、医生兴致勃勃地观看了这场演出，躲在幕后的巴里也成了观众之一。伦敦《彼得·潘》剧团的演员们在医院演出并探望病人，已成传统。时至今日，演出仍在继续，演员们直观地了解到巴里的捐赠对于孩子们的意义时，总是深受触动。

1930年，该医院成立儿童俱乐部彼得·潘社团，《小熊维尼》的作者A. A. 米尔恩和插画家E. H. 谢泼德呼吁该社团的儿童团员们："去协助医院帮助那些需要抚慰的患病儿童。"同年，为该医院重建之故，巴里主持了一场募捐晚宴；在发言中，他讲道，"彼得·潘曾经是这所儿童医院的一名患者，是他鼓励我为医院做出那桩小事"。1937年在临死之际，他将这一馈赠确确实实地写进遗嘱。一间彼得·潘病房、一块小叮当游乐场、一座入口处的雕塑和医院小教堂内的一块詹姆斯·巴里爵士纪念牌记录了该机构的感激之情。巴里之名——以及不想长大的男孩的名字——将永远在患儿、他们的家人以及每一位医院员工心中占据特殊的一席。

多年来，该医院与大奥蒙德街始终紧密相连，因此在20世纪90年代，正式更名为大奥蒙德街儿童医院。如今，它是一家世界领先的儿童医院，汇聚了大不列颠门类最为齐全的、致力于儿童医疗的专家，为所有英国国家医疗服务体系之内的患者提供免费医疗。该医院开创性的研究和治疗手段给那些来自国内外，饱受最为罕见、复杂至极且时常危及生命的疾病折磨的儿童带去希望。英国国家医疗服务体系提供医院日常运营费用，而大奥蒙德街儿童医院慈善基金会提供的募捐善款，让该医院始终处于儿

★ 医院彼得·潘雕塑的局部，展现了小叮当
（大奥蒙德街儿童医院慈善基金会提供）

童医疗的最前沿。J. M. 巴里鼓舞人心的捐赠为医院的再发展、科学研究和新设备购置做出了贡献，它在八十余年间始终助力儿童成长。

大奥蒙德街儿童医院慈善基金会
彼得·潘事务处主管
克里斯汀·德·普尔蒂尔

## ╬╬ No.007 ╬╬

# 亚瑟·拉克姆和《肯辛顿公园里的彼得·潘》：艺术家小传

Arthur Rackham and Peter Pan in Kensington Gardens:
A Biography of the Artist

亚瑟·拉克姆为《肯辛顿公园里的彼得·潘》所创作的插图既可以被看作对巴里作品的阐释，也可以被当成一个独立的视觉上的冒险故事，它发生在伦敦著名的公园里，有仙子参与。插图在本书中以图片展的形式出现，附初版图说、编注以及插图与文本的关系评注。想全面了解彼得·潘各种化身的人们，可以很容易地买到《肯辛顿公园里的彼得·潘》。[1]

亚瑟·拉克姆不怎么关心居住在梦幻岛上的彼得·潘。在1914年的一封信中，他抱怨说："梦幻岛只是蕴藏着惊人想象力的卡茨基尔山脉和肯辛顿公园蹩脚的替代品。本土化的神话力量多大啊。莱茵河。阿特拉斯山脉。奥林匹亚。"（汉密尔顿，第76

---

[1] 我感谢哈佛大学的学生亚当·霍恩，他曾上了我为大一学生开设的 J. M. 巴里讨论课，为拉克姆的短文做了贡献，并搜集有关这位艺术家及其生平的资料。作为合作者和合著者，他为捕捉拉克姆及其艺术的精髓出了力。

页）拉克姆已经为格林兄弟、乔纳森·斯威夫特和华盛顿·欧文的作品捕捉到本土的色彩中神秘的亲近感和令人赞叹的壮丽，也同样将为莎士比亚、理查德·瓦格纳、刘易斯·卡罗尔、汉斯·克里斯汀·安徒生以及其他许多作家这么做。他为《肯辛顿公园里的彼得·潘》创作的插图所具有的极强表现力将巴里的神话本土化，并以种种颇为有效的手法让彼得·潘和仙子们有了生命。

彼得·潘是在肯辛顿公园里散步时被创造出来的，在与孩子们讨论那里的各个景点时诞生成人。亚瑟·拉克姆重新介绍了那原本就存在的视觉元素，把我们拉进那片激发出故事的风景中，在公园闭园后，故事发生了。他带我们回到前梦幻岛时代，那时不想长大的男孩一点儿也没长大，还是个婴儿。

拉克姆在1867年9月19日生于伦敦，比J. M. 巴里小七岁，是家中十二个孩子当中幸存的男孩中最大的一位。他一生都以工人阶级出身（虽然父亲是英国政府部门的职员）为荣，宣称他的艺术才华植根于族群："东区人极擅观察微小、新鲜、陌生的事物。"（汉密尔顿，第20页）自幼，他就展现出非凡的绘画天赋，人们都说他偷拿纸笔上床，好在夜里画素描，没纸时甚至偶尔以枕套代替。他在孩提时选择的绘画主题展现出对神奇、充满想象力的事物的品位，这或许得益于他对亚瑟·博伊德·霍顿为《一千零一夜》所画插图的热爱。

1879年9月，拉克姆进入伦敦城市学校开始接受正规教育，在那里，尽管他未获得学术上的殊荣，却为老师们所喜爱，并荣获校级绘画奖。1884年初，因为长期生病，他赴澳大利亚旅行，在此，他发现有的是机会去挖掘自己在全景式水彩风景画方面的天赋。7月，他身体康复，返回伦敦，立志穷尽一生追求理想。那年晚些时候，他进入兰贝斯艺术学院，不过经济顾虑开始消磨他的抱负和意志。后来，在致一位有雄心的、寻求指导的年轻艺术家的信中，他写道："如果父母让儿子从事绘画行业，却无力提供一份稳定的收入，就将难逃指摘。"（赫德森，第32页）巴里曾不顾一切现实因素，几乎身无分文前往伦敦当记者，拉克姆跟巴里不同，他表现出实实在在的谨慎，并在威斯敏斯特消防局接受了一份文职。

拉克姆定期向杂志提交画作，邮寄的作品从政治漫画到为体育事件所绘的插图，简直无所不包。1892年，他辞掉文职，成了《威斯敏斯特预算报》的一名插画家，为这份大版面报纸画了许多当时的著名要人。这份工作的主要职责相对传统，可是他对线条的处理能力已经凸显出来。1893年，在一幅名为"流感恶魔"的作品中，拉克姆将魔鬼般的病源刻画成一个瘦长结实、身体畸形、妖精模样的生物，这预告了他的标志性风格。随着《英戈尔兹比传奇故事集》（1898）和《莎士比亚故事集》（1899）插图本的出版，拉克姆来到艺术人生的十字路口，后来他称之为一生中最"糟糕"的阶段。尽管他的脑中充溢着形象，也充满了无法表达出来的创造能量，他却不得不应对记者工作的多重需求，好赚钱养家。

世纪之交，拉克姆重读了《格林兄弟童话故事集》，他的童年挚爱，并为其创作了99幅黑白插图和一幅彩色卷首画。该书随即大获成功，多次重版，1909年，拉克姆为40幅初版黑白画上色。他始终对这个首次在商业上取得成功的项目感到由衷的喜爱，这部分归因于他画的插图不再是对原作的补充或再阐释——而是激发起人们对"从前……"这类童话故事的丰富想象。

"他的面部干瘪，像成熟的核桃一样布满皱纹，"一位崇拜者曾写道，"当他透过圆眼镜觑着眼打量我时，我觉得他就是格林童话故事里的一个妖怪。"当时，拉克姆年仅三十三岁，却已显老态，面部纹路很深，过早脱发。"一旦他有了调色板和画笔，他就成了我眼中的魔法师，只要他轻挥一下魔杖，就可以让我的世界充满精灵和小矮妖。"（赫德森，第50页）那位崇拜者补充道。

那一传奇的魔法吸引了才华横溢的肖像画家埃迪丝·斯塔基的注意，1903年，她嫁给了拉克姆。斯塔基在很多方面与丈夫正相反，她是位精力充沛的爱尔兰人，淘气无礼，讽刺感十足。婚姻生活很适合这对夫妻，拉克姆在生活、事业上双丰收。他的作品在皇家美术学院和水彩画画家协会得到大量且重点的展出。1905年，《瑞普·凡·温克尔》插图本出版，他成了当代首屈一指的插画家。该书含51幅彩插，得以施展出他那充满魔力的风格，画中灌木丛曲折，树木多节，有各种肢体纤细、样貌怪诞的怪物出没其中。

《瑞普·凡·温克尔》开启了拉克姆与备受推崇的英国出版公司威廉·海涅曼的长期合作，该书在多国发售限量版（全部被订完）和普通版图书，开创了往后多年间仍被遵循的先例。书中所涉的艺术作品销售业绩斐然，拉克姆展成为莱斯特美术馆的年展。拉克姆也就此开始雄霸英国插画业，长达二十年。

莱特斯美术馆希望从拉克姆的成功中进一步获益，于是安排这位艺术家与J. M. 巴里会面。《彼得·潘》在戏剧舞台上大获成功，预示着这次合作将收效甚佳。拉克姆就《肯辛顿公园里的彼得·潘》这一礼品书（1906）签署合同，此时《彼得和温迪》（基于剧作的小说）尚未提上日程。拉克姆用近一年时间画完了50幅满版彩插，在此期间，他频频造访肯辛顿公园，人们可以看见他在那儿观察、画素描。在被问及对拉克姆在莱斯特的彼得·潘故事作品展有何想法时，巴里言简意赅地说："它令我着迷。"评论界多半表示赞同，《蓓尔美街报》声称："拉克姆似乎是从巴里先生那仙境中的某块云朵里掉下来的，承天意的指派，用怪才作画。"（赫德森，第66页）1912年，大开本出版，新增一幅彩色卷首画、7幅满版黑白插图。《彼得·潘插图集》也于同年问世。

在表层的魅力之下，拉克姆的彼得·潘画作展现了他对具有革命性的三色工艺的精通，该彩色印刷工艺尤其适合拉克姆柔和的调性，他在该工艺上不断尝试，以期调出最佳的色彩与阴影。此外，这些插图展现出拉克姆的登峰造极之处，即将真实场景——肯辛顿公园——与生动的超现实元素相融合，将本土化与想象、怪诞相结合。

拉克姆的种种成功打消了他的经济顾虑，他和妻子搬进了一处宽敞、山墙高耸、红棕色相间的宅邸，家中配有他的个人工作室。成功并未消减拉克姆的创作欲。在完成《肯辛顿公园里的彼得·潘》后，他着手绘制新插图本《爱丽丝漫游奇境》，这可能是他职业生涯里最严峻的挑战。《爱丽丝漫游奇境》首版于1865年，书中大师级画作出自约翰·坦尼尔之手，他当时还在世。他的画作跟刘易斯·卡罗尔的书关联得极为紧密，以至于很多评论家对新插图版这一想法不以为然。拉克姆对《爱丽丝漫游奇境》有情结——年幼时，他曾与父亲一起读这本书——他克服艺术上的重重障碍，完成了项目的前半部分。1907年，卡罗尔的这部作品公版后，他的插图在该书七版插图中最为成功，不过《泰晤士报》将拉克姆的作品与坦尼尔的作品相比较，贬前者扬后者，认为新版插图"用力过猛、蹈袭前人"。拉克姆心灰意冷，放弃该项目，决定不再画《爱丽丝镜中游》。

而对于拉克姆的《仲夏夜之梦》（1908）插图，评论界无不叫好。艺术家能做到将梦境与现实以恶作剧般的联想方式融合在一起，从而成了莎翁这一作品的理想插画家。他那独一无二的才华在插图中熠熠生辉，比如"在海怪利维坦游上三哩之前"[1]这幅作品中，他选取谈话中一带而过的形象，构思出一只面目狰狞的海怪乘风破浪的场景。工艺美术运动的发起人之一威廉·德·摩根称该书为"本世纪以来最杰出的插图作品"。1909年，仙子之风最为盛行，拉克姆利用自己的名望，呼吁教育要通过故事和插图来激发孩子的想象力。在整个职业生涯中，他与孩子们保持通

---

[1] 出自《仲夏夜之梦》第二场第一幕仙王奥布朗之口，他派迫克速速采来爱懒花（即紫罗兰）。——译者注

信。1908年，他的女儿芭芭拉出生，更是平添了他在为年青一代创作图书时所获取的乐趣。

拉克姆的吸引力跨越代际与文化的界限，他作为艺术家的多才多艺在他为瓦格纳的作品《莱茵河的黄金》《女武神》（1910）和《齐格弗里德》《诸神的黄昏》（1911）绘制的插图中展现无遗。他创作的描绘北欧神话的风景对年轻的C. S. 刘易斯影响巨大，就拉克姆在《齐格弗里德》中所呈现的风景的冷峻壮美与静谧，他如此描摹道："纯粹的北方将我包围：眼前浮现出在北方夏日无尽的黄昏中，笼罩在大西洋之上的宏大与澄澈的空间，邈远、凌厉"。拉克姆的画面将声音转成图像："他的画在那时的我看来，是看得见的动听乐音，使我的愉悦感又加深了几英寻"。（汉密尔顿，第10页）

拉克姆风格多变，轻而易举就从原始、壮丽的北欧风光之美转向《伊索寓言》（1912）和《鹅妈妈童谣》（1913）的画面。在伊索的书里，他将自己的漫画像融入其中；在《鹅妈妈童谣》中，他用他位于查尔科特花园的家做了"那杰克造的房子"的原型。

1914年，拉克姆参加了战争，与汉普斯特德志愿者一道在埃塞克斯郡挖壕沟。战争年月，他依然为年度礼品书工作不辍，出版了《圣诞颂歌》（1915）、格林兄弟的《一对小兄妹》（1917）和《英国童话故事重述》（1918）。战后，更多的童话故事插图本涌现出来，最著名的当数《灰姑娘》（1919）和《睡美人》（1920），这两本书让他有机会发掘自己画剪影的天赋。

1920年，拉克姆获得前所未有的成功，收入逾7000英镑

（从 J. M. 巴里的作品中所获收益如今逐渐变少），此时，他的出版书目不断扩大，并在美国举办新展，二者为他增添了收益。他在霍顿购置了一处乡村家宅，在伦敦拥有了一间新工作室。乡村家宅有诸多不便——不通自来水、电，有老鼠——不过，拉克姆已经对现代科技生发出一种厌恶，声称人类的堕落始于轮子的发明，坚决反对摄影技术和电影艺术。"我宁愿，"他对一位朋友说，"读一页看不懂的手写纸，也不愿看一份打印稿。"（汉密尔顿，第83页）

在20世纪20年代，拉克姆依然十分高产，为美国一系列文学经典画了插图，比如：纳撒尼尔·霍桑的《一部神奇的书》（1922）、华盛顿·欧文的《睡谷传奇》（1928）、埃德加·爱伦·坡的《神秘与想象故事集》（1935）。在1927年的美国之行中，他受到美国出版商的热烈欢迎和热切关注，刚一回国，他就决定在商业艺术上一试身手，为高露洁和各类其他公司制作了广告。1927年，玛丽王后[1]买下画作《圣杯》，这是他为马洛里的《亚瑟王传奇》（1917）所画的插图之一。贫乏的战争年代让位于战后的复苏，这标志着拉克姆的事业到达最后一次真正的巅峰。

然而，精品书市场开始萎缩，拉克姆因从一版汉斯·克里斯汀·安徒生的童话故事上获得一笔稿酬，而自觉幸运。他携女儿赴丹麦旅行，参观农场和博物馆，吸收地方色彩。休·沃波尔将拉克姆的安徒生插图集选为年度最佳绘本，他注意到拉克姆"新

---

[1] 玛丽王后（Queen Mary, 1867—1953），乔治五世之妻、现任英国女王伊丽莎白二世的祖母。——译者注

添了一份柔美与雅致。想象力空前丰富"。(赫德森，第134页) 1933年，《亚瑟·拉克姆童话书》出版，跟安徒生童话集中的插图一样，艺术家使用了整体看来更为亮丽的色系。

1936年夏天，美国出版商乔治·梅西委托拉克姆为詹姆斯·斯蒂芬斯的小说《金罐子》画插图，该书奇妙地融合了哲学、民俗和情节剧，讲述了潘神和仙界的数次邂逅。交谈中，梅西随口建议可将《柳林风声》作为下一个备选项目。"他的脸上立刻闪现出情绪波动，"梅西回忆道，"他吞咽了一下，开口要说点儿什么，然后背对我，出去了几分钟。"(赫德森，第144页)格雷厄姆的这部作品是拉克姆的一本童年挚爱，他一直希望为它画插图，因此将《金罐子》搁置一旁，好利用接下来的两年时间为肯尼思·格雷厄姆的杰作画插图。

这将是亚瑟·拉克姆最后一次来到绘图板前，画出有着令人心碎之美的插画。1938年，他因癌症卧床不起，挣扎着想完成画作。在最后一幅画完成后不久，拉克姆于1939年9月6日离世，当时第二次世界大战仅爆发几天。这最后一搏同他之前的作品一样，证明他将个人对一部充满想象力的伟大作品的感受出色地本土化了。在他全部的画作中，这部作品极致地表现了他的艺术力量，对此《都柏林独立报》描述如下："拉克姆先生的一些画作是纯粹的诗作——它们引你入梦。"(汉密尔顿，第128页)

# 关于《肯辛顿公园里的彼得·潘》

## 《肯辛顿公园里的彼得·潘》：起源

彼得·潘不像会留下足迹的人。"他极其讨厌被追踪，"J. M. 巴里在《彼得·潘》的序言中告诉我们，"就好像他身上有什么怪异之处，一旦死去，他就想站起身，吹走那些即将成为他骨灰的颗粒。"（霍林戴尔，2008年，第84页）无疑，他孩童般的神出鬼没始终是他最主要的魅力之一。这是个会跟星星玩捉迷藏的男孩，他从迷人的美人鱼的臂弯里溜走，能在转瞬之间遇见你，又忘记你的存在。因此，大多数读者压根儿想不起来对他的出身一探究竟，也就不足为奇了。那个以飞行闻名于世的男孩真的做到了无影无踪吗？是，也不是。彼得·潘的文坛首秀是在1902年的《小白鸟》中，远不如1904年的首次舞台亮相那么戏剧性。《小白鸟》的影响也无法跟1911年将剧本小说化的《彼得和温迪》相提并论，后者的文本在一些方面如书中引出的人物一样惯耍花招。然而，那些愿意跟随彼得的人必须转向一个元文本，因为通往梦幻岛的小道，径直穿过肯辛顿公园。

《肯辛顿公园里的彼得·潘》（1906）中的插图出自著名艺术家亚瑟·拉克姆之手，该故事最初作为巴里的小说《小白鸟》中的六个章节出现。这部小说讲述了一个单身汉（兼叙事者）和一个名叫戴维的小男孩的关系，追溯了一段友谊的发展历程，显然，这跟巴里本人与五岁的乔治·卢埃林·戴维斯的友谊有相似之处，1898年，二人初识于伦敦的肯辛顿公园。《小白鸟》的目标读者为大人，尽管叙事风格新奇，内容怪诞，仍备受评论界称赞。《泰晤士报》的书评人称它是"巴里先生写过的最佳作品之一"。还补充说"我们从未见过比它富有知识，对孩子更饱含热爱的书"。（伯金，第95页）该书也被献给"他们的孩子们（我的孩子们）"，这一短语并未让《泰晤士报》的那位评论家感到震惊。就在肯辛顿公园，巴里讲述充满魔法和恶作剧的故事，来逗卢埃林·戴维斯五兄弟中的老大、年轻的乔治高兴，那些故事没有寓意，没有教训，没有任何启示——只有纯粹的快乐，即便巴里后来声称故事有"道德反思"。

正如本书前文所述，彼得·潘的起源让人联想起刘易斯·卡罗尔所著《爱丽丝漫游奇境》和罗伯特·路易斯·史蒂文森所著《金银岛》的起源，后两部作品也是与孩子合作的产物，大人启发小孩时，带有某种创造性的你来我往，反之亦然。一个主角很快出现，逐渐抵达故事的核心。在告诉乔治所有的孩子最初都是小鸟后，巴里进一步使他相信，弟弟彼得还能飞，这部分归因于母亲西尔维娅在彼得出生时没称他的体重。彼得可以飞到肯辛顿公园，在夜里与仙子玩耍。可等到乔治怀疑起彼得的飞行能力时——夜里，婴儿彼得似乎被安稳地裹在被子里睡觉——巴里就开始将彼得发展成独立的人物，这个孩子会很快在故事中占主导，并最终走进《小白鸟》。彼得·潘就这样诞生了。

起初只有一章的故事很快发展为六章，一个开始只是次要角色的人物迅速成为主角。彼得在小说的中段势力见长，简直不受作者控制地起着作用。他已经接手巴里在肯辛顿公园里讲述的故事。罗杰·兰斯林·格林在其作品《彼得·潘五十年》中这样讲述道：

> 1901年，肯辛顿公园里遍布着仙子，此时另一个人物在那里悄然诞生。他来得如此悄无声息，以至于在以后的多年间，没有孩子记得他是怎么来的：他就是在那儿出现了，还那么声名赫赫，你始终理所当然地知道他在那儿，甚至想不起来问他为什么叫彼得·潘，因为他当然得叫那个名字，那就是他。（第17页）

《小白鸟》出版大约一年后，巴里着手创作一部新剧，该剧突然之间就活跃在伦敦的舞台上，大获成功，备受推崇，甚至连受人尊敬的作者本人此前都不曾得到如此青睐。不想长大的男孩长大了，走出了肯辛顿公园里的故事场景，也不再停留在《小白鸟》的书页上，他就像刘易斯·卡罗尔讲说的爱丽丝那样，变得"跟实物一样大小，还比原本的大一倍"。

公众爱上了彼得·潘。巴里的出版商纷纷请他根据剧本创作一个故事，作者起初婉拒，显然对此时就为彼得赋予明确的文本含义感到不安。他反而主动提出重新出版《小白鸟》中彼得·潘的相关章节，并在私下里请求著名艺术家亚瑟·拉克姆为该作品画插图。该书将以豪华、抢眼的礼品书形式出版。位于伦敦的霍德与斯托顿出版社即刻看到彼得·潘节日礼品书蕴含的商机——特别是想到查尔斯·弗罗曼计划在每年圣诞节期间复排《彼得·潘》，于是，将《小白鸟》中相关章节独立成书的想法就诞生了。

## 肯辛顿公园中出现的越界现象

《肯辛顿公园里的彼得·潘》是本难读、古怪的小书，插图精美，是1906年圣诞节最受欢迎的礼品书。书的开篇为一幅肯辛顿公园地图，相比剧作《彼得·潘》中异域的岛屿设定，这幅地图亲切地与这座公园相联系，故事就在这真实的背景中展开。罗杰·兰斯林·格林解释说："肯辛顿公园得始终是仙境的一个特殊地区，它自身的魔法——或者说是巴里自身的魔法——依然在它的周遭徘徊着。自然，巴里在此不仅创作了一个新的神话，而且创造了一个比奥林匹斯山更为确切也更为人所熟悉的'本土地址和名称'。"（格林，第16页）

那座公园被描述成一处"了不得的大地方"，是小型滑稽表演的发生地，从梅布尔·格雷的"难以置信的冒险，其中最不冒

★ 巴里进入肯辛顿公园的入口
（大奥蒙德街儿童医院慈善基金会提供）

险的一个冒险就是她踢掉了靴子"，到勇敢的马尔科姆险些淹死在圣戈沃尔井里，不一而足。故事被设定成在公园里的一次散步。叙事者兼导游仅仅讲了公园中有历史故事的重要景点，毕竟要是他"在我们经过宽步道时，将著名景点一一指出，还没等我们走到地方，就该回头了"。

在肯辛顿公园中，鸟岛是一个核心地点。在岛上，"所有会成为男婴、女婴的鸟在此出生"，叙事者指出，人类中独独彼得·潘能在岛上降落，"他不过是半个人类"。虽然在《彼得和温迪》中，彼得的飞行和咯咯叫暗示出他和鸟类有亲缘——实际上，他以梦幻鸟的窝做船，此乃一种视觉效果强烈的隐喻，暗示出这层关系——但是《肯辛顿公园里的彼得·潘》却明确指出这一关联，告诉我们彼得仅仅七天大时，就飞出窗外，"从做人类这件事中逃走"，后回到公园里，浑然不觉自己并非鸟类，在尝试用鼻子汲水，在树枝上栖息未果后，感到茫然无措。那个小男孩困惑、沮丧，在公园里孤单一人：

可怜的小彼得·潘，他坐下哭了起来，都到那会儿了，他还是不知道鸟是不会像他那样坐的。他不知道实属万幸，否则他会对自己的飞行能力失去信心，一旦怀疑自己是否能飞，就再也飞不了了。鸟儿能飞，而我们不能，就是因为它们信心满满，因为有信心，就有了双翼。

在此，飞行和信心就与巴里标志性的、温柔的多愁善感关联起来。

## 肯辛顿公园门口的吹笛人

彼得飞到鸟岛上，以便把个人情况摆到年迈的所罗门乌鸦面前，干瘪的所罗门乌鸦是岛上鸟类的首领。如果不会飞，谁也到不了这里。所罗门巧妙地告知毫不怀疑的彼得他不是鸟类的事实，夺去彼得的信心，也就此夺去了他飞行的能力。彼得被困在岛上，意识到他可能再也回不了肯辛顿公园。"半人半鸟"这一短语也许比《彼得和温迪》整本书都更为有力地抓住了彼得·潘的悲剧，所罗门在给他起绰号"越界生物"之前，称他为"可怜的小半人半鸟！"这就是彼得·潘的巨大悲剧。他不曾真正有家，不曾真正有妈妈，既不属于鸟类世界，也不属于人类世界。永恒的青春这一馈赠把他变成了无家可归的漫游者。

彼得住在鸟类中间,跟所罗门学会鸟类的行事风格——包括如何拥有一颗"快乐的心"。在岛期间,他觉得必须"整日歌唱,就如同鸟儿那般欢歌,可身为半人,他需要一件乐器,于是做了芦苇笛"。巴里关于潘的笛子的描述是整本书中最动人的段落之一:

> 傍晚,他常坐在岛的岸边,练习吹出风声习习,水声潺潺,捕捉月光几缕,将一切都放进笛声中,并优美地吹奏出来,连鸟儿都信以为真,它们会问彼此:"是一条鱼跃出水面,还是彼得在笛子上吹奏一条跃动的鱼?"有时,彼得吹奏鸟儿出生,鸟妈妈会在窝里转身,看自己是不是下了蛋。

潘的笛子吹奏把他与潘神联系起来,不过这一段特别将他吹奏的笛声视作一种创造、一种艺术,这笛声如此逼真,竟伴随着生育的力量而律动。这一段落预告了在与胡克的决战中,彼得对他发表的宣言:"我是青春,我是快乐……我是一只刚刚破壳而出的雏鸟。"显然,彼得与生育和创造的狂喜相连,可注定永远成熟不了,成不了大人。

彼得虽然与鸟儿快乐地消磨时光,却渴望回到公园里,"像其他孩子一样玩耍,当然,没有比公园再美妙的玩耍之地了"。所罗门给他一张从雪莱那儿得来的钞票,他就此拥有了重获自由的机会，那位诗人将钞票叠成一只纸船，并让船顺着九曲湖漂到鸟岛来。彼得用这张钞票贿赂了鸫，它们做了一只鸟巢，渡他穿过九曲湖，回到公园里。就这样，彼得最终回来了，"他那小小的胸膛中充溢着喜悦，驱走了恐惧"。他到达时，闭园时间已过，人们都已离去，不过仙子们在，它们出来玩儿了。

"你们相信有仙子吗？"

《肯辛顿公园里的彼得·潘》以巴里其他作品都不具备的方式，为我们引入了仙界传奇。仙子的主要特征——活力四射的力量、光彩照人的美丽和不辨是非的随心所欲——明白无误地告诉我们，这种生物为何如此吸引这个男人，此人会将午后的公园散步时间全部献给小男孩们。仙子是微小的人类——外形似微型人类——行为举止像个孩子。他们反复无常，无法预测，能在一次心跳的工夫化友为敌，或化敌为友。彼得刚到他们的领地时，他们计划"杀了"他，直到仙女们发现他不过是个孩子，一个用自己的睡袍当帆的婴儿。仙子是夜行动物，喜欢举办深夜舞会，为人类所不喜。他们像小叮当一样虚荣、调皮，身材小巧，以至于"一时间仅能盛放一种情绪"。白天，他们通常躲在地下，但"要是你盯着看了，他们会怕来不及藏身，就站着不动，假装是花朵"。

《肯辛顿公园里的彼得·潘》和《彼得和温迪》都讲述了仙

子的来历。彼得本人如此解释:"当世上第一个婴儿第一次笑出声,这笑声就碎成一千片,全都跳来跳去的,仙子就这样产生了。"他们偏爱年轻,总是任命他们当中最年轻的女士担任教师,这样压根儿不用学什么:"他们集体出去散步,再不回来。"一家之主也总是最年轻的。他们在行为方式上与婴儿相近,这在叙事者解释"你的小妹妹"的脾气时,变得显而易见:"她那看上去不雅的一阵阵激动情绪,通常被称为长牙,其实不然;她生气就是那样,就因为我们不理解她,即便她的话好懂。她在讲仙子语。"

英国通常将仙子描述为"人类和天使之间的中间阶层"或"灵性动物",巴里依然恪守这一传统。(布里格斯,第11页)然而,他笔下的仙子们跟民间传说中的范式不同,他们渴望自治,对人类事务普遍不关注。可他们遵循人类世界的等级秩序,在多方面模仿生活在地上的人类的文化和习俗。肯辛顿公园闭馆后,那个还待在里面的女孩梅米不仅发现仙界那令人目眩的美(萤火虫组成的、覆在一圈仙子上方的华盖),也发现那充满敌意的残忍。("杀了她!"仙子们发现她在他们中间时,这样喊道。)

**你再也回不了家了**

"当然,他没有妈妈——毕竟,他要妈妈有什么用呢?"《肯辛顿公园里的彼得·潘》中的叙事者原来是个闪烁其词的人,有时如仙子那样轻浮、不可靠。彼得·潘有妈妈，而且实际上，可悲的是妈妈再也不需要他。他初到肯辛顿公园时，用自己的音乐跟仙子交易，换取两个"小"愿望。他留一个备用，一个是想能飞。得到新技能后，他欣喜若狂，就回家找妈妈，结果发现她睡得正香。他扒在窗边，对她满心爱慕，对于是留是走，拿不定主意。妈妈觉察出他的存在，醒了过来，还低语出他的名字，"似乎那是英语里最美妙的词语"。彼得在她的床尾，用笛子吹奏了一支摇篮曲，在"用她说'彼得'的方式，安慰自己"。离开时，他打算跟所罗门道别后，再回来。可几个月过去了，他还没用上第二个愿望，回来却发现窗户"关着，拴上了"，妈妈"安详地睡着了，怀里搂着另一个小男孩"。叙事者解释说："没有第二次机会，大部分人都没有。当我们来到窗下，已经是'闭户时间'。铁窗再不会开。"

对彼得来说，离家意味着进入这样一个阶段，即无法再回到无人打扰的母子二元关系之中，对巴里和我们，也是同理。这回，铁栏杆不在肯辛顿公园周围，而是在家这个宁静的栖息地周围，在那里，孩子被家庭环境包围，没有危险。然而，窗上的铁栏杆表明家也可能是座监狱，是一处行动受限、魔力有限的地方，孩子们渐渐长大，家太小、太窄，装不下他们不断增多的欲望。长大的悲剧性被肯尼思·格雷厄姆口中的"广阔世界"和"野树林"所带来的五彩愿景给调和了，这些地方不同于肯辛顿公园，它们没有疆界，没有闭园时间。

## 梅米：温迪之前的女孩

闭园时间到了，女孩梅米·曼纳林不肯离开。四岁的梅米躲开保姆，一心渴望见识一下仙子的舞会，她利用闭园时间的混乱，将自己藏在圣戈沃尔井中，保姆并未发现她没和弟弟一块儿离开肯辛顿公园。树警告她小心仙子："他们会捉弄你——把你刺死，或是强迫你给他们带孩子，或是把你变成什么讨厌的东西，比如常绿的橡树。"梅米跟随着公园里到处悬挂的丝带——仙子之路，遇上了布朗尼，她赶着去参加麦布女王举行的舞会。圣诞雏菊公爵希望在这舞会上寻得一位妻子。布朗尼赢得了公爵的心，她请求仙子饶梅米一命，梅米因偷听他们说话正面临死亡的威胁。

当仙子们意识到梅米协助促成了布朗尼和公爵的结合时，就决心感谢她，在她身边建了一座漂亮的房子，它"跟梅米的身形分毫不差"，能为她保暖。梅米醒来后，头撞到了屋顶，她就"像打开盒盖"一样把房顶掀开，这一幕让人联想起《爱丽丝漫游奇境》。待她走出屋外，想对着漂亮的小房子欣赏一番时，它却变小、消失了。但她并非孤单一人。"别哭，漂亮的人儿，别哭。"一个声音喊道。彼得·潘，一个"赤身裸体的漂亮的小男孩"，站在她面前，"怅然地"望着她。

正是在肯辛顿公园，第一次有人主动给彼得一个吻和一枚顶针，他相信顶针就是吻。"可怜的小孩！他对她坚信不疑，时至今日，他还把它戴在指头上，即便根本没人需要那么袖珍的顶针。"也正是在肯辛顿公园，梅米和彼得交换"顶针"，也就是真正的吻,彼得还在这里向梅米求婚。他脑子里蹦出一个"令人愉快"的主意,他问梅米:"你愿意嫁给我吗?"

梅米差点儿就跟彼得走了,但她在彼得暗示她的妈妈可能不会永远为她留着窗户时,大声反驳了一句。"门会永远、永远开着,妈妈会永远在门口等我。"她坚持道。等到公园早上开放,梅米虽然保证会回来,却怕自己跟"她亲爱的越界生物"长时间难舍难分,便规规矩矩听了保姆的话。对《彼得和温迪》的读者而言,彼得爱的体验——互吻和求婚——似乎令人大为惊诧。彼得在很多方面被梅米"触动",却从未被温迪这样真正感动。然而,在这两次邂逅中,彼得都是"那个可怜的男孩",他有浪漫调情,却注定永远与人类的快乐和狂喜无缘:"他久久地期待她哪天夜里会回来找他;他常常以为在他的叫声飘向陆地时,看见她在九曲湖的岸边等他,可梅米再也没回来。"

梅米在复活节时回来了,她妈妈也来了,她们给彼得带了一份礼物,是一只手工做的羊,梅米拿它在夜里吓唬弟弟。母女俩站在一个仙子组成的圈中,为仙子们设计了一个咒语,仙子们把羊变成了活物。此时,彼得·潘被比以往都更为密切地与潘神相联系,却也比以往都更毅然决然地永葆青春,同时感到悲伤与喜悦。

**彼得·潘:死者的守护者**

《肯辛顿公园里的彼得·潘》的以闭园时间这一主题的另种

变体作为结尾，结局似乎不可避免且突如其来。我们了解到，彼得无法营救某些在夜里游荡到公园里的孩子——我们也许会说这是迷失的男孩们的前身。彼得用船桨当铲，把孩子埋掉，还为他们立碑，上面写上他们姓名的首字母。叙事者讲了两座小"墓碑"，分别为一个小男孩和一个小女孩而立，两人都约莫一岁，之前"不慎"从婴儿车里掉出来。肯辛顿公园里真的有那些石碑，不过是行政区区划标志。叙事者告诉我们："戴维偶尔在这两座无辜的墓上放白花。"还补充说："可对家长们来说，多奇怪啊。一开园，他们就急匆匆进来找走丢的孩子，结果却看到那座最漂亮的小墓碑。我真希望彼得没挥着铲子操之过急。真令人伤心。"

《彼得和温迪》中忧郁的暗流在《肯辛顿公园里的彼得·潘》中则更为明显地涌出水面。彼得与河口、影子、墓碑和埋葬的关联创造了一个有悲剧转折的故事。公园里的那个快活男孩会骑着羊，和仙子嬉闹，却在闭园期间，不得不兼任掘墓人，埋葬那些在肯辛顿公园里死于"寒冷和黑暗"的孩子。"不想长大的男孩"就可以被恰如其分地说成是"无法长大的男孩"。

《肯辛顿公园里的彼得·潘》并未随时间的推移显得格外经典，当今读者很难喜欢其怪诞的风格和富于幻想的内容。叙事者与戴维关系不清不楚，这让很多读者困惑、迷茫、不适。亚瑟·拉克姆创作的整套插图使得巴里的文字展现出最大的华彩，不至被人遗忘。

本书再现的是拉克姆的插图，而非巴里的文本，巴里本人对此应该没有异议。毕竟，他将专为卢埃林·戴维斯一家制作的《逃生黑湖岛的男孩们》视作"这位作者所有作品当中最好和最不寻常的"，而那本书只有带文字说明的照片，此外无他。（霍林戴尔，2008年，第75页）毫无疑问，读者会发现拉克姆的作品对于理解彼得·潘同样重要，正如拉克姆的侄子沃尔特·斯塔基所写：

> 彼得·潘让我的童年变神圣了，我眼见着姑父细腻而灵活的笔触让那些树上遍布矮人和地精……尽管我们这些小朋友一遍遍去剧院看那出戏，彼得·潘却是借助拉克姆的肯辛顿公园和九曲湖插图，才至今仍活在我们记忆里的。（赫德森，第68页）

愿彼得·潘永远活在我们的记忆里，他不是作为某个老掉牙的英雄或漫画人物，面目模糊地留驻，而是作为一个活灵活现的、悲剧式的、了不起的小男孩留在我们的记忆里。这个小男孩在七天大时，就从家里飞走，并再也找不到回家的路。

No.008

## 亚瑟·拉克姆为
## 《肯辛顿公园里的彼得·潘》
## 所绘的插图

Arthur Rackham's Illustrations for
*Peter Pan*
in Kensington Gardens

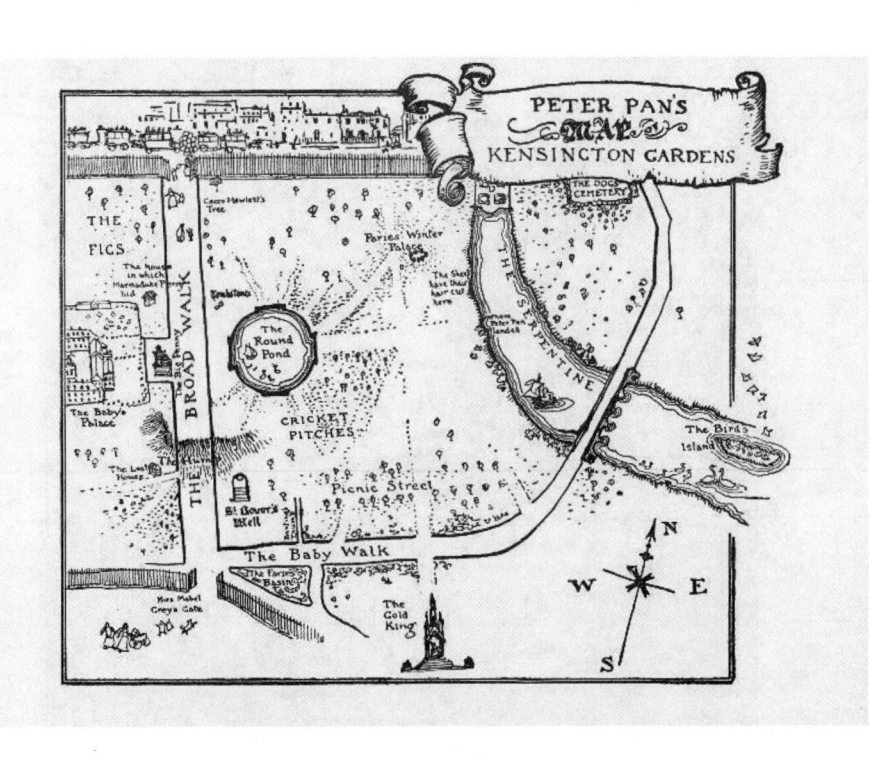

图一

彼得·潘的肯辛顿公园地图

图二

肯辛顿公园坐落在国王居住的伦敦

图三

那位拿气球的女士，就坐在园外

图四

在宽步道上，你会遇见所有值得一见的人物

图五

小丘，宽步道上举行一切大型比赛的地方

图六

**简直没什么东西能像一片落叶那样有趣**

图七

　　九曲湖的源头在这附近。它美丽动人,湖里倒映着一片溺水的森林。
要是你在湖边张望,能看见所有树都倒长着,他们说晚上湖里还有溺水的星星

图八

**九曲湖的仙子**

图九

那座岛，所有成为男婴、女婴的鸟就在那里出生

图十

老索尔福德先生是个脸皱巴巴的老绅士,他终日在公园里闲逛

图十一

他飞走了,飞过那些房子,飞到公园那儿去

图十二

**仙子与鸟拌嘴**

图十三

一听到彼得的声音,他就慌乱地跳到一棵郁金香后

图十四

一队工人刚刚在锯一颗毒蘑菇,这会儿急忙跑开,工具都没带

图十五

彼得把个人情况摆到年迈的所罗门乌鸦面前

图十六

彼得大喊:"再来一次!"他们的脾气好极了,又重复了好几次

图十七

一百只鸟拉着风筝线飞走，彼得抓紧了风筝尾巴

图十八

自那以后，鸟说它们再也不为他那疯狂的计划出力了

图十九

"荒谬!"所罗门愤怒地喊

图二十

多年来，他总在默默填着他的长筒袜

图二十一

在肯辛顿公园,你会遇见这种大人,他们傲气十足,就好像自以为是了不起的大人物

图二十二

他从桥下穿过，竟喜出望外地发现公园美景一览无余

图二十三

突然来了一阵猛烈的暴风雨,他被甩得左颠右摇

图二十四

仙子差不多都在东躲西藏,直到傍晚来临

图二十五

等他们以为你不盯着看时,就活蹦乱跳地跑开

图二十六

可要是你盯着看了，他们会怕来不及藏身，就站着不动，假装是花

图二十七

**仙子们舞艺超群**

图二十八

这些狡猾的仙子有时会在舞会之夜，偷偷换木牌

图二十九

打灯男孩每人擎着一枝北美冬青，跑在前面

图三十

要是女王陛下想知道时间

图三十一

仙子们坐在蘑菇上,围成一圈,起初表现得十分得体

图三十二

黄油是从老树的根里得来的

图三十三
壁花汁可以有效地让因激动过度而倒地的舞者苏醒过来

图三十四

彼得为仙子们演奏管乐

图三十五

他们全都在他的肩膀处,挠他的痒痒

图三十六

一天，他们的话被一位仙子无意中听到

图三十七

那些小人儿用干叶脉编织夏日窗帘

图三十八

公园里一个银装素裹的午后

图三十九

她跑到圣戈沃尔井那儿藏身

图四十

一棵接骨木蹒跚地走过步道，在与几棵年轻的椴梣站着聊天

图四十一

一枝菊花听见她的声音，十分尖刻地说道："嗬，这是谁？"

图四十二

**他们警告她**

图四十三

统治公园的麦布女王

图四十四

（他）摇了摇光头，嘟囔道："冷，太冷了。"

图四十五

仙子从来不说"我们感到快乐",而是说"我们想跳舞"

图四十六

**显得实在是不想跳**

图四十七

"公爵大人，"外科医生喜出望外地说，"我荣幸地通知阁下，尊驾您恋爱了。"

图四十八

为梅米造房子

图四十九

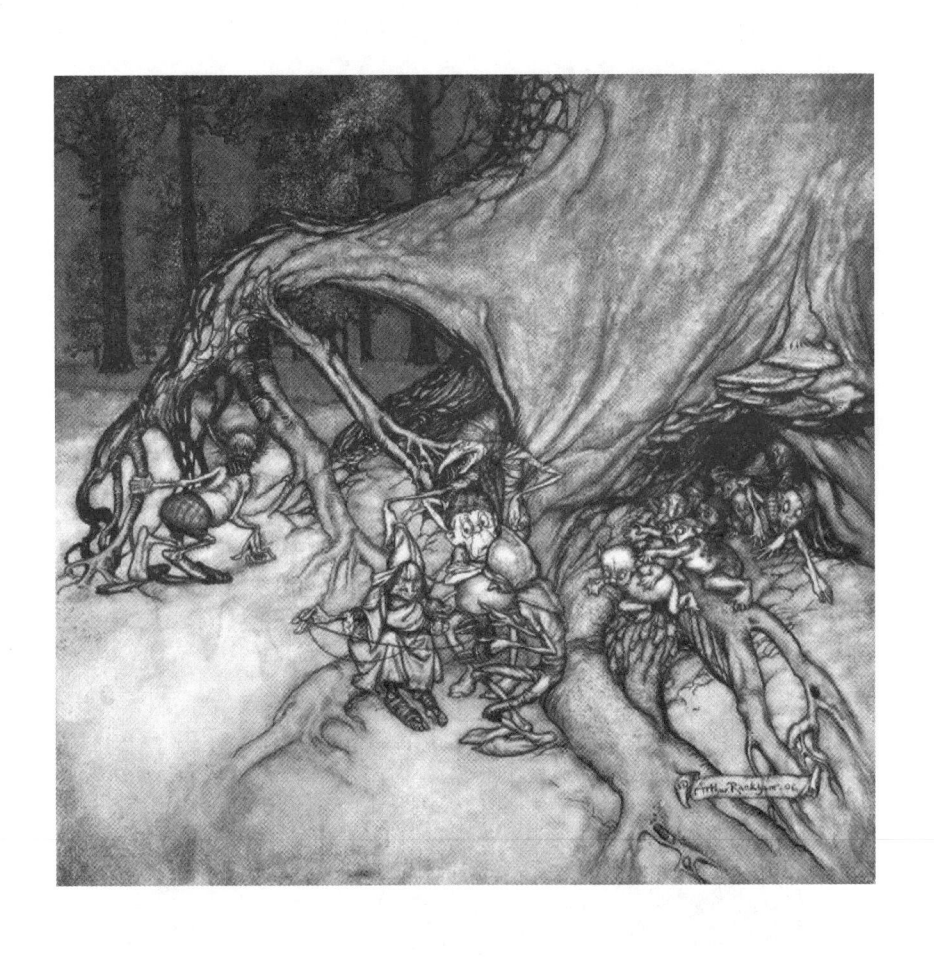

要是坏仙子碰巧外出了

图五十

**他们势必要捉弄你**

图五十一

我觉得，公园里最动人的景致是
沃尔特·斯蒂芬·马修斯和菲比·菲尔普斯两人的墓碑

1　真实水域（圆形池塘与九曲湖）和道路（宽步道）连同切科·休利特树和仙子冬宫等想象出来的地名，一并为读者做了标注。毕竟，这是彼得·潘的地图。

2　一位着装正式的人物在花园中漫步时，精灵和仙子潜伏在树根处，从藏身之处往外窥视。树和藤蔓都因那位游客而活了过来，而游客本人似乎对藏于地下、身边和头上的仙界无知无觉（那里有他们自己的国王和王后）。此人身份不明，可能是国王，也可能是《小白鸟》中提及的校长皮尔金顿，后者带领学生们穿过公园，"（他）巧妙地把他们迷住了"。此人使得精灵们在白天躲藏起来。

3　曾在肯辛顿公园门口做商贩的女人被手中的气球拽到空中。"戴维很为那位老妇人难过，可既然她无能为力，他多希望自己在场，能亲眼看见。"在肯辛顿公园，因为重力法则不起作用，一切就都不必较真，这是玩闹的安全之所。戴维的反应又悲又喜，这让我们想起孩子可以多么轻而易举地释怀生命中那些友善大人的离去。

4　"值得一见"的人物，是巴里说说而已的玩笑话，指的是所有穿着得体的大孩子和小孩子。图上显示他们有遛狗的，手拿气球的，跳绳的，爬栅栏的，带着帆船去长形池塘的。拉克姆为我们呈现了一幅与彼得·勃鲁盖尔名画《儿童的游戏》（1560）相仿的画面，只是换成了爱德华时代，也更为柔和。

5　小丘是肯辛顿公园中一处"你跑到一半停下来，发现自己迷路了"的地方。此处，我们得到了巴里故事中反复出现的迷失的孩子的主题的第一条线索。

6　在此图中，落叶纷飞，仙子跳上一段优雅的小步舞曲，这唤醒了飞行、飘浮以及飘荡在空中的快乐。仙子的穿着像极了空中的叶子，让我们想起初遇彼得时，他是如何身穿干叶衣服的。

7　巴里告诉拉克姆，这是他最爱的插图。天上星光熠熠，湖面星影绰绰，仙子们在前面跳舞，被倒映的星辉照亮。人迹在桥梁、栅栏处和人造光处有所显现。

8　九曲湖"溺水"的星星成了仙子狂欢的背景。仙子在水中没有倒影，显然占据的是想象中的空间，时间的水流无法映出他们的影子，也淹没不了他们的躯体。他们和彼得·潘一样，永生不朽，可以飞翔。蝴蝶和蜻蜓作为与其有亲缘的生灵，画面中也有体现。

9　此时正值肯辛顿公园的白天，公园似乎失去了魔力，没有了仙子。孩子们在岸边三三两两聚在一起，鸟儿被他们吸引而靠近，期盼着食物。有翼生物在鸟岛上方飞翔，它们疏离、神秘，显得自成一体。这一场景也可作为汉斯·克里斯汀·安徒生《丑小鸭》的终景，1932年拉克姆也为此故事画了插图。

10　索尔福德先生的名字源自他的出生地索尔福德镇，在肯辛顿公园，他逢人便说起自己的家乡。艾伯特亲王（1861年死于伤寒）纪念碑出现在远景中，它是由艾伯特雕像、艺术界人物的装饰带（描绘有169位画家、作曲家、诗人、建筑师和雕塑家），以及象征四块大陆和四大工业活动的雕塑组成。妖精、鸟儿和仙子围在索尔福德先生的脑袋边玩耍，他们处在亲王纪念碑和体面的老绅士之间。

11　巴里被拉克姆这幅彼得七天大时从家中飞走的画面迷住了。那神色平静的婴儿飘在空中，上方是浮云，下方是大烟囱。肯辛顿公园是尤为引人入胜的目的地，与煤烟滚滚、尘垢遍布的伦敦相比，这里是乌托邦。

12　仙子"被问得礼貌，通常答得也礼貌"，但他们避开彼得，后者误以为自己是孩子而非鸟。此处，两个仙子显得一副骄傲姿态，近旁是四只栖在树枝上的鸟。彼得属于却不完全属于鸟界和仙界。

13　一位仙子扔掉他此前一直在看的邮票，为的是把自己藏起来，他那慌乱的表情表示出他怕被发现。与肯辛顿公园中很多仙子展现的轻盈灵活的体态相比，这个衣冠不整的人找到什么穿什么，看上去土气、不会飞，头上的羽毛也纯属装饰。

14　彼得·潘让工人们陷入惊慌失措，他们以为他是一个过了闭园时间，还待在肯辛顿公园里的人类。

15　巴里对这幅插图的喜爱，简直不亚于九曲湖那幅。彼得像鸟似的栖在树枝上，可所罗门慢慢将他不再是鸟的消息透漏给他。彼得对飞行能力失去信心，暂时被困在了岛上。所罗门形容他是"可怜的小半人半鸟"，还给他起了一个著名的绰号"越界生物"。在大树脚下，老鼠忙着擦鞋。

16　彼得起初被鸟岛上一个"奇妙的白东西"吓了一跳，后来慢慢爱上了那只风筝，甚至和它睡在一起，"因为它曾属于一个真正的男孩"。看着它飞，他很开心，却忘了感谢为他展现风筝厉害的鸟儿，这表明"即便到了现在，他还是没彻底忘记一个男孩该是什么样子"。他学着风筝的动作，试着跟它一起飞上天。

17　彼得恳请鸟儿带他飞过肯辛顿公园。在它们的帮助下，他被风筝拽离地面，却因为风筝在空中破成碎片而回到地上。

18　两只"气愤的"天鹅把彼得从水里救出来，别的鸟儿声

491

称它们再也不带他飞着玩儿了。彼得的头发被九曲湖的水弄湿了，还打了结，受过罚的他在解开缠在身上的断线。

19　所罗门对漂过来的五英镑纸币船束手无策，那是诗人雪莱放入水中的。所罗门的日常职责是，应妈妈们通过九曲湖发来的申请，送鸟儿给她们，两位善于思考的老鼠助理——有一位戴着眼镜——也在琢磨这纸币，同样一筹莫展。所罗门把纸币当玩具，给了彼得。彼得做过七天男孩，知道钞票的价值，便打算用所罗门发现的这张纸币，帮自己回到肯辛顿公园。

20　所罗门乌鸦不想永远都在工作，就屯了一堆乱七八糟、稀奇古怪的东西，从面包碎屑到鞋带，无所不包，他希望最终能"退得起休"。巴里在许多方面戏仿了爱德华时代的社会规范和文化价值观，以此来构建肯辛顿公园的世界。

21　拉克姆使用宽幅调色板，用一种讽刺的眼光带我们回到现实，来看"麻雀年"出生的男男女女。那一年，因为鸫严重短缺，所罗门不得不为申请鸫的女士送麻雀。当年出生的婴儿长成了"傲气十足"的大人，好显出一副他们是由鸫变来，而非由麻雀变来的样子。

22　彼得用自己的白色睡袍当帆，在水中疾驰，就如同他曾借助风筝，在空中穿行。帆和风筝都利用风力，帮彼得（他简直跟睡袍一样洁白）抵达肯辛顿公园。画面的背景是公园，焦点却在控制帆的坚强婴儿身上。

23　彼得从九曲湖中的一座岛出发，坐在一只鸫巢里（酷似《彼得和温迪》中的永无鸟的巢），航行到肯辛顿公园。他一副冒险家的架势，几近溺水，就像"一路朝西航行、前往陌生之地的英国海员"。彼得·潘的睡袍两度救了他，这件"婴儿睡袍"先是被他当帆升起来，后又让仙女们"立刻"爱上他。连海中的鱼也与那在暴风雨中左颠右摇的孩子同在，他也成了水里那队神秘的漂流者中的一员。

24　拉克姆让我们瞥见仙界的另一种景象，它酷似微缩的人类世界中的家庭生活。小女孩虽然看不见盘根错节之下的世界，脸上却露出会意的神情，似乎意识到地下世界的存在。仙子因为在白天躲藏起来，从未亲眼见过孩子们玩游戏，也就无法指导彼得怎么玩圆环。

25　仙子和自然生灵舞蹈、跳跃时，美丽和怪诞混在一起。那个蹒跚学步的孩子骑在一个地精的背上，分享着他们嬉戏的动感。

26　仙子如果遇上人类，就会使用伪装术，装成花朵，免得被认出来。接着，他们就跑回家把"冒险"告诉妈妈。跟孩子相遇时，林地生灵的反应跟遇上仙子的孩子大同小异——既惊奇、错愕，又有点惊惶和恐惧。仙子会装成百合、蓝铃花、番红花或风信子。他们的房子因为是"夜晚的颜色"，所以被藏起来了，他们的宫殿"通体用五颜六色的玻璃建造而成"，是所有皇家宅邸中最为"华丽"的。

27  仙子伴着弦乐和管乐，在一根绷紧的蛛丝上翩翩起舞。蜘蛛网充当安全网。

28  仙子调皮捣蛋的一面——以及高超的团队协作技巧——在此景中展露无遗。赶上仙子举办舞会的话，肯辛顿公园的闭园时间会被偷偷改变，好方便准备，保证舞会准时开始。

29  打灯人受雇为行人举灯，这些仙子常被展现为快乐的小伙子，热心地举着"仙子灯笼"，即北美冬青。

30  要是麦布女王向她的宫务大臣询问时间，他会吹蒲公英予以回应，这表明在仙界，时间也会产生稀奇古怪的变化。

31  仙子们只能在有限的时间里举止得体。他们跟孩子一样，做不到总是行为端庄，不一会儿，他们"就把手指伸进黄油"或者"在桌布下面爬来爬去，追着要糖"。在盛大华丽的舞会上，我们看见一种将美丽迷人的女士与她们那怪模怪样的男同胞区分开来的美。

32 在幽灵般恐怖的森林背景下，一棵盘根错节的树根部有一幕温馨的居家图景，仙子在用树供给的黄油制作蛋糕。仙子与自然和平共处。

33 一只老鼠急忙为精疲力竭的仙子舞者端来壁花汁。一位气度非凡的男仙子照顾着倒下的舞者，是彼得·潘为舞者们演奏的音乐。"他们很容易受伤，"我们得知，"彼得演奏得越来越快，他们步调紧跟，直到体力不支，摔倒在地。"

34 彼得坐在毒蘑菇上吹笛子。毒蘑菇在他的映衬下闪着光。他的曲子优美极了，女王竟主动提出为他实现"心底的愿望"。彼得决定许两个小愿望，头一个为他提供了从窗口飞回家的机会。

35 仙子们在彼得的肩膀处，挠他痒痒时，重力消散了，他能飞了。他还在半空中盘旋，即将被推向前飞回家："现在我希望回到妈妈身边，永不离开。"

36 梅米·曼纳林专心致志地听弟弟吹牛，他说他打算乘着彼得·潘的船去航行。一位伪装好的仙子在树下偷听，还把托尼变成了一个"被标记的男孩"，即仙子一波又一波恶作剧的对象。

托尼神气十足地戴着的那顶帽子，在颜色和形状上与乔治·卢埃林·戴维斯去肯辛顿公园玩儿时戴的一样。

37 巴里形容此画为"最欢快的图景"，它展现出拉克姆在将精致的美和感伤的愁绪予以紧凑呈现的创作天赋。仙子们在树下用干叶脉缝制夏日窗帘，一朵毒蘑菇充当了桌子，上面放着针线包。

38 梅米决定闭园时间过后，还待在这儿。孩子们在雪地里嬉戏，让自然焕发了生机，等到他们离去，树会开始说话，花会出来散步，仙子会走出藏身之地。

39 梅米的弟弟不敢在闭园时间过后还待在这儿，游客们急忙赶往出口时，梅米就在井中蜷起身子。她眼睛睁着，感觉有个冰凉的东西爬上她的腿、手臂，并掉落"到她心里"——"原来那是公园的寂静。"

40 肯辛顿公园里的树走路都拐拐，那是些"绑在年轻的树和灌木上的木棍"，梅米终于知道它们的实际用途了。仙子的轻盈与树多瘤的外观所形成的对比，在此图中最为鲜明。

41 菊花明显表现得像个大人。梅米不得不向"整个植物界"解释自己的存在，她主动提出陪他们散步，邀请他们靠在她身上，从而赢得了树、灌木和花的欢心。

42  树就仙子可能惹出的危险，警告梅米："他们会捉弄你——把你刺死，或是强迫你给他们带孩子，或是把你变成什么讨厌的东西，比如常绿的橡树。"梅米身形美好，与节瘤极多的树形成了强烈对比。梅米被树干和树枝安全地包围着，也被囚禁着，她决定对他们的建议置之不理。

43  在茂丘西奥的台词中（《罗密欧与朱丽叶》），麦布女王以"仙子的助产士"而闻名，并能让梦想成真。她身后两侧是年轻精灵，穿的是一袭长袍，裙摆上的鲜花图案让人们联想起她与自然的联系。她脸上的神情自信满满，这表明她坚信仙女们能使圣诞雏菊公爵"一见倾心"。

44  一位外科医生检查公爵的心脏，那颗心谁也温暖不了。圣诞雏菊公爵那苗条的身形、浓密的胡须、蜡黄的脸色与 J. M. 巴里本人极为相像。

45  只要公爵没觅得妻子，仙子的舞就不能停，因为"一难过，他们就会忘记所有舞步"。此处表现的仙子处在开心时刻，他们在圣诞雏菊上展现着灵巧的步法。

46  这位闷闷不乐的仙子或许是布朗尼，她正准备温暖圣诞雏菊公爵的心。布朗尼有点儿像 J. M. 巴里收养的男孩们的母亲西尔维娅·卢埃林·戴维斯，尽管拉克姆似乎不太可能以她为原型创作布朗尼。

47　外科医生这一假意奉承之态（他在单单一个句子中用了三处敬称），以及宣布他的病人"恋爱"时的古怪反常，使得这一声明多少有些可疑，可那些话在人群中产生了魔力，促成了仙子中的多桩婚姻。

48　仙子围着梅米造了一座房子，这很像温迪被小溜达的箭射中后，迷失的男孩们给她造的那座。梅米醒来，刚从屋里走出来，房子就变小、消失了。

49　这些仙子是林地生灵，样子狠毒，对人凶残，形似妖精，他们在树下显得怡然自得。奇怪的是，拉克姆画的不是主要事件，而是小事件，为我们描绘的是关于仙子的小插曲，而不是书里的高潮，即彼得与梅米的相遇。

50　女孩徘徊到闭园时间已过，此时陷入真正的危险，我们得知彼得"有好几次都迟了"，没来得及从仙子手里救出孩子。那些滞留的孩子待在寒冷和黑暗之中，可能丧命于肯辛顿公园，届时，彼得会用自己的船桨为他们掘墓。

51　尽管那两块墓碑实际上是行政区区划标志,却传递出《肯辛顿公园里的彼得·潘》中弥漫的悲剧气息。孩子们在公园里玩耍,却也可能在这儿丧命。这两块墓碑标志着男孩和女孩的埋葬地,冷冷地提醒公园中漫步的这两对夫妻,这将是他们共同的命运。难怪,其中一位女士紧张地朝墓碑瞥了一眼。她跟所有凡人一样,终有一天要面对闭园时间的突然来临:"这真令人伤心。"

# 致 谢

致谢部分常让作者为难。它通常在最后,是整个书稿写作过程中最具挑战的部分。写书让我们远离尘嚣。书籍纸张摊得到处都是;植物活力不在;脏衣服堆积成山;水龙头滴着水;灰尘安了家;咖啡成了挚友。J. M.巴里曾经创造了一个文学上的化身,名叫"书虫"。为了写一部关于"书虫"的剧作,巴里曾随手记下一系列笔记,里面写道:"'书虫'意识到,他一直以来过着一种自私的生活,埋首于自己的工作,而未扮演社会角色。"在写作这本书时,我读到这些文字,发现此言非虚。

写书也许确实需要独处,可俗世既是书籍的起点,也是终点。我的书给了我很多可供讨论的话题,如果没有那些讨论,书势必变得晦涩、缺乏力道。自从W. W.诺顿出版社的总编鲍勃·韦尔打电话问我,是否有兴趣编写一本《彼得·潘诺顿注释本》那一刻起,我就开始无休无止地谈论起J. M.巴里和彼得·潘。关于他们的故事实在太多,完全出乎我的意料,我认识的每个人都有一段关于彼得·潘的私人故事要分享——不过,拉尼·吉尼尔除外，她反倒劝我将飞行的历史和彼得·潘结合起来考虑。然后是研究巴里的学者和专家——从最早的巴里传记作家丹尼斯·麦克凯尔，到安德鲁·伯金这样的创作天才。麦克凯尔著有百科全书式的《J. M. B. 的故事》，伯金著有权威著作《J. M. 巴里和迷失的男孩们》以及英国广播公司纪录片脚本《迷失的男孩们》。在试图抓住彼得·潘多重化身的魔力时，我很快意识到自己也将他们的声音融进百家之言的合唱之中。

在回顾与家人、朋友和同事在过去的多年里进行的诸多对话时，慷慨是第一个出现在我脑海里的词语。兄弟、姐妹、儿女、侄子、侄女，他们除了跟我零零散散的交谈之外，对本书亦有贡献，他们一方面颇有技巧地让我避开晦涩难懂的东西，一方面又兴冲冲地把我拉回到巴里那故事的力量上。我的学生们总是用他们对于似是而非和牵强附会之事一贯敏锐的直觉将我带回正轨。他们对彼得·潘的回应使我确信，那个故事保有一种生气勃勃的文化能量，就它复杂而多层次的含义，总会有新话题可说。

如果没有安德鲁·伯金那部关于 J. M. 巴里和其与卢埃林·戴维斯兄弟们之间关系的里程碑式著作，我怕是要在各色资料里迷失方向，进而花更多时间才能完成本书。安德鲁愿意分享多年的研究成果，真是令人惊奇与敬佩，我书桌上那本折角的《J. M. 巴里和迷失的男孩们》诉说了我对他开创性的工作的无尽感激。我还尤其看重杰奎琳·罗斯、杰克·齐佩斯、莉莎·钱尼和杰基·乌尔施拉格的作品，他们就《彼得·潘》提供了新的视角和洞见。

耶鲁大学贝尼克珍本与手稿图书馆的工作人员让我有机会查阅相关文献与物件，颇为有效地使我的书鲜活起来。我感谢他们对我的信任，允许我触碰那些珍贵的物件，比如《流落黑湖岛的男孩们》孤本和巴里那把肯辛顿公园的钥匙。他们让我得以最为高效地使用那些文献；能够感谢他们的支持，见证他们平日里对书籍的热爱，让我发自内心的快乐。现代书籍与手稿分馆馆长蒂莫西·扬为我的工作提供了便利，在 J. M. 巴里手稿室研读论文时，我常借助于他的专业知识。

大奥蒙德街儿童医院慈善基金会的克里斯汀·德·普尔蒂尔在这个项目中是位了不起的合作伙伴。她与我分享她在处理巴里所捐赠遗产方面的专业知识以及热忱，为我将多条崎岖之路抚平，我在大西洋的彼岸对她致以衷心的感谢。此外，我感谢她就这家医院及其历史写了一篇很有信息量的文章，我将此篇文章收入本书。

鲍勃·韦尔一直与我并肩前行，他鼓励我，督促我，启发我，给我信心。他的谦逊不应让他的重大贡献被隐藏，这贡献既包括编辑智慧，也包括知识储备。毫不夸张地说，如果没有他对我的信心，没有他推我走出学术的舒适区，这本书就无从谈起。我还要感谢 W. W. 诺顿出版社的菲利普·马里诺，他深知一粒老鼠屎会坏一锅汤，因而总是乐于参与到"灭鼠"的集体行动之中。

项目伊始，我和怀利版权代理公司的萨拉·查尔方特交换了儿时对彼得·潘的记忆，分享了当时的阅读体验。阿特韦尔和拉克姆的插图让我们惊叹不已，就是在那一刻，我知道彼得·潘会在我的未来里。

多丽丝·斯佩贝尔无数次雪中送炭，找书、挑错、以闪电般的速度打印文件，统统不在她话下，她总是满怀振奋人心的活力。我在哈佛大学民间故事与神话传说项目组的同事们：德博拉·福斯特、霍利·哈钦森、斯蒂夫·米歇尔，造了一个于对话和合作大有裨益的工作氛围。梅丽莎·卡登奇迹般地卓有成效地处理行政事务，确保彼得·潘的相关账单悉数缴清。此外，还要感谢以下诸位为本书所作贡献，他们是欧文·贝茨、萨拉·巴蒂斯塔—佩雷拉、凯特·伯恩海默、莉萨·布鲁克斯、亚历克萨·菲施曼、伊恩·弗莱施曼、珍娅·戈迪纳、唐纳德·哈斯、海蒂·赫希尔、伊丽莎白·霍夫曼、亚当·霍恩、艾米莉·海曼、里克·雅克比、艾米莉·琼斯、斯蒂芬妮·克林肯伯格、桑迪·克雷斯伯格、茱莉亚·莱姆、凯西·拉斯基、彭妮·洛朗斯、洛伊斯·劳里、杰弗里·马奎尔、汉娜·米莱姆、玛德莱娜·米勒、加勒特·莫顿、克里斯蒂娜·菲利普斯、伊莎贝拉·罗登、莱克西·罗斯、露丝·桑德森、阿兰·希尔瓦、迈克尔·希姆斯、艾伦·汉德勒、斯皮茨、科利·斯通、莱利·沃尔夫和杰克·齐佩斯。

而像往常一样，丹尼尔和劳伦让我不至于变成"书虫"。

# 参考文献

## J. M. 巴里作品

### A. 文集

《J. M. 巴里文集基里缪尔版》（10 卷），伦敦：霍德与斯托顿出版社，1913 年

《J. M. 巴里戏剧集权威版》，A. E. 威尔森编，伦敦：霍德与斯托顿出版社，1942 年

### B. 单行本

《死了更好》，伦敦：斯旺、索南夏因 & 劳里出版社，1888 年

《往昔荣光田园诗》，伦敦：霍德与斯托顿出版社，1888 年

《当一个男人单身时》，伦敦：霍德与斯托顿出版社，1888 年

《爱丁堡板球队》，伦敦：《英国周报》办公室，1889 年

《轻鸣镇的一扇窗》，伦敦：霍德与斯托顿出版社，1889 年

《我的尼古丁小姐》，伦敦：霍德与斯托顿出版社，1890 年

《野蛮人理查德》，伦敦：私人印刷，1891 年

《小牧师》，伦敦：卡塞尔出版社，1891 年

《玛格丽特·奥格尔维传，其子 J. M. 巴里著》，伦敦：霍德与斯托顿出版社，1896 年

《感性的汤米》，伦敦：卡塞尔出版社，1896 年

《汤米和格丽泽尔》，伦敦：卡塞尔出版社，1900 年

《婚礼宾客》，伦敦：霍德与斯托顿出版社，1900 年

《流落黑湖岛的男孩们》，伦敦：格罗斯特路 J. M. 巴里，1901 年

《小白鸟，又名肯辛顿公园里的冒险》，伦敦：霍德与斯托顿出版社，1902 年

《肯辛顿公园里的彼得·潘》，伦敦：霍德与斯托顿出版社，1906 年

《伦敦漫步者》，纽约 & 伦敦：S. 弗伦奇出版社，1907 年

《彼得和温迪》，伦敦：霍德与斯托顿出版社，1911 年

《名门街》，伦敦：霍德与斯托顿出版社，1913 年

《可敬佩的克赖顿》，伦敦：霍德与斯托顿出版社，1914 年

《半小时》，伦敦：霍德与斯托顿出版社，1914 年

《这一天，又名那个悲惨之人》，伦敦：霍德与斯托顿出版社，1914 年

《坐在炉火边的爱丽丝》，伦敦：霍德与斯托顿出版社，1918 年

《战争回响》，伦敦：霍德与斯托顿出版社，1918 年

《玛丽·罗斯》，伦敦：霍德与斯托顿出版社，1918 年

《勇气》，伦敦：霍德与斯托顿出版社，1922 年

《亲爱的布鲁特斯》,伦敦:霍德与斯托顿出版社,1922年,

《尼尔与丁丁纳布勒姆》,出自《飞毯》,辛西娅·阿斯奎思编,伦敦:帕特里奇出版公司,1925年,第65—95页

《彼得·潘的污点》,出自《宝藏船:散文与诗行之书》,辛西娅·阿斯奎思编,伦敦:S. W. 帕特里奇出版公司,1926年,第82—100页

《彼得·潘,又名不想长大的男孩》,伦敦:霍德与斯托顿出版社,1928年

《加入女士的行列吗?》,伦敦:霍德与斯托顿出版社,1929年

《格林伍德帽》,爱丁堡:康斯特布尔,1930年

《再会,朱莉·洛根小姐》,伦敦:霍德与斯托顿出版社,1932年

《男孩戴维》,伦敦:彼得·戴维斯出版社,1938年

《麦康纳基[1]与J. M. B.》,伦敦:彼得·戴维斯出版社,1938年

《J. M. 巴里书信集》,维奥拉·梅内尔编,伦敦:彼得·戴维斯出版社,1942年

《温迪长大了:一点补充》,西德尼·布洛撰写前言,爱丁堡:托马斯·纳尔逊出版社,1957年

《易卜生的鬼魂,又名现代图尔》,伦敦:塞西尔·伍尔夫出版社,1975年

## 二次文献

戴维·雷韦恩·艾伦,《彼得·潘和板球》,伦敦:康斯特布尔,1988年

苏珊·比文·阿勒,《J. M. 巴里:彼得·潘背后的魔法》,明尼阿波利斯:勒纳出版社,1994年

安妮·希伯特·奥尔顿,《彼得·潘》,安大略省彼得伯勒:博闻出版社,2011年

阿农,《约克公爵剧院上演的〈彼得·潘〉》,出自《伦敦新闻画报》,1905年1月7日

玛丽·安塞尔,《狗与人》,伦敦:达克沃思出版社,1924年

辛西娅·阿斯奎思:

《巴里肖像》,伦敦:詹姆斯·巴里,1954年

《书信集:1915—1918年》,伦敦:哈钦森,1968年

莱斯利·阿茨蒙,《亚瑟·拉克姆的骨相学图景:越界生物、男妖和女妖》,出自《设计专刊》第18期(2002),第64—83页

吉利安·埃弗里,《彼得·潘崇拜》,出自《文字与图像期刊》第2期(1986),173—185页

娜塔莉·巴比特,《奇幻与经典主角》,出自《天真与经验:儿童文学论文集与谈话录》,B. 哈里森和G. 马奎尔编,纽约:洛思罗普、李&谢波德出版社,1987年

H. 格兰维尔·巴克,《戏剧家J. M. 巴里》,《书虫》第39期(1910),第13—21页

罗布·K. 鲍姆,《嘲弄、彼得主导权和一个迷失女孩的飞行之旅》,出自《新英格兰戏剧期刊》第9期(1998),第71—97页

伊丽莎白·贝尔,《你们相信有仙子吗?彼

---

[1] 即"M'Connachie",巴里用它来称呼写作的自我,"M'"可指前缀Mc、Mac,是典型的爱尔兰、苏格兰姓氏前缀,"connach"是苏格兰语动词,为"浪费"或"糟蹋"之意。因此,"M'connachie"一词可能指在幼稚的事情上浪费时间,而非筹谋未来。——译者注

得·潘、华特·迪士尼和我》,《女性传播研究》第19期(1996),第103—126页

琼·C. 本杜尔,《纽芬兰犬:陪伴犬——水犬》,纽约:麦克米兰出版社,1994年

艾米·比洛内,《大难不死的男孩:从卡罗尔的爱丽丝和巴里的彼得·潘到罗琳的哈利·波特》,出自《儿童文学》第32期(2004),第178—202页

安德鲁·伯金:

《J. M. 巴里和迷失的男孩们:让彼得·潘诞生的有爱故事》,纽约:克拉克森·N. 波特出版社,1979年

"引言",出自《彼得·潘,又名不想长大的男孩》,伦敦:弗里欧书社,1992年

《J. M. 巴里和迷失的男孩们》,康涅狄格州纽黑文:耶鲁大学出版社,2003年

"引言",出自J.M. 巴里,《肯辛顿公园里的彼得·潘》,伦敦:弗里欧书社,2004年

威廉·布莱克本:

《海中的镜子:〈金银岛〉与少年罗曼司》,出自《儿童文学协会季刊》第8期(1983),第7—12页

《〈彼得·潘〉与当代青少年小说》,出自《儿童文学协会第九届年会会议纪要》,波士顿:东北大学,1983年

乔治·布莱克,《巴里与菜园派》,伦敦:亚瑟·巴克,1951年

凯瑟琳·布莱克,《航海梦:〈彼得·潘〉与〈金银岛〉》,出自《儿童文学》第6期(1977),第165—181页

帕特里克·布雷布鲁克,《J. M. 巴里:仙子和凡人研究》,费城:利平科特书屋,1924年

K. M. 布里格斯,《英国传统与文学中的仙子》,芝加哥:芝加哥大学出版社,1967年

约瑟夫·布里斯托,《帝国男孩:在一个成人世界里的冒险》,伦敦:哈珀柯林斯出版社,1991年

布丽吉特·布罗菲、迈克尔·利维和查尔斯·奥斯本,《彼得·潘》,出自《五十部可有可无的英国文学作品》,伦敦:拉普&卡罗尔出版社,1967年,第109—112页

戴维·白金汉,《在童年死后:在电子媒介时代长大》,马萨诸塞州剑桥:政体出版社,2000年

M. 林恩·伯德,《森林之外的某处:从〈小白鸟〉到〈胡克〉里梦幻岛上的生态矛盾》,出自《野生生物:儿童文化与生态批评》。西德尼·I. 多布林和肯思·B. 基德编,底特律:韦恩州立大学出版社,2004年,第48—70页

詹姆斯·卡德,《拯救彼得·潘》,出自《迷人的电影:默片艺术》,纽约:阿尔弗雷德·A. 克诺夫出版社,1994年,第81—98页

汉弗莱·卡朋特,《秘密花园:黄金时代的儿童文学研究》,悉尼:艾伦&昂温出版社,1987年

帕特里克·钱伯斯,《巴里灵感》,伦敦:彼得·戴维斯出版社,1938年

保利娜·蔡斯,《彼得·潘的邮包:致保利娜·蔡斯书信集》,伦敦:海涅曼出版社,1909年

莫尼克·莎萨尼奥尔,《詹姆斯·巴里所著〈彼得·潘〉中男子气概的表现方式》,出自《做个男子汉的诸多方法:儿童文学与电影中男子气概的表现方式》,约翰·斯蒂芬斯编,纽约:劳特利奇出版社,2002年,第200—215页

507

凯伦·科茨,《镜子和梦幻岛:儿童文学中的拉康、欲望和主体》,艾奥瓦市:艾奥瓦大学出版社,2004年

琳达·科利,《囚徒:英国、帝国和世界,1600—1850年》,纽约:兰登书屋/锚书业,2004年

西里尔·康诺利,《期许之众敌》,纽约:麦克米兰出版社,1948年

彼得·考维尼,《童年印象》,巴尔的摩:企鹅出版社,1967年

唐纳德·克拉夫顿,《育婴室的最后一夜:华特·迪士尼版〈彼得·潘〉》,出自《遮光海绵杂志》第24期(1989),第33—52页

博斯利·克劳瑟,《荧幕:迪士尼的"彼得·潘"之弓》,出自《纽约时报》,1953年2月12日

B. D. 库特勒,《詹姆斯·M. 巴里爵士:一部参考书目》,纽约:格林伯格出版社,1931年

戴维·戴希斯,《无性别的感伤主义者》,出自《聆听者周刊》第63期(1960),第841—843页

威廉·奥布雷·达灵顿,《J. M. 巴里》,伦敦:布莱基与其子出版社,1938年

F. J. 哈维·达顿,《J. M. 巴里》,伦敦:尼斯比特出版社,1929年

特蕾西·C. 戴维斯,《"你们相信有仙子吗?":对艺术许可发噪声》。出自《戏剧期刊》第57期(2005),第57—81页

菲利普·德洛里亚、尼尔·萨里斯伯里,《美洲印第安人史读本》,伦敦:威利-布莱克韦尔出版社,2004年

亚瑟·柯南·道尔爵士,《仙子来临》,1922年,伦敦:帕维永出版社,1997年

简妮特·邓巴,《J. M. 巴里:意象背后之人》,纽约:霍顿、米夫林出版社,1970年

塞西尔·德格罗特·伊比,《通往世界末日的路:英国通俗文学中的武术精神,1870—1914年》,北卡罗来纳州达勒姆:杜克大学出版社,1987年

迈克尔·伊根,《本我的梦幻岛:巴里、彼得·潘和弗洛伊德》,出自《儿童文学》第10期(1982),第37—55页

迈克尔·埃尔德,《年轻的詹姆斯·巴里》,苏珊·吉布森绘,伦敦:马克唐纳出版社,1968年

莱斯利·菲尔德,《天真之眼》,出自《塞林格:批评肖像与个人肖像》,亨利·阿纳托尔·格伦沃尔德编,纽约:哈珀&罗出版社,第218—245页

阿蒙德·菲尔兹,《莫德·亚当斯:美国戏剧界的偶像,1872—1953年》,北卡罗来纳州杰斐逊:麦克法兰出版社,2004年

保罗·福克斯,《其他地图显示:梦幻岛的中间属性》,出自《儿童文学协会季刊》第32期(2007),第252—269页

玛丽-路易斯·冯·弗朗兹,《永生男孩的难题》,多伦多:内城书业,2000年

格雷琴·R. 加尔布雷思,《阅读人生:重构英国的童年、书籍和学校,1870—1920年》,伦敦:麦克米兰出版社,1997年

玛乔丽·加伯,《既得利益:服装性别倒置与文化焦虑》,伦敦,企鹅出版社,1992年

赫伯特·加兰,《男爵及勋章获得者詹姆斯·马修·巴里作品书目》,伦敦:书虫期刊出版社,1928年

哈利·M. 杰杜尔德,《詹姆斯·巴里爵士》,

纽约：塔恩出版社，1971年

洛伊丝·劳赫·吉布森，《围裙之外：儿童文学中母亲形象的原型、刻板印象及另类刻画》，出自《儿童文学协会季刊》第13期（1988），第177—181页

萨拉·基列，《放弃的魔法：儿童奇幻文学的结局》，出自《儿童文学：当代批评》，彼得·亨特编，伦敦：劳特利奇出版社，1992年，第80—109页

艾夫斯·戈达德，《我是印第安人：美洲原住民表达法沿袭（1769—1826）》，出自《美国原住民研究》第19期（2005），第1—20页

弗拉基米尔·戈尔德施泰因，《安娜·卡列宁娜的彼得·潘综合征》，出自《托尔斯泰研究期刊》第10期（1998），第29—41页

马丁·格林，《彼得·潘的魅力》，出自《儿童文学：现代语言协会儿童文学分会与儿童文学协会年刊》1981年（9），第19—27页

罗杰·兰斯林·格林：

《彼得·潘五十年》，伦敦：彼得·戴维斯出版社，1954年

《J. M. 巴里》，纽约：亨利·Z. 瓦尔克出版社，1961年

罗伯特·格林纳姆，《可能下过雨：J. M. 巴里黑湖小屋管理员的精彩故事》，英国肯特郡梅德斯通：以利亚出版社，2005年

约翰·格里菲斯，《让愿望纯真：彼得·潘》，出自《狮子与独角兽期刊》第3期（1979），第28—37页

玛拉·古巴，《巧妙的躲避者：重新审视儿童文学的黄金时代》，牛津：牛津大学出版社，2009年

约翰·亚历山大·哈默顿：

《J. M. 巴里和其作品：生平研究与批评研究》，伦敦：霍拉斯·马歇尔与其子出版社，1900年

《巴里：一个天才的故事》，纽约：多德、米德出版公司，1929年

《巴里乐园：一段轻鸣镇的朝圣之旅》，伦敦：桑普森·洛出版公司，1929年

布鲁斯·K. 汉森，《彼得·潘编年史：不想长大的男孩的近百年史》，纽约：桦树街出版社，1993年

格兰特·海特-孟席斯，《齐格菲夫人：碧莉·伯克的公共生活和私人生活》，北卡罗来纳州杰斐逊：麦克法兰出版社，2009年

迈克尔·帕特里克·赫恩，《关于J. M. 巴里的〈彼得和温迪〉》，出自《彼得·潘全本》，蒙特利尔：苔原书业，1988年

彼得·霍林戴尔：

"引言"，出自《〈肯辛顿公园里的彼得·潘〉与〈彼得和温迪〉》，牛津：牛津大学出版社，1991年，第vii—xxviii页

《彼得·潘、胡克船长和电视书》，《信号期刊》第72期（1993），第152—175页

《彼得·潘：文本和神话》，《儿童文学教育》第24期（1993），第19—30页

彼得·霍林戴尔编，《J. M. 巴里：彼得·潘和其他剧作》，牛津：牛津大学出版社，2008年

德里克·赫德森，《亚瑟·拉克姆其人与画作》，伦敦：海涅曼出版社，1960年

R. D. S. 杰克：

《〈彼得·潘〉手稿》，《儿童文学》第18期（1990），第101—113页

《通往梦幻岛的路：重估J. M. 巴里戏剧艺术》，苏格兰阿伯丁：阿伯丁大学出版社，

1991年

朱迪斯·杰罗·约翰，《彼得·潘和温迪的传承价值:〈小间谍哈瑞特〉中迷失的天真之形象和社会影响》，出自《儿童的形象: 儿童文学协会1991年国际会议会刊》，密歇根州战溪: 儿童文学协会，1991年。第168—173页

M.卡普，《彼得·潘的起源》，出自《心理分析评论》第43期（1956），第104—110页

艾莉森·B.卡维、莱斯特·D.弗里德曼，《朝右侧第二颗星星的方向: 大众想象的彼得·潘》，新泽西州新不伦瑞克: 罗格斯大学出版社，2009年

凯瑟琳·凯利-莱内，《彼得·潘: 一个失却的童年的故事》，尼西姆·马歇尔译，马萨诸塞州罗克波特: 要素书业，1997年

约翰·肯尼迪，《轻鸣镇和巴里乡》，伦敦: 希思、克兰顿出版社，1930年

丹·基利:

《彼得·潘综合征: 从未长大的男人》，纽约: 多德、米德出版公司，1983年

《温迪困境: 当女人不再给男人当妈妈》，马里兰州西斯敏斯特: 凉亭书屋，1984年

詹姆斯·金凯德，《关爱儿童: 色情的儿童与维多利亚文化》，纽约: 劳特利奇出版社，1992年

苏珊·S.基塞尔，《"可等她最终真的来了，我却朝她射箭": 彼得·潘与性别戏剧》，出自《儿童文学教育》第19期（1988），第32—41页

U. C.克内普夫勒马歇，《闯进儿童乐园: 维多利亚人、童话和女性气质》，芝加哥: 芝加哥大学出版社，1998年

安古斯·康斯塔姆、罗杰·迈克尔·基恩，《海盗——海上捕食者: 一段插图史》，纽约: 天马出版社，2007年

M.达芙妮·库策，《帝国儿童: 英国经典童书中的帝国和帝国主义》，纽约: 花环出版社，2000年

安东尼·莱恩，《迷失的男孩们: J. M.巴里为何创造彼得·潘》，出自《纽约客》，2004年11月22日，第98—103页

伊娃·列·高丽安，《内心平静: 伊娃·列·高丽安自传》，纽约: 维京出版社，1953年

诺米·刘易斯，《J. M.巴里》，出自《20世纪儿童文学作家》，丹尼尔·柯克帕特里克编，纽约: 麦克米兰出版社，1978年

瓦季姆·利涅茨基，《"无法表达的孩子"表达的希望: 德勒兹、德里达与成人文学的不可能性》，出自《其他声音: 文化批评电子期刊》第1期（1999年1月）

琳内·伦德奎斯特，《活着的玩偶: 儿童文学中的不朽形象》，出自《永动机: 科幻和奇幻文学中的长生与永生》，乔治·斯拉瑟、加里·韦斯特法尔和埃里克·S.拉布金编，雅典: 佐治亚大学出版社，1996年，第201—210页

艾莉森·卢里:

《长不大的男孩》，出自《纽约书评》，1975年2月，第11—15页

《别告诉大人: 儿童文学的颠覆力量》，波士顿: 利特尔、布朗出版社，1990年

凯瑟琳·M.林奇，《温妮·福斯特与彼得·潘: 面对成长困境》，出自《儿童文学协会季刊》第7期（1982），第107—111页

丹尼斯·麦克凯尔，《J. M. B.的故事》，伦敦: 彼得·戴维斯出版社，1941年

艾萨克·F. 马科森、丹尼尔·弗罗曼，《查尔斯·弗罗曼：经理·人》，纽约：哈珀兄弟出版社，1916年

卡尔·马克格拉夫，《J. M. 巴里：二手参考文献》，北卡罗来纳州格林斯博罗：ELT 出版社，1989年

布莱特·麦奎德，《彼得·潘：J. M. 巴里原著的迪士尼改编版》，出自《神话传说》第75期（1995），第5—9页

帕特里夏·梅里韦尔，《山羊神潘：其现代神话》，马萨诸塞州剑桥：哈佛大学出版社，1969年

劳拉·米勒，《迷失的男孩们》，出自《纽约时报书评杂志》，2003年12月14日，第35页

阿德里安·摩根，《蟾蜍与毒蘑菇：一个怪协会的自然史、民间传说和文化怪象》，加利福尼亚州伯克利：天体艺术出版社，1995年

谢里登·莫利，《第一个〈彼得·潘〉》，出自《剧院里最诡异的几场戏：剧院多彩历史中传奇但真实的故事》，伦敦：罗布森书业，2006年，第44—48页

托马斯·莫尔特，《巴里》，伦敦：乔纳森·凯普出版社，1928年

安德鲁·纳什，《可怕的结局：J. M. 巴里的〈再会，朱莉·洛根小姐〉的演进》，出自《苏格兰文学研究》第33期（2004），第124—137页

卡劳迪亚·纳尔逊，《男孩会成为女孩：女性伦理观与英国儿童小说，1857—1917》，新泽西州新不伦瑞克：罗格斯大学出版社，1991年

E. 内斯比特，《五个孩子和沙地精》，纽约：兰登书屋，2010年

玛丽亚·尼古拉耶娃，《从神话到线性：儿童文学中的时间》，马里兰州拉纳姆：儿童文学协会与稻草人出版社，2000年

丹尼尔·M. 奥格尔维：
《飞行奇想》，牛津：牛津大学出版社，2004年
《玛格丽特的微笑》，出自《心灵生物学手册》，威廉·托德·舒尔茨编，牛津：牛津大学出版社，2005年，第175—187页

莱昂内·奥蒙德，《J. M. 巴里》，爱丁堡：苏格兰学术出版社，1987年

帕特里夏·佩斯，《罗伯特·布莱当彼得·潘：内心的孩子是史蒂文·斯皮尔伯格执导的影片〈胡克〉中男人的父亲》，出自《狮子与独角兽期刊》第20期（1996），第113—120页

琼·佩罗特，《潘和永生男孩：唯美主义和时代精神》，出自《今日诗学》第13期（1992）：第155—167页

米歇尔·鲍威尔，《一场十分壮丽的冒险》，www.amprep.org/past/peter/peter1.html.

菲莉斯·罗宾斯，《莫德·亚当斯：一幅细致的画像》，纽约：G. P. 普特南之子出版社，1956年

杰奎琳·罗斯：
《以彼得·潘为例，又名儿童小说的不可能性》，伦敦：麦克米兰出版社，1984年
《状态与语言：儿童文学〈彼得·潘〉》，出自《语言、性别和童年》，卡罗琳·斯蒂德曼、卡西·昂温和瓦莱丽·沃克丁编，伦敦：劳特利奇出版社，1985年，第88—112页

理查德·罗特尔特，《包厢内一吻》，出自《儿童文学》第18期（1990），第114—123页

克里斯·劳思：

《彼得·潘：不完美还是不成熟的"英雄"？》，出自《儿童流行文化中的英雄人物》，纽约：劳特利奇出版社，2000年，第291—307页

《"男人舞刀弄剑，女人拿针线"：J. M. 巴里的〈彼得和温迪〉中温迪一角插图》，出自《儿童文学教育》第32期（2001），第57—75页

J. K. 罗琳，《哈利·波特与魔法石》，纽约：学乐出版公司，1997年

詹姆斯·A. 罗伊，《詹姆斯·马修·巴里》，伦敦：贾罗德出版社，1937年

帕特里夏·里德·拉塞尔，《平行浪漫幻想：巴里的〈彼得·潘〉和斯皮尔伯格的〈E.T. 外星人〉》，出自《儿童文学协会季刊》第8期（1993），第28—30页

迈克尔·拉斯廷，《为儿童小说一辩：再读彼得·潘》，出自《自由学会》第2期（1985），第128—148页

凯瑟琳·塞维尔，《彼得·潘的权利：该保护还是该害怕？》，出自《剑桥季刊》第33期（2004），第119—154页

卡罗尔·西布莉，《巴里及同辈》，密苏里州韦伯斯特格罗夫斯：国际马克·吐温协会，1936年

托比亚斯·斯摩莱特，《托拜亚斯·斯摩莱特文集》，伦敦：B. 劳出版社，1797年

潘内洛普·肖特·斯塔基，《彼得·潘的众多母亲：解析与悼念》，出自《调研研究》第42期（1974），第1—10页

莱昂内尔·史蒂文森，《巴里〈彼得·潘〉的缘起》，《语言学季刊》第7期（1929），第210—214页

安格斯·斯图尔特，《胡克船长的秘密》，出自《苏格兰文学期刊》第25期（1998），第45—53页

卡罗尔·阿妮塔·塔尔，《成年形象转变：从巴里的〈彼得·潘〉到斯皮尔伯格的〈胡克〉》，出自《滑稽艺术：借助影视改善儿童文学体验》，露西·罗林编，威斯康星州阿特金森堡：海史密斯出版社，1993年，第63—72页

凯文·特尔弗，《大奥蒙德街医院的传奇故事》，纽约：西蒙与舒斯特出版社，2008年

马琳·托比、卡罗尔·格林，《詹姆斯·M. 巴里：〈彼得·潘〉的作者》，康涅狄格州丹伯里：儿童出版社，1995年

马克·吐温，《汤姆·索亚历险记》，纽约：新美国图书馆，1980年

H. M. 沃尔布鲁克，《J. M. 巴里和戏剧》，伦敦：F. V. 怀特出版社，1922年

卡因·威尔豪森、泽农·尹，《彼得·潘不是女孩角色：肯辛顿公园教室里的性别歧视研究》，《女性和语言期刊》第22期（1997），第35—39页

唐娜·R. 怀特、C. 阿妮塔·塔尔合编，《J. M. 巴里的〈彼得·潘〉时兴与过时：一部儿童文学经典诞辰百年》，马里兰州拉纳姆：儿童文学协会与稻草人出版社，2006年

戴维·帕克·威廉斯，《胡克和亚哈：巴里对麦尔维尔的怪异讽刺》，出自《美国现代语言学会期刊》（*PMLA*）第80期（1965），第483—488页

安·威尔森，《赶不走的访客：〈彼得·潘〉中的焦虑、科技和性别》，出自《现代戏剧》第43期（2000），第595—610页

道格拉斯·E. 温特，《克莱夫·巴克：奇妙的黑暗》，纽约：哈珀柯林斯出版社，2001年

斯泰西·沃尔夫,《"就不长大成人／有本事就来抓我啊／我不想长大":从玛丽·马丁饰演彼得·潘的女同性恋研究》,出自《戏剧期刊》第 49 期(1997),第 493—509 页

亚历山大·伍尔科特,《呐喊与低吟:一千零一夜的回响》,纽约:世纪出版公司,1922 年

艾伦·赖特,《J. M. 巴里:迷人的黎明》,爱丁堡:拉姆齐、海德出版社,1976 年

杰基·乌尔施拉格,《创造奇境:刘易斯·卡罗尔、爱德华·李尔、J. M. 巴里、肯尼思·格雷厄姆和 A. A. 米尔恩的人生与奇幻》,纽约:自由出版社,1995 年

安·约曼,《现在还是梦幻岛:彼得·潘与永恒的青春的神话》,出自《从心理学的角度分析一个文化符号》,多伦多:内城书局,1999 年

杰克·齐佩斯:

《棍棒和石头:从蓬蓬头彼得到哈利·波特看儿童文学的恼人成功》,纽约:劳特利奇出版社,2001 年

"引言",出自《彼得·潘:〈彼得和温迪〉与〈肯辛顿公园里的彼得·潘〉》,纽约:企鹅出版社,2004 年,第 vii—xxxii 页

www.gosh.org/peterpan 大奥蒙德街医院彼得·潘网站,内有插图展及其他资源

www.jmbarrie.co.uk 安德鲁·伯金主办的网站

www.jmbarrie.net J. M. 巴里协会主办的网站

www.kirriemuirheritage.org 基里缪尔遗产信托网站,旨在保护和发展 J. M. 巴里出生地的遗产和周边区域

www.moatbrae.org 蒙特布雷大宅网站,该宅邸是苏格兰邓弗里斯的一座乔治王朝时期风格的小镇住宅,J. M. 巴里在邓弗里斯学院求学时,在此玩海盗游戏

图书在版编目（CIP）数据

彼得·潘诺顿注释本 /（英）詹姆斯·巴里（J. M. Barrie）著；（美）玛丽亚·塔塔尔（Maria Tatar）编著；张海香译. -- 长沙：湖南文艺出版社，2023.6
ISBN 978-7-5726-1102-5

Ⅰ.①彼… Ⅱ.①詹… ②玛… ③张… Ⅲ.①童话-英国-近代 Ⅳ.①I561.88

中国国家版本馆CIP数据核字（2023）第054392号

Copyright © 2011 by Maria Tatar
Peter Pan copyright © 1937 Great Ormond Street Hospital for Children, London.
"J. M. Barrie's Legacy: Peter Pan and Great Ormond Street Hospital for Children" by Christine De Poortere copyright © 2011 Great Ormond Street Hospital Children's Charity
All rights reserved
Simplified Chinese edition copyright © 2023 Shanghai Insight Media Co.
All rights reserved

著作权合同登记号：18-2018-244

## 彼得·潘诺顿注释本
BIDE PAN NUODUN ZHUSHIBEN
［英］詹姆斯·巴里 著　［美］玛丽亚·塔塔尔 编著　张海香 译

| 出 版 人 | 陈新文 |
|---|---|
| 出 品 人 | 陈垦 |
| 出 品 方 | 中南出版传媒集团股份有限公司 |
| | 上海浦睿文化传播有限公司 |
| | 上海市巨鹿路417号705室（200020） |
| 责任编辑 | 刘雪琳 |
| 装帧设计 | 凌瑛 |
| 责任印制 | 王磊 |
| 出版发行 | 湖南文艺出版社 |
| | 长沙市雨花区东二环一段508号（410014） |
| 网　　址 | www.hnwy.net |
| 经　　销 | 湖南省新华书店 |
| 印　　刷 | 深圳市福圣印刷有限公司 |

开本：880mm×1230mm　1/32　　印张：20　　字数：460千字
版次：2023年6月第1版　　　　　印次：2023年6月第1次印刷
书号：ISBN 978-7-5726-1102-5　　定价：108.00元

版权专有，未经本社许可，不得翻印。
如发现印装质量问题，请联系出版方：021-60455819

浦睿文化
INSIGHT MEDIA

出 品 人：陈　垦
策 划 人：仲召明
监　　制：余　西
出版统筹：胡　萍
编　　辑：徐海凌　普　照
装帧设计：凌　瑛


欢迎出版合作，请邮件联系：insight@prshanghai.com
微信公众号：浦睿文化